Née à Saint-Germain-en-Laye dans les Yvelines, **Vanessa Chevallier** *a grandi en région parisienne. Après des études de lettres dans les Pyrénées-Atlantiques, elle enseigne la littérature française et la philosophie tout en se consacrant à l'écriture.* L'Enfant de la colère *est son premier roman.*

L'Enfant de la colère

Du même auteur

Aux éditions De Borée

Anamnèse, 2022

TERRE DE POCHE
45, rue du Clos-Four – 63056 Clermont-Ferrand cedex 2

Vanessa Chevallier

L'Enfant de la colère

de Borée
TERRE DE POCHE

À mon père.

Prologue

Elle revint à elle quand elle commença à sentir le froid.

Se relevant péniblement, elle passa une main sur son visage maculé et s'avança en chancelant pour contourner le petit pont. Elle trébucha jusqu'à la rivière, s'agenouilla maladroitement et plongea les mains dans l'eau glacée avant de s'asperger abondamment le visage. Le temps semblait s'être aboli, elle ne se rendait plus bien compte de ce qu'elle était en train de faire.

Elle regarda une dernière fois autour d'elle, la berge, les arbres, essayant de toutes ses forces de graver à jamais sur sa rétine les images du passé. Elle ne reviendrait plus dans ces lieux, jamais plus.

Elle se redressa péniblement, tâta dans la poche de son manteau la précieuse clé qu'elle avait gardée tout le temps avec elle. Même au cimetière, pendant la cérémonie, elle n'avait pu s'empêcher de tourner et de retourner le rectangle fin et métallique entre ses doigts. Elle avait passé la nuit à lire les pages qu'il renfermait, à percer le secret qu'un seul clic de son ordinateur avait permis de déchirer, enfin... Mais qu'avait-elle appris qu'elle ne savait déjà ? Au fond, elle se rendait bien compte que l'histoire qu'elle avait lue était semblable à celle qu'elle avait elle-même racontée. Chacune de leur côté, leurs deux voix s'étaient élevées dans les airs et s'étaient retrouvées, tout naturellement. Elles avaient fini par se mêler l'une à l'autre et par danser sur le même air et du même pas, abrogeant les milliers de kilomètres qui les séparaient pourtant.

Ne lui restait que l'étonnement d'avoir entrepris toutes deux, peut-être au même moment, l'écriture de ce qui s'était passé ce jour-là... D'y avoir pensé ensemble, sans jamais se concerter. D'avoir senti la nécessité de coucher par écrit, comme un ultime témoignage, les événements qui les avaient précipitées toutes les deux, jusqu'à cette torride journée d'août, il y avait maintenant deux ans. Tout s'était passé si vite, à peine une année, et tout s'était accompli dans la fureur et l'incandescence de cette seule et unique journée.

Elle se rappela la moiteur de ce mois d'août, le drame secret qui se jouait alors à l'insu de tous, au creux de leurs êtres. Elle releva la tête. La souffrance qu'elle avait éprouvée face au moulin s'était à présent tapie dans un coin, comme une bête hideuse qui attendrait le meilleur moment pour se jeter à nouveau sur elle, toutes griffes dehors. Elle devinait sa présence à l'amertume qui remontait sans cesse à ses lèvres et qu'elle avait vomie tout à l'heure en s'effondrant sur le pont.

Sa main se referma à nouveau sur la clé. Son poing se crispa. La rivière, devant ses yeux, continuait sa course entêtée et ses souvenirs s'ébrouèrent un instant pour s'accorder au vertige de la fuite de l'eau et du temps. Elle se fit l'effet d'une silhouette, aperçue un jour sur une estampe japonaise, un dos de femme étrangement délié, harcelée par la pluie et le vent mais indifférente à la tourmente, le regard rivé sur le déchaînement des eaux devant elle. Remonter à contre-courant et repartir du début, c'était bien ce qu'elles avaient tenté de faire, en désespoir de cause. Mais remonte-t-on jamais le courant de nos vies ?

Et quelle est la valeur de celles-ci lorsqu'elles viennent brutalement se briser contre la roche brûlante et tranchante d'une journée d'été ordinaire, une pauvre journée, timide encore, mais qui attend l'aube, toutes les aubes, pour se dresser à nouveau et accueillir les flots qui s'approchent en grondant avec un cri d'effroi ?

I

Deux ans plus tôt

ELLES RESTÈRENT LONGTEMPS dans les bras l'une de l'autre.

Carole pleurait doucement contre sa sœur. Elle respirait l'odeur si familière d'Alix, retrouvant du même coup toutes celles de son enfance, la maison, leurs jeux de petites filles, tous ces pans du passé qui lui revenaient par vagues et qui la submergeaient à l'heure des retrouvailles, blottie dans ses bras.

Elles étaient enlacées sur le quai de la gare où Alix était venue la chercher pour la ramener à la maison.

Alix avait peine à contenir son désarroi et son chagrin mais elle était l'aînée et elle avait toujours su quoi faire quand les choses allaient mal. Et là, c'était la pire des choses, c'était l'impensable, l'inenvisageable qui s'était soudain produit : leur père était mort.

— La voiture est devant la gare, furent les premiers mots qu'elle parvint à articuler.

Elles se détachèrent l'une de l'autre. Carole s'essuya rapidement les yeux.

— D'accord, bredouilla-t-elle, je te suis.

Elles empoignèrent chacune une valise et avancèrent vers la sortie, le parking extérieur, la voiture.

— Tu as pris celle de papa ? demanda Carole.

— Oui, la mienne est encore hors service, tu sais ce que c'est…

Carole parvint à sourire. Oui, elle savait. Elle était descendue en train justement parce qu'elle n'était pas sûre que son propre véhicule puisse tenir le coup sur une si longue distance. Et puis surtout parce qu'elle ne s'était pas sentie en mesure de supporter, des heures durant, un tête-à-tête ininterrompu avec elle-même, après un si terrible choc.

Elles montèrent en voiture après avoir chargé les bagages dans le coffre. La route était longue jusqu'à la maison.

Cela faisait maintenant près de cinq ans que Carole avait quitté la région où elle était née et où elle avait grandi. Elle était professeur de français et exerçait dans un collège en banlieue parisienne. Son diplôme en poche, elle avait quitté la maison familiale et avait eu la chance de trouver un petit appartement dans une résidence au calme, à seulement deux arrêts de bus de son établissement.

Conflans lui plaisait, c'était une ville à dimension humaine et elle raffolait des bords de Seine où de lourdes péniches semblaient avoir été oubliées là pour toujours. Elle avait eu peur, les premiers temps, de ne pas se faire à sa nouvelle vie de Francilienne mais aujourd'hui, alors qu'elle regardait défiler le paysage à travers la vitre de la voiture, elle se sentait envahie par une sensation d'étrangeté absolue. Elle se dit que ce n'était pas seulement dû au fait qu'elle et sa sœur étaient maintenant devenues orphelines. C'était plutôt comme si elle ne se retrouvait plus, comme si elle n'était plus chez elle, alors qu'elle connaissait cette région comme son âme – mais qui connaît réellement son âme ? – et qu'elle y était revenue bien des fois depuis son départ. Elle se prenait à détailler mentalement les choses qui avaient changé depuis : tiens, ils ont construit un rond-point ici ; la jardinerie s'est agrandie ; c'est toujours pareil, dès qu'on quitte l'agglomération, les routes de campagne deviennent défoncées, l'éternel problème des petites municipalités qui ne font rien…

Elle se tourna vers Alix. Elles n'avaient pas échangé un mot depuis le début du voyage vers la maison. Sa sœur semblait concentrée et pressée d'arriver à bon port. Bien sûr, cela devait forcément arriver un jour, elles savaient leur père malade du cœur depuis des années, mais il suivait un traitement et se ménageait depuis sa dernière attaque, il y avait deux ans, à la Noël. Il avait bien failli y rester ce jour-là et ses deux filles lui avaient expressément signifié que, s'il continuait à ce rythme, il finirait par lui arriver quelque chose de pire encore. Il ne connaissait pas le sens du mot « repos » et ne voulait pas prétexter de sa retraite pour se laisser aller à ne rien faire. La propriété représentait un travail colossal, l'entretien du terrain et des dépendances lui prenait beaucoup de temps et d'énergie. Souvent, c'était à l'aube qu'il se levait et il passait une bonne partie de sa journée dehors, travaillant sans relâche à réparer, colmater des brèches, vérifier le bon fonctionnement de la roue du moulin, se battant contre l'envahissement des mauvaises herbes qui menaçaient le potager et solidifiant les murs de l'ancienne bergerie qui semblaient vouloir tomber en poussière.

C'était lors de cette période des vacances de Noël justement que les deux sœurs avaient réussi à le convaincre de vendre une partie du terrain, ce qui représentait une somme énorme de travail en moins et un apport important lui permettant de faire enfin rénover la bergerie. Le terrain s'était vendu à très bon prix mais la bergerie était restée telle quelle. Il n'avait pas voulu toucher à l'argent et ses filles le suspectaient de l'avoir mis de côté pour le cas où l'une des deux en aurait besoin…

Ironie du sort, ou plutôt heureux hasard, c'était un jeune médecin qui avait acheté le terrain pour y faire construire sa maison et les filles avaient jugé cela rassurant de savoir la solitude de leur père un peu moins lourde et la présence d'un docteur à quelques pas du moulin.

Comme si elle avait suivi le fil des pensées de sa sœur silencieuse, Alix déclara soudainement :

— C'est Mélanie, tu sais, la femme du docteur qui habite à côté, qui a trouvé papa dans le jardin. Elle a tout de suite appelé son mari mais il était au cabinet et l'ambulance n'est arrivée que bien après. Mais elle m'a dit hier qu'elle pensait qu'il était déjà… enfin qu'il n'était plus en état de recevoir l'aide de quiconque. Cela n'aurait rien changé.

— Où, dans le jardin ?

— Comment ?

— Où a-t-elle trouvé papa ? reprit Carole.

— Oh ! Devant l'entrée, il venait sûrement de sortir de la maison lorsque l'attaque l'a terrassé. Le docteur a dit qu'il devait être mort depuis plusieurs heures lorsque sa femme l'a trouvé au matin.

— Ça s'est passé en pleine nuit alors ?

— C'est ce qui semble, oui.

— Que faisait-il dehors en pleine nuit ?

— Tu connais papa… Il ne dormait pas beaucoup ces temps derniers. Si ça se trouve, il s'est souvenu d'une bricole qu'il n'avait pas eu le temps de finir, ça serait bien son genre…

Carole ne répondit pas. Elle se sentait coupable. Alix était présente, elle, aux côtés de son père, les derniers temps, le voyant chaque semaine. Elle travaillait à sa thèse et donnait quelques heures de cours de dessin par semaine à de jeunes enfants. Elle partageait avec une amie un minuscule appartement près du campus, en ville, mais Carole savait qu'elle revenait chez leur père dès le vendredi soir, avec son ordinateur portable et ses notes de travail sous le bras, profitant du calme de la campagne – et de la présence de leur père – pour travailler.

Alix avait eu un parcours universitaire plus chaotique que celui de sa sœur et avait interrompu ses études après l'obtention de sa licence en histoire de l'art. Moins tenace, moins déterminée que Carole, elle s'était essayée à plusieurs petits boulots, avait même tenté l'entrée aux beaux-arts sans succès et avait fini par tout larguer pour aller vivre quelque temps à Londres en tant que fille au pair. Cela avait du moins eu le mérite de parfaire sa maîtrise de l'anglais. Elle avait pris son temps, sans pour autant l'avoir perdu à son sens, avant de revenir s'asseoir en amphithéâtre.

« Mais comme tout ça me semble loin, à présent… pensait Alix. Comme les choses vont être différentes, maintenant que papa n'est plus là ! » La première onde de choc passée, elle s'était sentie désemparée mais aussi en colère contre elle-même. En colère et honteuse. Coupable. Paniquée.

Elle n'était pas au moulin cette nuit-là, ni à son appartement d'ailleurs. Elle avait eu une soirée plutôt arrosée la veille chez Jeanne, une de ses amies étudiantes et elle avait préféré rester dormir sur place, plutôt que de prendre le risque de rentrer en voiture. Son portable était resté en mode silencieux, et ce n'est que tard dans la matinée qu'elle l'avait rallumé.

Béatrice, sa colocataire, l'avait conduite de toute urgence à l'hôpital où l'on avait emmené son père... Alix n'avait pu que constater... Avait dû appeler sa sœur pour lui annoncer... S'était effondrée au téléphone et n'était pas parvenue à prononcer les mots. C'était son amie qui s'était saisie de l'appareil au moment où Alix vacillait et c'était elle qui avait parlé à sa sœur...

On l'avait étendue et Béatrice lui avait fait boire quelque chose... L'effet anesthésiant de la douleur : « Ce n'est pas vraiment moi, je ne suis pas vraiment là, je vais bientôt me réveiller et reprendre là où j'en étais restée... Qu'est-ce que je fais ici ? »

Mais quelque part, une voix qui hurle dans un coin de la tête, on la sent hurler mais on ne l'entend pas, pas encore du moins... Et on retarde le moment où il faudra bien l'entendre, cette voix, elle va prendre toute la place bientôt, accaparer tout l'espace de notre esprit resté encore disponible, hors d'atteinte, et elle nous assourdira de son cri et on ne pourra plus penser à rien d'autre... Elle était restée prostrée de longues heures. Quelqu'un pleurait doucement à côté d'elle, elle avait tourné la tête et elle avait reconnu son amie et colocataire.

Elle s'était rappelée la soirée, l'alcool, la musique, pendant que son père se mourait devant sa porte, seul. Tout seul.

Alix secoua violemment la tête comme pour chasser de ses pensées cette vision du corps de son père, affalé par terre, la main crispée sur la poitrine, appelant à l'aide dans un murmure déchirant...

— Au fait, je ne t'ai pas demandé si tu avais fait bon voyage, dit-elle à sa sœur, juste pour dire quelque chose, faire barrage, diversion, mais regrettant aussitôt cette question qu'elle jugea déplacée en pareille circonstance.

Carole ne parut pas s'en apercevoir et lui répondit que oui, tout s'était bien passé, qu'elle aurait préféré arriver plus vite, mais tu me connais, moi et ma phobie de l'avion… C'est idiot, pourtant, si je n'avais pas aussi peur…

Alix lui lança un rapide coup d'œil de côté. Elle semblait calme, perdue dans ses pensées, étrangement détachée, presque irréelle, la crise de larmes passée. « La force incroyable de ma sœur », pensa-t-elle. Carole faisait l'effet d'une petite chose fragile, délicate, les jointures fines de ses mains diaphanes posées sur ses genoux, et pourtant elle était capable de trouver exaspérant le fait d'être malade en avion quand son père mourait à plus de huit cents kilomètres de là… La force tranquille des faibles… Où avait-elle lu ça ? C'était la définition exacte de ce qu'était Carole.

— Tu t'es occupée de… des affaires de papa ? Des choses pour… l'enterrement ?

— Oui, ne t'en fais pas, je m'en suis chargée avec les pompes funèbres. Il désirait être enterré à côté de maman, tu sais. Il avait déjà tout prévu et avait contracté une assurance décès.

— Tu as pensé à l'annonce dans le journal ? L'avis de décès ?

Alix regarda sa sœur avec surprise. Non, elle n'y avait pas pensé.

— Je m'en occuperai alors, et pour le buffet aussi, après l'enterrement. Je ne veux pas que les gens viennent dire adieu à papa et repartent sans être passés à la maison pour une collation. Papa était aimé ici, même s'il restait un peu à l'écart de la vie du village. Je veux que les gens se souviennent de lui avec tendresse. C'est le moins que je puisse faire pour lui...

— Ne t'en veux pas, Carole...

— Non, non, coupa-t-elle, ce n'est pas ça... Je tiens à le faire, c'est tout.

« Ai-je jamais pu lutter contre ma sœur ? se demanda Alix. Même enfants, quand nous jouions, les autres pensaient que c'était moi qui avais le dessus, qui décidais, qui menais la danse, mais ce qu'ils ignoraient, c'est qu'en réalité je ne faisais jamais que ce qu'elle voulait bien me laisser faire... »

Carole et ses cheveux d'un blond si pâle qu'ils blanchissaient littéralement au soleil, son teint de porcelaine anglaise et sa silhouette gracile... Il lui arrivait encore parfois d'être étonnée par la beauté de sa petite sœur, par la pureté d'un profil, d'une inclinaison de la tête, par la douceur veloutée d'une joue. Mais elle seule savait ce que cette douceur cachait de volonté et d'obstination.

— Je t'aime Carole, s'entendit-elle dire. Et je n'ai plus que toi maintenant.

Elle tenta d'étouffer les sanglots qui montaient en elle et se mordit violemment la lèvre. Le visage lumineux de sa sœur tourné vers elle... La douce pression de sa main sur son bras...

— Je t'aime aussi. Et ne t'en fais pas, ajouta-t-elle en détournant la tête, je t'ai déjà vue pleurer...

Il sembla que c'était tout ce dont Alix avait besoin, cette petite phrase, cette autorisation tacite de la part de sa sœur, cet encouragement, tout ce qu'elle avait cherché inconsciemment à s'entendre dire depuis qu'elle l'avait revue. Quelque chose se décrocha à l'intérieur d'elle-même. Une déferlante et, avec elle, le soulagement. Une incroyable paix. Elle se rangea sur le bas-côté et pleura dans les bras de sa sœur.

II

Extraits des notes de Carole

— POUSSIÈRE TU ES, POUSSIÈRE TU RETOURNERAS. Les mots ont résonné longtemps à mes oreilles : des mots maintes fois entendus pourtant, lus, répétés, mais qui m'ont semblé incongrus pour parler de mon père. Devant sa tombe.

Papa n'a pas besoin de tombe, papa n'aurait jamais dû en avoir besoin…

Je me souviens d'Alix m'entourant de son bras et de ma main à moi qui serrait convulsivement le pan de son manteau. Ma sœur, mon ange gardien, mon salut. Mon autre…

Je me rappelle aussi qu'à ce moment précis, devant la tombe, des souvenirs ont afflué à ma mémoire. Ceux d'un autre enterrement, celui de notre mère. J'avais quatre ans alors, Alix pas beaucoup plus vieille, étant mon aînée de dix-huit mois. Mais c'était malgré tout dix-huit mois de plus que moi qu'elle avait passés avec elle, pendant lesquels je n'étais pas là. Cette femme que je n'avais presque pas connue et dont je ne me souviens plus aujourd'hui mais que j'appelais *maman*…

Nous nous tenions au même endroit, grelottantes, maladroites et effrayées par le chagrin de notre père. Comment deux petites filles peuvent-elles consoler un papa en larmes qui n'arrête pas de faire tourner, encore et encore, encore et encore, son alliance à son doigt ?

— Il va se l'arracher, son doigt, à force !... ai-je murmuré.

Je me rappelle le regard inquiet que ma sœur a lancé à papa. Elle m'a serré la main un peu plus fort encore.

Et c'était la même chose aujourd'hui.

D'autres souvenirs me revenaient, ceux-là plus heureux, et qui me parlaient de mon enfance, de mon adolescence, entre ma sœur et mon père, au moulin, qui avait toujours été notre chez-nous, notre cocon, notre refuge.

Nous y étions nées, mon père y était mort. Curieusement, j'aurais souhaité, à ce moment précis, que maman y soit morte elle aussi, et non pas sur cette départementale anonyme un soir de juin où elle revenait des courses. Seule dans sa voiture, prise au piège de la carcasse qui s'était refermée sur elle et qui lui avait brisé le corps. Plus tard, beaucoup plus tard, j'étais tombée par hasard sur les photos de la voiture dans le dossier d'assurances de papa, et la violence qui pouvait se lire et se deviner dans le froissement de cette tôle tordue et calcinée m'avait donné la nausée. Maman avait tout juste vingt-six ans, un mari et deux très jeunes filles.

Mon père était de quinze ans son aîné et ils s'étaient mariés très peu de temps après leur rencontre. Elle n'avait pas vingt ans et elle avait eu besoin de l'autorisation de ses parents pour pouvoir l'épouser, n'ayant pas atteint sa majorité. Mon père ne nous parlait que rarement de sa vie, somme toute trop courte, avec maman et des premières années de leur mariage. Lui-même venait d'hériter du domaine familial et ils avaient décidé ensemble de s'y installer et d'y faire leur vie. Je n'ai jamais vraiment su si ma mère y avait été heureuse ou si elle s'y était ennuyée. Elle-même était née à Bordeaux et se retrouver perdue en pleine campagne dans ce vieux moulin avec pour seul horizon la vue sur l'ancienne bergerie, le ruisseau qui traversait le jardin et la forêt qui semblait plonger dans la vallée, en contrebas, aurait pu l'angoisser…

Papa ne disait rien à ce propos quand il nous prenait l'envie, à Alix et moi, de l'interroger sur ce qu'avaient été ses impressions à *elle*, sur sa vie au moulin.

Je n'ai pas de souvenirs précis de ma mère et quand je fais un effort pour tenter de me rappeler ses traits, sa silhouette ou sa voix, c'est une ombre chinoise, dansante et fugace, qui se dessine comme à contre-jour derrière mes yeux clos. Je ne sais rien d'elle. J'aurais pu apprendre à la connaître grâce à mon père mais il refusait la plupart du temps d'en parler. La seule fois où je l'ai entendu évoquer le passé avec elle, c'était lorsqu'il racontait leur voyage de noces en Italie. Il aimait parler de Venise et des découvertes merveilleuses qu'ils y avaient faites ensemble, tous les deux, main dans la main sûrement, et insoucieux du lendemain.

Du moins, j'aimais à me le figurer ainsi. Et c'étaient les rares fois où papa avait l'air heureux quand il parlait de sa vie avec maman.

Que s'était-il passé après ? Pourquoi n'en parlait-il jamais ? Comment vivaient-ils au moulin ? Avait-elle été heureuse, s'était-elle épanouie ? Comment le saurais-je jamais, maintenant que lui aussi était parti, emportant sa part de secret dans la tombe ?!

Je n'avais pas écouté un traître mot de ce qu'avait dit le curé. Je regardais autour de moi. Il y avait beaucoup de monde, agglutiné autour de la tombe fraîchement creusée qui devait accueillir mon père. Qui renfermait depuis si longtemps les pauvres restes de ma mère. Alix sanglotait doucement à côté de moi. J'ai glissé mon bras sous sa taille et appuyé ma tête contre son épaule.

Alix était grande, plus grande que papa, plus grande que n'importe quel autre villageois assemblé ici. Elle flirtait avec le mètre quatre-vingts à quinze ans à peine et je me souviens encore avec attendrissement des prières ferventes qu'elle adressait à Dieu, le soir, agenouillée devant son lit, Le suppliant de ne pas la faire grandir davantage, par pitié, Seigneur ! Dieu semblait l'avoir entendue. Elle ne mesurait qu'un mètre quatre-vingt-quatre.

Je la sais complexée depuis toujours par sa grande taille et je n'ai jamais pu comprendre comment une femme aussi élancée, aussi athlétique que ma sœur pouvait souffrir de quoi que ce soit concernant son physique. C'est qu'elle ne se sait pas belle. Elle semble l'ignorer ou ne pas vouloir le croire. Mais lorsque nous marchions toutes deux dans les rues de Paris, les fois où elle venait me rendre visite, lorsque nous déambulions ensemble parmi la foule, ce n'était pas moi que les gens regardaient avec insistance.

Les épaules carrées, le buste étroit, la taille déliée et les jambes interminables, ma sœur est une reine. Et pas n'importe laquelle : la plus grande ! « Tu es la nouvelle Sigourney Weaver, Alix, gare aux aliens ! » lui avais-je dit un jour qu'elle se plaignait des regards trop insistants de certains, qu'elle mettait sur le compte de son gigantisme.

Elle était sportive, courait tous les jours ses six kilomètres et nageait en club depuis l'âge de dix ans. Papa avait voulu transformer son complexe en atout : il n'était certes pas arrivé à lui faire changer la vision qu'elle avait d'elle-même mais le sport à haute dose qu'elle avait pratiqué lui avait donné le goût de l'effort. Alix avait besoin de se dépenser, de transpirer, de se surpasser sans cesse pour son équilibre personnel. Moi, il me suffisait d'un bon roman policier ouvert sur mes genoux, le soir à la fraîche, accompagné des *Sonates pour piano* de Schubert et d'un bon verre de cognac. Ma définition de l'équilibre et du bonheur. C'était aussi celle de papa, je crois.

Le goût pour la lecture que ma sœur et moi avons en commun nous vient de lui. Sans pour autant être devenues de pures intellectuelles, papa avait favorisé cet amour des mots chez ma sœur et moi. Je me souviens des histoires qu'il nous lisait le soir avant de nous border, de nous embrasser sur le front et de nous souhaiter bonne nuit. Je me rappelle cette fascination que j'avais, petite, pour les livres, pour ces minuscules signes incompréhensibles que seul papa savait déchiffrer et qui portaient en eux ces histoires fabuleuses...

Comment ces petites pattes de mouche qu'il appelait des lettres pouvaient-elles vouloir dire toutes ces choses ? La lecture était devenue magie pour moi, le livre, oracle, et mon père, une sorte de chamane qui connaissait le sens mystique des pages qu'il tournait devant nos visages attentifs et graves.

— Au nom du Père, du Fils et du Saint-Esprit... a soudain psalmodié le curé.

C'était la fin. Les fossoyeurs ont fait descendre le cercueil lentement, sans heurter les parois. Une peine infinie m'a envahie. Je ne l'avais pas revu, je ne lui avais parlé qu'au téléphone au cours de ces six derniers mois. Je ne lui avais pas dit au revoir. Et je ne le reverrai plus.

Jamais plus.

L'absurdité de l'existence devant ce trou, ce cercueil tout au fond sur lequel il vous faut jeter une poignée de terre, les uns derrière les autres, Alix en premier, moi après elle… Remercier M. le curé de son discours, recueillir les condoléances de chacun, de visages connus, aimés pour certains, et d'autres qui vous sont totalement étrangers. Des amis d'enfance de mon père, des villageois sincèrement peinés, des anciens camarades d'école d'Alix et moi qui s'étaient déplacés pour venir nous soutenir. La gentillesse de ces gens m'a touchée. Leur simplicité aussi. Certains pleuraient amèrement.

J'étais partie, je les avais quittés. J'avais mis les voiles pour la capitale, persuadée que la vraie vie était ailleurs. Quelle erreur ! Et quelle perte de temps ! Revenir au moulin sans y revoir mon père, sans le surprendre penché au-dessus de ses tomates, son chapeau de paille sur la tête, sans l'entendre siffloter quelque part dans le jardin ou tempêter contre les broussailles avides, tout ce vide qu'il laissait derrière lui m'avait fait comprendre beaucoup de choses.

J'avais pleuré toute la nuit dans la chambre que j'occupais d'ordinaire quand je revenais pour les vacances. Alix m'avait entendue et était finalement venue me rejoindre pour se coucher avec moi. Nous nous étions consolées l'une l'autre. Nous avions parlé. De lui. Du passé.

Et de nous deux maintenant. Nous ne voulions pas vendre le moulin. C'était chez nous. Chez papa. Des changements allaient donc s'imposer dans nos vies à toutes les deux. Vivre et nous installer définitivement au moulin nous semblait naturel et normal. Je quitterais donc Conflans et demanderais un congé pour convenance personnelle de six mois. Congé sans solde, évidemment, mais c'était ce dont j'avais besoin, en attendant une mutation définitive pour un collège ou un lycée dans la région. Dans l'intervalle, je me contenterais d'assurer quelques remplacements et de donner des cours particuliers à des élèves en difficulté scolaire. J'avais quelques économies devant moi, je pouvais voir venir. Alix continuerait de donner ses cours mais elle quitterait l'appartement et réemménagerait dès que possible avec moi au moulin.

« Des frais en moins », m'avait-elle dit. Elle avait du mal à s'en sortir financièrement. Papa l'aidait souvent. Elle finirait ainsi d'écrire sa thèse, quoiqu'elle m'eût paru découragée et réticente à parler de son travail qui n'avançait pas, selon elle.

Nous nous étions enfin retrouvées. Nous étions enfin réunies. La vie serait différente maintenant. Couchées dans l'obscurité où s'étaient dessinés nos projets d'avenir en teinte plus claire, nous avions entendu l'eau clapoter doucement sous la maison. La roue avait fait ce bruit si familier et apaisant en tournant, un bruit qui continuerait à nous bercer longtemps.

Nous nous étions endormies, soûlées de fatigue et de chagrin, mais soulagées et heureuses. Oui, heureuses.

Du moins, pour un peu de temps encore.

III

IL ÉTAIT CONTENT DE LUI.

Il n'y avait aucun moyen que *qui* que ce soit se doute de *quoi* que ce soit. Il avait été très prudent. Le vieux était mort d'une crise cardiaque pour tout le monde, il n'y avait pas eu d'enquête, pas d'autopsie, il était tranquille.

— Poussière tu es, poussière tu retourneras…

Les gens étaient venus en masse à l'église, il en était d'ailleurs un peu surpris. De ce qu'il savait, le vieux ne sortait jamais de chez lui sauf en cas d'extrême nécessité et vivait en parfaite autarcie depuis des années. Mais apparemment, malgré sa vie d'ermite, il semblait avoir été aimé et apprécié.

« Normal, je ne suis pas là depuis aussi longtemps que lui et tous ces gens le connaissent depuis des décennies. Des vieux de la vieille. »

Au pied de la tombe, près du cercueil, il reconnut Alix. Une jeune femme au regard d'eau s'agrippait à son bras. Sûrement sa sœur, la cadette, pensa-t-il. Jamais vue par ici.

« Sinon je m'en serais souvenu… » Très jolie, vraiment très jolie. Bien plus à son goût que sa sœur, beaucoup trop grande à ses yeux, trop grande pour tout le monde d'ailleurs. Même si elle n'était pas dépourvue de beauté, ceci dit, mais non, décidément trop grande. En ce qui le concernait, il aimait pouvoir dominer.

« Par contre, la petite blonde, oui... Vraiment chouette... Peut-être célibataire encore, je ne vois pas d'homme à côté d'elle. Faudrait voir », se dit-il, pensif.

Il connaissait assez peu Alix et les rares fois où il avait été mis en sa présence, il s'était senti gêné. Oui, mal à l'aise. Une forte personnalité, en tout cas. Quelqu'un à qui on ne la faisait pas. Il n'aimait pas ça.

Il avait bien sûr entendu parler de la petite sœur, comment s'appelait-elle déjà ? On le lui avait pourtant dit, mais impossible de s'en souvenir. « Corinne, je crois, ou quelque chose comme ça. » De la région parisienne. Peu importe.

Le curé parlait maintenant de la maladie qui avait emporté le vieux, la faiblesse de son cœur, sa lutte pour se soigner et continuer de vivre une vie normale et paisible, même après sa première attaque. Une vie paisible. On peut dire ça.

Sauf à la fin.

Il n'en revenait toujours pas que le vieux n'ait rien compris, rien vu venir.

Une bourrasque fit se recroqueviller les assistants et il vit la petite blonde en face de lui passer le bras sous la taille de sa sœur qui pleurait.

Les larmes avaient roulé aussi cette nuit-là, mais sur ses joues à *lui*. Au vieux. Il s'était précipité après son coup de fil et l'avait retrouvé dehors, gisant par terre et respirant avec peine, la main crispée sur la poitrine.

Il l'avait regardé. Le vieux avait levé la tête vers lui et son regard s'était animé en le reconnaissant. Puis ses yeux s'étaient lentement agrandis d'horreur quand il avait *enfin* compris qu'il ne ferait rien, qu'il ne bougerait pas, qu'il n'appellerait pas à l'aide ni ne tenterait de le sauver.

« Vous n'auriez pas dû changer d'avis, mon cher Antoine », avait-il susurré.

Cela n'avait pas pris beaucoup de temps. Quand tout fut fini, il s'était penché sur le corps pour vérifier qu'il ne respirait plus, avait enfilé ses gants, tâté son pouls et pénétré dans la maison silencieuse.

Il avait fallu se dépêcher. Il avait raccroché le téléphone que, dans la hâte ou la douleur, le vieux n'avait pas remis en place. Le combiné pendait le long de son fil en faisant un petit bruit agaçant. Il connaissait bien la maison et s'était dirigé immédiatement vers la chambre à coucher. Il avait fouillé la table de chevet. Il n'avait pas eu à chercher longtemps avant de trouver les tablettes de comprimés, deux d'avance dont une presque vide. Il avait fourré le tout dans sa poche et avait déposé une *autre* tablette, à peine entamée celle-ci, à la place.

Il avait souri. C'était si simple.

Il avait fait un petit tour de la maison, vérifiant les tiroirs et les placards de la cuisine. Non, tout était en ordre. Ce n'était pas la peine de grimper aux étages, le vieux n'y mettait presque plus jamais les pieds.

Il s'était arrêté brusquement au beau milieu du salon. Qu'est-ce que c'était ? Ah non, rien, juste le bruit de l'eau sur la roue du moulin, dehors, qui tournait au gré du petit ruisseau. C'était en fin de compte un joli petit bruit reposant. Mais il avait eu presque peur…

Il était revenu sur ses pas, avait enjambé le corps du vieux effondré devant la porte et avait quitté les lieux sans se retourner. Il avait dû garer sa voiture bien plus loin et faire le chemin à pied.

— Au nom du Père, du Fils et du Saint-Esprit, amen.

Il fut tiré de sa rêverie par le piétinement soudain de la foule. Le corps venait d'être déposé en terre et les gens prenaient la file pour déambuler jusqu'à la fosse et présenter leurs condoléances à la famille.

« Ne poussez pas, il y en aura pour tout le monde », pensa-t-il, et il eut presque envie de rire. C'était bien le moment !

Il passa devant la tombe et se signa religieusement, puis il se dirigea vers les deux jeunes femmes qui serraient des mains en remerciant d'un petit signe de tête.

— Toutes mes condoléances, Alix, j'aimais beaucoup votre papa. Je suis navré.

— Merci d'être venu. C'est ma petite sœur, Carole.

— Mes condoléances.

— Merci. Il y aura un buffet froid organisé au moulin juste après, n'hésitez pas.

— Je viendrai.

Pour sûr, il viendrait ! Il espérait juste ne pas avoir dévisagé avec trop d'insistance et de curiosité la nouvelle venue. Il fallait rester prudent.

Quelqu'un l'appela et il fut obligé de rester un peu plus longtemps que prévu à discuter. Il n'avait qu'une hâte, c'était de rentrer chez lui, de prendre une douche, de se changer et de se rendre au moulin le plus vite possible.

Parler à cette Carole. Elle lui semblait plus douce et malléable que sa sœur. Peut-être qu'il apprendrait quelque chose de sa bouche susceptible de l'intéresser.

Et puis oui, elle était *vraiment* très jolie.

IV

Extraits des notes d'Alix

— AU NOM DU PÈRE, du Fils et du Saint-Esprit, amen. Au revoir, papa.

Je me souviens avoir titubé jusqu'à la tombe, soutenue par Carole qui m'enlaçait, avoir ramassé une motte de terre et l'avoir jetée sur le cercueil, sans saisir le sens de ce que je faisais, comme dans un rêve.

Un cauchemar, plutôt.

La mort n'est qu'un rituel, rien de plus. Un rituel incompréhensible, absurde, dérisoire. Qui n'a plus rien à voir avec la personne de laquelle on se sépare irrémédiablement. Avec son visage, avec le son de sa voix, l'écho de son rire, avec ce qu'avait pu être le cheminement intime de ses pensées.

Mon père *est* cet homme, volontiers taciturne et solitaire, qui aime fumer le cigare à la tombée du jour, qui aime ramasser les fleurs des champs pour les faire sécher et en faire des pots-pourris qui embaument la maison, qui ne se supporte pas malade et limité, qui aime lire avec passion et hait la sieste presque tout autant. Mon père *est* cet homme tranquille qui marche de longues heures à travers champs, contournant le centre du village en suivant le ruisseau, jusqu'au vieux pigeonnier délabré et envahi par le lierre mais dont on peut encore admirer les restes branlants, vestige du passé révolu de son petit village. C'est cet homme qui reste devant la haute tour, la contemplant, se souvenant que sa femme aimait en faire des estampes qu'il avait gardées et qu'il m'avait montrées, une fois, une seule fois, un soir de profonde mélancolie.

Je me souviens… Carole et moi recevons les témoignages d'affection de nos voisins, de nos amis, de ceux de mon père surtout. Je présente ma sœur aux nouveaux venus dans le village qui ne l'ont pas encore rencontrée. Carole semble ailleurs. Je n'en suis pas loin non plus. Tout ceci me semble interminable et je voudrais déjà rentrer…

— … un buffet froid est organisé au moulin, n'hésitez pas.

Oh non ! J'avais déjà oublié l'histoire du buffet ! Pas moyen d'y échapper. Quand tout ce que je voulais, c'était goûter la solitude et le calme de la maison avec juste le clapotement de l'eau et le bruit monotone des pales du moulin !

Le chemin du retour fut globalement très silencieux. Carole regardait par la fenêtre comme à son habitude. Elle avait beaucoup pleuré la veille et j'étais allée la rejoindre dans sa chambre en l'entendant sangloter. Nous avions fait des projets et je m'étais endormie confiante en l'avenir, sachant qu'elle resterait avec moi au moulin et que, comme moi, il était hors de question pour elle de s'en séparer.

Le moulin est une énorme bâtisse datant du XIXe siècle construite non loin du ruisseau le plus important de la région. C'est un moulin à roue verticale, située à l'extérieur, sur le côté du bâtiment longé par un bras du ruisseau. Avec ce type de roue, verticale de côté, l'impulsion de l'eau motrice s'applique sur les pales au niveau du moyeu de la roue mais des contre-aubes sont nécessaires pour éviter l'égarement de l'eau vers le centre de celle-ci. Aujourd'hui, le moulin n'est plus qu'une propriété privée au charme désuet, avec ses vieilles pierres et ses anciennes dépendances à l'abandon.

C'était la maison de mon enfance, là où j'avais appris à marcher, là où j'avais prononcé mon premier mot, là où chaque pierre me racontait une histoire qui était la mienne et celle de ma famille. Mon père avait passé les dix dernières années de sa vie à la rénover : il avait tout d'abord fait changer les vieilles fenêtres pour du double vitrage et avait installé de lourds volets en bois, dont la maison avait été jusqu'alors dépourvue, qu'il avait lui-même traités et repeints en vert pâle. Le changement avait été spectaculaire, la douce couleur ayant comme apaisé l'aspect d'ensemble de la propriété. Je soupçonnais papa d'éprouver une certaine fierté, le soir, à faire le tour de la maison pour rabattre les volets, pour « lui fermer les yeux », comme il aimait à le dire, signifiant au monde entier qu'elle et lui prenaient congé…

Mais son plus gros investissement, son plus gros chantier était d'avoir fait percer une partie du mur extérieur auquel la roue était suspendue, pour y poser une immense baie vitrée panoramique donnant sur la partie supérieure de la roue. Cette fenêtre était naturellement condamnée mais elle offrait la plus belle vue de la maison, celle du mécanisme lent et régulier de la roue, avec en arrière-plan le ruisseau et la forêt qui plongeait dans la vallée, plus bas.

Papa avait également fait abattre quelques cloisons intérieures de façon à obtenir de plus grandes pièces.

Les énormes pierres de taille des murs et les larges tommettes blanches et bosselées au sol étaient restées d'origine. Les poutres au plafond avaient été progressivement repeintes en blanc. Il avait travaillé de haut en bas, commençant par les étages avant de s'attaquer au rez-de-chaussée. C'était principalement là qu'il vivait, y ayant fait installer récemment sa chambre à coucher.

L'entrée s'ouvrait à gauche sur la cuisine, au centre de laquelle trônaient la vieille table en chêne et ses deux bancs massifs, et, en face, sur l'escalier au bois usé et aux marches grinçantes qui grimpait aux étages. Maman avait passionnément aimé faire les brocantes et les meubles en chêne vieilli qu'elle avait chinés au cours des années n'avaient pratiquement jamais changé de place. Un meuble d'entrée, immédiatement sur la gauche, muni de cinq patères et de deux tiroirs sur le bas, ainsi qu'un immense bahut vitré à trois portes calé sous l'escalier offraient des espaces de rangement très pratiques. Les cloisons séparant la cuisine du salon et de la salle à manger ayant été abattues, ce n'était plus qu'une immense et unique pièce dont la beauté était rehaussée par la vue de la roue qui tournait sur la droite et que l'on apercevait, de ce fait, de n'importe quel endroit du rez-de-chaussée. L'espace salon avait été transformé : papa n'avait gardé que le canapé, la table basse et le haut chiffonnier, héritage de maman. La bibliothèque, en revanche, était récente, avec son échelle en chêne vieilli, ainsi que le club Chesterfield en cuir sombre, cadeau de Carole, qui était devenu le fauteuil attitré de papa.

En face de l'escalier, sur la gauche, s'ouvrait le corridor menant aux pièces privées, d'un côté à la chambre à coucher de papa, meublée d'un grand lit, de deux tables de chevet et d'une armoire, et de l'autre à la spacieuse salle de bains entièrement modernisée. Papa avait gardé la grande armoire blanche à lucarne vitrée ainsi que le meuble à linge, datant tous deux de l'époque de maman. Au bout du corridor s'ouvrait une petite porte donnant sur la machinerie du moulin, au sous-sol. Le tout était un espace ouvert, clair et convivial, avec juste un bar et deux tabourets semblant séparer la cuisine et le salon, auquel on pouvait s'accouder pour prendre un verre, avec en face l'énorme roue du moulin.

C'était d'ailleurs là, précisément, que je me tenais, en cette fin d'après-midi venteux, au cours duquel de nombreuses personnes des environs avaient défilé pour rendre un dernier hommage à papa. Le buffet était une attention qui avait plu aux villageois et certains, les plus proches de mon père, les plus vieux aussi, avaient siroté leur cognac en portant silencieusement un dernier toast en souvenir de celui qui les en avait régalé si souvent par le passé. Carole s'était jointe à eux sans façons, silencieuse parmi les silencieux, tenant le verre au creux de ses deux mains jointes, comme je l'avais vue faire bien des fois en compagnie de papa.

Ils se ressemblaient beaucoup, ces deux-là. Je pouvais lire la même sorte de réflexion sur le visage des anciens qui la regardaient, pensifs et légèrement troublés par la présence de cette jeune femme à l'allure pourtant si profonde et si attentive. Et déterminée, aussi. J'ai aussitôt su qu'elle demeurerait pour eux une énigme, comme l'était devenu papa ces dernières années.

— Papa aimait cette pièce et la vue de la roue pardessus tout. Il passait des heures à la regarder tourner, le soir, à la fraîche, ai-je dit.

Carole a souri tout en faisant tourner le liquide sombre dans ses paumes.

— Et son goût en matière de cognac était le plus sûr du monde, a-t-elle ajouté. J'en ai rarement bu d'aussi excellent…

— Ton père aimait les belles choses, pour sûr, dit Pierre.

Elle a tourné la tête.

Pierre était l'amour de jeunesse de Carole et le revoir, à l'enterrement, après si longtemps, semblait l'avoir émue.

En voiture, sur le chemin du retour, elle m'avait, sans en avoir l'air, posé des questions sur lui et sur ce qu'il était devenu. Il était resté au village pour reprendre l'exploitation familiale, qui marchait d'ailleurs plutôt bien. Il s'était marié fort jeune et avait à présent deux enfants, le dernier n'étant âgé que de quelques mois. Christelle et lui semblaient très heureux et je savais Pierre impliqué dans la vie politique et culturelle du village. Un jeune couple souvent cité en exemple par ici.

Carole n'avait pas réagi à ces informations, s'était contentée de hocher vaguement la tête. Non pas qu'elle ait été encore amoureuse de lui, elle l'avait quitté bien avant de finir ses études, mais je la sentais troublée par sa présence.

— Oui, et il a su transformer et moderniser le moulin sans lui enlever son âme. Je ne revenais ici que pendant les vacances, et pas toutes encore, mais à chaque fois je trouvais quelque chose de changé. Toujours en mieux.

— Le moulin est vraiment magnifique aujourd'hui. Que comptez-vous faire, à ce propos ? Tu dois savoir, Alix, qu'il y a quantité d'acheteurs potentiels qui se précipiteraient si vous décidiez de vendre...

— Il n'en a jamais été question, répondit Carole à ma place.

J'ai senti l'attention de tous soudain en éveil et il m'a même semblé que ceux qui étaient présents s'étaient rapprochés *physiquement* de l'épicentre du séisme qu'avait provoqué Carole par ses mots, de façon à ne pas en perdre une miette. Et quel séisme : les sœurs Brausch s'installaient au moulin !

— C'est vrai ? a demandé Pierre, en me fixant du regard.

— J'ai bien peur que oui, il va vous falloir nous supporter à nouveau dans les parages, ai-je répondu en clignant de l'œil.

— Ah bah ! Pour une nouvelle... a murmuré un des vieux.

Il a fini son verre d'une traite.

— Papa n'aurait pas aimé voir le moulin finir entre les mains de parfaits inconnus après tous ses efforts pour le restaurer, ai-je ajouté comme si je devais m'excuser d'une telle décision. Et puis c'est un héritage familial, que les Brausch se lèguent de père en fils...

— De père en filles, pour le coup, a répliqué Carole en souriant tristement.

Satisfaite d'avoir appris une chose presque incroyable et pressée tout à coup de pouvoir la répéter aux leurs, l'assemblée s'est alors ébrouée, remerciant avec effusion et nous témoignant à nouveau son profond chagrin pour ce deuil qui nous frappait. Ils se sont éclipsés discrètement, nous laissant enfin seules, Carole et moi.

— J'ai dit quelque chose qu'il ne fallait pas, tu crois ? me sourit-elle malicieusement tout en refermant la porte, après la dernière voiture partie.

— En tout cas, ça leur a filé un sacré choc, à tous ! Tu vas alimenter les conversations du village pour un bon mois, au minimum.

Je me laisse tomber du tabouret et commence à rassembler sur un plateau les verres et les assiettes éparpillés un peu partout dans le salon.

— En effet, mais j'ai du mal à savoir si ça les a juste surpris ou carrément mécontentés. J'ai cru apercevoir des froncements de sourcils...

— Je pense que le moulin doit être convoité par certains depuis longtemps. Je sais que papa était sollicité pour vendre des parcelles de terrain. Beaucoup pensaient qu'après l'avoir fait une fois, avec David, il n'aurait aucun mal à continuer...

— David ?

— Oui, le voisin. Le docteur qui vit à côté avec sa femme et sa fille.

— Ils étaient présents aujourd'hui ? Je ne me rappelle pas les avoir rencontrés...

— Non, il n'y avait que lui et je te l'ai présenté au cimetière.

— C'est surprenant que papa n'ait pas fait plus d'histoires que ça, d'ailleurs, quand on l'a pressé de se débarrasser de ce bout de terrain qui borde la route.

— Il avait eu très peur, après son attaque. Il se sentait fatigué. Le champ était en friche et ce jeune couple cherchait à construire et à s'installer dans la région.

— Mais quand même. Et tu crois que certains d'entre eux envisageaient de racheter le tout à sa mort ?

— Je crois, oui. Pierre a son exploitation qui jouxte nos terres et je sais qu'il n'aurait pas été mécontent de s'agrandir. Il avait tenté plusieurs fois d'en parler à papa. Il disait qu'il ne se servait pas des terres, mais que lui en aurait eu l'utilité. Des Anglais étaient venus également. Je peux te dire que le prix qu'ils étaient prêts à offrir pour le moulin nous aurait mis à l'abri du besoin pendant quelque temps !

— Papa me l'avait dit au téléphone, je m'en souviens. Espérons quand même que notre décision n'ait pas fait trop de malheureux. C'est un tout petit village ici et il vaut mieux se mettre bien avec les habitants plutôt que de les avoir à dos.

Sa remarque m'a un peu surprise mais elle avait l'air sincèrement perturbée. Je me rappelle avoir pensé qu'elle s'en faisait sûrement trop et que la majorité de ceux qui connaissaient le moulin se moquaient éperdument du fait que nous nous y installions définitivement. J'ai mis son angoisse sur le fait qu'elle devait inconsciemment redouter de se réinstaller à la campagne après avoir vécu en parfaite citadine pendant toutes ces années.

— Ne t'en fais pas pour eux ! S'ils sont déçus, ça leur passera. Et comment as-tu trouvé Pierre, dis-moi ?

Elle a rougi légèrement. Elle avait entrepris de laver la vaisselle que je lui rapportais et elle a levé la tête pour regarder à travers la fenêtre au-dessus de l'évier.

— Bien. Il a changé. Il est devenu plus...

— Plus homme, c'est ça, ai-je fait en m'attaquant au balai et à la serpillière.

Les gens étaient rentrés les chaussures boueuses et humides du cimetière et le sol était sale et jonché de feuilles mortes.

— On peut dire ça comme ça.

J'ai su que je n'en tirerais rien d'autre et je me suis mise à balayer frénétiquement la pièce.

Une fois la maison remise en état, je suis sortie pour fermer les volets tandis que Carole se faisait couler un bain.

La nuit est tombée. Le vent souffle doucement, ébouriffant les arbres et mes cheveux. Je ferme les yeux, goûtant la douceur du soir et l'apaisement du tintement de l'eau contre les pales. La paix ici est parfaite. Je contourne la maison pour contempler le tournoiement infatigable de la roue. Si quoi que ce soit devait se dérégler dans le mécanisme, il faudrait faire venir un spécialiste, papa ne serait plus là pour réparer.

C'était une lourde responsabilité de reprendre la gestion du moulin et des terres du domaine et peut-être que Carole et moi en viendrions à regretter notre décision. Rester vivre ici nous paraissait incroyable, dans cette demeure, dans ce cadre idyllique. Mais vendre avait également ses attraits, à bien y réfléchir… Des doutes m'effleurent maintenant l'esprit et je suis envahie par l'incertitude et le désarroi. Et si Carole ne trouvait pas de poste fixe dans la région ? Et si je ne parvenais pas à finir ma thèse ? Et…

Un bruit dans mon dos me fait sursauter.

— Je suis désolé, Alix, je ne voulais pas vous faire peur… Je faisais mon habituel tour dans les champs et je vous ai vue pensive. Je me suis permis de m'approcher pour voir si tout allait bien.

Je souris, rassurée, en reconnaissant David.

— Non, tout va bien, je ne vous avais pas entendu arriver, c'est pour ça. C'est juste… un peu dur.

— Je comprends, mais il vous faudra du temps. Mélanie et moi sommes vraiment désolés de ce qui vous arrive, nous étions très attachés à votre père. Il était plus qu'un voisin pour nous. Mélanie… Elle reste choquée par la découverte du corps de votre père. Elle n'a pas eu la force d'assister aux obsèques et elle tenait à s'en excuser d'ailleurs.

— Merci, mais qu'elle ne s'inquiète pas, surtout, personne ne lui en veut. Je suppose en effet que cela doit être dur pour elle… Quel choc ! Comment va-t-elle ?

— Elle se sent mieux. Elle était sortie pour étendre le linge et, en traversant le jardin, elle a aperçu une forme allongée par terre devant l'entrée du moulin. Elle s'est rapprochée pour voir.

— Je comprends. Dites-lui que je passerai la voir dans la semaine, pour discuter un peu avec elle… Je voulais vous remercier de vous être si bien occupé de papa, il me disait qu'il se trouvait rassuré de vous savoir si proche, à deux pas…

— Il n'y a vraiment pas de quoi. Et si vous-même avez besoin de quoi que ce soit, n'hésitez pas à venir toquer à la porte. Pour un problème de fuite d'eau ou de pale brisée, ajoute-t-il en souriant.

— Vous lisez dans mes pensées ! C'est justement ce que j'étais en train de me dire… Merci, c'est très gentil. Nous n'hésiterons pas, je vous préviens !

Je me mets à rire tout en pointant un doigt qui se veut menaçant vers lui.

— Allons bon, je vois qu'il est trop tard et que je me suis trop avancé… Sans blague, prévenez-moi si quelque chose ne va pas. Et bonne nuit alors.

— Bonne nuit, David, ne vous perdez pas en route…

— Oui, je vais essayer.

Je le regarde partir dans l'ombre, tranquillisée de savoir que Carole et moi, nous ne sommes pas les seuls êtres vivants exilés par ici. Je me suis souvenue d'une phrase de Queffélec que je venais de lire récemment : *Le calme de l'heure était à l'image de ces âmes rassérénées, à nouveau transparentes…*

Oui, tout était calme à présent. Autour de moi et en moi.

Je remontais vers la maison quand le téléphone a sonné à l'intérieur. Je me précipite pour décrocher.

— Allô ?

— …

— Allô, qui est à l'appareil ?

Le fait est que je perçois très clairement une respiration rauque, forcée, comme un halètement au bout du fil. Un râle qui me fait froid dans le dos. Puis j'entends un léger déclic. On a raccroché. Je reste quelques minutes, le combiné à l'oreille. Qu'est-ce que ça veut dire ? Je raccroche quand Carole descend l'escalier pour venir se servir en serviettes de toilette dans la salle de bains de papa.

— Qui était-ce, Alix ?

Je secoue la tête.

— Personne. Probablement un faux numéro.

Je ferme la porte d'entrée que j'avais laissée ouverte et je tire le verrou.

V

Extraits des notes de Carole

Il faisait nuit quand j'ai quitté Paris et sa banlieue définitivement pour la province de mon enfance. Les semaines qui ont suivi l'enterrement de papa et notre installation au moulin ont passé aussi vite que l'éclair.

Je suis remontée à Paris à peine deux jours après la cérémonie. Auparavant, j'avais aidé Alix à trier et à ranger les affaires de papa. Nous avions nettoyé à fond sa chambre, plié tous ses vêtements dans l'armoire et mis de l'ordre dans ses différents papiers et documents qui ont trouvé une nouvelle place dans les tiroirs du bas de la bibliothèque. Nous ne pouvions pas nous séparer de ses affaires mais, en attendant, il nous était trop douloureux de les avoir sous les yeux toute la journée, en sachant qu'il ne reviendrait jamais.

Sa chambre a été gardée telle quelle, l'armoire, les tables de chevet et le lit recouverts de draps pour éviter l'accumulation de la poussière. Je ne tenais pas à garder le club dans le salon, il était à lui et je ne voulais pas que qui que ce soit d'autre s'y asseye. Nous l'avons déplacé dans la chambre avec le reste de ses meubles, sous une housse de protection. Et nous avons simplement refermé la porte derrière nous.

Les deux étages de la maison sont constitués chacun de quatre grandes pièces et d'une salle d'eau. Tout avait été refait mais papa n'y montant plus jamais, sauf quand il nous recevait et nous y faisait dormir, il nous a fallu aérer et dépoussiérer l'ensemble.

Alix s'est approprié le deuxième étage, où elle avait déjà une grande partie de ses affaires, et moi le premier. J'ai aménagé la plus grande pièce en chambre à coucher, où je disposais déjà d'un lit, et qui donnait sur une autre pièce plus petite, que j'ai transformée en dressing. En face se trouve la salle d'eau et, dans la dernière pièce du fond, j'ai décidé de me créer mon petit espace personnel, où j'ai prévu de mettre mon bureau, mes livres et tout ce qui pouvait être conservé de mon appartement conflanais.

Pour Alix, cela s'est fait bien plus simplement. Elle partageait avec Béatrice un petit appartement en ville et récupérer l'ensemble de ses affaires ne nous a pris que quelques heures.

Pour moi, ça a été plus compliqué. Je me suis débattue un temps avec les soucis administratifs. Papa est décédé le 18 août et j'ai pu contacter l'administration relativement tôt pour leur faire part de mes projets de déménagement. Mais cela n'a pas été sans peine. On m'a expliqué que j'étais plus ou moins contrainte de prendre une sorte de congé sans solde en attendant que ma demande de mutation en province entre en vigueur. Et je venais de passer les dernières semaines à tenter de louer une camionnette de déménagement, à vendre ce que je ne pouvais décidément pas apporter avec moi au moulin et à dire au revoir à mes collègues et amis que je n'étais pas près de revoir.

Je me sentais fatiguée malgré une certaine excitation : j'étais sur le point de commencer une nouvelle vie, sans trop savoir dans quoi je me lançais, et cette perspective me donnait une étrange impression. Je n'étais pas mécontente tout compte fait de m'éloigner de la capitale et de tous ces endroits qui avaient été témoins de mon histoire avec Erik, un homme que je fréquentais depuis plus d'un an et que j'avais rencontré à une soirée donnée par des amis communs. Il enseignait la philosophie dans un lycée parisien. Nous exercions tous deux la même profession, mais c'est à peu près tout ce que nous avions en commun. Son contexte familial était à l'opposé du mien, nous ne portions pas le même regard sur la vie en général, et sur notre couple en particulier. Erik avait un beau jour décidé que notre relation n'était pas assez fusionnelle et que nos différences finiraient de toute façon par nous séparer.

À la mort de papa, notre rupture définitive ne datait que de quelques semaines et, à ce jour, je ne savais pas très bien dans quelle mesure ces deux deuils successifs s'étaient imbriqués l'un dans l'autre. L'écheveau de ma vie m'apparaissait inextricablement emmêlé et j'avais besoin d'espace et de distance pour dévider cet enchevêtrement de fils.

Je l'avais appelé, abasourdie et en pleurs, quand j'avais appris la mort de papa et il était venu aussitôt, proposant même de m'accompagner et d'assister avec moi aux obsèques. Le problème s'était posé au moment où il m'avait prise dans ses bras pour me consoler et que j'avais senti les effluves d'un parfum qui ne pouvait être le sien. J'avais compris à l'instant que je m'étais fourvoyée.

Me reculant brusquement, je l'avais dévisagé, devinant amèrement que son discours sur nos prétendues divergences n'avait été qu'un prétexte, une excuse lamentable.

— Tu as l'air d'aller bien, lui avais-je dit, m'éloignant de lui et ravalant mes larmes, la rage au cœur. Tu vois quelqu'un en ce moment ?

— Carole, comment peux-tu ? Tu ne crois pas que ce n'est pas le meilleur moment pour…

— Moi, je trouve ça très bien, comme moment, au contraire ! J'espère seulement ne pas t'avoir dérangé avec mes problèmes familiaux.

Des images m'avaient assaillie, crues et terribles, de lui avec une *autre*. J'avais ressenti une honte telle que j'en avais eu le souffle coupé un long moment. Comme un coup de poing dans le ventre.

Je m'étais recroquevillée, à l'intérieur. Il avait compris qu'il n'était pas nécessaire de continuer à jouer et à prétendre, mais avait tenu à me redire combien il était sincèrement désolé pour mon père. Et il était parti, sans insister, refermant doucement la porte derrière lui.

Oui, ça n'avait pas été le bon moment pour une explication, il avait raison et j'avais été une belle idiote de lui avoir imposé cette scène éprouvante et ridicule. Je venais de perdre mon père. Que pouvait bien me faire la vie privée de mon ancien petit ami ?

Je pensais à tout cela sur le chemin du retour. Les dernières tracasseries administratives expédiées, je rentrais au moulin pour m'y installer et tenter d'y refaire ma vie. J'avais pris le train, encore une fois, nonobstant le fait que je multipliais ainsi par deux la durée du voyage. L'avion est ma hantise. Je ne m'y résous que lorsque j'y suis forcée. Là, j'avais précisément tout mon temps, et j'avais cédé à la tentation de prendre le train de nuit, qui a toujours eu ma préférence. Si voyager est une perte de temps, voyager de nuit n'en est plus une. Mais c'était surtout la perspective du bercement du train, de ce roulis chaotique qui me plaisait tant, quand je me retrouvais allongée sur ma couchette, plongée dans le noir et les yeux de l'imagination grands ouverts sur les espaces du dehors, les forêts froides, les centres-villes crépusculaires, les villages fantômes que le train traversait en sifflant… Je n'ai pas dormi cette nuit-là. Je me rappelle m'être levée et avoir quitté sans bruit la cabine, pour ne pas réveiller les autres occupants assoupis depuis longtemps. Une fois dans le couloir à peine éclairé, j'avais collé mon visage à la vitre et mis mes mains en visière pour regarder le paysage d'ombre et de lumière. Les lampadaires des rues projetaient de pâles lueurs qui trouaient l'obscurité, révélant parfois des silhouettes d'arbres aux allures de géants.

La nuit transforme le monde ainsi que la vision qu'on peut en avoir pendant la journée. Pour ma part, j'ai toujours préféré le silence nocturne à la clarté trop brutale du jour, peut-être à cause de mes insomnies chroniques qui ne me laissent en général dormir que quelques heures seulement par nuit. Je ne sais même pas si je peux réellement parler d'insomnies puisque ces quelques heures de repos paraissent me suffire et que mon corps n'en souffre pas. Les gens ne se doutent pas du nombre de choses que l'on peut faire, la nuit. Se lever, se faire chauffer du thé, s'installer dans son fauteuil les jambes repliées sous soi, lire, travailler, corriger des copies, et surtout, surtout ! goûter un silence qu'on ne retrouve jamais la journée. C'est le luxe de l'insomniaque, son privilège, son secret. Du moins, c'est ainsi que je le vis au quotidien. Me retrouver seule avec la nuit, avec ce silence-là, son opacité, sa tessiture…

Cette nuit-là, j'ai réfléchi à ce que je venais de laisser derrière moi, mon travail, mes élèves, les amis que j'avais réussi à me faire. Je tentais vainement d'oublier ma dernière entrevue avec Erik mais son reflet se dessinait trop souvent à travers la vitre du train qui m'éloignait de lui.

Oui, je m'étais mal comportée lorsqu'il était venu chez moi à l'annonce de la mort de papa, et je ne l'avais pas revu depuis. Mais la tournure qu'avaient prise les événements ce jour-là avait au moins eu le mérite de m'éclairer définitivement sur son comportement et sur les raisons de notre rupture. Je m'étais torturé l'esprit des jours entiers pour tenter de comprendre. Je m'étais culpabilisée à m'en rendre folle, me demandant où, quand et pourquoi les choses avaient changé si brutalement. C'était sûrement de ma faute, j'avais dû dire ou faire quelque chose ! Mais c'était en réalité bien plus simple. Il avait rencontré quelqu'un d'autre. Point. Fin de l'histoire.

Peu avant de quitter Conflans, j'avais d'ailleurs dîné une dernière fois avec Mathilde, l'amie qui nous avait présentés, Erik et moi. Nous nous étions donné rendez-vous dans notre petit restaurant libanais derrière le cinéma, une adresse qu'on appréciait beaucoup toutes les deux et que nous fréquentions souvent le week-end. Je lui avais rapporté notre conversation, le parfum d'Erik et les accusations que je lui avais lancées à la figure. J'espérais secrètement qu'elle démentirait et prendrait sa défense, me disant que mes soupçons étaient injustes, etc. Mais elle m'avait regardée tristement et s'était contentée de hausser les épaules, murmurant quelque chose à propos de la lâcheté de certains hommes. J'avais laissé tomber ma fourchette.

— Mais tu le savais ?

— Qu'est-ce que je savais, Carole ?

— Ne fais pas l'innocente. Tu savais qu'il voyait une autre femme et que c'est pour ça qu'il avait choisi de rompre avec moi, n'est-ce pas ?

— Écoute, qu'est-ce que ça peut faire maintenant, hein ? Dis-moi ? Vous avez rompu et aujourd'hui tu t'en vas vivre à plusieurs centaines de kilomètres d'ici.

Je l'avais dévisagée. Elle s'était tortillée sur sa chaise, soudain mal à l'aise.

— Pour être franche, oui, je le savais, avait-elle fini par dire, préférant sans doute jouer la carte, moins risquée, de la franchise. Mais je ne voulais pas te faire de la peine… Je l'ai effectivement surpris, une fois, dans un restaurant, en train de dîner avec une femme qui n'était pas toi et qui apparemment n'était pas non plus qu'une vague connaissance ou collègue de boulot, si tu vois ce que je veux dire.

— Je vois très bien, merci.

— Il avait eu l'air terriblement gêné de me trouver là. Il est venu me voir quelques jours plus tard pour s'expliquer. C'est là qu'il m'a dit que toi et lui… Bref, je lui ai dit que cela ne me regardait pas et que, s'il fallait qu'il s'explique, c'était plutôt avec toi qu'il devait le faire. Quelque temps après, j'ai appris que vous aviez rompu… Tu étais très malheureuse et je ne voulais pas en rajouter avec mes petites confidences, tu comprends ?

Cela m'avait abasourdie.

Cette nuit-là, j'ai laissé les soubresauts du train me décharger doucement du souvenir de ma peine et du sentiment de trahison que j'avais ressenti. J'ai secoué la tête. Je passais à autre chose aujourd'hui. Je suis partie me coucher.

Les yeux clos, j'ai essayé de me figurer les lieux intimes de ma vie, ma géographie personnelle et familiale en même temps : des souvenirs de rentrées de vacances, quand j'étais petite... Dans la voiture avec Alix, c'était à qui verrait la première les bois se profiler, sur la droite, quand la voiture filait sur la petite départementale qui menait au village... Le sourire de papa qui nous voyait si excitées de revenir à la maison... Et puis ça y était, les bois, l'impasse du Bois, sur la droite, un simple chemin de terre défoncé qui faisait enrager mon père car cela abîmait la voiture, et que personne n'empruntait jamais car il ne menait nulle part, sauf chez nous et, tout au bout, au petit pont qui enjambait la rivière et qui se poursuivait au-delà en sentiers forestiers... Mais avant le pont, sur la gauche, c'était l'entrée principale du moulin. Il fallait remonter l'allée caillouteuse bordée de grands arbres, laisser la bergerie délabrée sur la gauche, la grange ouverte aux quatre vents dont papa se servait comme garage et les vieilles dépendances sur la droite, près du ruisseau, et on débouchait bientôt sur le moulin, la maison, chez nous.

Il trônait et sa roue tournoyait gaiement, entraînée par le courant de l'eau claire dans laquelle nous aimions tellement nous baigner, petites, sous l'œil attentif de notre père.

Le jardin, à proprement parler, s'étendait de la bergerie au ruisseau, enserré entre la pierre et l'eau, les éléments naturels de notre décor. Derrière la maison, ce n'était que champs à perte de vue et petits chemins serpentant à travers les bois qui descendaient et par lesquels on accédait au vieux pigeonnier. Si on restait sur la départementale, en revanche, on arrivait au centre même du petit village dont nous dépendions malgré notre éloignement.

On pouvait accéder au moulin par un autre côté, en continuant la départementale jusqu'à la bifurcation suivante. La route se séparait alors en deux et, sur la droite, c'était la route du Moulin, nom approprié car, encore une fois, nous étions les seuls à y vivre.

Le champ abandonné derrière la bergerie se trouvait être la parcelle de terrain que mon père avait vendue au docteur et à sa famille, nos voisins actuels. Leur maison neuve se situait à peu près au même niveau que le moulin, éloignée d'une quinzaine de mètres seulement. La route du Moulin desservait maintenant deux habitations, la nôtre et la leur. Il n'y avait pas eu de clôture pour délimiter les terrains respectifs. Je me rappelle l'avoir dit à papa et de m'en être étonnée. Après tout, ils avaient une petite fille et la présence de l'eau pouvait être dangereuse, mais il m'avait répondu qu'à part David personne de chez eux ne s'aventurait jusqu'au ruisseau. Le docteur l'aidait souvent dans ses menus travaux et papa m'avait dit qu'il lui était d'une aide précieuse. Ils aimaient, à ce qu'Alix m'avait dit, se promener ensemble à la nuit tombée, jusqu'au pont, et regarder l'eau couler. Leur rendez-vous nocturne… J'avais été heureuse de voir que papa s'était si facilement résolu à vendre, après son séjour à l'hôpital, et de voir qu'en plus il avait vendu à des gens bien, qui pourraient lui venir en aide, Alix et moi parties.

Je suis arrivée en gare de Pau à 7 h 10 du matin le lendemain, fatiguée et le dos en compote à force de m'être retournée encore et encore sur la couchette. Alix est venue me chercher et elle semblait de mauvaise humeur. Elle m'a appris que la camionnette que j'avais louée à Paris pour descendre mes affaires était arrivée mais que les gens avaient été incompétents et n'avaient accepté qu'en renâclant de monter les meubles les plus lourds au premier étage.

— Le prix qu'ils se font payer, en plus… Ils ont abîmé ton joli bureau en le cognant contre la rambarde de l'escalier… Il a fallu démonter ton armoire mais ils ont refusé de me la remonter et ils sont partis en me laissant tout le travail sur le dos. J'ai dû appeler David et il m'a aidée, sans ça, je ne sais pas ce que j'aurais fait !

— Ce n'était pas la peine de le déranger, voyons, tu m'aurais attendue et on l'aurait fait ensemble.

— Je voulais te faire la surprise pour ton retour et te voir trouver tout en place et rangé !

Alix est une maniaque de la propreté, une névrosée du ménage et je la soupçonne surtout à ce moment-là d'avoir frôlé l'attaque nerveuse en voyant la pagaille que les déménageurs ont forcément dû laisser derrière eux. Je ne connais pas de personne plus tatillonne qu'elle sur la question de l'ordre et de la netteté d'une maison. Rien ne semble échapper à son regard attentif, rien ne passe au travers : ni la moindre miette de pain sur un coin de fauteuil, ni la moindre trace de poussière sur une table, ni la moindre traînée de pluie sur une vitre, ni la petite vaisselle pourtant lavée que vous avez laissée s'égoutter dans l'évier et qui n'a pas été rangée à sa place. Rien.

— C'est gentil de ta part, ai-je dit en souriant. Et sinon, quoi de neuf au pays ?

— Pas grand-chose, j'ai repris contact avec mes élèves, tu sais, pour le dessin. Je les ai un peu abandonnés ces derniers temps, avec toutes ces choses qu'il a fallu régler, l'enterrement…

— Justement, question boulot je vais certainement avoir besoin de tes services. Pas pour tout de suite, non, je ne m'en sens pas le courage de toute façon, mais plus tard, oui. Un congé sans solde de six mois, ça ne s'improvise pas... Peut-être que tu entendras parler de parents qui sont à la recherche de prof particulier, pour des heures de cours à domicile...

— Je t'ai déjà dit de ne pas t'inquiéter pour ça, tu trouveras bien.

En chemin, je pensais que je me retrouvais dans la voiture de papa, à côté d'elle, sur la route allant de la gare à la maison, tout comme la dernière fois, plusieurs semaines plus tôt, après la mort de papa. Les choses avaient radicalement changé depuis. Mes affaires étaient arrivées et j'emportais dans mes valises mes derniers biens pour m'installer avec ma sœur au moulin. Je n'en revenais pas d'avoir si facilement entrepris ce virage à cent quatre-vingts degrés sans hésiter plus que ça.

— Je voulais te dire...

Alix m'avait coupé dans mes réflexions et j'ai tourné la tête vers elle.

— Oui ?

— Disons que c'est difficile à expliquer et je ne voudrais pas t'inquiéter pour rien, mais je pense que je dois t'en parler quand même.

— Qu'est-ce qu'il y a ?

Alix m'a jeté un regard de côté et s'est mordu la lèvre supérieure, comme elle le fait quand elle est gênée ou préoccupée. Elle a émis un petit rire qui se voulait rassurant.

— Eh bien, figure-toi que depuis la mort de papa, je reçois de drôles d'appels téléphoniques au moulin et maintenant, *il* appelle même sur mon portable.

— Qui ça, il ? Qu'est-ce que c'est que cette histoire ?

— Je ne sais pas, justement, et pour ne rien te cacher, ça commence à m'inquiéter un peu.

— Mais qu'est-ce que ce *il* te dit ? Qu'est-ce qu'il veut ?

— Mais rien, il ne dit jamais rien, je ne suis même pas sûre qu'il s'agisse d'un homme à chaque fois. C'est juste que j'en ai l'impression, c'est tout. Quand je décroche, j'entends quelqu'un respirer fort à l'autre bout du fil et ça se termine en râle le plus souvent et j'ai beau me mettre à hurler et à m'énerver pour qu'on me réponde, personne ne parle. C'est très perturbant, tu peux me croire. J'ai pensé que c'était peut-être une blague de gosses, mais… Je ne sais pas… Je sens que c'est tout autre chose…

— Quoi ? Personne ne te menace ou ne t'insulte, dis-moi ?

— Non, et curieusement c'est ça qui m'inquiète.

Je l'ai regardée, surprise.

— Oui, je sais, tu vas encore dire que j'ai des idées bizarres, mais voilà, des insultes ne m'effraieraient pas plus que ça. Je saurais gérer. Ce que je ressens est différent.

Nous étions à l'arrêt à un feu. Elle s'est tournée vers moi et j'ai pu lire une réelle inquiétude dans ses yeux quand elle m'a dit :

— Tu comprends, même si je n'entends pas de voix, je peux *ressentir* la haine, quelque chose d'implacable à l'autre bout du fil, et cette haine reste palpable tout autour de moi, même longtemps après qu'on a raccroché, quand je n'entends plus que le bruit de la tonalité dans l'appareil.

VI

Extraits des notes d'Alix

La vie au moulin a repris son cours, comme si ni Carole ni moi ne l'avions jamais quitté et que nous nous y retrouvions naturellement après plusieurs jours de vacances passés chacune de son côté. Comme un retour à la normale.

Dans un premier temps, je me suis attaquée à la remise en ordre de la maison, notamment à notre emménagement définitif à ma sœur et à moi. J'ai choisi de prendre d'assaut le deuxième et dernier étage, celui où j'avais l'habitude de dormir quand je venais voir papa et qui avait ma préférence depuis toujours à cause de la vue qui s'offre à cette hauteur, à travers les fenêtres. Le paysage m'enchantait et j'avais secrètement le désir de me remettre à peindre, seule dans la pièce du fond, que je n'ai d'ailleurs pas tardé à transformer en atelier. Cette pièce menait au grenier par une trappe située au plafond et on y accédait grâce à l'échelle couchée le long du mur, à droite en entrant. J'y avais disposé plusieurs années auparavant tout mon vieux matériel de peinture.

Il m'a donc fallu redescendre chevalets et boîtes d'aquarelles que je n'avais plus touchés depuis. C'était juste un projet, je n'avais encore rien de précis en tête, mais je voulais me donner une nouvelle chance et le cadre au moulin s'y prêtait parfaitement bien. Un jour peut-être, me disais-je, une perspective ou un coin de ciel me donnerait l'occasion de m'y remettre sérieusement. J'avais du talent, à l'époque, à ce qu'on me disait.

Et pourquoi ne pas parcourir la campagne et me poster aux meilleurs endroits, comme l'avait fait ma mère, pour y esquisser des modèles ? Oui, j'avais beaucoup d'espoir car l'envie de « croquer » et de peindre n'avait jamais vraiment quitté mes doigts.

En fin de compte, ç'avait été beaucoup plus simple que je ne l'avais imaginé de revenir s'établir au moulin. Je savais en revanche que ça l'était moins pour Carole. Elle ne m'avait pas beaucoup parlé de ses déplacements à Paris et de ce qu'elle y avait fait. Je savais qu'elle traversait une phase difficile à cause de sa récente rupture d'avec Erik et je n'avais pas osé lui demander si elle l'avait revu et lui avait dit au revoir.

Je l'avais rencontré personnellement au cours d'une de mes visites chez elle et, plus tard, elle l'avait emmené voir papa au moulin où ils n'étaient restés que le temps d'un week-end. Il avait plu à notre père et il était évident qu'il plaisait follement à ma petite sœur… Peut-être un peu trop d'ailleurs. Carole ne m'avait pas clairement expliqué les raisons qui lui avaient fait rompre mais je ne l'avais jamais vue si affectée et si déprimée par la suite. Elle m'avait juste confié qu'Erik était resté très évasif et qu'elle soupçonnait l'existence probable d'une autre femme. J'en avais été désolée pour elle.

Et puis, juste après, nous perdions papa. La douleur n'est certes pas comparable mais, pour Carole, c'était une douleur de plus.

Elle semblait épuisée lorsque je suis venue la chercher à la gare. Je me la rappelle encore, s'étirant et se massant le dos à sa sortie du train, avec son pauvre sourire quand elle m'a aperçue. Elle n'avait pas dormi et j'ai supposé qu'elle avait dû beaucoup s'inquiéter pour l'avenir. Après tout, elle avait tout quitté pour revenir ici, travail, maison, amis ! Et il lui fallait tout recommencer à zéro.

Je n'avais pas voulu l'inquiéter tout de go mais je n'ai pas pu m'empêcher de lui parler de ces incessants appels téléphoniques qui commençaient à me taper sur les nerfs et à m'effrayer aussi, je dois bien l'avouer. Je n'en avais fait que peu de cas au début mais maintenant je pensais devoir faire quelque chose pour que cela cesse. Le problème était de savoir quoi, au juste.

Elle m'a regardée tout angoissée et m'a demandé depuis combien de temps cette histoire durait. Je lui ai répondu que, depuis la mort de papa et mon retour au moulin, il n'y avait eu que peu de jours où il n'avait pas appelé, encore que j'ignorais totalement s'il s'agissait d'un homme ou d'une femme.

— Mais tu dois bien avoir une petite idée de qui peut faire ça ? Des étudiants jaloux ? Un ex-petit ami ?

— Non, je ne crois pas que ce soit cela. C'est quelqu'un de proche, c'est sûr, puisqu'il appelle maintenant directement sur mon portable, mais je ne vois pas qui aurait envie de jouer à ce jeu stupide.

— Et à qui as-tu donné ton numéro personnel ?

Je l'ai regardée, incrédule.

— À tous ceux que je connais ! Je n'en ai jamais fait aucun mystère. Mais je ne vois toujours pas…

— Tu n'as qu'à le signaler à la police, ce serait plus sûr.

— Carole, la police ?! Pour une histoire d'appels anonymes ?! C'est ennuyeux certes, et même un peu angoissant parfois, mais ceux qui font ça finiront bien par se lasser et trouver quelqu'un d'autre à qui jouer ce mauvais tour. Je ne pense pas qu'il faille y accorder plus d'importance que cela.

— Et c'est bien pour ça que tu es tout juste en train de m'en parler !

J'ai tourné la tête pour saisir sa réaction. Elle regardait la route droit devant elle, les yeux fixes et la mâchoire serrée. J'ai regretté à l'instant même de lui avoir fait part de cette histoire.

— Eh, Carole, ne te stresse pas pour ça, ce n'est sûrement pas grand-chose, je ne sais même pas pourquoi je t'en ai parlé. Oublie.

— Et si ça continue ? Si les appels continuent et que ça empire ?

— Alors là, OK, j'irai voir Samuel à la gendarmerie et je lui parlerai du problème, je te le promets.

J'ai vu le visage de Carole s'éclairer. Elle a eu à nouveau cette façon très spéciale de tordre la bouche en un léger sourire qui lui donnait un air narquois et malicieux.

— Sam, Sam... Mais oui, suis-je bête ?! m'a-t-elle dit. Comment ai-je pu oublier ce bon vieux gars bien de chez nous qui, si je m'en souviens bien, te poursuivait de ses assiduités dès la maternelle ?

— Oui, mais c'est fini ce temps-là.

— Vraiment ? Pourquoi, il s'est marié ?

— Non. On a grandi, c'est tout.

*

* *

J'avais pris soin de téléphoner à Mélanie Farge quelques jours auparavant afin de prendre de ses nouvelles. David m'avait dit qu'elle vivait très mal la découverte du corps de papa et qu'elle restait troublée et devait se sentir coupable, d'une certaine façon. Elle avait semblé apprécier mon appel et m'avait invitée sur-le-champ à venir prendre le thé le mercredi suivant. Elle serait plus libre, n'ayant pas à sortir pour l'école. Chloé, sa fille de huit ans, ne devait se rendre à son cours de danse que le matin.

Le jour venu, elle m'expliquait tranquillement qu'il ne s'agissait que d'une simple initiation proposée aux petites qui avaient envie de s'essayer aux pointes et au tutu.

— Une sorte de découverte, a-t-elle ajouté en me tendant une tasse de thé fumante.

Nous étions dans le salon et j'avais pris place en face d'elle, ne sachant comment me tenir sur le gigantesque canapé d'angle qui occupait pratiquement tout l'espace. La maison, moderne et ultra-fonctionnelle, avait été agencée à la manière d'un loft et le rez-de-chaussée n'était en fait qu'une seule et unique pièce où la cuisine, le salon et la salle à manger se succédaient en enfilade sans aucune séparation. Le carrelage était noir, les murs blancs et le mobilier était vraisemblablement du dernier cri, et donc, me suis-je fait la réflexion tout en aspirant une gorgée brûlante, extrêmement coûteux. Malgré cela, quelque chose d'impersonnel et de très froid régnait entre ces murs. J'ai été surprise de ne trouver aucun aménagement un tant soit peu intime, aucune chaleur humaine dans la pièce aux murs nus, ni photos ni décoration autre que ce que j'aurais pu trouver dans une vitrine d'exposition pour la Journée du salon, par exemple.

Mélanie a dû lire la surprise dans mon regard, car elle m'a dit, presque d'un ton d'excuse :

— C'est un décorateur d'intérieur qui s'est occupé de la maison, nous lui avons laissé carte blanche. Nous avons choisi quelque chose de très moderne et surtout de très pratique : quand on a un enfant, on ne peut plus se permettre de perdre du temps à chercher les choses partout.

J'ai acquiescé du chef tout en balayant la pièce du regard. C'était un bel après-midi et le soleil rentrait à flots dans la maison à travers les baies vitrées. Je n'étais jamais venue chez eux mais je savais que papa avait tissé des liens très étroits avec la famille, en particulier avec David. Il devait s'être assis de nombreuses fois sur ce canapé, « peut-être même à l'endroit où je me trouve », ai-je soudain pensé.

— Je suis contente que papa ne soit pas resté seul ces derniers temps. Je ne me rappelle plus mais cela doit bientôt faire deux ans que vous habitez ici ?

— Oui, nous avons le terrain depuis deux ans. Cela fait un an et demi qu'on y habite puisque la construction de la maison n'a pris que six mois. Nous avions loué le premier étage d'une petite maison dans le centre du village, David préférant rester sur place le temps des travaux, près du cabinet qu'il venait tout juste de monter. C'était surtout moi qui faisais les allées et venues entre le logement et le terrain, ici. Je ne voudrais pas revivre ces moments-là ! En plus, Chloé était plus jeune et c'était affreux pour elle !

— Oui, j'imagine que ça ne devait pas être évident. Qu'est-ce qui vous a amenés dans la région. Je pense savoir que vous n'avez pas de famille par ici ?

Il m'a semblé voir Mélanie se raidir imperceptiblement. Quand elle a bu une autre gorgée de thé, son maintien est resté le même, ses gestes sont restés calmes mais la mobilité extrême de ses yeux m'a frappée.

On aurait dit un petit animal traqué qui ne sait par où il pourra bien s'échapper. Je me suis demandé à quoi était due une telle réaction.

Au même moment, un vacarme infernal nous est parvenu de l'escalier d'où une petite fille aux cheveux filasse a déboulé en hurlant.

— Chloé, m'a désigné Mélanie en éclatant de rire. Vous comprenez maintenant ? Allez superviser des travaux où il y a toujours quelque chose que les ouvriers font de travers ou ne comprennent pas, avec une petite furie pareille...

La furie en question réclamait à cor et à cri la présence de sa mère dans sa chambre pour l'aider à réparer un de ses jouets qu'elle venait de casser.

— Tu as dit bonjour à Alix, Chloé ? C'est la fille de papi Antoine et elle va habiter le moulin avec sa petite sœur maintenant. Tu fais un bisou à la dame ?

La petite fille s'était tue et me considérait avec insistance. « Le portrait de sa mère », ai-je pensé à l'instant.

— Bonjour Chloé, tu vas bien ?

Ma phrase est restée en suspens sans obtenir le moindre écho. Chloé avait les yeux braqués sur moi, la tête baissée et le visage sans expression.

Il m'a semblé d'un seul coup que le silence s'éternisait mais je me retrouvais presque malgré moi fascinée par le regard aigu de cette enfant. Je me suis sentie mal à l'aise sans comprendre pourquoi c'était moi qui me sentais prise en défaut.

— Chloé, a geint sa mère, je t'ai déjà dit qu'on ne regardait pas les gens comme ça, ce n'est pas poli. Va dire bonjour à Alix.

Pas de réaction.

— Bon ! ai-je fini par dire en riant. Eh bien, si tu ne veux pas me dire bonjour, c'est moi qui vais le faire !

Je me suis extirpée tant bien que mal du canapé pour aller déposer un baiser enjoué sur la douce joue de l'enfant.

Mélanie a semblé instantanément soulagée et je n'ai pas pu m'empêcher de penser que nous étions toutes les deux de belles idiotes d'avoir ainsi tremblé devant l'entêtement d'une petite fille. Certes, Chloé restait les yeux fixés sur moi mais j'avais réussi à noyer le poisson et Mélanie en a profité pour emporter rapidement sa fille vers les marches, désireuse de voir ce qui n'allait pas, au juste, chez ce maudit jouet.

Une fois mère et fille disparues, la voix de Chloé s'est fait entendre à nouveau et, si j'avais pu douter de ses facultés mentales au cours de ces étranges présentations, j'ai pu constater à mon grand soulagement qu'elle était parfaitement en mesure de prononcer des phrases cohérentes et précises sur la manière dont sa mère était supposée lui racheter la poupée cassée. La conversation prenait apparemment une tournure assez pénible pour Mélanie qui tentait de lui faire comprendre qu'il fallait prendre soin de ses affaires si on voulait qu'elles durent le plus longtemps possible.

Me sentant troublée et un peu confuse, j'ai préféré m'éloigner du drame qui se jouait à l'étage et sortir sur la terrasse par la baie vitrée restée ouverte qui donnait sur l'arrière du jardin. Je ne voulais surtout pas faire preuve d'indiscrétion, devinant qu'il doit être franchement désagréable pour un parent d'être surpris en pleine défaite devant l'une de ses chères petites têtes blondes.

Ma tasse à la main, j'ai fait quelques pas au soleil tout en contemplant le jardin. Plusieurs massifs avaient été créés en vue de casser la perspective ainsi que la longueur du terrain, mais les peupliers bordant la départementale avaient été conservés pour masquer la maison de la route. Le jardin m'a d'emblée semblé bien plus engageant que l'intérieur de la maison et force était de reconnaître que papa, papi Antoine, avait bien fait de vendre cette partie du terrain toujours en broussaille. Aujourd'hui, l'ensemble était plus agréable que ce qu'il n'avait jamais été.

Les peupliers séparant les deux jardins au niveau de l'impasse du Bois faisaient une sorte de clôture naturelle aux deux domaines et le long corps de la bergerie prenait le relais en suivant. Mais il n'y avait plus de frontière entre la bergerie et la route du Moulin, qui menait aux deux propriétés par deux chemins distincts. Les maisons se faisaient face, celle des voisins tournée vers la route du Moulin, la nôtre vers l'impasse du Bois. Une quinzaine de mètres seulement les séparaient.

— C'est en sortant pour étendre le linge que je l'ai vu.

J'ai sursauté, je n'avais pas entendu Mélanie revenir derrière mon dos. Je me suis tournée vers le moulin, suivant son doigt jusqu'au lieu qu'elle me montrait.

— J'ai vu une forme allongée par terre et j'ai tout laissé tomber pour me mettre à courir vers lui. J'ai tout de suite su que c'était son cœur.

Le mien s'est serré en imaginant la scène.

— Je suppose que ça doit être dur pour vous...

— Je dors mal depuis et, toutes les fois que je sors dans le jardin par la fenêtre, je ne peux m'empêcher de tourner la tête et de regarder dans cette direction...

J'aimais beaucoup Antoine, a-t-elle ajouté plus doucement après un moment de silence.

— Je sais, et il vous aimait sans doute beaucoup aussi, ai-je répondu en lui touchant le bras.

Elle s'est mise à trembler.

— Si seulement David avait été présent ce matin-là, il aurait pu tenter quelque chose pour le sauver ! Il avait été appelé pendant la nuit pour une urgence médicale et il était allé directement au cabinet ensuite, sans revenir à la maison. Vous savez, il n'est pas souvent là et c'est le seul médecin installé dans la région sur des kilomètres. Il a beaucoup de travail.

— Je vous crois ! J'ai un ami qui a fait médecine à l'université et il me dit souvent qu'il y a une réelle pénurie de docteurs dans les campagnes, tous préfèrent exercer en ville. C'est courageux d'avoir fait un tel choix.

— David aime passionnément son travail et il a le sens du défi. Je sais qu'il aurait préféré exercer sur place, avoir son cabinet juste à côté de la maison, par exemple. C'est son rêve depuis tout gamin. Son père était médecin, voyez-vous, et son cabinet était en réalité le rez-de-chaussée de la maison où ils vivaient.

— Pourquoi n'a-t-il pas fait la même chose ici ?

— Je ne sais pas, a-t-elle dit d'un air pensif. Pourtant, je sais qu'il aimerait…

— En tout cas, je vous remercie de vous être occupés de papa et d'avoir été là pour lui quand il avait besoin.

J'ai avalé le reste de mon thé et je l'ai suivie à l'intérieur.

— Excusez le comportement de ma fille, elle est un peu sauvage avec les étrangers. Elle est tellement têtue, elle ne veut pas comprendre qu'on ne se conduit pas comme ça avec les gens quand on est bien élevée.

« C'est peut-être parce qu'elle ne l'est pas, me suis-je dit en souriant intérieurement. Tu m'as tout l'air de lui céder ses moindres caprices... »

— Ne vous en faites pas, elle est petite encore, ça lui passera !

— Oh, c'est une forte personnalité, vous savez. Encore une tasse de thé ?

— Non, merci. Par contre, cette tarte délicieuse, je ne dirais pas non, ai-je ajouté avec un clin d'œil...

Elle a éclaté de rire.

— Mais comment faites-vous pour rester aussi mince alors ? Quel est votre secret ?

— Je cours, je nage et je me suis mise au squash il y a six mois. Ne croyez pas celles qui vous disent qu'elles peuvent manger tout ce qu'elles veulent sans prendre dix grammes et sans rien faire à côté. Elles mentent toutes.

— C'est rassurant. Il va peut-être falloir que je m'y mette aussi. C'est difficile après une grossesse de récupérer sa ligne d'avant... Et Chloé est tellement gourmande que j'aime lui préparer toutes sortes de gâteaux. Mais une fois servis à table, je ne peux pas résister, j'en mange aussi !

— Vous auriez tort de vous en priver ! suis-je parvenue à dire, la bouche pleine. Je crois bien que j'irai courir deux kilomètres de plus ce soir, histoire d'éliminer les calories que je viens de stocker cet après-midi...

— Mais où allez-vous courir ?

— Oh, pas loin, dans le bois, juste après le pont ! Si ça vous dit un matin de vous joindre à moi...

— Mais je vais me traîner à côté ! s'est-elle exclamée en riant. Je n'ai plus fait de sport depuis le lycée, c'est vous dire...

— Ce n'est pas tellement pour la ligne, vous savez. Courir reste mon activité préférée. C'est un excellent moyen d'évacuer tout le stress et les soucis de la journée. Quand je rentre des bois après mon jogging, j'ai l'impression d'être... comment dire ça ? Décrassée ? Oui, c'est ça, décrassée de l'intérieur. Le sport me donne toujours cette sensation-là. Le squash, ça c'est très physique, ce n'est pas ce que je vous conseillerais pour commencer...

— Il faut du temps pour tout ça. Avec un enfant...

Je l'ai regardée. J'ai trouvé ça pour le moins curieux, cette façon presque systématique qu'elle avait de se cacher derrière le fait qu'elle avait un enfant pour s'excuser de sa manière de vivre.

Mélanie était une très jolie femme. Assez petite mais mince, quoi qu'elle en dise. C'étaient ses yeux qui surprenaient de prime abord : de grands yeux pourvus de longs cils recourbés qu'elle maquillait toujours un peu. Sa frange coupée court sur son front accentuait davantage encore son regard vert pâle.

« Un visage de poupée », m'avait dit Carole, la première fois qu'elle l'avait croisée dans le jardin. Elles n'avaient échangé que quelques mots ensemble mais, du moins, Carole connaissait maintenant sa nouvelle voisine. « M'a l'air insipide », avait-elle rajouté.

Carole et ses jugements à l'emporte-pièce !

— Nous sommes malheureusement tous en train de courir après le temps, ai-je dit en matière de conclusion.

J'étais tout à coup pressée de rompre l'entretien et de rentrer chez moi.

— Oui, c'est vrai.

— Je vous remercie pour le thé, c'était vraiment très agréable, ai-je fait tout en me levant. Il faudra que vous veniez dîner à la maison un de ces soirs, je suis exécrable en cuisine mais Carole est un vrai cordon-bleu, c'est elle qui s'y collera. Merci encore, Mélanie.

J'ai pris mon sac à main que j'avais laissé suspendu au dossier d'une chaise. Je me suis retournée vers elle pour l'embrasser.

— Et prenez bien soin de vous.

Je n'ai vraiment pas compris, sur le moment, pourquoi j'avais ajouté cela. Peut-être parce qu'elle m'est apparue à cet instant si fragile, si fatiguée aussi...

Elle s'est levée pour me raccompagner à la porte et je me suis retournée pour lui faire un dernier signe de la main.

Je me la rappelle encore aujourd'hui, là, sur le seuil de cette grande maison qui, je pouvais le parier, n'avait rien à voir avec ses goûts à elle, ses mains gentiment croisées derrière le dos et son regard perdu quelque part à l'intérieur. Cette vision fugitive d'elle et des pans de sa jupe virevoltant tout autour, sous la brise qui montait doucement, s'est imprimée durablement dans mon cerveau. Comme si j'avais photographié la scène, mais pas seulement. Mélanie, la maison, mais aussi une ambiance, un parfum, l'atmosphère de cet au revoir somme toute très banal d'un début de soirée.

Tandis que je m'éloignais à grandes enjambées vers le moulin, une impression tenace que je n'arrivais pas à identifier me talonnait.

Un sentiment, un trouble, comme un mal au cœur... Qu'est-ce qui m'arrivait, d'un seul coup ? Pourquoi étais-je si angoissée – oui, angoissée, c'était le mot – par ce que je venais de voir, ou plutôt de deviner ?

Je n'ai pas pu m'empêcher de me tourner encore une fois, mais Mélanie avait disparu et refermé la porte. Mon regard, en revanche, a été attiré par quelque chose en haut, à l'étage.

C'était Chloé qui m'observait, immobile derrière sa fenêtre. J'ai pressé le pas et ne me suis plus retournée.

*

* *

Carole venait juste de rentrer des courses et, à en juger par la montagne de vivres qu'il y avait sur la table, elle avait fait des provisions pour au moins un bon mois.

— Sommes-nous entrés en guerre sans que je l'apprenne ?

Elle s'est contentée de me tirer la langue.

— Devine qui j'ai rencontré au supermarché ? Christelle et son petit dernier. C'est elle qui m'a abordée. Je l'avais vue à l'enterrement mais j'ai bien peur de ne pas avoir prêté beaucoup d'attention aux gens que tu me présentais. Elle est venue vers moi et s'est montrée très amicale. Du coup, je les ai invités à dîner ce soir, elle et sa petite famille.

— Quoi ?

Je n'en revenais pas.

— Tu as invité Pierre et Christelle ce soir ?

Elle a hoché la tête, occupée à sortir un énorme saumon de son emballage.

— Ne crie donc pas comme ça ! Je m'occupe de tout. Tu vas voir, tu vas te régaler…

— Ce n'est pas le problème, Carole ! La prochaine fois, avertis-moi à l'avance, tu sais que je déteste ce genre d'invitation surprise…

— Je sais, mais j'ai compris qu'il fallait très vite nous faire de nouveaux amis dans la région. J'agis donc sans tarder. Tu as une idée d'autres convives qui pourraient s'ajouter à eux ? J'ai acheté de la nourriture pour quinze personnes ! On fait d'une pierre deux coups comme ça…

— Non, non, aucune idée, et je n'avais vraiment aucune envie de faire la conversation ce soir encore !

— Pourquoi encore ? m'a-t-elle lancé d'un œil interrogateur.

— Tu sais bien, j'ai pris le thé avec Mélanie et je sors tout juste de m'être goinfrée de tarte aux pommes.

— Mais c'est très vilain, ça ! Cela veut dire que tu ne vas plus avoir faim et que tu ne vas pratiquement rien toucher au délicieux repas que j'ai l'intention de concocter ?

— Je ne trouve pas ça drôle ! C'était déjà assez pénible comme ça tout à l'heure…

— Qu'est-ce qui était pénible ?

Je me suis juchée sur le tabouret en la regardant s'affairer à travers la cuisine. Effectivement, elle n'avait pas lésiné sur la quantité !

— Je ne sais pas au juste. Tout. Rien.

Elle m'a jeté un regard torve.

— Je n'arrive pas à me l'expliquer moi-même, ai-je repris en grignotant un bout de carotte que Carole venait de laver. C'est Mélanie. La maison. Tout ça. C'est bizarre, je ne me suis pas sentie bien là-bas, et pourtant ça m'a tout l'air d'être une gentille famille.

— À part la gamine, sans doute…

— Tu la connais ?

— Oui, je l'ai déjà regardée jouer dans le jardin d'à côté et, quand je lui ai crié bonjour de loin, elle s'est arrêtée, s'est contentée de me fixer sans rien dire et elle a recommencé à jouer tout de suite après, comme si rien ne s'était passé. Je me suis fait l'effet d'un fantôme !

— Oui, elle a eu la même réaction avec moi quand j'étais chez eux.

— Sale gosse, c'est tout ! Bon, et puis au lieu de rester dans mes pattes à me regarder m'agiter, tu ferais mieux de t'en aller d'ici et de chasser bien vite ces idées bizarres de ta tête.

Elle a enfilé son tablier et j'ai su que les grandes manœuvres étaient déclenchées.

— Tu ne devais pas aller courir par hasard ?

*
* *

Courir dans les bois.

La brise de tout à l'heure s'est changée en bourrasques qui plaquent mon tee-shirt déjà trempé sur moi et me rafraîchissent les tempes.

Je maîtrise ma respiration, mes muscles ne sont pas encore douloureux. Je décide de forcer l'allure.

La forêt embaume dans l'air du soir. Les derniers rayons du soleil franchissent la muraille de verdure dressée par les cimes des arbres, et le bruit de la rivière peut s'entendre de n'importe quel endroit où l'on se trouve.

Chasser mes idées noires ? C'est ce que m'avait dit Carole. Mais j'ai beau faire, j'ai beau allonger le pas et accélérer le rythme, certaines choses repassent encore et encore dans ma tête. Des impressions, des ressentis. En réalité, des riens.

Et il faudrait encore bavarder et se montrer spirituelle tout à l'heure ! J'aurais préféré, sitôt la douche prise, m'avachir dans le canapé et regarder de bêtes programmes télévisés. Aucune réflexion ni introspection. Du gavage à l'état pur. Tellement reposant quelquefois !

La nuit s'annonce décidément venteuse et je décide de rebrousser chemin avant de risquer de subir l'averse qui menace d'ensevelir nos vies. Je souris à cette pensée. Ensevelir nos vies… Je suis vraiment sinistre ce soir.

C'étaient sûrement tous ces changements, la perte de papa, le déménagement, la vie avec Carole. Je n'y avais jamais vraiment réfléchi auparavant mais elle et moi étions différentes malgré tout, comme en témoignait l'épisode de ce soir. Elle était bien plus sociable que moi et, tout compte fait, il était peut-être un peu tard pour se demander si nous pouvions nous accommoder l'une à l'autre sans trop de heurts. Nous avions grandi ensemble mais nos styles de vie avaient changé, chacune de nous ayant poursuivi sa route de son côté. Et je ne souhaitais pas que notre belle complicité s'en trouve gâchée ou que nos relations dégénèrent au contact continuel l'une de l'autre. Je savais par expérience combien les disputes avec Carole pouvaient être violentes.

— C'est moi qui m'angoisse pour rien, comme toujours !

Sans m'en rendre compte, je prononce cette phrase à haute voix et je constate avec plaisir que je ne suis pas encore hors d'haleine. Je suis peut-être en nage des pieds à la tête, mais si le temps ne s'était pas mis à virer au grain, j'aurais pu continuer à courir encore longtemps. À présent, j'ai juste envie de rentrer à la maison et de me préparer avant que les Collin n'arrivent et Dieu sait qui encore, pourvu que je ne retrouve pas la moitié du village au moulin !

Je m'apprête à sprinter dans le dernier virage en direction du petit pont quand je m'arrête soudain, un cri de surprise aux lèvres, le souffle coupé. Une silhouette se découpe à contre-jour et se tient sur le pont, regardant les lumières qui viennent du moulin. Elle se retourne vivement en me voyant et s'enfuit presque aussitôt, s'enfonçant dans les bois de l'autre côté. Dans la nuit qui tombe, je n'ai pas pu reconnaître qui c'était. Je reste quelques instants interdite, mon cœur battant la chamade, les jambes flageolantes.

Je reprends ma course mais le choc d'avoir surpris quelqu'un *ici* et que ce quelqu'un se soit précipité pour se cacher m'a laissée pantelante. J'accélère la cadence si bien que remonter l'allée de la maison ne me prend que quelques secondes.

J'ouvre la porte brutalement et fais une entrée fracassante.

VII

Extraits des notes de Carole

Pierre et Christelle venaient à peine d'enlever leur veste et de s'installer confortablement dans le canapé du salon quand Alix a fait irruption avec éclat dans la cuisine, les yeux exorbités, rouge et ruisselante de sueur.

Je me souviens avoir éclaté de rire devant sa mine déconfite. Il est vrai que Pierre et sa femme étaient arrivés plus tôt que prévu.

— Eh bien, que t'arrive-t-il ? Tu as vu le croque-mitaine dans les bois ?

Elle ne m'a pas répondu immédiatement mais elle semblait complètement paniquée.

— En voilà une entrée ! a ri Pierre. Tu n'y vas pas avec le dos de la cuillère, toi, quand tu fais du sport ! Tu t'es mise dans un drôle d'état.

— Désolée, est-elle parvenue à bafouiller, j'ai... Je monte me doucher et j'arrive. Commencez sans moi, a-t-elle ajouté en me lançant un étrange regard.

Je connais ma sœur comme ma poche et j'ai alors su très précisément que quelque chose n'allait pas. Vraiment pas. Quelque chose venait très vraisemblablement de se passer.

J'ai pris le parti de remettre cette explication à plus tard, une fois nos invités partis. En attendant, je devais me montrer une parfaite hôtesse de maison et j'avais envie de passer une bonne soirée.

J'ai servi l'apéritif, un jus de fruits pour Christelle qui allaitait encore, et deux bonnes giclées de bourbon pour Pierre et moi. Je ne lui avais même pas demandé de faire son choix, bien que ce ne fût pas l'alcool qui manquât chez papa. Je me rappelais son net penchant pour le goût sec et épais d'un Wild Turkey.

— Un douze ans d'âge, c'est tout ce qu'il nous reste ! ai-je fait en souriant et en lui tendant son verre. Tu te souviens ?

Il a souri en hochant la tête, passablement gêné toutefois, comme si cette complicité retrouvée après tant d'années, alors que plus rien ne nous rattachait l'un à l'autre hormis nos souvenirs, lui plaisait et l'embarrassait terriblement en même temps. J'ai cru comprendre pourquoi lorsqu'il a lancé un regard à sa femme : il n'avait pas dû juger utile de lui révéler que nous étions sortis ensemble pendant presque toute notre scolarité et que nous avions même fini par nous installer tous les deux, une fois inscrits à l'université. J'ai donc pris le parti de la prudence et de la discrétion, prenant bien soin de ne pas évoquer à tout bout de champ nos souvenirs communs.

Sa femme était d'ailleurs délicieuse, une jolie brune au sourire espiègle et à la voix enjouée. Ses cheveux étaient coupés très court et lui donnaient un air d'éternelle adolescente. J'ai pu apprendre au cours de la conversation que nous menions à bâtons rompus qu'elle était originaire de la banlieue parisienne mais que sa famille et elle venaient chaque année en vacances dans la région depuis l'âge de ses dix ans.

Elle était tombée amoureuse des Pyrénées, de la campagne et de l'océan qu'on atteignait en moins de deux heures de Pau : une fois son diplôme d'infirmière en poche, elle avait quitté la grisaille parisienne pour s'installer à son compte dans le village. Elle n'avait que fort peu exercé du reste, puisque quelques semaines seulement après son installation, elle avait rencontré Pierre et qu'ils s'étaient mariés presque en suivant.

— La théorie du coup de foudre n'en est plus une ! Pierre et moi l'avons démontré, a-t-elle conclu en riant et en se resservant des cacahuètes.

— À qui avez-vous laissé les enfants, au fait ?

— Mes parents ! Ils les ont pris pour la nuit, a répondu Pierre. Le grand est ravi à chaque fois qu'il va dormir chez papi et mamie, je le soupçonne même de préférer être avec eux qu'avec nous. Quant à la petite, elle fait toutes ses nuits maintenant, c'est plus simple quand nous devons les leur laisser pour sortir.

— Parce que c'est difficile pour ne pas dire impossible de se retrouver seuls tous les deux aujourd'hui. Quand un couple décide d'avoir des enfants, il peut dire adieu à…

— Bon sang ! Mais je n'entends que ça depuis ce matin ! a fait une voix derrière nous.

Alix descendait l'escalier et semblait avoir repris visage humain, prête à jouer le jeu pour la soirée. Elle s'est approchée en souriant et a embrassé les invités. Elle m'a fait un clin d'œil.

— Désolée pour tout à l'heure, j'ai manqué me faire prendre pour une folle en déboulant comme ça.

— Le mal est fait, Alix ! lui ai-je jeté le plus sérieusement du monde.

— Rien ne vaut une bonne douche pour vous remettre les idées en place, a-t-elle repris en choisissant d'ignorer ma dernière remarque.

Elle s'est assise à côté de Christelle et s'est versé une longue rasade de scotch, ayant toujours préféré les Highlands d'Écosse aux plaines verdoyantes du Kentucky.

— « Son whisky était si extraordinaire que quand il en buvait, il parlait écossais », a-t-elle déclamé avec emphase. À Mark Twain, mes amis !

— Tu verras, ma chérie ! a dit Pierre à sa femme. Les filles Brausch étaient connues par ici pour leur sacrée descente. Je constate que c'est toujours le cas. Je propose de porter un toast au passé qui nous est cher, au présent qui nous a rassemblés ici ce soir, et à l'avenir. Qu'il soit le meilleur possible pour chacun d'entre nous.

Nous avons tous lever nos verres pour trinquer.

Ce n'est qu'en buvant une gorgée de mon bourbon que je me suis aperçue que la main d'Alix tremblait étonnamment fort.

*
* *

La soirée était réussie, vraiment, il y avait longtemps que je n'avais pas pris autant de plaisir à recevoir. Christelle et Pierre ne sont partis que tard dans la nuit, après avoir fait honneur au repas comme il se devait. Après manger, nous avions quitté la table en nous traînant vers le canapé et j'avais sorti la vieille bouteille de cognac de papa.

L'alcool a cet effet désinhibant bien connu, qui fait que de parfaits étrangers rassemblés ensemble pour un soir et se demandant avec anxiété de quoi ils vont bien pouvoir parler se retrouvent à évoquer des choses très personnelles et à se trouver mille points communs.

Ce qui explique certainement que je me suis retrouvée à débattre avec passion d'Hemingway en particulier (rapport au scotch, sans doute…) et de littérature américaine en général avec Christelle : elle se révélait être, à ma grande joie, une lectrice assidue de romans tant français qu'étrangers. Alix et Pierre se sont lancés quant à eux dans une discussion sans fin à propos d'aménagements de terrain et du prix de l'immobilier, et, les rares fois où je suis parvenue à choper quelques bribes de leur conversation, leurs discours m'ont donné cette impression d'être parfaitement assommants.

Pourtant, au cours de la soirée, quelque chose a perturbé ma causerie avec Christelle.

— Finalement, vous vous êtes décidées, toi et ta sœur ? a demandé Pierre à Alix. Vous allez finir par vendre la bergerie aux Farge ? a-t-il ajouté en étendant ses jambes avec une petite grimace de douleur.

Mon attention a tout de suite été captée. Prêtant une oreille un peu moins attentive à ce que me racontait Christelle sur le petit pavillon de ses parents dans le Val-de-Marne, j'ai réussi à entendre sans trop de mal la suite de la conversation.

— Comment ça, leur vendre la bergerie ? Qui voudrait bien de ce tas de ruines d'abord ?

— Pourtant, Antoine était apparemment sur le point de la leur céder !

— Sans blague ? Mais pour quoi faire ?

Christelle a ri à ce moment-là et j'ai eu très peur qu'elle n'ait remarqué mon manque d'attention. J'ai donc renoncé à m'occuper de la conversation d'Alix et Pierre et me suis à nouveau focalisée sur mon interlocutrice.

Une fois la porte refermée après les dernières étreintes d'adieu et les promesses de « remettre ça, mais chez nous cette fois ! » de nos invités, je me suis étirée tout en contemplant la cuisine et le salon jonchés d'assiettes, de restes de nourriture et de verres éparpillés un peu partout au gré de nos allées et venues au cours de la soirée.

— Mon Dieu, quelle pagaille ! a fait Alix derrière mon dos.

Elle venait de retirer ses chaussures et se massait les pieds avec précaution.

— Tu aurais dû rester en chaussons comme moi. Quelle idée de passer toute une soirée en escarpins alors qu'on est chez soi et entre amis de longue date !

— Oui, enfin pour Pierre, oui ! Mais ni toi ni moi ne connaissions vraiment Christelle. Mais c'est vrai, c'était un peu stupide. Oh, je suis vannée, m'a-t-elle dit en s'étirant à son tour. Le problème, c'est que je ne vais pas pouvoir monter me coucher en sachant que je laisse la maison dans cet état-là, je n'arriverai même pas à trouver le sommeil…

J'ai, bien sûr, compris le message à l'instant. Et c'est ainsi que nous nous sommes mises courageusement à rassembler la vaisselle, à laver et à débarrasser le salon afin qu'Alix n'ait pas à souffrir d'insomnie cette nuit-là.

Je l'ai laissée terminer tranquillement pour sortir fermer les volets. La nuit était fraîche bien que le vent se soit un peu calmé, et il avait plu. Je me sentais fatiguée, j'avais les membres rompus et les brouillards de l'alcool commençaient à me monter à la tête.

Pourtant, j'ai eu une brusque envie de fuir quand j'ai compris, au raffut que faisait Alix, qu'elle avait sorti l'aspirateur.

Cette femme est folle !

Je me suis dit que faire quelques pas dehors, jusqu'au petit pont, pour profiter du clapotement du ruisseau le long du jardin, serait une bien agréable façon de finir cette soirée. Je me rappelais combien j'avais apprécié, dans mon petit appartement de Conflans, d'avoir eu la chance de disposer d'un balcon et de pouvoir sortir respirer le soir et écouter les dernières rumeurs de la ville… Prendre le frais, comme disait papa, avant d'aller dormir…

Une vague de peine et de tristesse pour mon père m'a envahie brusquement. « Où es-tu, maintenant ? Comment faire pour vivre sans toi ? » Les dernières semaines avaient été bouleversées par tous ces changements, ce qui ne m'avait guère donné le temps de prendre pleinement conscience du fait que je ne le reverrais jamais plus arpenter ces terres et ces bois qu'il aimait tant.

Et qu'en serait-il de nos vies, ici, au village ? Réussirions-nous à nous intégrer, parmi ces gens ? Certes, il n'y avait pas eu de problèmes avec Pierre et Christelle, c'était plutôt prometteur et rassurant pour la suite.

Je me suis accoudée à la balustrade en bois du pont. Le moulin baignait dans une douce obscurité. J'ai repensé, je ne sais pourquoi, aux sœurs Brontë et au presbytère de Haworth qui leur servait de maison, aux ruelles étriquées du village et aux Moors du Yorkshire qui avaient servi de cadre à bien des scènes de leurs romans. J'avais lu quelque part une remarque très juste de Virginia Woolf sur l'étrange fusion qui s'était opérée entre ces êtres tendres et déchirés et les austères murs qui abritaient leurs vies : *Haworth exprime les Brontë ; les Brontë expriment Haworth ; elles y sont comme un escargot dans sa coquille.* J'ai fermé les yeux et me suis laissé bercer par le vent. Dirait-on cela un jour d'Alix et de moi ? J'avais grandi au moulin, j'y avais été heureuse et misérable, naïve et cynique, pleine d'entrain et ombrageuse. Mais le moulin et ses pierres étaient restés ma coquille.

Avant même de m'en rendre réellement compte, je me suis surprise à pleurer. C'était idiot et complètement hors de propos, mais les larmes coulaient d'elles-mêmes et je n'ai rien pu faire pour les en empêcher.

Je pleurais pour de bon cette fois, la tête entre mes mains. Je me sentais incroyablement lasse, comme je ne l'avais jamais été auparavant, me semblait-il. Et coupable, aussi. La vieille litanie accablante reprenait sa ritournelle dans ma tête. Coupable de ne pas avoir dit adieu à mon père, coupable d'avoir laissé à Alix le soin de s'en occuper toute seule, coupable de ne pas avoir compris que papa avait dû souffrir en secret de nos abandons successifs. Alix n'était pas partie loin, mais moi si. Et tout était terminé maintenant, tout, pour lui, pour Alix et pour moi… Comment avais-je pu laisser la vie nous séparer ?

Un bruit, un froissement de feuilles… J'ai redressé la tête, vivement.

Quelqu'un, dans les bois.

— Papa ?

Seul le vent m'a répondu, en mugissant plus fort dans les branches. J'ai bruyamment reniflé en tentant de percer l'obscurité.

Quelle idiote je faisais ! C'était juste la bourrasque ou bien une petite bête, effrayée d'avoir vu un être humain encore debout à cette heure. Je suis remontée vers la maison en séchant mes larmes. Je ne voulais pas qu'Alix voie que j'avais pleuré, surtout que j'aurais été bien incapable de lui expliquer pourquoi.

Les mains enfoncées dans les poches de ma veste, je suis rentrée chez moi et ce n'est qu'en m'attaquant à la fermeture du premier volet que je me suis rendu compte avec stupeur que tout à l'heure, sur le pont, alors que je pleurais, j'avais appelé mon père.

*

* *

J'ai dormi profondément cette nuit-là et je ne me suis réveillée que fort tard le lendemain. J'ai découvert la maison étrangement calme et un petit mot laissé par Alix sur la table de la cuisine me rappelant qu'elle devait passer les deux prochains jours à travailler à la bibliothèque du campus pour avancer sa thèse et qu'elle avait prévu de rester dormir en ville, chez Béatrice, son ancienne colocataire et amie dont elle m'avait déjà parlé mais que je n'avais encore jamais rencontrée.

— J'avais complètement oublié ce détail !

Je ne sais pas pourquoi mais cette nouvelle m'a mise de mauvaise humeur et j'ai pris la soudaine résolution de me faire du café en doublant exceptionnellement les doses. Pour couronner le tout, un mal de tête lancinant commençait à poindre le bout de son nez. La machine à café enclenchée, j'ai parcouru la maison en ouvrant volets et fenêtres en grand. Il faisait beau et j'ai décidé de laisser entrer le soleil à flots à l'intérieur et de m'installer sur la terrasse pour prendre mon petit déjeuner.

La terrasse était située sur l'arrière de la maison et on y accédait par les portes-fenêtres du salon. Elle courait sur toute la longueur du moulin, mon père pouvant y sortir directement depuis sa chambre à coucher. C'était une jolie avancée carrelée et l'espace repas était protégé par un auvent en bois qui préservait de la chaleur du soleil en plein été. J'ai installé ma tasse à café et le jus d'orange sur la grande table en teck massif en constatant que la pluie avait dû frapper latéralement pendant la nuit car, malgré l'abri, les chaises étaient mouillées.

La vue était belle d'ici, avec les champs sur la gauche et surtout le ruisseau qui s'épanchait à mes pieds, avec les bois à perte de vue sur la droite. Je me suis laissée aller sur le dossier de ma chaise tout en commençant à me masser les tempes afin de refouler le début de migraine. J'étais décidée à mettre à profit ces deux jours de solitude absolue pour élaborer un plan de bataille et me mettre sérieusement à la recherche d'un job, quel qu'il soit, même à mi-temps. J'ai déplié le journal local qu'Alix avait sûrement dû rapporter de la boîte aux lettres avant de partir, afin d'éplucher les annonces de la région.

J'ai passé les dix minutes suivantes penchée avec concentration sur la rubrique emploi, avant de comprendre que je ne trouverais rien d'intéressant et qu'il me faudrait afficher un peu partout dans notre village et ceux des environs les plus proches ma disponibilité pour des cours particuliers à domicile. Ce serait déjà un bon début. Et puis pour le reste, on verrait bien. Dans six mois, j'étais réaffectée, alors… Chaque chose en son temps.

J'avais entendu monter le café et je suis rentrée à la maison pour aller me servir. Alix avait raison, si j'avais dû me réveiller ce matin et constater le désordre de la veille, la journée aurait décidément très mal commencé. Tout était propre et en ordre, et je pouvais profiter du silence et du calme tournoiement de la roue du moulin derrière la baie.

Ce n'est qu'une fois la première tasse de café avalée que les différents événements de la veille me sont revenus en mémoire, d'abord d'une manière floue, puis de façon de plus en plus précise. Le curieux comportement d'Alix quand elle était revenue des bois. Et cette bizarre sensation d'avoir été surprise par quelqu'un, quand j'étais sortie sur le pont, avant d'aller me coucher.

Le plus étrange était que j'avais appelé papa à haute voix.

Qu'est-ce qui avait bien pu me passer par la tête ? Si réellement quelqu'un s'était trouvé là – après tout, les bois sont à tout le monde – et m'avait entendue, il avait désormais matière à penser sur mon état mental !

Décidément, le mal de tête ne voulait pas partir. Je suis montée prendre une douche rapide avec la ferme intention de profiter du beau temps pour m'aérer et m'occuper du jardin qui avait été laissé plus ou moins à l'abandon depuis notre installation. Alix avait à peine pris le temps de tondre la pelouse et j'avais pu constater que les fleurs des massifs ainsi que le potager se mouraient faute de soin. J'ai donc passé une bonne partie de la journée les cheveux relevés sous un large bandeau, à bêcher, déraciner, mettre du désherbant et redresser les plants de légumes endommagés par le vent et la pluie. Les rosiers et autres fleurs n'avaient pas trop souffert. Par contre, le potager était dans un état qui faisait peine à voir.

Papa avait l'habitude d'entreposer tout son outillage de jardin dans l'ancienne bergerie, à quelques mètres du potager, ce qui lui permettait de ne pas perdre de temps en allers et retours inutiles. Le problème était que ce que lui devait trouver sur-le-champ, je mettais, moi, de longues minutes à le chercher, farfouillant dans le bric-à-brac impressionnant qui semblait avoir pris définitivement possession de l'intérieur de la bâtisse.

J'étais en train de pester contre le désordre de papa quand j'ai entendu une voiture approcher et se garer non loin de là. Soudain attentive, j'ai tendu l'oreille sans arriver à discerner clairement ce que disaient les voix qui me parvenaient.

Excitée comme une enfant, j'ai grimpé silencieusement les barreaux de l'échelle pour atteindre l'étage supérieur de la bergerie d'où je pourrais regarder discrètement à travers les ouvertures qui tenaient lieu de fenêtres.

C'étaient mes voisines qui arrivaient chez elles. Mélanie venait de garer la voiture derrière la maison. Elle et sa fille se dirigeaient lentement vers la porte d'entrée, tout en échangeant des propos sur une des petites camarades de classe de Chloé. Une scène de la vie de tous les jours. Une enfant qui rentre de l'école avec sa maman et qui lui raconte sa journée avant d'aller prendre son goûter. Une scène que je n'avais jamais vécue.

D'aussi loin que je me souvienne, Alix et moi rentrions seules à vélo à la maison et, papa travaillant alors jusque tard dans la soirée, il n'y avait personne qui nous attendait à notre retour d'école. C'est à Alix que je racontais mes joies ou mes déboires scolaires et c'est Alix qui préparait le goûter pour nous deux quand j'étais trop petite encore pour me faire chauffer un bol de lait toute seule.

« Alix… »

Je me suis assise contre le mur pour repenser à toutes ces années passées où elle avait été tout pour moi, le commencement et la fin de mon monde, de mes journées, de ma vie. Alix qui riait aux éclats avec moi quand, petites, nous jouions nues dans le ruisseau après une journée torride ; Alix qui venait me rejoindre sans bruit dans ma chambre le soir pour bavarder encore et encore, jusqu'à ce que nous tombions de fatigue ; Alix qui avait essuyé les larmes de mon premier chagrin d'amour pour un garçon bien plus âgé que moi…

Avec les années, les rôles s'étaient parfois inversés et, aujourd'hui encore, il m'arrivait de ne plus trop savoir qui de nous deux était l'aînée en réalité… Nos dix-huit mois de différence s'étaient annulés au fil du temps et elle était ma confidente tout autant que j'étais devenue la sienne.

Je n'avais pas de montre mais il devait bien être 17 heures puisque l'école venait de finir. Je me suis ébrouée, honteuse de mes rêveries alors que tant de travail m'attendait encore. Mais ce n'est qu'à ce moment précis que je me suis rappelé que je n'avais rien avalé de la journée en dehors de mon petit déjeuner et que je crevais littéralement de faim.

Je suis descendue de mon échelle – quels enfantillages tout de même, de se mettre à espionner ses voisines – et ai commencé à rentrer les outils en remettant mentalement mes projets de jardinage au lendemain, énumérant les diverses tâches qui me restaient à accomplir. Il avait fait très chaud et il me faudrait sûrement arroser avant la tombée de la nuit.

Et reprendre une douche, aussi, j'étais trempée de sueur.

*
* *

J'avais tout mis en œuvre pour passer une soirée délicieusement calme, avec pour toute compagnie Bach et un bon bordeaux. Je m'étais fait réchauffer quelques restes du repas d'hier et j'avais débouché religieusement une bouteille tout en fredonnant l'*Ich habe genug* de la cantate. Oui, je me sentais moi aussi comblée, même si je ne m'attendais pas à voir le Messie de mes propres yeux…

Je n'ai pas réalisé tout de suite que quelqu'un s'obstinait à frapper à la porte et, quand je me suis précipitée pour répondre enfin, je me suis trouvée nez à nez avec mon voisin sur le seuil, l'air franchement surpris.

— Excusez-moi, la musique est un peu forte…

Il a esquissé un geste de la main en souriant et j'ai couru couper le son que la moindre conversation n'aurait pu supporter.

— Voilà, c'est plus calme, ai-je fait d'un ton d'excuse. Je me suis préparé à dîner dehors sur la terrasse de l'autre côté. C'est pour ça que je ne vous ai pas entendu tout de suite.

— Ne vous en faites pas, ce n'est pas pour ça que je suis venu. On n'entend rien depuis chez nous. Mais pour tout vous dire, je pensais trouver Alix !

— Ah ! Elle s'est absentée pour deux jours et elle ne rentrera que ce week-end. Mais entrez donc, ne restez pas sur le pas de la porte.

Visiblement ravi, David m'a suivie à l'intérieur et a immédiatement accepté quand je lui ai proposé de prendre un verre.

Nous nous sommes assis sur le canapé du salon. C'était en réalité la première fois que je discutais avec mon voisin. Nous ne nous étions vus que fort brièvement auparavant et toujours en présence d'autres personnes. La conversation s'est engagée presque immédiatement sur notre installation à Alix et moi, et sur le fait que papa aurait été ravi de savoir ses deux filles revenues pour de bon dans la maison familiale. David avait soigné papa et était même devenu son médecin attitré. Il avait malheureusement assisté, impuissant, à la dégradation de sa santé, à sa fatigue chronique et à son essoufflement au moindre effort physique.

— Mais je pensais que grâce aux médicaments qu'il prenait pour son cœur, les risques d'un nouvel infarctus seraient très faibles…

— On voudrait pouvoir empêcher l'inévitable de se produire mais, finalement, on ne peut qu'aider à le repousser. Et pour un temps seulement…

— Oui, je suppose que vous avez raison… Les gens finissent toujours par mourir malgré les soins et les traitements… Pour papa, ça a été… tellement brutal… Je n'arrive toujours pas à réaliser.

— Je comprends et je suis vraiment désolé de ce qui s'est passé… Je n'étais même pas présent…

— Je ne crois pas que cela aurait changé quoi que ce soit pour mon père. Mais c'est gentil, ai-je ajouté en lui souriant.

Il m'a observée un instant en silence.

— J'ai entendu dire que vous enseigniez. Puis-je vous demander quelle matière ?

— Le français. J'ai quitté le collège où j'exerçais pour venir ici et j'attends que ma demande d'affectation soit effective… Je me laisse un peu de temps pour me réacclimater et faire le point…

— Oui bien sûr. Dans ces circonstances, ça ne peut pas vous faire de mal, quelques mois de congé…

— Congés, oui, mais à mon compte ! Ça ne devrait pas poser de problèmes les premiers temps mais je ne vous cache pas que je vais tenter de me faire connaître dans le coin. J'imagine qu'il y a des parents qui aimeraient que leurs enfants prennent quelques heures de cours particuliers en plus. Sauf si je suis tombée dans une région de surdoués ! Ce serait bien ma veine…

— Je ne crois pas qu'il y ait le moindre risque de ce côté-là, a-t-il fait en souriant avant de se lever. En tout cas, je vous souhaite la bienvenue par chez nous. Si vous avez le moindre problème, venez sonner, nous ne sommes pas loin.

Je l'ai remercié tout en le raccompagnant jusqu'à la porte.

— Au fait ! Je ne vous ai même pas demandé ce que vous vouliez dire à Alix ?

— Oh, ce n'était pas très urgent, je reviendrai lui en parler quand elle sera rentrée.

J'ai dû prendre un air surpris et vaguement vexé car, quand il s'est retourné pour me serrer la main, il s'est mis à rire.

— Bon, je présume que je ne vais pas vous faire l'affront de vous cacher des choses et de vous faire croire que seule votre sœur est en mesure de m'aider.

Il a regardé vers la bergerie d'un air soudain pensif.

La nuit avait commencé à tomber et les contours du jardin et des dépendances au loin étaient flous, comme irréels. Le profil de David se détachait très nettement grâce à la lumière qui venait de l'intérieur de la maison. Et ce n'est qu'à cet instant précis que j'ai réellement fait attention à son visage et que je me suis aperçue de la beauté de ses traits.

Son allure sportive et engageante n'avait certes pas échappé à mon attention mais j'aurais été bien incapable de dire si je le trouvais séduisant ou pas. Là, en revanche, le visage découpé dans le contre-jour, je pouvais me rendre compte à loisir de la séduction du front bombé, des paupières lourdes terminées par de longs cils, du nez droit et de la mâchoire forte qui contrastaient avec la douceur du regard. Autant d'avantages qui devaient sans l'ombre d'un doute lui valoir la réputation de bel homme.

— C'est une affaire que j'étais sur le point de conclure avec Antoine mais, maintenant qu'il est mort, j'avoue que je ne suis pas sûr qu'il ait eu le temps de vous en parler, à vous et à votre sœur. Il était en passe de me vendre la bergerie.

— Mais j'ai déjà entendu parler de cette histoire ! me suis-je exclamée. Pierre Collin en a parlé à Alix pas plus tard qu'hier soir.

— Pierre ? Ah oui, Antoine le lui avait probablement dit… Voyez-vous, a-t-il poursuivi plus bas, je pense qu'un jour ou l'autre j'aurai quelques ennuis avec mon bail et que le propriétaire finira par vouloir récupérer les quelques mètres carrés qui me servent de cabinet médical. Le bail est bien trop cher pour les dimensions ridicules et le manque de confort des locaux, sans compter que mes patients doivent se garer sur la place du marché et venir à pied jusqu'au cabinet par manque d'aménagement de places de parking à proximité. La plupart sont âgés et se déplacent difficilement. Ici, a-t-il fait d'un large geste du bras vers son propre jardin, il y aurait toute la place qu'il faut. Le cabinet serait excentré et au calme. Et la bergerie est immense ! Une fois rénovée, je suis sûr de pouvoir m'associer à un confrère et, pourquoi pas, de faire venir un spécialiste dans une région qui en manque cruellement.

Il m'a regardée avec sérieux avant de reprendre :

— Il y a un réel besoin par ici et je connais beaucoup d'anciens collègues qui seraient ravis de quitter la ville et de venir « s'enterrer » à la campagne, en étant certains de trouver une patientèle fidèle que j'ai déjà réussi à créer. Et puis je dois dire, plus égoïstement, que je serais ravi de me rapprocher ainsi de la maison et de profiter de ma femme et de ma fille plus souvent que je ne le fais actuellement. Je rêve de pouvoir partager le repas de midi avec elles, ce qui est loin d'être le cas pour l'instant…

Il m'a souri doucement.

— Je suppose qu'il vous faut du temps pour pouvoir y penser, je ne voudrais pas avoir l'air de vous forcer la main.

— Au contraire, vous avez bien fait de m'en parler. Je trouve personnellement que c'est un projet intéressant. Alix se plaint constamment de cette masure qui tombe en ruine et ça devait déjà être le cas de papa. Seulement…

J'ai hésité un instant avant d'ajouter :

— Toutes ces voitures et ce trafic qui ne manquera pas de se créer…

— Ah ! Mais vous ne seriez dérangées en rien ! s'est-il empressé d'objecter. J'avais déjà réglé ces détails avec Antoine. Notre jardin serait repensé de fond en comble et une route serait créée directement de la départementale à la bergerie avec un large espace pour les voitures tout au fond de notre terrain. Même pour ma femme, je pensais aménager quelques massifs au bord de cette route pour protéger la maison des regards. Quant à vous, du moulin, vous n'y verriez que du feu !

— Effectivement, ai-je dit après un moment de réflexion, présenté sous cet angle… Ça me semble tout à fait faisable…

Et en effet, plus j'essayais de visualiser l'ensemble, plus l'idée m'apparaissait vraiment géniale !

Le visage de David s'est éclairé et je n'ai pas pu m'empêcher de sourire en voyant son air. Il me faisait penser à un enfant, surpris et ravi en même temps du cadeau inattendu que l'on vient de lui faire.

— Je vous promets d'en parler très vite à Alix quand elle reviendra de la fac. Si papa avait jugé bon de vous faire confiance, je ne vois pas pourquoi…

— David ! David ! a appelé une voix au loin qui nous a fait sursauter tous les deux.

— C'est Mélanie, a-t-il fait en se retournant, elle doit s'inquiéter de ne pas me voir revenir. Bon, je vous remercie de m'avoir écouté, mais là il faut que je me sauve si je ne veux pas avoir d'ennuis ! a-t-il ajouté en prenant une mine faussement paniquée.

— OK, à bientôt alors et excusez-moi auprès de votre femme, ai-je déclaré en le regardant se diriger à grandes enjambées dans l'obscurité vers sa maison.

Je pouvais discerner à la lumière du palier une vague silhouette en robe de chambre qui l'attendait devant la porte.

J'ai fait le tour du moulin pour rabattre les volets avant de refermer la porte à clé pour la nuit. J'avais appris beaucoup de choses de cette conversation.

David était charmant et son idée de transformer la bergerie m'avait emballée.

« Et sa femme ? » me suis-je demandé au bout d'un moment.

Curieux, cette façon d'avoir appelé ainsi dans la nuit à travers le jardin, surtout qu'elle avait dû s'apercevoir que nous étions sur le pas de la porte et que son mari n'allait pas tarder à rentrer. J'ai éteint toutes les lumières et je suis montée à l'étage.

Ça sentait la femme jalouse et possessive à plein nez. Dieu sait ce qu'elle avait pu s'imaginer ! Comme si j'avais le temps et l'envie de m'enticher d'un homme marié !

« Même s'il est certainement bien plus séduisant que la plupart des gens qui vivent ici ! » me suis-je dit en éteignant ma lampe de chevet.

Je me suis endormie presque instantanément, sans avoir le temps de réfléchir plus avant à ce que je venais de penser.

*

* *

— Alix, je débarque d'ici une heure, j'en ai assez du jardinage, j'ai envie de manger en ville avec toi et de passer l'après-midi à faire un peu de shopping. Tu connais un bon restaurant près de l'université ?

— J'en connais un très bon, oui, mais il n'est pas proche du campus. Ça te dit de manger sur le boulevard, face aux montagnes ? *Chez Valentino*, ça vient d'ouvrir et sa terrasse donne sur la chaîne des Pyrénées. En plus, on y mange d'excellentes pizzas. Par contre, je ne pourrai pas me libérer avant midi et demi, voire 13 heures. Je me suis levée tard ce matin et je n'ai pas pu faire tout le travail que je voulais…

— Sans problème, disons à 13 heures devant la pizzeria.

— Mais tu sais, je ne pourrai pas rester avec toi après, il faudra que j'y retourne !

— Ne t'inquiète pas, je sais me débrouiller toute seule et je n'ai jamais eu besoin de toi pour faire les boutiques, que je sache. À tout de suite.

La journée était belle, trop belle pour la passer à bêcher et à suer à grosses gouttes. J'avais envie de prendre la voiture de papa et d'aller rejoindre ma sœur, de passer tout l'après-midi dans une librairie et de n'en ressortir que les bras chargés de bouquins.

Et puis je m'étais fait la réflexion que je n'avais plus rien à me mettre. Ce n'est pas parce que je vis désormais à la campagne que je suis obligée de porter des jeans à longueur de semaines et de passer mes journées les genoux dans la terre... Je me suis sentie soudain fébrile et pleine d'entrain à la pensée de l'agréable journée qui s'annonçait.

Après une douche rapide, j'ai choisi de m'habiller en conséquence d'un tailleur-pantalon de couleur sombre en nouant un léger foulard ocre autour de mon cou. J'ai pris le parti de me maquiller les yeux sans trop forcer et d'appliquer sur mes lèvres un rouge vif comme j'avais l'habitude de le faire quand je sortais le soir.

En même temps, je me suis dit que ce ne serait pas une mauvaise idée que de photocopier l'annonce que j'avais tapée sur l'ordinateur en une quinzaine d'exemplaires pour les coller un peu partout dans le village et, pourquoi pas, en laisser quelques-uns dans les endroits passants de Pau. Alix m'aiderait à prédécouper les fines bordures que les gens pourraient détacher et où j'avais laissé mon numéro de portable.

J'ai fait le voyage en voiture toutes vitres baissées, tout en prêtant attention au paysage qui défilait sous mes yeux. L'automne faisait son entrée à pas de loup, cette année-là, n'osant trop s'attaquer à un été encore radieux malgré des jours de pluie de plus en plus fréquents. Les montagnes étincelaient, leurs sommets, finement découpés contre le ciel d'un bleu intense, semblant s'être figés dans la glace. Du moulin, on n'avait pas de vue sur la chaîne mais il suffisait de parcourir quelques kilomètres et de remonter la vallée où nous étions encaissés pour se retrouver ceinturés par elle.

Je suis arrivée plus tôt que prévu en ville et j'ai abandonné la voiture sur la place de Verdun, face à la caserne Bernadotte. C'était pratiquement le seul endroit où l'on pouvait encore se garer gratuitement. Il me suffisait ensuite de descendre la rue de Liège jusqu'à la place Gramont, le château comme point de repère sur ma droite, les montagnes surplombant le gave de Pau en face, ma sœur m'attendant sur le boulevard des Pyrénées sur ma gauche.

J'ai toujours aimé flâner sur le boulevard. Cela datait de mes années au lycée Louis-Barthou, où je profitais avec quelques amis de la moindre heure creuse pour sortir de l'enceinte plutôt rébarbative et aller traîner sur les bancs judicieusement disséminés tout le long de la promenade, ou goûter l'ambiance toujours électrique du *Galway*.

Je suis arrivée un peu essoufflée *Chez Valentino*, repérant presque immédiatement Alix, qui sirotait un verre de rouge, l'air absent, à une des tables de la terrasse bondée. Quand elle m'a aperçue, ses yeux se sont écarquillés.

— Tu ne m'avais pas dit qu'il fallait faire un effort vestimentaire ! J'ai l'air d'une clocharde à côté de toi, a-t-elle fait en bougonnant.

J'ai déposé en riant un baiser sur la joue qu'elle me tendait, commandant immédiatement un verre de rosé bien frais et une petite assiette de *taralli* au piment.

Alix me regardait maintenant en souriant.

— Tu es vraiment très jolie ! Et tu as l'air en pleine forme. Tu sais que je n'arrive pas à me rappeler la dernière fois qu'on a déjeuné comme ça, à l'improviste, toutes les deux…

— La dernière fois, c'était avec papa, mais rien que toutes les deux, je pense que ça doit bien remonter à un an, quand tu es passée me voir à Paris avant de t'embarquer pour Londres.

— Tu es sûre ? Il y a si longtemps ?

— Eh oui ! Ce sont de grandes retrouvailles que nous fêtons ici, après des mois de séparation…

Je l'ai regardée plus attentivement à mon tour. Elle avait l'air d'être fatiguée mais heureuse. Habillée d'un simple jean moulant et d'une chemise à gros carreaux – sa tenue préférée –, elle avait attaché négligemment ses cheveux dans le dos et ne portait pas une once de maquillage.

— Dis-moi, ton travail avance bien ?

— C'est dur, j'ai vraiment du mal à rédiger. Ce n'est pourtant pas la matière qui manque, j'en ai lu des pages et des pages sur la fonction politique de l'art islamique du xe au xve siècle mais c'est à peine si je peux aligner trois lignes à la suite… J'ai pris mes propres croquis, mes clichés, mes notes… Rien ne vient ! Déprimant ! a-t-elle ajouté en grignotant un biscuit.

Je connaissais la véritable fascination de ma sœur pour l'art abbasside en particulier. Je m'étais même un temps intéressée à ses recherches, lui dénichant parfois des romans qui avaient pour toile de fond cette époque sans pouvoir lui être d'un plus grand secours.

— Mais changeons de sujet, qu'est-ce que tu as fait de beau pendant mon absence ? Tu m'as parlé de jardinage tout à l'heure au téléphone ?

Je suis partie dans le récit de ma journée de la veille et j'en suis venue à lui parler de la visite de David et du projet qu'avait papa de lui vendre la bergerie pour un futur cabinet médical. Elle a froncé les sourcils.

— C'était donc ça, l'histoire de Pierre, l'autre fois. J'ai cru que ce n'étaient que des racontars de villageois…

— Apparemment pas, et peut-être que papa aurait fini par nous en parler. Qu'en penses-tu ? On devrait la lui vendre ?

— Je ne sais pas, a-t-elle fait d'un ton sceptique. Il est vrai qu'une rentrée d'argent serait la bienvenue mais je ne sais pas pourquoi, j'ai quelques scrupules à disperser le domaine familial. Vendre un terrain en jachère, oui, mais la bergerie… Qui sait si un jour on n'en aurait pas l'utilité ?

— Tu pourrais ne plus me supporter et m'envoyer dormir dans les courants d'air ! Je te vois venir.

Le serveur est venu prendre notre commande. J'ai opté pour un plat d'aubergines farcies de pâtes, une spécialité sicilienne nommée *baciami sulla bocca*, et Alix pour des gnocchis aux épinards accompagnés d'une sauce basilic. Je me suis soudain rendu compte que je mourais de faim.

Le déjeuner a été un pur régal et nous l'avons passé à rire et à discuter de choses et d'autres au milieu des conversations animées des autres clients attablés comme nous devant le magnifique paysage que nous offraient les montagnes.

— Je sens que je vais adorer ce restaurant et que j'irai y manger toutes les fois où je me retrouverai en ville, ai-je dit.

— Dommage que ce soit si loin de la maison, a fait Alix en se resservant à boire.

Puis elle a ajouté :

— J'ai beaucoup trop mangé ! Je vais sûrement somnoler tout l'après-midi. Ce n'est pas encore aujourd'hui que je vais avancer cette fichue thèse.

— Je penserai à toi quand j'irai faire les boutiques du centre-ville, j'ai vu de petits ensembles pas mal du tout quand j'y suis passée tout à l'heure. Tu rentres tard ?

— Très certainement. Le temps que je termine, je pense que je ne prendrai la route que dans la soirée. J'aimerais arriver avant la nuit, j'ai vraiment envie d'aller courir, une fois à la maison.

— Au fait, qu'est-ce qui t'est arrivé la dernière fois, quand Pierre et Christelle sont venus dîner ? J'ai complètement oublié de te le demander après la soirée, mais tu avais l'air totalement bouleversée…

— Ah ça ! a-t-elle fait avec une moue embarrassée. Je ne sais pas au juste, quelqu'un était sur le pont et regardait par chez nous et je dois dire que ça m'a fait très peur. Surtout qu'après, en me voyant débouler, il s'est enfui aussi sec dans les bois.

Je suis restée sans voix. Alix a pris un air songeur tout en faisant tournoyer son verre de rouge dans sa main.

— Ce n'était rien, un marcheur revenant de la forêt qui aura pris peur… Bon, merci pour cet agréable moment, mais il faut que je te quitte. Je prendrai un café à la bibliothèque du campus.

Elle s'est levée et m'a embrassée tout en passant sa main dans mes cheveux pour les ébouriffer.

— Ne te fais pas trop de souci pour cette histoire. Et vise à ne pas trop dépenser ! Là, je suis obligée de te laisser payer pour le repas, je n'ai pas un rond en poche.

— Je t'invitais de toute façon, ai-je dit en la regardant s'éloigner.

— À ce soir ! a-t-elle fait en se retournant avec un petit signe de la main.

J'ai commandé un café et suis restée songeuse un bon moment, dans le restaurant qui commençait à se vider lentement.

Quelque chose clochait.

C'était la discussion, ou plutôt la fin précipitée de la discussion, comme si me parler de cet intrus l'autre soir dans le jardin avait perturbé Alix plus qu'elle n'avait bien voulu me le faire voir.

Bizarre.

Ce qui était encore plus bizarre, c'était d'imaginer sa réaction si je lui avais parlé de mon impression d'avoir moi aussi été observée, quelque temps après son passage sur le pont. J'avais préféré me taire et lui laisser ignorer cet événement.

Mais j'ai eu alors l'intuition qu'il était très peu probable qu'au cours de la *même* soirée Alix ait surpris un marcheur sur le pont et que, quelques heures plus tard, je sente la présence de quelqu'un, au *même* endroit, quelqu'un qui avait pris cette fois la précaution de rester à couvert, enfoncé dans les sous-bois.

VIII

L'INSTALLATION DES FILLES Brausch après la mort de leur père fut une surprise pour tous les villageois. Certains restaient convaincus qu'elles finiraient par se lasser de la campagne profonde, qu'une d'elles au moins avait préféré quitter des années auparavant, et qu'elles vendraient le moulin au plus offrant à la première difficulté financière venue.

Carole avait demandé la permission de coller de petites affiches, sur lesquelles elle proposait des cours, à plusieurs établissements du village comme la Poste, la petite épicerie, le café de la rue du Bourg et même le panneau d'affichage de la mairie, devant l'école primaire et maternelle. Elle s'était dit que la plupart des mamans venant chercher leurs bambins à pied, elles ne manqueraient pas de passer devant et de lire l'annonce.

Elle eut ainsi l'opportunité de se faire connaître assez vite et, peu de temps après, deux mamans à bout de nerfs l'avaient appelée sur son portable pour lui demander de commencer avec leur enfant presque sur-le-champ.

Quant à Alix, elle donnait elle aussi quelques cours de dessin à des étudiants mais tentait le plus clair de son temps de travailler sérieusement à l'avancement de sa thèse. La petite allocation dont elle bénéficiait leur permettait de faire face, mais elles se demandaient parfois comment elles se débrouilleraient si quelque chose se mettait à mal tourner qui viendrait détruire le fragile équilibre financier sur lequel elles vivaient.

Quand la chaudière tomba en panne en plein mois de décembre, juste avant les fêtes de fin d'année, et que le réparateur leur annonça le prix de la pièce qui venait de céder, elles crurent entendre le fracas que fit l'édifice entier en s'écroulant.

Le soir même, Alix alla chercher du bois dans la remise et Carole fit du feu dans la cheminée. Elles sortirent toutes les couvertures et édredons qu'elles purent trouver dans la maison pour les disperser autour du salon. Il était déjà assez difficile comme ça de dormir aux étages qui s'étaient transformés en frigo, sans compter qu'il leur faudrait désormais faire chauffer l'eau avant de pouvoir aller se laver !

Carole en était là de ses réflexions quand Alix, s'entourant d'un duvet, se pelotonna dans le canapé pour regarder les flammes danser doucement dans l'âtre et dit d'une voix résignée :

— Cette fois-ci, c'est la catastrophe !

Carole n'était pas loin de penser la même chose, mais elle n'en voulait rien dire à sa sœur. Depuis quelques jours, elle tournait et retournait ce problème dans sa tête et elle en était arrivée à la conclusion qui semblait s'imposer : elle se devait de trouver un autre travail, et ce le plus vite possible, sous peine de périr de froid par manque d'argent.

— Je vais arrêter de travailler à ma thèse, continua Alix, j'abandonne ! Je vais postuler pour un poste fixe et me mettre à la disposition de l'académie. J'en ai assez de toute façon…

— Tu es folle ou quoi ! Ce serait vraiment dommage d'arrêter maintenant, tu te rends compte du gâchis que ça représente ?

Alix haussa les épaules.

— Je suis fatiguée de trimer, j'ai l'impression que rien ne se passe, que rien n'avance comme je le voudrais. Papa nous a quittées en août, nous sommes en décembre et regarde-nous ! Force est de constater que ni toi ni moi n'avons trouvé autre chose qu'une petite dizaine d'heures de travail par-ci par-là. Depuis quand est-ce suffisant pour payer les factures ?

— Écoute, pourquoi ne pas taper dans les économies de papa, je pense qu'il est grand temps que cet argent nous serve à quelque chose, non ?

— Oui, mais cela ne réglera pas nos problèmes dans l'absolu. À la prochaine autre tuile, il faudra de nouveau vider les caisses, jusqu'à ce qu'il n'y ait plus rien. Et après ? On fait quoi ? Je me mets à vendre de la drogue sur le campus, à défaut de ne pouvoir jamais y enseigner ?

Au tour de Carole de hausser les épaules.

— Ne t'en fais pas. C'est à moi de trouver quelque chose. C'est moi le problème ici ! Et je ne veux pas que tu abandonnes ta thèse.

Alix regarda sa sœur avec étonnement.

— D'où ça sort, ça, que c'est toi le problème ?

— Je sais ce que je dis, tu vivais très bien avant, avec juste tes heures de cours et ta bourse, et en plus tu payais un loyer. Mais tu ne peux pas faire face, et à tes besoins, et aux miens, et aux caprices d'une maison où les choses finissent par tomber en panne.

Alix était trop fatiguée pour riposter et se contenta de maugréer qu'il n'y avait pas de coupables dans toute cette histoire, seulement des victimes. Elle avait renversé la tête contre le fauteuil et écoutait, les yeux clos. Le clapotement de l'eau contre la roue semblait bercer la maison et se mêlait agréablement au crépitement du feu. L'eau glacée dehors, le feu brûlant dedans.

Elle avait été rassurée de constater que son père s'était montré prévoyant et que du bois était resté des hivers précédents, bien empilé dans le fond de la grange sous une toile cirée pour le protéger de l'humidité. Au moins, elles ne mourraient pas de froid en attendant de pouvoir réparer la chaudière. « Papa pensait à tout, songea-t-elle. Comme il me manque ! Comme l'hiver transforme tout autour de nous, les champs, la forêt, même le moulin semble s'être recroquevillé sur lui-même ! Et je me sens tellement fatiguée… »

Elle tenta de se reprendre, sentant perler une larme au coin de son œil. S'il y avait bien quelque chose qu'elle détestait par-dessus tout, c'était d'inquiéter sa sœur et de lui montrer à quel point elle était découragée.

— Veux-tu que j'aille nous préparer un peu de thé chaud, Lottie ?

Carole releva vivement la tête.

— Bon sang, à mon tour de te demander d'où sort ce truc ! Cela fait des années que tu ne m'as plus appelée Lottie !

— Oui, je sais, excuse-moi, fit Alix en s'extirpant du fauteuil, je ne sais pas pourquoi je te le ressers maintenant, ne fais pas attention…

Elle passa à côté de Carole en lui frôlant l'épaule et remplit la bouilloire en regardant distraitement par la fenêtre au-dessus de l'évier.

— C'est maman qui m'appelait Lottie.

— Quoi ?

Alix pesta contre elle-même intérieurement. Oui, elle savait très bien que c'était le surnom que sa mère avait donné à Carole quand elle était petite. Alix ne se rappelait d'ailleurs pas avoir jamais entendu sa mère appeler sa sœur autrement que comme ça. Une fois leur mère morte, Alix avait continué un temps à l'appeler Lottie. Et puis un jour, son père lui avait dit que c'était idiot et que Carole s'appelait Carole et non Lottie.

— C'est maman qui m'appelait Lottie, répéta cette dernière. Toi aussi d'ailleurs, quand maman était avec nous. Quand elle est morte, je n'ai jamais su pourquoi, mais Lottie est morte avec elle. Je n'ai plus jamais été que Carole.

Alix brancha la bouilloire et regarda sa sœur. Carole semblait s'être perdue dans l'évocation du passé ravivé par son ancien surnom. Alix jugea que la situation était déjà assez déprimante comme ça sans y ajouter ces choses et ces êtres du passé qui, une fois que vous avez le malheur de les réveiller, vous ensorcellent et peuvent vous broyer le cœur jusqu'à la folie.

— Tu te rappelles que nous sommes invitées chez les voisins demain soir ? Je pense que cette soirée tombe à pic et que sortir un peu ne nous fera que du bien.

— Oui, répondit Carole évasivement. Peut-être bien, au fond.

Ses yeux parurent s'éclairer d'un seul coup.

— Mais au fait, où en est ce projet de leur vendre la bergerie ? Il faut tout de même finir par donner une réponse à David, cela fait des mois qu'il y pense !

— Je lui en ai déjà parlé.

Carole regarda sa sœur avec insistance et un agacement visible.

— Et… ?

— J'ai refusé de vendre, fit Alix d'un air qu'elle voulait le plus détaché possible, en faisant mine d'être profondément absorbée par l'entreprise très délicate du dosage du thé dans la petite boule.

— Mais enfin, Alix, vu notre situation, je ne pense pas qu'on puisse se permettre de faire les difficiles quand une telle proposition se présente !

— Oui, je sais, et figure-toi que je savais aussi à l'avance ce que tu me dirais. Mais je ne veux pas, c'est tout.

— Mais pourquoi ?

— Je ne sais pas réellement… C'est ridicule, je suis attachée à cette vieille ruine… Cela me rappelle nos jeux d'enfants, les redoutables séances de jardinage avec papa, les chasses au trésor qu'on y organisait petites… Tu te souviens ?

— Oui, tu parles si je me souviens, fit Carole en souriant doucement. Ces temps-ci, j'ai l'impression d'ailleurs de ne pouvoir faire que ça ! Me souvenir… Me souvenir, répéta-t-elle plus bas, comme pour elle-même.

Alix posa le plateau sur la table basse du salon et entreprit de verser le liquide chaud et odorant dans leurs tasses.

— Bergamote, devina Carole en humant.

Alix fut ravie de constater qu'une bonne tasse de thé pouvait encore raviver le courage de sa petite sœur, quoique les derniers temps elle n'ait pu s'empêcher de noter que le bourbon avait eu tendance à le remplacer un peu trop fréquemment.

— Rien de tel pour lutter contre la déprime, ajouta Alix en s'asseyant à son tour sur le sofa.

— Et c'est un non définitif que tu lui as donné ? interrogea Carole en soufflant par-dessus sa tasse.

— Non, je lui ai dit que pour le moment il n'en était pas question.

— Tu penses plus tard pouvoir changer d'avis ?

Carole cligna de l'œil et allongea la jambe de manière à toucher le genou de sa sœur.

— Suis-je bête ! Qui a jamais pu te faire changer d'avis, de toute façon ?

— Là, tu exagères ! répondit Alix. Cette bergerie est une ruine mais elle ne nous coûte rien et j'y ai des souvenirs impérissables.

Elle se mit à rire.

— Savais-tu que c'est dans la bergerie que j'ai perdu ma virginité ? lança-t-elle tout à trac à Carole. Ma première fois, c'était là, à l'étage, sur les bottes de foin et dans les toiles d'araignée…

— Waouh, quel glamour ! Non, je ne le savais pas, fit Carole en riant. Et c'était qui ?

— Je ne sais plus très bien, un garçon rencontré au bal du village, un été. Il m'avait plu, on avait dansé et bu ensemble toute la soirée et, à la fin, il m'avait proposé de me raccompagner. Je me souviens qu'arrivés à l'impasse je lui ai demandé d'éteindre le moteur pour ne pas alerter papa. Il m'a prié de lui faire visiter le domaine et nous avons déambulé dans le jardin au clair de lune, écroulés de rire et follement excités à l'idée de nous faire prendre pour des voleurs. Et nous avons atterri dans la bergerie…

— Brrr ! Jamais je n'aurais pu ! J'aurais été trop effrayée de tomber nez à nez avec un rat planqué sous la paille ! Encore heureux que papa ne vous y ait pas surpris ! ajouta Carole en souriant. Et tu l'as revu après ?

— Qui ça ? Ah oui ! Nous sommes sortis ensemble quelque temps mais, l'été achevé, nous ne nous sommes plus jamais revus... Ça y est, je me souviens ! Il s'appelait Richard ! Je trouvais ça *so british* ! Quelle dinde !

— Enfin, je comprends pourquoi tu tiens tant à cette vieillerie, maintenant ! Dommage pour David ! Je crois qu'il y croyait vraiment, à ce projet de cabinet médical... Et dommage pour l'argent qu'on aurait pu en tirer !

— Plaie d'argent n'est point mortelle, répondit Alix doctement, l'index dressé sentencieusement.

— Tu n'as pas peur qu'il t'en veuille ?

— David est un homme adorable, il comprendra.

— Tu comptes lui donner les détails de ton refus ? questionna Carole en riant.

— Et même, je ne serais pas contre les revivre personnellement avec lui, les rats en moins, bien sûr !

Carole manqua s'étouffer. Les yeux qu'elle leva vers sa sœur avaient une telle expression qu'Alix éclata de rire à son tour.

*
* *

C'était la première fois qu'elles dînaient chez les Farge depuis leur installation. Bien sûr, leur voisinage rapproché avait créé des liens et ils s'étaient rendu de multiples services à de nombreuses reprises, mais leur relation était restée des plus superficielles.

— J'ai fait un effort vestimentaire pour l'occasion, déclara Alix en rejoignant sa sœur dans la cuisine quelques minutes avant de quitter la maison pour celle des voisins. Je n'ai guère l'habitude mais c'est une invitation plus formelle cette fois-ci...

Carole lui jeta un rapide coup d'œil et constata qu'elle avait adopté une tenue sobre, jean et veste en velours couleur prune ouverte sur une chemise blanche dont elle avait retourné les poignets et remonté le col.

— Très jolie...

— Merci. Tu es prête ?

— Dans un instant. Dis-moi, est-ce que tu sais si d'autres que nous sont invités ce soir ?

— Franchement, je n'en sais rien, je ne connais pas vraiment leur cercle d'amis dans le village, mais je crois qu'en tant qu'unique médecin du coin, David est sûrement très populaire.

Elles se dirigèrent vers la porte et se sourirent. Il était temps de passer une bonne soirée et de ne plus ressasser les mêmes pensées.

Elles marchèrent doucement vers la maison éclairée en profitant de la fraîcheur de l'air du soir.

— Ça tombe très bien, on aura de toute façon plus chaud chez eux que chez nous ! Enfin, espérons-le, dit Carole.

Elle avait pourtant choisi de s'habiller bien plus légèrement que sa sœur et ne portait sous son manteau qu'une courte jupe plissée et un pull-over à col roulé. Elle avait décidé de ne porter aucun bijou mais avait relevé ses cheveux en chignon de façon à dégager sa nuque. Une légère trace d'ombre à paupières rehaussait ses yeux d'un bleu translucide. Le talon de ses escarpins faisait crisser les gravillons de l'allée.

— Dire que je suis obligée de porter ces choses et c'est à peine si je t'arrive à l'épaule ! Tu es tellement décourageante, Alix, soupira-t-elle.

À peine étaient-elles arrivées devant la porte d'entrée que celle-ci s'ouvrit sans qu'elles aient besoin de sonner et Mélanie les accueillit avec un grand sourire. Il y avait visiblement du monde à l'intérieur et elles percevaient les éclats de voix et les rires depuis le vestibule où elles laissèrent leurs pardessus. Alix cligna de l'œil à Carole : il faisait vraiment chaud dans la maison…

En les voyant s'approcher, David releva la tête du verre qu'il était en train de remplir et s'écria :

— Ah, voilà nos chères voisines ! Bienvenue, et surtout, faites comme chez vous !

Elle ne sut pas très bien pourquoi mais Alix trouva une résonance étrange à sa voix et fut parcourue d'un léger frisson.

Et elle se dit qu'elle n'aimait pas non plus la façon dont il dévisageait sa sœur à l'instant.

. Non, pas du tout même…

*

* *

Il fallait jouer serré.

Il ne pouvait pas se permettre de rater une telle occasion, pas après tout ce qu'il avait entrepris, pas après tous les sacrifices qu'il avait consenti à faire. Il avait payé cher le prix de sa réussite et il refusait que deux petites sournoises puissent lui voler cette fabuleuse occasion de parachever son œuvre, ce projet qu'il considérait comme devant être l'apogée de sa carrière, son couronnement tant social que personnel. Il le méritait, oui, il le méritait tant…

Il ne voulait plus jamais entendre le glas de sa propre médiocrité que les autres, toujours les autres, ne manquaient pas de faire sonner à ses oreilles, toutes les fois qu'il croyait enfin tenir sa vie et son destin entre ses mains, qu'il se sentait assez fort pour pouvoir les modeler selon sa volonté unique et toute-puissante.

Il y avait eu tout d'abord son père, son père au regard glacé et au sourire narquois, aux remarques acerbes qui lui broyaient le ventre quand il était petit. Jamais de violence, non, ça jamais ! Quoique, à bien y réfléchir, il aurait préféré subir des coups et des rebuffades physiques plutôt qu'avoir à endurer cette parfaite ignorance et ce froid dédain dont son père le gratifiait, lui qui avait une telle soif de reconnaissance… Cette sensation qui ne parvenait pas à le quitter et qui le faisait sans cesse se sentir coupable.

Coupable de ne pas être assez bon à l'école malgré ses notes excellentes.

Coupable de ne pas être assez intelligent aux yeux des collègues de son père dont les enfants étaient si brillants.

Coupable de ressentir un tel manque de lui, quand sa grande sœur, Mathilde, elle, faisait la joie et la fierté du patriarche sans aucun effort !

Et puis, plus grand, quand il était enfin parvenu, à force d'endurcissement et de mépris, à annihiler complètement l'emprise que son père avait pu avoir sur lui, ç'avait été au tour des filles, toutes celles dont il était tombé amoureux, toutes celles qu'il avait pu désirer ou dont il avait pu avoir envie, de se moquer de lui et de tourner en dérision ses sentiments.

Ou pire, de ne pas le remarquer.

Jusqu'à ce que la vie finisse par s'occuper de lui et la nature, lui sourire. L'adolescent grand et maigre, aux gestes maladroits et au regard biaisé, s'était peu à peu transformé, et ce grâce à son père, qui, le jugeant trop craintif – comble de l'ironie ! –, l'avait mis à la boxe pour l'aguerrir. « La seule chose que tu aies faite de bien, *cher papa*... »

À part mourir, évidemment. Mais pour ça, tu as eu besoin d'un peu d'aide...

La boxe lui avait appris à combattre sa peur, à infliger aux autres la douleur qu'il n'en finissait pas d'éprouver tout au fond de lui, et à ne plus se sentir coupable, en s'imposant aux autres par sa seule force, son agilité et sa ruse. Il avait gagné de nombreux matchs et s'était même qualifié pour des tournois plus importants qui l'auraient sans doute mené au statut de professionnel. Sur le ring, il se sentait fort, il se sentait invincible, il se sentait Dieu.

Un sentiment qu'il était parvenu à éprouver, mais d'une manière plus mesurée et plus intelligente aussi, en exerçant la profession que son père avait lui-même exercée toute sa vie. Tenir la vie des autres entre ses mains, pouvoir leur administrer le soulagement ou la guérison qu'ils venaient chercher auprès de lui et qu'il était seul en mesure de leur procurer.

Et lire dans leurs yeux la reconnaissance. Pouvoir deviner dans le regard des femmes qu'elles le trouvaient séduisant et dans celui des autres hommes, le respect mais aussi la secrète admiration voire l'envie que sa réussite suscitait. Tout cela était follement agréable ! Il en avait besoin pour continuer à vivre comme il avait besoin d'oxygène pour continuer à respirer.

La revanche qu'il avait prise sur la vie était justifiée. Il avait réussi à manœuvrer son entourage et n'avait pas hésité une seule seconde à éliminer ses ennemis, ceux qui ne parvenaient pas à y croire, ceux qui avaient la stupidité de douter de lui et de sa valeur. Ceux qui se dressaient, même sans le vouloir, en travers de son chemin.

Ceux qui, comme le père Brausch, lui avaient refusé ce qu'il était en droit d'obtenir !

Osant revenir sur sa promesse !

Mais ce soir-là, c'était sa fille, la fille d'Antoine, qui lui jouait un sacré tour et il fut stupéfait d'entendre cogner son cœur si fort, trop fort, contre ses côtes quand elle entra dans la pièce et qu'elle s'avança en souriant.

Bien sûr, il avait déjà eu l'occasion de s'apercevoir qu'elle lui plaisait beaucoup mais il n'avait jamais voulu croire jusque-là à autre chose qu'à une banale attirance physique. Sauf qu'à cet instant précis, il comprit soudain qu'avec elle ce ne serait pas aussi simple, que ce ne serait d'ailleurs peut-être plus jamais aussi simple. Le hasard de la vie, qu'il avait toujours combattu si fort pour devenir ce qu'il était si fier d'être aujourd'hui, ce hasard de l'existence lui avait mis entre les mains une nouvelle donne qu'il n'espérait pas. Des cartes exceptionnelles. Un jeu dont il n'avait même pas envisagé la possibilité.

Et il se sentit prêt à tout pour gagner la partie et rafler la mise. Sa vie lui parut brusquement si terne, si médiocre et dénuée du moindre intérêt ! Il sirotait son verre, parvenant sans peine devant les autres à garder une allure détendue et un maintien aisé, mais sa poitrine se gonflait et lui faisait mal. La vieille peur ancestrale dont il se croyait débarrassé depuis longtemps semblait ramper vers lui avec une lenteur effrayante, tel un monstre laid et malade revenu tout droit des Enfers.

Non, il n'avait rien ! Il ne possédait rien et n'aurait le sentiment de n'avoir rien accompli si cette femme lui restait interdite, s'il n'arrivait pas coûte que coûte à se l'attacher à lui, à sa vie, et à s'en faire aimer. Elle était ce qui lui manquait, ce qui lui faisait défaut. Il pouvait presque entendre son père lui susurrer d'outre-tombe à l'oreille : « Une femme comme elle ne regarde pas un homme comme toi… »

Il fallait qu'il se ressaisisse, sa femme venait de lui poser une question et les têtes s'étaient tournées vers lui, surprises de son mutisme. Récupérer le fil de la conversation lui fut aisé, il avait de la pratique. Écouter les gens sans les écouter… Mais attention ! Il savait quand il lui fallait absolument prêter attention avec soin à ce qui se disait autour de lui. Il ne pouvait pas se permettre de commettre ce genre d'erreur.

Il se mit à observer la scène. Oui, il tiendrait son rôle d'hôte parfait ce soir et ferait en sorte que tous se sentent bien chez lui. Tous !

Leurs regards se croisèrent. Elle semblait ailleurs, tout en posant sur lui des yeux interrogateurs. Une absence et une présence, tout à la fois. Un creux et un plein. L'être le plus évanescent et en même temps le plus extraordinairement vivant qu'il ait jamais rencontré.

Deux autres personnes avaient leur regard rivé sur lui sans qu'il s'en aperçoive. Alix fronçait les sourcils. Mélanie, quant à elle, semblait rongée par une angoisse indéfinissable…

IX

Extraits des notes d'Alix

JE ME SENS FATIGUÉE et il est tard. Plus de minuit à ma montre.
Je sais qu'il me faudra bientôt éteindre alors que je n'ai pas avancé d'une traîtresse ligne. Non que j'aie la moindre difficulté à me souvenir, loin de là ! Je ne me souviens que trop bien. Seulement, les événements s'enchaînent dans ma tête, je les déroule devant mes yeux comme une pellicule que l'on déplie peu à peu, mais la chronologie m'échappe. Il me faut faire un effort pour reconstituer la trame logique des semaines qui suivirent l'embauche de Carole au cabinet médical du Dr Farge.

Ce fut une période difficile de ma vie, peut-être la plus difficile de toutes, mis à part les meurtres, évidemment, et le désastre de nos vies lié à ceux-ci. Mais d'une certaine façon, même les meurtres, qui provoquèrent scandale et horreur dans tout le village, découlent inextricablement d'une seule et insignifiante même source… Il est difficile de se dire : oui, voilà, j'y suis, c'est là, ni avant ni après, c'est cela précisément qui fit que tout le reste arriva… Comme on coche d'une croix rouge un jour de la semaine sur le calendrier pour se rappeler une date importante.

Pour nous, la date où tout a basculé.

Mais si je veux être rigoureusement exacte dans mes propos, je suis obligée de reconnaître que tout semblait avoir déjà été joué, comme dans ces vieilles tragédies grecques dont Carole raffolait et où les dieux, le destin ou la fatalité, peu importe le nom qu'on leur donne, se jouent des êtres humains et s'amusent à réduire à néant leur volonté, leurs efforts désespérés pour lutter contre cette transcendance qui les écrase. Oui, c'est ce qui est arrivé dans notre cas, nous avons combattu mais la lutte était par trop inégale et nous avons été jugées insignifiantes.

Il me revient en mémoire, en écrivant ces mots, ce que Carole me répétait sans cesse pendant cette funeste période. Ce ne fut que bien plus tard que j'eus la curiosité d'aller regarder dans la vieille bible de mon père et de lire par moi-même, et d'enfin comprendre, ces mots qu'elle répétait sans cesse comme une litanie :

« Mené, Mené, Teqèl, et Pérès ».

C'était le passage dans lequel le prophète du Très-Haut, amené au roi de Babylone lors d'un festin, interprétait ce que la main de Dieu Lui-même venait d'écrire sur le mur du palais, devant les yeux de tous les convives.

« Mené, Mené, Teqèl, et Pérès »…

Et Daniel dit : « Dieu a compté les jours de ton royaume et y a mis fin ; tu as été pesé dans la balance et trouvé insuffisant ; ton royaume a été divisé et donné aux Mèdes et aux Perses. »

Je comprends aujourd'hui ce que ma sœur, bien plus versée dans ce genre de littérature que moi, signifiait par là.

Nous avions été pesées et trouvées insuffisantes. La balance était truquée et notre royaume à nous nous serait arraché. En une nuit, l'orgueilleux monarque fut renversé. Notre chute fut plus longue mais tout aussi inévitable. Notre exil dure toujours et il est de ceux dont on ne revient jamais.

*

* *

Je pressais le pas pour rentrer le plus vite possible à la maison quand David nous a rappelées et s'est mis à courir pour nous rattraper dans l'allée.

J'avais un peu trop bu et, bien que la soirée ait été des plus conviviales, je n'étais pas sûre au fond de moi d'avoir passé un bon moment. Des sentiments mitigés m'avaient traversé l'âme tout au long du dîner et je n'avais pu m'empêcher de sentir monter en moi une lente et sourde angoisse, un malaise indéfinissable. J'avais besoin d'une bonne douche, tonique et revigorante, et d'une tasse de café noir pour pouvoir analyser ces impressions fugaces qui me laissaient perplexe.

— Carole ! Excusez-moi, je ne vais pas vous retenir plus longtemps, il est déjà tard. Pourrais-je vous parler en particulier ?

Carole s'était retournée et regardait David avec surprise.

— Oui, bien sûr, de quoi s'agit-il ?

Je m'étais instinctivement rapprochée de leurs deux silhouettes qui semblaient s'être perdues ensemble dans l'obscurité mais Carole s'est aussitôt tournée vers moi :

— J'arrive Alix, je te rejoins dans une minute !

J'ai stoppé net, ai salué David en lui renouvelant mes remerciements pour l'invitation et suis repartie, presque en courant cette fois, vers le moulin.

Le froid qui régnait dans la maison a eu le pouvoir quasi instantané de me dégriser complètement, à moins que… « Non, ai-je pensé en secouant la tête, il y a autre chose mais je n'arrive pas à savoir quoi. Je le sens, c'est là, à l'intérieur, ça tisse sa toile, je vais bientôt m'y empêtrer, mais pour l'instant je ne vois rien de ce qui se trame ! »

J'ai branché le petit radiateur électrique et tenté de ranimer le feu qui s'était consumé et qui n'était pas parvenu à réchauffer la pièce. Je me suis souvenue brusquement en remplissant la cafetière que, si je voulais une douche ce soir, je devais me résoudre à la prendre à l'eau gelée. Tout mon courage s'est alors envolé en fumée et il a bien fallu rayer mentalement la douche de ma liste. Je me suis entourée d'un édredon pour regarder monter le café dans la machine.

Ainsi appuyée contre le bar, j'ai visionné à nouveau dans ma tête la soirée chez les Farge, passant en revue notre arrivée, l'accueil chaleureux quoique timide de Mélanie – Melly, comme l'appelait David –, la surprise et la joie de retrouver les Collin mais aussi de vieilles connaissances du village que nous n'avions revues qu'à l'enterrement de papa.

Il y avait Fabienne, une ancienne camarade de classe de Carole qui travaillait aujourd'hui à la petite épicerie du village, Dorine et Christian, un couple d'instituteurs qui avaient partagé nos années d'insouciante gaieté à la fac et qui exerçaient à l'école primaire du village, et Samuel Barbier.

Sam. Je ne l'avais pas revu depuis des mois et il m'avait avoué, gêné, qu'il n'avait pu se rendre aux obsèques de papa parce qu'il se trouvait en déplacement pour raison familiale ce jour-là, mais qu'il avait eu beaucoup de peine d'apprendre sa mort.

Sam. Qui ne s'était jamais marié et qui n'avait pas changé d'un cil depuis l'école primaire ou presque. J'avais passé la plus grande partie de la soirée à discuter avec lui et nous avions reparlé du bon vieux temps mais aussi de nos affaires courantes, ma thèse en vue du doctorat et le concours interne qu'il préparait pour monter en grade dans la gendarmerie. Un rêve de môme, je me souvenais. L'uniforme avait toujours exercé une certaine fascination sur lui.

Il y avait eu également à la soirée un autre couple, dont j'ignorais tout, un militaire et sa femme, Lucas et Julie, venus s'installer récemment dans la région. Je les avais trouvés très jeunes et fort sympathiques, quoiqu'un peu mal à l'aise au milieu du groupe des anciens combattants que nous formions. Julie paraissait relativement proche de Mélanie et elles semblaient plus à l'aise entre elles qu'avec le reste de l'assemblée.

Non, il fallait que je cherche ailleurs, ce n'était pas là que résidait le problème ! Il y avait bien eu quelque chose qui n'allait pas dans tout ça, mais je commençais à croire que ce n'était pas parmi les convives de ce soir que je devais me tourner. Après tout, c'était peut-être moi et seulement moi qui clochais, et peut-être même que si je voulais bien m'analyser plus honnêtement, je serais obligée de reconnaître que la présence de Sam à mes côtés n'était pas étrangère au trouble que je ressentais.

Un bruit à l'extérieur m'a soudain tirée de ma rêverie et j'ai compris que Carole devait en avoir fini avec

David car elle était en train de fermer les volets pour la nuit. J'en ai profité pour m'ébrouer un peu et nous servir deux grandes tasses de café brûlant.

J'apportais le plateau sur la table basse quand elle est entrée, le visage en feu et la mine ravie.

— Alix, tu ne devineras jamais ! m'a-t-elle fait en affichant un sourire radieux.

— Non, mais tu as l'air bien excitée, dis donc ! David t'a demandée en mariage ? ai-je souri narquoisement.

— Ne sois pas idiote !

— Désolée… Une tasse de café ?

— Oui, avec plaisir !

Elle a suspendu son manteau à la patère et a ôté ses chaussures pour se glisser dans des chaussons bien moelleux. Elle s'est avancée dans le salon en esquissant un petit pas de danse et je me suis fait la réflexion qu'elle avait l'air d'une fée, avec son chignon qui commençait à se défaire de tous les côtés et sa petite jupe qui virevoltait autour d'elle.

— J'ai du travail ! J'ai trouvé du travail ! Fini la galère, on va pouvoir faire réparer la chaudière et reprendre une vie normale sans plus s'inquiéter de rien !

Je l'ai regardée, médusée.

— Tu es sûre de ne pas avoir trop forcé sur le vin rouge ce soir ?

— Ne sois pas stupide, voyons ! a-t-elle répété. Ceci dit, un excellent cru, ce vin ! Nos hôtes nous ont vraiment gâtées.

Elle a avalé une gorgée de café et s'est affalée sur le divan.

— C'est loin d'être de la camomille, ton café, tu n'as pas envie de dormir cette nuit ou quoi ?

Elle m'a regardée en souriant pendant quelques secondes et s'est mise à rire bruyamment.

— Tu verrais ta tête ! Bon, plus sérieusement, David vient de m'offrir un poste de secrétaire à son cabinet. Il m'a dit avoir du mal, depuis quelque temps, à gérer tout ce qui est administratif et, entre ses déplacements chez les patients et ses rendez-vous à son cabinet, il a accumulé des tonnes de paperasse en retard. Bref, il pense qu'il est temps pour lui de se faire aider. Il m'a demandé si j'étais intéressée par une vingtaine d'heures par semaine, voire plus, au cabinet et je lui ai presque sauté au cou ! Qu'en dis-tu ?

Elle se tortillait sur place.

— Ça alors, pour un tour de magie !

J'avais tout juste murmuré mais elle a froncé les sourcils et m'a demandé ce que je voulais dire par là.

— Tu n'es pas plus contente que ça ?! J'aurais pourtant parié que…

— Non, non, ce n'est pas ça, c'est que c'est tellement… Enfin, je ne m'y attendais pas, c'est tout !

Je suis restée songeuse quelques instants tout en remuant ma petite cuillère dans la tasse, essayant de saisir le sens des paroles que ma sœur venait de prononcer.

Un mi-temps, ça ne se refusait pas. Pile ce qu'il nous fallait. Le job semblait intéressant et Carole n'aurait plus ainsi l'impression de vivre à mes crochets. Et comment ne pas saliver devant la perspective d'argent tout frais qui renflouerait nos poches !

Nos problèmes financiers pourraient être partiellement résolus. Cela signifiait qu'il y avait encore une chance pour moi de finir ma thèse et que nous aurions les moyens de nous occuper du moulin.

J'ai surpris son regard. Elle me fixait avec une telle intensité que j'en ai perdu le fil de mes pensées.

— Alix réfléchit intensément et, maintenant, la sentence est sur le point de tomber, comme un couperet à la lame froide, s'est-elle moquée. Sache tout de même que j'ai d'ores et déjà accepté et que je commence lundi prochain.

J'ai souri.

— C'est génial, Carole. Je suis un peu sous le choc mais je trouve ça franchement génial !

Elle a glapi de joie et s'est penchée pour m'embrasser sur la joue.

— Mais tu n'y connais pas grand-chose en matière de secrétariat, tu vas pouvoir y arriver ?

— David m'a rassurée, il m'a dit que du moment que je savais taper sur un clavier d'ordinateur et me servir d'un logiciel, c'était amplement suffisant. En fait, je n'aurai qu'à répondre au téléphone, prendre les rendez-vous, gérer son emploi du temps, remplir des formulaires administratifs et m'occuper de l'accueil quand il part en visites.

Elle a haussé ses épaules menues, en ajoutant :

— Trop facile.

— Je n'arrive pas à réaliser… On a vraiment de la chance, ai-je fait en portant la tasse à mes lèvres.

— Je ne sais pas comment il s'y est pris mais je suis sûre que David a deviné que nous n'étions pas au mieux de notre forme ce soir et il sait que je ne travaille, pour ainsi dire, pas. Il se rend service à lui-même, certes, mais il a pensé que je serais probablement intéressée et il m'a fait profiter de son offre en premier !

— C'est vraiment gentil de sa part. Très délicat. Eh bien, je crois que nous allons pouvoir aller nous coucher soulagées d'un grand poids ! Tu ne stresses pas trop quand même ?

— C'est peut-être curieux, mais en réalité, non, pas du tout. Il me met en confiance. Je n'ai pas peur.

Elle s'est levée, a déposé sa tasse dans l'évier et s'est étirée.

— Moi, je monte me coucher… Au fait, Sam était là ce soir ! Il n'a vraiment pas changé. Toujours la même étincelle dans les yeux quand il te regarde !

Elle ne m'a pas laissé le temps de répliquer, ayant déjà disparu dans l'escalier. Je suis restée seule encore un peu, pour finir ma tasse de café. J'ai finalement décidé de ne pas m'éterniser davantage, j'ai lavé consciencieusement nos deux tasses, ai éteint toutes les lumières et suis montée à mon tour à l'étage, le plus silencieusement possible.

Je traverse des champs en courant comme une dératée, mon cœur bat fort et il fait si sombre…

J'essaie désespérément de rattraper quelqu'un qui court devant moi et que je tente d'appeler sans que le moindre son ne s'échappe de ma gorge. Il faut pourtant que je l'atteigne coûte que coûte, avant qu'il ne soit trop tard, et je redouble d'efforts dans ma course. À bout de souffle, il me semble parvenir en haut d'une butte et je m'arrête pour tenter de reprendre haleine et scruter les environs à travers l'obscurité opaque qui m'enveloppe.

En contrebas, une silhouette se tient à genoux, légèrement recroquevillée sur elle-même. Elle me tourne le dos. Prise d'un sentiment de panique, je dévale la pente jusqu'à elle. C'est une femme. Ses longs cheveux flottent dans son dos. Des cheveux blonds. Elle se retourne et lève vers moi un visage hagard. Ce que je vois alors me coupe les jambes.

C'est ma mère qui tient quelque chose contre sa poitrine, un petit corps allongé sur la terre battue, dont le visage m'est caché. Maman a du sang sur les mains et ses yeux pleurent. Je l'appelle, enfin. Elle continue à me regarder sans que je puisse savoir si elle m'a reconnue, si elle sait que je suis sa fille.

— Maman, c'est moi, c'est Alix…

Ses yeux s'agrandissent d'effroi à mes paroles et elle se met à remuer les lèvres. Elle se recule un peu et je peux alors voir le visage de l'enfant qu'elle presse contre elle.

— Alix, Alix ! Qu'as-tu fait de ma petite fille ? Qu'as-tu fait de Lottie ?

Un long hurlement s'échappe de ma poitrine.

Entre les bras de ma mère gît le corps sans vie de Carole.

— Alix ! Mais réveille-toi, nom de Dieu !

Je suis tirée de mon rêve comme on tire quelqu'un en arrière du gouffre où il est sur le point de se précipiter. Carole me secoue furieusement les épaules. Je reprends soudain contact avec la réalité et je constate que je suis en nage des pieds à la tête, les draps me collent à la peau et je ressens une douleur intense qui m'élance la poitrine.

— Tu as fait un cauchemar, Alix, réveille-toi ! La vache ! Tu m'as collé une de ces frousses, j'ai cru qu'on était en train de t'égorger ! Ça va ? Tu es réveillée pour de bon, là ?

J'ai mal à la gorge et je ne peux émettre qu'un son caverneux en guise de réponse tellement ma voix est enrouée. Carole court à la salle de bains et je l'entends remplir un verre d'eau en jurant.

J'essaie de reprendre mon calme, forçant mon regard à se concentrer sur les objets familiers et rassurants qui m'entourent. Je suis à la maison, dans mon lit, à l'abri derrière les murs épais du moulin dont j'entends la roue tournoyer doucement. Carole me rapporte un grand verre d'eau que je bois d'une traite.

— Tu te sens mieux ?

Je ne peux toujours pas parler mais je fais un petit signe de la tête. Elle se lève, passe derrière moi et se met à me masser doucement les épaules.

— Du calme, allez, reprends-toi, ce n'était qu'un rêve. Aussi horrible qu'il ait été, ce n'était pas la réalité. Juste un rêve…

Je me mets à sangloter. Éperdument. Douloureusement. Comme si quelque chose s'était rompu quelque part à l'intérieur, comme une digue, un barrage, et je pleure maintenant des torrents de larmes.

Je crois que j'ai mis quelques minutes à me calmer. Quand le chagrin se tarit malgré tout, je relève la tête et regarde Carole qui est restée parfaitement immobile et silencieuse tout le long.

— Je suis vraiment désolée, Carole…

Je ne parviens pas à finir ma phrase. Mes membres sont engourdis et j'ai la tête lourde.

— Tu ferais mieux de te passer la tête sous l'eau, pendant que je descends nous préparer un verre de lait bien chaud.

J'acquiesce et me tire du lit comme je peux. L'eau est glacée mais, après les sueurs de la nuit, cela me fait le plus grand bien et j'ai l'impression de reprendre définitivement contact avec la réalité. Je descends l'escalier et retrouve Carole en chaussettes et chemise de nuit Hello Kitty s'activant au milieu de la cuisine. Le comique de la situation me frappe et je ne peux me retenir de rire.

— Quelque chose de drôle ? me demande-t-elle. Dis-moi, parce que là, j'ai du mal à saisir ! Contente de voir malgré tout que tu vas mieux. Assieds-toi et raconte donc à maman ce vilain cauchemar...

— Tu es sûre de vouloir l'entendre ? Je n'ai pas vraiment envie d'en...

— Alix, toutes les fois qu'il te prendra l'envie de me réveiller en pleine nuit en poussant des hurlements de torturée, sache que oui, je serai sûre de vouloir entendre le pourquoi de tout ce cirque !

— OK, OK...

Je lui raconte mon rêve. Les champs. Maman. Et elle-même, couchée par terre, le visage ensanglanté.

— Le pire dans tout ça, c'est que j'ai vraiment essayé de te rattraper, avant que tu ne tombes et que ce ne soit maman qui te ramasse. Je suis arrivée trop tard.

Elle a une moue dubitative.

— Oui, enfin, ça ne veut rien dire, Alix, les rêves ne signifient pas grand-chose, quoi qu'en disent certains ! Ton imagination te joue des tours, voilà tout.

Après un temps, elle ajoute :

— C'est à cause de tous nos soucis, mais maintenant que je vais enfin travailler, tu verras que tu te sentiras moins angoissée et davantage tranquille.

— Tu as sans doute raison...

— Il vaut mieux que tu retournes te coucher à présent. Je vais rester près de toi cette nuit, tu n'as qu'à remonter et essayer de te rendormir bien vite.

J'obtempère sur-le-champ, sans élever la moindre objection : je me sens incroyablement fatiguée, vidée, comme morte. Je suis presque heureuse de retrouver mon lit malgré le froid qui règne dans la pièce et je m'enroule dans les couvertures en soupirant.

J'ai dû m'endormir immédiatement car je n'ai jamais entendu Carole remonter.

*
* *

Les premiers temps au cabinet ayant été concluants pour Carole, David l'a engagée après quelques jours d'essai seulement.

Ses affaires prospéraient et il ne savait réellement plus où donner de la tête, ce qui fait que le mi-temps convenu du début s'est bien vite transformé en temps plein. Carole a dû abandonner les quelques heures de cours qu'elle donnait à des élèves et s'est retrouvée plongée dans un univers qu'elle découvrait pour la première fois mais qu'elle s'est mise à aimer et à comprendre. De plus, elle connaissait une bonne partie des patients qui prenaient rendez-vous au cabinet et les villageois avaient plaisir à discuter quelques instants avec elle, avant ou après leur consultation. C'était une fille du pays et les gens, en particulier ceux d'un certain âge, se souvenaient de papa et aimaient à la comparer à lui et lui témoigner leurs regrets d'avoir perdu un membre certes discret, mais apprécié de toute la communauté.

Elle a voulu apprendre à connaître le nom des médicaments et antibiotiques les plus souvent prescrits ainsi que leurs différentes posologies. Elle aimait à me raconter ses journées, ses discussions avec les patients en salle d'attente, les recherches qu'elle faisait par elle-même pour mieux comprendre les symptômes et les soins apportés pour telle ou telle maladie. Je me rappelle qu'elle n'en revenait pas de surprise d'avoir découvert le nombre de patients des environs qui étaient sous antidépresseurs.

J'étais heureuse pour elle et je dois avouer que les semaines qui ont suivi son embauche ont été intenses, tant pour elle, au cabinet, que pour moi, qui passais une grande partie de la semaine au campus, ne rentrant pour ainsi dire que le week-end, à tenter d'avancer ma thèse. Certes, j'étais un peu soucieuse de la laisser seule au moulin et je m'en voulais de ne pas m'occuper davantage de la maison. Mais elle m'assurait qu'elle se sentait infiniment mieux ici, au moulin, que dans son appartement en région parisienne, où elle se retrouvait de toute façon seule également quand elle rentrait du collège.

Et puis il y avait David…

Je ne me rappelle plus à partir de quel moment précisément j'ai commencé à me poser des questions quant à la nature profonde de leur relation.

Elle travaillait pour lui et passait une bonne partie de la matinée en sa compagnie ; puis ils mangeaient ensemble le midi, le plus souvent au cabinet, quand ils ne prenaient pas un repas au petit bistrot d'en face ; elle restait ensuite jusqu'à 17 heures, seule au cabinet à prendre les messages et noter les rendez-vous, jusqu'au retour de David de ses visites à domicile. Il prenait alors le relais et elle était libre de rentrer à la maison.

Ce n'était pas tellement le fait qu'ils passent autant de temps ensemble qui me gênait, après tout, c'était son patron et, grâce à lui, la chaudière avait pu être réparée dans les plus brefs délais ! C'était plutôt le fait que je m'apercevais que David devenait peu à peu le principal sujet de conversation de ma sœur et qu'elle n'avait plus que son prénom à la bouche. Elle semblait être totalement tombée sous son charme, ce qui ne laissait pas de m'inquiéter. Après tout, David était un homme marié, avec une petite fille de surcroît.

Néanmoins, ces pensées s'agitaient dans mon esprit de manière presque irréelle, sans avoir jamais assez de courage ou de volonté pour m'y arrêter pour de bon, encore moins pour en parler à Carole. C'était une inquiétude vague et diffuse, comme une légère musique de fond que je réussissais à oublier et à ne plus entendre au cours de la journée, mais dont le son me parvenait à nouveau à la moindre accalmie et aux rares moments de détente que j'avais l'occasion de vivre.

Malgré tout, ces étranges pressentiments s'évaporaient quand je retrouvais Carole et le moulin et quand j'étais près de ma sœur. Je la voyais heureuse, absorbée par ses activités et pleine d'entrain. Elle s'était elle-même chargée d'une mission, se fixant l'objectif de repenser de fond en comble l'aménagement du jardin et du potager. Ces activités lui prenaient la plupart de ses week-ends et je lui donnais quelquefois un coup de main, quand je ne peignais pas à l'atelier.

C'est à cette époque-là, en effet, que je me suis sérieusement remise à la peinture. La semaine, je travaillais à mon projet de thèse et je jonglais entre mes entretiens et mes recherches : mais dès le samedi, à peine mon café avalé et un vieux jogging enfilé, j'emportais mes croquis et mes pastels avec moi et je parcourais la campagne en quête de paysages et de perspectives que je dessinais, assise sur un tronc d'arbre ou sur une petite butte. Une fois le cadre choisi, j'aimais laisser l'atmosphère et le calme du lieu m'envahir et je ne m'attaquais au dessin qu'au moment où il me semblait que, moi aussi, je faisais partie intégrante de la nature qui m'entourait, que je la ressentais si profondément que je me mêlais aux éléments et vivais avec eux. J'étais la branche qui vibrait sous le vent, j'étais le chant monotone de l'oiseau, j'étais la mousse humide qui rampait près de l'arbre, j'étais le filet d'eau qui bondissait sur le caillou poli. Je m'absorbais dans ce tout, touchais mes pastels et laissais la branche, l'oiseau, la mousse et l'eau guider mes gestes.

Je revenais vers la mi-journée et trouvais souvent dans le réfrigérateur un reste de salade ou d'omelette laissé par Carole, ainsi qu'un thermos de thé qu'elle me préparait pour l'après-midi. Si je ne ressortais pas, je montais à l'atelier et tentais l'ébauche de certains croquis directement sur la toile. Je retrouvais généralement Carole courbée au-dessus de ses carottes ou occupée à planter de nouveaux arbustes dans l'allée. Elle avait ressorti le vieux chapeau de paille de papa et s'en couvrait la tête, même lorsque le soleil était absent et qu'il faisait froid.

Mars était vite arrivé et avec lui, les pluies. Quand Carole ne jardinait pas à cause des trombes d'eau, elle lisait pendant des heures sur le sofa du salon et elle pouvait ne pas prononcer un mot de la journée. Quant à moi, je profitais de ces moments pour rendre la maison impeccable et rattraper le travail que j'avais du mal à faire en semaine. J'essayais au maximum de rapporter mon travail de recherche chez moi, pour passer le moins de temps en ville, ce qui m'obligeait toujours à ne pas rentrer au moulin pendant des jours. Et je m'apercevais de plus en plus que, loin de la maison, du ruisseau et des forêts qui encerclaient le moulin, je dépérissais. J'avais besoin d'eux pour vivre et je pense que Carole devait ressentir exactement la même osmose entre elle et notre cadre de vie.

Mais les choses n'allaient pas tarder à prendre une tournure différente.

*
* *

Je m'étais confortablement installée devant ma toile, les fenêtres étaient grandes ouvertes et je peignais dans mon petit atelier.

Je me suis rendu compte à un moment que j'avais besoin d'allumer la lumière pour y voir plus clair. Machinalement, j'ai passé la tête par la porte de ma chambre pour vérifier l'heure à l'écran de mon réveil. Il était plus de 20 heures, je n'avais pas vu le temps passer. Presque instantanément, la pensée que Carole n'était toujours pas rentrée m'a frappée.

Je suis descendue au salon à la recherche de mon portable pour tenter de l'appeler. Non pas que je fusse inquiète, mais Carole avait l'habitude de me prévenir lorsqu'elle devait rentrer plus tard que prévu et je ne me souvenais pas l'avoir entendue me dire que ce serait le cas ce soir-là. Je suis tombée directement sur sa messagerie et j'en ai conclu que son appareil devait encore une fois être déchargé.

J'ai quand même laissé un message et j'ai commencé à préparer le dîner, me disant qu'elle apprécierait en rentrant de trouver la table mise et le repas prêt. Elle travaillait beaucoup ces temps-ci et s'attardait souvent au cabinet. De plus en plus fréquemment, elle revenait à la maison fatiguée, de mauvaise humeur et l'esprit visiblement agacé, sans qu'elle puisse m'expliquer au juste ce qui la minait à ce point.

J'étais en train d'éplucher quelques pommes pour une tarte quand le téléphone de la maison a sonné. Je me suis essuyé les mains au plus vite sur mon tablier et j'ai couru répondre. Carole, sûrement…

— Allô ?

Mon cœur s'est serré à l'instant même où je l'ai reconnu. Le même souffle rauque. La même respiration hachée et douloureuse à l'autre bout du fil.

Ça recommence. Rien pendant des mois et là… « Oh non ! me suis-je dit. Non, pas ça, pas encore ! »

— Qui est là ? Qu'est-ce que vous voulez, à la fin ?

Je m'attendais à ce que l'on raccroche et que la conversation soit coupée, sans que personne n'ait pris la peine de me répondre.

Mais cette fois, les choses étaient différentes.

— *Tu veux savoir ce que fait ta sœur, en ce moment ?*

J'ai pressé ma main contre ma poitrine. Je n'avais jamais entendu cette voix, jamais elle ne s'était adressée à moi auparavant. Ma bouche s'est desséchée mais je suis tout de même parvenue à articuler :

— Comment ? Mais qui êtes-vous ?

— *Je te demande si tu sais ce que ta pute de sœur fait en ce moment ?*

La voix avait enflé et une colère noire et froide perçait à travers les mots. L'insulte semblait avoir été crachée de la bouche de mon interlocuteur. Le choc m'a laissée sans voix, tout mon corps s'était mis à trembler violemment.

— *Comme sa mère. Une vraie putain qui traîne dans les bars avec des hommes mariés…*

La voix grondait maintenant et le souffle menaçant semblait emplir tout l'espace autour de moi. Et il y a eu un déclic. On avait raccroché.

J'ai dû m'asseoir, les jambes tremblantes, à regarder fixement le combiné que j'avais gardé dans mes mains.

X

Extraits des notes de Carole

Il m'est facile aujourd'hui de décrire certains phénomènes que je ne comprenais pas à l'époque où je les vivais, le recul a toujours du bon pour ça. Il m'est même très curieux de repenser à la personne que j'étais à ce moment précis de ma vie : c'est comme si je regardais vivre et penser une inconnue, une étrangère, quelqu'un dont je devrais aujourd'hui raconter les faits et gestes en essayant de comprendre ses motivations profondes et son état d'esprit sans y parvenir totalement. Je me regarde vivre, évoluer, sourire et pleurer et tout me semble si bizarre, si peu moi. Si éloigné de ma réalité.

Je me revois encore si sûre de moi, si rayonnante quand j'ai annoncé à Alix mon embauche chez David en tant que secrétaire médicale ; je me rappelle les premières semaines au cabinet et l'étonnante facilité avec laquelle je m'étais adaptée à mon nouvel environnement ; des traites que nous pouvions enfin payer, Alix et moi, et du soulagement de se savoir à l'abri des coups durs ; de l'ambiance joviale et complice qui régnait au cabinet entre David et moi ainsi que des discussions que nous avions, quand nous mangions ensemble le midi ; et puis brutalement, du sentiment de malaise qui s'est installé entre nous, de l'oppression qui me broyait le ventre chaque matin quand je me levais pour partir travailler. Qu'est-ce qui avait changé ? Quand cela avait-il commencé à dégénérer ? Je ne pourrais pas même l'expliquer.

Mais toujours est-il que, les premiers temps, la vie au cabinet la semaine, et au moulin le week-end, me ravissait. Alix continuait sa thèse et je ne la voyais malheureusement que fort peu. Je m'occupais de l'intendance de la maison la majeure partie du temps mais elle s'empressait de prendre le relais dès son retour. Elle s'était remise à peindre, avec beaucoup de bonheur, et j'aimais la voir ainsi, calme et concentrée les jours de repos.

Bien sûr, elle faisait régulièrement ce drôle de cauchemar, toujours le même, dont elle avait commencé à souffrir peu avant que je ne commence à travailler. Elle vivait, encore et encore, cet étrange et même scénario qui revenait la hanter et la laissait blême et couverte de sueur à son réveil. Scénario dont apparemment j'étais la victime... Et dont je n'ai compris la signification que plus tard. Après. Mais on ne comprend toujours les choses qu'après coup, je pense. Même si, je dois le reconnaître, certains indices de ce qui se passait en filigrane nous étaient donnés et que nous aurions pu alors être tout à fait capables, Alix et moi, de les voir, de les analyser et de les anticiper.

Par exemple, il est inutile de nier que David et moi étions proches. Peut-être plus proches que je ne l'aurais de prime abord souhaité. La première fois que je me suis fait cette réflexion, c'est lorsqu'il m'a parlé de Mélanie et des problèmes qu'ils rencontraient tous les deux dans leur couple. Mais David avait cette propension très singulière et pour le moins inhabituelle de parler des choses et des gens sans en avoir l'air, en instillant en vous quelque chose entre la compassion et la méfiance, la compassion et l'empathie que vous ressentiez immédiatement pour lui, et un sentiment de méfiance et de suspicion qui naissait en vous pour les autres.

Mais au-delà de cette approche somme toute assez manichéenne, David n'a pas tardé à m'inspirer un sentiment tout autre, quelque chose de plus abstrait, de plus flottant, de plus insaisissable. Il lui arrivait parfois de me parler d'une personne, patient ou relation amicale, et lorsque je rentrais à la maison et que je voulais faire part à Alix de ce que j'avais appris concernant cette personne, je me rendais compte avec étonnement qu'en réalité je ne pouvais rien répéter de concret, aucun fait, aucune conduite qui aurait pu me faire dire à juste titre : « Oui, Untel ou Unetelle a vraiment une attitude méprisable. » J'essayais alors de me rappeler plus précisément la teneur des propos de David, et je ne tardais pas à me rendre compte que ce n'était pas tant ce qu'il disait qui comptait, mais ce qu'il ne disait pas et la façon dont il s'y prenait pour conduire son interlocuteur à des conclusions ou des certitudes que jamais de vive voix il n'avait évoquées.

Je me rappelle un jour où nous prenions notre déjeuner au petit café situé sur la place, non loin du cabinet. David semblait particulièrement fatigué et de larges cernes bordaient ses yeux de noir. Je lui ai demandé si c'étaient les patients de la matinée qui l'avaient exténué de la sorte et il m'a avoué qu'il ne dormait plus depuis des nuits, mais que les raisons de ses insomnies n'étaient pas professionnelles.

Comme il paraissait ne pas vouloir m'en dire plus et que je ne souhaitais pas me montrer indiscrète, j'ai changé de propos et me suis mise à babiller à propos de la pluie qui n'en finissait plus de tomber cette année.

— Pour tout te dire, c'est Mélanie qui me préoccupe en ce moment, m'a-t-il alors coupé.

J'ai relevé la tête pour l'examiner plus attentivement. Son regard s'était perdu par-delà les trombes d'eau qui se déversaient sur la petite place que traversaient bon gré mal gré de rares passants effarouchés par les bourrasques. De lourds nuages gris couraient dans le ciel, semblant caresser au passage le haut clocher de l'église.

— J'aimerais qu'elle se repose davantage et je ne suis pas suffisamment présent à la maison pour qu'elle puisse le faire. Mélanie est le genre de femme à être vite… comment dire ?… perdue. Elle me reproche de devoir s'occuper toute seule de notre enfant.

— Mais qu'est-ce que tu y peux ? Tu te démènes toute la journée pour subvenir à ses besoins et à ceux de Chloé. Tu enchaînes rendez-vous sur rendez-vous et tu voudrais encore pouvoir faire plus ?!

— Ce n'est pas pour moi, Carole. Comprends-moi, je ne suis pour ainsi dire jamais à la maison. Je ne vois pas ma fille grandir et je sais qu'un jour je le regretterai. La semaine dernière, j'ai raté la répétition générale de son gala de danse. Un appel en urgence à la dernière minute. J'ai dû filer. *Casse-Noisette* est passé à la trappe et Chloé ne me l'a toujours pas pardonné. Cela faisait des semaines qu'elle m'en parlait.

— Ce sont des choses qui arrivent, malheureusement. Être le seul docteur sur des kilomètres à la ronde n'est pas une sinécure.

— Nous en avions pourtant parlé, Melly et moi, avant d'emménager ici, elle savait ce que cette nouvelle vie signifierait pour nous trois. Du moins, je croyais qu'elle l'avait accepté. Mais je vois qu'elle est déçue.

— Déçue par quoi, exactement ?

— Elle pensait que le projet de la grange transformée en cabinet marcherait et qu'alors un collègue pourrait venir m'aider. J'aurais été sur place et j'aurais pu rentrer plus tôt le soir. Je crois qu'elle vit mal le fait de devoir être seule à la maison toute la journée.

Quelqu'un a poussé la porte du café pour entrer, laissant le vent du dehors s'engouffrer quelques secondes. J'ai frissonné.

Je me sentais mal à l'aise, comme à chaque fois que David me parlait de sa frustration de n'avoir pu concrétiser son rêve concernant le rachat de notre grange. À maintes reprises, j'avais tenté d'en parler à Alix pour la convaincre de vendre. J'étais intimement persuadée de la valeur de ce projet et je me disais que, si je devais rester la secrétaire de David, ce serait bien plus simple pour moi aussi que la grange soit notre nouveau lieu de travail.

— Je me sens terriblement coupable, David. Je t'assure que je ne comprends pas pourquoi Alix s'entête à vouloir garder cette vieille ruine. Je le lui ai dit plusieurs fois, tu sais… Surtout que c'était le souhait de papa.

— Mais tu n'as pas à t'en vouloir, Carole, a-t-il répondu en me souriant. Ta sœur est différente de ton père et toi, et c'est bien normal après tout.

Je n'ai pas compris le sens de sa remarque.

Il a baissé la tête et s'est mis à remuer distraitement son café.

— Quoi qu'il en soit, Melly vit très mal la situation et je t'avoue que la moindre discussion tourne à l'affrontement ces temps-ci. Il faudrait que j'arrive à passer plus de temps avec elle avant que notre couple ne commence à battre de l'aile sérieusement.

— Oui, j'imagine. Je suis désolée d'apprendre que ça va si mal que ça...

Il m'a regardée avec attention. Et soudain, sans que rien ne le laisse présager, il a levé la main et a doucement effleuré ma joue, du bout des doigts. Ses yeux scrutaient mon visage comme s'ils y cherchaient quelque chose, une réponse, un aveu. Son geste m'a surprise et touchée en même temps. J'ai senti une vague de chaleur monter en moi. Il m'a semblé que tout était devenu silencieux autour de nous et que tous pouvaient entendre les battements de mon cœur. Ses yeux étaient revenus se river aux miens et ne me lâchaient plus, tandis que ses doigts avaient glissé sur ma peau jusqu'à mes lèvres. Quelque chose s'est creusé en moi. Il a cillé plusieurs fois, m'a caressé légèrement le menton et a reposé lentement sa main près de son assiette. Je n'ai pas su combien de temps elle avait erré ainsi sur mon visage.

Puis, de nouveau, les conversations ont repris. Du moins, j'étais de nouveau capable de les entendre. David ne m'avait toujours pas quittée des yeux et je l'ai vu remuer les lèvres comme s'il se murmurait quelque chose à lui-même. Il m'a semblé encore plus fatigué qu'avant.

— Je suis désolé, Carole, je ne voulais pas...

— Non, tu n'as pas à t'excuser, ce n'est rien.

Il regardait tout autour, semblant enfin réintégrer la réalité.

— Il est temps d'y aller. Je vais demander l'addition.

Nous nous sommes levés en même temps car j'avais décidé de l'attendre dehors sous l'auvent : j'avais désespérément besoin de prendre l'air.

Une fois à l'extérieur, la pluie est venue fouetter mon visage, comme pour le punir d'avoir laissé David le caresser, et je me suis emmitouflée dans mon large châle pour m'épargner les désagréments du vent dans les cheveux. J'ai fermé doucement les yeux, laissant le vent me bercer par à-coups.

Quand David m'a rejointe, j'ai passé ma main sous son bras et nous nous sommes mis à courir en riant sous la pluie jusqu'au cabinet, de l'autre côté de la place.

*
* *

Inconsciemment, j'avais eu peur qu'un malaise ne s'installe entre nous après ce qui s'était produit pendant la pause déjeuner, mais c'est tout le contraire qui est arrivé. Une barrière avait été franchie, des émotions avaient été libérées et nous étions heureux de les avoir laissées s'échapper, même si quelque part, cela aurait dû nous effrayer davantage. Jusqu'alors, nos rapports avaient été amicaux et confiants : ils s'étaient maintenant teintés de tendresse et d'affection.

Je me suis mise à lui confier beaucoup de choses de ma vie, de mon passé ; il m'évoquait parfois sa famille et les difficultés qu'il semblait avoir connues pendant l'adolescence. Plus je le côtoyais, plus je devinais une personnalité tourmentée, avec de larges zones obscures et troubles, derrière cette image d'homme stable et sans complexes qu'il offrait au monde. Mais je ne faisais que le deviner, justement, car David ne parlait de lui qu'en termes flous et imprécis. Je tentais de combler, soit par logique et déduction, soit par pure imagination, des pans entiers de sa vie qu'il semblait vouloir cacher derrière les silences ou les non-réponses qu'il me faisait. Alors que je parlais librement de mon existence et de mes états d'âme, ce qui, pensais-je, me donnait le droit à une certaine réciprocité de sa part, David ne répondait à mes questions qu'en termes sibyllins et énigmatiques qui me donnaient la désagréable impression d'avoir été trop curieuse, voire indélicate.

Il en était de même avec les tâches que j'avais à accomplir pour lui dans le cadre du travail. Ses demandes restaient très vagues la plupart du temps et, lorsque je prenais des initiatives pour lui simplifier la vie, j'avais toujours l'impression d'avoir tout compris de travers et de n'avoir été en fait qu'une gêne et un embarras pour lui. Il ne s'en fâchait jamais et semblait même s'en amuser quelques fois. Du moins, au début.

Mais j'aimais le retrouver détendu et rieur pendant la pause déjeuner, après le rush du matin. Nous riions beaucoup ensemble et le stress du cabinet semblait loin. Il m'écoutait avec attention et me parlait souvent de ses rapports avec papa, que je lui rappelais énormément. J'avais cru comprendre en revanche qu'il n'aimait pas beaucoup devoir parler de son propre père et je devais ronger mon frein pour ne pas pousser plus avant mes investigations concernant les relations qu'il avait pu entretenir avec lui. Il semblait l'avoir perdu fort jeune, en tout cas bien avant qu'il ne rencontre Mélanie et ne décide de l'épouser.

Une seule chose me tourmentait, c'était qu'Alix ait refusé de vendre la bergerie à David et il ne se passait pas une semaine entière sans que je ne le lui reproche amèrement.

Un jour que j'étais revenue particulièrement fatiguée du bureau, je me suis jetée sur le canapé du salon pour enlever mes chaussures à talon et me masser les pieds tout en racontant ma journée de travail à ma sœur. Incidemment, sans que je ne m'en rende vraiment compte, je lui ai reparlé du bonheur que ce serait quand nous aurions enfin vendu la bergerie à David et que je ne serais plus obligée de rester trop longtemps hors de la maison. Sa réaction a été aussi violente qu'inattendue.

— Mais enfin, Carole, combien de fois devrai-je te répéter qu'il est hors de question que je vende quoi que ce soit à *ton* David ?! La bergerie est à moi et, pour la dernière fois, elle n'est pas à vendre, tu pourras le lui confirmer de ma part !

Elle avait crié ces phrases avec tant de mépris dans la voix que j'en étais restée les bras ballants.

— Que veux-tu dire exactement par *mon* David ? Et la bergerie est autant à moi qu'à toi, je te signale…

— Bien sûr, ce n'est pas ce que je voulais dire ! Mais c'est un patrimoine familial et je pensais que tu étais autant attachée à ce genre de choses que moi. Et il est vrai qu'en ce moment tu sembles n'avoir que David en tête et tu ne sais plus rien faire d'autre que de parler de lui. Qu'est-ce qui t'arrive exactement ?

Elle avait posé la question avec un air soucieux et elle semblait réellement préoccupée. Je m'en suis voulu de la persécuter avec cette histoire. Et puis j'ai eu soudain vaguement honte de moi, de ce qui se passait entre David et moi et que j'avais pris bien soin de cacher à Alix. Après l'épisode du déjeuner, d'autres témoignages d'affection de ce type s'étaient produits et souvent – bien trop souvent – nous restions fort tard au cabinet tous les deux ensemble alors que le dernier patient venait de partir et que j'aurais dû moi-même être rentrée depuis longtemps.

Le regard qu'elle m'a lancé à ce moment m'a fait l'effet d'un électrochoc et les événements récents que je venais de vivre ont défilé dans ma tête à toute allure. Toutes les fois où il passait derrière mon dos alors que je tapais à l'ordinateur et qu'il frôlait mon épaule, toutes les fois où nos mains s'étaient rapprochées l'une de l'autre jusqu'à se toucher – et ce n'était jamais lui qui reculait le premier… Et puis il y avait eu ce jour où nous étions restés seuls au cabinet pour avaler un sandwich sur le pouce le midi et où j'avais commencé à parler de papa, les larmes m'étaient montées aux yeux involontairement… Il m'avait gentiment relevé la tête et pris le visage entre ses mains. Ç'avait été d'une telle douceur que j'avais fermé les yeux et que j'avais reçu son baiser comme allant de soi, comme quelque chose de normal. Ses lèvres avaient la douceur du duvet et j'avais désespérément passé mes mains dans ses cheveux – enfin ! – comme on s'agrippe instinctivement au rebord d'un puits dans lequel pourtant on aurait choisi de se jeter. Puis son portable avait sonné…

Non, je n'avais rien dit de tout ça à Alix et, cependant, quelque chose en moi savait qu'elle savait. Peut-être pas dans les détails, mais dans les grandes lignes, je l'aurais parié, elle avait deviné. Et là, sous son regard, je me suis retrouvée comme avant, telle la petite fille privée de mère que j'avais été et que j'étais restée, qui n'a comme repère que sa grande sœur, qui n'a qu'elle au monde pour lui dire ce qui est bien ou mal, ce qu'on peut faire et ce qu'on ne doit pas toucher sous peine de se blesser ou d'avoir mal. Je me suis rendu compte qu'en réalité je m'étais comportée comme une enfant. Pire ! J'avais laissé s'instaurer une situation impossible dans laquelle je ne pourrais à l'avenir que m'engluer davantage.

J'ai préféré tourner le dos et quitter la pièce pour foncer à l'étage, refusant de répondre aux appels répétés de ma sœur derrière moi. J'avais besoin de me retrouver seule.

Ce n'est qu'à partir de ce jour que je me suis promis de ne plus jamais faire mention de la bergerie devant Alix et, surtout, de clarifier les choses avec David sous peine de me retrouver dans l'inextricable chaos que le simple regard de ma sœur m'avait fait deviner et qui se profilait à l'horizon pour David et moi.

*

* *

J'avais beaucoup négligé mes amis depuis que j'avais repris une activité professionnelle et je m'en voulais de ne plus être aussi en forme qu'avant et d'avoir perdu le goût de recevoir à la maison. J'avais revu Fabienne quelque temps après nos retrouvailles au dîner chez les Farge et nous avions eu plaisir à prendre le thé ensemble et à nous rappeler nos très jeunes années. Mais encore une fois, le temps me manquait pour retisser les liens qui avaient été rompus par mes années d'éloignement. Le temps et l'envie, aussi.

Avril pointa le bout de son nez sans que rien ne change vraiment et la pluie ne cessait de détremper les choses et les âmes. La maussaderie ambiante me faisait rêver à d'autres paysages, au soleil et aux plages de sable blanc. Cette période a été pour moi synonyme d'intense introspection et je me plaisais parfois à prendre la voiture de papa le week-end pour partir revisiter les lieux de mon enfance. Lorsque le temps le permettait, je préférais faire ces petits pèlerinages à pied, quitte à me vêtir d'un K-way et à emprunter les vieilles bottes d'Alix pour marcher à travers champs.

J'aimais admirer la campagne lorsqu'elle tentait de se dissimuler ainsi sous le léger voile transparent de la brume, lorsqu'elle jouait à la fée insaisissable abritée derrière ses ailes de pluie. Souvent, mes pas me menaient au cœur des bois que traverse le ruisseau et je déboulais dans la vallée où se dressaient les ruines du plus ancien pigeonnier de la région, là même où maman se plaisait à peindre ses toiles. Une fois, je me rappelle avoir eu la chance d'émerger des bois au moment précis où un magnifique arc-en-ciel éclaboussait la vallée tout entière en contrebas, et dont les rayons de lumière semblaient ruisseler et se déverser pour venir noyer dans un océan de couleurs les décombres de la pauvre tour branlante et dévorée par le chiendent.

J'allais aussi plus souvent me recueillir sur la tombe de mes parents dans le vieux cimetière accolé à l'église du village. J'aimais circuler à travers les allées caillouteuses, parmi les tombes, en lisant les inscriptions gravées sur les pierres. Certaines dataient du siècle passé, d'autres étaient récentes. Je scrutais attentivement les visages sur les photos laissées en souvenir des disparus. J'imaginais ce que toutes ces personnes avaient pu être, leur caractère, leur histoire, la façon dont elles riaient. Au lieu de me rendre triste, ces longs moments passés au milieu des défunts m'apaisaient et je redevenais plus calme. Au fond, je ne crois pas aujourd'hui que je recherchais, dans ces moments-là, autre chose que moi-même. Je m'étais perdue en chemin et la voix des morts est toujours bien plus réelle que celle des vivants pour le voyageur égaré de l'existence. Et puis je désherbais et fleurissais la tombe qui devait abriter pour toujours les corps de mes parents. Je refusais de les imaginer, couchés là, dans un silence éternel, ensevelis sous des tonnes de terre froide et sous le poids de nous autres, les vivants, qui continuons à vivre en nous efforçant d'ignorer ceux que nous foulons sous nos pieds.

Je n'avais jamais été portée sur la religion auparavant, mais il m'arrivait néanmoins de profiter de mes allées et venues dans le cimetière pour aller pousser quelquefois la lourde porte de l'église et pénétrer dans l'enceinte poussiéreuse et plus glacée qu'un caveau. J'allais m'asseoir sur un banc et regardais tout autour de moi en essayant de me souvenir des prières apprises dans mon enfance. C'était un exercice plus difficile que je ne pensais et j'abandonnais assez vite, préférant m'absorber dans le silence et les odeurs d'encens. La pensée de Dieu m'avait toujours réconfortée même s'Il m'apparaissait comme une entité plutôt floue et indistincte et que je n'avais aucune confiance en ceux qui se prétendaient être ses ministres sur terre. Mais peu importait ! J'aurais pu rester des heures assise tranquillement dans cette quasi-obscurité à écouter le silence et je ressortais de là l'âme défroissée et la vision plus claire.

Je m'étais laissé déborder par mes sentiments pour David et il me fallait faire machine arrière avant qu'il ne soit trop tard. J'avais lâché la bride et je devais reprendre le contrôle de ma propre existence et de ma propre volonté, aussi. Lorsque j'étais avec lui, en sa présence, un sentiment de joie mais aussi de malaise m'empêchait de réfléchir et de penser rationnellement, les discussions que nous pouvions avoir pendant nos heures creuses ne m'apportaient pas les réponses que j'espérais et il restait pour moi un parfait inconnu malgré cette communion, incontestable, qui existait entre nous et nous attirait l'un vers l'autre malgré tout. J'avais l'impression de jouer à ce jeu fatigant du chat et de la souris mais c'est moi qui perdais, c'est moi qui me perdais et je n'arrivais pas à savoir ce qu'il recherchait exactement, ce qu'il attendait de la vie, des autres, et surtout de moi. Alors que je me livrais avec confiance, David restait un mystère que je ne pouvais percer. C'était comme se cogner la tête contre un mur. Mais je ne le voyais clairement que lorsque j'étais loin de lui et que je ne subissais plus la force de gravité qui émanait de sa personne : il était l'astre rayonnant, j'étais le satellite impuissant. Cela ne cessait que lorsque je le quittais et regagnais ma maison, mon moulin, ma sœur, ma vie. Je ne savais comment me sortir de cette dépendance qui s'était créée et dont je souffrais. Je savais que j'avais tout intérêt à partir, à démissionner, à rentrer chez moi, à l'abri, mais même alors, l'aura de David semblait perdurer.

Sa maison jouxtait presque la nôtre et sa silhouette déambulait dans le jardin, et là encore j'avais le terrible sentiment que c'était moi qu'il venait chercher, que c'était autour de moi qu'il rôdait. L'astre et le satellite échangeaient alors leur place. Je ne me sentais plus en paix, partagée entre l'envie d'aller le rejoindre et l'angoisse de me sentir traquée jusque dans mon terrier, mon domaine, privé et rassurant.

Souvent ses déambulations l'amenaient jusqu'à notre propre jardin, près de la bergerie dont je le voyais toucher les pierres et inspecter le toit. J'avais décidé de changer le potager de place à cause de la proximité intenable qu'il m'infligeait et que je refusais de subir aussi chez moi. Alix m'a vue avec plaisir reprendre en main la tenue et l'entretien du jardin et du potager mais je lui taisais mes véritables raisons. J'aimais jardiner, planter, cueillir mes propres légumes, mes propres fruits, mais je voulais continuer à le faire loin de lui, loin de son emprise, de sa présence subtile mais obstinée.

J'ai donc choisi de retourner un large pan de terre derrière le moulin, près du ruisseau, à peu de distance de la terrasse où nous aimions prendre le petit déjeuner, abritées sous l'auvent. Je déplantais et replantais à cet endroit tout ce qui pouvait l'être, me débarrassant de ce que je ne pouvais sauver. Je me sentais à l'abri de ses regards dans cette partie du jardin et le bruit délicat du clapotis de l'eau contre les pales de la roue me rassurait. Même du haut du premier étage que j'occupais, je commençais à préférer ouvrir les fenêtres qui donnaient sur l'arrière du moulin et non pas sur l'allée et sur la bergerie, sur sa maison… Je ne voulais pas être vue. Je ne voulais pas être entendue. Je voulais, le week-end au moins, rester cachée, invisible, loin de son attraction.

Comme à son habitude, les samedis et dimanches, quand lui et sa femme ne recevaient pas, il se plantait juste là, à la limite de son propre jardin, une tasse de café à la main, et regardait dans notre direction, dans ma direction, me semblait-il, laissant couler son regard du moulin au ruisseau, du ruisseau aux sous-bois, jusqu'au petit pont, à l'extrémité du terrain. J'ai su que ce n'était pas moi qui étais en train de tourner folle et paranoïaque, quand j'ai entendu Alix s'étonner de cette drôle de manie qu'il semblait avoir prise de regarder chez nous plutôt que chez lui.

Un jour de semaine que nous étions sorties vérifier le bon fonctionnement de la roue, Alix s'est relevée brusquement pour regarder par-dessus mon épaule.

— Mais qu'est-ce qu'il fait encore là, celui-ci ?

Me retournant le cœur battant, j'ai vu que David longeait la bergerie de notre côté du terrain.

— Je crois bien que je vais faire murer les ouvertures de la bergerie qui donnent sur leur terrain, a-t-elle murmuré comme pour elle-même. J'en ai assez de le voir entrer et sortir de là. C'est chez nous après tout et je ne veux pas avoir à le rencontrer dans mon propre jardin.

— Il le faisait tout le temps quand papa était encore vivant, et je crois bien qu'il n'a pas compris que ça pouvait nous poser un problème.

— Alors il ne va pas tarder à le comprendre ! C'est dommage d'en arriver là mais ce n'est plus possible.

J'ai vu avec effroi ma sœur se diriger à grands pas vers David. J'ai voulu la retenir, la supplier de rester et de ne pas y prêter plus d'attention, mais il s'était arrêté pour lui sourire, tout en portant sa tasse de café à ses lèvres.

J'ai pris le parti de faire comme si la situation ne me concernait en rien et je leur ai délibérément tourné le dos, faisant mine de vouloir enlever les feuilles qui gênaient l'écoulement de l'eau dans la roue. Je me suis mise à siffloter doucement un petit air stupide, pour tenter de chasser l'inexplicable peur que je ressentais. Mon cœur battait à tout rompre et j'avais les mains moites.

Quelques minutes, effroyablement longues, ont passé avant que je n'entende derrière moi les pas de ma sœur qui revenait. Ses yeux lançaient des éclairs.

— Alors, ai-je demandé angoissée, tu lui as dit quoi ?

— Je lui ai demandé s'il avait besoin de quelque chose et, comme il m'a répondu que non, qu'il se promenait, tout simplement, je lui ai gentiment fait remarquer qu'en fait de promenade, il se trouvait chez nous, dans une propriété privée et que ces intrusions répétées finissaient par me gêner.

— Mon Dieu, Alix ! Tu y vas peut-être un peu fort quand même !

— Comment ça, un peu fort ! Tu plaisantes, j'espère ?! Je commence à regretter que papa n'ait pas fait mettre de grillage entre nos deux terrains ! Est-ce que je vais me balader comme ça chez lui, moi ? Franchement, Carole, je m'étonne que ça ne te pose pas plus de problèmes que ça !

« Oh que si, cela m'en pose Alix ! ai-je pensé avec désespoir. Cela m'en pose horriblement ! » Mais comment pouvais-je le lui dire ? Comment lui faire part de ce que je ressentais ?

Alors qu'Alix retournait aux feuilles mortes en marmonnant son agacement, j'ai vu David remonter vers chez lui avec précipitation.

Le voir balancer rageusement le reste de son café dans l'herbe n'avait rien qui pouvait apaiser mes craintes !

*

* *

Nos rapports ont dégénéré à partir du moment où il a commencé à réaliser que j'essayais de le fuir, du moins le week-end.

Le lundi qui a suivi le changement de place du potager, par exemple, bien avant qu'ait lieu cette mise au point pour le moins brutale avec Alix, j'ai compris qu'il m'avait observée travailler depuis les fenêtres de sa maison : à peine débarquée dans le cabinet, il m'a demandé tout de go si les plants de légumes avaient survécu au déménagement intempestif que je leur avais fait subir.

Surprise, j'ai bredouillé une vague réponse mais je me suis sentie tout à coup extrêmement mal à l'aise. Apparemment, il n'a pas semblé s'apercevoir du trouble dans lequel il m'avait jetée et, tout de suite après le départ du premier patient, fort matinal, il a profité du retard de la personne suivante pour s'octroyer un rapide café.

Il s'est assis négligemment sur un coin de mon bureau et s'est mis à discuter des projets de sa femme de partir quelques jours chez une certaine Mathilde, sa sœur à lui, pendant les vacances scolaires d'avril de Chloé. Tout en parlant, il s'est passé plusieurs fois la main dans les cheveux et je pouvais les entendre crépiter sous la caresse électrique de ses doigts. Combien de fois avais-je rêvé de refaire moi-même ce geste ! Et d'autres aussi, je dois l'avouer… Je ne sais s'il s'en est rendu compte mais toujours est-il qu'il s'est retourné à cet instant précis pour me regarder soudain avec le plus grand sérieux.

— Voudrais-tu dîner avec moi un de ces soirs ? Ce n'est pas que je profite de l'occasion que Melly et Chloé ne soient plus là, a-t-il ajouté, mais je rêve depuis longtemps d'un petit dîner au restaurant en tête à tête avec ma charmante secrétaire, ne serait-ce que pour la remercier de l'aide qu'elle m'apporte…

— C'est très gentil mais je ne fais que ce pour quoi je suis payée, rien d'autre, ai-je formulé en avalant une gorgée du café chaud qu'il m'avait servi en même temps qu'à lui.

— Carole, a-t-il continué en s'emparant de ma main, je sais que les choses peuvent paraître compliquées entre nous... Mais nous savons tous les deux que nous nous apprécions... beaucoup... et j'ai parfois du mal à garder les idées claires quand je suis avec toi... Je... Bref, je voudrais qu'on puisse en parler, mais pas ici, au bureau, et évidemment ni chez toi ni chez moi. Qu'en penses-tu ?

J'ai eu l'impression que tout mon sang s'était retiré de mon corps pour venir se ruer dans ma main droite, celle qu'il tenait et qu'il pressait nerveusement contre la sienne, me laissant exsangue et pantelante sous le regard qu'il dardait sur moi. Il fallait que je reprenne contenance coûte que coûte, malgré l'engourdissement de tout mon être que je ressentais.

— Je ne sais pas, suis-je parvenue à articuler faiblement. Je t'en prie, ne me regarde pas comme ça, David. Tu es marié, nom de D...

— Je ne veux pas entendre ce genre d'excuses, a-t-il coupé, tu ne sais pas, toi, ce que ça veut dire que d'être marié... Être enchaîné à une personne pour le restant de ses jours et se sentir piégé quand tu te rends compte que tu t'es bel et bien trompé et que ce n'était pas la fille pour toi... Que celle dont tu rêves, celle dont tu as toujours rêvé, n'est pas celle qui s'endort à tes côtés, mais qu'elle est plus loin ! Pas si loin que ça en fait, en ce qui me concerne, mais juste à côté, dans la maison voisine...

Son regard m'avait lâchée, s'était perdu, comme s'il s'était égaré à l'intérieur de lui-même, et qu'il cherchait maintenant les mots qui pourraient m'expliquer – enfin ! – ce qu'il vivait et ressentait. En revanche, son étreinte s'était resserrée et il me faisait mal. Il ne se rendait pas compte qu'il était tout bonnement en train de me broyer la main.

— Parfois, alors que tout le monde dort chez moi, je me lève sans bruit dans le noir et je glisse doucement dans la chambre de ma fille. Je soulève le store et, de là, j'observe le moulin, je dois mettre mes deux mains en écran tellement il fait noir, et je l'aperçois... Tu es si près... Et si loin en même temps, si... inaccessible...

La sonnerie nous a fait sursauter tous les deux, quelqu'un pénétrait bruyamment dans le petit vestibule et des pleurs d'enfant sont parvenus jusqu'à nous. Il m'a lâché la main, avalant la dernière goutte de son café, a pris quelques secondes encore pour me regarder et me sourire, et s'en est allé accueillir lui-même la jeune femme et son bébé, me laissant seule et hébétée par ce que je venais d'entendre.

*

* *

Il ne m'a plus reparlé de sa proposition et les jours qui ont suivi ont vu le retour de relations plus formelles et professionnelles entre nous. Cependant, je voyais arriver les vacances de Pâques avec angoisse car je sentais bien qu'il reviendrait à la charge une fois sa famille partie. Il fallait que je refuse, je devais refuser mais j'avais peur de manquer de cran seule face à lui. Et je me méprisais de me sentir si vulnérable, si désemparée.

De retour chez moi, je fuyais m'enfermer dans ma chambre, même si je savais Alix de plus en plus consternée par mon étrange comportement. Si seulement j'avais eu la force à ce moment-là de lui parler de ce qui se passait ! Mais elle-même était très prise par sa propre routine et par son travail qui la tenait souvent éloignée de la maison pendant des jours entiers. Et quand elle revenait, elle peignait, elle partait courir la campagne, tout comme moi mais pas pour les mêmes raisons, et je l'enviais de pouvoir ainsi s'abstraire dans la peinture, d'avoir ce dérivatif dans lequel, en plus, elle excellait.

Même si j'étais de plus en plus nerveuse à l'idée de partir travailler le matin et de retrouver David au cabinet, j'essayais du mieux que je pouvais de le cacher. Mais je ne comprenais pas qu'on puisse tenir de tels propos, du genre de ceux qu'il m'avait tenus quand il m'avait invitée à dîner, et continuer néanmoins à se comporter comme si de rien n'était les jours suivants. J'en venais à me poser des questions sur ma propre santé mentale et me demandais souvent si, en réalité, tout ceci n'était pas le fruit de mon imagination et de mon cerveau malade et si, par hasard, je n'interprétais pas les choses.

Les vacances de Pâques sont finalement arrivées et, un samedi, j'ai pu apercevoir à travers ma fenêtre Mélanie et David entasser sacs et valises dans le coffre de la voiture sous l'œil morne de leur fille et les regarder partir en direction de la gare avec un pincement au cœur. Je me souviens être allée directement me servir une bonne rasade de bourbon et m'installer sur le sofa en attendant le retour d'Alix, partie faire quelques croquis dans les bois.

Je me rendais bien compte qu'elle avait raison de dire que je buvais beaucoup depuis quelque temps. Mais si stupide que cela puisse paraître, j'en avais besoin pour m'aider à me sentir mieux, à me détendre. Ce vague sentiment d'angoisse et d'oppression ne voulait pas me quitter et j'avais du mal à me concentrer, à me souvenir des choses. Il fallait que je prête une attention plus que soutenue pour suivre la moindre conversation que j'avais avec Alix ou avec n'importe quelle autre personne du reste. En revanche, le liquide ambré me réchauffait le corps, endormait mes craintes, ralentissait les battements sourds de mon cœur et apaisait mes tourments. Une fois que les brumes de l'alcool atteignaient mon cerveau, l'appréhension me quittait pour faire place à l'euphorie et au bien-être. Paradis artificiels, certes, pour reprendre les mots de Baudelaire, mais paradis quand même… Car une fois ces artifices dissipés, je réintégrais mon petit enfer personnel, froid et solitaire.

Dieu merci, l'altercation entre Alix et David s'est produite quelques jours seulement après le départ de sa famille et, dès le lendemain, au cabinet, j'ai su à son regard glacial et à la sécheresse de son ton quand il m'adressait la parole qu'il ne renouvellerait pas son invitation. Soulagée quoiqu'un peu embarrassée par l'inconfort de la situation, je m'efforçais de m'occuper activement et d'accueillir plus chaleureusement que jamais ceux qui venaient prendre place dans la petite salle d'attente. À 13 heures, j'ai vu David sortir du cabinet, enfiler son imper tant bien que mal, l'oreille collée au portable car en pleine conversation téléphonique, et quitter les lieux sans un regard ni un mot. J'ai compris alors que quelque chose s'était rompu et, bizarrement, j'en aurais presque eu envie de pleurer. J'ai décidé que je ne mangerais pas ce midi-là et que j'en profiterais pour partir plus tôt en soirée.

Vers 18 heures, ne voyant pas David rentrer de ses visites à domicile, j'ai remis le cabinet en ordre, fermé les locaux à clé, descendu les deux petites marches qui donnaient sur la route et me suis dirigée rapidement vers la voiture. Je m'étais garée un peu plus haut sur la place et je m'apprêtais à sortir mon trousseau de mon sac quand quelqu'un m'a violemment saisie par le coude.

Mon sang n'a fait qu'un tour. Quand je me suis retournée, j'ai constaté avec soulagement que c'était Pierre et qu'il semblait à bout de souffle.

— Mais tu es sourde, ma parole ! Je t'appelle du bout de la rue, depuis que je t'ai vue sortir du cabinet ! Attends, laisse-moi me reprendre, j'ai dû te courir après, j'ai plus l'habitude…

Pour la première fois depuis longtemps, j'ai ri de bon cœur de le voir, lui, plié en deux, le visage rouge et mouillé de sueur. Dieu seul sait à quel point je devais être dans les nuages pour ne pas l'avoir entendu.

— Tu rentres, là ?

— Oui, ai-je répondu, j'ai fini ma journée, je retourne au moulin.

— Tu es pressée ou tu as le temps de prendre un verre avec un vieux copain ? m'a-t-il proposé en clignant de l'œil. Allez viens, je t'invite.

Et il m'a emmenée par le coude.

*
* *

Ça a été un moment délicieux. Pour la première fois, j'ai pu faire abstraction de tous mes soucis, et, une fois attablée au petit bistrot dans lequel j'étais si souvent venue manger avec David, le temps a filé à toute vitesse. Pierre et moi, on ne s'était pas revus depuis un long moment et on avait beaucoup de choses à se raconter. Il avait appris que je travaillais maintenant pour le docteur et il m'a demandé comment je trouvais le job et le patron. Je me suis efforcée de paraître enthousiaste et nous avons vite changé de sujet.

Il était plus de 20 heures quand j'ai réalisé que je n'avais pas prévenu Alix et qu'elle devait certainement s'inquiéter de ne pas me voir revenir. J'ai voulu lui envoyer un SMS mais la batterie de mon téléphone était encore une fois à plat. Pierre m'a proposé son portable mais je lui ai dit que je ferais tout aussi bien de rentrer. Lui aussi, d'ailleurs, après réflexion, il se faisait tard et il devait rejoindre sa petite famille.

Nous nous sommes embrassés devant la devanture du café, nous promettant de nous revoir bientôt et chacun s'est dirigé vers son véhicule. Les jours rallongeaient et il faisait encore clair. Je me sentais légère et tranquille, heureuse de prendre la voiture pour rentrer chez moi, au moulin.

Je suis arrivée quelques minutes plus tard. J'ai su que quelque chose n'allait pas, que quelque chose de grave s'était sûrement passé, à la minute même où j'ai poussé la porte de chez moi. La voiture garée à côté de celle de ma sœur et que je n'avais pas reconnue de prime abord était celle de Samuel. Il était assis sur le canapé, près d'Alix, qui a fait un bond en me voyant entrer.

— Mon Dieu, tu es là !

— Mais qu'est-ce qui se passe ici ?

Je me suis tournée vers Sam : il m'a regardée d'un air embarrassé, mais c'est Alix qui m'a répondu :

— Je viens de recevoir un autre de ces appels anonymes, Carole, et cette fois-ci, il m'a parlé ! Il m'a parlé de toi ! Dis-moi, avec qui étais-tu ce soir ?

XI

Il était tard mais Alix avait besoin de prendre l'air. Carole et elle venaient de finir de débarrasser la table du dîner et elle pouvait entendre le son de la musique que sa petite sœur avait lancée, un concerto pour piano, selon toute vraisemblance.

Alix soupira. Cela faisait maintenant plus d'une semaine qu'elle avait averti Samuel des appels téléphoniques anonymes qu'elle avait reçus au tout début de leur installation ici, au moulin, et qui avaient repris depuis cette fameuse soirée où Carole était restée boire un verre après le travail. Sam avait promis de s'en charger. Il leur avait conseillé de changer de numéros de fixe et de portables, dans un premier temps, pour voir si les choses ne disparaîtraient pas d'elles-mêmes. Mais si malgré cela les appels recommençaient, il leur faudrait alors porter plainte contre X à la gendarmerie dont elles dépendaient. Leur ligne serait mise sous surveillance et on pourrait toujours localiser l'origine des appels, même s'ils provenaient d'un numéro caché ou sur liste rouge. Tout était traçable aujourd'hui, lui avait affirmé Sam, et cela avait rassuré Alix. Mais en attendant que les changements aient lieu, ce qui prendrait du temps, Sam leur avait demandé de tenir une espèce de journal dans lequel elles devaient dresser un listing des coups de téléphone étranges qu'elles recevaient, avec l'heure précise à laquelle ils avaient lieu. Cela ne ferait qu'étayer leur dossier si elles décidaient de porter plainte et si ce cauchemar devait encore continuer. Sam leur avait précisé que ce genre d'appels, « appels téléphoniques réitérés malveillants » selon le jargon de la police, étaient pris très au sérieux et considérés comme de la violence. Une peine de prison avec sursis pouvait même être encourue par la personne coupable de tels actes.

Alix fit quelques pas dans le jardin. Elle se sentait rassérénée, ne serait-ce que par le fait de savoir Sam au courant de ce qui se passait pour elles, de constater qu'il se sentait concerné et qu'il n'avait pas pris leur inquiétude à la légère.

Et Carole avait été suivie, qui plus est ! L'auteur des coups de fil savait exactement où elle se trouvait ce soir-là. Alix n'arrêtait pas de retourner dans sa tête les phrases qu'il avait prononcées, quand, pour la première fois, l'homme lui avait parlé. Comme sa mère, à faire la putain, avait-il dit. Qu'est-ce que tout cela signifiait ? Quel rapport y avait-il entre leur mère disparue depuis des années et Carole qui prend un verre avec un vieux copain d'enfance ? Et pourquoi parler de l'une et de l'autre comme de putains ? « Quelque chose m'échappe, il n'y a pas de lien entre les deux, se dit-elle en s'arrêtant de marcher pour contempler le ruisseau à ses pieds. Pourquoi avoir parlé de maman ? » De terribles questions affleuraient à la surface de sa conscience, qu'elle s'efforçait de refouler de toutes ses forces. Mais elle se sentait trop fatiguée pour lutter contre ces doutes monstrueux qu'elle se refusait à formuler clairement et pour continuer à leur maintenir la tête sous l'eau.

« Mais de quoi s'agit-il, au juste ? se demanda-t-elle une nouvelle fois, en enfonçant ses mains dans les poches de sa parka. Maman et des hommes mariés... Carole et Pierre... Maman avec des hommes mariés... »

Cela voulait-il dire que l'homme du téléphone avait connu leur mère ? Qu'il était donc implanté depuis des décennies dans le village ? Qu'il avait peut-être été amoureux d'elle, qui sait ? Et qu'il se vengeait aujourd'hui sur ses filles d'avoir été éconduit en leur racontant de telles horreurs ? Oui, mais Carole, alors ? Que venait faire Carole dans tout ça ?

Alix secoua la tête. Il fallait que cela cesse. Elle avait peur.

Quand Sam leur avait demandé si elles avaient récemment été inquiétées physiquement, si quelqu'un les avait insultées ou frappées, si même elles s'étaient senties observées ou suivies, un étrange silence s'était fait et les deux sœurs avaient échangé un bref regard. Alix avait fini par avouer qu'une fois elle avait surpris quelqu'un regardant le moulin à la nuit tombée alors qu'elle revenait de son footing quotidien dans les bois. Carole avait ajouté que le même soir, pendant sa promenade sur le pont, elle avait eu la curieuse sensation d'être épiée, mais qu'à la différence de sa sœur elle n'avait vu personne.

Sam les avait regardées à tour de rôle. Il avait voulu les tranquilliser : après tout, un marcheur s'aventurant dans les bois pouvait très bien avoir débouché sur leur chemin par erreur et il n'y avait probablement aucun lien entre ce fait et l'histoire des appels. Mais Alix avait vu une vague lueur briller dans le regard du jeune gendarme et elle le connaissait assez bien pour dire qu'il n'était pas à son aise. Il les avait quittées en leur demandant de rester vigilantes, surtout quand elles se retrouvaient seules le soir ou dans des lieux peu fréquentés. L'homme ne s'était pas trompé sur l'emplacement de Carole et il savait même avec qui elle se trouvait. De son côté, Sam avait promis de mener une petite enquête sur les villageois, discrète et non officielle, pour connaître les sentiments des gens sur le moulin et ses habitantes. Il se pouvait très bien que tout ceci ne soit finalement qu'une sordide et vulgaire histoire de jalousie.

Depuis, Alix et Carole sursautaient au moindre appel téléphonique, se surprenaient à se retourner pour vérifier que personne ne les suivait quand elles marchaient dans la rue et un certain malaise avait même fini par s'installer inexplicablement entre elles deux. Carole semblait à bout de nerfs, chaque jour un peu plus, et elle refusait obstinément de dire ce qui n'allait pas.

Pour ne rien arranger, Alix était maintenant persuadée que sa sœur s'était remise à fumer après des années d'arrêt et cela lui avait causé un choc quand, pour la première fois, elle avait senti cette odeur reconnaissable entre toutes, alors que sa sœur passait à côté d'elle. Il fallait qu'elle lui en parle. Elle devait savoir ce qui se passait dans la tête de Carole et comprendre ce qui la rongeait depuis des semaines. Carole n'était plus la même. Il fallait qu'elle apprenne d'où venait ce changement.

— Sans ça, comment suis-je supposée pouvoir l'aider ?

Elle avait parlé à voix haute sans s'en rendre compte. Mais la semaine qui venait de s'écouler l'avait épuisée nerveusement et le moindre de ses nerfs restait tendu. Elle se tenait sur le qui-vive à longueur de journée. Les appels avaient repris mais la voix était redevenue silencieuse. La destinataire avait elle aussi changé car c'était Carole qui en faisait les frais à présent, c'était uniquement sur son portable qu'il appelait désormais. Carole avait suivi le conseil de Sam et avait engagé une procédure pour changer de numéro. Alix avait de son côté demandé à modifier le numéro du fixe et à figurer sur liste rouge. Elle s'occuperait de son propre portable plus tard. Ce qui primait, c'était que Carole puisse retrouver son calme et qu'elle cesse d'être harcelée par ce maniaque.

Alix décida de rebrousser chemin, elle ne voulait pas laisser Carole trop longtemps seule, au cas où l'inconnu du téléphone rappellerait. Elle n'était d'ailleurs pas retournée étudier à la fac depuis l'incident et, même si Carole avait continué le travail normalement, Alix, elle, ne parvenait plus à rester concentrée et elle avait décidé de mettre l'écriture de sa thèse entre parenthèses. « Un problème après l'autre », se disait-elle. Alix se sentait en danger, elle sentait sa sœur au plus mal, un malade s'amusait peut-être à la suivre et à leur faire peur… Oui, il y avait des choses plus urgentes à régler.

Tandis qu'elle pressait le pas, elle s'aperçut que Carole avait ouvert la porte et marchait à sa rencontre d'un air décidé. Surprise et un peu affolée, elle se demanda ce qui était arrivé mais Carole ne lui laissa pas le temps de formuler sa question :

— Il m'a de nouveau appelée, Alix, lui dit-elle en s'approchant à grandes enjambées, tenant quelque chose à la main, le long de son corps.

— Il est toujours en ligne ?

— Non, je viens de raccrocher. Il m'a parlé, Alix. J'ai pu moi aussi entendre la voix de cette ordure.

Alix écarquilla les yeux.

— Il t'a parlé ?! Que t'a-t-il dit ? Vite, dis-moi...

Carole serrait les mâchoires si violemment que les os de son mince visage saillaient et, dans la semi-obscurité, Alix put voir que ses yeux brillaient fiévreusement et furetaient en tous sens.

— Cela ne lui suffit plus d'appeler, il faut qu'il vide son sac maintenant... Si je suis une putain, toi, tu n'es qu'une bâtarde, figure-toi ! Et selon lui, même papa le savait...

Alix resta quelques secondes pétrifiée.

— Et ce n'est pas tout. Je suis venue te chercher car je voulais que tu rentres le plus vite possible à la maison. Tu sais pourquoi ?

— Non, bien sûr que non, Carole, qu'est-ce... ?

— Il m'a dit que tu avais tort de te promener toute seule le soir dans le jardin, qu'on ne savait jamais ce qui pouvait arriver...

Carole attrapa sa sœur par la manche de son manteau et la tira violemment.

— Tu m'entends ? Il veut qu'on sache qu'il nous regarde tout le temps... Il est ici, quelque part, il se cache et il te voit te promener... Alors il m'appelle pour me le dire. Rentre de suite à la maison !

Ce n'est qu'une fois barricadées à l'intérieur qu'Alix réalisa que l'objet que tenait Carole dans sa main n'était pas son portable. Elle frissonna.

Carole avait en effet retrouvé l'arme de leur père et, dans sa hâte, elle avait laissé la boîte de cartouches vide encore visible sur la table de la cuisine.

*
* *

Elles ne dormirent pas cette nuit-là mais restèrent ensemble à somnoler dans le salon, après avoir appelé Samuel et lui avoir raconté les événements de la soirée. Il s'était proposé de venir aussitôt mais Carole avait gentiment refusé – c'était elle qui avait décidé de le tenir au courant – prétextant l'heure plus que tardive et leur besoin à toutes deux de se reposer.

— Tu parles d'un repos ! murmura Alix après que Carole eut raccroché.

Elle s'était recroquevillée sur un coin de sofa, sous une couette qu'elle avait descendue de sa chambre.

— Je me demande, poursuivit-elle, ce qu'il faut qu'on fasse…

— Se défendre, répondit Carole d'un ton ferme, après un moment de silence.

Elle était restée debout à contempler l'appareil.

— Oui, nous défendre, continua-t-elle, sans attendre que d'autres le fassent pour nous.

— Dis, tu avais vraiment l'intention de te servir de ce truc ? Je veux dire, si j'avais été en danger, tu crois sérieusement que tu aurais pu faire feu ?

— Tu oublies que j'ai ma licence et un permis de port d'arme en règle, ma grande. C'est papa qui m'a appris, et avec cette arme en plus.

Elle s'arrêta, les yeux toujours fixés sur le téléphone.

— Il peut venir, je l'attends, je n'ai pas peur. Je n'ai plus peur, ajouta-t-elle plus bas.

— Allons, ça s'arrangera autrement que comme ça, Carole ! observa Alix. Tu verras, Sam retrouvera le salaud qui fait ça et le mettra sous les verrous. Et puis je me fous de ses menaces et de ses insinuations à propos de nous et de notre famille.

Carole se pencha et débrancha le téléphone. Puis elle reprit le revolver posé sur le petit guéridon et actionna le cran de sûreté.

— Les volets des étages sont fermés, n'est-ce pas ?

— Oui, oui, ne t'en fais pas. Mais je n'y crois pas vraiment à tout ça.

Carole se retourna et dévisagea sa sœur.

— Comment ça ?

— Enfin, je veux dire… Tu sais, Sam m'a expliqué que dans la plupart des cas ce genre de détraqués ne passent jamais à l'acte, ils se contentent de terrifier et se réjouissent de la peur qu'ils provoquent chez leur victime.

— Tu oublies qu'il savait que tu étais dehors. Seule.

— Je suis d'accord, mais même s'il est possible qu'il nous observe, je ne crois pas qu'il veuille tenter quoi que ce soit contre toi ou moi. Je parierais plutôt pour quelqu'un qui préférerait nous voir partir du village. Un jaloux, un envieux. Peut-être même quelqu'un qui a très bien connu nos parents et qui, pour une raison ou une autre, a décidé de nous pourrir la vie à cause d'une histoire vieille de trente ans !

— Peu importe qui il est vraiment, je n'aime pas ça. Désormais, je rangerai cette arme ici, dans le dernier tiroir du buffet.

Carole se dirigea vers le meuble et montra l'emplacement à sa sœur.

— S'il se passe quoi que ce soit ou même si tu te sens seulement inquiète, tu sais où trouver le flingue. Tu passes plus de temps que moi à la maison. Au cabinet, je ne risque rien.

— Je refuse de me mettre à avoir peur dans ma propre maison, dans mon propre jardin. Je ne veux pas de ça.

— Je sais, moi non plus d'ailleurs, mais en attendant...

*
* *

Le lendemain, Carole posa un léger baiser sur la joue de sa sœur encore endormie sur le canapé et quitta le moulin sans bruit, en prenant soin de fermer la porte à double tour derrière elle.

Comme d'habitude, elle jeta en passant un rapide coup d'œil au jardin des voisins pour s'assurer que la voiture de David était bien là et qu'elle n'avait donc pas pris de retard. C'était elle qui devait se présenter la première et ouvrir le cabinet. Tout en s'installant derrière le volant de sa voiture, elle vit remonter doucement les volets électriques de la fenêtre du haut, celle de la chambre de Chloé. Elle s'arrêta un instant, surprise, car elle savait la mère et la fille parties depuis peu en vacances. Une tête de femme paraissant s'activer dans la pièce apparaissait de temps à autre à travers l'embrasure de la fenêtre laissée ouverte. Puis Carole se rappela soudain qu'elle avait entendu David parler de se mettre à la recherche d'une femme de ménage pendant l'absence de sa femme. Il avait certainement dû en trouver une, et... non, le visage de cette femme n'était pas inconnu à Carole, elle aurait pu le parier !

« Tant mieux ! pensa-t-elle. Si cette femme reste la matinée chez les voisins, Alix ne sera pas la seule âme qui vive dans le coin. » Carole n'avait pu fermer l'œil de la nuit et elle était restée une bonne partie de celle-ci recroquevillée sur le fauteuil, face à la baie vitrée, plongée dans l'obscurité de la pièce, contemplant la roue du moulin tourner à l'infini dans la nuit noire du dehors. Le mécanisme ne s'arrêtait jamais. Et ses propres pensées semblaient elles aussi tourner en une ronde sans fin, à la manière d'une roue charriant encore et toujours la même eau.

Qui pouvait bien leur en vouloir à ce point ? Comment se faisait-il qu'elle, Carole, ait l'impression que tout ceci la concernait personnellement, qu'Alix n'était pas en réalité la personne visée mais juste un moyen de la toucher et de lui faire peur, à elle ? Mais pourquoi ? Elle avait dit hier soir à sa sœur qu'elle ne craignait rien au cabinet… Au moment même où elle avait prononcé ces mots, quelque chose en elle avait regimbé, lui hurlant silencieusement que c'était faux et qu'elle le savait bien. Elle avait peur chaque matin en s'y rendant. David était méconnaissable, même son visage avait changé, et il se conduisait d'une étrange manière. Et ce qui terrifiait Carole, c'est que lorsqu'elle tentait de remonter à l'origine de ce si brusque changement, lorsqu'elle essayait de se souvenir du jour où tout avait changé, la seule et unique chose qui remontait à la surface, c'était cette soirée de la semaine précédente où les appels avaient repris et où l'homme à la voix rauque avait révélé à sa sœur qu'elle se trouvait à prendre un verre avec Pierre, un homme marié. Même si leurs rapports avaient largement dégénéré bien avant cet incident !

« Et dans un sens, tant mieux, se dit-elle en actionnant son clignotant pour se garer sur la place. Oui, tant mieux ! » Fini le langage à double sens, les gestes troublants, la complicité des premières semaines ! S'était installée entre eux une certaine distance, qui avait fait de la peine à Carole au début, mais qu'elle avait finie par accueillir avec soulagement. Mais pourquoi alors se sentait-elle épiée par David, pourquoi avait-elle l'impression que sa soudaine et glaciale indifférence à son égard n'était qu'une feinte et que quelque chose en lui semblait le dévorer lentement ?

Elle sortit de sa voiture et remonta machinalement le col de sa veste. La place commençait à s'animer et elle vit que deux personnes déjà s'engouffraient dans la pharmacie. Arnaud, un des deux préparateurs qui y travaillaient, la salua gentiment à travers la vitre avant de s'approcher du client qui venait d'entrer. Dix mètres plus loin sur le même trottoir, la devanture du café prenait forme, on sortait les tables et les chaises dehors, peut-être qu'il ferait beau aujourd'hui. Nadine, une des serveuses, nettoyait le comptoir et semblait rire de quelque chose que disait l'animateur de la radio que Carole parvenait à entendre de là où elle se trouvait.

Elle s'était tenue immobile tout ce temps, à observer la vie des villageois s'ébrouer doucement sous ses yeux. La ruelle menant au cabinet se trouvait juste en face d'elle, entre la pharmacie et le café. Une vieille porte cochère y menait, sur laquelle la plaque du médecin était vissée.

Un léger malaise l'envahit.

Elle s'était dirigée vers la voiture, ce soir-là, quand Pierre l'avait rattrapée et invitée à boire un verre. Les lumières du café étaient allumées, il commençait tout juste à faire sombre.

« Il devait se trouver là, exactement à l'endroit où je me trouve. » La place n'était pas éclairée la nuit et il devait être très facile de rester tapi dans l'ombre à observer les gens s'activer en pleine lumière, de l'autre côté. Un jeu d'enfant.

Et s'il l'avait attendue, en réalité ? S'il s'était trouvé là intentionnellement, près de sa voiture, mais que l'arrivée de Pierre avait tout changé et contrarié ses plans ? L'ombre des grands arbres pouvait avoir dissimulé sa silhouette dans le soir naissant.

Elle sursauta violemment quand le bourdon de la cloche de l'église se mit à frapper les huit coups du matin. Elle eut soudain l'envie irrépressible de pousser la porte vitrée du café et de boire quelque chose de fort, histoire de se remettre de ses émotions et de trouver la force d'affronter la journée.

— Mon Dieu, il est tout juste 8 heures du matin et j'ai déjà envie de boire ! murmura-t-elle.

Il fallait aller travailler. Il fallait qu'elle ralentisse avec l'alcool. « Et si Alix apprend que je me suis remise à fumer… » Elle préféra se diriger d'un pas ferme vers le cabinet et elle décida que la première chose à faire serait de se préparer un café à réveiller un mort.

Elle frissonna malgré elle en remarquant à quel point cette expression pouvait être inappropriée au vu des circonstances…

*
* *

En s'éveillant ce matin-là, Alix eut l'impression, quelques miséricordieuses secondes, que tout ce qui avait fait de sa vie un enfer ces derniers jours n'était en réalité que le souvenir désagréable d'un mauvais rêve. Elle se frotta les yeux, se dégagea violemment de l'entortillement de la couette autour d'elle et prit la décision de passer malgré tout une bonne journée.

Un coup d'œil à sa montre posée sur la table basse du salon lui apprit qu'elle avait dormi jusqu'à 9 h 30 sans discontinuer. Elle se leva, finit de s'étirer et ouvrit fenêtres et volets de façon à faire entrer au maximum le timide soleil d'avril. L'air était frais et piquant et, tout en se préparant un café dans la machine, elle se dit que c'était un temps idéal pour aller courir et elle eut brusquement envie de foncer à travers les mauvais sentiers et de respirer à pleins poumons les odeurs glacées des bois.

Le temps que le café monte, elle partit ouvrir aux étages et enfila en passant sa tenue de jogging, prête à affronter la rosée du matin qui tremperait le bas de son pantalon, et braver du même coup ses propres peurs.

Non, elle ne risquait rien, il faisait jour, elle connaissait le domaine comme sa poche et pouvait s'y diriger les yeux fermés. Et elle courait vite. Très vite.

Elle descendit quatre à quatre les marches de l'escalier, avala un verre de jus d'orange et quelques tartines, garda la cafetière allumée pour profiter d'un café bien chaud quand elle rentrerait et quitta le moulin en claquant la porte derrière elle.

Oui, elle retrouvait avec bonheur ses bois et tout y était comme elle se l'était figuré, les chants épars des oiseaux, le souffle des arbres quand elle filait à travers eux, le sol pierreux que ses pieds venaient frapper sourdement à intervalles rapides et réguliers, le bruit des battements de son propre cœur dans ses oreilles, dans sa gorge, dans l'écorce des arbres, partout… Elle sentait se dénouer les muscles de ses bras, de ses jambes et ses pensées un peu folles au début de la course prirent elles aussi une cadence plus souple et plus organisée. La peur et l'angoisse s'étaient nichées au plus profond d'elle-même mais il lui semblait qu'elle en laissait des pans entiers sur les chemins derrière elle et elle bondissait pour les empêcher de se cramponner à ses vêtements. Elle accéléra brutalement et comprit que son corps réclamait à grands cris un surcroît de tension et d'efforts pour se débarrasser des miasmes accumulés les jours précédents.

Elle décida de prendre le chemin le plus long, celui qui descend tout droit au vieux pigeonnier et qui remonte sur la gauche ensuite en contournant les champs.

*
* *

Il prenait trop de risques, cela ne lui plaisait pas. Mais la situation semblait totalement lui échapper et il ne le supportait plus. Il ne parvenait plus à réfléchir de manière logique et efficace et tout ce qu'il entreprenait ne l'était que sur une impulsion subite. Il ne comprenait qu'après coup le danger qu'il n'avait cessé de courir…

Comme la fois où il s'était fait damer le pion par un autre et où il avait vu, impuissant, Carole et Pierre s'offrir du bon temps juste sous ses yeux alors qu'il l'attendait, blotti contre un arbre, les bords de sa parka relevée. Là aussi, les risques avaient été énormes… N'importe qui aurait pu passer près de lui et le reconnaître et il priait aujourd'hui pour que personne ne l'ait aperçu, debout et bêtement immobile. Il parvenait à se calmer et à se ressaisir, en se disant qu'il faisait de toute façon trop sombre et qu'il s'était placé de manière à ce que sa silhouette se confonde de loin avec celle de l'arbre. Mais qu'importe ! Les gens le connaissaient par ici et il ne devait pas se mettre à avoir un comportement étrange et inexplicable à leurs yeux. Mais quand il l'avait vue entrer à son bras à lui, il en aurait pleuré de rage…

Il avait utilisé son autre portable, celui à carte rechargeable, et il n'avait pu s'empêcher de l'appeler sur-le-champ. Mais elle avait coupé le sien, la garce, et il avait senti la sueur perler à son front lorsqu'il avait entendu la douce voix mélodieuse lui proposer de laisser un message.

Il avait paniqué, réellement paniqué. Son esprit s'était cabré comme sous les coups répétés d'une cravache et il avait perdu pied. Il s'était dirigé précipitamment vers sa voiture, garée un peu plus bas, et, une fois à l'intérieur, il avait dû lutter pour apaiser le tremblement de ses mains qui s'étaient mises à serrer convulsivement le volant. « Du calme, du calme ! » s'était-il répété à l'infini. Non, tout n'était pas perdu.

Il avait eu la nausée en repensant à ses pitoyables tentatives visant à la charmer. Dieu savait pourtant que c'était en réalité tout l'inverse qui s'était produit et que c'était lui qui était finalement tombé dans le panneau… Il était tombé amoureux de cette fille, qui ne lui avait pourtant jamais rien donné à espérer en échange… Après tout ce qu'il avait fait pour elle ! Il se dégoûtait d'avoir été ainsi berné et abusé par sa propre faiblesse. Il s'était trouvé minable et presque drôle d'y avoir cru sérieusement… Toutes ces nuits sans sommeil à errer dans la maison, à échafauder des plans d'avenir où elle et lui habiteraient ensemble le moulin, où il posséderait enfin tout ce pour quoi il s'était battu toute sa vie, un nom, une situation, une femme digne de lui et de sa réussite…

Tout avait commencé à s'effriter le jour où Alix s'était interposée entre lui et ses rêves. Elle était toujours là, au milieu, de toute sa hauteur, il avait toujours su que les ennuis viendraient d'elle, une empêcheuse de tourner en rond celle-là ! Et une idée avait brusquement germé dans son esprit…

Il s'était trompé de cible. Carole sans Alix n'était rien et elle serait déjà probablement tombée dans ses bras à l'heure qu'il était, et avec elle, l'intégralité du pactole ! Non, non, il n'avait pas procédé de la bonne façon et son numéro de joli cœur n'avait servi à rien d'autre qu'à le ridiculiser.

Il avait alors décidé d'appeler Alix au moulin, il savait qu'elle y était, et cette fois il agirait différemment, il fallait qu'elles aient peur, qu'elles se sentent en danger. Il avait renversé des obstacles bien plus insurmontables à première vue que ces deux-là. Il balaierait les sœurs Brausch de son chemin comme il l'avait fait avec leur père…

Et ce dernier avait eu le bonheur de se confier à lui, son ami, il lui avait révélé des choses… Après tout, le docteur avait pris la place du curé et usurpé le rôle qui lui était autrefois dévolu dans l'esprit des gens. Aujourd'hui, c'est à son médecin qu'on raconte les petits et gros malheurs de son existence. L'homme de Dieu avait troqué sa soutane contre une blouse et un stéthoscope.

Il avait souri en composant le numéro… Ses mains avaient même cessé leur tremblement saccadé. Les secrets de famille ont parfois du bon…

*

* *

Mélanie était rentrée fatiguée de chez sa belle-sœur et, curieusement, retrouver la maison ne lui avait pas non plus fait particulièrement plaisir.

David était venu les chercher à la gare. Elle avait été frappée, en descendant du train, par les larges cernes et la mâchoire étonnamment crispée qu'il affichait et elle avait soupiré en aidant Chloé à mettre pied à terre sur le quai. Non, rien n'avait changé et elle le retrouvait tel qu'elle l'avait laissé deux semaines plus tôt. Son état paraissait même avoir empiré. Son regard était celui d'un animal traqué et ses yeux semblaient ne rien pouvoir fixer plus de quelques secondes.

Le visage de David ne s'était éclairé que lorsque Chloé s'était précipitée dans ses bras et qu'il l'avait soulevée de terre en la faisant tournoyer dans les airs. Le rire de Chloé avait retenti et Mélanie n'avait pu s'empêcher de ressentir une légère pointe d'envie en les voyant tous deux si harmonieusement réunis. Le père et la fille donnaient l'impression de fonctionner comme un couple et, bien des fois, elle avait eu la désagréable sensation qu'elle n'était qu'une intruse, une pièce rapportée, un petit grain de sable qui venait faire crisser le merveilleux mécanisme reliant ensemble David et Chloé.

Comme à l'ordinaire, les mots d'accueil de son mari furent froids, polis, suivis d'un baiser sec déposé à contrecœur sur sa joue. Elle se contracta instinctivement à son contact.

Si seulement elle ne se sentait pas tout le temps si fatiguée...

En voiture, sur le chemin du retour, le silence pesant, qui n'avait cessé de l'oppresser les mois précédents et qu'elle avait voulu fuir quelques jours, revint presque naturellement reprendre sa place, entre son mari et elle. Un peu comme une vieille valise qu'elle aurait oubliée volontairement sur le quai de la gare en partant et qu'elle aurait retrouvée à la même place, secrètement déçue que personne ne soit venu la lui voler pendant son absence.

C'était ce silence, cette pesanteur dans leur relation, qui la minait. Elle avait pourtant, pendant ces quelques jours passés loin de son mari, tâché de se souvenir précisément du moment où cette distance infranchissable s'était creusée entre eux. Seule, dans le grand lit de la chambre d'amis de Mathilde, elle avait tourné et retourné cette énigme dans sa tête. Mélanie était parvenue à la conclusion que tout avait changé le jour où elle avait perdu sa mère, à la minute même où on avait descendu son cercueil auprès de celui de son mari, faisant d'elle-même une orpheline fort riche et à l'abri du besoin pour le restant de ses jours.

Ses parents avaient adoré David et avaient largement encouragé leur union. David s'était comporté comme un fils avec Claude et Hélène. Le fils qu'ils n'avaient jamais eu et qu'ils avaient toujours regretté…

Mélanie avait eu une enfance et une adolescence choyée et heureuse, entourée par les siens d'une constante et bienveillante affection. Cela n'avait pas été le cas pour David et la tendresse dont il avait été privé, il l'avait finalement trouvée auprès de ses beaux-parents. De Claude, surtout. Il voulait ce qu'il y avait de mieux pour sa fille, et David était le meilleur.

La situation familiale de David était tout autre. Il avait perdu son propre père et refusait obstinément de voir sa mère. Mélanie avait souffert, un temps, de ne pas connaître la famille de son fiancé, ayant même fini par croire qu'il avait peut-être honte de la leur présenter. Les choses s'étaient un peu améliorées après leur mariage et David avait fini par céder aux prières instantes de sa femme en renouant un semblant de relation avec Mathilde, sa sœur aînée.

Oui, quand elle resongeait au temps de ses fiançailles et aux premières années de mariage avec David, Mélanie sentait les larmes lui monter aux yeux. Comme cette époque fut bénie ! Puis Claude était mort d'une leucémie fulgurante et Mélanie avait vu s'éteindre peu à peu les doux yeux de sa mère. Elle ne lui avait pas survécu plus de six mois. Elle n'avait pas su l'heureux événement qu'attendait alors sa fille. La nouvelle de sa grossesse, et la joie que Mélanie avait ressentie en l'apprenant, avait quelque peu aplani la douleur que ces deux pertes presque coup sur coup lui avaient causée. Mais en même temps, sans qu'elle s'en aperçoive, le comportement de David avait commencé à changer... Elle-même avait été trop occupée à préparer l'arrivée du bébé et peut-être n'avait-elle pas su comprendre et voir à temps que David s'éloignait peu à peu. Son travail l'accaparait presque totalement, il avait des projets pour l'avenir, voulait partir s'installer ailleurs, en campagne, avoir sa propre maison et son propre cabinet. Mélanie, elle, ne souhaitait que la venue de sa petite fille.

Et puis, un jour, elle l'avait enfin tenue dans ses bras, elle était là ! Mélanie s'était raccrochée à ce petit être fragile et délicat, ce prolongement d'elle-même, et elle avait vu David fou de bonheur. Elle avait pensé que les choses s'arrangeraient alors, que l'humeur taciturne de son mari disparaîtrait et qu'elle pourrait recréer pour son enfant les conditions dans lesquelles elle-même avait grandi : un père et une mère aimants, une ambiance chaleureuse, des Noëls enchanteurs, des vacances au bord de la mer, des choses simples qui comptaient dans une vie de famille harmonieuse.

Ils n'y étaient parvenus qu'à moitié. Oui, Chloé avait eu toute l'attention et tout l'amour qu'un enfant est en droit de recevoir de ses parents, et même au-delà. David adorait son enfant, mais d'une façon qui, peu à peu, avait troublé sa femme. Il lui vouait un attachement absolu, lui cédait le moindre de ses caprices, l'encensait outre mesure et fermait les yeux sur ses manquements, même les plus graves. Mais le plus inquiétant, c'était que Chloé semblait lui avoir ravi définitivement le cœur de son mari au point qu'il paraissait ne plus y avoir de place pour elle au sein de sa propre famille.

Mélanie s'interdisait le plus souvent ce genre de pensées et s'en voulait cruellement quand elle s'y laissait aller… S'il y avait bien eu dans sa vie un événement qui l'avait laissée meurtrie et totalement désorientée, sans qu'elle puisse en parler à qui que ce soit autour d'elle, c'était bien la fois où, fatiguée et à bout de patience par les pleurs incessants de son bébé de six mois, elle avait haussé la voix pour la première fois, espérant pouvoir la calmer un peu. Chloé s'était tue presque immédiatement mais après, et ce pendant de longues semaines, elle avait refusé d'être prise dans les bras par sa mère, se mettant à pousser des hurlements déchirants toutes les fois que celle-ci s'approchait. Ce n'était que le visage baigné de larmes et le corps secoué par de violents sanglots que Chloé se laissait nourrir, baigner et vêtir par sa mère, au point que David s'était inquiété de la situation. Il avait dû s'absenter quelques jours du cabinet où il exerçait à l'époque, pour prendre soin de sa fille qui ne connaissait d'apaisement qu'entre ses mains à lui. Mélanie avait passé des journées et des nuits entières à pleurer. Elle avait, par peur ou par sentiment de culpabilité, caché à son mari les raisons de l'étrange comportement de leur petite fille. David n'avait posé aucune question mais elle avait senti bien des fois son regard sur elle. Un jour qu'elle s'était retournée un peu trop vivement, elle avait pu croiser, une fraction de seconde seulement, les yeux de son mari posés sur elle. Son sang s'était glacé à l'instant.

Ce n'était pas un regard simplement inamical ou chargé de reproches. C'était bien plus que cela. Elle y avait lu de l'animosité. Et le choc de cette nouvelle l'avait pétrifiée. Se pouvait-il que son mari la détestât ? Elle avait balayé bien vite ce doute par trop effrayant de son esprit et s'était efforcée de reconquérir le cœur et la confiance de son enfant. Mais elle avait gardé cette curieuse sensation que quelque chose lui avait été volé, qu'elle avait été flouée, comme dans une partie où ses cartes lui auraient été reprises sans raison pour être à nouveau mélangées et redistribuées, et où sa donne en aurait été changée radicalement.

En pire.

*
* *

Elle écoutait distraitement le babillage incessant de sa petite fille depuis le début de la soirée. Après avoir rangé les valises et mis en route une lessive, Mélanie avait pu prendre un bain plus tôt dans la soirée et masser dans l'eau bouillante ses articulations douloureuses. Depuis plusieurs mois, ses os la faisaient souffrir sans raison et elle s'était mise à craindre par-dessus tout l'humidité de la région. Elle avait retrouvé le jardin sous la pluie et la maison glaciale. Dès son arrivée, elle avait rallumé le chauffage et avait demandé à David comment il avait pu supporter de vivre dans des pièces aussi froides. Il lui avait répondu que, n'y étant presque jamais, il n'avait pas vu la nécessité de laisser le chauffage en marche. Qui plus est en avril ! Et puis Chloé avait appelé son papa...

Elle se sentait un peu mieux et la chaleur commençait doucement à se répandre dans la maison. David était allongé sur le canapé du salon et finissait lentement de boire son whisky tout en répondant aux questions de sa fille qui tenait à savoir tout ce que son papa avait fait pendant son absence. Il semblait plus détendu mais Mélanie le connaissait assez bien pour savoir qu'il avait du mal à rester concentré et attentif. Chloé finit sans doute par s'en apercevoir aussi et préféra allumer la télé et s'installer tranquillement dans son petit fauteuil tout en serrant sa poupée dans ses bras.

Mélanie observait la scène de la cuisine où elle épluchait quelques légumes pour préparer la soupe qui leur servirait de dîner. David fixait le verre qu'il tenait dans sa main et se tenait de profil par rapport à l'endroit où elle se trouvait. Elle remarqua soudain à quel point il avait maigri. Son visage avait changé, comme s'il s'était rembruni. Elle alluma le feu sous la casserole, y versa les derniers légumes et s'essuya les mains sur le torchon. Après tout, son mari lui avait manqué à elle aussi et elle avait envie de renouer le dialogue d'une façon ou d'une autre avec lui.

Elle prit place à l'autre bout du canapé et commença par fixer l'écran de la télévision, se demandant anxieusement par quel bout commencer. Mais ce fut lui qui parla le premier :

— Comment va ma sœur ?

— Très bien, répondit-elle. Elle a eu une mauvaise grippe cet hiver je crois, mais elle va bien mieux depuis.

— T'a-t-elle parlé de moi ? demanda David sans quitter l'écran des yeux.

Mélanie ne put s'empêcher de remuer doucement sur le fauteuil, un peu gênée.

— Oui, parfois. Elle regrettait surtout que tu n'aies pas pu venir la voir avec nous pendant ces quinze jours. Et elle a trouvé Chloé grandie, ajouta-t-elle précipitamment.

Elle sentit son mari se détendre et nota que ses yeux s'étaient portés sur sa fille, totalement absorbée par son dessin animé.

— Ses cheveux ont poussé, dit-il en avalant le reste de son verre. C'est bien.

Une fois encore, Mélanie se sentit étrangement mal à l'aise.

— Et toi alors ? Comment se sont passés ces quelques jours au cabinet ?

Elle s'était efforcée de prendre un air presque enjoué pour lui poser cette question. Mais alors, pourquoi sa voix sonnait-elle tellement faux à ses propres oreilles ?

— La routine, répondit David en se grattant la joue. De plus en plus de monde au cabinet, des horaires de dingue, des journées qui n'en finissent pas. La prochaine fois, tu pourras répondre à ma sœur qui se plaint que je ne viens pas qu'il faut bien qu'un de nous deux reste pour travailler !

Mélanie sursauta comme sous l'effet d'une claque.

— Mais, parvint-elle à articuler, c'est toi qui as insisté pour que nous prenions des vacances, Chloé et moi !

— Mélanie, tu es morte de fatigue la plupart du temps ! Tu ne vas pas me reprocher maintenant de prendre soin de toi et de notre fille quand je vois que tu n'y arrives plus ! Ces vacances t'ont fait du bien, non ?

— Oui, bien sûr, murmura-t-elle.

Elle voulut ajouter quelque chose mais les mots moururent d'eux-mêmes sur ses lèvres.

— Alors, de quoi te plains-tu au juste ?

— Mais de rien, je t'assure…

— J'ai même demandé à Maïté, la femme de ménage, de rester quelques semaines de plus à notre service pour t'alléger la tâche. Elle est très efficace et je pense que c'est le genre de personne à en vouloir toujours plus et à ne pas rechigner contre les heures supplémentaires. Je fais d'une pierre deux coups comme ça. Je l'aide à se faire plus d'argent et elle t'aide à te reposer… Tout le monde y gagne.

— Oui, tout le monde, dit Mélanie à voix basse.

Elle se leva pour aller mettre la table et vérifier la cuisson du repas. Peut-être David n'avait-il pas tout à fait tort, après tout. Ces derniers mois avaient été très éprouvants et elle se sentait tout le temps terriblement lasse. Il devait bien y avoir une raison à ça et peut-être qu'une aide-ménagère serait la solution. Du moins, pour le moment…

Elle rumina longtemps les dernières paroles de son mari. Même après le dîner, alors qu'elle faisait la vaisselle et que David était monté coucher Chloé, elle ne parvenait toujours pas à les chasser de son esprit.

« Tout le monde y gagne, tout le monde y gagne… »

La sonnerie du téléphone vint interrompre brusquement le cours de ses pensées tortueuses. Elle se demanda qui pouvait bien les appeler à une heure aussi tardive. « D'habitude, les urgences médicales se font sur le portable », se dit-elle en se dirigeant vers le combiné.

— Allô ?

— Oh bonjour, c'est Mélanie, n'est-ce pas ? Excusez-moi de vous déranger si tard… Vous allez bien ?

— Oui, très bien, je vous remercie, dit Mélanie qui avait reconnu la voix d'Alix à l'autre bout du fil. Nous venons juste de rentrer de vacances, Chloé et moi.

— Alors vous devez avoir mille choses à faire, je ne vais pas vous déranger plus longtemps. Pourrais-je parler à votre mari, s'il vous plaît ?

— Oui, bien sûr, il est en train de mettre Chloé au lit, je vais vous l'appeler…

— Oh, non, non, ce n'est pas la peine d'aller le chercher alors ! coupa Alix. Voilà, pourriez-vous juste lui dire que ma sœur, je veux dire Carole, ne pourra pas venir travailler demain au cabinet, je crains qu'elle n'ait attrapé froid avec toute cette pluie. Elle est allée se coucher avec une fièvre de cheval et elle a eu des nausées toute la soirée. Je pense qu'elle le recontactera demain dans la journée, et sûrement en consultation privée d'ailleurs, finit-elle en riant.

— Pas de problème, je lui fais la commission. Mais voulez-vous qu'il passe au moulin, voir ce qui ne va pas ?

— Non, vous êtes gentille, mais si ça ne va pas mieux, je l'enverrai consulter dès demain, soyez sans crainte.

— Bon, très bien, bon courage alors.

— Merci ! Et bonne soirée !

Elle venait tout juste de se remettre à laver le reste de la vaisselle quand elle entendit son mari descendre.

— J'ai entendu sonner, qui était-ce ?

— Juste la voisine qui téléphonait pour te prévenir qu'elle n'irait pas travailler demain, elle est malade et… David, mais que se passe-t-il ?

Mélanie avait vu son mari blêmir d'un seul coup et sa main s'agripper au dossier de la chaise en le serrant convulsivement.

— Qui a appelé ? demanda-t-il d'une voix sourde. Alix ou elle ?

— Non, c'est Alix qui a téléphoné, Carole était couchée avec de la fièvre, mais...

Elle s'interrompit. David n'avait pas bronché mais ses yeux brillaient maintenant d'un drôle d'éclat. Mélanie le dévisageait anxieusement et, sous l'insistance de son regard, David sembla réintégrer peu à peu la réalité.

— Je monte me coucher, annonça-t-il froidement. La prochaine fois, je préférerais que tu me passes directement les personnes qui veulent me parler, ajouta-t-il en montant l'escalier. Certains messages sont trop importants pour moi.

Mélanie regarda le dos de son mari disparaître dans l'obscurité à l'étage.

Trop important, le fait que Carole soit malade ? Mais qu'est-ce qui était important, au juste ? Le fait qu'elle soit malade ou le fait qu'il ne la verrait pas de toute la journée du lendemain ?

*
* *

Elle était restée les yeux ouverts la majeure partie de la nuit, à écouter anxieusement la respiration saccadée de son mari allongé à ses côtés. Elle était pratiquement sûre qu'il n'était pas parvenu à s'endormir et à présent, pensant qu'elle-même devait dormir depuis longtemps, il ne se retenait plus et ne faisait que se tourner et se retourner dans le lit en poussant parfois de longs soupirs. Elle avait pu sentir sa nervosité s'accentuer d'heure en heure, sans pour autant qu'elle ose lui faire face et lui demander ce qui le préoccupait de la sorte.

Elle restait sur le côté, ne bougeait pas, essayait de tenir une respiration calme et la plus régulière possible. Ses pensées se bousculaient dans sa tête mais elle s'efforçait de rester attentive aux mouvements de l'homme qui partageait son lit depuis tant d'années déjà, mais avec lequel elle ne partageait plus rien d'autre aujourd'hui.

Une douleur amère lui monta au cœur au souvenir de leurs retrouvailles intimes… David était ailleurs, même dans ces moments…

Elle tressaillit soudain. Il venait de se lever sans faire le moindre bruit. Elle devina à ses pas feutrés qu'il se dirigeait vers la salle de bains et qu'il venait de se saisir de son peignoir suspendu à la patère, derrière la porte. Elle entendit la soie crisser sur sa peau nue quand il l'enfila. Il se montrait réellement très précautionneux, ne voulant visiblement pas la réveiller. Elle se concentra de toutes ses forces de façon à l'entendre se déplacer à travers la chambre, ouvrir la porte, puis se faufiler dans le couloir.

Irait-il de nouveau dans la chambre de Chloé, vérifier si elle dormait bien ? Elle savait qu'il y allait régulièrement mais n'avait jamais tenté de le suivre pour savoir pourquoi il y restait tant de temps… Elle avait fini par le comprendre toute seule… Non, il ne se dirigeait pas vers la gauche… Mélanie se redressa sur le lit. Il descendait l'escalier. Il s'apprêtait à sortir dans le jardin.

« Encore. »

Les rondes nocturnes de son mari l'avaient préoccupée au plus haut point pendant des semaines. Et puis, un soir, à table, alors que Chloé était partie jouer dans sa chambre, elle avait trouvé assez de courage pour lui demander la raison de ses expéditions nocturnes dans le jardin. Elle s'était cependant bien gardée de préciser de quel jardin elle parlait.

Une nuit qu'il avait tardé à rentrer, elle avait filé sans un bruit dans la chambre de sa fille et avait soulevé le petit rideau. Elle avait vu son mari errer près du ruisseau, dans le jardin des voisines. Sa silhouette en mouvement s'était découpée très nettement au clair de lune alors qu'il remontait vers la maison en toute hâte. Elle avait laissé retomber le joli voilage et s'était précipitée dans la chambre, le cœur battant…

Elle se rappela soudain le visage de David lorsqu'il s'était tourné vers elle, le mépris qu'elle avait pu lire dans les plis de sa bouche quand il lui avait demandé si elle n'avait rien trouvé de mieux à faire que de l'espionner. Aussi la nuit, avait-il ajouté. Elle n'avait pas renouvelé l'expérience. Depuis, elle savait qu'il continuait à ne dormir que fort peu et qu'il déambulait dans la maison, soit pour atterrir dans le jardin, soit pour venir soulever le carré de tissu qui lui voilait le ruisseau, le moulin, Carole…

Carole.

Mélanie se jugeait malhabile et savait que la plupart des gens la trouvaient plutôt gourde, mais elle n'était pas bête et, surtout, elle connaissait David mieux que quiconque.

Carole…

Encore et toujours.

Elle s'était levée à son tour et elle avançait maintenant à pas de loup dans le couloir. Ses pieds nus glissèrent doucement sur le parquet froid. Elle tourna lentement la poignée de la chambre de Chloé, s'arrêtant avant de pénétrer dans la pièce pour écouter le rythme du souffle de sa petite fille. Non, elle dormait à poings fermés. Elle entrouvrit la porte et se dirigea vers la fenêtre en se mordillant les lèvres.

Oui, il était bien là. Il se tenait debout, seul face au moulin, les mains enfoncées dans les poches du manteau dont il s'était vêtu, la nuit lumineuse et froide semblant vouloir l'engloutir et l'avaler tout entier. Il dégagea son bras droit et se passa la main plusieurs fois dans les cheveux, un geste qu'elle l'avait vu faire si souvent, et le cœur de Mélanie se serra malgré elle... Il avait la tête légèrement relevée et semblait regarder quelque chose dans le ciel.

Mélanie colla presque son nez au carreau. Non, ce n'était pas le ciel que David regardait. L'ombre du moulin était dense mais elle crut voir qu'un des battants des lourds volets d'une fenêtre à l'étage venait de s'ouvrir.

David avait reculé d'un bond pour se tapir dans un endroit plus sombre. Quelque chose lui avait fait peur et elle le vit revenir en courant ventre à terre vers la maison.

Avant de pouvoir quitter à son tour son poste d'observation, Mélanie fut surprise par l'éclair soudain d'une lumière dans la nuit. Elle plissa les yeux. On venait d'allumer dans la chambre, en face. Mélanie eut néanmoins le temps d'apercevoir nettement une tête de femme, puis elle lâcha le rideau et s'enfuit vers sa propre chambre, espérant ne pas y trouver son mari avant elle.

« Ma foi », se dit-elle en se glissant dans les draps gelés, le cœur battant.

Un étrange sourire se dessina sur ses lèvres au moment où, immobile et silencieuse à nouveau, elle entendit les pas de son mari gravir les marches de l'escalier.

Elle en était sûre, c'était le visage de Carole qu'elle avait vu se pencher à la fenêtre. Et elle avait eu l'air d'être totalement bouleversée.

XII

Extraits des notes d'Alix

Je me souviens des choses d'autrefois.

Si je ferme les yeux intensément et que je me concentre, je peux entendre le bruit de l'eau qui s'égrène le long des grosses pierres, près des berges de la rivière, en aval du moulin. Je remonte par la pensée le sentier qui me conduit à la maison, j'écoute le bruit spongieux que font mes pas sur la terre aqueuse de la rive, je mets les mains dans mes poches et je relève la tête pour tenter d'apercevoir un pan de ciel. Je hume l'air, je sens le vent. La vallée plonge sous mes pas en contrebas. Je me souviens…

La forêt était mon domaine, comme elle fut celui de mon père. Je connaissais son odeur, la rugosité de l'écorce de ses arbres, le pépiement de ses oiseaux, la fraîcheur de son ombre, l'enivrement qu'elle me procurait lors de mes longues courses à travers ses rubans entremêlés… Je l'aimais et elle faisait partie de moi.

Aujourd'hui, il ne m'en reste rien. Mais j'entends les bois de mon moulin continuer de m'appeler la nuit, quand je ne parviens pas à trouver le sommeil et quand, malgré moi, mes veilles prolongées me ramènent vers son eau et ses fondrières… Les choses qui sont perdues ne reviennent qu'en rêve hanter votre esprit et c'est en rêve que votre main se tend pour les saisir à nouveau mais c'est au réveil qu'on se retrouve les mains vides et que l'on pleure sur ce qui n'est plus…

*
* *

— Alix, viens vite, je crois qu'il y a quelqu'un dans le jardin !

La lumière aveuglante et les cris de ma sœur me réveillent en sursaut. Il me faut quelques secondes pour que la réalité s'impose à moi avec plus de force et que je comprenne qu'il vient de se passer quelque chose d'anormal.

— Qu'est-ce que tu dis ? Carole, il est 2 heures du matin !

J'ai les yeux braqués sur l'écran de mon réveil et je n'en reviens toujours pas.

— Lève-toi, Alix, moi, je descends dans le jardin !

— Quoi ?! Carole, tu es folle ou quoi ? Qu'est-ce qui te prend à la fin ?

À peine ai-je le temps de glisser mes pieds dans mes chaussons que j'entends déjà les pas de Carole descendre l'escalier. J'étouffe un juron et me précipite pour la rattraper en hurlant derrière elle.

— Carole, ne sors pas, s'il te plaît, attends-moi ! Attends !

Quand je déboule enfin dans la cuisine, Carole farfouille déjà dans le tiroir du buffet et en retire l'arme à feu qu'elle y a rangée la veille.

Je tends la tête d'incrédulité.

— Mais tu n'es pas sérieuse ! Enfin Carole, tu es brûlante de fièvre, tu crois avoir vu quelqu'un se promener dehors et tu descends armer le…

— La ferme !

Elle se tourne vers moi avec une telle brusquerie que j'en suis saisie.

— Alix, il est dehors ! Là, maintenant ! Viens avec moi et fais attention.

— Bon Dieu ! Mais si c'est vrai, ce n'est pas le moment de sortir de la maison ! C'est beaucoup trop dangereux Carole !

Trop tard, elle a déjà ouvert la porte. J'ai à peine le temps de passer un imper suspendu à l'entrée et de prendre la lampe torche dans un tiroir de la cuisine.

— Viens, tu vas m'éclairer : à deux, on débusquera plus vite ce salopard…

Je l'entends rire doucement, d'un rire mauvais.

— Carole, tu n'as rien entendu du tout, tu es malade, tu as dû faire un cauchemar et tu ne fais qu'empirer ton cas en te promenant à moitié nue dans le jardin en pleine nuit. Et je suis aussi folle que toi de te tenir compagnie.

— Les cauchemars, c'est ton domaine à toi ! Tout à l'heure, je me suis levée pour aller prendre un verre d'eau et j'ai eu envie de prendre l'air. J'ai ouvert la fenêtre et rabattu un peu le volet. Je te jure qu'il y avait quelqu'un juste en dessous, j'ai même eu le temps de le voir s'enfuir.

La nuit est claire et l'air glacé d'humidité me ramène peu à peu à la réalité. Je commence à me rendre compte de l'extravagance de la situation. Mes esprits me reviennent peu à peu après ce réveil brutal. Je regarde autour de moi en faisant tournoyer devant nous le mince faisceau de ma petite lampe. Carole marche à pas de loup, ses deux mains agrippées à l'arme, les coudes rivés à son corps.

J'ai brusquement envie de rire. Je ris, d'ailleurs, et si fort que la gerbe de lumière se met à trembler violemment entre mes mains et que les choses tout autour de nous prennent un aspect saccadé et convulsif.

— Mais arrête de rire, enfin ! Je te dis qu'il y avait quelqu'un tout à l'heure...

Je ne peux plus rien faire, un fou rire inextinguible a eu raison de moi. La mine de Carole ne fait qu'empirer les choses et il est vrai que nous formons, elle et moi, un tel tableau que la surprise et la peur qui m'ont saisie au début se sont complètement volatilisées. Les protestations outrées de ma sœur ne font qu'amplifier mon hilarité.

— Si tu pouvais te voir, ma pauvre, tu es parfaitement ridicule ! me dit-elle en grondant. Ferme-la un peu, tu vas réveiller tout le monde...

Je me suis pliée en deux et Carole m'arrache la lampe torche des mains pour pouvoir continuer d'éclairer les alentours.

— Je te collerais bien une balle quelque part pour te faire cesser de rire ! Je suis sûre d'avoir vu quelqu'un s'enfuir, là, par-derrière, dit-elle en braquant la lampe sur la maison silencieuse de nos voisins.

Son jeu de mots parfaitement involontaire me replonge dans un abîme de gaieté.

J'ai toutes les peines du monde à reprendre mon sérieux. Je hoquette encore de rire quand elle dirige la torche vers moi, brusquement, me faisant plisser les yeux.

— Alix, et si c'était David ?

Pour le coup, je finis de m'étrangler et je ne peux que secouer violemment la main, faisant mine de vouloir écarter la lumière de mon visage. Carole éteint la lampe, me tourne le dos et reste un long moment à regarder droit devant elle.

Je retrouve peu à peu un semblant de calme et finis par m'approcher doucement d'elle pour lui toucher le bras.

— Qu'est-ce que tu... ? Enfin, tu es sûre de ce que tu dis ? Tu crois réellement qu'il y avait quelqu'un dans le jardin et que c'était ton ami le docteur ?

Quelque chose dans mes paroles ou dans le ton de ma voix semble lui déplaire et elle se dégage vivement.

— Ce n'est pas mon ami.

J'entends les larmes dans sa voix, tout son corps semble maintenant privé de force et ses bras pendent lamentablement le long de son corps. Je veux lui prendre doucement le revolver de la main mais elle se crispe et je suis surprise de trouver tant de fermeté dans sa poigne. Elle ne lâchera pas son arme.

— D'accord, ce n'est pas ton ami, mais de là à dire qu'il rôde à la nuit tombée près de ta fenêtre, je crois...

— Non, tu ne comprends rien ! Je ne parle pas seulement de ça ! Je parle de tout le reste aussi ! Les appels anonymes, la sensation que quelqu'un est toujours là, à nous observer, à nous épier... Toi-même tu le lui as dit un jour, tu lui as fait remarquer qu'il n'avait aucune raison de se trouver dans notre jardin !

— Oui, je sais, mais quel rapport avec les coups de fil ? Pourquoi ferait-il ça, voyons ? Ça n'a aucun sens...

— Je ne sais pas, Alix... Mais c'est ce que je ressens...

Je m'approche d'elle et lui entoure les épaules de mon bras. Je réfléchis un instant à ce qu'elle vient de me dire.

— Et tu... ressens ça depuis longtemps ?

Elle baisse légèrement la tête. Je sens son corps mince s'affaisser. Elle murmure presque :

— Depuis toujours…

Le froid commence à se faire sentir et je la sens frissonner.

— Allez viens, on rentre à la maison. On a des choses à se dire, tu ne crois pas ?

*
* *

Je mets en route la cafetière, me demandant combien de fois encore j'aurai à répéter ce geste en pleine nuit. Carole s'est assise, accoudée au bar, semblant ne plus pouvoir s'arrêter de parler.

Certaines choses que j'avais comprises, et d'autres dont je m'étais doutée, prennent forme et consistance à travers ses mots et j'ai l'impression qu'elle m'ouvre d'un seul coup la porte de son intérieur psychique dans lequel elle semble avoir évolué, douloureusement seule, pendant ces longs derniers mois. Au bout de quelques minutes, elle se met à pleurer d'épuisement et de toute l'angoisse accumulée. Je me sens totalement désemparée, mais aussi honteuse de ne rien avoir perçu de son chaos émotionnel. Je ne peux que rester là, assise près d'elle, à l'écouter déverser son trouble, sa peur et son chagrin.

Deux choses m'apparaissent claires pourtant : la première, c'est que ma sœur est au bord de la dépression nerveuse et qu'elle a besoin d'une aide que je ne peux, à moi seule, lui offrir.

La seconde, c'est que David Farge n'est pas qu'un voisin trop encombrant ou trop curieux. Si ce que Carole me dit est fondé, je comprends qu'il est aussi quelqu'un de dangereux et de nuisible, et qu'il faut absolument le faire sortir de nos vies. Pourtant, je refuse encore de croire qu'il est l'auteur des coups de fil anonymes, et la cause de ce sentiment d'insécurité permanent qui nous enveloppe. Non, il doit y avoir autre chose, une autre explication pour ça.

Je tente de clarifier mes pensées.

— Cet homme a fait une fixation sur toi, Carole. Certaines personnes peuvent tomber amoureuses très vite et, si leurs sentiments ne sont pas partagés, cet amour peut devenir malsain et amer, avec la volonté de faire payer à l'autre le fait qu'il ne soit pas réciproque.

Comme ses pleurs se sont quelque peu calmés, je me lève pour aller nous servir à toutes deux une bonne tasse de café. De la cuisine, je regarde ma sœur, ses cheveux pâles en pagaille autour de son visage défait, sa bouche tordue et ses mains tremblantes qui serrent un bout de sopalin qu'elle a trouvé pour se moucher.

Mon cœur se serre. Une colère sourde et froide monte en moi.

— Une chose est sûre, c'est que tu ne retournes pas travailler dans son cabinet, ni demain ni jamais, tu m'entends ? Je t'emmène voir un généraliste en ville pour soigner cette grippe et on en profitera pour lui parler un peu de toute cette histoire avec ton patron. Le mieux est que tu te fasses licencier et que tu n'aies plus le moindre contact, ni de près ni de loin, avec cet homme.

Je repose la cafetière et apporte les tasses brûlantes sur le bar. « Et pour le reste, je m'en occupe. »

— Je ne peux pas faire ça, gémit-elle, si je n'y retourne pas, c'est lui qui viendra me chercher ici pour me demander ce qui m'arrive, et qu'est-ce que je pourrai lui répondre alors ?

— Ça, c'est mon problème, c'est moi qui vais me charger de lui donner toutes les explications nécessaires, ne t'en fais pas pour ça !

— Alix, sois réaliste ! Il faudra bien que je l'affronte un jour ou l'autre, et puis il a fait beaucoup pour moi quand même...

— Tu crois ?! Regarde dans quel état tu te trouves après six mois de boulot à ses côtés, j'espère réellement que tu plaisantes, Carole ! Non, tu as besoin de te reposer, tu n'es plus toi-même, tu dois prendre du recul par rapport à tout ça. Une fois que tu te seras libérée un peu de lui et de son emprise, tu y verras plus clair et tu auras alors tout le loisir de lui expliquer de vive voix le pourquoi de ton départ. En attendant...

Ma voix prend cette intonation autoritaire que je déteste pourtant.

— En attendant, je ne veux plus que tu le voies.

Carole me regarde, un pauvre sourire sur ses lèvres. Elle ne dit rien, mais je devine alors qu'elle m'est profondément reconnaissante. Je lui adresse un clin d'œil en avalant une gorgée de café.

— En réalité, ce qui me préoccupe vraiment, si tu veux connaître le fond de ma pensée, c'est de savoir comment ne plus avoir de contact du tout avec quelqu'un qui vit pour ainsi dire à notre porte... Et s'il est assez cinglé pour téléphoner ou venir déambuler chez nous en pleine nuit, alors je crois qu'il faut prendre des mesures plus radicales que ça, tu ne crois pas ?

— Oui, mais à part déménager, je ne vois pas trop ce qu'on pourrait faire d'autre, rétorque-t-elle.

— Je pense que Sam doit être mis au courant. Peut-être qu'il pourra nous conseiller, même si nous n'avons pour l'instant que des présomptions ! Et puis nous ne sommes pas obligées de rester telles que nous sommes actuellement.

— Que veux-tu dire ?

— Si on ne peut pas déménager, comme tu viens de le dire, du moins pouvons-nous réaménager notre portion de territoire de façon à ne plus être importunées !

Je me lève, ma tasse à la main, et je vais me coller à la baie vitrée derrière laquelle tournoie la roue. J'entends Carole se lever et traîner les pieds pour me suivre.

— Mais qu'est-ce que tu entends par là exactement ?

— Écoute, cela m'a toujours semblé bizarre de la part de papa de ne pas avoir fait installer… je ne sais pas, moi, au moins un grillage ou une haie quand il a vendu le terrain aux voisins. En tout cas, moi, c'est ce que j'aurais commencé par faire. Pas toi ?

— Oui, mais papa aimait David et je pense qu'il devait se sentir rassuré à l'idée qu'un docteur puisse vivre à côté… Je ne sais pas… Ceci dit, je me suis moi aussi posé bien souvent la question.

— Eh bien, ce que papa n'a pas fait, nous, nous le ferons. Je me charge d'appeler dès demain plusieurs entreprises qui s'occupent de ce genre de travaux et je vais demander des devis.

Je me retourne pour la regarder. Elle a pris une expression de stupeur et me fixe, les yeux agrandis.

— Tu n'es pas sérieuse ! Comment tu justifieras le fait que tu te mettes d'un seul coup à monter des murs entre les voisins et nous ?

— Mais Carole, c'est là que tu te trompes ! Je n'ai aucunement l'intention de me justifier de quoi que ce soit ! Je suis chez moi, ici, et je n'ai pas à demander la permission au bon docteur pour ce que j'ai envie de faire sur mon terrain ! Les choses ne changeront pas pour eux, sauf que je ne veux plus qu'ils aient la possibilité de venir rôder par chez nous ni qu'ils aient l'opportunité d'observer à leur guise nos moindres faits et gestes. Les choses en resteront là. Si David s'acharne sur toi, c'est peut-être parce qu'il t'a trop souvent sous le pif, ma vieille.

J'entoure de mon bras la taille gracile de ma sœur.

— Tu ferais perdre la tête à n'importe qui, soit ! C'est donc à moi que revient le devoir de soustraire la tentation que tu représentes aux regards indiscrets...

Carole éclate de rire.

Et je me fais la réflexion que c'est la première fois depuis bien longtemps que je l'entends rire de si bon cœur.

Rire tout court.

XIII

Extraits des notes de Carole

PARLER DES JOURS qui ont suivi notre décision, à Alix et moi, de faire clôturer le jardin, me semble une chose plus aisée à faire (mais paradoxalement plus délicate aussi) que de rendre compte des événements qui nous y ont menées, inéluctablement. Et quand je dis moi... C'est surtout à ma sœur qu'est revenue la décision. Elle m'a sauvée littéralement du cauchemar dans lequel je vivais depuis des mois, sans se douter pourtant que cela ne ferait que nous précipiter toutes deux dans un piège pire encore.

De Charybde en Scylla. Voilà l'expression qui me vient à l'esprit quand je pense à cette période. Nous venions de quitter le tourbillon. Le récif allait bientôt briser notre fragile esquif que nous tentions de manœuvrer avec toute la gaieté et le courage dont nous étions encore capables.

Avons-nous eu raison ? Avons-nous eu tort ? Je ne sais, encore aujourd'hui, répondre à cette question. Il m'arrive même de croire que cela n'aurait rien changé à ce qui se préparait et qui devait arriver, d'une manière ou d'une autre.

Je me rends compte au fur et à mesure que j'écris que les circonstances ne sont plus aussi nettes qu'auparavant et que j'ai dû malgré tout oublier bien des choses. Pourtant, je me souviendrai toujours du jour où Alix m'a annoncé qu'elle avait trouvé une entreprise d'espaces verts susceptible de nous poser grillage et massifs le long de la propriété. J'étais tout à la fois soulagée et prise d'angoisse, au point que j'ai eu le plus grand mal à sortir de la maison tout le temps qu'ont duré les travaux.

Il a fallu d'abord creuser et couler le béton. Puis il y eut la pose du grillage et les plantations proprement dites ont pu commencer. Alix était revenue avec plusieurs brochures et nous avions passé des heures enthousiastes à choisir les massifs, les arbres et les fleurs qui viendraient nous cacher et couvrir de leurs lianes touffues la clôture qui courait désormais tout le long du jardin. En revanche, cela nous a coûté nos dernières économies mais, selon Alix, les choses désormais ne nécessitaient plus d'être dites, elles étaient faites.

Je ne suis pas retournée travailler. J'ai vu un docteur, en ville, qui m'a arrêtée le temps de soigner une mauvaise grippe, mais, passé ce délai, je n'ai pas remis les pieds au cabinet. J'en aurais été d'ailleurs bien incapable.

Curieusement, c'était le calme, en face. C'était même trop calme. Je ne répondais pas aux coups de fil provenant du cabinet et du portable de David. Encore moins quand l'appel était masqué. Je restais terrée à la maison, regardant l'avancée des travaux à travers la fenêtre de la cuisine, tel un pleutre se planquant au plus fort de la bataille.

Je m'amusais de voir Alix faire des tourniquets avec ses bras, essayant d'expliquer comment elle voulait que tel arbre soit planté aux ouvriers agricoles qui s'agitaient dans le jardin.

C'était un beau chantier, en vérité ! Un mini-tracteur avait creusé de larges tranchées de façon à pouvoir planter sans dommage les arbustes de taille adulte qui composeraient notre haie. Avec toute la pluie qui était tombée, les traces de pneus s'étaient transformées en rigoles boueuses où tout le monde semblait patauger, Alix la première.

Elle a été d'une présence réconfortante pendant toute cette période. Une force tranquille, comme je me plaisais à l'appeler. J'étais sur le point de me trouver à nouveau sans emploi. Cependant, un poids énorme s'était comme détaché de mon corps et j'avais l'impression d'être en convalescence autant physique que mentale. Je reprenais doucement goût à la vie aux côtés de ma sœur, chez moi, à la maison, parmi les meubles et les affaires de mon père qui ne m'avait jamais autant manqué qu'à ces instants.

*

* *

— C'est fini, grosse marmotte, les ouvriers s'en vont ! Tu viens voir le résultat, au lieu de rester calfeutrée à l'intérieur ?

— J'arrive, j'arrive, ai-je répondu en rejetant livre et plaid pour me lever et la suivre au jardin.

Dehors, le soleil m'a éblouie et j'ai frissonné. J'ai cligné des yeux plusieurs fois, grisée un instant par une sensation aussi fugace qu'exaltante de me sentir vivante. Je me suis peu à peu accoutumée à la lumière extérieure : le temps semblait s'être enfin souvenu que nous allions sur mai, bientôt, et que nous méritions tous notre dose de soleil après des semaines de grisaille et de morosité.

— Waouh !

— Pas mal, hein ? Et tu as vu, j'ai fait mettre les pieds de magnolias près du mur de l'entrée, dans l'angle. Comme ça, tu pourras en sentir les effluves jusque dans ton transat sur la terrasse !

— C'est magnifique, Alix ! Vraiment.

Je l'ai laissée finir de s'occuper des dernières mises au point avec les ouvriers et me suis mise à parcourir à pas lents le mur végétal protecteur qui venait de s'élever de terre comme par enchantement. La bergerie avait servi de point de départ au tracé de la clôture, jusqu'au portail qui terminait la route du Moulin. C'était un vieux portail en fer, écaillé et dévoré par la rouille, que papa n'avait jamais pris la peine de poncer et de repeindre, et qui restait la plupart du temps ouvert. La clôture n'avait été posée que de ce côté-ci du jardin, l'argent manquant cruellement pour pouvoir la continuer de l'autre côté de la bergerie, jusqu'à l'impasse du Bois. De toute façon, les peupliers servaient de délimitation à cet endroit-là et cette petite partie du bois était assez touffue pour rendre la pose de grillage quasiment impossible.

Le changement du paysage était frappant. La clôture qui formait un bel arc de cercle, de la bergerie au portail d'entrée, disparaissait presque totalement sous le fouillis des divers plants qui embroussaillaient désormais la vue et rétrécissaient l'espace. Mais j'étais loin de m'en plaindre. Il est vrai que plus on s'éloignait de la haie, plus notre terrain descendait vers le ruisseau et plus la maison des voisins réapparaissait, pan après pan, le moulin se situant en contrebas par rapport à elle. Mais, au pied de la haie et au niveau de la terrasse, ils nous demeuraient invisibles et nous leur restions cachés.

Je marchais doucement tout en regrettant de ne pas avoir enfilé un pull avant de sortir car l'air restait froid et humide. Pour la première fois depuis des semaines, j'ai ressenti le besoin de fredonner doucement. J'ai eu envie d'aller farfouiller dans la bergerie à la recherche de mon matériel de jardinage, que je n'avais plus guère touché, et de me mettre à travailler au potager que j'avais laissé à l'abandon. Physiquement, je ne m'en sentais pas capable mais j'étais à la fois surprise et ravie de constater que le désir m'était revenu.

Arrivée devant la bergerie, j'ai levé la tête et mon élan s'est brisé, net.

— Oui, je sais, il y a encore ça à régler mais les ouvriers m'ont laissé suffisamment de ciment pour que je puisse condamner les ouvertures sur leur jardin. Tu me fileras un coup de main et, à toutes les deux, on n'en a que pour un petit week-end...

Je me suis retournée pour dévisager ma sœur qui avait fini par me rejoindre après le départ de l'équipe.

— Mais Alix, c'est peut-être par ça qu'il aurait fallu commencer, non ? Par la bergerie, il peut toujours s'introduire chez nous et c'est d'ailleurs toujours par là qu'il passe, tu le sais bien !

— Écoute, ne t'inquiète pas, c'est l'affaire de quelques heures, et puis de toute façon, il a compris maintenant, qu'on ne voulait plus de lui chez nous, tu ne crois pas ?! Je ne pense pas qu'il ose encore une fois pointer le bout de son nez par ici.

J'ai fait la grimace.

— Donc tu ne me crois pas quand je te dis que c'est sûrement lui l'auteur des coups de fil anonymes, que c'est lui qui espionne et qui rôde depuis le début ?

— Carole, je vais être tout à fait franche : je crois que tu es fatiguée et que tu embrouilles tout. Je pense que tu as eu un souci avec lui et que son attitude est loin d'être normale, mais il me semble que ce sont deux histoires qui n'ont rien à voir l'une avec l'autre. Le maniaque du téléphone, j'ai du mal à imaginer que ce soit le docteur. Par contre, son obsession pour toi, il fallait faire quelque chose et c'est ce que nous venons de faire.

Je ne pouvais m'empêcher de désapprouver et de me sentir étrangement mal à l'aise.

Oui, mais s'il y avait plus que cela ?

Tandis qu'Alix discutait de la meilleure façon de combler les espaces ouvrant sur l'autre côté, je n'écoutais plus et me laissais entraîner dans un tourbillon de pensées plus angoissées les unes que les autres.

— Alix, ai-je coupé brutalement, nous nous mettrons au ciment dès que possible parce que, tant que ce ne sera pas fait, je ne pourrai pas me sentir pleinement en sécurité. Est-ce que tu peux comprendre ça ?

Elle a semblé ébranlée par la sécheresse de mon ton et son visage rieur s'est renfrogné d'un seul coup.

— Ce que tu as fait, c'est... génial, ai-je repris plus doucement, et, franchement, je n'aurais pas eu le courage d'employer les grands moyens toute seule ! Et je veux que tu saches que je t'en suis extrêmement reconnaissante. Mais David Farge est quelqu'un de dangereux, je le sais, je le sens.

Elle m'a souri.

— Pouvons-nous attendre demain pour commencer ou veux-tu que je mette dès maintenant la bétonnière en route ?

— Tu es bête... Allez, va te décrasser sous la douche, pendant ce temps je m'occupe de nous concocter un bon petit dîner. J'ai une faim de loup.

*
* *

La soirée était fraîche mais j'ai quand même choisi de mettre la table dehors. Le lourd portail refermé, afin de compléter la sensation de protection et de repli douillet que me procurait la haie, j'ai sorti du réfrigérateur quelques en-cas et choisi une bonne bouteille de bordeaux. Je pouvais entendre l'eau de la douche couler à l'étage et j'ai décidé qu'il n'était pas nécessaire d'attendre le retour d'Alix pour me servir un verre. J'ai eu l'idée de préparer quelques petits toasts au fromage de chèvre chaud comme apéritif, accompagnés d'une belle salade verte en entrée.

La porte-fenêtre donnant sur la terrasse, à l'arrière de la maison, était restée ouverte et me laissait apprécier les courbes vallonneuses de la forêt. Je me sentais bien et j'essayais de me concentrer sur cette agréable impression de calme et de paix, sans plus penser à la bergerie et à ses murs béants. Alix avait raison. Je devais avoir plus de sang-froid.

Le souvenir de la nuit où j'avais vu une silhouette déambuler dans le jardin m'est revenu en mémoire. Je me suis rappelé mon insomnie et mon envie soudaine de fumer. Je m'étais levée doucement dans l'obscurité, j'avais ouvert la fenêtre et poussé un peu le volet de façon à ce qu'un mince filet d'air puisse rentrer dans la chambre. Je n'avais pas la moindre envie qu'Alix sente l'odeur de ma cigarette. Je m'étais accoudée tranquillement et n'avais plus pensé à rien d'autre qu'à la chaleur que me procurait chaque bouffée, jusqu'au moment où mes yeux avaient été attirés par un mouvement en contrebas. Une ombre avait surgi et s'était allongée sur le minuscule pan d'herbe que je pouvais voir entre les deux battants. J'avais suspendu mon geste un instant, tentant de comprendre de quoi pouvait provenir ce nouveau tracé sur la pelouse.

De quoi ou de qui.

La cigarette d'une main, j'avais poussé de l'autre un des deux battants, le plus lentement et le plus silencieusement possible.

Quelqu'un était là. Quelqu'un se tenait là, debout dans le jardin, et regardait vers la maison. Mes yeux habitués à l'obscurité n'avaient eu aucun mal à délimiter et à reconnaître les contours d'une silhouette d'homme.

Et il avait levé la tête vers moi.

Prise de panique, j'avais poussé un cri et ouvert le battant qui s'était rabattu violemment sur le mur.

— Qui est là ? avais-je hurlé.

J'avais alors vu clairement le sursaut de l'homme. Il s'était mis à courir et avait disparu derrière la bergerie, dans le jardin d'à côté. Je m'étais penchée en avant, voulant vérifier la direction qu'il avait prise mais je n'avais plus rien vu. Je m'étais ruée vers l'interrupteur et avais allumé. Quand je m'étais de nouveau penchée, tout était calme dehors.

Et après... Après, j'avais un peu perdu les pédales. J'étais montée réveiller Alix et m'étais précipitée en bas pour prendre mon arme et partir à la poursuite de l'homme.

J'ai poussé un profond soupir, tout en arrosant généreusement la salade d'huile d'olive.

Quelle erreur ! Je nous avais fait courir des risques insensés ! J'avais chargé l'arme, certes, mais aurais-je vraiment pu faire feu si quelqu'un s'était trouvé là ?

La cuillère a tinté curieusement lorsque je l'ai laissée tomber dans le saladier. Le pire dans tout ça, c'est qu'à ce moment précis il m'a semblé que oui.

*

* *

J'étais en train de siroter mon verre sur le transat quand Alix est descendue. Le soleil s'était couché et avait laissé derrière lui comme des giclées de peintures rouge et ocre sur la toile du ciel. J'ai tourné la tête au sifflement qu'a émis Alix.

— Je vois que tu n'as pas perdu de temps ! Comment est le rouge ?

— Un pur race, ai-je commenté en m'extirpant de la chaise longue pour en verser dans le verre que ma sœur me tendait. Je parie sur lui, ai-je repris.

Nous avons trinqué et Alix s'est assise près de moi.

— La soirée est douce, on se sent bien, ai-je fait au bout de quelque temps. Si tout pouvait toujours être aussi calme et tranquille...

Alix ne m'écoutait pas et faisait tournoyer le verre au-dessus de ses yeux. Ses cheveux encore humides tombaient en boucles sur ses épaules et je me suis rendu compte qu'elle devait vouloir les laisser pousser. Sa frange lui retombait presque sur les yeux et elle avait pris cette habitude de la repousser machinalement d'un souffle de sa bouche.

Alix a les cheveux d'un brun foncé, qui tirent vers l'auburn avec les années. Autant mes cheveux peuvent être fins et raides comme des bâtons, autant les siens demeurent soyeux et ondulent jusqu'à finir en boucles compactes aux extrémités. Elle n'a jamais aimé les porter longs et s'arrange pour les relever le plus souvent possible afin d'avoir le visage toujours bien dégagé.

Elle reste pour moi cette étrange alchimie de grâce et de force. Les traits délicats, malgré sa mâchoire carrée, le vert profond de ses yeux frangés de cils épais mais courts, la façon qu'elle a de rire en renversant la tête en arrière, tout chez ma sœur peut à la fois charmer et rendre méfiant. En la regardant attentivement ce soir-là, allongée de tout son long sur le transat, les jambes nues sous son mince short de pyjama, je me suis prise à envier sa beauté farouche et naturelle dont elle semblait n'avoir aucune idée ou, du moins, se moquer éperdument.

— Qu'est-ce que tu as à me dévisager ainsi ?

— Je me disais juste que tes cheveux te font une crinière de lionne, ma vieille ! Moi, je ne supporte plus les miens !

— J'ai envie de les laisser pousser un peu. Qu'en penses-tu ?

— Je pense que je te trouve très belle, ai-je dit en levant mon verre.

Elle a eu une moue dubitative et a avalé une gorgée de vin.

L'obscurité naissante semblait nous inonder de silence et nous nous sommes mises à discuter doucement de choses et d'autres, tout en vidant consciencieusement la bouteille de papa.

*
* *

La soirée était déjà bien avancée quand j'ai constaté avec effarement que nous n'avions rien mangé mais tout bu. La tête commençait à me tourner agréablement et j'ai ri quand Alix a tenté de se relever et a titubé vers la cuisine à la recherche d'une autre bouteille. Quelques minutes plus tard, elle revenait avec son trophée à la main, les yeux brillants.

— J'ai une idée ! ai-je fait. Attends-moi, je reviens...

Je l'ai laissée se débattre avec le tire-bouchon et me suis activée de mon côté dans le salon, à la recherche de ce que j'avais en tête.

— Les voilà !

N'y tenant plus d'excitation, je suis revenue presque en courant vers la terrasse.

— Les cigares de papa ?! s'est exclamée Alix, les yeux ronds. Tu n'es pas sérieuse ?!

— Il est temps de t'initier, ma grande ! Tu m'en diras des nouvelles.

— Je savais bien, Carole, que tu t'étais remise à fumer, m'a-t-elle dit d'une voix pâteuse. Je suis désespérée de voir à quel point j'ai pu rater ton éducation, a-t-elle ajouté en secouant la tête.

J'ai pouffé de rire, ai rompu le bout du cigare tout en constatant que j'avais oublié les allumettes. À mon retour, Alix remplissait nos deux verres en tirant le bout de sa langue en signe d'application.

— Trinquons ! s'est-elle écriée.

J'ai fini par réussir à allumer mon cigare et la première bouffée m'a semblé d'une délectation inouïe. J'ai soupiré d'aise.

— Cette chaleur profonde, ce goût mat dans la bouche ! J'avais oublié comme ça pouvait être bon !

Alix a relevé la tête et m'a regardée, interloquée.

— De quoi tu parles ? Donne-m'en un, je veux essayer moi aussi...

*

* *

Il était fort tard quand Alix m'a pris le bras pour m'emmener dans le jardin. Complètement ivres, nous riions aux éclats tout en marchant pieds nus dans l'herbe fraîche. J'avais rapporté la bouteille avec nous tandis qu'Alix s'était mise à chanter à tue-tête une vieille chanson paillarde. Nous devions faire un raffut de tous les diables mais, l'alcool aidant, c'était en réalité le cadet de nos soucis.

— Je bois à cette magnifique haie et à toutes les frustrations qui se cachent derrière !

Ma sœur se tenait bien droite, jambes écartées, et relevait le menton d'un signe de défi devant un cyprès qui n'en menait pas large. J'ai cru mourir de rire à voir ses yeux jeter des éclairs sur le pauvre arbuste inoffensif.

— Tu as un problème, cyprès vert ? a-t-elle susurré sournoisement.

— Je crois qu'il veut que nous portions un toast au docteur. Après tout, c'est à lui qu'il doit sa présence parmi nous, ai-je fait.

— Mon Dieu, mais oui, bien sûr, Carole ! Quelles misérables ingrates sommes-nous donc devenues ?! Buvons à la santé du ténébreux docteur, de sa délicate jeune femme et de son adorable, a-do-rable petite fille !

La dernière chose dont je me souviens, c'est d'être tombée sur ma sœur en pleurant de rire et de l'avoir entraînée dans ma chute, à l'abri des grandes ombres noires des végétaux qui semblaient frissonner doucement dans la nuit silencieuse.

XIV

Il n'avait pas compris tout de suite qu'elle ne reviendrait pas au cabinet, qu'elle ne reviendrait jamais. Il l'avait pourtant harcelée de coups de téléphone mais personne n'avait jamais répondu. Quelque chose avait dû se produire, quelque chose d'irréversible. Mais quoi ? Les jours qui avaient suivi son arrêt de travail avaient été cauchemardesques. Et pas seulement au niveau professionnel, même s'il lui était vite apparu qu'il ne pouvait plus se passer d'une aide au secrétariat. Non, ce n'était pas que ça.

Il avait le sentiment que la situation lui échappait, que Carole lui échappait, que son existence lui filait littéralement entre les doigts, sans pouvoir rien retenir. Et Dieu seul savait à quel point il avait horreur de cette sensation, de ce vide et cette angoisse à se savoir impuissant, à ne plus se sentir maître des événements. Il n'avait jamais pu le supporter et il ne le supporterait pas plus aujourd'hui que par le passé.

Ça commençait toujours comme ça, d'ailleurs. Les choses et les êtres semblaient lui appartenir, il pouvait en jouer et en jouir comme il lui plaisait. Et puis voilà qu'il y avait toujours ce moment, cet instant où tout semblait se rétracter à son emprise, où il se sentait perdre la main. Il n'était jamais dupe d'ailleurs, il percevait les choses mais il lui manquait toujours la même information : quand et surtout pourquoi sa bonne fortune semblait soudain l'abandonner.

Il se sentait tomber et c'était un gouffre abyssal qui s'ouvrait sous ses pieds. Et il lui prenait des frayeurs irraisonnées : certainement quelqu'un allait se douter, on poserait des questions, quelqu'un finirait par parler, on le percerait à jour et le monde entier apprendrait !

Par exemple, quand donc le vieux avait commencé à lui poser problème ? Quoique Antoine ne se soit jamais douté de rien le concernant, il était devenu plus distant avec lui…

Son père, en revanche, avait compris bien avant de mourir ! Combien de fois avait-il croisé son regard soupçonneux et interrogatif, le soir, par-dessus la table du repas familial ? Ou à des soirées entre amis, quand tout le monde discutait avec animation autour d'un verre, où tout le monde parlait sauf lui, son cher papa ? Il ne faisait que le fixer. Il restait silencieux mais ses yeux, eux, parlaient et il avait bien fallu les faire taire ! Comme il avait aimé les voir s'ouvrir d'horreur ! Et cette puissance sans limites qu'il avait ressentie à voir la vie s'en aller, les priver petit à petit de tout éclat, jusqu'à ce qu'ils s'éteignent totalement !

Dans ces moments-là, il ne sentait plus de panique, sa peur disparaissait. Il reprenait le contrôle.

Il redevenait le maître.

Et voilà que tout recommençait ! Son flair ne l'avait jamais trahi. Là, ça allait mal, il fallait agir, et vite. En ressortant du cabinet, un soir, il s'était débarrassé du téléphone portable dont il se servait pour passer les appels. C'était devenu trop dangereux et il sentait que l'autre aurait vite des soupçons.

Il n'avait pas décoléré à son endroit depuis qu'elle lui avait demandé de ne plus mettre les pieds sur son terrain. Son terrain, son jardin, son moulin. Il allait lui montrer, il allait leur montrer qu'il n'était pas homme à se laisser congédier de la sorte. Mais la frustration avait été trop forte et il avait commis bien des imprudences. Il fallait qu'il se calme et reprenne les choses en main.

Quand il avait compris en quoi consistaient les travaux qui se préparaient à côté, il avait bien failli perdre la tête. Et curieusement, c'était sa femme qui l'avait retenu de faire des bêtises, ou plutôt ce qu'elle avait dit quand Chloé avait demandé, un matin, juste avant de partir pour l'école, pourquoi il y avait ce grillage tout neuf chez les voisines !

Mélanie avait répondu de sa petite voix que c'était probablement parce qu'elles avaient peur que des voleurs ne s'introduisent chez elles. Chloé s'était alors tournée, affolée, vers sa mère, en lui demandant qu'eux aussi fassent mettre un grillage, s'il y avait des voleurs dans le coin.

— Non, nous, nous n'en avons pas besoin, ma chérie, nous avons papa…

Et il avait reconnu le regard de son propre père dans les yeux de Mélanie… Il avait détourné la tête et était sorti sans dire au revoir à personne.

Mais Mélanie ne comptait pas, elle n'avait jamais compté. Son argent, seul, avait fait la différence. Encore aujourd'hui, il savait qu'elle ne représentait aucune menace.

La menace venait d'en face. Il se désespérait de ne pouvoir peut-être jamais obtenir ce dont il avait rêvé si fort ces dernières années. Le monde qu'il s'était représenté en imagination s'effritait lentement. Tout s'envolait en fumée.

Ce soir-là, il était resté travailler au cabinet jusque fort tard dans la soirée et était passé prendre un verre sur le chemin du retour chez un de ses patients avec lequel il s'était lié d'amitié. Il s'efforçait le mieux qu'il pouvait de cultiver de bonnes relations au sein de sa patientèle. Une bonne réputation ne devait jamais, selon lui, devenir un luxe dont on pouvait se passer. Et puis il n'avait pas eu envie de retourner chez lui tout de suite.

Quand plus tard il s'était engagé dans la rue du moulin, il avait eu un choc. Quelque chose obstruait la vue et il n'avait pas compris tout de suite. Il avait pilé et coupé le moteur dans son jardin et était resté plusieurs minutes derrière son volant, à regarder la haie infranchissable qui lui barrait désormais l'accès au moulin. Il était resté bizarrement très calme, tandis qu'il prenait lentement conscience de ce que tout cela impliquait.

Il avait attendu de se sentir parfaitement serein avant de rentrer chez lui et de passer la soirée comme si de rien n'était, avec sa femme et sa fille. Chloé l'avait évidemment accueilli avec des cris et voulait lui montrer elle-même les nouveaux arbres que les voisines avaient plantés. Mais devant son silence et sa mine renfrognée, elle avait vite mis fin à ses sollicitations, quoiqu'un peu déroutée par l'attitude, toute nouvelle pour elle, de son père.

La soirée fut morne et silencieuse. Heureusement, Mélanie monta directement se faire couler un bain pour la nuit, après avoir mis en route le lave-vaisselle et couché Chloé. Il put rester seul au salon et siroter un dernier verre en regardant la nuit tomber tout à fait maintenant. Le temps semblait s'être encore rafraîchi et il décida d'ouvrir la porte-fenêtre pour laisser entrer un peu d'air dans la pièce. Il avait l'impression d'étouffer, à l'intérieur.

Une brise rafraîchissante lui lécha le visage mais avec elle lui parvinrent des éclats de voix qui chantaient, en contrebas. Interdit, il resta quelques secondes aussi immobile qu'une statue, tentant de retenir sa respiration.

Mais oui, on *chantait* au moulin ! Il crut même entendre des rires. Son verre toujours à la main, il se glissa au-dehors et se dirigea prudemment vers la haie qui se dressait désormais sur son chemin. L'obscurité l'enveloppait telle une cape qui l'aurait rendu invisible.

Tapi dans l'ombre d'un massif, de l'autre côté, il eut tout le loisir d'écouter… Ses doigts s'étaient crispés sur son verre.

Elles se moquaient de lui ! Elles osaient ! Elles portaient des toasts en son honneur !

Il s'agrippa douloureusement au grillage devant lui, éperdu de rage. Encore une fois, son instinct ne l'avait pas trompé ! C'était bien contre lui qu'était dirigée la haie !

Et de ce qu'il pouvait entendre, il devinait que l'idée venait d'Alix.

Tout bon sur toute la ligne ! Voilà donc ce qui se préparait derrière son dos ! Rien ne lui avait échappé.

Et rien d'autre ne lui échapperait plus désormais. Rien ne servait de trépigner et de tourner comme un animal en cage, il avait perdu beaucoup trop de temps.

Il lui ferait payer. Il n'était pas trop tard pour ses rêves, non, ils avaient encore toutes les chances de se réaliser mais il lui fallait agir et vite ! Les yeux d'Alix ne se moqueraient pas de lui silencieusement et il se jura que la prochaine fois qu'il les croiserait à nouveau, ce serait la dernière.

Un sourire mauvais se figea sur ses lèvres. Il se plut à imaginer divers scénarios dans lesquels se fermaient définitivement les beaux yeux verts d'Alix. Mais juste avant, il se promit également de lui faire savoir de quoi était réellement mort son cher papa…

Il était prêt à parier qu'elle lui ressemblerait alors de façon frappante, au tout dernier instant. Ils étaient de la même race, celle des nuisibles, celle qu'il fallait exterminer. Il ne put réprimer un bref rire, qu'il étouffa de peur d'être entendu.

« Non, tout va bien, David, tout va bien. » Il ferma les yeux et huma l'hostilité de la nuit et s'en imprégna… Il fit demi-tour et regagna d'un pas vif la maison derrière lui.

Ce n'est qu'en arrivant devant la porte-fenêtre qu'il ressentit la douleur pour la première fois. Il baissa les yeux et s'aperçut que sa main saignait abondamment.

Il avait brisé son verre par la seule crispation de ses doigts…

XV

SAMUEL BARBIER avait quitté la gendarmerie particulièrement fatigué par sa journée de travail. Et dire qu'il n'en avait pas encore terminé avec cette dernière et qu'il devait encore passer à l'épicerie faire le plein de provisions avant de pouvoir enfin s'ouvrir une bière et s'affaler dans son canapé… Certains jours paraissaient vraiment plus durs que d'autres !

Il grimpa dans sa voiture, mit le contact et roula en direction du village, vers le centre, où se situaient la plupart des commerces. Il aimait rouler ainsi dans la campagne et traverser la forêt une fois qu'on dépassait la nationale et qu'on entrait dans le lieu-dit du village. La paix semblait régner dans cette contrée-ci. Pourtant…

Sam fronça les sourcils. Qui avait dit qu'il n'existait pas de village tranquille ?

Depuis sa dernière discussion avec Alix au téléphone, il avait bien senti que quelque chose clochait et ne cessait de perturber la jeune femme. Les appels anonymes avaient pourtant cessé, depuis peu certes, mais c'était tout de même un soulagement et c'est ce qu'il n'avait pas manqué de lui dire. Mais non, c'était autre chose.

Les rumeurs allaient bon train d'ailleurs dans le village et il avait appris par Mme Gribière que Carole ne venait plus travailler au cabinet depuis des semaines, au grand dam de la vieille dame qui jugeait scandaleuse la légèreté de l'ancienne secrétaire.

« Sans crier gare, comme ça, du jour au lendemain, elle n'est plus venue ! Elle a tout laissé tomber et le pauvre docteur doit se débrouiller tout seul maintenant ! » Et d'ajouter malicieusement qu'elle n'avait rien contre les filles d'Antoine – Dieu sait comme elle avait pleuré le jour où elle avait appris sa mort ! – mais qu'enfin des choses pareilles ne se font pas dans un petit village sans histoires comme le leur ! Pour qui se prenaient-elles au juste, ces filles, avec leurs grands airs ? Samuel avait grimacé et prétexté un rendez-vous pour pouvoir déguerpir le plus vite possible. La vieille femme était restée en plan, avec son cabas chargé de courses, sur le bord du trottoir.

Sam détestait les ragots, surtout quand ils visaient Alix et sa famille. Le problème était que dans ce genre de petite communauté, où les gens s'épient et discutent entre eux des uns et des autres à longueur de temps, peu de choses ont la chance de passer inaperçues et l'on fait bien souvent d'insignifiantes taupinières, des montagnes gigantesques.

L'oisiveté et une certaine forme de jalousie pour tous ceux qui semblaient avoir mieux réussi qu'elle dans la vie avaient rendu Mme Gribière amère et avaient empoisonné sa langue. « Mais si encore il n'y avait qu'elle ! » songea Sam en coupant le moteur de la voiture après s'être garé derrière l'épicerie. Il crut alors reconnaître la voiture d'Antoine, garée plus loin, qui était devenue celle d'Alix aujourd'hui. Son cœur battit plus fort à l'idée qu'elle était peut-être là, elle aussi, et qu'ils se croiseraient.

« Allons ! Je redeviens un peu collégien sur les bords, moi ! » se dit-il en souriant, et il poussa la porte du magasin, trouvant soudain le monde et la vie beaucoup moins mesquins et tristes qu'ils n'en avaient l'air.

Elle fut la première personne qu'il vit. Elle farfouillait à la recherche d'un paquet de pâtes tombé à l'arrière du rayon.

— Hé ! Qu'est-ce que tu trafiques, comme ça ? Celles qui sont devant ton nez ne te plaisent pas ?

Alix releva la tête avec surprise et sourit à Samuel. « Un sourire rayonnant, pensa-t-il. Serait-elle si heureuse de me voir ? »

— Sam, comme je suis contente de te voir ! Oh, tu sais, ce n'est pas pour moi ! Carole m'a laissé une liste de courses à faire avant de partir pour l'école, tout à l'heure, et si je ne lui prends pas la bonne catégorie de pâtes, ce sera un drame ce soir. Elle nous prépare une carbonara, ajouta-t-elle en clignant de l'œil. Ça te dirait de venir ?

— Je ne vois pas comment je pourrais faire autrement ! J'apporte le vin, OK ?

— OK !

— Tu disais qu'elle partait à l'école ? Y aurait-il une vacance de poste dont je n'aurais pas entendu parler ? Ce serait tellement bien pour elle !

Alix se pinça les lèvres.

Ils avancèrent dans l'allée, leurs paniers suspendus au bras s'entrechoquant au moindre de leurs pas. Une scène de la vie de tous les jours. Les courses de fin de journée. Deux amis. Et pourtant... Alix eut l'air soudain terriblement fatiguée et quelque chose dans ses yeux mit Sam très mal à l'aise. Il avait déjà croisé ce regard, ce genre de regard-là... Les dimanches de battue. Alix avait dans les yeux quelque chose de la bête traquée qui est aux abois...

— Tu sais, c'est juste un remplacement, elle n'enseigne même pas, elle n'est pas habilitée pour les primaires, de toute façon. Elle s'occupe juste de la garderie du matin et du soir. Les parents qui travaillent déposent les enfants très tôt et les reprennent bien souvent après 19 heures. Carole s'en occupe, les fait goûter et supervise les devoirs. Elle dépend de la mairie.

— Mais ça me paraît très bien...

— Tu dois être au courant qu'elle ne travaille plus pour le docteur, fit-elle un peu trop vivement pour que Sam ne le remarque pas. Je suppose que tout le monde en parle !

— Oui, je l'ai entendu dire, mais non, tout le monde n'en parle pas autant que tu sembles le croire, mentit-il.

— C'est vrai ?

Elle avait pris un air tellement navré et en même temps si plein d'espoir que Sam eut des remords. Mais qu'est-ce qui pouvait bien l'effrayer à ce point ?

— Nous sommes peut-être en train de devenir paranos, Carole et moi, fit-elle avec un petit rire nerveux. J'ai l'impression que plus personne ne nous regarde comme avant depuis... depuis la haie.

Elle avait baissé la voix tout en regardant autour d'eux.

— Ça ne va pas, Alix ?

Sam avait posé la main sur son épaule.

— Non, ça ne va pas, Samuel. J'ai peur. Je ne me sens pas en sécurité. J'ai l'impression que tout le monde me regarde dès que je mets le nez dehors.

Carole, c'est bien pire, la pauvre ! La semaine dernière, dans la rue, elle a croisé une jeune patiente du docteur avec qui elle avait l'habitude de discuter au cabinet. Figure-toi, Sam, que cette femme lui a tourné le dos et Carole est restée la main en l'air pendant un long moment avant de comprendre qu'on venait de refuser de la saluer ! Je l'attendais en voiture de l'autre côté de la rue. J'ai tout vu, Sam, j'ai tout vu !

— Mais qu'est-ce que c'est que cette histoire ?

— David Farge, ça te dit quelque chose ? Je ne sais pas ce qu'il raconte sur notre dos mais je parie qu'il s'en donne à cœur joie pour jouer les victimes ! Tu te rends compte un peu ? Carole l'a lâché et nous avons planté une haie, chez nous, pour ne plus avoir à souffrir de son indécente curiosité ! Ce qui fait de ma sœur et de moi de vraies parias ! Et ce n'est que le début, Seigneur !

— Je ne peux pas le croire, Alix ! Tu es sûre qu'il n'y a pas autre chose ?

— Mais bien sûr que oui, je suis sûre !

Elle s'arrêta pour le regarder fixement.

— Dis-moi franchement, même toi, tu es au courant pour la haie, n'est-ce pas ?

— Oui, je le suis, c'est vrai, mais vous avez le droit de faire…

— Comment se fait-il que tout le monde le sache alors que ni Carole ni moi n'en avons jamais parlé à personne ? Jamais, tu m'entends, pas même à toi ! Qui a bien pu raconter tout ça, en le mettant à sa sauce évidemment ? Qui ?

— Je suis désolé, Alix, mais ce n'est pas du Dr Farge que je l'ai appris.

— De qui alors ?

Sam soupira.

— C'est Lucas qui m'a raconté. Enfin, qui en a parlé au local de la gendarmerie et que j'ai entendu, comme les autres, puisque j'y étais.

Samuel se sentit mal à l'aise sous le regard scrutateur d'Alix.

— De quelle façon en a-t-il parlé ? Et d'ailleurs, comment en est-il venu à parler de ça ?

— Écoute, Alix, les gens d'ici parlent, je suis d'accord, et peut-être bien que tu as raison et que David se complaît à raconter vos mésententes de voisinage à tout le monde. Mais n'y attache pas trop d'importance ! Ça ne mérite pas que tu t'en soucies tant que ça !

— Je me soucie de notre réputation, à Carole et à moi. Nous avons notre place dans ce village, nous y sommes nées, c'est notre village ! Et je ne veux pas que cette petite frappe de Farge manipule l'opinion contre nous !

Sous l'énervement, elle avait involontairement élevé la voix. Ils se retournèrent tous deux et virent juste à temps une petite tête penchée derrière un rayonnage qui les observait et qui disparut bien vite derrière des boîtes de conserve.

— Bravo ! murmura Alix. Je ne sais pas ce qui me retient d'aller lui courir après pour lui demander de retourner s'occuper de ses bestiaux !

Ils avaient tous deux reconnu Hélène Brastille, la femme du vétérinaire, et quelquefois aussi son assistante.

— Je suppose qu'il n'y a de toute façon pas grand-chose à faire…

— Arrête de te démoraliser, Alix, laisse le temps faire son travail, tu verras… Les pires calomnies ne résistent pas au temps qui passe, surtout que tout le monde ici vous connaît et sait que vous êtes de bonnes personnes.

Sam avait, à dessein cette fois-ci, élevé suffisamment la voix pour être entendu, même de la caissière en bout de magasin.

Alix lui sourit, lui prit la main et la serra très fort dans la sienne.

— Merci, Sam. Tu es vraiment un ami.

— Tu as presque fini tes courses alors qu'il me reste encore pas mal de choses à acheter. Tu n'as qu'à passer en caisse et filer au moulin. J'arrive chez toi dès que j'ai fini de décharger les courses à la maison. J'en profiterai aussi pour prendre une douche rapide et me changer, je ne me vois quand même pas arriver en uniforme pour manger de la carbo !

— Pas de problème ! J'y vais alors, à tout à l'heure !

Il la regarda s'éloigner avec un pincement au cœur. Cette histoire lui faisait décidément beaucoup de peine.

Il finit ses courses, préoccupé et mécontent. Il empaquetait ses achats et s'apprêtait à payer quand Fabienne, l'épicière qui tenait la caisse ce soir-là, lui demanda :

— Tu discutais avec la Brausch tout à l'heure ?

Sam releva la tête et la toisa longuement avant de lui répondre :

— J'étais avec Alix, en effet. Tu te rappelles, la sœur de ta meilleure copine du primaire ?

Fabienne ne se laissa pas démonter.

— C'est qu'on raconte de drôles de choses sur ces deux-là. Et il n'y a jamais de fumée sans feu, comme on dit ! Tu devrais faire attention à toi, Samuel Barbier.

Cette fois, Sam ne put s'empêcher de rire de bon cœur.

— Et faire attention à quoi, Fabienne Roulier ? J'ai l'impression que vous êtes tous en train de perdre la tête ici ! Tu ne reconnais plus tes vieilles connaissances ?

— C'est toi qui oublies les choses, Sam ! Nous autres ne faisons que constater ! C'est tellement facile pour des jolies filles comme elles de jouer avec les hommes comme elles le font ! D'abord Alix, maintenant Carole… C'est malsain, tu ne trouves pas ?

Sam ne comprit pas immédiatement.

Fabienne lui sourit et, pour la première fois, avec un semblant de gentillesse.

— N'oublie pas comme tu as été malheureux lorsque Alix est partie et t'a laissé tomber sans aucune explication. Moi, je me souviens ! On n'oublie pas, par ici, surtout si les choses se reproduisent…

Le coup fut rude pour Samuel.

Il paya et sortit dans le soir sans ajouter une parole. Il eut le temps d'entendre encore derrière son dos la voix de Fabienne lui crier :

— Ce ne sont pas de bonnes personnes, Sam, et aucune d'elles n'est faite pour toi !

*
* *

Samuel voulut faire honneur à l'invitation de dernière minute d'Alix et tenta de s'habiller plus élégamment que d'habitude avec, du moins, les moyens du bord : jean et chemisette retroussée aux manches.

Il restait ulcéré par ce qu'il avait entendu, le pire étant que cela ne faisait que corroborer l'affreuse certitude qu'il avait acquise depuis peu, qu'un véritable travail de sape s'opérait dans l'ombre et qu'on tentait de démolir les filles Brausch dans l'opinion publique. Il n'arrivait tout simplement pas à le croire.

Que s'était-il passé au juste ? Et quel lien entre le ressentiment général qui visait les résidentes du moulin et les appels anonymes qui avaient brutalement, et d'une façon inexpliquée, complètement cessé ? Les rumeurs avaient-elles tout simplement pris le relais de la voix au téléphone ? N'avait-il pas lui-même été trop négligent par rapport à la sécurité des filles ?

Bien sûr, il n'avait jamais douté des dires d'Alix mais il était resté persuadé que la menace n'était pas réelle, que le corbeau se lasserait vite et finirait par cesser de croasser lamentablement. Et c'est ce qui était arrivé : du jour au lendemain, il n'avait plus téléphoné aux filles. Oui, mais aujourd'hui…

Les villageois semblaient s'être fait l'écho de la propagande du corbeau, ce n'était plus une voix mais des voix qui clamaient haut et fort, sans plus se cacher, qu'Alix était une garce hystérique et Carole une salope abrutie par l'alcool.

Il avait tu à Alix les propos colportés par Lucas qu'il avait entendus à la gendarmerie. Ses collègues avaient ri de l'outrance de langage du militaire, surtout lorsqu'il s'était mis à parler de la poupée blonde qui avait plié bagage quand elle avait enfin compris qu'elle ne parviendrait jamais à se faire le docteur ! Eh oui, le pauvre homme aimait sa femme ! Mais pour sa part, avait-il ajouté en clignant de l'œil d'un air entendu, il n'aurait peut-être pas résisté à la tentation et se serait contenté de virer lui-même la blondasse après en avoir profité ! Sam se souvint qu'Olivier avait bien tenté de mettre en doute de telles allégations mais ils avaient tous bien ri de sa prétendue naïveté envers les Brausch.

Sam, lui, s'était crispé mais n'avait rien dit. Il attendait.

Maintenant, il se sentait coupable de n'avoir pas pris la défense de ses amies. Il se trouvait un tel lâche ! Heureusement qu'il avait répliqué à Fabienne tout à l'heure, à la boutique. Alix n'avait pas tort quand elle parlait de propagande. Et d'où pouvait-elle venir si ce n'était du cabinet du docteur, lieu où se rendait par nécessité le village entier, des mamans d'enfants malades, des retraités, des militaires en permission, tous plus surpris les uns que les autres de ne plus trouver Carole à l'accueil et effarés de comprendre ce que le docteur sous-entendait à demi-mot sur les raisons inavouables de son brusque départ !

Oui, quelque chose n'était pas clair et Sam se jura d'aller rendre une petite visite au docteur, le plus amicalement du monde, bien sûr, pour l'inciter à davantage de prudence et de circonspection à l'avenir, quand il parlerait de ses semblables. Visite officieuse, évidemment.

Pour l'instant.

*
* *

— Ta cuisine est vraiment excellente, Carole, tu as un don ! Je n'ai jamais goûté de carbo comme celle-là !

Comme d'habitude lorsqu'on la complimentait sur ses prouesses culinaires, Carole rougit de bonheur et avala bien vite une autre gorgée du chianti que Sam avait rapporté de la maison pour l'occasion.

Au fur et à mesure du dîner, les craintes de Sam s'étaient estompées et la soirée avait été plus gaie qu'il n'avait imaginé. Personne ne parla de la démission de Carole, ni des ragots qui circulaient sur son compte, ni de la haie qui ceinturait désormais le terrain du moulin. Sam n'avait pas été mécontent de constater que les filles étaient réellement bien protégées et à l'abri des regards indiscrets. En arrivant, il avait même trouvé le portail fermé, chose rarissime, et il avait dû s'échiner sur le klaxon avant qu'Alix ne sorte en courant de la maison pour venir lui ouvrir.

Dans le jardin, elle lui avait pris le bras et avait fait un signe vers la haie en murmurant malicieusement : « *Corpus delicti* », avant de l'entraîner vers la cuisine. Il avait été soulagé de la voir plaisanter de cette façon. C'était comme un accord tacite passé entre elle et lui pour ne pas aborder le sujet et l'odeur qui se répandait des casseroles de Carole avait fait le reste.

Ils passèrent tous trois au salon pour déguster leur café sur les accents d'une musique de jazz qu'Alix avait mise en route.

Carole s'était assise en boule comme à son habitude au bout du vieux canapé. Sam ne put s'empêcher de l'observer à la dérobée quelques secondes. Malgré le sourire calme qu'elle affichait, il la devinait inquiète. De nouveau, son cœur se serra en pensant à ces deux sœurs un peu seules au monde, dont le père était mort tragiquement à peine quelques mois plus tôt, et qui devaient faire face à des problèmes dont elles auraient pu se passer ! Elles se retrouvaient totalement dépassées alors qu'elles ne demandaient qu'à vivre paisiblement dans la maison où elles avaient grandi en tâchant de se reconstruire petit à petit tout en faisant le deuil du seul parent qu'il leur restait. Serait-il possible qu'on leur en veuille à ce point ? Le docteur, c'était une chose, mais les autres, ceux qui les avaient connues enfants, qui avaient grandi au village avec elles, qui avaient connu leur père ?

— À quoi penses-tu, Sam ? Tu m'as l'air bien rêveur d'un seul coup ?

— Oh ! À rien de particulier, je regardais ta petite sœur et je me rappelais le bon vieux temps.

— Pour moi, le bon vieux temps, comme tu dis, n'existe plus. Les choses ont changé par ici et plus rien n'est comme avant, répliqua Carole. Sans que je ne comprenne d'ailleurs vraiment pourquoi. À croire qu'on se plaît à nous maintenir volontairement la tête sous l'eau, depuis la mort de papa.

Alix et Sam échangèrent un regard.

— Arrêtez, vous deux, vous me prenez pour une demeurée ou quoi ?! poursuivit Carole. Je sais très bien qu'Alix n'a pu s'empêcher de te parler de ce qui se passe pour nous en ce moment ! Inutile de faire comme si rien de tout cela n'existait… Et puis tout est ma faute ! Jamais je n'aurais dû accepter cet emploi ! Et surtout, jamais je n'aurais dû le quitter comme je l'ai fait…

— Je ne crois pas que cela serve à quelque chose de parler ainsi, dit Sam. Tu as subi une situation et je ne vois pas comment tu aurais pu prévoir tout ce qui allait se passer, personne n'aurait pu le faire ! Regardez plutôt ce qu'il y a de positif !

Les deux sœurs relevèrent les sourcils dans une même expression de surprise.

— Oui, eh bien, il n'y a plus d'appels anonymes, non ?

Elles hochèrent la tête en souriant mais le cœur n'y était pas.

— Écoutez, je suis persuadé que toute cette histoire va se tasser. Les gens vont finir par se rappeler qui vous êtes et le docteur se fera rattraper un jour ou l'autre par ses mensonges. Ne vous isolez pas, restez actives, n'ayez pas peur de sortir et d'aller vers les autres, tout le monde ne peut pas être tombé dans le panneau ! J'irais même plus loin, investissez-vous dans la vie de la commune, faites qu'on vous remarque et qu'on constate qu'il n'y a pas plus normales et équilibrées que les filles Brausch. La mémoire leur reviendra, ne vous en faites pas. C'est une mauvaise passe et, dans un village comme le nôtre, tout le monde écoute le docteur… Mais le meilleur démenti que vous puissiez infliger aux rumeurs, c'est votre attitude, tout simplement ! Alors restez vous-mêmes, continuez à inviter les gens, faites votre boulot, ne vous laissez pas malmener par tout ça !

— Oui, mais s'ils refusent de nous voir ? On a refusé de me serrer la main, à moi, la dernière fois…

— Je sais, Carole, ta sœur m'a dit.

Sam resta pensif un instant.

— Vous avez déjà entendu parler des baïnes ? Pour mon stage de secourisme, on m'a envoyé plusieurs semaines sur la côte landaise. Ce sont des courants sous-marins qui emportent les nageurs vers le large. Les personnes prises au piège de ces marées paniquent la plupart du temps et tentent de regagner le rivage coûte que coûte. Même les très bons nageurs s'y épuisent complètement. Et c'est là, à quelques mètres seulement du rivage, qu'ils finissent par se noyer !

— Oui ? demanda Alix d'un air interrogateur.

— Eh bien vous, c'est pareil. Pour l'instant, vous êtes en plein dans la tourmente. N'essayez pas de lutter, c'est beaucoup trop fatigant et c'est totalement inutile. Laissez-vous plutôt porter par le courant sans opposer trop de résistance. Quand vous quitterez la zone des baïnes, et on la quitte toujours, croyez-moi, il sera alors temps de la contourner pour revenir vers la plage…

*
* *

Quand Sam quitta le moulin une heure plus tard, Alix le raccompagna pour lui ouvrir le portail et le refermer derrière lui. Ils parlèrent peu mais, avant qu'il n'entre dans sa voiture, elle déposa un léger baiser sur ses lèvres.

Et Samuel Barbier sut à l'instant que tout était encore possible entre Alix et lui…

XVI

Extraits des notes de Carole

— LUCILE, TU AIMERAIS que je te tire les cheveux à mon tour ? Tu trouverais ça agréable, tu crois ?

J'étais tranquillement penchée sur l'épaule du petit Xavier quand un cri de douleur m'avait fait tourner la tête : Lucile avait encore frappé. Cette fois-ci, Inès en avait fait les frais et de grosses larmes roulaient sur ses joues rebondies.

— Mais c'est elle qui a commencé !

J'abandonnais Xavier à son douloureux problème de mathématiques pour aller m'occuper du capharnaüm que la rixe entre les deux élèves avait provoqué.

Aujourd'hui, à l'heure où j'écris ces lignes et où je me souviens de mon passage éclair à la garderie de l'école primaire du village, je me rends compte à quel point j'ai aimé rester avec ces gamins. Je pense que le fait d'être en leur présence m'a redonné un peu de gaieté et de confiance en moi. Il est vrai que je n'enseignais plus depuis de longs mois mais le peu que j'arrivais à leur faire comprendre des leçons qu'ils devaient réviser le soir parvenait à me combler. C'étaient des enfants laissés parfois très tôt le matin par leurs parents (la plupart travaillaient en ville) et qui ne repartaient que tard dans la soirée. La garderie était leur îlot, une place de transit, un avant et un après dans leur vraie journée.

Et c'était également un peu mon cas. La garderie était devenue mon refuge, un lieu de parenthèse, un entre-deux. Ce n'était pas ma vraie vie mais le ferry m'avait moi aussi déposée sur cette île et j'attendais le passage d'un autre bateau pour m'emmener vers un ailleurs qui serait bien à moi. Celui des enfants revenait tous les soirs, le mien se faisait attendre. Mais l'île était belle, pleine de cris et de pleurs, certes, mais remplie de rires, de pains au chocolat, d'histoires amusantes et de surprises. À tout prendre, j'étais mieux ici que n'importe où ailleurs.

Je souris encore quand je repense à leurs petits visages penchés sur leurs cahiers de textes, à leurs mines concentrées pendant un exercice de conjugaison ou à leur maintien doux et humble quand ils me récitaient la poésie qu'ils devaient apprendre par cœur pour le lendemain. Je n'avais jamais travaillé qu'avec des collégiens plus ou moins niais et blagueurs, mais là, pour la première fois, je découvrais un tout autre univers qui me rappelait celui de mon enfance et de l'insouciance perdue.

— Madame, vous allez y aller, vous, à la fête du village ?

— C'est cet été, n'est-ce pas ?

— Oui, quand on sera en vacances.

— Je ne sais pas, Thibaut, mais pourquoi pas…

Je réfléchissais beaucoup aux paroles que Samuel nous avait dites plusieurs jours auparavant, lorsqu'il était passé au moulin partager un repas. S'investir, se faire voir, continuer à mener une vie sociale normale.

Hum, plus facile à dire qu'à faire ! Je voyais bien que les gens me regardaient d'une manière plus insistante qu'avant et j'arrivais à savoir d'instinct qui était au courant et qui ne l'était pas. La plupart des parents restaient courtois devant moi mais, parfois, j'apprenais de la bouche même des petits ce qui se disait à la maison.

Un jour, j'avais surpris la conversation de deux garçons de CM1 qui discutaient de leurs parents. L'un racontait que sa maman ne voulait plus que son papa passe le chercher le soir à la garderie alors qu'il l'avait toujours fait jusqu'à présent. L'enfant avait entendu son père se moquer de sa mère et lui demander si par hasard elle ne serait pas un peu jalouse. La mère avait répliqué qu'on n'était jamais trop prudent avec ce genre de femme-là. L'enfant n'avait évidemment rien compris.

Moi si, en revanche. Et j'en avais été meurtrie. Lorsque j'avais abordé le sujet avec Alix, elle m'avait seulement demandé le nom du petit garçon et n'avait fait que hausser les épaules.

— M'étonne pas ! Quand on a une gueule comme celle de sa mère, on essaie de faire oublier que des filles comme toi existent !

J'avais ri aux éclats.

— Tu crois qu'il leur raconte quoi, au juste ? C'est vrai, avait-elle ajouté, Pierre est venu me voir il y a deux jours pour me dire que c'était la première fois qu'on avait affaire à une haie *malveillante* dressée entre deux voisins dans la commune ! Tu le crois, ça ?! Il a utilisé le mot malveillante ! Je n'en suis pas revenue ! Je lui ai d'ailleurs demandé en quoi cette haie-là précisément était plus malveillante que le mur qui clôturait son propre jardin.

— Qu'est-ce qu'il a répondu à ça ?

— Il m'a souri et m'a dit que ça n'avait rien à voir et que je voyais très bien ce qu'il voulait dire ! Et après, plus possible d'en tirer un mot !

— J'ai l'impression qu'on n'y arrivera pas, Alix, il est bien trop fort pour nous ! Il connaît tout le monde, sa femme et lui reçoivent énormément, il est apprécié pour son travail. Comment veux-tu lutter contre une personne qui fait du bien aux autres, qui les soigne, les comprend et les accompagne ? Je veux dire, je ne suis pas dupe, je sais qu'il en joue, mais les faits sont là !

— Patience et longueur de temps, ma petite Carole… Patience, avait-elle répété.

— Tu penses à Sam, là ?

— Exactement ! Ce qu'il nous a dit l'autre fois est on ne peut plus juste. C'est lui qui a raison. Attendons.

C'est ce que nous avons fait.

*
* *

Ce matin-là, en revenant de la garderie, j'ai su qu'il était temps pour moi de m'occuper du potager. Alix donnait ses cours en ville et devait passer l'après-midi à la bibliothèque. J'avais donc la journée pour moi toute seule, au moins jusqu'à 16 h 30.

Je me suis attelée à la tâche sans tarder et, après avoir enfilé une tenue appropriée, je me suis mise en condition pour une bonne matinée de jardinage. J'avais racheté des plants de légumes et j'envisageais avec joie la perspective de pouvoir en profiter cet été.

Depuis que j'avais changé le potager de place et que la grange se trouvait désormais à l'autre bout du jardin, je devais faire attention à ne pas perdre mon temps en pas inutiles. Les outils n'étaient plus à côté et mieux valait tout prendre avec soi en une seule fois.

En rentrant dans la grange, je me suis arrêtée devant les énormes blocs de parpaings qui bouchaient désormais les ouvertures du bâtiment qui donnaient sur le jardin des voisins. Alix n'avait pas perdu de temps ! Papa avait gardé tout le nécessaire du temps où il procédait lui-même aux rénovations du moulin. Et elle avait dû bien souvent le regarder faire et l'aider, car fermer le mur d'en face ne lui avait pris qu'une matinée.

— Nous voilà clos de tous les côtés à présent, avait-elle dit quand tout avait été fini.

— C'est plus rassurant tout de même...

— Oui, c'est vrai.

Elle avait eu un drôle d'air en me répondant.

— Oh ! Je sais à quoi tu penses. Tu te dis, comme moi, que de toute façon, s'il veut passer chez nous, il n'a qu'à descendre plus bas et traverser les peupliers...

— On ne peut rien te cacher, avait-elle soupiré. Les arbres empêchaient la pose d'une quelconque clôture mais ils ne sont tout de même pas assez touffus pour empêcher un homme de passer...

— Tu sais quoi ? Il nous faudrait un chien dans cette maison !

J'avais dit ça un peu au hasard, mais Alix n'avait pas relevé et s'était contenté de me demander de l'aider à ranger tout le matériel.

Il n'empêche que je me sentais bien mieux maintenant que la grange était murée. Je pouvais farfouiller à l'aise, sans crainte de voir ma voisine, sa fille – ou pire, lui – passer devant en me faisant un petit coucou de la main, comme ils en avaient pris l'habitude. Il est vrai que les récents événements n'auraient pas amené à ce qu'un tel échange se reproduise mais leur simple présence m'aurait réellement gênée.

En réalité, la seule chose qui me préoccupait vraiment, en cette froide matinée, était de trouver un moyen de faire cesser le mal de crâne qui me faisait souffrir le martyre depuis le réveil. Les cris des gamins à la garderie n'avaient rien arrangé !

J'ai travaillé d'arrache-pied une bonne partie de la matinée quand, n'y tenant plus, j'ai décidé de rentrer à la maison pour essayer de me dégoter à tout prix une boîte d'aspirine. J'ai cru me rappeler que, lors de ma maladie, le médecin qu'Alix m'avait emmenée voir m'en avait prescrit. J'en avais pris beaucoup et je n'étais pas sûre de trouver encore un seul comprimé.

J'ai passé plus d'un quart d'heure à en chercher dans les placards de ma salle de bains et dans celle d'Alix, au cas où elle en aurait eu en réserve. Je me suis retrouvée debout devant le lavabo à me demander comment j'allais bien pouvoir faire quand, soudain, je me suis dit qu'il y en aurait peut-être chez papa.

Je suis descendue en toute hâte. On ne rentrait que très rarement dans les pièces qu'avait occupées papa, sauf quand Alix décidait d'aérer et d'y faire le ménage à fond de temps en temps. C'est donc avec une certaine appréhension que j'ai ouvert la porte de sa chambre. Je me suis sentie étrangement mal à l'aise à l'idée de devoir mettre mon nez dans les affaires qui lui avaient appartenu. Je savais qu'Alix avait dû récupérer toutes les choses qui auraient pu nous servir mais peut-être qu'un tube d'aspirine lui avait échappé…

— Non, je ne trouverai rien ici, ai-je murmuré au bout d'un certain temps.

Tout avait été vidé et il ne restait que les vêtements de papa dont nous n'avions pas voulu nous débarrasser. J'ai passé rêveusement la main sur les housses suspendues dans l'armoire. Je n'avais pas revu ses vêtements depuis le jour qui avait suivi son enterrement.

Une grande tristesse m'a gagnée et je me suis assise sur le lit, en pensant à ce qu'avait été la vie de mon père. Chaque costume, chaque gilet, chaque chemise devait pouvoir raconter un peu de ce qu'il avait vécu, un peu de son histoire. C'était un peu de lui qui restait caché dans cette armoire…

J'ai sursauté de surprise et de joie quand j'ai reconnu, accroché à un clou tordu au dos de la porte de l'armoire, son vieux pardessus qu'il ne manquait jamais de porter quand il partait jardiner ou faire ses longues promenades dans la forêt. Il était resté tel quel, Alix et moi n'y avions probablement pas prêté attention… Et c'était étrange d'imaginer que ce vêtement était le seul qui soit peut-être resté à l'identique depuis sa mort.

Il était sorti avec, l'avait porté toute la journée, était rentré fatigué et l'avait suspendu là, comme à son habitude, le soir venu. Et il était mort, quelques heures plus tard.

J'ai pris le pardessus et l'ai enfilé, m'efforçant de reconnaître l'odeur de mon père qui devait se tapir dans les recoins. Il était bien trop grand pour moi. Le cuir des manches était râpé et rêche au toucher.

Je me suis allongée sur le lit, emmitouflée dans le dernier vêtement qu'avait porté mon père. J'ai fermé les yeux, le laissant libre de me parler de lui, de ce qu'il savait de lui et que j'ignorais.

De ce qu'avait été sa dernière journée.

Je me suis mise à sangloter plus fort encore et n'ai pas tardé à m'endormir.

*
* *

Au réveil, curieusement, mon mal de tête avait totalement disparu. Je me suis redressée sur le lit, fraîche et reposée comme au sortir d'une longue nuit profonde qui m'aurait lavée de toutes mes peines et de tous mes chagrins.

Me levant tant bien que mal, je suis restée effarée en lisant à ma montre que j'avais bel et bien dormi plus de deux heures. « Mes nuits sont tellement courtes ces temps-ci, ai-je pensé, que je n'ai quand même pas volé cette sieste improvisée. » À la prochaine insomnie, voilà ce qu'il me faudrait faire : aller chercher ce manteau. Je savais à présent que je m'endormirais à la minute où il serait sur mon dos...

Je l'ai replacé sur son clou en souriant. Ce n'est que lorsque j'ai voulu le lisser que j'ai senti quelque chose de dur enfoui dans la poche intérieure. Surprise, j'y ai glissé la main pour en ressortir une tablette de comprimés déjà bien entamée. Je ne l'avais jamais vue dans la maison ni dans la pharmacie personnelle de papa. Je savais que celui-ci ne sortait jamais sans son médicament pour le cœur, dont je me rappelais parfaitement le nom pour en avoir trouvé des boîtes entières dans sa table de chevet.

J'ai farfouillé encore un peu mais je n'ai trouvé ni emballage ni notice qui aurait pu aller avec la tablette.

J'ai froncé les sourcils. Ce nom ne m'était tout de même pas inconnu... Je l'avais déjà vu quelque part. Je m'étais familiarisée avec bon nombre d'antibiotiques lors de mon court passage au cabinet médical et j'avais eu l'occasion de faire quelques recherches personnelles sur le traitement qu'avait suivi papa pour sa déficience cardiaque. Mais j'aurais pu jurer que ce que j'avais entre les mains ne figurait nulle part sur son ordonnance.

Alors pourquoi ce nom ne m'était-il pas inconnu ?

« Bon, je présume que papa devait prendre des cachets pour tout autre chose que son cœur », me suis-je dit.

J'ai tout de même glissé la plaquette dans la poche de mon jean, fermé l'armoire, remis le lit en ordre et je suis sortie de la chambre. Je me suis rendu compte que j'avais une faim de loup et j'ai décidé de me préparer quelque chose à manger.

Cuisiner me coupe toujours des autres réalités de la vie et j'en arrive à oublier le reste du monde lorsque je suis plongée dans une recette.

Mais cette fois-là, la magie n'a pas semblé vouloir opérer. Tandis que j'épluchais des pommes de terre, mon esprit ne faisait qu'égrener sans fin le nom que j'avais lu sur la plaquette.

Pourquoi avais-je la très nette impression que tout cela était très important ?

XVII

Extraits des notes d'Alix

C'ÉTAIT UNE DE CES JOURNÉES ensoleillées de mai qui vous donne un aperçu de ce que sera l'été. Le temps était superbe et j'en profitai pour repérer une table en terrasse et commander un verre en attendant l'arrivée de Béatrice. Nous nous étions donné rendez-vous *Chez Valentino*, notre italien préféré. En général, je ne laissais jamais passer une occasion de passer un moment avec Béatrice quand je me retrouvais en ville.

Nous avions vécu tellement de choses, elle et moi. C'était elle qui m'avait amenée, groggy, à l'hôpital, quand j'avais appris pour papa. Avant cela, nous partagions un logement non loin du campus, extrêmement exigu mais bien pratique et, même si je l'avais quitté pour retourner m'installer au moulin, j'y retournais dormir dès que je revenais à l'université pour tenter de plancher sur ma thèse.

« Ma thèse ! » ai-je soupiré tout en avalant une gorgée de l'excellent Campari cocktail qu'un jeune serveur souriant venait de déposer devant moi. Je n'étais pas mécontente de l'avoir mise de côté pour un temps, au regard des événements qui semblaient s'être précipités. Mais je savais qu'il me faudrait tôt ou tard y revenir et la terminer pour de bon cette fois-ci. J'aspirais juste à un retour au calme dans ma vie, à une reprise d'une certaine routine qui me permettrait de me concentrer entièrement sur ce projet.

— Ah, la voilà ! ai-je fait en levant le bras pour faire signe à Béatrice.

Comme à son habitude, elle se déplaçait chargée de quatre ou cinq bouquins dans les bras et vêtue de son indémodable salopette ultradélavée, qu'aujourd'hui elle portait avec une jolie chemise à manches courtes par-dessous. Béatrice souffrait depuis l'adolescence d'un léger embonpoint qu'elle tentait d'atténuer par tous les moyens, notamment en portant des vêtements les plus larges possible. Sans être excessivement jolie, elle n'en possédait pas moins un charme indéniable, lié, je pense, à son infatigable bonne humeur et à cette tendance innée chez elle à l'autodérision.

Elle s'est assise, ou plutôt s'est laissée tomber en soufflant bruyamment et en me regardant d'un air navré.

— Je n'ai rien fichu de la matinée ! Mon portable est hors service et je ne suis pas arrivée à trouver un seul ordinateur de libre à la bibliothèque...

J'ai regardé d'un air amusé et attendri son petit visage parsemé de taches de rousseur et sa chevelure poil de carotte hérissée en queue-de-cheval tordue sur le côté. Elle avait une mine affreuse mais toujours cette espèce de lumière dans le regard, cet éclat qui faisait croire qu'elle riait, même lorsque ses yeux étaient pleins de larmes.

Elle s'est empressée de commander un Americano, s'appuyant nonchalamment contre le dossier de sa chaise et paraissant se détendre pour la première fois de la journée.

— Alors, dis-moi, a-t-elle commencé, où en es-tu ? Ça fait une éternité que je n'ai pas eu de tes nouvelles…

— Oh, c'est une longue histoire !

— Ça tombe bien, j'aime comment tu racontes…

Béatrice avait plus ou moins suivi les différentes étapes de notre retour au moulin. Je lui avais vaguement parlé des appels anonymes du début, ce qui n'avait pas manqué de l'inquiéter. Elle avait également appris pour Carole et son embauche dans le cabinet médical du seul médecin des environs, qui se trouvait être notre voisin. Elle se rappelait les embarras financiers que nous connaissions alors et avait été ravie pour nous de cette aubaine. En revanche, elle ne savait rien du reste et, après avoir hésité, je me suis dit qu'un avis extérieur sur la situation d'aujourd'hui ne serait pas de trop.

J'ai donc commencé par lui raconter les récents événements, en n'omettant aucun détail, et la façon dont les choses avaient dégénéré jusqu'à la démission de Carole et notre décision de faire élever une haie dans le jardin.

— Depuis, ai-je assuré, les choses semblent nous échapper totalement…

Elle m'écoutait dans un profond silence, la tête posée sur sa main tout en remuant doucement le verre posé devant elle sur la table.

Au moment où il m'a fallu lui parler du brusque revirement de l'attitude des villageois que nous avions ressenti clairement, Carole et moi, elle a haussé les sourcils. Je lui ai alors raconté mon inquiétude sur ce qui se disait derrière notre dos et les conseils que Samuel nous avait donnés.

— Voilà, ai-je conclu, tu sais tout. Curieux, n'est-ce pas, comme les situations peuvent tourner !

Devant sa moue dubitative, je l'ai questionnée, à brûle-pourpoint :

— Dis-moi, qu'en penses-tu ? Très franchement, que ferais-tu à ma place ? Je ne pouvais tout de même pas laisser cet homme détruire ma sœur à petit feu...

— Certainement pas, non, mais ce que je ne comprends pas, c'est l'attitude de tous les autres ! Ça n'a pas de sens ! Cette histoire aurait dû rester privée...

Voyant qu'elle fronçait les sourcils, je lui ai demandé ce qu'elle entendait par là.

— Écoute Alix, ne prends surtout pas mal ce que je vais te dire. Je comprends parfaitement que tout cela te rende nerveuse, mais est-ce que tu ne t'imagines pas des choses qui, peut-être, ne sont pas aussi... significatives que tu le crois ?

— Que veux-tu dire ?

— Je veux dire qu'il ne s'agit probablement que d'un malentendu entre Carole et votre voisin, malentendu qu'à mon avis elle aurait dû tenter d'éclaircir au plus vite au lieu de tout laisser tomber sans un seul mot d'explication. Tu connais le proverbe : rien n'est réglé si tout n'est pas bien réglé !

— Elle ne pouvait pas, Béa, tu ne comprends pas...

— OK, admettons, a-t-elle coupé. Mais il n'en demeure pas moins vrai que, quoi qu'il se soit passé entre eux, je ne vois pas en quoi cela intéresserait les habitants de ton village !

Elle m'a observée en souriant avec gentillesse.

— C'est peut-être exagéré, a-t-elle repris plus bas. Les gens ont autre chose à faire dans la vie que de s'occuper de ce genre d'histoires. Et quant à prendre parti, alors !

Elle a haussé les épaules et fini le contenu de son verre.

— Si tu veux un avis franc, a-t-elle poursuivi, je ne pense pas que vous soyez les victimes d'une mise à l'index général. Vous vous faites probablement des idées, ce qui est bien normal vu les circonstances. Mais je ne peux pas croire, a-t-elle ajouté d'un ton plus ferme, que les gens puissent tous s'être retournés contre vous ! C'est du pur délire !

Sur le coup, j'avoue que je me suis sentie surprise et même un peu déçue qu'elle ne m'ait pas crue tout à fait. Mais tandis qu'elle appelait le serveur et qu'elle passait joyeusement commande, je me suis prise à douter et à me demander sérieusement si, en effet, nous n'en avions pas fait un peu trop. Après tout, ce n'était peut-être pas aussi grave que cela ! Avions-nous créé de toutes pièces un univers effrayant et hostile qui, en réalité, n'existait pas.

À dire vrai, je ne me suis pas posé bien longtemps la question et, sous le regard insistant de Béatrice et du serveur, j'ai ouvert à nouveau mon menu pour tenter de retrouver le nom du plat que j'avais bien l'intention de savourer.

*
* *

Tout en dégustant un espresso fumant, Béatrice me donnait quelques nouvelles de l'université, des changements de profs et des différents modules qu'elle suivait avant le début de ce qu'elle appelait « les hostilités », les examens finaux. Nous n'avions reparlé du moulin et du village que très brièvement mais Béatrice se voulait avant tout rassurante.

La discussion a viré un temps sur l'Italie et sur les divines spécialités dont nous étions en train de profiter. Puis Béatrice m'a raconté les déboires qu'elle connaissait avec sa mère et j'ai ri des histoires abracadabrantes que la pauvre devait supporter.

— Et dire que celui qui a écrit *Familles, je vous hais* ne connaissait pas ma mère ! a-t-elle soupiré en m'envoyant un clin d'œil.

J'ai senti mon téléphone portable vibrer doucement dans ma poche de chemise. C'était Carole. J'ai pris la communication en m'excusant auprès de Béatrice.

— Coucou ! Comment ça va ?

— Bien, bien, je suis en train de me préparer quelque chose à manger.

— Si tard ! Tu as vu l'heure, tu dois mourir de faim ?

— Un peu, oui.

J'ai senti comme de l'agacement et un semblant de tension dans la voix de ma sœur.

— Quelque chose ne va pas ?

— Oh non, tout va très bien, je viens de comater plus de deux heures d'affilée ! En réalité, a-t-elle fait au bout d'un moment, je t'appelle pour te demander si, par hasard, tu ne te souviendrais pas du nom du médicament que prenait papa pour son cœur ?

Je le lui ai donné, un peu surprise par sa question. Elle m'a expliqué de quoi il retournait et m'a cité un nom de médicament qui m'était inconnu et qu'elle avait retrouvé dans les affaires de papa.

— Non, ce nom ne me dit rien, Carole, mais papa suivait un traitement relativement lourd, peut-être que ce n'était juste qu'un corollaire.

— Figure-toi que ce n'est pas possible, je reviens tout juste d'avoir farfouillé dans les papiers que nous avions classés ensemble, tu te rappelles ? J'ai retrouvé tout le dossier médical et, comme je le pressentais, ce nom n'apparaît nulle part. Et je ne sais même pas de quoi il s'agit, il n'y a rien d'autre que la plaquette !

— Mais quelle importance, Carole ? Ce ne sont peut-être que des vitamines, des trucs qu'on prend sans ordonnance, tu vois ce que je veux dire ? Je ne vois pas ce qui te préoccupe...

— Je ne sais pas... Papa répugnait déjà à l'idée de suivre un traitement après son attaque, alors je ne le vois vraiment pas prendre en plus des substances annexes !

— Je ne sais pas quoi te dire, Carole...

J'ai lancé un regard désolé à Béatrice qui commençait à froncer les sourcils en signe d'interrogation.

— Ça ne va pas ? a-t-elle demandé.

— Oh, tu n'es pas seule, désolée, je ne savais pas ! a fait Carole au bout du fil.

Une idée a germé dans ma tête.

— Écoute, redonne-moi le nom sur la plaquette, je suis avec Béatrice, peut-être qu'elle, elle saura de quoi il s'agit.

J'ai noté, ai embrassé ma sœur après lui avoir souhaité un bon appétit.

— Et depuis quand suis-je devenue une spécialiste en matière médicale ? m'a demandé Béatrice en prenant le bout de papier que je lui tendais.

— Pas toi, ai-je fait, mais ton Adrien ! Je crois qu'un étudiant en passe de devenir médecin pourra savoir ce que c'est...

— C'est que ça a l'air de beaucoup la tourmenter cette histoire, a-t-elle fait en empochant la note.

— En effet !

Je me suis sentie assez mal à l'aise sous le regard mi-amusé, mi-sceptique que Béatrice m'a lancé. Et j'aurais pu parier qu'à ce moment précis elle n'était pas loin de penser que ma petite sœur faisait une drôle de fixation sur le corps médical...

*
* *

L'après-midi avait filé encore plus vite que prévu mais je n'étais pas mécontente de reprendre la voiture pour rentrer au moulin.

Avant de m'installer au volant, j'ai contrôlé mon portable pour m'apercevoir que j'avais un appel en absence. Lorsque j'ai consulté ma messagerie, j'ai eu l'agréable surprise d'entendre la voix de Sam me demander, d'un ton que je devinais embarrassé, si j'étais libre pour dîner ce soir et me dire qu'il passerait me prendre à l'heure qui m'arrangeait.

J'ai senti mon cœur bondir de joie à l'idée d'un dîner en tête à tête. « Mon Dieu ! ai-je pensé en composant son numéro, c'est mon premier rendez-vous depuis... des mois peut-être ! » Je ne parvenais pas à me souvenir de la dernière fois que j'étais sortie avec un homme. Et puis c'était Sam... Nous nous étions beaucoup rapprochés ces derniers temps et il m'arrivait quelquefois de penser que j'avais peut-être commis une erreur lorsque je l'avais quitté, il y avait des années de cela. Et si nous pouvions rattraper le temps perdu ?

J'ai fait la grimace en entendant s'enclencher son répondeur.

— Salut, c'est moi ! J'ai bien eu ton message et c'est avec plaisir que j'irai dîner avec toi ce soir... Je pense être rentrée au moulin d'ici 18 heures, 18 h 30. Tu n'as qu'à passer vers 20 heures, je serai fin prête... Je t'embrasse et à tout à l'heure !

Après quelques secondes, j'ai ajouté :

— Je suis très heureuse, Sam... Vraiment !

Tout en raccrochant, je me suis fait la réflexion que cette dernière phrase était sûrement de trop...

*

* *

Une fois rentrée, je n'ai pas trouvé Carole qui devait être encore à la garderie du soir. J'ai grimpé les marches de l'escalier quatre à quatre, ai fait couler un bain, avant de me planter devant ma penderie ouverte, à la recherche d'une tenue appropriée pour la soirée.

Au bout de quelques minutes, je suis parvenue par chance à mettre la main sur un tailleur presque neuf, que je n'avais jamais porté, mais qui me semblait parfait pour l'occasion. De couleur sombre et de coupe classique, j'ai choisi de l'agrémenter d'un chemisier de soie fuchsia. « Du maquillage par-dessus tout ça et le tour sera joué », me suis-je dit.

Ce n'est qu'une fois plongée dans la mousse du bain et déjà à moitié engourdie par la vapeur chaude que j'ai entendu Carole rentrer à la maison. La tête renversée sur le bord de la baignoire, les yeux mi-clos, j'ai suivi mentalement, au bruit de ses pas, ses déambulations à travers les pièces, jusqu'à ce que je l'entende monter l'escalier. Elle n'a pas été longue à taper à ma porte.

— Entre, entre, je n'ai pas fermé...

— Quelle chaleur, là-dedans ! Tu t'en reviens du jogging ou quoi ?

J'ai souri malicieusement.

— Non, la course, ce sera pour demain. Ce soir, je sors !

Carole a eu un regard interrogateur.

— Avec qui ?

— Sam ! ai-je répondu en riant. Figure-toi qu'il vient de m'appeler et qu'il m'invite à dîner ! Je ne sais pas encore où, mais, le connaissant, je suis sûre qu'il nous aura dégoté une petite auberge de campagne fort sympathique !

Carole a croisé les bras en s'appuyant contre le pan de la porte. Elle avait l'air amusée.

— Tu m'as l'air bien fière de toi ! Vous ne seriez pas en train de renouer tous les deux ?

J'ai ri, un peu bêtement je l'avoue.

— Peut-être, je n'en sais rien encore... Mais toi, raconte, comment s'est passée ta soirée à l'école ?

— Oh ! Comme d'habitude, a-t-elle fait en haussant les épaules. Les gosses se chamaillent, ne veulent pas faire leurs devoirs, crient à m'en faire perdre la raison... Bref, l'ordinaire !

Après une courte pause, elle a ajouté :

— Ça tombe bien que tu sortes ce soir, je vais pouvoir aller me coucher plus tôt sans faire à dîner. J'ai jardiné une bonne partie de la journée et je tombe de fatigue !

— J'irai voir ce que tu as fait demain, avant de partir courir... Tu te lèves tôt ?

— Oh oui ! La garderie ouvre à 7 heures et demie. Je suppose que je ne te réveille pas et que je dois m'abstenir de faire le moindre bruit, a-t-elle dit en souriant.

Je lui ai répondu par une grimace.

Elle était sur le point de partir lorsque je lui ai lancé :

— Dis, Carole, ne t'inquiète pas si ce soir...

— Oh ! Mais je n'en avais pas l'intention, m'a-t-elle coupé en se retournant de moitié. Je ne m'attendais pas à ce que tu rentres au moulin cette nuit, de toute façon...

Et elle a doucement refermé la porte derrière elle.

*
* *

Il était près de 9 heures le lendemain quand Sam m'a déposée au moulin, avant de partir pour la gendarmerie. Quand je l'ai embrassé pour lui dire au revoir, j'ai à nouveau ressenti ce vieux pincement au cœur et ce tourment d'autrefois qui ne me lâchait pas de la journée quand je la passais loin de lui. Mais le voir faire son demi-tour sur le gravillon et agiter sa main par la vitre m'a causé un étrange malaise, comme si ce qui renaissait après tant d'années ne pouvait pas être possible, comme si notre histoire était condamnée d'avance.

Comme si…

Je suis restée sur place un long moment, à ne pas pouvoir me débarrasser d'un affreux pressentiment, sans savoir de quoi il retournait au juste.

« Que m'arrive-t-il ? De quoi ai-je peur ? Je l'ai enfin retrouvé, je ne vois pas ce qui pourrait arriver maintenant… »

Je me suis détournée brusquement, ai ouvert le portail pour marcher vers la maison, tentant vainement de m'arracher à la prostration dangereuse qui me menaçait.

Carole était rentrée, je pouvais voir la voiture, et je me suis réjouie d'avance à l'idée du bon café que nous allions prendre ensemble avant que je ne parte m'aérer dans les bois.

Carole… Elle allait me faire penser à autre chose, elle allait me faire rire, j'oublierais vite ces pensées terrifiantes qui s'étaient tapies un instant aux portes de mon esprit et que je devais chasser.

Les balayer de leur recoin avant qu'elles n'enflent démesurément et que leurs ombres maléfiques ne finissent par m'envelopper et me dévorer vivante.

*
* *

La journée promet d'être terne et je remonte machinalement le zip de ma veste de jogging en accélérant la cadence. Je ne peux pas m'empêcher de trouver déprimant le fait d'être sur le point d'entrer dans la saison estivale sans que pour autant les températures veuillent bien s'élever, ne serait-ce que d'un chouïa. Les paysages, les champs et les bois restent plongés dans une grisaille presque frileuse. Lorsque je vais courir dans les bois, en revanche, je deviens le témoin privilégié de cette nature qui promet, à de rares indices épars et bien dissimulés, d'exploser de vie et de couleurs aux beaux jours. La nature se calfeutre, suspendue dans sa croissance, dans l'attente de lumière et de chaleur.

Je descends la douce pente, choisissant d'obliquer et de prendre le chemin le plus long. J'ai besoin de souffler, de transpirer, d'évacuer. Carole ne m'a pas lâchée, une fois rentrée à la maison. Elle m'a harcelée jusqu'à ce que je n'en puisse plus et que je lui confirme que Sam et moi étions de nouveau ensemble, bien que non officiellement pour l'instant. On avait besoin de temps, mais oui, c'était reparti… Elle a ri aux éclats et m'a serrée dans ses bras.

Elle nous a préparé un excellent café avec de belles tartines. Pourtant, je l'ai sentie particulièrement nerveuse et excitée pendant le petit déjeuner. Elle a eu ce regard malicieux que je connais si bien et n'a pas cessé de regarder l'heure à son poignet. Lorsque je lui ai demandé ce qu'elle attendait exactement, elle a pris un air mystérieux au possible et m'a juste répliqué : « Tu verras bien quand tu rentreras... » Au bout d'un moment, c'est elle qui m'a presque mise à la porte, prétextant avoir une foule de choses à faire.

Je suis le sentier escarpé en maintenant une bonne foulée dans cette partie de la forêt que je préfère, là où les arbres semblent se presser davantage les uns contre les autres en un conciliabule secret qui cesse net lorsque résonne le bruit de mes baskets sur les cailloux. Ici, la lumière du jour a toutes les peines du monde à se glisser entre les branchages et les ombres touffues.

Mais il semble bien qu'aujourd'hui, décidément, le charme n'arrive pas à opérer et j'ai beau forcer l'allure et respirer à pleins poumons, mon esprit reste inquiet et aux aguets.

Oui, aux aguets. C'est ça.

La forêt n'est pas comme d'habitude, quelque chose cloche... Elle ne me parle pas, elle reste silencieuse, ne sourit pas à ma venue comme elle le fait d'habitude. Elle ne me *souhaite* pas.

Je me retourne plusieurs fois de suite, le cœur commençant à cogner anormalement contre ma poitrine. Je ne tarde pas à regretter de m'être éloignée autant du moulin. Je scrute anxieusement les formes soudain menaçantes qui se dressent tout autour de moi sans cesser d'accélérer. Le chemin qui remonte vers le moulin ne doit plus être très loin maintenant, il faut que j'y arrive...

« Vite, mon Dieu, vite... »

Je détale comme un lapin maintenant et c'est à ce moment-là que je *la* vois. Une silhouette court dans le même sens que moi, en contrebas, une silhouette noire qui semble se faufiler entre les troncs d'arbres à une allure folle...

Je me mets à hurler... La terreur bloque mes membres et la violence du choc me rejette presque en arrière. Je m'accroupis, le souffle coupé, tentant de repérer la forme sombre à quelques mètres de moi, plus bas. Elle s'est arrêtée elle aussi.

La forme n'a pas de visage. Un masque noir la recouvre totalement, à l'exception de deux fentes étroites pour les yeux. Son regard me brûle. Je hurle à nouveau et bats en retraite en projetant mes bras dans tous les sens.

« Au secours, aidez-moi... »

Je prends conscience que la panique me ferait perdre mon avance, il faut que je me calme... « Cours, cours, cours... »

Je n'ai plus de respiration, le sang gicle contre mes tempes et mes oreilles... Je me retourne. La forme est en train de remonter la pente obliquement. Lorsqu'elle aura atteint le sentier, elle n'aura plus aucun mal à me rattraper...

Mon souffle n'est plus qu'un gémissement entrecoupé de sanglots... Ma vue se brouille... Je cours, cours, sans relâche, avec le désespoir du forcené, encore et encore... Plus vite, plus vite... Mes jambes ne me répondent plus et semblent enchaîner les mouvements d'une manière toute mécanique, telle une machine qui se serait emballée...

« Cours, cours... Ne te retourne pas... » Je me retourne.

La forme est sur le point d'atteindre le sentier... Cours, Alix, cours...

J'essuie mes larmes d'un revers de manche et me mords les lèvres pour m'empêcher de crier et de perdre le précieux souffle qui seul peut me sauver la vie.

Pour sûr, tu sais courir, personne ne sait courir aussi vite que toi... Les mots de mon père... « Cours, bon Dieu, mais cours donc... »

Je parviens à réguler les mouvements désordonnés de mes jambes et à donner plus d'ampleur à chaque enjambée. « Voilà, tu y es presque. Plus vite maintenant, plus vite... »

Je me retourne. La forme a atteint le sentier et j'ai le temps de la voir trébucher.

Une bouffée de rage m'envahit alors tout le corps, c'est comme une violente décharge électrique.

Au même moment, il me semble entendre des voix, plus haut, vers la croisée des chemins... Mon cœur fait un bond et mon corps s'incline un peu plus, se tendant en avant dans sa fuite désespérée.

Je remonte le lacet de la route et dois faire un effort surhumain pour ne pas ralentir, ce qui me stopperait net, je le sais... « Encore un effort, encore un peu plus vite, mon Dieu, faites que je puisse courir encore plus vite, je vous en prie... »

Les voix se rapprochent. Ce ne sont pas des voix d'ailleurs, mais une voix. Et avec elle, de drôles de jappements.

Enfin, je sors de la forêt. Je suis à l'air libre, enfin...

Je peux voir le nœud que fait la route en se divisant en plusieurs branches à cet endroit.

Je me retourne encore. Je suis seule cette fois. Une dernière poussée...

Carole apparaît, soudain, et elle semble avoir toutes les peines du monde à tenir en laisse un chien qui aboie furieusement dans ma direction. Elle me fait de grands signes et se met à courir vers moi, à la grande satisfaction de l'animal qui bondit en l'air.

— Alix, je te présente Sterling, notre nouvelle chienne !

Je m'écroule dans ses bras.

XVIII

Extraits des notes de Carole

ÉCOUTER LES *NOCTURNES* de Chopin ou contempler un Rembrandt me donnent toujours la même impression de plénitude, le sentiment d'un accompli qui ne me serait pas qu'extérieur mais qui concernerait tout mon être même. La lumière engendrant sa propre ombre, les notes s'affolant et tombant à terre comme un collier de perles qui se brise… Une inquiétude diffuse. Un étrange tourment. Et malgré tout, une grande sérénité, un idéal de perfection, rien ne devant ni ne pouvant être modifié au risque de perdre ce fragile équilibre que l'artiste a su maintenir du bout de ses doigts, qu'ils effleurent des touches blanches et noires ou qu'ils laissent glisser un pinceau sur la toile du monde.

Je ne sais pourquoi je songe à cela, au moment où je me souviens des événements de cette journée si particulière.

Ce matin-là, j'ai pris Alix dans mes bras et l'ai entraînée jusqu'à la maison. Je l'ai fait s'étendre sur le divan en l'entourant d'un plaid pour faire cesser ses tremblements. Je n'ai pas oublié de tourner la clé dans la serrure en jetant un rapide coup d'œil par la fenêtre. Sterling s'est assise aux pieds de ma sœur et a posé sa douce tête sur le rebord du fauteuil, semblant lui signifier gentiment sa présence. J'ai mis la cafetière en route et suis venue m'asseoir à côté d'elle.

Elle ne parlait pas mais était secouée de frissons ininterrompus. Son visage était maculé et je suis allée chercher un gant que j'ai passé sous l'eau chaude.

— Allons, laisse-moi te nettoyer un peu, tu en as partout…

Elle s'est laissé faire. Je pouvais voir une veine proéminente de son cou battre furieusement contre sa peau.

— Il faut que tu te calmes et que tu me dises ce que tu as vu dans les bois…

La situation me rappelait un peu la fois où j'étais entrée dans sa chambre pour la réveiller de son cauchemar, celui où elle me voyait mourir dans les bras de maman. Elle continuait à le faire de temps à autre, d'ailleurs.

Mais un autre cauchemar semblait s'être produit, ici, en bas, dans la forêt, dans le jardin, chez nous… Les quelques paroles à bout de souffle qu'elle avait pu prononcer quand elle était tombée dans mes bras avaient évoqué une silhouette masquée qui tentait de la rattraper. Son regard affolé n'avait pas quitté les arbres, au loin, comme si elle s'était attendue à ce qu'un monstre en sorte à tout moment.

J'avais pris note de la colère soudaine de Sterling au bout de sa laisse, aboyant et tirant sur son lien pour pouvoir courir vers les bois. J'avais soulevé le corps de ma sœur, avais manqué étrangler ma petite chienne en la ramenant près de moi et avais reconduit tout ce pauvre monde au moulin.

Sans cesser de me retourner.

— Ça va mieux ?

Alix a dodeliné de la tête. Elle a tendu la main vers Sterling et l'a caressée doucement.

— Comme il est beau, a-t-elle murmuré.

— Elle ! C'est elle, ai-je rectifié. Elle s'appelle Sterling et elle a un an. C'est un couple du village, les Damoisier, je ne sais pas si tu les connais, mais ils déménagent à trois cents kilomètres d'ici et s'installent en appartement en plein centre-ville. Ils ne pouvaient pas emmener Sterling avec eux, ai-je poursuivi tout en caressant la chienne au ventre déjà bien replet.

Folle de joie et d'excitation, Sterling a sauté sur le sofa et grimpé sur Alix pour lui lécher frénétiquement le visage. Je tentais de l'en empêcher quand j'ai entendu Alix éclater de rire.

J'ai décidé de laisser faire. Alix a fourré sa tête dans le cou de l'animal et l'a tenu serré près d'elle.

— Je l'ai entendue tout à l'heure… Je courais et j'entendais aboyer quelque part et je me suis dit que si je parvenais jusqu'au bruit, je serais sauvée…

Alix a pris l'animal sur sa poitrine et s'est lovée à nouveau dans le canapé. Sterling a niché sa tête délicieusement entre le cou et l'épaule de sa nouvelle maîtresse. Elle a alors fait entendre un soupir de si profond contentement que j'ai ri de bon cœur.

— Inutile de te demander si tu es d'accord pour qu'on la garde, ai-je fait en me levant pour aller chercher le café.

Je remplissais les tasses quand j'ai entendu Alix se mettre à sangloter. Je me suis rapprochée doucement pour lui toucher l'épaule.

— Tu veux me dire ce qui s'est passé exactement ?

— Oh, Lottie, j'ai eu si peur ! Quelqu'un était juste derrière moi, sur le sentier en contrebas, mais je ne m'en suis pas rendu compte tout de suite ! Je sentais bien pourtant qu'il y avait quelque chose de différent ce matin, rien n'était pareil... Quand je l'ai vu... Mon Dieu...

Elle a sangloté de plus belle en se remettant à frissonner.

— Il... Il portait un masque, une sorte de cagoule, je n'ai pas pu voir son visage... C'était si... si effrayant ! Mon Dieu, a-t-elle répété, tu crois qu'il est encore là-bas ? Tu crois qu'il va venir ici ?

— Alix, je ne sais pas ce que tu en penses, mais, pour ma part, je crois qu'il est grand temps d'alerter la police, non ?

— Si, si, bien sûr, a-t-elle répondu. Appelle Sam d'abord. Je préfère lui en parler en premier.

Je me suis levée, soulagée de l'avoir amenée aussi vite à prendre cette décision.

Tandis que je composais le numéro de portable de Sam, ma main a soulevé instinctivement le rideau de la cuisine. Le jardin était tranquille, la brume du matin semblait vouloir se lever. L'allée était déserte et je pouvais voir la cime des peupliers, derrière la bergerie, tanguer doucement sous le vent.

La bergerie. La haie qui bordait le jardin. La maison du docteur derrière. J'ai froncé les sourcils.

— Ce quelqu'un, Alix, tu as une idée si c'était un homme ou une femme ?

Elle ne m'a pas répondu tout de suite. J'ai porté le téléphone à mon oreille en jetant un coup d'œil au corps affalé de ma sœur.

— Ce n'était pas une silhouette de femme, a-t-elle fini par dire. Il était puissant et musclé.

J'attendais avec anxiété que Sam décroche son fichu portable.

— Oh non, ce n'était pas une femme, l'ai-je entendue poursuivre plus bas. Il n'y avait que toi et moi comme femmes, dans cette forêt. Et Sterling, a-t-elle ajouté en caressant le chien ramassé le long de son corps.

*
* *

Samuel Barbier a longuement consolé et tranquillisé ma sœur. Elle est parvenue à lui raconter de manière plus posée ce qui venait de lui arriver. J'ai vu le visage de Samuel prendre une teinte inquiétante au récit qu'elle faisait. Il n'a même pas essayé de cacher son inquiétude, non, pas cette fois.

— Tu as peut-être eu affaire à une tentative de meurtre, Alix ! C'est du sérieux maintenant, il faut que tu portes plainte et que tu engages une procédure judiciaire ! Tu es en danger !

Il s'est tourné vers moi.

— Je dois l'emmener au poste, il faut qu'elle dépose au plus vite.

Je l'ai vu déglutir avec difficulté.

— Je vais être honnête. Il y a un problème. Les appels téléphoniques, c'est une chose. Se sentir observé ou suivi, une autre. Mais là… Je ne sais pas si c'est à cause de toutes ces rumeurs mais je pense que quelque chose est en train de prendre forme et…

— *By the pricking of my thumbs, something wicked this way comes*[1], a récité bizarrement ma sœur, les yeux dans le vague.

---

*1. D'après la démangeaison de mes pouces, il vient par ici quelque maudit. (*Macbeth *de Shakespeare, acte IV, scène 1.)*

— Je ne crois pas que ce soit le moment de faire de l'esprit, Alix. Mais en effet, il paraîtrait bien que quelque chose rôde dans les bois et cherche à faire du mal à notre famille, ai-je repris.

Je me suis à mon tour tournée vers Sam.

— Ma question est de savoir ce que la police est réellement en mesure de faire pour nous protéger, ma sœur et moi.

— Je vous emmène toutes les deux au poste, a fait Sam en se levant brusquement. Il faut qu'Alix parle à ma hiérarchie. Et moi aussi, d'ailleurs, a-t-il ajouté plus bas.

— Allez-y sans moi, j'ai des choses à faire de mon côté.

Alix a relevé la tête avec une sorte d'effroi.

— Tu ne parles pas sérieusement, j'espère ? a-t-elle fait. Tu viens avec nous, tu ne vas pas rester toute seule ici après ce qui vient de se passer ?!

— Je n'ai pas l'intention de rester seule ici, d'ailleurs j'emmène Sterling avec moi. Et je prends la voiture de papa, ai-je fait en enfilant mon pardessus.

— Allez, viens ma belle, viens, ai-je sifflé doucement.

Sterling s'est extirpée du canapé pour venir me rejoindre, la queue battante. J'ai claqué la porte derrière moi, avant que ni Sam ni Alix n'aient eu le temps de dire un mot.

*

* *

J'ai stoppé la voiture sur le bas-côté et mis mes feux de détresse en marche. Je n'avais de toute façon pas l'intention de m'éterniser, c'était juste le temps de faire une petite vérification… J'ai calmé Sterling qui croyait pouvoir venir avec moi et je suis descendue.

C'était étrangement calme, à l'extérieur. Je me suis faufilée dans la ruelle jusqu'à la porte du cabinet. Une petite affiche était scotchée sur la partie vitrée :

FERMETURE EXCEPTIONNELLE
DU CABINET CE MATIN.
LES RENDEZ-VOUS D'AUJOURD'HUI
SONT REPORTÉS PRIORITAIREMENT
AU LENDEMAIN.

Prioritairement était souligné de deux traits épais. Farge avait noté son numéro de portable professionnel, en bas à droite de la feuille.

Je suis restée quelques instants devant la porte. Je me sentais curieusement sereine. Calme. Très calme. Puis j'ai eu une idée.

J'ai fouillé les poches de ma parka pour sortir de l'une d'elles un vieux Bic qui y traînait à longueur de temps. Ma main ne tremblait pas. L'encre du stylo devait avoir séché quelque peu et j'ai dû frotter la mine contre la semelle de ma chaussure.

Je me suis appliquée du mieux possible, traçant de grandes lettres capitales au bas de l'affichette.

Quand j'ai eu fini, j'ai replacé le stylo à sa place habituelle tout en relisant avec un petit sourire le message que je venais de laisser. J'ai fait demi-tour pour retourner vivement à la voiture. Je pouvais voir la tête de mon labrador me guetter par la vitre.

XIX

Alix se sentait de plus en plus nerveuse et de moins en moins à son aise. Elle avait répondu aux questions d'usage de l'homme qui s'apprêtait à prendre sa déposition, un certain Olivier qu'elle n'avait jamais vu. Samuel lui avait expliqué qu'au vu de leurs relations passées et présentes (il avait ajouté ce dernier adjectif en souriant confusément) il ne pouvait s'impliquer davantage dans l'enquête qui s'ouvrirait sous peu. Il fallait quelqu'un de plus impartial que lui. Il l'avait dirigée vers Olivier dont il connaissait le travail sérieux et intelligent.

Alix se tenait maladroitement assise sur sa chaise, croisant et décroisant sans cesse les mains, se demandant une fois de plus ce qu'elle faisait ici. L'homme en face d'elle releva les yeux de l'écran de son ordinateur pour la première fois. Il lui sourit et prit un air encourageant.

— Je comprends votre état, vous avez dû avoir très peur, mademoiselle Brausch. Il faut absolument que vous vous rappeliez le plus exactement possible la façon dont se sont déroulées les choses. À quelle heure précisément êtes-vous partie courir dans les bois ce matin ?

— Je ne sais plus très bien. Je suis rentrée au moulin vers 9 heures et j'ai déjeuné avec Carole, ma sœur, qui revenait de la garderie. Le temps après d'enfiler un jogging, je ne sais pas, il devait être la demie, au plus tard 10 heures moins vingt…

— Vous dites que vous êtes rentrée vers 9 heures… Vous étiez vous-même sortie un peu plus tôt dans la matinée ?

Alix eut un moment d'hésitation.

Zut ! Elle se serait bien passée de ce genre d'explication.

— Disons simplement que je n'ai pas dormi au moulin cette nuit, réussit-elle à dire calmement.

Pour la seconde fois, l'homme releva les yeux, avec maintenant une mine interrogative. Il se recula légèrement et s'appuya contre le dossier de sa chaise.

— Écoutez, je sais qu'il s'agit de votre vie privée mais n'importe quel détail pourrait vraisemblablement nous aider à découvrir l'identité de votre… poursuivant.

Le mot résonna désagréablement aux oreilles d'Alix.

— Vous voulez dire mon agresseur ?

— Non, je veux dire votre poursuivant, répliqua-t-il poliment. D'après ce que j'ai cru comprendre, il n'y a pas eu d'agression physique à proprement parler, n'est-ce pas ?

Alix commençait à éprouver toutes les peines du monde à garder son sang-froid.

L'œil incisif de l'homme ne la lâchait pas.

— Non, mais pour la simple et bonne raison qu'il ne m'a *pas* rattrapée.

Ils se regardèrent tous deux par-dessus la table.

— Bien. Nous sommes d'accord. Vous êtes donc revenue d'avoir passé la nuit ailleurs vers les 9 heures, c'est bien cela ? Puis vous êtes ressortie en tenue de jogging pour aller courir dans les bois.

Alix ne se contint plus.

— Mais pourquoi ai-je l'impression que c'est moi qui suis suspecte dans cette histoire et que vous avez plus l'air de vérifier mon emploi du temps que de prendre ma plainte ? On a tenté de me tuer, vous comprenez ?!

— Calmez-vous, mademoiselle, j'essaie de faire mon travail aussi bien que je peux. Si vous vous mettez à crier, je serai contraint de stopper la procédure et de vous confier à un collègue.

Alix remua sur sa chaise et déplia ses longues jambes devant elle. Elle ne ressentait les brûlures des crampes que maintenant et ses muscles étaient tout endoloris. Quand donc tout cela prendrait-il fin ? L'homme en uniforme ne lui inspirait aucune confiance et elle avait mal par tout le corps. Ce qu'il lui fallait, c'était un bain bien chaud et une huile de massage parfumée. Et un bon coup de remontant aussi ! Dieu qu'elle donnerait cher pour un verre de whisky !

L'homme s'était à nouveau tourné vers son écran.

— Vous avez donc commencé à courir du moulin jusqu'aux bois qui longent le ruisseau, derrière chez vous, c'est bien ça ?

— Tout à fait. Quand je cours, je suis toujours plus ou moins le même parcours : je traverse le pont de bois et je m'éloigne du cours d'eau jusqu'au carrefour, avant d'entrer dans la forêt. Plusieurs chemins se croisent à cet endroit-là et je prends toujours celui qui descend vers la plaine.

— C'est ici que vous avez vu quelqu'un ?

— Oh non ! Je l'ai vu bien après, j'étais déjà bien enfoncée dans les bois quand… c'est arrivé.

— Vous diriez que vous avez couru combien de temps avant de vous apercevoir que vous étiez suivie ?

— Je dirais que je n'ai *pas* été suivie. J'ai dû courir un bon quart d'heure avant de sentir que quelque chose n'allait pas.

— Qu'entendez-vous par là ?

— Je connais bien mes bois et, ce matin, j'y ressentais... quelque chose, une présence, bref, c'était différent. Et c'est là que je l'ai vu.

— Il n'était donc pas derrière vous ?

— Non, et heureusement d'ailleurs, car je n'aurais jamais pu revenir ! J'aurais été obligée de faire le tour entier jusqu'au pigeonnier, pour contourner et revenir à la maison par-derrière. C'est le parcours le plus long. Je le suis quelquefois quand je me sens particulièrement en jambes mais je pense que là... Oui, il m'aurait rattrapée, je n'aurais pas pu tenir la distance aussi longtemps...

Alix se recroquevilla sur elle-même.

— Oh, mon Dieu, c'est affreux !

Elle étouffa un sanglot en se mordant le poing. Sa vie ne s'était jouée qu'à un infime détail près et elle venait de s'en rendre compte.

— Vous pouvez continuer ? Voulez-vous que j'aille vous chercher un verre d'eau ?

Elle secoua la tête et tenta de se ressaisir.

— OK. S'il n'était pas derrière vous, où se tenait l'individu alors ?

— Devant moi, ou plutôt parallèlement à moi, sur le sentier en contrebas. Quand je me suis arrêtée, je me suis tournée sur le côté et... il était là, juste en dessous...

L'homme releva brièvement les yeux vers la jeune femme. Elle avait l'air sincèrement effrayée. Il pouvait voir ses épaules trembler.

— Vous le décririez comment ?

— Il… portait une cagoule, il n'y avait que ses yeux, vous savez…

— Oui, je vois parfaitement. Mais peut-être vous rappelez-vous la façon dont il était habillé, ce qu'il portait comme vêtements, un signe distinctif quelconque ?

— Non… Je ne me souviens… Ah si, il portait un jean noir. Ou en tout cas très foncé. Avec un blouson. C'est tout. Enfin, je crois…

— Et vous diriez donc que c'était un homme ?

— Sans la moindre hésitation, fit-elle plus fermement.

Nouveau coup d'œil, plus bref encore.

— Mademoiselle Brausch, quelqu'un pourrait-il vous en vouloir de quelque chose ? Pensez-vous avoir des ennemis ?

Ils se regardèrent longuement. Alix savait qu'il lui faudrait tout reprendre depuis le début. Les appels anonymes. La certitude d'être observée. Ce quelqu'un dans le jardin.

« Allons, se dit-elle. C'est ici que tout commence. » Elle prit une profonde inspiration.

*
* *

Il était revenu tremblant de fièvre et de peur, le pantalon maculé de boue et la manche de son blouson déchirée. Il s'était vu obligé de faire demi-tour pour aller récupérer son 4 x 4 caché dans le sentier, à l'orée de la forêt. Il s'était mis à jurer et à taper furieusement contre son volant, à peine la portière refermée sur lui.

Il jouait de malchance. Comment avait-il pu échouer ?! Il aurait dû la tuer ce matin, elle aurait dû disparaître pour ne plus jamais revenir ! Comment avait-il pu la laisser filer ainsi ?

Tout d'abord, il avait mal jugé les distances. Carole lui avait raconté plus d'une fois l'amour presque irraisonné de sa sœur pour la course et la distance qu'elle couvrait, les jours de forme, du moulin jusqu'au pigeonnier. Il n'avait fait que se garer une centaine de mètres plus loin et avait remonté la pente à couvert, jusqu'aux premiers arbres. Il avait attendu de longues minutes afin d'être absolument sûr qu'il n'y avait personne d'autre que lui et il s'était alors enfoncé dans l'épaisseur des ramures.

Ce n'était pas réellement un chemin, mais il avait pu ainsi remonter tranquillement les bois de manière transversale, sans risquer d'être repéré. Ce n'est qu'à ce moment-là qu'il avait enfilé sa cagoule. Plaqué contre un arbre, accroupi et silencieux, il n'avait pas eu à attendre longtemps.

Ses pas s'étaient fait entendre d'assez loin, derrière lui. Son plan était simple, il l'avait ressassé tant de fois dans sa tête : il devait rester tapi jusqu'au moment où il surgirait brusquement devant elle, à quelques mètres. Mais l'endroit était mal choisi, les buissons pouvaient le gêner et il avait préféré sécuriser en s'avançant vers un terrain plus dégagé.

Et il s'était retrouvé bêtement presque nez à nez avec Alix.

Elle s'était mise à hurler et avait décampé en rebroussant chemin. C'est à ce moment précis qu'il avait su que ça tournerait mal.

D'abord, elle n'aurait jamais dû se mettre à gueuler, il avait horreur de ça ! Et puis les fourrés avaient considérablement freiné sa progression, il avait même manqué tomber. Il avait perdu de précieuses secondes à rejoindre le sentier.

S'était ensuivie une course effrénée. Si sportif qu'il eût été, il n'était pas parvenu à la rejoindre. Son cœur s'était emballé, plus sous l'effet de la panique que sous l'effort qu'il avait dû déployer. Quand il l'avait vue remonter vers le pont, il avait choisi de laisser tomber et de filer vers le sud. C'était raté. Et là, brusquement, la situation s'était offerte à lui, dans toute l'ampleur de sa catastrophe.

Il avait filé aussi vite qu'il avait pu. Il avait roulé, roulé, traversé plusieurs hameaux, passant d'une départementale à une autre, et avait fini par s'arrêter sur le bord d'un chemin vicinal, près d'un boqueteau. Cela faisait maintenant quelques minutes qu'il avait coupé le moteur. Il était resté assis, la tête renversée en arrière, les yeux clos, tâchant de se concentrer sur la nouvelle donne qu'il avait lui-même créée, par sa propre incompétence.

Il descendit de voiture. Le bas de son pantalon était tout crotté. Belle performance, vraiment. Il fit quelques pas. Il ne s'était jamais senti perdu à ce point.

Il fallait penser maintenant, et bien penser ! Son plan avait échoué, il avait perdu une bataille, comme on disait, mais certainement pas la guerre. Il ne lui restait plus qu'à parer au plus pressé. Retourner à la maison, jeter au passage son blouson déchiré dans une quelconque déchetterie, prendre une rapide douche et plancher sur le délicat problème de son emploi du temps du matin. Car, il le sentait bien, il lui faudrait un sérieux alibi. Un médecin de campagne sans un seul remplaçant à la ronde, qui s'absente inopinément en annulant tous ses rendez-vous, cela ne passerait pas longtemps inaperçu. On ne manquerait pas de faire des rapprochements, parce que cette fois-ci, il le sentait, c'était devant la police qu'il devrait s'expliquer, il en était quasiment sûr ! Alix parlerait et il était prêt à parier qu'elle raconterait tout depuis le début ! Elle allait s'en donner à cœur joie, la garce. Et pourtant, cela aurait été si simple, si son plan avait fonctionné ! Alix disparaissait, purement et simplement, et on aurait mis des jours voire des semaines à retrouver son corps. Il aurait eu largement le temps de peaufiner le reste. Tandis qu'à présent…

Il remonta dans sa voiture et reprit la route, droit devant lui. Lorsqu'il arriva à la maison deux heures plus tard, il sentit son cœur se serrer et ne put s'empêcher de jeter un coup d'œil au portail fermé du moulin. Tout paraissait calme. Il pénétra dans son allée, vérifia que la voiture de Mélanie était déjà dans le garage et gara la sienne à côté. Il s'était débarrassé de son blouson et de sa cagoule en cours de route. Il avait pu s'arrêter en ville, s'était acheté une paire de baskets neuves avec le liquide qu'il gardait toujours en poche, avait jeté celles qu'il avait aux pieds avant de se diriger vers le premier Lavomatic du coin. Il avait passé le 4 x 4 au jet d'eau et avait aspiré l'intérieur, surtout côté conducteur, avec le plus grand soin.

En pressant le pas vers l'entrée, il se rendit compte qu'il mourait littéralement de faim. Mélanie ne s'attendait visiblement pas à le retrouver de sitôt à la maison et elle lui sembla même confuse de le voir débouler à l'improviste.

— Mais je ne savais pas que tu rentrais déjeuner, ce midi ! Je suis partie me promener toute la matinée, je m'en reviens tout juste... Aujourd'hui, c'est le jour de cantine de Chloé et j'en ai profité pour sortir un peu...

— Tu n'as pas besoin de t'excuser, Melly, c'est moi qui bouscule tout. Viens, je t'emmène déjeuner à l'extérieur, loin d'ici, j'ai besoin de te parler... Je... je ne suis pas allé au cabinet ce matin et... Il faut vraiment que je te parle, Melly, mais pas ici... Tu es d'accord ?

— Bien sûr, mais... que se passe-t-il, David ? Il est arrivé quelque chose ?

— Oui, oui, il est arrivé quelque chose mais ne t'inquiète pas, ce n'est rien. J'ai simplement besoin de ton aide, Melly, tu comprends ? Je prends une douche et on s'en va, OK ?

Il déposa un baiser sur la joue satinée de sa femme et monta quatre à quatre jusqu'à la salle de bains.

Quelques minutes plus tard, sous le jet puissant et chaud de la douche, il se surprit à chantonner tout en se savonnant vigoureusement.

Non, son plan était excellent, il ne serait pas inquiété ! Il sourit.

Le mariage avait du bon malgré tout...

*

* *

Mme Gribière n'avait pas spécialement rendez-vous ce matin-là mais elle s'était rendu compte qu'elle allait bientôt être à cours de médicaments pour le traitement qu'elle suivait et elle se dit tout naturellement qu'elle ferait mieux de passer en coup de vent chez David (comme elle se plaisait à l'appeler familièrement quand elle parlait de lui devant les autres, quoique jamais en sa présence), pour lui demander un renouvellement d'ordonnance. Après avoir donné sa rasade de lait au vieux chat qui ne quittait pratiquement plus le montant du canapé où il avait élu domicile, elle claqua la porte derrière elle et partit cahin-caha vers le centre du village.

Elle en aimait les ruelles escarpées, les vieilles maisons de pierre agglutinées les unes contre les autres, les draps de la nuit suspendus aux fenêtres comme seuls les gens de la campagne le font, l'odeur du bon pain tout chaud qui sort à peine des fourneaux du boulanger. Et puis la place du village, surtout ! Les jours de marché, on y trouvait de tout, du paysan qui vendait ses fruits et ses légumes, au rempailleur de chaises qu'elle avait elle-même sollicité plus d'une fois. Aujourd'hui, la place était déserte, à part les quelques voitures qui y stationnaient. L'église trônait en son centre, et quelle église ! Un monument du XIIe siècle ! Mme Gribière n'était plus vraiment régulière aux offices mais elle aimait encore pousser de temps à autre la lourde porte en bois et s'asseoir à l'ombre des hautes voûtes pour y respirer les odeurs d'encens et de cierge brûlé.

Elle avait vécu toute sa vie au village, y était née, s'y était mariée, y avait élevé ses enfants et y mourrait aussi, elle le souhaitait plus que toute autre chose. Elle connaissait le nom de toutes les grandes familles qui avaient fait l'histoire du village dans le passé mais aussi celles qui avaient pris le relais aujourd'hui. Le village ne devait pas mourir, comme tant d'autres : ici, on se battait pour que l'école primaire ne ferme pas, pour que les petits commerces restent en place et continuent de faciliter la vie de ceux qui, comme elle, n'avaient qu'eux pour maintenir ce fragile lien social qui les rattachait à la communauté.

Elle avait été folle de joie d'apprendre qu'un jeune médecin avait choisi leur village pour s'installer et ouvrir son cabinet. Elle n'aurait jamais plus à prendre ces taxis VSL pour aller consulter en ville, ce qui lui occasionnait toujours un surplus de fatigue. Aujourd'hui, elle se sentait rassurée, Farge était là, amical, professionnel, à l'écoute, et c'était un grand réconfort de le savoir présent.

À condition qu'on le laisse tranquille, évidemment !

Mme Gribière n'aimait pas ce qui se disait sur les difficultés du jeune médecin concernant les déboires qu'il connaissait avec Carole Brausch. Dire qu'il l'avait engagée pour leur rendre service, à elle et à sa sœur. Et maintenant, à ce qu'on lui en avait dit, elles érigeaient des haies entre elles et leurs voisins ! Non, vraiment, Antoine n'aurait jamais toléré une telle attitude de la part de ses filles…

Elle fronça les sourcils en arrivant devant l'allée qui menait au cabinet. Il y avait vraiment des gens qui se garaient n'importe comment et obligeaient les piétons à quitter le bas-côté pour contourner leur voiture. À quoi servait la place centrale, alors, si tout le monde grimpait sur le trottoir ?! Elle fut néanmoins surprise car elle crut reconnaître la vieille voiture d'Antoine Brausch, justement, celle que Carole, la cadette, avait récupérée à son retour de la capitale. Que venait-elle faire dans le coin ? Mme Gribière n'avait plus jamais revu Carole depuis que celle-ci avait quitté son poste au secrétariat.

Elle avança prudemment jusqu'à l'embouchure de l'allée et s'arrêta net.

Mme Gribière souffrait de toutes sortes de maux, Dieu Lui-même lui en était témoin, mais elle avait gardé une vue excellente. Elle vit donc fort distinctement Carole penchée en avant en train d'écrire quelque chose sur la porte du cabinet.

« Qu'est-ce que… ? »

Mme Gribière fit un bond en arrière quand elle vit Carole Brausch revenir à sa voiture et elle choisit de se dissimuler derrière le renfoncement du mur de l'allée. Elle n'avait pas envie de la croiser, et encore moins de lui dire bonjour. Et puis Carole avait un air bien mystérieux ! Mme Gribière sentit son cœur battre plus fort entre ses côtes. Allons, il devait y avoir quelque chose là-dessous et elle se faisait fort de le découvrir.

Elle entendit un jappement quand Carole Brausch s'engouffra dans la voiture. Mme Gribière rentra sa vieille tête du mieux qu'elle put derrière le mur et attendit de voir la voiture partir.

Ouf ! Elle se dirigea en toute hâte vers le cabinet. Ses vieilles guiboles ne l'avaient pas portée aussi vite depuis longtemps ! Elle se sentait tout excitée, comme si elle était sur le point de découvrir un secret. Une chose inavouable.

Le docteur avait laissé une note précisant qu'il serait absent ce matin. Mais ce n'était pas ça le plus intéressant.

En bas de la feuille, Carole Brausch avait ajouté :

UNE PETITE PROMENADE EN FORÊT, DOCTEUR ?

Diable, qu'est-ce que tout cela signifiait ? Carole était venue retrouver le docteur sur son lieu de travail. Ne le voyant pas, elle se permettait de lui donner des rendez-vous tout en s'abstenant de signer, bien sûr ! Que voulait-elle faire croire ?

Mme Gribière réfléchit quelques secondes et arracha d'un coup net la feuille scotchée à la porte. Personne ne devait voir ça. Elle téléphonerait au docteur pour lui expliquer ce qu'elle avait découvert. Elle savait qu'elle prenait la bonne décision et qu'il lui en serait reconnaissant. C'était vraiment de la dernière provocation !

Elle glissa le papier dans sa poche et s'en retourna chez elle, se demandant encore une fois ce qui pouvait bien amener Carole à vouloir à ce point détruire la réputation du docteur...

*

* *

Carole s'engagea prudemment dans l'impasse du moulin. Les peupliers encombraient le terrain à ce niveau-là et elle savait qu'elle ne parviendrait pas à discerner quoi que ce soit. D'ordinaire, Alix et elle garaient leurs voitures quasiment devant la porte du moulin malgré l'espace entier de la grange dont elles disposaient. Elles considéraient que celle-ci était trop éloignée de la maison et que la pente était bien trop longue à remonter à pied.

Cette fois-ci, pourtant, Carole pénétra sous la grange, sur la droite en rentrant dans la propriété, et éteignit le moteur. Elle réfléchit quelques secondes et décida qu'il valait mieux rentrer Sterling à la maison. Elle ne ferait que la gêner et Carole avait besoin de silence et de discrétion pour faire ce qu'elle avait à faire. La chienne jappait joyeusement dans la voiture, semblant avoir reconnu la maison. Elles sortirent toutes deux et remontèrent jusqu'au moulin en suivant le cours d'eau.

Il n'y avait personne à la maison, Sam et Alix étant encore, selon toute probabilité, à la gendarmerie. Ils n'avaient pas manqué de refermer le portail en partant. Carole fit entrer la chienne, se dirigea vers le buffet de la salle à manger, en ouvrit le dernier tiroir, vérifia que l'objet était bien chargé et retourna à l'extérieur. Elle referma doucement la porte derrière elle.

Les mains dans les poches, elle refit le chemin à l'envers, vers la grange. Elle pouvait entendre le roulement de l'eau. Avec toutes ces pluies, le bras de la rivière avait presque doublé de volume, il semblait bouillonner et gronder sourdement contre les berges avant de venir s'engouffrer entre les pales du moulin. Laissant la grange sur sa gauche, elle bifurqua vers les peupliers. Tous ses sens en éveil, elle navigua prudemment entre les troncs, en prenant bien garde de rester à couvert.

Voilà. Elle y était. Elle s'arrêta.

De là, cachée au milieu des arbres, elle voyait la maison des Farge, la terrasse, les chaises longues abandonnées sur la pelouse. Elle s'enfonça plus avant dans le bosquet, s'efforçant d'obtenir la meilleure vue d'ensemble de l'habitation. Le garage laissé grand ouvert était vide. Il n'y avait ni le coupé de Mélanie ni le 4 x 4 du docteur, qu'elle connaissait si bien. Apparemment, il n'y avait personne à la maison.

Elle regarda sa montre. Un peu plus de 11 heures.

Elle détailla du regard les alentours. De là où elle se trouvait, la demeure des Farge paraissait tout simplement immense. Elle était tournée vers le jardin, avec la belle terrasse en teck qui semblait la prolonger, mais l'entrée principale de la maison était de l'autre côté. C'était donc en sortant sur cette terrasse pour aller étendre son linge un peu plus loin dans le jardin que Mélanie avait vu le cadavre de son père.

Le cadavre de son père…

Celui d'Alix aurait été retrouvé dans les bois, à quelques mètres de là. Deux tragédies fort rapprochées l'une de l'autre. Carole était convaincue que, là où elle se tenait, elle se trouvait précisément au cœur de l'origine de ces cataclysmes.

« C'est d'ici que tout vient, inutile d'essayer d'investiguer ailleurs ! » se répétait-elle inlassablement. S'il y avait quelque chose à découvrir, c'était là, chez les Farge, qu'il fallait chercher.

Quelque chose à découvrir, mais quoi ? Elle se ramassa sur elle-même et s'assit près d'un tronc d'arbre. Elle avait sorti par précaution le revolver de sa poche et le tenait maintenant entre ses genoux. Elle appuya sa tête contre l'écorce de l'arbre.

« Attendons que tout ce beau monde revienne », se dit-elle.

*
* *

Il comprit que quelque chose de grave s'était passé en sortant de la douche. Il dut même se raccrocher au bord de l'évier, croyant avoir un étourdissement.

« Ce n'est pas possible, ça ne peut pas être possible ! »

Sa montre ! Sa montre ! Il n'avait plus sa montre au poignet !

Elle ne le quittait jamais, même sous la douche puisqu'il l'avait choisie waterproof. Jamais il ne s'en séparait. Il passa et repassa sa main sur son poignet gauche, là où son blouson s'était déchiré et où s'étalait maintenant une large et profonde entaille.

Soudain, il revit tout ! Il releva la tête et croisa son propre regard dans le miroir en face de lui.

« Espèce de sale con ! » La chute ! La chute dans les bois ! Il s'était rattrapé *in extremis* et n'avait pas prêté garde au blouson non plus qu'à la douleur brûlante qu'il avait ressentie à la main. « C'est là », c'était sûrement là qu'il l'avait perdue ! Le bracelet avait sans nul doute cédé !

Ses mâchoires se crispèrent de rage. Il se passa plusieurs fois les mains sur le visage. La panique menaça un instant de le rendre fou et il dut se retenir pour ne pas courir sur-le-champ aller la récupérer. Comment avait-il pu être aussi stupide ? Comment ?

Encore une fois, il tenta de se calmer. Il étouffait dans la buée de la salle de bains. Il ouvrit la fenêtre et aspira goulûment l'air frais du dehors. « Un décontractant. Il faut que je prenne un décontractant. »

Il sortit dans le large corridor du premier étage et grimpa silencieusement au grenier. L'immense pièce de soixante-dix mètres carrés n'avait plus de grenier que le nom depuis qu'il l'avait fait aménager en bureau, une sorte d'annexe du cabinet médical. Le parquet grinça sous le poids de son corps tendu. Il se dirigea vers l'armoire vitrée du fond, qui occupait toute la largeur de la pièce, juste derrière le beau bureau en palissandre. C'était là qu'était sa réserve. Sa réserve personnelle. Elle l'avait aidé et sauvé bien des fois !

Il prit la clé qu'il rangeait dans un des tiroirs et ouvrit la porte. Vite, un décontractant, il avait besoin de retrouver son calme avant de prendre la moindre décision. Si seulement il avait fait attention, si seulement il n'avait pas trébuché, si seulement Alix était morte !

Il ne lui avait pas échappé que les eaux de la rivière étaient devenues plus tumultueuses ces derniers temps... Lesté de pierres, le corps d'Alix aurait mis des jours avant de remonter à la surface. Tout était parfait, bon sang, tout ! Son plan aurait dû fonctionner !

Il se massa les tempes en fermant les yeux.

Affronter Mélanie. Lui faire comprendre qu'il avait besoin d'elle, qu'il fallait à tout prix qu'elle dise qu'ils étaient ensemble ce matin, qu'ils... étaient partis, n'importe où mais ensemble ! Il avait pris sa matinée comme ça, sur un coup de tête, et ils s'étaient promenés en amoureux toute la matinée.

Non, ça ne marchait pas, ça ne marcherait jamais !

— Chéri ?

Il se retourna vivement. Il ne l'avait même pas entendue arriver.

— Chéri, je vois bien que ça ne va pas. Tu ne veux pas me dire ce qu'il se passe ?

Alors David Farge ne lutta plus et il cacha son visage entre ses mains tremblantes.

Une voix dans sa tête le rassura alors : c'était sûrement ce qu'il avait de mieux à faire...

*
* *

Mélanie rentra la première. Carole s'était recroquevillée un peu plus derrière son arbre lorsqu'elle l'avait vue sortir du garage. Mélanie avait cheminé lentement vers la maison avant de disparaître à l'intérieur. Quelques secondes plus tard, Carole vit la baie vitrée du salon coulisser légèrement.

Elle regarda sa montre. Midi et quart. Plus d'une heure qu'elle se trouvait là à faire le guet.

Elle n'eut pas longtemps à attendre. Dix minutes plus tard, le 4 x 4 rutilant de Farge s'avança dans l'allée et prit place juste à côté du coupé dans le garage. Le cœur de Carole s'affola. Cela faisait des semaines qu'elle ne l'avait revu. Sa silhouette, haute et rapide, se découpait contre le mur tandis qu'il marchait d'un pas pressé vers la maison. Carole tendit le cou, attentive au moindre signe inhabituel chez l'homme qui ouvrait maintenant la porte de sa maison. Décidément, elle était bien trop loin pour noter quoi que ce soit.

Elle scruta avec plus d'attention la voiture de Farge. Elle paraissait flambant neuve. Rien non plus de ce côté-là.

« D'où viens-tu, Farge, hein, d'où viens-tu ? Je donnerais cher pour savoir où tu étais ce matin et ce que tu y faisais surtout. » Avait-il eu le message laissé sur la porte du cabinet ? Dans ce cas, il se savait démasqué à présent, mais c'était bien ça que Carole souhaitait. Qu'il se sente paniqué au point de commettre une bêtise et que la belle apparence, qu'il était parvenu à se donner sans trop de mal, se fissure et tombe en lambeaux. Que la vérité soit enfin faite. Car Carole pressentait confusément que le docteur avait beaucoup de secrets qu'il gardait jalousement. Et que certains d'entre eux la concernaient directement, elle et sa famille.

Après un long moment, la porte d'entrée s'ouvrit à nouveau. Carole retint sa respiration. David et Mélanie sortaient sur le perron.

« Tiens, tiens, on a pris une douche, David », nota-t-elle. Quelque chose dans l'attitude du couple attira également son attention. Elle n'aurait pas su dire quoi exactement…

Mélanie était occupée à fermer la porte à clé. Ils semblaient se parler mais Carole n'entendait que le son de leurs voix sans pouvoir distinguer ce qu'ils se disaient. Farge se massait machinalement le poignet et elle nota qu'il se comportait d'une manière presque fébrile. Elle entendit Mélanie répondre quelque chose tout en se dirigeant vers sa voiture, David sur ses talons. Une fois à l'intérieur, il y eut pendant quelques minutes ce que Carole perçut comme une sérieuse mise au point entre eux deux. Oui, ils se disputaient.

Carole crevait d'envie de se rapprocher de la voiture pour saisir des bribes de leur querelle. À propos de quoi le couple Farge si parfait pouvait-il bien s'engueuler à ce point ?

Mélanie démarra en trombe et Carole vit disparaître le coupé dans un nuage de poussière. Elle attendit que le son du véhicule s'éloigne peu à peu jusqu'à disparaître complètement.

Elle attendit encore.

Ils n'allaient pas chercher Chloé à l'école, il était bien trop tard pour ça.

Carole réfléchit un court instant. Dans leur précipitation, les Farge avaient oublié de refermer la porte-fenêtre du salon.

« C'est de la folie », se dit-elle.

En même temps, que risquait-elle ? La voie était libre, la maison déserte et elle était armée.

Sa décision était prise.

Revolver au poing, elle sortit du bosquet, traversa la pelouse et pénétra dans le salon. L'opération lui avait pris moins de trente secondes.

*

* *

Sam ramena Alix chez lui. Il prétexta devoir récupérer certains papiers et, de toute façon, il fallait bien qu'ils prennent le temps d'avaler quelque chose avant de repartir. Il ne pouvait pas prendre son après-midi mais, au moins, ils déjeuneraient ensemble, rien que tous les deux.

Il savait que la déposition avait été éprouvante pour Alix et il soupçonnait Olivier de ne pas lui avoir facilité la tâche. Néanmoins, il avait toute confiance en la totale impartialité et le bon jugement de son collègue. La plainte était maintenant enregistrée, une enquête discrète serait menée même si l'absence complète de preuves risquait de la faire tourner court. C'était bien là le problème. Il n'y avait que des allégations, de fortes présomptions contre David Farge et tout le monde ici connaissait les antécédents et les problèmes que les deux familles rencontraient depuis que Carole n'était plus retournée travailler.

— C'est maigre, hein ? C'est bien ce à quoi tu penses ?

Alix ne l'avait pas lâché du regard depuis qu'ils étaient repartis en voiture.

— Tu penses que ça ne mènera à rien ? poursuivit-elle.

— Je ne sais pas, Alix. Ce n'est pas moi qui vais m'occuper de l'affaire. Olivier me tiendra au courant, je pense, mais je ne me fais aucune illusion.

— Il m'a pourtant assuré qu'il y aurait des passages, comme il a dit, des surveillances mises en place aux alentours du moulin.

Sam ne répondit pas mais il connaissait les rouages de l'intérieur et il savait que, sans la moindre preuve tangible à se mettre sous la dent, les passages seraient vite abandonnés. Il n'y avait pas eu agression, Alix n'avait pas été attaquée physiquement et l'histoire des appels anonymes des mois auparavant tombait aujourd'hui comme un cheveu sur la soupe. Dire qu'il avait été au courant depuis le début et qu'il avait gardé l'information par-devers lui ! Comme il regrettait d'avoir attendu, persuadé qu'il était que tout ceci n'était qu'une mauvaise blague destinée à effrayer les deux sœurs ! Et le temps semblait lui avoir donné raison, puisque les appels avaient fini par cesser. Il avait vraiment cru que c'était une affaire réglée.

Il s'aperçut qu'Alix tremblait de froid. Elle était revenue du jogging trempée de sueur et était restée telle quelle toute la matinée.

— En rentrant, tu prendras une douche chaude pendant que je nous préparerai de quoi grignoter. Je te préviens, ce ne sera pas aussi délicieux qu'hier soir…

Elle lui sourit. Elle avait l'air tellement lasse !

Hier soir ! Comme cela lui paraissait loin ! Il la revoyait à table, en face de lui, belle, rayonnante, son verre de vin rouge jamais trop éloigné de sa main… Hier soir, il la ramenait également chez lui et ils avaient passé la nuit ensemble… Moins de dix heures plus tard, il avait failli la perdre.

En arrivant à l'appartement, Sam enclencha les chauffages électriques de la salle de bains et de la cuisine. Il n'avait évidemment aucun vêtement féminin à prêter à Alix mais au moins pourrait-elle se réchauffer un peu et passer un tee-shirt propre ainsi qu'un de ses gros pulls.

Il entendait l'eau couler dans la pièce à côté. Il aimait la savoir là, tout près de lui. Il s'activa le mieux qu'il put aux fourneaux et mit en route une énorme quantité d'eau dans la bouilloire. Alix devait être en sacré manque de thé !

Il dressait la table quand elle sortit de la salle d'eau. Elle ne s'était pas habillée, préférant enfiler le peignoir de Sam, et avait entortillé ses cheveux dans une serviette. Son visage était très rouge.

— Rassure-moi, tu as laissé un peu d'eau chaude pour les autres habitants de l'immeuble ?

— Je crois bien que j'ai tout pris, fit-elle en souriant.

Elle chipa un morceau de pain posé sur la table.

— Tu sais, je me fais du souci pour Carole, je me demande si je ne ferais pas mieux de lui téléphoner pour lui demander de venir nous rejoindre chez toi, si ça ne te dérange pas, bien sûr.

— Non, bien sûr que non. D'ailleurs, je voulais vous proposer quelque chose à toutes les deux. Je sais bien qu'ici ce n'est pas grand et que vous êtes attachées au moulin, mais je me sentirais infiniment mieux si, pendant quelques jours, vous veniez habiter avec moi. Histoire de laisser un peu retomber tout ça…

Sam la sentit hésiter.

— C'est très gentil de ta part mais non, Sam, je ne peux pas accepter. Personne ne me délogera de chez moi ! Tu comprends, insista-t-elle, je n'ai pas envie d'avoir peur de me retrouver seule au moulin, c'est ma maison. Enfin, la nôtre, avec Carole.

— Ce ne serait que pour un peu de temps, deux ou trois jours !

Elle secoua sa tête enturbannée.

— Et puis quoi ? ajouta-t-elle en souriant. Tu vas nous faire dormir ma sœur et moi dans le clic-clac du salon en priant pour que je vienne te rejoindre dans la chambre un peu plus tard ? C'est un très mauvais calcul ! Carole est insomniaque, je me ferai griller à la minute même où je poserai le pied par terre !

— Tu n'auras qu'à venir dormir directement avec moi…

Il savait qu'Alix n'accepterait jamais. Elle se contenta de lui sourire.

Elle prit le portable de Sam et composa le numéro de sa sœur. Celle-ci décrocha presque instantanément.

— Carole, c'est moi. Où es-tu ?

— Je ne peux pas te parler, Alix, pas maintenant, je te rappelle.

— Mais enfin, dis-moi seulement où tu es…

— Je te rappelle plus tard, Alix, pas maintenant. Ne t'inquiète pas, je t'attends au moulin dès ton retour.

Alix entendit un déclic. Carole avait raccroché. « Mais qu'est-ce qu'elle fiche, bon sang ? »

— Un problème avec ta sœur ? demanda Sam en rapportant des cuisses de poulet du réfrigérateur.

— Non, je ne crois pas. Seulement, elle avait l'air bien occupée, fit Alix en fronçant les sourcils.

Sam posa les plats et fit le tour de la table pour prendre Alix dans ses bras.

Il l'embrassa doucement.

— C'est l'effet peignoir ? demanda-t-elle, surprise, en lui souriant.

— En effet, je ne crois pas t'avoir jamais dit combien tu étais craquante en peignoir et serviette sur la tête…

Alix se pelotonna dans ses bras. Elle avait eu si peur ! Les bras de Sam, c'était le calme après la tempête, la douce chaleur après les tourments. Elle avait manqué mourir ce matin-là et c'était comme si elle avait pris soudainement conscience du caractère incertain de la vie.

— J'aurais pu mourir, là-bas, seule dans les bois…

— Ne pense plus à ça, Alix, coupa-t-il. Tant que je serai là, je te promets de veiller sur toi et sur ta petite sœur. Il ne vous arrivera rien. Je ferai tout pour vous protéger, je te le jure.

Il l'enlaça plus fermement.

Alix se sentit fondre, elle avait tellement besoin de chaleur… Elle avait si mal à l'âme…

Elle chercha avidement les lèvres de Sam.

*

* *

Carole resta un instant immobile. Elle choisit de claquer la fenêtre et de verrouiller le passage derrière elle. Il faisait frais dans la pièce. Elle détailla rapidement les lieux et fit quelques pas. Elle se sentait étrangement mal à l'aise, non pas tant à l'idée d'être dans la demeure de celui qui avait probablement tenté d'assassiner sa sœur, mais d'avoir pénétré l'intimité des personnes qui vivaient là et qui formaient malgré tout une famille. Pendant quelques brèves secondes, elle fut même tentée de rebrousser chemin. Elle n'avait pas le droit d'être là. Son regard s'attardait sur les meubles, les objets de la cuisine, la couverture abandonnée sur un bras du fauteuil.

Rappelle-toi chez *qui* tu es vraiment.

Elle secoua la tête. Elle n'avait aucune idée précise de ce qu'elle recherchait exactement. Un indice, une preuve, quelque chose qui pourrait néanmoins corroborer cette certitude qui avait grandi en elle et qui aujourd'hui avait la force de l'évidence.

« J'ai besoin de savoir si je ne me monte pas la tête depuis le début. »

Ses yeux furetèrent un instant. Elle décida de procéder pièce par pièce. Elle regarda le hall d'entrée.

« Voyons, réfléchis, s'il est bien allé dans les bois ce matin, il a dû rentrer dans le même état qu'Alix. » Elle inspecta le sol. Il n'y avait aucune trace de boue ni de terre. Elle se rappela la penderie et ouvrit une porte, à droite de l'entrée. C'était une large pièce, dont les manteaux rangés sur cintres prenaient deux pans de mur entiers. Sur le troisième était suspendu un meuble range-chaussures. Certaines traînaient à même le sol, mais c'étaient des chaussures d'enfant, celles de Chloé. Celles de David étaient sagement accrochées, propres et cirées pour la plupart. Une paire de baskets d'homme avait été laissée dans un coin, mais celles-ci semblaient neuves et ne devaient presque pas avoir servi.

« En tout cas, pensa Carole, pas le moindre signe d'un quelconque tour en forêt. » Mais peut-être qu'elle trouverait d'autres chaussures à l'étage, dans la chambre à coucher. Elle tâta les vestes et blousons suspendus, aucun n'était mouillé ni même froid au toucher, ce qui aurait signifié qu'on était sorti avec ce matin. Elle referma la porte, son malaise ne cessant de croître.

Rien dans la cuisine, à part une tasse de café laissée sale dans l'évier. Tout le reste était en ordre. Elle fit le tour du rez-de-chaussée sans grande conviction. Elle prêta l'oreille quelques instants, s'efforçant du même coup de calmer les battements sourds de son cœur, et grimpa au premier.

L'étage était entièrement parqueté. Elle n'était jamais montée auparavant, elle se dirigea donc un peu au hasard au gré du large corridor qui la menait de pièce en pièce. Là encore, aucune tache sur le sol.

En haut de l'escalier, deux pièces, l'une à droite, l'une à gauche, se faisaient face. Carole pénétra dans celle de gauche : c'était la suite parentale. La chambre en elle-même était immense, mais d'autres pièces lui succédaient en enfilade, un petit salon, un dressing-room et une salle de bains. Elle fit le tour silencieusement, s'attardant dans le dressing à la recherche d'autres paires de chaussures, qui seraient souillées cette fois. En vain.

Cependant, elle nota que la machine à laver le linge avait été mise en route quelques minutes auparavant. On avait laissé la fenêtre de la salle de bains ouverte.

Farge avait donc bien pris une douche, s'était changé et avait mis ses affaires à laver.

Pourtant, rien d'autre autour d'elle ne lui paraissait suspect. Elle ouvrit des tiroirs, fit glisser des portes coulissantes, inspecta des placards… Rien. Sauf qu'elle apprit que Mélanie Farge souffrait apparemment de troubles du sommeil, sa table de chevet contenant plusieurs boîtes de somnifères. « Rien de plus banal », pensa-t-elle.

Elle se sentit un peu désemparée.

Elle ressortit sur le palier et ouvrit la porte, celle qu'elle avait laissée sur sa droite en montant.

Elle eut un choc. Du moins, elle ne s'attendait pas à découvrir cela. C'était une grande pièce au parquet plus clair que celui du reste de l'étage, dont le mur du fond n'était en réalité qu'une immense glace. Une barre en bois courait le long du mur d'en face, à hauteur d'enfant. Une barre de danse. Elle était tombée sur une véritable petite salle de danse privée. Une chaîne hi-fi trônait sur une table et Carole fut ébahie de voir autant de petits tutus, chaussons de danse et autres déguisements éparpillés un peu partout dans la pièce. Des jouets s'entassaient dans un coin et des vêtements avaient été empilés sur les deux petits fauteuils du fond. Elle pouvait voir la tête renversée d'une Barbie aux cheveux démesurément longs, sortant curieusement de la manche d'un pull-over. Des collants blancs gisaient sur le sol.

Elle resta un long moment à contempler le capharnaüm de la pièce. Au bout d'un moment, elle choisit de refermer derrière elle et de poursuivre son inspection. Le corridor continuait encore un peu avant de bifurquer sur la droite. Carole nota qu'une petite pièce devait se trouver derrière le renfoncement du mur et se promit d'aller y jeter un coup d'œil plus tard. Il y avait encore une chambre, celle de Chloé, une salle de bains, des toilettes et une autre pièce relativement plus petite où se trouvaient une table à repasser, des paniers à linge et des placards remplis de produits d'entretien.

Carole revint sur ses pas et s'attarda un moment dans la chambre d'enfant. Elle s'approcha de la fenêtre et souleva le rideau. De là, on avait une vue imprenable sur le moulin et ses alentours. La haie semblait dérisoire, là, en bas. Carole contempla le moulin, le jardin, l'arrière de la bergerie et la fenêtre de sa propre chambre, presque en face de celle de Chloé. Un violent frisson la parcourut. C'était comme si elle pouvait s'observer elle-même, comme si elle était passée de l'autre côté du miroir et se voyait un instant comme les autres pouvaient la voir. Privilège rare.

Franchement mal à l'aise à présent, elle retourna dans le couloir et contourna le mur. Elle avait vu juste, il y avait bien quelque chose dans l'encoignure : ce n'était pas une pièce supplémentaire, comme elle l'avait d'abord cru, mais un petit escalier qui devait mener aux combles. Elle monta sans conviction, pressée de pouvoir enfin quitter cette maison. Elle avait hâte de rejoindre son chez-elle, là-bas, de l'autre côté.

Le grenier avait été aménagé en bureau et, en s'avançant un peu plus près, Carole put voir que c'était ici le domaine du docteur, une sorte de deuxième cabinet. Il y avait même assez de place pour en faire une salle de consultation. Elle chercha anxieusement quelque chose qui pouvait peut-être la mettre sur la voie... Il y avait quelques papiers sans intérêt sur le bureau. Elle n'aurait su dire si c'était la présence de David qu'elle pouvait encore sentir dans ces lieux mais son cœur battait plus fort. Elle avait cette impression de manquer d'air.

Un détail retint son attention. Une des portes vitrées de l'armoire était restée ouverte, Carole pouvait voir la petite clé encore en place. Elle s'approcha. Des rangées et des rangées de médicaments s'étageaient les unes à la suite des autres. Elle lut distraitement quelques noms sur les boîtes.

Une sueur glacée mouilla son dos quand elle les reconnut. Des dizaines et des dizaines de boîtes. Il y en avait pour des mois de réserve. Elle se saisit fiévreusement de quelques-unes d'entre elles.

Une sonnerie retentit brusquement dans le silence, qui la fit bondir. Elle laissa échapper tout ce qu'elle avait dans les mains. Cela fit un bruit désagréable en tombant sur le parquet. Elle mit la main le plus rapidement possible sur son téléphone portable qu'elle avait bêtement oublié d'éteindre.

Le numéro qui s'affichait ne lui disait rien, mais elle répondit ne serait-ce que pour faire taire la musique qui lui tapait sur les nerfs.

Et si quelqu'un rentrait à ce moment-là ? C'était Alix.

— Je ne peux pas te parler, Alix, pas maintenant, je te rappelle.

Elle coupa court aux protestations de sa sœur et raccrocha brutalement. Les explications, ce serait pour plus tard.

« Il faut que je sorte de cet endroit. Tout de suite. »

Elle ramassa prestement les boîtes, en fourra une dans sa poche tout en replaçant les autres du mieux qu'elle put. Elle ne devait pas laisser la moindre trace de son passage.

Elle suait maintenant à grosses gouttes. Elle dégaina et se força à écouter de toutes ses forces les bruits de la maison. Elle était à peu près sûre que personne n'était revenu, pendant l'intermède musical du portable, mais elle avait peur, terriblement peur. Elle aurait très bien pu ne pas s'en apercevoir dans l'affolement.

Silencieuse, immobile, le cran de sûreté levé, elle attendit.

Non, rien. Elle pouvait y aller.

Elle redescendit doucement les marches, les jambes tremblantes. Un coup d'œil à gauche, avant de s'élancer dans le couloir.

La voie était libre. Elle devait se maîtriser pour ne pas dévaler en courant l'escalier avant de se précipiter à l'extérieur.

Elle étouffait.

Elle refit le même trajet, à l'envers cette fois, prenant le temps de vérifier pas à pas que tout était normal.

Elle sortit de la maison en ayant préalablement contrôlé le jardin et le garage. Ce n'est qu'une fois au milieu de la pelouse qu'elle se mit à courir.

XX

Extraits des notes d'Alix

JE SUIS DE NOUVEAU DANS LES BOIS... Il ne fait pas nuit cette fois, c'est le jour... Il fait même beau et pourtant... Je ne devrais pas avoir si peur... Pourquoi ne puis-je rattraper la femme qui court devant moi ? Elle court si vite... Les branches des arbres pourraient bien lui griffer le visage et les bras si elle n'y prend pas garde... Attendez, attendez... Je ne parviens pas à appeler ou à prononcer la moindre parole, je ne fais que hurler dans ma tête.

Et soudain, la butte. La vue dégagée et plongeante sur la vallée... L'herbe déroule jusqu'en bas, là où la femme s'est arrêtée, son épais tapis vert parsemé de petites fleurs.

Il fait si beau, si seulement nous prenions le temps, nous pourrions peut-être... Mon cœur s'emballe. Je ne veux pas, ça ne me concerne pas, ce qui vient de se passer ne me regarde en rien... Je n'ai rien fait... Mais j'avance malgré moi vers la forme repliée aux cheveux blonds. Elle tient un enfant, son enfant dans ses bras.

La tête est ensanglantée, je ne reconnais pas la figure barbouillée du petit corps étendu grotesquement sur l'herbe... Il est si pitoyable qu'on dirait un pantin désarticulé… Ce n'est pas un corps d'enfant, c'est une poupée cassée…

Mais la femme se retourne… Je ne reconnais pas son visage non plus… Elle se lève vers moi… Des spasmes violents secouent une dernière fois le corps démantibulé derrière elle… Maintenant, il gît dans une position presque comique, les bras au-dessus de la tête, un des genoux relevé comme s'il s'apprêtait à franchir d'un saut un obstacle dressé devant lui.

Mais c'est un corps mort, je ne peux plus rien faire pour lui, personne ne peut plus rien faire. Je me sens malmenée, comme si quelqu'un me bousculait… Ma vision se brouille, je me sens secouée, secouée… Quelqu'un m'appelle, de très loin…

J'aime cette voix…

— Alix, Alix, c'est fini, réveille-toi, maintenant !

Sam est penché au-dessus de moi. Comme d'habitude, je suis en nage et j'ai dû beaucoup pleurer. J'essuie mon visage et dois me moucher plusieurs fois avant de reprendre mes esprits.

— Encore ce cauchemar, c'est ça ?

Je parviens à lui sourire.

— Oui… J'espère ne pas avoir réveillé Carole… Je n'ai pas fait trop de bruit ?

Sam se rassoit à côté de moi et entoure mes épaules de son bras.

Nous restons là, sans rien dire, dans le clair-obscur de la chambre. Sam est venu dormir au moulin cette nuit. Il y viendra de temps en temps, m'a-t-il promis. Il me sent inquiète.

Carole n'est pas très bien non plus. Elle est venue me chercher chez Sam aujourd'hui, assez tard dans l'après-midi. Elle est restée muette la plupart du temps et je ne suis pas parvenue à percer le secret de son silence. Lorsque Sam nous a rejointes le soir avec son petit baluchon, elle s'est éclipsée discrètement et n'est pas réapparue. Avant de me coucher, je suis passée toquer discrètement à la porte de sa chambre. N'obtenant pas de réponse, je suis entrée. Elle était allongée sur son lit, les yeux clos, un casque sur les oreilles. Elle n'avait pas quitté ses vêtements. Je parvenais à entendre, de là où je me trouvais, les flopées mugissantes de la symphonie qui s'échappaient des écouteurs. Du Brahms ou du Mahler, je n'en suis pas sûre. Quelque chose d'assez puissant en tout cas pour vous emporter loin des rivages de la réalité. Son visage semblait serein, ou en tout cas n'exprimait rien. J'ai préféré refermer la porte sans la déranger.

Il est encore tôt mais je n'ai plus sommeil. Nous nous mettons à parler, Sam et moi, tout doucement. Des paroles chuchotées, presque soupirées. Il semble que, tacitement, nous nous soyons mis d'accord pour profiter encore un peu de cet îlot de calme et de ténèbres.

Je ne parviens pas à me rappeler ce que nous nous sommes dit cette nuit-là. Des choses toutes simples, probablement.

Des choses qui ne reviendront jamais.

*

* *

— Carole, si tu n'as rien d'autre à faire, j'aimerais que tu m'accompagnes dans les bois ce matin.

Ma sœur se retourne brusquement en manquant faire tomber sa tasse de café.

— Tu as perdu la tête ou quoi ! Il est hors de question que tu retournes dans les bois. Ni aujourd'hui ni jamais, Alix, tu m'entends ?! Je te le défends !

Elle repose presque violemment la cafetière sur son socle.

— Mais écoute-moi avant de t'énerver comme ça ! Quand je dis dans les bois, ce n'est pas exact, en réalité… Je veux parler de la plaine, tu sais, là où je peins d'habitude…

— Près du pigeonnier ? demande-t-elle d'un air soupçonneux.

— Oui, voilà.

Je fais une pause.

— Je ne sais pas, Carole… C'est comme si… Il faut que je peigne, voilà tout ! J'en ai besoin…

— Pourquoi à cet endroit-là précisément ?

Elle avale une gorgée de café et je remarque que sa main tremble.

— Je ne sais pas… C'est… quelque chose en moi qui grossit… Comme une vague…

J'ai soudainement les larmes aux yeux.

— Désolée, je me sens ridicule…

Je relève la tête et constate qu'elle ne me regarde pas, qu'elle ne me regarde plus.

— Une vague ? fait-elle d'un air absent. Oui, c'est ça, ajoute-t-elle plus bas, quelque chose comme une vague…

Elle demeure pensive un moment. Je l'observe, mi-surprise, mi-apeurée.

« Comment peut-elle… ? »

— Je ressens moi aussi confusément quelque chose de ce genre… Cela monte et redescend, monte et redescend… Lorsque ça me recouvre complètement, je sens que je vais étouffer, que je me noie. Mais lorsque ça repart, cela me laisse vide et complètement nue, j'en hurlerais presque…

— Un flux et un reflux…

J'ai murmuré ces mots malgré moi. Elle me regarde intensément.

Nous sursautons toutes les deux en entendant Sterling aboyer quelque part dans le jardin.

— Si tu as besoin de peindre, je suis d'accord. Mais je t'emmène en voiture : en faisant le grand tour par en bas, c'est plus long mais on y arrive tout aussi bien.

— Moi non plus, je n'ai pas envie de traverser les bois à pied, dis-je en haussant les épaules.

— Va chercher tes affaires. Je nous prépare un thermos pendant ce temps-là.

Je cours l'embrasser sur la joue.

Je m'apprête à grimper l'escalier quand je l'entends ajouter dans mon dos :

— Mais je prends le flingue et j'amène Sterling avec nous !

*
* *

Je suis connue pour ça. Je veux dire, si mes toiles se vendent, et se vendent aussi bien, c'est en partie grâce à ce signe distinctif. Il m'est venu ici, au moulin, ce jour-là. Précisément.

Après, tout n'a été qu'une affaire de chance, d'opportunités. D'exposition en exposition, de galerie d'art en galerie d'art, les choses pour moi sont allées très vite. Mais après. Bien après. Ce que j'essaie de dire, c'est que ce qui m'est arrivé, le succès et la notoriété, tout cela est parti du moulin, et de ce matin-là. Devant ma toile, face au pigeonnier que je tente de peindre obstinément, m'imprégnant du mieux possible de la réalité matérielle concrète que j'ai sous les yeux et n'y arrivant pas. Les larmes aux yeux, la frustration. Et d'un seul coup, l'abandon, l'abandon total. La réalité ne doit être qu'un support et rien d'autre. Une base à partir de laquelle doit *forcément* jaillir quelque chose de différent. Comme une naissance. Je ferme les yeux et tente de peindre non plus l'extérieur mais l'intérieur. *Mon* intérieur projeté sur le monde du dehors. La confrontation violente et irréelle de deux réalités, deux univers parallèles. Je laisse aller ma main.

Une petite figure bleue désarticulée apparaît. Puis une deuxième. Au bas de la toile. Le ciel prend en même temps une nuance plus profonde, plus limpide, plus calme. La nature a toujours bonne mine dans mes toiles. Toute la souffrance, toute la misère et la contradiction du monde ne peuvent se trouver en son sein. Il faut un point précis, une marque picturale où tout le mal peut alors converger librement et s'exprimer, un point d'où partent les irradiations perverses et morbides du monde des hommes.

Je suis connue pour ça. De minuscules silhouettes bleues portant en elles toute la charge négative du monde. De petites formes aux contours torturés, se débattant violemment, se contorsionnant hideusement, agonisant sous mes coups de pinceau, laissées pour mortes dans un coin du tableau.

*

* *

— Ça représente quoi ce truc ?

Carole se tient tranquillement derrière moi depuis quelques minutes. Un soleil timide réchauffe la vallée. Elle s'est installée confortablement sur son pliant, la chienne à ses pieds, *Belle du Seigneur* ouvert sur ses genoux pour dissimuler avec peine le revolver en dessous. L'association des deux nous a fait rire. Elle fume clope sur clope, comme à son habitude maintenant, d'une main toujours fébrile.

— C'est quoi, ça ? demande-t-elle à nouveau en pointant son doigt vers la forme bleue.

— Je ne sais pas bien au juste. C'est simplement… ce que je vois…

— Hum…

Elle tire une longue bouffée de sa cigarette.

— C'est ce que je vois dans mon rêve. Il y a une forme allongée par terre, dans une position tellement monstrueuse que c'en est révoltant. Je ne sais pas ce que c'est, mais, ce matin, il faut croire que je devais le sortir !

— Je croyais que c'était mon cadavre à moi que tu voyais et que c'était maman qui me tenait dans les bras !

Elle a son petit air amusé et me regarde en plissant malicieusement les yeux.

— Cette nuit, c'était différent.

Carole hausse les épaules, s'éloigne et entame un nouveau jeu avec Sterling.

Je regarde un moment ma sœur avant de reprendre mon travail. Comme elle a changé ! Son teint est plombé, son regard démesurément agrandi par les cernes et ses vieux vêtements semblent flotter autour d'elle. Les mains dans les poches, le regard perdu dans les volutes de sa cigarette, on pourrait la prendre pour une adolescente anxieuse et mal dans sa peau. Où donc était passée la jeune femme élégante et sophistiquée qui était revenue vivre au moulin avec moi ?

— Tu savais qu'ils voulaient rénover le pigeonnier, à la mairie ? J'en ai entendu parler ce matin à l'école.

Je me demande bien quel est l'intérêt de faire de telles dépenses. À part nous, personne ne vient par ici…

— C'est un vestige du passé, je crois, le seul qui ait survécu aux ravages du temps, avec l'église du village, bien sûr.

— Pour moi, ce n'est qu'une vieille tour délabrée, fait-elle en relevant la tête pour examiner le toit en ruine. Tu te rappelles qu'enfants on jouait à l'intérieur en faisant semblant d'être les châtelains d'antan à qui appartenait tout le domaine ?

— Bien sûr que je me rappelle ! Tu voulais toujours grimper à l'échelle tournante pour aller regarder les trous de boulin alors que c'était complètement interdit et très dangereux. Que veulent-ils en faire, d'après toi ? fais-je en étalant vigoureusement la peinture sur ma palette.

— Aucune idée ! Ils voudraient remonter le mur de la grange qui, à l'époque, était attenante à la tour et enduire tout ça à la chaux. Peut-être pour en faire une salle d'exposition… Dans ce cas-là, c'est tout le paysage qui en sera défiguré ! Il faudra creuser des routes, couler du béton, créer des places de parking… Bref, tu fais bien de peindre les derniers instants de tranquillité de ce lieu !

Je lui souris.

Les derniers instants de tranquillité ! Je regarde distraitement autour de moi. L'appréhension ne m'a pas quittée malgré mes efforts pour ne plus penser aux bois derrière moi et à ma course d'hier matin pour échapper à ce qui les hante.

Carole se retourne et surprend mon regard.

— N'aie pas peur, Alix, on ne craint rien. Tu peux peindre tout le temps que tu veux, je te promets que tu ne crains rien tant que je suis là.

Ses paroles résonnent étrangement à mon oreille.

Les mêmes que Sam m'a adressées plusieurs heures plus tôt.

*

* *

La journée est gâchée, le temps maussade. Nous prenons le déjeuner ensemble, en rentrant du pigeonnier. Je ne m'attends pas avoir des nouvelles de la police si rapidement mais je ne sais pas quoi faire ni quelle attitude adopter. Les rappeler ? Rester calfeutrée chez moi ? Annuler la semaine de cours qui arrive ? Je ne sais plus.

Carole pense que je dois continuer à mener ma vie exactement comme avant sans rien changer.

— La seule chose que tu dois modifier, c'est ton comportement. Fais attention à toi, sois sur tes gardes à chaque instant.

— Oh, pour ça, ne t'inquiète pas ! Je n'ai pas envie de revivre une chose pareille mais, évidemment, j'imagine que ça ne dépend pas *uniquement* de moi…

Je passe l'après-midi dans l'atelier à l'étage, à peaufiner ma peinture ; j'ai laissé Carole pelotonnée sur le canapé du salon, son livre à la main. La maison est calme, les portes verrouillées et notre chienne s'est confortablement installée au pied de l'escalier. Je me sens en sécurité.

Samuel appelle trois fois au cours de l'après-midi pour me demander des nouvelles et s'enquérir de la façon dont les choses se passent au moulin. Je le rassure, tout va bien.

Lorsque Carole doit retourner à l'école pour la garderie du soir, je descends et la regarde partir au volant de la voiture de papa. Elle me fait un léger signe et je referme doucement la porte en tirant le verrou. Sterling me regarde.

— Eh bien ! Il n'y a plus que toi et moi maintenant !

Je ressens néanmoins une imperceptible angoisse. Je suis à nouveau seule. Je grimpe à l'étage, la chienne sur mes talons, et m'enferme dans l'atelier attenant à ma chambre.

J'en profite pour glisser un coup d'œil à la fenêtre. Tout est calme. De toute évidence, il n'y a pas âme qui vive chez les Farge. Seront-ils interrogés sur leur emploi du temps d'hier matin par les gendarmes ? Sam m'a assuré que oui. Je n'ai pas mâché mes mots durant ma déposition, évoquant clairement la situation sans cacher le moins du monde les soupçons qui pesaient selon moi sur David Farge. J'ai bien remarqué le hochement de tête dubitatif de l'homme en face de moi. Pour lui, j'accusais sans preuves…

— Comment la situation a-t-elle pu dégénérer à ce point-là ?

Sterling n'a apparemment aucune réponse satisfaisante à me fournir.

Je décide de reprendre ma toile. Il me reste tout de même une chose dans la vie que je suis encore capable de contrôler et d'améliorer. *Changer ses désirs plutôt que l'ordre du monde…* La voie de la sagesse… Pour le reste, je prends le parti de ne plus y penser et d'attendre le retour de Carole et de Sam.

Surtout de Sam.

*
* *

— Tiens, Alix, c'est pour toi !

Je suis en train de mettre la table quand Carole décroche le téléphone de la maison. Sam vient de m'envoyer un texto pour me dire qu'il ne viendra pas dîner mais qu'il sera de retour tard dans la soirée. Une garde à assurer, quelqu'un à remplacer, il n'a pas été très clair, en fait. Je suis encore sous le coup de la déception quand j'entends la voix enjouée de Béatrice au bout du fil.

— Hello ! Comment vas-tu ?

— Bien, bien, fais-je, n'ayant pas la moindre envie d'entrer dans les détails.

Pourquoi diable n'a-t-il pas pu se libérer ? Ne se doute-t-il pas que j'ai besoin de lui ? *Désespérément* besoin de lui ?

— Je te téléphone un peu tard, excuse-moi… Mais je voulais à tout prix te rassurer… Tu sais, pour le médicament dont tu m'as parlé la dernière fois, à l'italien ?

Mais de quoi me parle-t-elle ?

— Comment ? Quel italien ?

— Bon sang, Alix, fais un effort ! Je ne vais pas pouvoir te parler très longtemps… C'était quelque chose que voulait savoir Carole…

— Ah oui ! Bien sûr, dis-je en me rappelant d'un seul coup l'affaire en question. Tellement de choses se sont passées entre-temps qu'elle me semble avoir une éternité d'âge.

— Bon, Adrien connaît très bien ce genre de cachet !

Elle éclate de rire. Je me demande ce qu'il peut y avoir de tellement irrésistible là-dedans.

— C'est du « pipi de chat »… Enfin, je le cite, c'est ce qu'il m'a dit ! Carole peut en prendre tant qu'elle veut, ça ne lui fera rien de mal ! C'est un placebo, un faux médoc si tu préfères, qu'on donne aux personnes qui pensent être atteintes de troubles cardiaques ou qui ont continuellement peur pour leur tension, des trucs comme ça. Des malades imaginaires, en somme. La prescription a plus une valeur psychologique qu'autre chose, et, toujours selon Adrien, les composés sont totalement anodins et n'ont aucun effet…

Je reste sans voix.

— Allô ? Allô ? Alix, tu es toujours là ?

Je ferme les yeux.

— Oui, oui, je suis toujours là. Merci Béa, je te rappelle plus tard.

Et je raccroche.

Carole lève un sourcil interrogateur vers moi.

— Que voulait-elle ? Qu'est-ce qu'il y a ? Tu en fais une tête !

Je lui raconte tout de go ce que Béatrice vient de m'apprendre. Nous restons un long moment à nous observer.

En moi, je sens les vagues de la mer reprendre leur va-et-vient dévastateur, elles grondent à mes oreilles, recouvrant et emportant tout sur leur passage. Je me mords violemment le poing pour m'empêcher de hurler.

— Qu'est-ce que cela signifie, Carole ? Pour quelles raisons papa prenait-il ce genre de… ?

— Je crois comprendre, me coupe-t-elle. Oui, je pense savoir ce qui s'est *réellement* passé ici… avec papa… Tu n'en sais encore rien mais, lorsque je suis revenue de chez les Farge hier matin, je suis passée par la pharmacie du village. Il n'y avait personne dans l'officine et j'en ai profité pour discuter un peu avec Arnaud. J'ai appris de curieuses choses… Papa n'y mettait plus les pieds depuis des mois. J'ai fait mine d'être surprise, lui parlant du traitement très lourd qu'il devait suivre. Arnaud m'a dit qu'il pensait tout bonnement que papa allait s'approvisionner ailleurs.

Elle m'observe. Je dois avoir l'air parfaitement ahurie car elle reprend, agacée :

— Ailleurs, tu comprends ! *Ailleurs !*

— Mais, je... Où ?

— Alix, il est temps que je te parle de ce que j'ai trouvé dans la maison des Farge hier matin. Peu après que David a tenté de t'assassiner.

XXI

ILS VINRENT LE TROUVER deux jours plus tard. Ils sonnèrent à sa porte, un samedi après-midi, presque à l'heure du thé. Ce fut d'ailleurs ce que Mélanie, un peu surprise du reste, leur proposa immédiatement. Il s'attendait de toute façon à ce qu'ils viennent le voir un jour ou l'autre. Un peu paniqué, David leur en sut gré néanmoins de ne pas avoir débarqué au cabinet, devant les patients.

Ils prirent place au salon.

— C'est une visite tout à fait officieuse, monsieur Farge, nous n'allons pas vous importuner longtemps. Nous avons quelques questions à vous poser et nous vous serions reconnaissants si vous pouviez y répondre le plus précisément possible.

— De quoi s'agit-il exactement ?

Sa voix était à nouveau ferme, il n'avait pas mis longtemps à retrouver son sang-froid.

— Il y a deux jours, c'est-à-dire ce jeudi-ci, il y a eu tentative d'agression sur la personne d'Alix Brausch, votre voisine. C'est arrivé à côté, pas très loin d'ici, dans les bois en bas de chez elle.

David eut un instant d'angoisse : à ce moment précis, Melly lui tournait le dos, occupée à passer le thé dans les tasses. Elle releva brusquement la tête.

— Comment cela s'est-il passé ? fit-elle en reposant la théière.

— Elle faisait son jogging matinal et elle a vu quelqu'un cagoulé lui courir après.

— Oh, mon Dieu ! s'écria Mélanie, sa main sur la bouche. Elle… a été violentée ?

— Non, madame, elle a heureusement pu échapper à son agresseur. Mais vous vous doutez bien du choc qu'elle a subi !

— C'est épouvantable, en effet, fit David en posant la main sur l'épaule de sa femme d'un geste protecteur. Et tout près d'ici, en plus ?

Celui qui apparemment était chargé de mener l'enquête était un jeune homme au visage fin et au regard intelligent que David ne connaissait pas. Il était visiblement plus jeune que Samuel Barbier qui l'accompagnait, que les Farge connaissaient bien en revanche. Il adoptait une attitude détendue et professionnelle à la fois, que David apprécia tout de suite. Samuel, quant à lui, restait curieusement muet mais il n'échappa pas à David qu'il ne l'avait pas une seule fois quitté des yeux depuis qu'il était entré.

— Qu'en penses-tu, Sam ? fit-il en se tournant délibérément vers lui. C'est… vrai toute cette histoire ? dit-il en prenant un air soupçonneux. Le coin est plutôt sûr pourtant…

— Je ne vois pas pourquoi il faudrait mettre en doute les propos d'Alix Brausch. Une agression, cela ne s'invente pas tout de même !

« Tiens, tiens ! Apparemment, les jeux sont faits te concernant. Tu ne veux pas être mon ami… Tu soutiendras *mordicus* ta petite copine, quoi qu'il arrive… »

— Ce n'est pas tout à fait ce que j'ai voulu dire, Sam, tu le sais bien, reprit-il en souriant.

— On m'a d'ailleurs informé que vous aviez eu quelques problèmes avec vos voisines récemment, poursuivit le jeune gendarme en toisant Sam du regard. Pourrais-je avoir votre version ?

— Il n'y a pas grand-chose à dire, intervint Mélanie.

Tous les regards convergèrent vers elle.

— Nous étions amis avec leur père qui nous a cédé le terrain. Antoine et mon mari passaient beaucoup de temps ensemble. Quand il est mort, ses filles ont repris le moulin mais je pense qu'elles nous en ont toujours voulu, plus ou moins consciemment.

— Vous en vouloir de quoi, madame Farge ?

— D'avoir fait construire sur le domaine de leur père ! Pourtant, ce terrain, Antoine était d'accord pour nous le vendre et nous lui en avons offert un bon prix ! Je crois qu'elles ont toujours refusé le fait que nous nous soyons installés *chez elles*... Malgré tous nos efforts pour préserver de bonnes relations...

— J'ai même embauché Carole à une époque pour m'aider au secrétariat, fit David en secouant la tête. Entre nous, je savais qu'elles avaient des soucis pécuniaires et Carole ne travaillant pas, je me suis proposé de la prendre à temps plein. Elle a travaillé pour moi quelques mois. Une fois remise à flot financièrement, je présume qu'elle n'avait plus besoin de ce poste et elle n'est plus réapparue au cabinet...

— Les seuls remerciements que nous ayons reçus en retour sont cette haie qu'elles ont montée entre leur terrain et le nôtre, fit Mélanie d'un air déconcerté. Parler de problèmes entre elles et nous, c'est beaucoup dire en réalité. Nous n'avons plus de relations, voilà tout.

— Et je pense que c'est mieux comme ça, poursuivit David en avalant une gorgée de thé.

— Il n'y a... jamais eu de mots entre vous, de disputes ? demanda le jeune homme en fronçant les sourcils.

— Écoutez, fit David, je ne sais pas ce qu'on a bien pu vous raconter mais non, il n'y a jamais rien eu de plus entre les Brausch et nous ! Je travaille soixante heures par semaine et le reste du temps, j'aime le passer avec ma femme et ma fille, parfois avec quelques amis, voilà tout. Tu es, du reste, bien placé pour le savoir, Samuel ! ajouta-t-il en se tournant vers ce dernier. Quand tu es venu dîner chez nous l'autre soir, les Brausch étaient présentes !

— Qu'avez-vous fait jeudi dernier, docteur ? coupa abruptement Samuel, sans prendre la peine de lui répondre. Nous savons que vous n'avez pas ouvert le cabinet médical de la journée...

Farge s'attendait à cette question depuis le début. Il prit une profonde inspiration mais ce fut sa femme qui répondit :

— Nous sommes restés ensemble toute la journée. Après avoir déposé Chloé à l'école, nous sommes partis tous les deux avec ma voiture.

— Peut-on vous demander où ? insista Samuel, contrariant visiblement son collègue qui commençait à remuer nerveusement sur le fauteuil.

— Bien sûr, ça n'a rien de secret, bien qu'entre nous je préférerais que vous gardiez cette information pour vous, fit Mélanie. Nous envisageons de déménager très prochainement et David tenait à me donner un coup de main pour la prospection...

— Déménager ? interrogea Olivier, surpris.

— Oui, après tout ça ! ajouta-t-elle avec un geste évasif vers la propriété d'à côté. Chloé n'est même pas au courant, elle regrettera beaucoup ses petites copines à l'école mais, très franchement, j'aspire à plus de tranquillité. Cette histoire commence à faire trop de bruit…

— Ma femme souffre des racontars qui circulent derrière mon dos, reprit David, la mine contrariée. Certains ont même prétendu qu'il y avait quelque chose entre Carole et moi !

— Le peu que j'ai pu entendre de cette histoire, coupa Sam, visiblement agacé par la tournure que prenait la conversation, il m'a plutôt semblé que c'était *vous*, David, qui aviez le beau rôle et Carole qui était systématiquement dénigrée…

— Mais c'est le cas ! s'écria Mélanie, les joues empourprées. Cette femme s'est monté un scénario dans la tête !

— Et je crois bien qu'elle a été déçue de ne pas me voir endosser le rôle qu'elle envisageait de me faire jouer, ajouta David.

— J'ai effectivement moi aussi entendu parler de cette histoire, intervint Olivier, coupant volontairement l'herbe sous le pied de Sam qui s'apprêtait à reprendre la parole. Les différends qui vous opposent sont bien réels mais je ne pensais pas que vous en étiez au point de vouloir quitter la région.

— En réalité, reprit David, nous n'irions pas très loin, je tiens à garder le cabinet médical au village. Mais, ajouta-t-il en tournant vers sa femme un regard tendre, Mélanie et moi souhaiterions vraiment pouvoir vivre ailleurs.

Mélanie baissa la tête et croisa les mains sur ses genoux.

« Quel tableau touchant ! ne put s'empêcher de penser Samuel en son for intérieur. La diabolisation des

Brausch est à son comble ! Farge sait se mettre les gens dans la poche ! »

— Y a-t-il moyen de vérifier vos dires, de contrôler le fait que vous ayez été ensemble toute la journée du jeudi ? s'enquit poliment Olivier.

David et Mélanie se regardèrent.

— Non, ma foi… Je ne crois pas… Sommes-nous suspectés dans cette affaire ? demanda brusquement David en fronçant les sourcils. J'ai du mal à croire que vous puissiez m'imaginer en train de courir après Alix Brausch toute la matinée dans les bois…

Les yeux de Samuel Barbier se rivèrent à ceux du docteur.

— Comment savez-vous que cela s'est passé précisément le matin ? Ni moi ni Olivier ne vous en avons touché un mot…

Un froid glacial comprima les poumons de David. Son esprit s'affola une fraction de seconde. Un silence de mort semblait s'être abattu autour de la table basse du salon.

— C'est pourtant ce que moi aussi j'avais compris, fit Mélanie d'une petite voix fluette. N'avez-vous pas dit que c'était arrivé alors qu'elle faisait son jogging *matinal* ?

La façon dont elle avait appuyé sur le dernier mot et la manière tout enfantine qu'elle avait eue de pencher la tête fit son effet. Olivier ne put s'empêcher de sourire.

— Oui, oui, bien sûr, veuillez nous excuser, nous sommes un peu nerveux, fit-il en se tournant vers Sam. Ce genre de difficulté n'est pas courant par ici. Une tentative d'agression, vous imaginez…

— Y a-t-il eu au moins un témoin ? demanda-t-elle.

— Non, répondit Olivier, aucun. Elle était seule.

Nouvel échange de regards entre Mélanie et son mari.

— Si j'étais vous, ajouta-t-elle tranquillement, avant d'aller interroger d'autres personnes, je m'assurerais d'abord qu'il y a *réellement* eu agression.

*
* *

Sam semblait hors de lui. Il comprenait que son collègue et lui venaient de se faire avoir comme des bleus. Et par qui ? David n'en revenait toujours pas.

Mélanie.

La frêle petite Melly avait dressé un véritable rempart entre lui et les accusations de ces hommes.

Il sourit.

À peine avaient-ils franchi le seuil de sa porte qu'il s'était précipité à l'étage, dans la chambre de sa fille, pour les regarder partir. Ils étaient restés un court moment devant leur voiture, garée sur la route du Moulin, en face de l'entrée des voisines. Sam contenait visiblement mal sa colère tandis que son collègue, le fameux Olivier, faisait de grands gestes et semblait l'invectiver.

David les regarda avec angoisse se diriger vers le moulin. Ils passaient donc voir les voisines.

« Il ne faut pas qu'ils aillent dans les bois, surtout pas ! »

Il devait à tout prix récupérer sa montre, ou ce qu'il en restait, avant que les gendarmes ne se mettent à fureter dans le coin. S'ils la trouvaient avant lui, il aurait les pires difficultés.

« Il faut que j'y retourne, et le plus tôt sera le mieux. » Mais d'abord, il allait passer une soirée romantique avec sa femme, il avait envie de l'emmener dîner à l'extérieur. Il lui devait bien ça. La façon dont elle l'avait sorti de ce mauvais pas... Il avait bien failli manquer de repartie, sur ce coup-là.

Il perdait vraiment la main, faisant tout sur un coup de tête, sans prendre le temps de réfléchir. Il était temps que toute cette histoire s'arrête.

Il passa sa main sur son poignet. S'il n'y avait pas eu cette foutue montre... Il devait agir vite, plus vite qu'eux.

Il irait cette nuit.

Il déposerait Chloé chez des amis, irait manger en tête à tête avec Mélanie et s'efforcerait de lui faire passer une agréable soirée.

De retour à la maison, il préparerait *lui-même* les cachets de sa petite femme et s'assurerait du même coup qu'elle s'endorme rapidement et profondément.

Après quoi, ce serait à lui de jouer.

*
* *

Olivier et Samuel trouvèrent les filles dans un état de prostration incompréhensible. Sam crut qu'Alix allait lui tomber dans les bras à la minute même où elle leur ouvrit la porte. Apercevant Olivier, il la sentit se raidir et se ressaisir presque instantanément. Elle les fit entrer et ils purent voir Carole blottie sur le canapé, les yeux rouges et gonflés.

— Mais que se passe-t-il par ici ? fit Sam. Quelque chose ne va pas ? C'est à cause de ce qui t'est arrivé, Alix ?

Les filles se regardèrent. Carole sembla s'ébrouer instantanément et se leva du fauteuil en faisant mine de s'arranger les cheveux.

— Non, non, ne t'inquiète pas, ce doit être le contrecoup, répondit-elle.

— Ce n'est pas vraiment la grande forme, à ce que vous pouvez voir, reprit Alix. Mais asseyez-vous, je vous en prie.

— Nous voudrions que vous nous racontiez à nouveau, si c'est possible, ajouta Olivier, le regard compatissant, les événements de la matinée de l'agression.

— Tu t'en sens capable, Alix ?

Sam dévisageait la jeune femme à la mine hébétée, sentant que quelque chose de *différent* était sûrement arrivé.

— Oui, bien sûr, quoiqu'il me semble ne rien pouvoir ajouter d'autre à ma déposition.

— Voyez-vous quelque chose que vous auriez omis de dire et qui vous serait revenu entre-temps ?

— Même un tout petit détail pourrait nous aider, Alix, essaie de te souvenir du peu que tu as pu voir de ton poursuivant…

Alix fit un effort de concentration.

« Je cours… Le silence inhabituel abrite une menace diffuse qui parvient à vriller à travers les bois, qui me perce et m'affole. Je me retourne… Mes pas font trop de bruit sur le sentier… Et soudain, il est là, il m'attend… »

— Non, je ne vois pas…

« Je hurle… Il semble surpris… Je rebrousse chemin à toute allure… Il ne faut pas qu'il me rattrape… »

— Tu es sûre ? s'enquit Carole.

— J'ai beau me refaire le film dans ma tête, gémit-elle, je ne vois pas…

« Je cours de toutes mes forces, la panique me prend à la gorge, j'ai l'impression que je vais vomir… Je me retourne encore… »

Alix soupira.

— Il était cagoulé, portait un pantalon sombre... J'étais trop loin pour remarquer quoi que ce soit d'autre...

« Il trébuche... Je suis folle de joie rien que de le voir se rattraper d'une main ! Il tombe, il est donc faible, je peux lui échapper... »

— On ne va pas vous déranger plus longtemps, fit Olivier.

— Attendez, je pense me souvenir qu'il a trébuché à un certain moment... Je ne sais pas si cela peut vous aider...

Olivier et Sam se penchèrent en avant.

— Êtes-vous en train de nous dire qu'il aurait pu se blesser ? demanda Olivier, le regard aigu.

— Franchement, je ne crois pas, il n'a pas fait de chute à proprement parler, mais je me souviens qu'il a trébuché et a tenté de se rattraper ! C'est tout ce que je peux vous dire de plus.

— Tu te rappelles à partir de quel moment tu ne l'as plus vu derrière toi ? demanda Sam.

— Un peu après, répondit Alix.

Sam et Olivier se regardèrent. Sam ne put s'empêcher de se sentir déçu.

« Il sait à quoi je pense parce qu'il se dit la même chose. » Si l'agresseur avait laissé tomber la poursuite, c'est peut-être parce qu'il s'était fait mal et n'était plus en état de courir. Mais dans ce cas-là, semblait lui dire Olivier, il aurait encore des séquelles au jour d'aujourd'hui, un boitillement, une blessure, quelque chose !

« Le docteur semble en parfaite santé. »

— Merci Alix, fit Olivier. Oh ! Je peux vous appeler Alix ?

— Oui, bien sûr. Désolée de ne pas pouvoir mieux vous aider...

Elle avait l'air franchement mal en point. Sa sœur aussi, d'ailleurs... Il se leva pour prendre congé.

— Essayez de prendre du repos, surtout, fit-il. Et ne vous isolez pas. Je sais que c'est plutôt ce que les victimes ont tendance à faire après ce genre d'événement mais c'est une spirale infernale dont on a du mal à se sortir par la suite. Voyez des gens, sortez en groupe. Entourez-vous du plus de personnes que vous pouvez...

— Facile à dire, marmonna Carole.

Olivier se tourna vers elle. Encore une fois, il fut frappé par la beauté de la jeune femme, pourtant émaciée et semblant à bout de forces.

Il trouvait qu'il y avait quelque chose d'aérien en elle, de féerique presque. Il avait eu l'occasion d'admirer certaines pierres précieuses au cours de sa vie et, curieusement, Carole lui rappelait l'opale, peut-être à cause du blanc laiteux de sa peau ou de ses yeux translucides. L'opale miroite et change sans cesse d'aspect, ce qui lui donne cette couleur parfois difficilement définissable.

Et Carole était pour lui indéfinissable. Qu'y avait-il eu au juste entre elle et Farge ?

— Je suis conscient que ce ne sera pas facile, reprit-il. Mais je pense que c'est le meilleur conseil que je puisse vous donner.

Une idée lui vint.

— Peut-être, d'ailleurs, avez-vous entendu parler de cette petite fête que donne la mairie demain, à l'occasion de la préparation des prochaines élections municipales ? Une grande partie du village sera probablement présente. Moi-même, j'y serai. Ce serait un pas de fait vers les autres, qu'en pensez-vous ?

— Mais à vous entendre, on a l'impression que ma sœur et moi sommes brouillées avec toute la commune ! s'exclama Carole. Nous n'avons pas besoin d'une réconciliation publique, figurez-vous !

— Non, non, attention, ce n'est pas ce que j'ai voulu dire, se justifia Olivier.

— De toute façon, il est trop tôt pour ça, coupa Alix.

— L'idée est tout de même bonne, fit Sam, ce serait l'occasion pour vous de démontrer que rien n'a changé et que s'il y a problème, ce n'est pas de votre fait. Je ne dis pas que le monde entier vous montre du doigt, mais imaginons que les choses prennent une tournure… compliquée, entre Farge et vous par exemple. On ne doit pas pouvoir vous incriminer.

Les filles ne répondirent pas.

Ils se dirigèrent tous vers la porte.

— Dans tous les cas, merci de vous occuper de l'affaire et de la prendre au sérieux, fit Alix en tendant la main à Olivier. Je vous en suis reconnaissante.

Olivier remercia et s'éloigna, croyant avoir vu Alix retenir Samuel par le bras. Peut-être avait-elle quelque chose de plus personnel à lui dire.

— Tu ne restes pas pour dîner ?

— Non, pas ce soir, Alix. Olivier va me ramener à la gendarmerie, nous devons encore classer pas mal de choses.

Il lui caressa doucement la joue.

— Et puis je me sens un peu fatigué.

Il l'embrassa légèrement sur les lèvres.

— Je t'aime, murmura-t-il.

Et il partit rejoindre Olivier qui l'attendait dans la voiture.

XXII

Extraits des notes de…

Je suis allongée sur le lit et je ne peux pas dormir. J'aimerais pouvoir chasser ce rêve. En réalité, ce n'est pas un rêve puisque j'ai les yeux fermés mais que je ne dors pas. Il me semble d'ailleurs que je ne pourrai plus jamais dormir.

Quelque chose en moi s'est déchiré. Mon père est mort, certes, et ça ne change rien à l'affaire. Depuis quand ma sœur et moi nous doutons-nous confusément de la vérité ? Je me tourne et me retourne entre les draps. Peut-être l'avons-nous toujours su…

Ce n'est pas ça qui me fait de la peine. Ce n'est pas la mort de mon père en elle-même, bien qu'il ait dû beaucoup souffrir (oh papa, comment pourrai-je vivre à nouveau normalement en t'imaginant souffrir !), qui me broie le cœur à ce point. C'est de l'imaginer se rendre compte progressivement, au fur et à mesure que la mort l'étreignait et qu'il suffoquait devant la porte, qu'il avait été dupé. Assassiné.

Mais l'avait-il compris ? Je prie pour qu'il n'en ait pas été ainsi… Je prie de toutes mes forces.

De nouveau je la regarde grandir, je peux l'entendre monter des profondeurs et elle se déverse en poussant un hurlement de folle. Sur le dos, les bras en croix, j'attends patiemment que cela passe. J'ai l'impression que je vais mourir, que je vais me noyer. La prochaine sera la bonne, je vais sûrement périr étouffée.

Je voudrais bien sortir de ma torpeur. Je ne peux pas faire un geste. Ma tête me crie de me lever, de me secouer, mais mon corps reste rivé au lit, je ne peux même plus ouvrir les yeux. Je m'entends gémir.

Les flots reprennent leur mouvement sinistre, les vagues repartent vers le large, les larmes me montent aux yeux. Mon Dieu, aidez-moi !

Mais Dieu ne m'entend pas. Je suis seule.

Au loin, là-bas, je les sens se retourner sur elles-mêmes, se concerter, se concentrer, rouler les unes sur les autres, bouillonner… Elles reviennent en force. Elles reviennent pour me submerger, je ne vais pas pouvoir retrouver mon souffle, je sens mon cœur s'affoler. J'aimerais crier, appeler au secours… Mes sanglots me restent dans la gorge, je fais un bruit de morte.

Elles se fracassent au pied de mon lit et montent, montent. Ça y est, je suis recouverte, mes poumons dans ma cage thoracique se sont dilatés au maximum et sont restés bloqués dans cette position. L'eau en profite pour s'y engouffrer.

Je sais que la minute sera longue. Mais elle repartira, aspirée par une autre formation.

Il faut juste que j'arrive à caler ma respiration sur celle de l'eau. Inspirer au même moment qu'elle, quand elle repart comploter au loin et qu'elle me laisse, étendue et suffocante. Expirer quand elle revient me cracher son haleine ondoyante et glacée à la figure. Ou peut-être l'inverse, je ne sais pas.

Inspirer, expirer, inspirer. Expirer. Expirer.

Mes mains s'agrippent au rebord du matelas. Aspirée. Expirer.

Les yeux clos. J'ai la bouche sèche. J'aimerais me réveiller mais je me souviens que je ne dors pas. Sa respiration est sans fin, pas la mienne. Je ne peux pas suivre. Survivre.

Expirer.

Un monstre a pris naissance en moi. Il grandit, il pousse, il gronde. Il respire et me fait peur.

Une respiration houleuse et tumultueuse. Tumultueuse : celle de la haine.

XXIII

SAM N'ARRIVAIT PAS à trouver le sommeil. Une chose le tracassait mais il ne parvenait pas à savoir ce que c'était. Il avait beau chercher à travers ses récents souvenirs – car il sentait obscurément que tout cela était récent –, il ne pouvait mettre la main dessus.

Il regarda le réveille-matin. 1 h 30. Il fallait dormir. Demain, il avait prévu de passer la journée au moulin et d'emmener les filles avec lui à la réception municipale. Il avait appelé Alix, plus tard dans la soirée, pour lui demander de réfléchir encore à la proposition d'Olivier. C'était la meilleure marche à suivre. Alix lui avait paru moins rétive à l'idée de passer l'après-midi au milieu des villageois, qui ne manqueraient sans doute pas de les dévisager, Carole et elle… Il savait ce qui lui en coûtait et il l'en avait félicitée.

« Bon, maintenant, il faut dormir. Mais qu'est-ce qui ne va pas ? » se demanda-t-il.

C'est toute cette histoire qui n'allait pas ! Il n'y avait aucune preuve des allégations des filles, il le savait bien !

Lui-même parfois… Non, il ne doutait évidemment pas une seule seconde qu'Alix et Carole aient eu d'excellentes raisons d'être inquiètes pour leur sécurité et pour leur vie. Mais aurait-il cru à la culpabilité du docteur si ses sentiments pour Alix n'avaient pas été aussi forts ? Rien ne semblait indiquer qu'il ait été pour quelque chose dans l'agression d'Alix. Ni pour le reste d'ailleurs.

Alors quoi ?

Il repoussa rageusement les couvertures et se leva. Il avait trop chaud de toute façon. Trop chaud, trop soif, trop énervé... Il se dirigea vers la cuisine dans l'obscurité. Il se servit un grand verre d'eau fraîche et but avidement. Se retournant, il buta contre le pied de la chaise et manqua de tomber. La douleur fulgurante qu'il ressentit à l'orteil le fit s'agripper au plan de travail, lâchant le verre qu'il tenait dans la main. Celui-ci alla se briser sur le sol, dans un bruit sec et aigu.

« Voilà, c'est ça ! » Le choc du souvenir éclipsa pendant une fraction de seconde la souffrance qui lui irradiait le pied. Il tira la chaise à lui et s'assit. Il tenta de se comprimer les orteils pour atténuer le mal.

« C'est sûrement de cette façon que cela s'est produit ! » C'est ce que leur avait dit Alix ! Elle l'avait vu trébucher !

Grimaçant, il regarda les bouts de verre éparpillés par terre. Il n'était pas tombé, non, mais peut-être avait-il *fait tomber* quelque chose ! Tout comme lui venait de le faire !

Oh, bon sang, comment n'y avait-il pas pensé plus tôt ! Ils auraient dû immédiatement retourner dans les bois et se mettre à la recherche d'indices ! Alix aurait même pu les accompagner !

Il attendit que la douleur s'estompe pour réfléchir plus posément.

C'était peut-être une chance à saisir. Sam pensait que l'homme au visage cagoulé avait prémédité son geste et qu'il avait donc dû prendre toutes les précautions nécessaires afin de ne pas laisser de traces derrière lui. Mais il avait échoué ! C'était un fait que Sam n'avait pas pris suffisamment en considération ! L'homme n'avait pas *prévu* de trébucher ni de rater Alix et de s'en retourner bredouille. Il avait dû paniquer alors. Et donc commettre des impairs.

Sam reposa le pied par terre. Il n'avait pas envie d'attendre. S'il ne trouvait rien cette nuit, il pourrait toujours y revenir dans la journée, avec Olivier et Alix. Mais il devait y aller. Tout de suite.

« Et puis je n'ai plus sommeil », se dit-il. Moins d'un quart d'heure plus tard, il faisait démarrer sa voiture et partait en direction de la forêt.

*
* *

La nuit était assez claire. Sam s'attarda quelques instants à contempler l'astre froid dans le ciel dégagé, mais il savait d'expérience que, dans les sous-bois, les ombres lui cacheraient les pâles rayons de la lune. Il avait emmené avec lui sa petite lampe torche ainsi que son arme de service. On n'était jamais trop prudent.

Il s'était garé dans le sentier encore praticable qui menait plus haut vers le pigeonnier. La tour découpait son ombre déchiquetée et branlante sur l'herbe de la plaine. Pas le moindre son ne parvenait à ses oreilles.

Il décida d'obliquer et de remonter la pente qui menait aux fourrés puis aux bois. Il s'agissait de faire attention aux moindres détails tout en prenant garde de ne pas se blesser. Son gros orteil le lançait encore de temps à autre mais il essayait de se concentrer sur les alentours. Une fois atteints les fourrés broussailleux, il sortit la lampe de sa poche et alluma. Le faisceau était maigre et n'attirerait pas l'attention. Il braqua le jet de lumière sur le sol, sans savoir réellement *où* chercher et *quoi* chercher…

Si au moins il pouvait être sûr que l'homme masqué était bien passé par là ! Il avait conscience de l'arbitraire de son propre choix mais il fallait bien commencer quelque part… En remontant vers le moulin, il tomberait peut-être sur un indice, une trace, une marque…

Le rayon balayait l'espace à ses pieds de droite à gauche. Il devait procéder de manière méthodique, avançant lentement, pas à pas, ne négligeant aucune parcelle de terrain ni aucun amas de ronces qui pouvait dissimuler une preuve. Le dos courbé, ses yeux scrutaient les buissons, les pierres, les branches, les troncs…

Il ne savait plus depuis combien de temps il marchait ainsi, plié en deux. Fatigué, il se redressa, la main sur ses reins endoloris. Ses épaules lui faisaient mal. Il avait besoin d'une pause.

C'est alors qu'il le vit.

En se relevant, sa main avait éclairé quelque chose de métallique, plus haut, qui brilla un instant sous les feux de la lampe. Excité par sa découverte, il tenta de relocaliser l'endroit où il avait vu l'objet étinceler dans l'herbe.

Oui, il y avait bien quelque chose, là, par terre, un peu sur sa gauche. Il regarda tout autour pour repérer le chemin le plus facile d'accès jusqu'à l'objet. Il n'y en avait pas. Il fallait qu'il grimpe en s'accrochant aux racines, à terre. Il s'efforça de mémoriser l'espace, éteignit la lumière et rangea la torche dans sa poche. Des deux mains, il entreprit de se hisser à travers les petits arbustes.

La progression était vraiment difficile. Pas étonnant qu'il soit tombé, pensa-t-il, ce n'était pas l'endroit le plus commode pour attendre quelqu'un avant de lui tomber dessus. Encore un effort… Il y était !

Il avait sans le savoir rejoint le sentier, praticable celui-là, et il se penchait vers la terre pour ramasser le…

— Je crois que *ceci* est à moi, Barbier.

Samuel sursauta et se retourna brusquement. Il eut le temps d'avoir un haut-le-cœur en reconnaissant David Farge. Il sentit son crâne s'ouvrir sous le coup fulgurant qu'il reçut à la tempe. Il fut projeté à terre. Il tenta de se protéger la tête mais son propre sang l'aveuglait.

Il eut alors la certitude de sa mort prochaine.

Le visage d'Alix se dessina derrière ses paupières et il eut juste le temps de murmurer son prénom une dernière fois. Le bras de Farge se releva et s'abattit avec une violence inouïe sur sa tête.

Plusieurs fois de suite. Ce qui était bien inutile.

Samuel Barbier était mort sur le coup.

XXIV

Extraits des notes d'Alix

JE ME SUIS LEVÉE avec un mal de tête infernal. Et pour cause : je n'avais pu dormir que quelques heures. Et lorsque j'ai vu Carole descendre à son tour ce matin-là, je me suis dit que je n'étais pas la seule à ne pas avoir fermé l'œil de la nuit.

Elle m'a adressé un petit salut, s'est juchée sur le tabouret et m'a regardée préparer le café.

— Tu crois qu'il faut qu'on aille dire à la police ce que nous savons pour papa ? m'a-t-elle demandé sans préambule.

J'ai dégluti avec peine.

— Je ne sais pas, Carole, je ne sais pas… J'aurais voulu en parler à Sam hier mais ça ne s'est pas présenté et j'ai peur qu'on nous accuse d'en faire trop contre Farge.

— C'est également ce que je me dis. Mais là, nous avons des preuves tangibles, non ?

— Des preuves, quelques boîtes de médicaments ?! Que tu as en plus récupérées chez le docteur en totale infraction avec la loi ! Non, crois-moi, ça… ne marchera pas. Les gens diront que nous paranoïons à fond.

— Oui, j'y ai pensé. Mais finalement, a-t-elle ajouté après un instant, l'important est que toi et moi sachions *exactement* ce qu'il en est, n'est-ce pas ?

Je n'ai pas relevé. Je ne me suis même pas retournée, occupée que j'étais à nettoyer les bols pour le petit déjeuner.

Il n'était pas nécessaire qu'elle devine. Ou peut-être que je devine. Je ne savais plus très bien laquelle de nous deux devait être protégée d'elle-même par l'autre.

— Tu veux bien mettre la table, Lottie ?

Elle a fait quelques pas derrière moi et elle a passé ses bras autour de ma taille en pressant sa tête contre mon dos.

— Ne t'en fais pas, a-t-elle dit tout bas. Nous trouverons bien un moyen…

— Un moyen pour quoi ?

— Je ne sais pas… Pour qu'éclate la vérité. Pour que justice soit rendue.

J'ai marmonné une vague réponse. Elle s'est dégagée et je l'ai entendue s'affairer derrière mon dos à disposer les couverts sur la table.

Je me sentais tellement fatiguée… Lorsque Carole m'avait raconté sa découverte chez le docteur et tout ce que cela devait forcément signifier, j'avais violemment réagi. L'envie m'avait prise de courir sur-le-champ chez le voisin avec l'arme de papa pour lui demander des comptes. C'était évidemment stupide. Carole m'avait rattrapée dans le jardin. S'était ensuivie une scène très pénible entre elle et moi mais elle était tout de même parvenue à me calmer et à me faire rentrer à la maison. J'étais revenue tremblante et secouée de sanglots. Nous avions passé une bonne partie de l'après-midi à pleurer jusqu'à en être étourdies de fatigue. Sam et Olivier avaient sonné chez nous peu après.

Aujourd'hui, bizarrement, je me sentais calme et détachée. La situation n'avait pourtant pas évolué d'un iota depuis mais je parvenais à l'appréhender différemment.

— J'en parlerai à Sam tout à l'heure, ai-je fait. Ce sera un début et il saura peut-être quoi faire.

— Oui.

Après un moment, elle a ajouté :

— Tu as de la chance d'avoir quelqu'un comme lui dans ta vie.

Je lui ai souri.

— Dans toute cette tourmente, j'avoue qu'il est la seule et unique chose de bien qui me soit arrivée.

— Je crois qu'on peut vraiment compter sur lui. Il nous aidera. Parle-lui de papa et de nos soupçons, a-t-elle repris d'une voix plus ferme.

— Je vais le faire dès aujourd'hui. Il ne va pas tarder à débarquer d'ailleurs, ai-je répondu en me tournant vers le cadran suspendu au mur de la cuisine. Il tient à nous accompagner à l'assemblée de cet après-midi.

— Je n'ai vraiment aucune envie d'y aller, a grimacé Carole. Écouter des bondieuseries sur la vie du village et le calme de nos campagnes, très peu pour moi !

— Tu as entendu ce que nous a dit Olivier hier ? Ne prêtons pas le flanc à plus de commérages encore… Je ne tiens pas plus que toi à y participer mais, pour notre réputation, pour celle de papa…

Ma voix s'est brisée.

— Laisse papa en dehors de tout ça, a répondu Carole en me lançant un regard polaire. Il n'a rien à voir là-dedans, c'est bien assez pénible comme ça…

Rien n'aurait pu m'amener à me ressaisir plus vite. J'ai avalé une gorgée brûlante en choisissant prudemment de changer de sujet.

— J'ai l'impression que Sterling s'est faite au moulin bien plus facilement que je ne l'aurais pensé.

Le visage de Carole s'est éclairé.

— Tu sais que j'adore cette chienne, a-t-elle fait en sifflant la masse affalée au pied de l'escalier qui s'est ébrouée à l'instant.

Nous avions décidé de lui installer une espèce de coussin informe en guise de paillasse à cet endroit, je tenais à ce que les étages lui soient interdits, ainsi que le canapé du salon, où elle avait pourtant bien failli élire domicile pour de bon.

Elle a approché sa jolie tête des genoux de ma sœur en remuant joyeusement la queue.

— Je l'ai entendue gronder cette nuit, à tel point qu'elle m'a fait peur et que je suis descendue voir ce qui se passait.

J'ai lancé à Carole un regard interrogatif.

— Vraiment ? Tu… tu crois qu'il y avait quelqu'un dans le jardin ?

— Non, non, je ne crois pas… Enfin, je ne suis pas allée vérifier. Mais je me sens rassurée de la savoir avec nous, elle monte bien la garde.

J'ai opiné du chef.

Carole s'amusait maintenant avec la chienne. J'ai ri plusieurs fois de les voir chahuter au milieu du salon. Pourtant, je ne parvenais pas à calmer l'agitation qui avait pris forme dans mon esprit en apprenant le comportement étrange de Sterling.

Je me suis dit que, malgré ce que prétendait Carole – et sûrement pour me rassurer d'ailleurs –, nous avions peut-être bel et bien eu de la visite cette nuit et que

Sterling avait probablement dû sentir une présence étrangère rôder non loin de nous.

*
* *

Nous sommes arrivées à la salle des fêtes municipale sur les coups de midi. La réunion battait son plein et toutes les fenêtres du complexe avaient été ouvertes : nous pouvions voir des silhouettes surgir et disparaître entre les battants.

Sam n'était pas passé au moulin et, après avoir tenté de le joindre à de nombreuses reprises, Carole et moi avons pris la décision de le retrouver directement sur place. Je lui avais laissé un énième message pour le prévenir que nous n'étions plus au moulin et que nous l'attendions à la mairie.

Les tables à l'intérieur avaient été disposées le long du mur et un petit bar où l'on servait des rafraîchissements se trouvait au fond de la salle. Des petits-fours étaient proposés et nous pouvions même trouver des pizzas et des plats chauds servis par quelques volontaires.

J'ai cru percevoir un léger recul de surprise parmi l'assistance à notre arrivée, comme un mouvement de vague ondulante au fur et à mesure que les têtes se retournaient pour voir qui venait d'entrer. Les sourires demeuraient, comme figés, mais les regards se voilaient et j'ai senti mon cœur battre à coups redoublés.

Un silence gêné semblait vouloir s'installer et j'en ai vu certains prendre des postures incommodées. Les regards paraissaient tous converger vers le même centre et, en tournant légèrement la tête, je me suis aperçue qu'*ils* étaient là aussi.

C'était donc ça.

— Rentrons au moulin, a murmuré Carole en me touchant le coude.

— Hors de question !

La brusquerie de ma réponse m'a surprise moi-même. Je m'apprêtais à faire les premiers pas et à rentrer dans le vif du sujet en tendant la main à ceux que je connaissais, quand j'ai vu Olivier se frayer un chemin jusqu'à nous, un verre à la main et un sourire aux lèvres.

— Bienvenue, a-t-il fait d'une voix un peu trop forte et en me serrant vigoureusement la main. Vous devez certainement mourir de faim et les toasts là-bas sont délicieux. Je vous accompagne.

J'en aurais pleuré de reconnaissance. En même temps, j'ai senti mon courage revenir et c'est les épaules aussi droites que possible que j'ai marché vers les tables.

Les conversations ont alors repris comme par enchantement. J'ai bien vu le regard inquiet de Carole et je lui ai pris le bras.

— Avez-vous vu Samuel ? ai-je demandé à Olivier qui en profitait pour se resservir en amuse-gueules.

— Non, je pensais le trouver avec vous.

— Il n'est pas venu ce matin, je pensais qu'il avait peut-être eu un empêchement…

— Vous l'avez appelé ?

— Oui, plusieurs fois même. Mais il ne répond ni sur son fixe ni sur son portable.

Olivier m'a regardée en haussant les épaules.

— S'il vous plaît ! S'il vous plaît !

Quelqu'un demandait le silence et nous nous sommes tournés vers le maire et son adjoint.

Alain Pallegarde, notre maire, était un homme d'une soixantaine d'années qui n'avait jamais quitté le village. Il connaissait les noms, prénoms et domiciles de presque toutes les personnes réunies ce jour-là. Je l'avais rencontré de nombreuses fois au moulin, en compagnie de papa. Je crois me souvenir qu'ils s'entendaient plutôt bien à cette époque. Seulement, plusieurs années auparavant, papa avait arrêté de participer à la vie politique et sociale du village. Personne n'avait jamais su pourquoi.

Des rumeurs avaient circulé comme quoi les deux hommes s'étaient brouillés et que Brausch avait pris le large. Lorsque j'avais essayé d'en demander les raisons à mon père, il ne m'avait pas répondu.

« Papa, combien de mystères as-tu emportés avec toi… »

— Mes chers amis, nous sommes réunis aujourd'hui en vue des prochaines élections municipales.

Je n'écoute plus. Mon regard parcourt l'assistance. Je connais la plupart de ceux qui se trouvent là. J'ai été en classe avec eux, nous avons grandi ensemble, je connais leurs parents et leurs familles. Je jette un coup d'œil à Carole.

Elle *le* fixe du regard.

Je n'ai pas manqué moi-même de remarquer à quel point les Farge rayonnent. Mélanie porte une magnifique parure de perles, à ses oreilles et à son cou, qui rehausse le vert printanier mais subtilement discret du tailleur-pantalon dont elle s'est vêtue pour l'occasion. Le teint éclatant et le sourire aux lèvres, elle tient sagement sa petite fille par les épaules. David, lui, porte un pantalon et une veste coupés sport assortis, avec un pull sur le dos noué négligemment autour de ses épaules. Ils semblent prendre du bon temps et paraissent tout à fait à leur aise au milieu des autres. Ils sont chez eux, et cela me fait mal. Je les regarde sourire et même éclater de rire plusieurs fois aux blagues de Pallegarde.

— … ce qui m'amène à vous dire, mais pour certains d'entre vous, vous l'aviez compris depuis longtemps, que j'ai décidé en mon âme et conscience qu'il était grand temps pour moi de prendre ma retraite…

Mais enfin, qui est cette vieille femme qui fixe si insolemment ma petite sœur des yeux ? Son visage me dit bien quelque chose mais je n'arrive pas à me souvenir de son nom…

— … et je vous annonce donc, mais d'une manière officielle cette fois, que je ne me représenterai pas…

Mme Gribouille. Quelque chose dans ce genre, en tout cas, je ne parviens pas à me rappeler. En revanche, ce que je n'arrive pas à comprendre, c'est la façon qu'elle a de dévisager Carole… Avec aussi peu d'aménité. Avec autant de mépris.

— … je sais qu'il n'en a encore parlé à personne, mais c'est l'heure où tous les secrets doivent être dévoilés et je suis sûr que vous serez d'accord avec moi pour dire…

Son regard m'exaspère. Je sens que je m'exaspère, mes mâchoires se crispent involontairement et je me sens de taille à me battre avec la salle entière. Je lâche le bras de ma sœur.

— … meilleur qualifié dans ce domaine, avec des idées larges et de vastes projets pour l'ensemble du village…

Je me faufile à pas de loup derrière le groupe compact des personnes réunies.

Même de dos, je sais qu'elle n'a pas lâché ma sœur du regard.

— … soutiendrai totalement dans sa campagne et je tiens à ce que vous fassiez de même, chacun d'entre vous sachant quelle valeur…

Gribière, c'est ça, et non pas Gribouille. Je lui tapote gentiment l'épaule droite.

— … inutile de vous le présenter : le Dr David Farge.

— Dites-moi, madame Gribière, il y a un problème avec ma sœur ? Quelque chose dont vous auriez envie de lui parler en tête à tête ?

Ma voix sonne curieusement à mes oreilles. Mais alors, un tonnerre d'applaudissements me fait sursauter. D'abord surprise de me voir derrière elle, Gribière se ressaisit rapidement et me lance un regard ironique.

— Je n'ai rien à vous dire. C'est à notre futur maire que j'ai des choses à raconter et à montrer, ajoute-t-elle en souriant étrangement.

— Hein ? Futur *quoi* ? Qui, *Farge* ?

J'écarquille les yeux. Gribière hausse les épaules et se détourne.

Je n'arrive pas à en croire mes oreilles… Ma fureur insensée contre la vieille femme retombe instantanément.

— … merci de votre soutien dans ce choix, dans cette voie passionnante quoique ardue…

Et là, je comprends. Ils se sont foutus de moi ! Ils m'ont gentiment écoutée, allant même jusqu'à me conseiller de porter plainte contre X en me demandant si j'avais en tête une personne en particulier… Et ils ont pris avec complaisance ma déposition contre celui qu'ils savaient être, selon toute vraisemblance, le futur maire !

Folle de rage, je me mets immédiatement à la recherche d'Olivier mais, encore une fois, c'est lui qui vient à moi.

— Je vous assure que je n'en savais rien du tout ! Et de toute façon, ça ne change strictement rien à l'enquête policière qui est en cours !

— Ah oui !? J'aimerais réellement savoir ce que va devenir ma plainte dans les mois à venir ! Il va s'en tirer en devenant maire, c'est ça l'épilogue que vous me proposez ?

Je bous de rage. J'ai dû parler un peu trop fort car je vois deux ou trois têtes se retourner.

— Calmez-vous, Alix, ce n'est pas le moment de faire un esclandre, fait Olivier en me serrant le bras. Vous voulez aggraver votre cas ou quoi ?

Je ne réponds rien mais je me dégage violemment de son étreinte.

Je tente de retrouver un semblant de calme. Farge discourt toujours. J'ai envie de me mettre à hurler.

— Vous ne pourriez pas le faire taire, je vous en supplie !

Olivier me lance un regard noir.

— Ne soyez pas ridicule !

— Bon Dieu, mais où est Sam ? Qu'est-ce qu'il fout à la fin ?

Olivier fronce les sourcils.

— Je n'arrive pas à le joindre non plus… J'ai appelé à la caserne, les gars disent que sa voiture n'y est pas. À la gendarmerie non plus. Je ne comprends pas où il a pu filer…

— On avait prévu de passer la journée ensemble ! Il m'aurait prévenue s'il avait dû partir !

Et d'un seul coup, nous *réalisons*. Sans rien comprendre d'abord.

Nous l'*entendons* réellement pour la première fois et quelque chose sonne faux. Nous nous en rendons compte brutalement. Tous les deux.

Et presque au même moment. Nous échangeons un regard. La voix.

La voix s'est brisée. Quelque chose ne va pas. Nous nous retournons vers l'orateur.

— ... suite aux différents troubles de ces derniers temps… que pour la plupart d'entre vous connaissez…

Farge éclate en sanglots. Les mains soudain tremblantes, la parole saccadée, il semble se trouver dans la plus grande des confusions.

Pallegarde s'élance vers lui, pensant comme tout le monde que Farge est clairement sur le point de se trouver mal.

— Allons, allons ! Enfin, David !

L'assistance, hébétée, regarde, impuissante, la scène qui est en train de se jouer devant elle. Je sens ma bouche se dessécher.

Le docteur plonge son visage dans ses mains et se précipite vers la sortie.

Il y a alors un mouvement d'effroi et de stupéfaction dans la salle, chacun se demandant quelle contenance adopter. C'est incroyablement gênant.

Je vois Carole venir vers moi. Pâle comme un fantôme.

— Mais qu'est-ce qui s'est passé ? dis-je, éberluée.

— Je ne comprends pas. Il était en train de nous parler d'un projet d'autoroute sur lequel planche l'État et dont j'entends parler pour la première fois, et… et d'un seul coup…

— Monsieur le gendarme, puis-je vous parler un instant ?

Nous nous retournons tous les trois.

Raide comme un piquet, Mme Gribière s'adresse à Olivier en évitant soigneusement de nous regarder,

Carole et moi. Elle tient un bout de papier entre ses mains qu'elle presse contre sa poitrine.

Elle semble outrée sans commune mesure.

— Je ne pense pas que ce soit réellement le moment, madame, mais…

— Je regrette mais ceci est *extrêmement* important et, au vu de ce qui vient de se passer à l'instant, je dois vous en parler au plus vite !

Cela ne souffrait aucune discussion.

Pour la deuxième fois de la journée, Carole me touche le coude et me dit :

— Rentrons au moulin.

Cette fois, je ne fais aucune objection. Elle a un visage lamentable. Mais le mien ne doit pas être bien mieux.

— Je vous rejoins dès que possible chez vous, si ça ne vous dérange pas, ajoute Olivier en suivant Gribière à contrecœur.

Je laisse ma sœur me conduire jusqu'à la sortie. Un attroupement s'est créé sur le parking, autour du docteur et de sa femme.

Nous embarquons précipitamment et Carole fait démarrer la voiture.

XXV

UN COUP DE MAÎTRE. Ç'avait été un coup de maître ! Il ne s'était pas attendu à *la* revoir. Pas dans ces circonstances-là, tout du moins. Il n'aurait jamais pu imaginer qu'elles auraient le courage et l'aplomb de se présenter à la cérémonie donnée par le maire pour sa fin de mandat. Il s'était mis à trembler de la tête aux pieds en la voyant entrer dans la pièce.

Elle était encore plus belle et plus désirable que dans ses fantasmes. Elle ne portait pourtant qu'un simple pantalon de toile claire avec un léger pull-over, zébré de rayures bleues et vertes horizontales. La pâleur de son teint et l'incroyable minceur de sa silhouette l'avaient ému plus qu'il ne l'aurait souhaité.

En revanche, son sang s'était glacé à la vue de *l'autre* : il s'était revu, courant vainement derrière elle pour tenter de la rattraper dans les bois, déconcerté par l'étonnante agilité et la rapidité inattendue dont elle avait fait preuve. Il en avait frissonné d'horreur et avait détourné le regard pour ne pas montrer le profond dégoût qu'elle lui causait. Il en était malade rien qu'à l'idée des risques qu'elle lui avait fait encourir ! Et elle se dressait toujours là, droite et fière, en travers de son chemin, obstacle qu'il n'avait pu supprimer…

Il avait tout de même réussi à prendre une allure décontractée et avait serré plus fort la main de Mélanie dans la sienne. Mais Alix le hantait, il le sentait bien, il ne connaîtrait plus jamais le repos à cause des manigances de cette fille. Et maintenant que Samuel était mort, étendu à la place où *elle* aurait dû être, les choses allaient se compliquer pour lui.

Il n'avait pourtant pas voulu la mort de Barbier. Non, sa mise à mort ne lui avait procuré aucune satisfaction. Tandis qu'avec elle… Il se serait délecté de chaque seconde passée à regarder sa stupide vie s'enfuir de son corps, au fur et à mesure qu'il aurait serré plus fort ses mains autour de son cou. La violence du choc qu'il avait éprouvé en surprenant le jeune gendarme dans les bois l'avait totalement électrisé. Certes, il avait agi froidement : de toute façon, il n'avait pas eu le choix, il devait récupérer cette montre. Mais il s'était senti frustré. Non, Samuel n'aurait jamais dû mourir. Les autres n'allaient pas aimer ça ! L'enquête allait prendre une tournure différente cette fois.

« Tout ça à cause de toi, Alix Brausch… »

Un verre de vin rouge à la main, il s'était efforcé de sourire à tout le monde et d'avoir un petit mot gentil pour chacun. Les gens l'appréciaient ici, il pouvait compter sur eux. « Mais pour combien de temps ? » La disparition de Samuel ne tarderait pas à être remarquée, si cela n'était déjà fait. Ces mêmes villageois qui lui rendaient aujourd'hui son sourire avec une confiance évidente, dans quel camp se placeraient-ils lorsque l'affaire éclaterait ?

Des gouttes de sueur avaient perlé à son front. Le maire avait commencé à discourir et David en avait profité pour se rapprocher des fenêtres laissées ouvertes. Il avait aspiré goulûment l'air frais du dehors, s'épongeant discrètement le visage avec son mouchoir.

Et le maire avait souhaité son intervention ! Cela n'était pas prévu et il s'était un moment senti pris de court. Il avait néanmoins réussi à donner le change et s'était avancé au centre de la salle. Les mots étaient venus d'eux-mêmes. Dès le début, il s'était efforcé de ne pas faire attention à *elle* mais il avait senti d'instinct son regard sur lui. Il n'avait pas eu besoin de tourner la tête pour savoir qu'elle était là et qu'elle le dévisageait. C'était comme s'il avait pu sentir la chaleur brûlante de ses yeux braqués sur lui. À plusieurs reprises, il n'avait pu s'empêcher de jeter un coup d'œil dans sa direction.

Carole se tenait au milieu de l'assistance, les bras croisés, les prunelles fixes, et David s'était laissé aller à croire qu'elle aurait très bien pu le transpercer de part en part et lui trouer la peau par la seule intensité de son regard. Il s'était de nouveau mis à trembler.

Les mots s'étaient emballés dans sa bouche, ses nerfs l'avaient lâché. Et puis... Oui, il s'était dit que oui, ça pouvait marcher... Il n'avait qu'à suivre son penchant, écouter son intuition. Ça *devait* marcher ! Il s'était senti sortir de son corps comme pour se regarder et se jauger de l'extérieur. Il n'avait plus été qu'un pantin entre les mains de son propre moi.

Il avait peu à peu orienté son discours vers des préoccupations plus personnelles, s'était obligé à regarder de plus en plus souvent du côté de Carole en montrant des signes visibles d'embarras. Il n'avait pas eu grand mal à prétendre le trouble pour finalement éclater en sanglots et quitter la scène dans la plus grande confusion.

Un coup de maître, oui ! Il avait raflé la mise ! Les gens étaient accourus, pleins de sollicitude, Mélanie s'était effondrée dans les bras d'une amie, Pallegarde avait secoué la tête d'un air profondément mécontent.

Et il avait éprouvé une joie indicible en les voyant s'éloigner vivement vers la voiture et reprendre le chemin du moulin. Cette mise en scène ne lui avait rien coûté mais pouvait lui rapporter gros.

Néanmoins, il venait très clairement de se rendre compte que Carole s'était définitivement soustraite à son influence. Il n'avait pu obtenir ce qu'il souhaitait.

Soit.

Mais elles n'en profiteraient pas très longtemps non plus.

Elles avaient choisi de s'accrocher bêtement à leur maison, à leur histoire. Elles s'étaient entêtées à garder le moulin.

Il serait donc leur tombeau.

*
* *

Olivier quitta Mme Gribière de fort méchante humeur. Non pas contre elle, elle n'avait fait, après tout, que ce qu'elle croyait être son devoir. Non, ce n'était pas ça.

Il nageait en eaux troubles dans cette histoire. Depuis le début. Il se sentait également déconcerté par l'attitude du docteur. Cet homme semblait être à bout de forces. Mais pour quelles raisons au juste ? Et si c'était réellement le cas, pourquoi se présenter aux futures élections ? Il regrettait de ne pas avoir été assez attentif pendant son discours. Si seulement il avait mieux écouté au lieu de discuter avec Alix ! Qu'est-ce

Respirant mal, suffoquant de panique, Olivier s'arrêta un instant pour reprendre son souffle, la main sur le cœur.

— Sam !

« Mon Dieu, faites qu'il ait été prudent ! Faites que je le retrouve, blessé, la jambe cassée, tombé dans un trou, mais en vie ! En vie, Seigneur ! »

Un long hurlement le pétrifia d'horreur.

— Non !

Désespéré et fou de douleur, il s'agrippa à tout ce qui dépassait de terre pour pouvoir se hisser plus facilement. Enfin, il atteignit le chemin.

De nouveau, la chienne hurla à la mort à quelques mètres derrière lui. Il se retourna et *le* vit. Un gémissement sortit de sa bouche.

Il courut vers le corps tout recroquevillé sur lui-même qui gisait dans une mare de sang, aux pieds de Sterling, soudain redevenue calme.

— Sam ! Non ! Non, mon Dieu, NON !

Hurlant de rage et d'impuissance, il s'agenouilla près du cadavre et tâta le pouls de son ami.

Olivier pleurait maintenant à chaudes larmes. Il s'obligea à se relever et à remettre Sterling en laisse. Il ne devait pas saboter la scène, il fallait raisonner en flic, protéger les indices, préserver les empreintes. La chienne paraissait curieusement apaisée maintenant.

Toujours pleurant, il appela la gendarmerie et demanda des secours. Sam était mort. Il avait été assassiné. Dans les bois. Son arme de service toujours sur lui. Il n'avait pas eu le temps de s'en servir pour se défendre.

— J'aurai la peau du salaud qui t'a fait ça ! Je te le jure, Sam !

Un portable sonna. Ce n'était pas le sien. Cela venait de la poche intérieure gauche du blouson de Sam.

S'essuyant les yeux, il prit son mouchoir et le sortit délicatement de la poche. Le nom de l'appelant clignotait. Pour la centième fois peut-être.

Alix chérie.

XXVI

Extraits des notes de Carole

JE SENS ALIX CHANCELER à côté de moi. J'ai beau essayer de la maintenir, un bras passé autour de sa taille, j'ai sans cesse l'impression qu'elle est sur le point de s'affaisser sur elle-même.

Nous nous tenons serrées l'une contre l'autre mais elle est seule. Désespérément seule avec son chagrin. Elle m'a exclue de son existence et de ses sentiments pour la première fois de *sa* vie. De mon côté, je réalise pour la première fois de *ma* vie à quel point la douleur et la souffrance peuvent complètement isoler quelqu'un et le maintenir hors d'atteinte, totalement hors de votre portée.

Je suis impuissante. Je ne partage pas son drame intime, même si la mort de Samuel m'a causé une peine inimaginable ainsi qu'un violent sentiment d'injustice et de révolte. Évidemment, ce n'est rien en comparaison de ce qu'elle vit.

Elle est seule.

Elle ne fait que pleurer depuis l'annonce de la mort de Samuel. Elle pleure à la maison, sur le canapé, pendant des heures entières. Dans son lit, la nuit, même après que j'ai décidé de partager sa chambre quelque temps. À table, où elle ne mange plus rien. Sous la douche, où je l'ai entendue plus d'une fois suffoquer de sanglots, s'imaginant sans doute que le bruit de l'eau couvrirait ses gémissements. Je ne sais plus quoi faire. Je reste près d'elle, attentive à ses moindres faits et gestes, vigilante et alerte, mais ma sœur reste bel et bien seule.

Je frissonne devant ce trou béant qui s'apprête à avaler le cercueil comme une bouche s'ouvre et avale la sainte hostie. Je me prends à faire un curieux calcul. Plus de neuf mois séparent la mort de papa de celle de Sam.

Mais pour Sam, il y aura enquête.

Il me suffit de lever la tête et d'observer les mines dures et tendues de ses collègues de la brigade pour en être assurée. Des dizaines d'hommes et de femmes en uniforme sont venus, parfois de très loin, pour pleurer la mort d'un gendarme intègre et honnête et rendre un dernier hommage à l'un des leurs. Le meilleur, à en croire le discours ému que le capitaine de la brigade a prononcé dans la chapelle. J'ai vu, à ces mots, le visage d'Alix se relever. Son regard a brillé d'un éclat vif et étrange pendant quelques secondes, avant de s'éteindre et de mourir complètement. Comme une allumette qu'on aurait craquée mais qui aurait été soufflée presque immédiatement…

Mort horrible. Crime monstrueux. Meurtre abject. Les mêmes mots sont sur toutes les lèvres. On ne parle plus que de ça au village. Où que vous alliez. À la pharmacie, au bureau de tabac, à la Poste ou à l'épicerie. Et c'est la même stupeur, la même indignation qui s'entend sur les ondes des stations de radio locales ou qui se lit dans les échos de la presse régionale. Et tous les visages expriment une même incompréhension. On a brutalement assassiné un gendarme dans les bois tranquilles de nos campagnes.

Le soleil timide de ce début de mois de juin ne parvient pas à réchauffer l'assistance. Alix tremble à mes côtés, elle est secouée de sanglots qu'elle ne cherche pas à étouffer. J'ai soudain très mal pour elle, horriblement mal. Elle s'est comme courbée en deux, les bras serrés convulsivement sur le ventre. Je ne peux que l'implorer, dans un murmure :

— Alix, je t'en prie…

La cérémonie touche à sa fin. Les honneurs militaires sont rendus et, déjà, on empoigne le cercueil pour pouvoir le descendre en terre. Je serre ma sœur plus étroitement encore. J'ai l'impression d'être sur le point d'éclater, l'impression que bientôt je ne serai plus capable d'en supporter davantage.

Et d'un coup, tout est fini. Je jette à mon tour une poignée de terre sur le cercueil, à mes pieds. Je me détourne, emmenant Alix avec moi. Le moulin, le moulin… Je veux rentrer au moulin, à la maison…

— Hé ! Mais…

Alix vient de se dégager violemment de mon étreinte. Abasourdie, je la vois partir comme une flèche sans pouvoir la retenir, et percer un groupe de personnes qui attendent plus loin. Le cœur battant, je me lance à sa poursuite, paniquée, et ne comprenant rien à ce qui arrive. Une agitation fébrile parcourt soudain l'assistance. Alix s'est transformée en furie et j'en comprends la raison lorsque je peux enfin écarter la foule de mon passage.

— Espèce d'ordure, c'est vous qui l'avez tué, c'est vous qui avez tué Sam !

Un hurlement. Le mien :

— Alix, non !

David est là. Il a osé se montrer à l'enterrement de l'homme qu'il a sauvagement assassiné à coups de bûche sur le crâne. Je cours pour la rattraper mais il est déjà trop tard.

La bouche du docteur est en sang et les poings de ma sœur s'acharnent sur son visage. Des cris se font entendre. Des injures aussi. Abominables. Celles que ma sœur crache en frappant à toute volée.

Je sens mes jambes se dérober sous moi. Des silhouettes viennent arracher le docteur des mains de ma sœur pendant que celle-ci se débat comme une forcenée. Son corps se raidit et se contorsionne.

— Oh mon Dieu, aidez-moi !

J'ai glapi lamentablement et la dernière chose que je suis en mesure d'entendre distinctement avant de perdre complètement connaissance, ce sont les mots qu'Alix hurle à Farge, tandis que deux hommes l'entraînent fermement hors du cimetière :

— Salopard ! Je te crèverai, Farge, t'entends ?!! Je te crèverai !

*
* *

Il fait nuit et il fait froid… Il y a des voix qui parlent tout autour de moi mais je ne peux pas les entendre ni comprendre ce qu'elles disent. Je remue en gémissant, j'essaie de me retourner pour ne plus entendre leurs messes basses, je voudrais me rendormir… Je voudrais qu'ils partent, tous ces gens qui s'agitent au-dessus de ma tête. Parfois je les devine qui se penchent et me touchent la joue. Mais comme il fait froid, comme ils me font mal avec leurs doigts qui me frôlent…

Et puis il y a les rêves aussi… Ou plutôt non, ce sont les formes qui prennent soudain consistance et qui se mettent à danser dans des rondes sinistres et échevelées. Je soulève ma tête et je les regarde. Leurs visages sont grimaçants et ils crient beaucoup. Je veux rabattre la couverture sur moi, ne plus les voir mais il y a toujours un moment où je m'endors et alors, les ombres en profitent pour m'arracher à mon lit et m'entraîner avec elles… Les ombres… Elles ondulent autour de moi…

Partez, laissez-moi tranquille…

Je fais un effort surhumain et je parviens à agiter mes mains devant moi pour les chasser mais elles ne font que rire… Et leur rire est étrange, comme une sorte de rictus, cela sonne faux et je m'accroche désespérément à mon lit, je veux glisser mes bras sous le matelas pour les empêcher de se saisir de mon corps… Elles me tirent par les pieds et je coince mes deux bras de toutes mes forces et je lutte, je lutte…

— Carole, cesse de t'agiter comme ça, tout va bien, la fièvre va bientôt tomber…

Alix ? C'est la voix d'Alix ?

Non, ce n'est pas possible, c'est un mauvais rêve, Alix est morte dans les bois ! Je l'ai vue, de mes yeux vue, je m'en souviens bien ! Mais Alix continue de parler et ses mots font du vent dans mes cheveux et mes cheveux se hérissent sous son souffle car elle saigne… elle saigne du visage… elle se tourne vers moi, il manque une dent à son sourire et elle se griffe le visage… C'est pour ça que des rigoles de sang naissent de ses yeux, c'est à cause des sillons que creusent ses ongles sur sa peau…

Alix patauge dans le sang maintenant et je l'entends vociférer dans une langue inconnue… Une main d'homme vient se poser sur mon front, je ferme plus fort encore mes yeux, il veut me transpercer les paupières avec ses doigts... *Au secours, au secours...* Je déteste les bois, je ne veux pas y aller... La forêt m'entoure, les arbres se dressent en une série de barreaux et je ne peux plus m'enfuir... Quelqu'un danse dans les bois... C'est Alix qui continue de piétiner dans le liquide rougeâtre... mais elle me parle parfois, sa respiration est froide contre mon oreille, *ne t'approche pas, ne t'approche pas*, tu es une morte !

Et puis ça se calme, j'émerge un peu, je perçois des mots : poussée, stress, rechute... *Rechute...* On me fait boire quelque chose et je me rendors. Je tombe ! Je tombe très vite et au début je n'ai pas peur car je me souviens d'un livre que j'ai lu enfant, un passage où mon héroïne préférée tombait dans un puits et sa chute durait, durait... Un peu comme la mienne maintenant... J'ai envie de rire et je m'attends à rencontrer un lapin en retard à son rendez-vous... Comment s'appelait ce livre, déjà ? Je fais une rechute, voilà ce qu'a dit le docteur... Je ralentis et j'essaie de penser à quelque chose qui pourrait me faire arrêter de tomber.

Alice. Alice au pays des merveilles. *Alix*. Alix dans les bois... Je gémis doucement et je sens que quelqu'un me réajuste la couverture... Il faut prévenir Alix qu'elle est morte... Je voudrais le dire mais je n'arrive pas à articuler, ma langue est pâteuse, je ne peux pas bouger les lèvres... Prévenez Alix qu'elle est morte, surtout ! La pauvre, elle ne le sait pas...

Le néant. Le rien partout, le corps sans vie... Je gis sur une plage déserte... La mer ne va pas tarder à remonter, c'est l'heure de la marée haute... Il faut que je me soulève et que je parte de là, la marée va monter et l'eau viendra me recouvrir... Je sais comment elle fait, je connais la manière perfide dont elle s'y prend... Elle commence par vous lécher les doigts de pied, doucement, comme par accident, en s'excusant presque de vous avoir touchée... Mais l'eau n'est pas sincère quand elle dit ça, elle reprend son élan parce que, ce qu'elle veut, c'est vous submerger ! *Lève-toi, lève-toi !*

J'ai soif... Je ne peux plus déglutir tellement ma bouche est sèche... Je soulève un œil, prudemment, je vérifie que toutes les ombres soient parties... Alice au pays des merveilles me regarde. Elle sourit. Je referme vite les yeux, j'ai peur de voir le sang couler... Comme sur la tête de Sam... Il paraît que son crâne était défoncé sur le sentier aux bois... Je m'agite et j'ai soif... Je ne veux plus ouvrir les yeux...

Je les entends... l'hôpital si la fièvre ne descend pas... plus le choix... post-traumatique... Ils croient tous que je dors mais je les entends parler au-dessus de mon visage... Alice au pays des merveilles ne veut pas que le lapin m'emmène avec lui dans son terrier. Elle se fâche et parle d'attendre encore un peu... Alix se fâchait elle aussi beaucoup... Elle me fait penser à Alix mais Alix, elle, est morte dans les bras de Sam... Leurs deux corps ont été emportés par la rivière et les pales du moulin les ont hachés... La roue a bien failli rester coincée mais j'ai plongé la main dans la rivière et tout s'est arrangé...

L'eau de la rivière me colle les doigts... Elle est poisseuse... Un petit caillou remonte à la surface et se colle à ma paume... C'est humide et doux... C'est vivant ! Le caillou respire dans ma main !

J'ouvre les yeux.

Je me réveille, enfin. Pour la première fois, les choses sont nettes... Je me sens si fatiguée pourtant...

J'entends des pas s'approcher. On se penche sur moi. Je suis dans ma chambre.

Il fait jour. Les rideaux sont tirés mais je vois la lumière filtrer à travers l'épais tissu.

Alix me sourit. J'ai le cœur qui tremble.

— Voilà la belle endormie qui s'éveille enfin ! Ne t'inquiète pas, tu es tirée d'affaire... Tout ira mieux maintenant, tout ira mieux...

J'ai envie de pleurer. J'ai envie de dormir.

— Mais tu étais là, toi ! Qui t'a donné l'autorisation de monter dans la chambre, descends du lit tout de suite !

Alix veut tirer Sterling du lit...

— Non ! S'il te plaît...

Elle se retourne.

— Bon, bon, je te la laisse...

Alix repasse sa main sur mon visage.

— Le caillou, parviens-je à murmurer... C'était Sterling, le caillou...

Alix fronce les sourcils. Je ferme les yeux. Je veux encore sentir sa truffe contre ma paume, j'ouvre les doigts, je l'appelle...

Je souris en sombrant dans le sommeil car j'ai senti les frémissements humides contre ma peau...

*
* *

Je ne rêve plus, j'ai bien entendu quelqu'un garer sa voiture dans l'allée menant à la maison et Sterling s'est mise à aboyer, debout devant la porte de ma chambre.

— Attends, je viens t'ouvrir...

Encore faible, je sens mes jambes flageoler sous mon poids. Le moindre effort me coûte terriblement. Je dois faire constamment attention, même pour aller aux toilettes, et prendre garde de ne pas tomber. À peine la poignée de la porte actionnée que Sterling s'engouffre en courant dans le couloir jusqu'à l'escalier. Je l'entends descendre quatre à quatre tout en glapissant et rejoindre Alix au rez-de-chaussée. Qui cela peut-il bien être ? Encore le docteur ?

Je suis déjà à bout de souffle et je m'appuie au chambranle de la porte. Alix fait entrer quelqu'un dans la maison et ils s'installent maintenant dans le salon. Je peux bien me risquer à descendre quelques marches...

Précautionneusement, je glisse mes pieds l'un après l'autre en tâchant de ne pas faire grincer le bois. J'ai heureusement enfilé une lourde robe de chambre et je peux espérer entendre la conversation sans prendre froid.

Ce n'est pas le docteur. Et, contrairement à ce que je pensais, ce n'est pas de ma santé dont ils sont en train de débattre.

C'est la voix d'Olivier que j'entends, et une autre, plus rare, que je devine mais que je ne reconnais pas. Un vertige me prend et je m'assois au beau milieu de l'escalier, à l'abri des regards mais à bonne distance des voix.

— Il ne porte pas plainte, Alix, mais sachez que vous avez proféré des menaces de mort contre lui, ce qui vous sera préjudiciable...

— Et devant tout le village rassemblé, en plus. Tout le monde vous a entendue !

Ça, c'est la voix que je n'arrive pas à identifier.

— Je regrette ce que j'ai fait, je n'aurais jamais dû...

La voix d'Alix s'est brisée et je tends l'oreille avec plus d'application encore.

— Je n'aurais pas dû, parvient-elle à se reprendre, par respect pour Samuel et pour sa famille. Je me suis donnée en spectacle, je n'ai pas pu contrôler ma colère quand je l'ai vu…

— Mais vous n'avez aucune preuve de ce que vous avancez ! Il n'y a rien de concret…

— Je sais ce que je sais, coupe Alix.

L'homme inconnu préfère ne rien répliquer.

— Je comprends ce que vous ressentez, fait Olivier après quelques secondes de silence. J'aimais Sam, moins que vous et différemment, bien sûr, mais en tant qu'ami et en tant que gendarme, c'était un homme droit et intègre. L'enquête est ouverte, Alix. Il y a eu meurtre ! Nous n'aimons pas savoir qu'un meurtrier court les rues du village et encore moins le fait qu'il s'en prenne à un gendarme. Ce crime ne restera pas impuni, faites-moi confiance.

Olivier a prononcé cette phrase sur un ton nettement plus ferme. J'ai même pu sentir une légère crispation percer sous ses derniers mots.

Je frissonne et serre plus étroitement les pans de ma robe de chambre contre moi. Je ne parviens pas à chasser les images qui affluent de nouveau à ma mémoire, celles, poignantes, de la mise en terre du corps de Sam et celles, plus insoutenables peut-être, de ma sœur frappant Farge au milieu des tombes.

« Comment va-t-on pouvoir vivre avec ça ? »

— Vous avez de la chance que David Farge n'intente rien contre vous, Alix…

— Dommage que Sam n'ait pas bénéficié de la même chance que moi, Olivier…

« Comme elle est courageuse ! »

— Encore une fois, vous n'en savez rien, reprend-il, mais avec bien moins de conviction que son compagnon n'en a montré tout à l'heure. Tout reste à prouver. Farge fait partie de nos suspects…

— Tout comme vous et votre sœur, ajoute l'homme.

Je n'en crois pas mes oreilles ! Comment osent-ils... ?

— Vous n'êtes pas sérieux ?! crie Alix. Vous n'imaginez tout de même pas que...

— Ce que Jérôme veut dire, c'est que notre devoir à l'heure actuelle consiste plus ou moins à suspecter tout le monde et à vérifier les alibis de chacun. Sam a été frappé dans les bois derrière le moulin. Vous et Carole habitez le moulin. Géographiquement, vous êtes en première ligne...

— Je me fous de votre géographie ! C'est l'histoire qui m'intéresse, moi, et vous la connaissez aussi bien que moi, Olivier ! Sam enquêtait sur Farge depuis le jour de mon agression, la mienne ! Je tourne ça dans ma tête depuis le début, je suis persuadée que Sam avait... je ne sais pas... compris quelque chose peut-être ou pensé à un détail, et qu'il est retourné dans les bois cette nuit-là ! Il y est retourné !

Elle s'est interrompue. Je l'entends se moucher bruyamment.

— Il s'est sans doute passé quelque chose cette nuit-là, fait Olivier. Sam a quitté son domicile en pleine nuit, ça, nous en sommes certains. Ce que nous ne savons pas, c'est pourquoi. La femme d'un des gendarmes de la caserne souffre d'un lumbago. Elle et son mari habitent au rez-de-chaussée. Cette nuit-là, elle s'est levée pour prendre un antalgique dans la salle de bains. Il n'y a pas de volet dans cette pièce. Quand elle a éteint la lumière, elle a vu Samuel passer juste devant sa fenêtre. Surprise, elle s'est approchée pour voir où il allait. Il se dirigeait vers le parking. Elle l'a vu grimper dans sa voiture, démarrer et partir.

La tête commence à me tourner dangereusement. Et je me demande soudain : « Est-ce que je vais mourir moi aussi ? »

— Nous avons retrouvé des morceaux de verre au sol, dans sa cuisine, qui n'avaient pas été ramassés. Pourquoi a-t-il tout laissé en plan comme ça ? Nous avons pensé à un coup de téléphone qu'il aurait pu recevoir et qui l'aurait obligé à partir précipitamment. Nous vérifions en ce moment les appels sur son fixe et son portable.

— C'est un bon début, articule faiblement ma sœur.

— Mais Farge habite également derrière les bois et son emploi du temps ainsi que celui de son épouse seront vérifiés. En attendant, Alix, pouvez-vous me dire ce que vous avez fait la nuit du drame ?

— Eh bien, après votre départ, Carole et moi avons dîné ici, à la maison.

Alix parle lentement et comme avec effort.

— Nous sommes montées nous coucher peu de temps après. Je n'ai pas passé une très bonne nuit, à vrai dire… Par contre, Carole a entendu la chienne grogner une bonne partie de la nuit. Bien sûr, elle ne pouvait pas deviner…

Silence. Elle ne peut apparemment pas terminer sa phrase.

— Et votre sœur, comment va-t-elle ? Peut-elle corroborer vos dires ?

— Elle dort pour l'instant. Le docteur m'a expliqué qu'elle devait déjà être très affaiblie du fait de sa mauvaise grippe du mois dernier. Et avec les tensions… cela n'a rien arrangé. Quand elle m'a vue… Je… Son corps a réagi comme pour un choc post-traumatique. C'est assez rare, ce genre de contrecoup, mais ça peut arriver. Mon attitude a fini de la rendre malade. Elle n'a pas supporté.

— Comment est-elle ?

— Mieux, mieux... La fièvre est tombée mais je dois continuer à la surveiller. Vous pourrez la voir dès qu'elle sera guérie.

— Et aucune de vous n'est sortie cette nuit-là ?

— Non, bien sûr que non, soupire Alix.

Ils partent, enfin. J'entends ma sœur les raccompagner sur le pas de la porte.

— Tout sera repris depuis le début dans cette affaire, fait Olivier. Vous serez convoquée, ne vous en étonnez pas, pour refaire le point sur tous les événements des mois précédents. Tous, Alix.

Je ne comprends pas ce qu'il veut dire et me penche un peu plus en avant pour mieux entendre.

— Les appels anonymes, l'agression pendant votre jogging, tout ce dont Samuel était au courant et qui aurait pu le préoccuper. Ce qu'il aurait pu vous dire ou vous confier aussi. Aucun détail n'est à prendre à la légère. Vous serez très certainement mise en confrontation avec le Dr Farge au cours de l'enquête, je tiens à vous prévenir. Il faudra se calmer et veiller à ce que... ce genre de violence ne se reproduise pas.

— Cela ne se reproduira pas, dit Alix. Je vous en donne ma parole.

— Et moi je vous donne ma parole que nous coincerons le fumier qui a fait ça à Sam, reprend Olivier. Laissez faire les autorités compétentes et n'essayez pas de vous faire justice vous-même. Restez prudente !

Je les entends s'éloigner et Alix referme la porte.

Elle doit rester quelque temps à les regarder partir. Puis ses pas se dirigent vers l'escalier.

— Je n'ai pas voulu te disputer devant tout le monde mais peux-tu me dire ce que tu fais là, alors que tu es censée être bien au chaud au lit et te reposer ?

Les mains sur les hanches, elle me sourit, mi-sérieuse, mi-amusée.

— Ils le coinceront, Alix, ils le coinceront ! C'est ce qu'ils ont dit, n'est-ce pas ?

XXVII

Extraits des notes d'Alix

Je fais partie de ceux qui se retournent. Je me suis toujours retournée, toute ma vie. Et encore plus douloureusement après le décès de Samuel. Je me retourne obstinément et je regarde partir ceux que je laisse derrière moi. Quitter un lieu ou un visage ami sans me retourner au moins une fois m'est physiquement impossible. Je commence toujours par reprendre mon chemin mais les quelques secondes qui suivent m'apportent une angoisse et une tristesse auxquelles je ne parviens pas à échapper et alors… il faut que je me retourne, les instants passent trop vite, j'ai envie de les retenir encore un peu… Illusion du geste et réalité de l'absence qui déjà creuse en vous son sillon empoisonné…

Sam était mort. Ma vie s'était brusquement arrêtée. Je continuais à me réveiller le matin et à m'endormir le soir mais, entre ces deux moments, ce n'était qu'une longue page blanche, silencieuse, vide, qui s'étirait interminablement et que je ne tentais même plus de remplir d'une petite écriture toute simple, routinière, qui aurait pu me sauver. Le souvenir honteux de ma conduite ne me laissait pas de repos et les affres du remords se conjuguaient à ceux du désespoir d'avoir perdu l'homme que j'aimais. Mais que les choses soient bien claires : je n'ai jamais regretté d'avoir frappé Farge ou de l'avoir menacé. Les choses que j'ai dites... bien sûr, je ne me rendais pas compte à ce moment-là ! Je ne voyais que le trou dans lequel le corps de mon aimé venait de disparaître et l'infinie solitude que me promettaient les jours qui suivraient. Des jours fatigués, déjà, avant même d'être nés. Des jours sans lui, sans entendre son rire et sa voix, sans sentir sa peau et sa chaleur. Et alors, apercevoir le visage de mon ennemi, rencontrer son regard et deviner... Être intimement convaincue, dans ma chair même, qu'il ne lui avait laissé aucune chance. Imaginer la ronde de son bras au-dessus de la tête de mon Sam... Ce que j'ai fait, je l'ai fait. Les mots que j'ai prononcés ce jour-là, je les pensais. Je les *signifiais*. Samuel aurait compris. Non, ce qui m'emplissait de tristesse et de remords, c'était d'avoir rendu ma petite sœur malade.

Voir Carole s'effondrer. Ça, je n'avais pas le droit ! La regarder se débattre dans les transes de la fièvre. L'entendre geindre dans son sommeil tourmenté. J'avais assisté depuis des mois à son affaiblissement, à l'incroyable fatigue qui s'était emparée d'elle, à ses silences et à ses doutes. La maigreur extrême de son corps aurait dû m'alerter. Elle était si faible ! J'ai eu tort de ne pas prendre garde à l'impact que les événements avaient sur elle. Je me sentais seule, seule avec ma douleur, seule malgré sa sollicitude à mon égard, seule contre tous. Les jours qui ont suivi la découverte de la mort de Sam ont été les plus affreux de toute ma vie. J'avais de bonnes raisons, certes, des circonstances atténuantes, comme on dit. Il n'empêche. Si j'avais fait un geste vers elle, si je ne l'avais pas délibérément exclue de mon chagrin, peut-être que rien de ce qui s'est passé après ne serait arrivé.

J'étais moi-même parvenue à un croisement, à un carrefour dans ma vie. Les morts m'appelaient, me sollicitaient. Papa, d'abord. Samuel ensuite. J'écoutais leurs voix, elles se mélangeaient parfois entre elles, je ne résistais pas à l'appel des sirènes.

Une semaine après l'enterrement de Samuel, je suis retournée au cimetière du village, très tôt le matin de manière à ne rencontrer personne. Cette année-là, le printemps n'a été qu'une succession de journées pluvieuses, ternes et frissonnantes. Mais le mois de juin s'annonçait sous les meilleurs auspices, enfin. Le soleil se levait à peine, le jour frémissait et une odeur âcre montait de la terre fraîchement retournée de la tombe de Sam. Les fleurs et les couronnes débordaient. Chaque plaque me parlait de lui, racontait un souvenir, une histoire. La mienne, *à mon amour*, me paraissait pourtant incroyablement dérisoire et ridicule.

J'ai respiré profondément. Le calme étrangement serein des lieux m'apaisait. Je me suis baissée pour remettre une gerbe en place. Un oiseau chantait quelque part dans les branches d'un arbre et présentait pour moi seule une petite sonate de son cru. J'ai fermé les yeux pour l'écouter de toutes mes forces. Je n'avais aucune envie de refouler les larmes qui me montaient aux yeux.

Les premiers vers d'un poème de Baudelaire me sont revenus en mémoire :

Ange plein de gaieté, connaissez-vous l'angoisse
La honte, les remords, les sanglots, les ennuis,
Et les vagues terreurs de ces affreuses nuits

Qui compriment le cœur comme un papier qu'on froisse ?

Ange plein de gaieté, connaissez-vous l'angoisse ?

Le papier qu'on froisse... Les vies qu'*il* avait détruites... La mienne, celle de Carole... Celles qu'il avait fauchées... Papa, Samuel. Samuel, papa.

Mon cœur s'est figé en même temps que mes larmes. « Ils le coinceront, hein, ils le coinceront, Alix ? » Je ne sais pas, Carole, je ne peux pas savoir.

L'oiseau chantait toujours, étranger à tout sentiment humain, libre, heureux, *vivant*. Bien plus vivant que moi, que n'importe quel être humain. Et de nouveau cette sensation que la vie me quittait. L'eau se retirait de la plage et laissait à découvert de bien curieuses choses qu'elle aurait toujours dû laisser cachées. De vulgaires cailloux, difformes et laids, des coquillages monstrueux, des algues vertes et rampantes. Et au milieu de tout cela, une unique pierre, plus dure que le diamant, plus tranchante que l'acier.

J'ai ouvert à nouveau les yeux. La vérité était là, dans la deuxième strophe du poème. Comment était-ce déjà ?

Ange plein de bonté, connaissez-vous la haine,

Les poings crispés dans l'ombre et les larmes de fiel... ?

« Je t'en fais la promesse, Sam... »

Quand la vengeance bat son infernal rappel

Et de nos facultés se fait le capitaine...

« Et à toi aussi, papa... Rien ni personne ne m'en empêchera. »

Une unique pierre. Elle brille seule sur le rivage. Son éclat m'aveugle. Je dois la ramasser, je n'ai pas le droit de me détourner. *Quand la vengeance bat son infernal rappel...*

Une assurance tranquille m'enveloppait maintenant. L'oiseau avait fini de chanter. Sa mélopée avait donné naissance à quelque chose dont il ne pouvait pas se douter.

Les morts m'attendaient. Mais c'étaient les vivants qui avaient besoin de moi. Carole avait besoin de moi. Je devais rentrer à la maison. M'occuper de ma sœur. Continuer à vivre. Mais ne jamais tourner le dos aux morts ni à la promesse que je venais de leur faire.

« Je vous le jure. » Et tout m'a semblé plus facile.

J'ai doucement repris le chemin de l'église. J'avais envie de marcher. Avant de pousser la barrière, je me suis retournée une dernière fois. Reposez en paix. Je reviendrai. Ce n'est pas fini.

J'ai claqué la porte derrière moi.

Ange plein de bonté, connaissez-vous la haine ?

*
* *

Mes pas m'emportent loin au beau milieu des champs. Je décide de contourner le village et de suivre les petites routes communales. On peut encore sentir l'humidité dans l'air mais il fait bon se délier les jambes dans la perspective du matin. J'arrive à tenir un bon rythme et je m'efforce d'inspirer de larges goulées d'air frais pour débarrasser mon corps et ma tête des toxines accumulées. Mon corps est sevré de toute espèce d'activité physique depuis plusieurs semaines maintenant et il me dit son manque et son envie de reprendre du service. Peut-être plus tard… Mais pas dans les bois. Plus jamais dans ces bois maudits.

Depuis le jardin ou la terrasse de la maison, toutes les fois que je quitte le moulin ou lorsque je dois sortir Sterling, je ne peux m'empêcher de regarder vers la ceinture boisée qui encercle le moulin. Parfois, je m'arrête pour les contempler plus longuement, avec un mélange de crainte, de nostalgie et d'effroi. Surtout d'effroi. Les bois ont bien failli m'engloutir vivante et ils se sont refermés sur Sam comme un piège. Je sais bien que le mal ne vient pas de ce côté-ci de la propriété mais c'est là-bas qu'il s'est bel et bien accompli. Le mal s'est abattu sur nous comme un aigle s'abat sur sa proie pour l'entraîner vers une mort certaine.

Je marche plus vite, tentant de chasser cette vision de mon esprit. Les mains dans les poches de ma parka, je veux simplement éviter de penser. Je me sens trop lasse pour commencer à débrouiller les sentiments contradictoires qui se nouent en moi. Pareillement, me projeter dans une quelconque perspective d'avenir me semble être totalement dépourvu de sens. Il me faut survivre coûte que coûte, m'absorber tout entière dans le présent, sans m'attarder sur les reflets du passé ni réfléchir à un improbable futur... Et le présent, à ce moment précis, c'est moi marchant dans la campagne, c'est le frottement de ma parka contre mon jean, c'est la route qui se dévide devant mes yeux, c'est le picotement que je ressens derrière mes paupières à la lumière montante du soleil. Vivre le présent à plein me semble être la solution du moment, celle qui m'empêchera tout du moins de devenir folle.

Un lacet encore et soudain, la plaine est là, sous mes pas, plongée dans une langueur nonchalante. Je prends un peu de vitesse dans la descente, presque heureuse de me sentir emportée par mon élan. Le pigeonnier surplombe la vallée et je m'aperçois bientôt qu'une certaine effervescence règne autour des ruines. Deux voitures et une camionnette sont parvenues à se garer juste au pied de la tour, dans le champ, et de petites silhouettes s'agitent autour du bâtiment. Je m'arrête pour regarder plus attentivement le logo sur la camionnette, redoutant d'être tombée sur une équipe de police venue dans les environs pour recueillir des indices.

C'est selon toute vraisemblance une entreprise de travaux publics et les cris des ouvriers en contrebas me rassurent quelque peu. Je n'ai certes pas envie d'assister, même de loin, aux recherches concernant la nuit où Sam a été frappé. Je poursuis ma descente, rassérénée à l'idée de voir du monde, d'entendre des gens.

Quand j'arrive enfin près d'un groupe d'hommes qui sortent de lourdes planches de bois et les disposent contre les pans de murs encore debout, je lance à la volée :

— Bonjour !

— Bonjour, me répond l'un d'entre eux, probablement le chef d'équipe. On se promène dans le coin ?

J'aime son sourire franc à l'instant même.

— Petite promenade matinale, en effet. Ça fait le plus grand bien.

Les hommes s'affairent autour des véhicules, tout en ne manquant pas de me lancer de petits regards curieux et amusés.

— C'est vous qui allez rénover, n'est-ce pas ? fais-je en levant la tête vers le sommet de la tour.

— Ouais… Drôle de boulot ! Mais il faut bien dire qu'elle a de la gueule, cette bâtisse !

— Ils veulent la transformer en quoi, au juste ?

— Ah mais non, il ne s'agit pas de transformer ! En ce qui concerne le pigeonnier, il faut juste remettre en état. Cette antiquité menace de s'écrouler depuis des années déjà ! Par contre, le site sera interdit aux promeneurs pendant toute la durée des travaux, vous le saviez ?

— Non, mais me voici avertie.

Un homme à la chemise verte à carreaux s'éclaircit la gorge.

— Dites, c'est vrai qu'il y a eu un meurtre de flic par ici ?

Je sens mon sang se glacer. Je réponds d'un laconique « oui » et je détourne la tête. Je reprends au bout d'un instant :

— Mais c'était un gendarme, pas un flic.

— Oh ! Vous le connaissiez alors ? On sait qui a fait ça ?

— Arrête un peu d'embêter la dame, veux-tu ! intervient le chef en soulevant sa casquette pour s'éponger le front.

— Oui, je le connaissais, dis-je. Quant à savoir qui a fait le coup, ce n'est pas aussi évident pour tout le monde que ça l'est pour moi.

Je contemple les bois à présent, indifférente aux regards surpris des hommes qui se sont arrêtés à leur tour pour regarder dans la même direction que moi. Je frissonne.

— Ça s'est passé juste là, parviens-je à dire en faisant un signe vers la forêt.

— Faut pas trop traîner dans le coin alors, mademoiselle, reprend le chef. On ne sait jamais.

— Ne vous inquiétez pas, je ne remonte pas vers le bois. Je reprends la grande boucle par l'extérieur.

Je me tourne vers lui.

— Ah, au fait, je suis Alix Brausch, et je lui tends la main. J'habite à deux pas d'ici, au moulin, juste derrière la forêt. Si vous avez besoin de quoi que ce soit…

— Guy Baratier, fait-il en secouant ma main vigoureusement. C'est gentil. Soyez prudente en rentrant.

J'hésite.

— Il m'arrive de venir m'installer par ici pour peindre. Vous pensez que je pourrai continuer à le faire, si je reste bien sûr à distance respectueuse du site en travaux ?

Guy réfléchit quelques instants.

— Oui, ça devrait pouvoir se faire. De toute manière, une fois les échafaudages mis en place, ce sera forcément bien plus laid qu'aujourd'hui, il n'y aura plus grand-chose d'intéressant à dessiner dans le coin ! Mais d'ici-là, vous savez…

Il me sourit.

— Vous avez le temps de finir…

Je le remercie. Puis je tourne le dos et me mets à gravir la colline pour récupérer la route.

*
* *

Lorsque je reviens au moulin, Carole n'est pas encore rentrée de l'école. Elle n'a pas tardé à reprendre son travail à la garderie. Je rentre plus fatiguée et moulue que je ne l'aurais cru. En claquant la porte, je reste immobile quelques instants, regardant tout autour de moi comme si je découvrais pour la première fois l'intérieur d'une maison étrangère. Je me sens profondément abattue.

« Et maintenant, je fais quoi ? »

La maison silencieuse semble m'épier. Je jette ma parka sur le fauteuil en tentant de ravaler mes larmes.

« Sam ! Reviens s'il te plaît ! »

Je lance des regards éperdus, cherchant désespérément un point d'appui, quelque chose, une planche de salut à laquelle m'agripper pour ne pas périr noyée, submergée par la détresse.

Je connais cette maison, c'est *ma* maison, je vais trouver une solution… Mon esprit s'emballe et je ne parviens plus à endiguer le flot de mes larmes… Je me laisse glisser, le dos contre le mur en pierres du salon, jusqu'à m'affaisser sur le sol.

Je replie mes jambes sous moi et cache ma tête dans mes genoux. Papa, je t'en prie !

Sam !

Et je me prends à penser aux jours d'autrefois, des jours meilleurs que ceux-ci, ceux dont on ne doute pas un seul instant qu'ils dureront à jamais. Pour la première fois depuis son décès, la terrible vérité a bien fini par me rattraper : je n'ai plus de père… Je l'ai porté en terre quelques mois seulement auparavant et aujourd'hui, aujourd'hui seulement, je comprends ce que sa mort signifie, je comprends l'étendue du vide qu'il a laissé dans ma vie et dans ma tête… Je saisis enfin ce que le mot *papa* qu'on ne peut plus dire laisse comme souffrances et comme regrets… Combien ce simple mot peut recouvrir de jardins, de fleurs et d'abeilles, de douceurs d'enfance, de paradis perdu… Je réalise à quel point j'ai besoin de mon père, besoin de son soutien et de son amour, besoin qu'il se fasse encore du souci pour moi… Certaines images, tendres et cruelles à la fois, se télescopent maintenant dans mon esprit, des silhouettes, celle de mon père, celle de Sam, la dernière fois que je l'ai vu.

Sam. La dernière fois. Préoccupé, il a refusé de rester dîner et m'a rassurée sur le pas de ma porte en caressant pensivement ma joue dans un geste qu'il pensait sûrement pouvoir refaire tout à loisir… Que m'a-t-il dit, avant de me tourner le dos ? Ses derniers mots ?

« Je t'aime... »

C'était la dernière fois que je devais entendre sa voix ! Et ce trésor m'était enlevé à peine quelques heures plus tard. Idiote que j'étais ! Si seulement j'avais su ! Je l'aurais rattrapé, je l'aurais obligé à rester avec moi...

Un souffle chaud et humide se niche dans le creux de mon épaule et je relève la tête.

— Sterling, ma Sterling ! Mon bon chien !

Je décide de mettre mes grands principes de côté un instant et laisse la chienne me lécher consciencieusement le visage. C'est doux et râpeux. Et gentil. Elle semble particulièrement apprécier la saveur salée de mes larmes.

— Ça t'intrigue ce drôle de goût, pas vrai ?

Caresser le poil soyeux de mon chien m'apaise quelque peu. Je plonge ma tête dans les replis dodus de son cou. Je veux à tout prix effacer de mon esprit ces images qui viennent me hanter de plus en plus souvent et ces scénarios dans lesquels j'imagine ce qu'ont pu être les derniers instants de vie de Samuel. A-t-il été surpris ? A-t-il eu le temps de comprendre ce qui était en train de se passer ? A-t-il eu peur, a-t-il appelé à l'aide ? S'est-il vu mourir ? Cette seule pensée me déchire le cœur mais j'y reviens pourtant à chaque fois, encore et encore, avec un entêtement presque sadique, jusqu'à ce que la douleur en devienne insoutenable. *Mon* Sam, seul dans les bois, se protégeant le visage de ses mains... Si seulement il n'y était pas allé tout seul... Si seulement il avait pu m'appeler...

La sonnerie du téléphone me tire de ma torpeur. Je me lève lourdement pour aller décrocher. Olivier est au bout du fil.

— Alix, nous aurons bientôt besoin de votre présence ici, à la gendarmerie, pour la confrontation dont je vous ai déjà parlé.

Une pause, puis il reprend :

— Avec Farge. Vous vous souvenez ?

— Bien sûr que je me souviens, parviens-je à articuler. Quand dois-je me présenter ?

— Vous serez convoquée dans deux jours mais, avant tout, je dois vous informer que l'enquête nous a été retirée et a été confiée à une unité spéciale par décision du magistrat. Des moyens supplémentaires seront ainsi mis à la disposition des collègues pour continuer et mener à terme l'investigation.

— Vous êtes en train de me dire que vous n'êtes plus sur l'affaire, c'est ça ?

— Officiellement, non. Mais au vu des circonstances, j'ai obtenu l'autorisation d'être présent lorsque vous serez face à face avec Farge, en tant que témoin… muet, si je puis dire. Je reste à vos côtés, Alix, rassurez-vous. Et c'est pour ça que je vous appelle. J'ai besoin de vous rencontrer en tête à tête – aujourd'hui même, pourquoi pas – pour vous poser quelques questions en ce qui concerne les appels anonymes des mois précédents. Il faut que je puisse faire un rapport le plus précis et le plus circonstancié possible avant de transmettre le dossier. Ils vont tout reprendre depuis le début et certains détails me manquent.

— Pas de problème, je peux être à la gendarmerie en début d'après-midi.

— Non, surtout pas.

Olivier semble quelque peu gêné et il s'éclaircit la voix.

— Non, le mieux, ce serait qu'on puisse se rencontrer dans un endroit neutre, à l'abri des regards indiscrets. Hors du village, si vous voyez ce que je veux dire.

Je réfléchis un instant.

— Oui, je vois. Le problème, c'est qu'il n'y a pas énormément de choix par ici. À moins qu'en ville…

— En ville, ce serait parfait. Si vous êtes d'accord, nous pourrions déjeuner ensemble ce midi, qu'en pensez-vous ?

— Sans problème. Je connais un restaurant sur le boulevard des Pyrénées, *Chez Valentino*, ça vous dit quelque chose peut-être ?

— Non, mais indiquez-moi l'adresse et je vous y rejoindrai vers 13 heures.

À l'instant où je raccroche, Sterling accueille bruyamment le retour de Carole à la maison.

Elle s'immobilise sur le pas de la porte pour me contempler.

— Bonne promenade, ce matin ? Il s'est passé quelque chose ? Tu en fais une tête !

Elle se déshabille promptement, enlevant également le bonnet de laine qu'elle a sur la tête et qui, depuis sa rechute et malgré le redoux, ne la quitte plus.

— C'est que je viens d'avoir Olivier au téléphone. On leur a retiré l'enquête, ce sont d'autres personnes qui seront chargées de m'interroger.

— Et alors ? fait-elle en se secouant les cheveux. Ne me dis pas que tu redoutes de devoir t'expliquer devant eux !

— Un peu, si. Olivier veut me rencontrer ce midi pour m'aider à élaborer une espèce de chronologie des faits, depuis les appels jusqu'au… jusqu'au meurtre de Sam.

Carole me regarde attentivement. Son regard lumineux semble vouloir me transpercer de part en part.

— C'est le moment où jamais de tout dire et d'amener ces gens à se poser des questions sur le salopard d'en face.

Elle a presque craché ces derniers mots, y mettant tant de haine et de mépris que son corps en est agité de tremblements quelques secondes. Elle s'entoure de son bras, se mord la lèvre et se dirige vers le bar pour enclencher la machine à café.

— Il a eu l'audace incroyable de déposer sa fille ce matin à la garderie, continue-t-elle en grelottant. Il avait son visage d'ange et m'a adressé un gentil sourire plein de commisération. Il avait même l'air gêné quand il parlait à ma collègue ! Il n'arrêtait pas de me lancer de petits regards peinés pour que tout le monde comprenne bien à quel point il est gentil et tellement désolé de ce qui nous arrive.

Elle se tait un instant, plongée dans des considérations toutes personnelles.

— S'ils ne l'arrêtent pas cette fois-ci, Alix, c'est *moi* qui le ferai.

Sa main a agrippé le rebord du comptoir.

— Qu'est-ce que tu racontes ? fais-je en murmurant.

— Je raconte que je n'en peux plus, que j'ai parfois l'impression que je vais me mettre à hurler et que je vais prendre les gens un à un pour les secouer et leur raconter ce qu'il a fait à papa. Et à Sam aussi.

Elle relève la tête.

— Il est hors de question de raconter quoi que ce soit au sujet de papa, dis-je le plus posément possible.

— Comment ?

— Premièrement parce que nous n'avons aucune preuve formelle et deuxièmement parce que personne ne doit savoir que papa est mort par la faute de Farge. C'est une chose qui nous regarde, nous.

— Alors papa ne sera jamais vengé ? Et ça ne te fait rien ?

— Ne sois pas bête, cela m'est aussi insupportable qu'à toi. Si Farge doit aller en prison, il ira pour le meurtre de Samuel et, crois-moi, parce que c'était un gendarme, les juges ne lui feront pas de cadeau.

Je m'interromps.

— En ce qui concerne papa, fais-je plus doucement, je sais d'avance que rien ne pourra être tenté contre lui et je ne me vois pas parler de ce que tu as trouvé dans son placard lorsque tu t'es introduite chez eux. Encore moins demander une exhumation pour autopsier le corps de notre père !

Carole soupire.

— Oui, je sais. Laisse les morts enterrer leurs morts, c'est ça ?

Je lui souris.

— C'est à peu près ça, en effet. Et tu ne m'as pas dit pour quelle raison il a laissé sa fille chez vous ce matin ?

— D'après ce qu'il a dit à ma collègue, sa pauvre femme est alitée et à bout de forces, ce qui fait que l'enfant sera déposée tôt le matin et récupérée vers 18 heures le soir par la femme de ménage.

— Que t'a dit Sandrine ?

— Oh ! Sandrine est bien l'unique personne du village qui se moque complètement des affaires des autres. Elle a déjà bien assez à s'occuper avec son divorce et sa bataille pour la garde des enfants.

Nous écoutons la machine filtrer bruyamment les dernières gouttes de café.

— C'est emmerdant d'avoir sa peste sous les yeux jusqu'à la fin de l'année scolaire. Cette gamine a le mal en elle, ma parole ! Elle vous regarde avec des yeux…

Je ne peux m'empêcher de rire.

— Tu n'en fais pas un peu trop, là ?

— Je te jure que non. Aussi vrai que je m'appelle Carole Brausch, je peux t'assurer que Chloé, elle, est bien la fille de Farge…

XXVIII

Il lui arrivait encore certaines fois de se sentir si soudainement oppressée que le souffle lui manquait et qu'elle avait l'impression d'être sur le point de mourir sans avoir pu une dernière fois respirer normalement. Carole n'en disait rien à sa sœur de peur de l'inquiéter ; Alix avait tant de choses à penser et à mettre en place avant les différents interrogatoires qu'elle s'apprêtait à endurer ! Elle avait pu être aidée en ce sens par Olivier et, aujourd'hui, elle attendait anxieusement l'heure de la confrontation avec Farge.

Carole, quant à elle, continuait tout bonnement à ignorer la présence et les regards insistants de l'enfant à la garderie. La présence de Chloé parmi les autres élèves la mettait plus que mal à l'aise et, curieusement, Carole avait l'intime conviction que l'enfant s'en rendait compte et s'en réjouissait. Dès son arrivée, Chloé avait monopolisé l'attention de toutes ses petites camarades avec les récits qu'elle faisait de ses leçons de danse, du gala qui s'approchait et des répétitions qu'elle ne devait manquer sous aucun prétexte. Et tant pis si sa mère était trop malade pour l'y accompagner, son père travaillerait moins et l'y emmènerait lui-même. Et là, elle lui coulait un de ses regards sournois qui donnaient des frissons dans le dos à Carole.

« Son père ! Son père tout craché ! »

Carole ne savait pas exactement ce que connaissait Chloé de la situation, si elle avait appris, comme tout le monde apparemment, qu'Alix avait frappé son père au visage pendant les funérailles de Sam, si même elle comprenait ce que les mots *homicide* ou *meurtre* pouvaient seulement signifier. Le pire, c'était qu'il lui semblait pourtant que oui, et que, pour autant, ça n'avait pas plus d'importance que cela pour la petite fille. Carole se surprenait à dévisager l'enfant lorsque celle-ci ne la regardait pas ou était occupée à quelques travaux. Cette gamine aux cheveux ternes et au ventre replet demeurait un mystère à ses yeux.

Elle se prenait de plus en plus fréquemment à repenser à sa vie parisienne, à son travail, à son appartement, et même à Erik, dont elle avait des nouvelles indirectement, *via* certaines de ses amies avec qui elle était restée en contact. Les sorties dans la capitale lui manquaient, les discussions autour d'un café, les concerts et les brasseries accueillantes, toutes ces choses qui lui semblaient à présent si lointaines, comme si une autre personne qu'elle les avait vécues. Et Erik, surtout... Elle se demandait parfois comment il aurait réagi s'il avait été le témoin des événements qui s'étaient produits ici, au village, depuis son installation. Aurait-il fait preuve du même courage que Sam ? Au fond d'elle-même, elle n'en doutait pas... Pourquoi avait-il fallu qu'il y ait cette autre femme ? Qu'avait-elle été pour lui ? Mathilde ne lui en avait plus jamais parlé mais c'était par quelqu'un d'autre que Carole avait appris qu'Erik avait finalement rompu avec cette femme, quelques semaines seulement après son départ pour le moulin. Où en était-il à présent ? Elle avait secrètement espéré recevoir un jour un coup de téléphone de sa part mais rien ne s'était produit. Et le docteur n'avait pas tardé à entrer dans sa vie... Du moins, jusqu'à ce qu'elle redevienne elle-même, enfin !

Et maintenant, elle savait. Elle avait joué les Œdipe en cherchant désespérément des réponses aux questions qu'elle se posait, sans prévoir que la vérité lui assènerait un coup dont elle ne se relèverait pas. Ses yeux avaient vu, comme ceux d'Œdipe, soudain dessillés. Mais lui avait préféré se les crever à coups de broche plutôt que d'avoir à affronter la réalité. Carole avait choisi une autre voie. Sa lucidité était bien la seule chose qui lui restait. Ses yeux s'étaient ouverts, ce n'était pas pour les refermer de sitôt. Elle regardait, tant qu'elle pouvait. Elle emmagasinait. Elle pensait. Ses marées intérieures auxquelles elle s'était habituée ne quittaient plus ses nuits. Elle n'avait jamais aussi peu dormi qu'à présent.

En revenant à la maison ce matin-là, Carole réfléchissait à la probable perspective de travailler au centre aéré de la commune pendant les mois de juillet et d'août. Sandrine venait de lui en toucher deux mots, disant que, si elle était intéressée, elle pouvait toujours appuyer sa candidature auprès du responsable. Elle avait hâte d'en parler à Alix mais elle se rappela qu'aujourd'hui, à 15 heures, aurait lieu la confrontation entre elle et Farge. Sa sœur serait à coup sûr dans tous ses états et ce n'était pas le moment de la déconcentrer de son objectif.

Elle la trouva allongée sur le canapé du salon, le son de la chaîne hi-fi tourné au maximum. Sterling lui souhaita joyeusement le bonjour.

— Toi, écouter du Beethoven ? parvint-elle à dire en couvrant la musique de sa voix.

Alix se précipita pour aller éteindre.

— Oui, ça m'aide à rester calme. J'ai retrouvé ce vieux morceau qu'écoutait sans arrêt papa.

Elle eut un sourire gêné.

— Ce n'est pas très gai, j'en conviens…

Carole déposa son sac sur le tabouret du bar.

— Pour ma part, je me suis toujours demandé pourquoi les gens avaient l'habitude de qualifier ce mouvement de marche funèbre. Il me fait une impression tellement plus intense ! Quoique ma prédilection reste et restera toujours pour la neuvième… Ce qui ne m'étonne pas, par contre, c'est que papa et toi n'écoutiez que cette partie-là de la septième…

Carole se servit une tasse de café.

— Tu m'accompagnes ? proposa-t-elle. Même si je ne sais pas combien de litres tu as bien pu avaler depuis ce matin !

— Beaucoup trop, ça c'est sûr !

Carole regarda attentivement sa sœur aînée.

— Ça va aller, tu crois ? Tu te sens prête à… l'affronter ?

Elle lui servit une tasse. Alix avait les yeux dans le vague.

— Oui et non. J'ai hâte de pouvoir dire tout ce que je sais, en faisant bien attention à chaque mot que j'emploie. Mais en même temps, j'ai peur… Peur de le revoir et qu'il soit si près de moi. Je ne dois pas me laisser aveugler par la haine.

— De toute façon, tu sais ce qu'ils vont te demander et ce que tu devras répondre…

— Oui, Olivier m'a même conseillé de rédiger quelques petites notes au cas où, avec l'ordre des événements.

Alix attrapa une fiche bristol pliée en deux dans la poche arrière de son jean et la tendit à Carole.

— Dis-moi ce que tu en penses et si je n'ai rien oublié.

Alix avait dressé une sorte de liste en quinze points. Carole s'efforça de déchiffrer l'écriture large et tortueuse de sa sœur.

Certains mots avaient été soulignés.

1) 22 août : enterrement de papa.

2) Fin août : début des appels anonymes. Au début, personne au bout du fil.

3) Je constate à plusieurs reprises que Farge n'a aucun scrupule à se promener seul dans notre jardin sans autorisation. Un soir, je surprends quelqu'un sur le pont en train d'observer le moulin. Je ne reconnais pas la personne, qui s'enfuit.

4) Début janvier : Carole commence à travailler au cabinet médical du Dr Farge.

5) Farge nous relance pour lui vendre la bergerie que papa (?) lui aurait promise avant de mourir.

6) Je lui demande de ne plus passer de ce côté-ci de notre propriété. A l'air furieux, d'autant que je lui ai clairement fait comprendre que la bergerie n'était pas à vendre.

7) Date inconnue : au téléphone, on me prévient que Carole prend un verre dans un bar et qu'elle n'est pas seule mais avec un homme, marié qui plus est. Insultes. Me parle de ma « pute » de mère (?). Donc Carole est suivie.

8) J'appelle Samuel Barbier pour le mettre au courant. Il nous conseille de changer nos différents numéros et de tenir un carnet dans lequel il faudra noter la fréquence des appels.

9) Quelques jours plus tard : Carole vient me chercher dans le jardin et me presse de rentrer car on lui

a dit au téléphone que ce n'était pas très prudent pour moi de sortir seule dans la nuit. Donc il est près de chez nous et nous observe.

10) Date inconnue : Carole me réveille en pleine nuit car elle a vu quelqu'un s'enfuir dans le jardin.

11) Fin avril : Carole ne retourne pas travailler au cabinet. Elle paraît épuisée nerveusement et surtout psychologiquement.

12) Fin avril : nous décidons de faire clôturer notre partie du terrain.

13) Impression désagréable que tout le village est au courant de nos problèmes de voisinage (on refuse de nous saluer) et que Farge se fait passer pour la victime.

14) 28 mai : en faisant mon jogging dans les bois, je surprends un homme cagoulé qui me poursuit sur plusieurs centaines de mètres. Je parviens de justesse à lui échapper. Cette fois, j'alerte la police et porte plainte.

15) Nuit du 30 au 31 mai : meurtre de Sam. Lieu du décès : dans ces mêmes bois.

Carole releva les yeux.

— Je crois bien que tout y est, articula-t-elle lentement.

— Tu sais, Carole, j'ai beau retourner le problème dans ma tête, je ne vois qu'une seule explication plausible au geste de Sam : au cours de cette horrible nuit, il a dû comprendre quelque chose qui m'échappe encore à l'heure actuelle, quelque chose que Farge aussi avait dû comprendre, puisqu'ils se sont retrouvés au même endroit. Mais qu'est-ce que c'était ? C'est en train de me rendre folle ! On sait aujourd'hui que Sam n'a reçu aucun appel cette nuit-là, ni chez lui ni sur son portable, et qu'il a quitté seul son appartement.

Cela devait être important, au point qu'il ait oublié toutes les règles élémentaires de prudence…

Carole prit le temps de réfléchir à ce que venait de dire sa sœur.

— Le pire, c'est que je suis convaincue que jamais – à moins que Farge ne passe brusquement aux aveux tout à l'heure, ce que je ne crois pas – nous n'aurons de réponse à cette question. Jamais ! ajouta Alix d'un ton morbide.

Soudain fébrile, elle avala le reste de son café.

*
* *

Alix ne parvenait pas à faire cesser le tremblement saccadé qui l'avait saisie à la minute même où elle avait pénétré dans le large bureau et où elle avait vu Farge assis, les jambes croisées et l'allure décontractée, à droite de la table qui séparait la pièce en deux. Il s'était levé avec empressement et lui avait tendu la main. Détournant la tête, elle avait préféré prendre place tout de go de l'autre côté de la table, refusant d'accorder le moindre regard au meurtrier de Sam et de son père.

Les inspecteurs, après s'être présentés et avoir expliqué aux différentes parties ce qu'ils attendaient d'eux et de leurs témoignages, en vinrent rapidement aux faits. Farge et elle avaient été convoqués pour être mis en confrontation, suite aux allégations publiques d'Alix pendant les funérailles de Samuel Barbier. La situation plus que conflictuelle qui existait entre les deux parties entrait à présent dans le cadre d'une affaire criminelle et leur situation géographique commune faisait d'eux les résidents les plus proches du lieu du crime.

— Naturellement, chacun d'entre vous a déjà été interrogé séparément, au cours de l'enquête préalable, reprit l'homme qui s'était présenté comme le capitaine Cardouin. Mais vous n'êtes pas sans savoir que la brigade de recherches du département a été saisie de l'affaire. En tant qu'officier, c'est moi, avec mon équipe, qui dorénavant vais prendre en charge tous les éléments de l'enquête. Nous rassemblons des preuves dans le but de trouver et de livrer l'auteur du crime à la justice, ce que tout le monde autour de cette table espère. J'ose le croire, en tout cas…

Alix avait tressailli sous le regard perçant de l'homme aux cheveux poivre et sel. Ses sourcils épais et broussailleux donnaient au marron de ses yeux une expression à la fois profonde et menaçante. Apparemment, il prenait grand soin de conserver une barbe de trois jours qui lui donnait une allure plus moderne et volontairement séduisante. Le regard de l'homme se portait maintenant sur Farge, qui ne parut pas s'en émouvoir.

— Chacun d'entre vous connaît les circonstances dramatiques de la mort de l'adjudant Samuel Barbier. Je ne ferai donc que répéter ce que tout le monde sait déjà, à savoir que le sous-officier Barbier a trouvé la mort dans la nuit du 30 au 31 mai, à la suite de violents coups portés à la tête à plusieurs reprises. L'arme du crime, une lourde bûche retrouvée près du corps, portait des traces de sang coagulé et des cheveux de la victime. De plus, elle correspond en tout point aux marques et aux blessures relevées sur la tête. Les coups ont défoncé la boîte crânienne et ont provoqué la mort quasi instantanée.

Alix sentit une irrépressible nausée monter en elle.

— Je ne me sens pas… Les toilettes, s'il vous plaît, vite…

Elle sortit en trombe de la pièce, suivie par Olivier qui la dirigea vers les W.-C. Elle n'eut le temps que de relever l'abattant avant de vomir. La tête s'était mise à lui tourner et elle dut s'asseoir à même le sol afin de reprendre ses esprits.

— Je vous avais prévenue, Alix, ça fait partie de leurs méthodes, lui dit Olivier en se penchant vers elle.

Il tira la chasse d'eau et l'aida à se relever.

— Allez, fit-il gentiment, gardez courage ! Voulez-vous que je vous apporte un verre de menthe ? Vous êtes très pâle…

— Oui, merci, je veux bien.

Une fois Olivier parti, Alix se rinça la bouche et se passa de l'eau sur le visage.

Il fallait continuer, Olivier avait raison… Mais les mots prononcés par l'inspecteur s'étaient gravés en elle… Traces de sang… Crâne défoncé…

« Oh, mon Dieu, donnez-moi la force… »

Elle se tamponna les yeux en contenant une nouvelle montée de bile amère. « Dieu ! Que m'arrive-t-il ? » Elle ne s'était jamais sentie aussi malade.

Chancelante, elle retourna dans la pièce, prit une profonde inspiration et frappa avant d'entrer. Elle s'excusa auprès de Cardouin de l'avoir interrompu et retourna s'asseoir à sa place. Elle ne put s'empêcher de remarquer l'air plus crispé encore des enquêteurs. Visiblement mal à l'aise également, Cardouin se tourna vers elle avec néanmoins une note de sympathie et d'encouragement qu'elle crut déceler dans sa voix :

— Vous sentez-vous mieux ? Nous comprenons votre réaction mais le fait est que nous devons exposer les faits tels qu'ils...

— Ne vous excusez pas, vous faites votre travail. Cela ne se reproduira plus.

Cardouin contempla un instant cette étrange jeune femme aux propos si assurés et fermes mais dont la pâleur du visage et le petit mouchoir blanc qu'elle pressait contre ses lèvres trahissaient l'émoi. Son regard menotta quelques instants celui de Farge en face de lui. Rien. Aucune réaction. Farge demeurait aussi impassible qu'une pierre. Il retourna à ses notes.

— Je poursuis donc. L'autopsie n'a révélé aucune trace de lutte pendant l'agression ni d'ailleurs aucune anomalie dans les organes vitaux de la victime. L'adjudant Barbier a donc été, selon toute logique, surpris par son agresseur. Il reste à savoir évidemment ce qu'il faisait dans les bois à la nuit tombée. Il était en civil mais portait son arme sur lui à l'heure de sa mort. Avait-il rendez-vous avec quelqu'un ? Que cherchait-il à cet endroit précis ?

— Il enquêtait.

Toutes les têtes se tournèrent d'un seul mouvement vers Alix Brausch. Elle s'efforçait de rester calme et digne mais son regard ne quittait pas celui du capitaine.

— C'est effectivement ce que vous avez déclaré à de nombreuses reprises au cours de l'enquête préliminaire, continua Cardouin plus lentement. Mais je voudrais vous entendre personnellement à ce sujet. Vous avez apparemment une théorie, excusez-moi de l'expression, mais c'est bien de cela qu'il s'agit pour l'instant, et je suis tout disposé à l'entendre et à la prendre en considération. Comme vous impliquez directement le Dr David Farge ici présent, nous avons pris la décision de vous mettre en confrontation pour mettre en perspective vos deux témoignages.

Cardouin regardait tour à tour les visages hermétiquement clos des deux personnes en face de lui. Quelque chose de presque palpable flottait entre eux deux, quelque chose de froid, de terriblement froid. Une franche hostilité, il en était convaincu. Ou peut-être même pire.

— Les choses sont-elles claires pour vous deux ? demanda-t-il. Chacun d'entre vous ayant refusé d'être assisté par un avocat, il est de mon devoir de vous prévenir que tout ce que vous déclarerez au cours de cet entretien pourra éventuellement être utilisé à charge contre vous. Mesurez-vous bien l'importance de ce qui est sur le point de se passer ?

Farge remua doucement sur son siège.

— C'est très clair de mon côté. Comme je vous l'ai dit, je n'ai rien à cacher. Je suis curieux de savoir de quoi on m'accuse exactement et pourquoi.

Pour la première fois depuis le moment où Alix avait refusé de lui serrer la main, Farge tourna son regard vers elle. Un regard impavide. Cardouin se surprit à penser qu'il n'y aurait pas eu moins d'émotion dans ses yeux s'il avait regardé une feuille morte tomber d'un arbre.

— C'est très clair du mien également, fit à son tour la jeune femme, indifférente au regard du docteur. Pour une fois, je suis d'accord avec Farge. J'aimerais moi aussi savoir *pourquoi*.

« C'est parti », pensa Cardouin. Les hostilités étaient ouvertes.

*

* *

Carole se rongeait les sangs. N'y tenant plus, elle se dit qu'elle ferait tout aussi bien de s'occuper à quelque tâche en attendant le retour de sa sœur. Dévorée par l'angoisse, elle sentait qu'elle avait besoin d'un dérivatif pour ne pas se mettre à imaginer les pires scénarios. Alix aurait besoin de tout son soutien quand elle reviendrait. Elle devait à tout prix s'interdire de sombrer dans le marasme qui la guettait si elle continuait à tourner en rond et se cogner aux vitres telle une mouche prisonnière d'une pièce trop sombre.

— Allez, Sterling, il fait beau, hop ! Au jardin !

Non seulement le potager était dans un triste état mais c'était tout le jardin qui avait souffert de l'absence de soins des dernières semaines. Carole farfouilla fébrilement dans la bergerie et parvint à dégager la vieille tondeuse à gazon. Elle fut soulagée de constater que le bidon d'essence n'avait quasiment pas été entamé, elle pourrait faire tourner la machine jusqu'à obtenir une herbe bien rase. L'après-midi entier ne serait pas de trop !

Elle se mit au travail d'arrache-pied, maugréant contre Sterling qui jappait fiévreusement contre l'engin bruyant, en tentant au passage de mordre dans les roues.

— Assez, bon sang ! Ce n'est pas un jeu !

Elle amoncela dans un coin de la bergerie le tas d'herbe fraîchement coupée qu'elle vidait au fur et à mesure du sac de la tondeuse. Elle avait décidé de s'en servir comme compost un peu plus tard.

— Si je te vois te rouler dedans… fit-elle d'un ton menaçant au labrador qui finit par se lasser de poursuivre la machine et qui se coucha à l'ombre de la bâtisse.

Elle s'échinait depuis plus d'une heure quand d'un seul coup elle vit Sterling filer comme une flèche vers le petit pont à l'arrière du jardin en aboyant furieusement. Surprise, elle se redressa.

Il y avait un homme, debout près du pont, que la vue du chien avait stoppé net. Carole rappela Sterling en criant mais c'était sans compter la détermination de l'animal qui tenait l'étranger en respect en montrant les crocs. Carole marcha vers l'homme tout en retirant ses gants. Le premier sentiment de panique passé et ne parvenant pas à reconnaître la personne, elle s'avançait tranquillement, bien contente que l'inconnu soit visiblement terrorisé par le chien.

— Je peux faire quelque chose pour vous ?

— Oui, retenez votre chien, s'il vous plaît, j'ai peur de me faire mordre !

L'homme à la casquette ne quittait pas Sterling du regard.

Carole rappela Sterling plus doucement et la chienne vint se frotter aux pieds de sa maîtresse tout en battant la queue.

— Bon chien, c'est bien, lui murmura Carole en la prenant au collier.

Puis, s'adressant à l'homme :

— Vous cherchez quelque chose ?

L'homme sembla respirer à nouveau. Il retira sa casquette et put enfin regarder Carole sans avoir à s'inquiéter de l'animal redevenu quiet.

— En réalité, je voulais savoir si je ne m'étais pas trompé de maison, mais vous êtes le seul moulin en vue, alors il y a peu de chance…

Il s'éclaircit la gorge.

— Je suis bien chez Alix Brausch ?

Carole se redressa.

— Oui. Je suis sa sœur, Carole. Vous la connaissez ?

L'homme sourit.

— En réalité, non, mais nous nous sommes parlé il y a quelque temps. Elle se promenait vers le pigeonnier. Je m'appelle Baratier, Guy Baratier et c'est moi qui supervise les travaux pour le site.

— Oui, j'en ai entendu parler. Et ça avance ? demanda Carole avec curiosité.

— Eh bien, justement...

L'homme parut soudain gêné.

— C'est de ça qu'il s'agit. Ce matin, nous nous sommes attaqués au déblaiement des alentours de la tour. Les fondations ont besoin d'être renforcées si on veut consolider le tout et il nous a fallu creuser assez profondément pour atteindre les bases.

— Oui ? fit Carole en relevant son sourcil.

— Alors voilà.

L'homme lui montra une petite boîte oblongue qu'il avait tenue sous son bras tout le temps de leur rencontre. Elle ne semblait pas lourde mais l'homme la manipulait avec précaution, comme s'il s'agissait d'une chose très précieuse.

— Nous en avons discuté pendant un long moment entre nous, avec les gars, et ils sont tombés d'accord pour que ce soit moi qui vous la rapporte.

Carole commençait à s'impatienter.

— De quoi s'agit-il exactement ? fit-elle en regardant l'homme dégager la boîte du papier bulle qui l'enveloppait.

— Nous l'avons trouvée comme ça, avec le plastique tout autour. C'est moi qui suis tombé dessus avec ma pioche, elle était enterrée dans un coin, à l'intérieur de la tour. J'ai pu enlever le plus gros de la terre mais c'est resté taché, voyez vous-même...

— Mais qu'est-ce que...

— C'est le nom, coupa l'homme qui contemplait, fasciné, la jolie boîte en palissandre. Je me suis dit que ça devait appartenir à quelqu'un de chez vous... Je me trompe ?

Carole en resta bouche bée.

*
* *

— Mais enfin, tout ceci est ridicule ! Je vous ai déjà dit que ce soir-là je dînais avec mon épouse, au restaurant *La Chaumière*, vous pouvez vérifier...

— Nous l'avons fait, c'est exact, répondit Cardouin en se tournant vers la jeune femme.

— Et alors ? rétorqua Alix en haussant les épaules. Sam ne s'est pas fait tuer dans la soirée mais à une heure avancée de la nuit ! Vous aviez largement le temps de rentrer chez vous, de vous coucher et...

— Mais au nom du ciel, pourquoi ? cria Farge. Qu'avais-je à y faire, dans les bois, à une heure pareille ? Je vous le demande ?! Non, la vérité, c'est que vous et votre sœur avez décidé, je ne sais pourquoi, de me faire porter le chapeau pour tous les problèmes que vous rencontrez depuis que vous êtes revenues vous établir dans le coin. J'entretenais d'excellentes relations avec votre père mais...

— Je vous interdis de parler de papa !

Cardouin sursauta, décontenancé par la violence de la réaction de la jeune femme. Alix avait braqué furieusement son regard sur Farge, le visage soudain figé en une grimace haineuse qui surprit tous ceux qui se trouvaient autour de la table. En une fraction de seconde, les yeux de Cardouin passèrent de la jeune femme à Farge. Quelque chose sembla vaciller chez ce dernier, comme si un brasier gigantesque avait brièvement embrasé tout son être pour s'éteindre presque aussitôt. Le teint altéré, Farge parut néanmoins redevenir maître de ses émotions avec une rapidité que ne put s'empêcher d'admirer Cardouin, sans qu'il puisse dire si ses coéquipiers avaient, eux aussi, pu noter la réaction du docteur.

« Curieux, pensa-t-il, la façon dont ces deux-là se sont regardés. Et pourtant, je suis sûr de passer à côté ! » Cardouin fronça les sourcils. « Oui, c'est ça ! Je suis sûr qu'ils viennent de se dire quelque chose, quelque chose de terrible, juste à l'instant, et que nous sommes tous passés à côté ! »

— Ce que je veux dire, reprit Farge, c'est que vous m'accusez de vous rôder autour, de vous harceler au téléphone, d'avoir tenté de vous agresser dans les bois pendant votre jogging et, maintenant, de m'être rendu coupable de meurtre. Mais *jamais* vous ne vous êtes demandé le pourquoi de toutes ces choses qui vous arrivaient. Votre seule et unique réponse, c'est et ça a toujours été : moi ! Citez-moi une seule bonne raison pour laquelle je vous en aurais voulu à ce point ?

— Vous vouliez plus. Vous vouliez la bergerie, le moulin, les terres de papa. Vous vouliez Carole.

— Allons, allons, fit Farge avec un petit sourire amusé, vous ne pensez pas que vous en faites un peu trop ? J'ai aidé Carole à se refaire une situation financière, vous le savez très bien, Alix. Vous aviez des réparations à effectuer et vous étiez à court d'argent…

— Vous vouliez Carole et, du jour au lendemain où nous avons décidé de planter la haie, vous êtes devenu fou de rage. Carole a peur de vous, docteur Farge, et c'est pour ça qu'elle n'est jamais retournée travailler au cabinet, conclut-elle en s'adressant à Cardouin et ses hommes.

— Carole, peur de moi ?

Le docteur leva les mains en signe d'impuissance.

— C'est probablement parce qu'elle a peur de moi qu'elle vient me relancer jusque sur mon lieu de travail et qu'elle me laisse des petits mots sur la porte du cabinet !

David Farge sortit un petit bout de papier plié en quatre de son portefeuille.

Toutes les têtes se penchèrent sur le document qu'il étalait sur la table.

— Qu'est-ce que c'est que ça, docteur ? siffla Cardouin.

— Je crois que je peux vous répondre, fit Olivier qui avait reconnu l'écriture sur la feuille. C'est une certaine Mme Gribière qui me l'a donné en présence de Farge. Elle a vu Carole Brausch l'écrire sur la porte du cabinet quelques heures à peine après l'agression d'Alix dans les bois.

— Mais curieusement, ce matin-là, votre cabinet était fermé, docteur, reprit Alix. Carole est partie vérifier, et bingo !

Alix claqua des doigts et ajouta :

— Elle vous a vu rentrer chez vous et repartir avec votre femme quelques minutes plus tard. Vous étiez donc *seul* ce matin-là, parti on ne sait où. Ou plutôt, si.

— Il y a une explication fort simple à tout ceci. Mais, avant tout, je tiens à faire remarquer que s'il y a bien quelqu'un qui espionne *ici*, ce n'est pas la personne qu'on suspecte !

— Carole ne vous espionne pas, elle s'est doutée de la vérité, voilà tout ! Cette matinée fut très profitable d'ailleurs, et à plus d'un titre ! Vous deviez être bien affolés, votre femme et vous, pour oublier de refermer votre porte à clé !

Il se fit un silence, où chacun eut le loisir d'observer la lueur d'affolement qui brilla dans les yeux du docteur.

— Comment ?

— Qu'essayez-vous de nous dire, mademoiselle Brausch ? reprit Cardouin. Que votre sœur a pénétré dans la maison du docteur pendant son absence ?

Alix fixait le docteur avec obstination. Elle semblait habitée par une joie mauvaise.

— Je ne dis rien de tel, fit-elle plus docilement. J'informe juste du fait que Farge et sa femme étaient à ce point troublés qu'ils sont partis de chez eux sans refermer. Carole m'a dit qu'on aurait cru qu'ils avaient le diable au cul !

Des sourires s'esquissèrent sur les visages des enquêteurs. Pas sur celui de Cardouin.

— Mais rien ne prouve que cela ait le moindre rapport avec votre agression ! Notre enquête a révélé que les époux Farge ont déjeuné ensemble à l'extérieur, dans une petite brasserie, hors du village. Nous avons en notre possession le relevé de leur carte bancaire ainsi que la déposition de plusieurs témoins qui les y ont vus. Évidemment, docteur, fit Cardouin en regardant Farge, nous n'avons aucune preuve que, de 9 heures à midi, vous et votre femme soyez réellement partis ensemble faire un peu de prospection immobilière comme vous nous l'avez indiqué.

— La prochaine fois, s'exclama Farge, je penserai à entrer dans *chaque* agence, serrer la main de *chaque* vendeur potentiel en leur précisant bien mon nom, juste au cas où je serais suspecté et aurais à prouver mes dires !

— Carole vous a vu revenir seul chez vous, et après l'arrivée de votre femme, fit Alix. Ne nous dites pas maintenant que vous êtes partis chacun avec votre voiture et que vous vous êtes suivis ! Personne ici ne vous croirait !

— Le problème n'est pas là, rétorqua Cardouin. Vous devez comprendre, mademoiselle, que le témoignage de votre sœur n'a aucune valeur, à moins qu'il ne soit corroboré par une tierce personne qui aurait aperçu l'un des deux époux seul. Or ce n'est pas le cas. Personne n'a vu M. ou Mme Farge seul ce matin-là.

— Mais personne ne les a vus ensemble non plus, je me trompe ?

Alix venait de marquer un point et tout le monde le savait.

— Tout comme vous, Alix ! fit Farge en se calant sur sa chaise, les doigts croisés sur le ventre. Vous êtes seule à avoir vu votre soi-disant agresseur vous attendre dans les bois ce fameux jeudi matin. Mais personne ne vous a vus ensemble non plus, je me trompe ?

Alix contracta les mâchoires sous le coup.

— Je ne vois pas pourquoi je l'aurais inventé ! fit-elle en désespoir de cause.

— Eh bien, moi non plus, figurez-vous ! lâcha Farge en se penchant brusquement sur la table. Je ne vois pas pourquoi j'aurais tenté de vous assassiner !

— Calmez-vous, tout le monde ! interrompit Cardouin. Vous devez bien admettre, mademoiselle Brausch, qu'il n'y a réellement aucune preuve de ce que vous avancez, que ceci n'est que pure spéculation et que tout se résume à la parole de votre sœur contre celle des Farge. Il n'y a rien de tangible dans vos accusations.

— Et le meurtre de Sam, ce n'est pas tangible, ça ! explosa Alix. Évidemment, il n'y a pas de preuves là non plus, mais si Sam représentait une menace pour quelqu'un, c'était bien pour Farge ! Sam avait compris que *tout* venait de lui, les appels anonymes, l'agression dans les bois, et même le sentiment que nous avions d'être toujours surveillées !

— Mais quelle en serait la raison, selon vous ? demanda Cardouin en se penchant vers la jeune femme avec compassion. Je suis tout disposé à vous croire, expliquez-moi juste *pourquoi* M. Farge ici présent aurait agi ainsi avec vous.

— Il voulait la bergerie… le moulin, bégaya Alix. Je ne sais pas… Et il y avait Carole aussi… C'est moi qui ai refusé de vendre la bergerie à Farge, Carole, elle, était prête à accepter…

— Et alors ? fit Farge en haussant les épaules. C'est de l'accord de Carole dont j'avais besoin, pas du vôtre ! Pourquoi vous en aurais-je voulu ?

— Parce que c'est *moi* qui ai refusé de vous céder la bâtisse, je viens de vous le dire, reprit Alix, agacée.

— Mais vous n'êtes *rien*, vous ! Absolument rien ! cria Farge. De quel droit vous seriez-vous mêlée de la vente des biens d'Antoine ?

— Ne me parlez pas de mon… !

— Oh, assez, je vous en prie ! Arrêtez cette comédie, Alix, vous nous l'avez déjà servie ! balaya Farge d'un geste de main exaspéré. Qui croyez-vous abuser comme ça ? Ne jouez pas au plus fin avec moi, les enquêteurs peuvent l'ignorer mais, à part eux, personne ici ne l'ignore plus depuis longtemps !

— Ignorer quoi, s'il vous plaît ? De quoi êtes-vous en train de nous parler ? demanda-t-elle à bout de patience.

— Eh bien, ces fameux appels anonymes dont vous nous avez parlé, en arguant qu'ils étaient de mon fait ! Vous voyez bien que je ne suis pas le seul à avoir été mis dans la confidence. Ceci dit, je ne l'ai pas su de la bouche d'Antoine, jamais il n'en aurait parlé !

— Parlé de quoi, monsieur Farge ? s'impatienta Cardouin. Pourriez-vous avoir l'amabilité d'éclairer notre lanterne ?

— Bien sûr ! Je veux tout simplement parler de la... voyons, quel est le mot que vous avez employé tout à l'heure, Alix, quand vous nous racontiez l'un de ces fameux appels ? Ah oui ! *Bâtarde*, c'est bien cela ? Pas très élégant... Mais c'est pourtant la stricte vérité. Vous avez été reconnue et adoptée par Antoine mais vous n'êtes pas une Brausch au sens strict du terme, Alix. À votre tour, je vous en prie, ne nous parlez pas d'Antoine avec ces airs de vierge effarouchée, vous n'êtes *même pas* sa fille, alors de quoi vous mêlez-vous au juste ?

*
* *

Quelques vieilles photos en noir et blanc... Un petit paquet de lettres jaunies qui craquaient sous les doigts et que l'on avait attachées à l'aide d'une mince ficelle d'un vert passé... Des estampes aux bords cornés... Des paysages au crayon à papier, d'une finesse et d'une précision extrêmes. Carole reconnut immédiatement les abords du moulin, certains plans de la forêt et du pigeonnier. La main était experte et le regard d'une grande sensibilité.

Elle retourna la petite boîte. Le bois en était abîmé et Carole n'aurait su dire depuis combien de temps tout cela était resté enterré.

— Quelle étrange chose ! murmura-t-elle.

Elle n'osait aller ouvrir le tiroir de la cuisine et prendre les ciseaux pour couper l'attache des lettres. Celles-ci semblaient toutes être adressées à la même personne.

Monsieur Alexandre Deschamps
Avenue de l'Impératrice
64200 Biarritz

Apparemment, elles n'avaient jamais atteint leur destinataire : on avait barré l'adresse et noté d'une large écriture *Inconnu à cette adresse, retour à l'expéditeur.*

Carole retourna le petit paquet et constata que l'adresse de l'expéditrice n'était autre que celle du moulin. Et son nom, le même que celui gravé en lettres italiques sur le couvercle de la boîte en palissandre.

Marie-Adélaïde Brausch.

Carole suivit rêveusement du bout de son doigt les méandres du sillon creusé dans le bois qui formaient les lettres du nom de sa mère.

« Comment ai-je pu l'oublier ? »

Mais l'avait-elle su un jour ? De tout temps, sa mère n'avait jamais répondu qu'au doux nom de Marie. Pour Carole, sa mère ne s'était jamais appelée autrement que Marie. Elle découvrait aujourd'hui que son prénom était composé mais que la deuxième partie de celui-ci n'avait jamais été utilisée par les siens. Pas de ce qu'elle se souvenait, en tout cas...

Marie-Adélaïde Brausch.

Un joli prénom, oui... Quelque chose de l'ancien temps...

Carole tournait et retournait le petit paquet entre ses mains. Ses yeux revinrent se fixer sur les quelques photos éparpillées à l'intérieur de la boîte. Des photos d'enfant, couché nu sur une petite couverture. Une famille posant devant le porche d'une très vieille maison.

Un cliché au format plus large et à la facture plus récente attira son regard. C'était une photo en pied d'un homme jeune et grand, à la moustache virile et au regard fier. Il portait une espèce d'uniforme que Carole n'essaya pas de reconnaître. Cette photo l'intriguait, elle ne savait pourquoi.

Ce devait être quelqu'un de la famille. Mais elle avait beau scruter le visage de l'inconnu, elle ne parvenait pas à se rappeler à qui il lui faisait penser. Elle retourna la photo. Des initiales avaient été notées, ainsi qu'une date.

A.D., 1972.

Carole haussa les sourcils. C'était l'année de naissance d'Alix. « A.D., A.D... »

— C'est à n'y rien comprendre, se dit-elle à voix haute.

« Marie-Adélaïde... Alexandre Deschamps... Je ne connais personne de ce nom-là, pourtant... Et cet A.D... »

— Ah, ça y est, j'y suis ! s'écria-t-elle. Cet A.D., ce doit être cet homme à qui maman écrivait, cet Alexandre Deschamps ! Mais qui était-il ? Un ami de maman ?

Elle fronça les sourcils. Elle s'aperçut alors que ce qu'elle avait pris de prime abord pour l'estampille du photographe, au dos de la photographie, en bas à droite, n'était en réalité rien d'autre qu'une dédicace tracée d'une écriture fine et régulière.

Pour mon Adé.

Un vague malaise commençait à l'envahir.

Qui était cet Alexandre Deschamps ? Pourquoi avoir envoyé une photo de lui à sa mère ? Pourquoi lui avait-elle écrit toutes ces lettres ?

Et surtout, qui était vraiment cette Marie-Adélaïde, cette mère dont finalement elle ne connaissait pas même le vrai prénom ?

XXIX

Extraits des notes d'Alix

— DEBOUT, ALIX, RÉVEILLE-TOI !

On me secoue par la manche de la veste de mon pyjama. Je me recroqueville davantage.

— Va-t'en, laisse-moi tranquille !

— Hors de question !

Ça tire les rideaux de ma chambre (« Mais qu'elle fasse moins de bruit, Seigneur ! »), ça ouvre les volets et ça revient d'un pas énergique vers mon lit.

— Secoue-toi ! En voilà assez ! Lève-toi tout de suite ou je te jure que, cette fois, je te traîne par la peau des fesses !

— Fous-moi la paix, je dors !

Et je sors une main des replis du drap en l'agitant vigoureusement vers la source de mes ennuis.

— Non, tu m'entends ! NON ! Tu vas te lever immédiatement, prendre une bonne douche, même si je dois venir moi-même te frictionner au gant de crin ! Aujourd'hui, tu te lèves !

Maintenant, on retire les draps de dessus mon pauvre corps, l'air du dehors me cingle la peau et je sens une bouffée de rage m'envahir. Je me redresse d'un coup.

— Mais pour qui tu te prends pour faire ça ?

J'ai sûrement dû me relever trop vite, la tête me tourne et une remontée de bile amère me brûle atrocement l'œsophage.

Je me précipite dans les toilettes, la main devant ma bouche.

— Bon Dieu ! Mais qu'est-ce… ?

Je tente de rester agrippée au rebord de la cuvette pour ne pas chavirer. Je suis comme ivre. Je vomis mon amertume, penchée bien consciencieusement au-dessus de mes cabinets, pleurant et gémissant tout à la fois. Je ne suis plus que fiel et aigreur.

— Ça tombe bien, je t'ai pris rendez-vous ce matin chez le médecin, fait Carole qui est restée à contempler mes exploits devant la porte de la salle de bains, les bras croisés.

— Je vais… très bien, parviens-je à dire entre deux haut-le-cœur.

— Oui ! C'est évident ! Tu vomis à toute heure du jour et de la nuit et tu ne quittes plus ton lit depuis une semaine ! Je pense que tu es quelqu'un qui va effectivement *très* bien !

— Ce que tu peux m'énerver, Carole…

Je m'assois sur le rebord de la baignoire, attendant que le vertige s'estompe. Carole ramasse un vêtement qui traîne par terre.

— Tu m'inquiètes, Alix. Je ne te comprends pas ! Mais enfin, qu'est-ce que ça peut bien faire, tout ça ?! Qu'est-ce que ça change, tu peux me dire ?!

— Rien. Et tout. Je ne veux pas en reparler, pas maintenant, tu m'entends ? Tu peux faire ça pour moi ?

Je me passe la main sur le visage et dans les cheveux.

Carole tire la chasse d'eau, rabat le battant des toilettes et s'assoit dessus sans cérémonie.

— Je vais faire ça pour toi, je te le promets. Et autre chose aussi. Tu t'es occupée de moi quand j'étais si malade, tu te souviens ? Je crois aujourd'hui que c'est toi qui as besoin de moi. Laisse-moi te conduire en ville, c'est d'accord ?

Je soupire. Je me sens si lasse, si fatiguée...

— Je dois faire une gastro ou quelque chose dans ce genre, fais-je. Ce n'est pas la peine d'aller consulter pour si peu...

— Peut-être qu'il s'agit d'autre chose, on ne sait jamais. Tu n'as plus d'appétit, tu as bien dû perdre cinq kilos, ce n'est pas normal ! Après un choc, le corps peut développer des tas de trucs...

— Tu m'as promis, Carole !

— OK, OK, ce n'était pas pour en parler, juste pour expliquer ! Je serai rassurée une fois que tu auras parlé à ce docteur.

Les larmes me montent aux yeux.

— C'est que... je n'ai plus envie, Carole, plus envie de rien...

J'éclate en sanglots.

— Je ne sais pas, je ne sais plus... ma vie est un lamentable gâchis... je ne sais même pas *qui* je suis...

Je suffoque à travers mes larmes.

— Il n'y a que des mensonges, des mensonges... toute ma vie, des mensonges...

Mon esprit s'embrouille, je me laisse doucement glisser à terre. Je n'ai qu'une seule envie, que le sol s'ouvre et m'avale, pour disparaître.

— Il y a moi, je suis là, j'existe, je ne suis pas un mensonge, fait Carole en passant un bras sous mon corps. Je suis là. Là. Là...

Elle me berce comme une enfant, me caressant doucement la tête, comme lorsque je me réveille en pleine nuit à cause de mes cauchemars. Je me suis agrippée furieusement à son tee-shirt, tentant de lutter contre cette sensation de vide qui me terrorise, contre ce néant qui promet de me happer.

— Tant que je serai là, tout ira bien, reprend-elle. Tu *es* ma sœur ! Je me sens aussi perdue que toi, tu sais, mais à deux, on retrouve plus vite son chemin, non ?

J'esquisse un pâle sourire.

— Allons, essaye de te lever. Une séance d'auto-apitoiement ne peut pas nous faire de mal de temps en temps ! se met-elle à rire soudain. Mais fais-moi le plaisir d'aller te laver, tu sens le vomi, c'est insoutenable ! Je vais nous préparer une tasse de thé…

Nous nous relevons tant bien que mal.

— Je descends, prévient-elle en me touchant la joue. Je t'attends en bas…

Je l'appelle, alors qu'elle franchit le seuil de la chambre :

— Lottie !

Elle se retourne.

— Oui ?

Je me sens misérable et je balbutie :

— Je suis désolée, je ne voulais pas…

— Ne t'inquiète pas ! Allons voir ce docteur, OK ?

— OK, OK… Merci…

— Pas de problème, fait-elle en m'adressant un clin d'œil. Laisse faire ta petite Lottie…

*

* *

C'est un remplaçant. Sa main dans la mienne me fait l'effet d'un serpent froid et visqueux et je frissonne en pénétrant dans le large cabinet pourtant bien ensoleillé.

— Alors, racontez-moi un peu ce qui vous amène.

« Eh bien, voilà docteur. Mon fiancé a été assassiné il y a plus de cinq semaines dans des conditions épouvantables. Et dernièrement, j'ai appris que celui que j'avais toujours appelé papa ne l'était en réalité pas le moins du monde ! »

Il me fixe un long moment, attendant visiblement une réponse audible de ma part. Je n'ai pas aimé sa peau de crotale contre la mienne, je ne veux pas qu'il me touche.

— Je… je vomis et j'ai sans arrêt des vertiges. Je ne me sens pas dans mon état normal…

J'ai juste envie de courir retrouver ma sœur dans la salle d'attente, je n'ai pas l'intention de rester là en face de cet homme. Il va lui falloir m'ausculter et il posera ses doigts de cire sur mon corps…

— Eh bien, passons à côté voir de quoi il retourne !

Je me lève en soupirant pour le suivre. Et c'est là que le calvaire commence.

*

* *

Les photos de ma mère.

J'ai passé des heures à essayer de remettre la main dessus. Mon père – car je ne peux pas encore me figurer l'appeler autrement que comme je l'ai toujours fait – les avait rangées et cachées peu après sa mort, alors que Carole et moi étions encore très jeunes. Nous n'avions pas la moindre chance de tomber sur elles par hasard et papa ne les montrait qu'exceptionnellement. Je me suis alors rappelé la fois où il les avait effectivement ressorties, il y a deux ans, à la Noël, mais ça n'avait été que dans le but de nous rappeler fièrement les changements qu'il avait opérés au moulin. Je me suis souvenue très précisément que, sur l'une d'entre elles, nous figurions toutes trois au beau milieu du salon trop sombre de l'époque, quand papa n'avait pas encore percé le mur du fond pour y installer cette vitre panoramique qui donne sur la roue et sur le bief du moulin.

Je l'ai enfin entre les mains, ce témoin du passé, ainsi qu'une bonne cinquantaine d'autres clichés que j'ai retrouvés fourrés sans soin dans un long et étroit boîtier vert qui a tenu lieu d'album photos pendant toutes ces années, prenant l'humidité et la poussière au grenier.

Maman tient Carole sur ses genoux, assise sur un vieux canapé qui nous a sans doute appartenu mais dont je n'ai aucun souvenir. Je suis moi-même debout devant l'objectif, souriant de toutes mes rares dents, les bras levés au ciel comme si j'étais sur le point de sauter dans les bras de mon père.

Je regarde avidement les moindres détails du visage de ma mère. Je pensais trouver une réponse, un signe, quelque chose qui me ferait comprendre que, oui, en effet, c'était là depuis toujours, c'était évident, mais que je n'avais pas prêté suffisamment attention pour me rendre compte. Ma mère sourit, la tête et le corps légèrement penchés, ses doigts fourrageant les cheveux blonds de ma petite sœur qui semble perdue dans la contemplation d'un jouet qu'elle tient dans les mains. Il devait faire chaud ce jour-là car j'aperçois une source de lumière qui vient de derrière l'objectif et j'en conclus que la porte d'entrée a été laissée ouverte. Je suis vêtue d'un short et Carole ne porte rien d'autre qu'une grosse couche. Maman est étonnamment belle, les lèvres entrouvertes et la jupe froissée par le poids de ma sœur qui découvre largement les jambes les plus fines qu'il m'ait été donné de voir.

« Les mêmes que celles de Carole. »

Je retourne la photo : *août 1977.* C'était probablement le jour de l'anniversaire de Carole. Celui de ses trois ans. Le dernier que devait fêter maman avec nous. Je me rappelle soudain la plaisanterie qu'avait faite papa en nous montrant la photo, concernant le retard déconcertant de Carole à devenir propre. Encore en couche à trois ans.

— Alors qu'Alix, propre à dix-huit mois ! avait-il péroré, sous le regard furibond de Carole.

Mais quoi ! La maniaque, c'est bien moi, pas de doute à ce sujet.

Je me concentre à nouveau sur les autres clichés que j'ai étalés sur le lit. La plupart ont été tirés bien après la mort de maman. Carole et moi étions déjà adolescentes. Je m'attarde sur certaines, passe plus rapidement sur d'autres. Tout ce que je peux savoir de l'histoire de ces photos, je l'ai appris de la bouche de mon père. Cette série de portraits, par exemple, où je suis âgée de plusieurs mois déjà : je suis assise au milieu des nuages, un arrière-plan peu original il est vrai, dans un babygro rouge hideux, et, si l'on se penche davantage, on peut apercevoir de longues traînées de larmes sur mes joues. Maman m'avait emmenée chez un photographe professionnel et j'avais eu peur de l'homme. J'avais passé une bonne partie de la séance à pleurer.

Je tombe sur une autre : je pédale sur mon petit tricycle jaune, j'ai à peine trois ans. Encore aujourd'hui, je me souviens des véritables crises de nerfs que je faisais à cause de la fichue benne à l'arrière qui se fixait mal et qui venait gratter le sol dans un bruit affreux dès que j'enfourchais mon engin.

Une autre encore : maman est à genoux à côté de moi et me tient par la taille. Le vent souffle dans ses cheveux, elle a la moitié du visage cachée par cette nébuleuse d'or qu'elle laisse voltiger librement. Pourtant, elle me regarde. J'en suis sûre.

Quelque chose fait crier Carole, en bas, dans la cuisine. Au retour du cabinet médical, elle s'est ceinturée de son tablier d'un air décidé. Ce geste m'a fait sourire : tel un soldat se lançant à l'assaut d'une forteresse sarrasine, Carole s'est jetée à corps perdu dans la mêlée, entraînant avec elle casseroles et poêles en tout genre.

— Maintenant, tu sais qu'il faut que tu manges !

Je suis montée discrètement dans ma chambre, la laissant à son tintamarre infernal de portes qui claquent, tiroirs qui cognent et torchons qui volent.

À présent, je peux entendre les pas mesurés de Sterling grimper l'escalier et venir pousser la porte de ma chambre. J'entrevois clairement la raison des hurlements de ma sœur.

— Toi, tu t'es fait jeter ? fais-je en souriant, flattant doucement l'échine de mon animal. Tu sais pourtant qu'elle déteste que tu traînes dans ses pattes quand elle cuisine, non ?

Et puis, cette photo : nous sommes tous les quatre, cette fois. Papa, maman, Carole et moi, assis sous un parasol, au bord de la mer. Une jolie petite famille. Quelqu'un avait dû gentiment accepter de nous tirer le portrait.

Étonnante photo. Je ne me rappelle pas l'avoir déjà vue. Je sens brusquement l'odeur de ma propre transpiration.

Papa rit aux éclats, le petit pied de Carole dans une de ses mains, l'autre passée derrière son dos pour l'empêcher de tomber en arrière. Carole a la tête renversée et semble mourir de rire : son visage est tourné vers ma mère, qu'elle agrippe de sa petite main. Maman se tient entre nous deux et ne touche personne. Je suis assise en tailleur, à sa gauche, et regarde avec envie papa et Carole s'amuser ensemble. Je reviens certainement de m'être baignée, je porte un maillot de bain ridicule et j'ai encore mes deux énormes brassards montés presque jusqu'aux épaules. Mes cheveux dégoulinent d'eau.

Mon père est le seul à regarder l'étranger qui nous prend en photo. Carole regarde maman et je les regarde elle et papa faire les idiots.

Maman me regarde. Elle semble ne pas être présente à ce qui se passe autour d'elle. Elle *me* regarde. Son visage est grave, elle ne sourit pas.

Les battements de mon cœur se font plus sourds. Est-ce que je suis en train de m'imaginer des choses, d'inventer *a posteriori* des sentiments qui ne faisaient pas partie de cette journée ? Mais quelle tristesse tout de même, dans ce regard ! De quels regrets témoigne-t-elle ? Celui de *l'autre* ?

Je me tourne vers ma table de chevet, vers la photo que j'ai attachée à ma lampe et que j'ai, depuis, passé des heures à contempler, me posant mille questions, ne trouvant aucune réponse qui soit vérifiable. Au dos de laquelle un nom est écrit.

Celui de cet homme. Alexandre Deschamps.

C'est *à lui* que tu penses, maman, à ce moment précis ? À lui, à la vie qu'on aurait pu avoir *avec lui* et non pas avec cet homme qui t'a pourtant aimée au point de te recueillir malgré ta grossesse ? Malgré ton chagrin *de lui*... ?

J'avais lu et relu les lettres maladroitement amoureuses qu'elle avait écrites à cet homme et qui lui avaient toutes été renvoyées. J'avais appris de la plume de ma mère qu'il était marié et qu'il lui avait néanmoins promis de trouver un *arrangement* pour quitter une femme qu'il n'aimait pas. J'avais fait mes propres recherches, *via* Internet, et j'avais retrouvé la trace de cet Alexandre. Cet homme appartenait à une très vieille famille biarrote, des notables possédant un hôtel particulier sur le front de mer. C'était l'adresse figurant sur les lettres de ma mère. Il s'était fait tuer accidentellement au cours d'une partie de chasse, à une centaine de kilomètres de chez lui, pendant des vacances dans les forêts des Landes, chez des amis de la famille. Une balle perdue, avais-je lu dans le quotidien de l'époque. J'avais retrouvé l'adresse précise de sa veuve *légitime*, remariée depuis avec un avocat d'affaires. Ces gens ne se marient qu'entre eux.

Alors quoi ? Ma mère devait bien se douter qu'elle n'aurait jamais plus de ses nouvelles. Il était parti retrouver les siens, tout naturellement, sans lui adresser le moindre signe. Elle avait continué à lui écrire. Un divorce ? Il n'avait jamais dû en être question. L'avait-il seulement aimée ?

Et puis mon père, qui apparaît soudain dans sa vie. Il habite le village. Un paysan, fils de paysan, rien à voir avec un quelconque Deschamps. Il vient d'hériter du moulin. Comment l'a-t-elle connu ? Elle est paloise, habite en ville chez ses parents, cachant un terrible secret. Je me rends compte que je n'ai pas la moindre idée de la manière dont ils se sont rencontrés. Et comment avait-elle fait, avant cela, la connaissance de ce Deschamps, si éloigné de sa propre condition sociale ? Des vacances sur la côte ? Une bande de jeunes gens qui font de grandes virées nocturnes et son chemin croise celui de cet homme trop beau, trop élégant, trop riche et beaucoup, beaucoup *trop* marié ?

Ses amis l'avaient-ils mise en garde ? Avaient-ils su la vérité, au moins ? Et papa ? Quel rôle avait-il joué ? Et cet accident…

Je ne retiens pas les larmes qui coulent sur mes joues. Je me mordille la main pour étouffer un petit sanglot.

— C'est prêt ! hurle presque Carole en brandissant joyeusement un fouet, avant de se décomposer en voyant mon visage boursouflé.

— Encore avec ces vieilles photos ! Encore à te martyriser ! Ne t'inflige pas ça, je t'en prie, Alix, ne te l'inflige pas !

— C'est que…

Je parviens à me moucher.

Je prends la photo de nous quatre, à la plage, et la tends à ma sœur.

— Regarde ! Elle pense à lui en me regardant !

Carole jette un coup d'œil.

— Oui, et alors ?

— Tu ne comprends donc pas, Carole ? Mais je suis comme elle ! J'ai fait exactement la même chose qu'elle ! Je suis enceinte d'un homme mort, Carole !

XXX

Il n'avait pas approché Barbier suffisamment pour laisser des traces de son ADN.

Il avait été très prudent, avait porté des gants, avait calculé à la vitesse de l'éclair son angle d'attaque et la manière dont il fallait frapper le coup mortel sans être éclaboussé par les fatales giclées de sang. Il s'était réjoui d'apprendre par la suite que la scène de crime avait été partiellement saccagée par la présence du chien des voisines (il avait souri de cette étrange coïncidence, que ce soit grâce à leur animal, que ses propres empreintes de pas aient pu disparaître ou être rendues tout bonnement inutilisables). De toute façon, là encore, il s'était débarrassé de ses chaussures. Il fallait qu'il se montre méthodique, rigoureux. L'étau s'était dangereusement resserré et il avait paniqué mais, aujourd'hui, il se reprenait à espérer.

— Tout va très bien, monsieur Morian, vous n'avez pas à vous inquiéter, dit-il, plus pour lui-même véritablement que pour son patient occupé à reboutonner sa chemise.

Comme tous ces gens se ressemblaient et avaient l'air stupide, avec leur expression – toujours la même ! – de soulagement et d'autosatisfaction benoîte quand le diagnostic n'était qu'une petite fatigue passagère avec prescription de vitamines pendant trois semaines ! Il pouvait même se les imaginer se félicitant intérieurement de leur bonne santé et du repos qu'ils allaient pouvoir s'octroyer, dédouanés de toute culpabilité. Comme il les détestait tous, eux et leurs précieuses petites vies minables, les ridicules défaillances de leurs organismes égoïstes et mesquins auxquels lui faisait semblant, jour après jour, année après année, de s'intéresser ! « Quelle fatigue que tout cela ! » pensa-t-il, se rasseyant à son tour derrière son bureau. Oui, pour la première fois de sa vie, il se sentit réellement fatigué.

— Je vais vous faire une ordonnance pour une prise de sang, de façon à être tout à fait rassuré, mais, pour ma part, je crois que vous êtes juste un peu surmené et que vous souffrez des conséquences du stress à votre travail.

« Tu parles ! Et dans mon cas, alors, qu'est-ce que je devrais dire ?! »

— Revenez me voir dès que vous avez les résultats du laboratoire, fit-il en faisant mine de se lever. Vous n'avez qu'à payer à l'accueil auprès de Car...

« Quel imbécile ! »

— Je veux dire, non, c'est moi qui m'occupe du règlement dorénavant. Ce sera vingt-deux euros.

Le patient posa encore quelques questions auxquelles Farge eut le plus grand mal à répondre d'une manière cordiale. Il était pressé d'en finir et, même si le demeuré qu'il avait en face de lui n'avait rien remarqué de son trouble en évoquant le fantôme de Carole, Farge, lui, se sentait à bout.

Il referma la porte sur une rapide poignée de main et décida de s'accorder quelques instants avant d'enchaîner avec le malade suivant. Son cabinet ne désemplissait pas et il avait beaucoup de travail. Mais il avait besoin de réfléchir, il avait besoin d'espace. Et de nouveau la présence de Carole s'imposa à lui. Le *manque* de Carole. De sa voix, qu'il percevait parfois de son cabinet, rassurante (elle était là, tout près !) et fraîche… De son parfum fruité. Du claquement sec, sur le parquet, des talons qu'elle s'entêtait à porter malgré ses sempiternelles plaintes à leur sujet…

« Ce que tu as pu l'aimer, pauvre idiot ! »

Tous ces rêves sur elle et lui ! Quel sombre crétin il avait été ! Et comme il s'en voulait de l'aimer *encore* ! Jamais, face à un autre être humain, quel qu'il soit, il ne s'était senti aussi faible.

Aussi vulnérable.

Samuel Barbier.

Ce nom lui trottait dans la tête du matin jusqu'au soir, ne lui laissant aucun moment de répit. Quelle perte de temps et d'énergie ! Il aurait vraiment pu se passer de cette péripétie ! Et Dieu seul savait ce que lui réservait l'avenir ! Mais non, il avait fait attention. Ça n'avait pas été prémédité et, de fait, sa marge d'erreur était quasiment nulle. Et puis il y avait eu toute cette pluie qui était tombée, transformant la terre en bouillasse, brouillant toutes les pistes.

Pendant l'enterrement, en pleine cérémonie, Alix l'avait frappé au visage devant des dizaines de personnes. Il sourit. Cette garce avait creusé sa propre tombe avec ses poings (elle savait cogner, c'était indéniable, il l'avait même soupçonnée d'avoir pris, elle aussi, des leçons de boxe !). Elle lui avait drôlement facilité la tâche ! Il se rappela le plaisir raffiné et subtil qu'il avait pris en exhibant ses pansements et son œil au beurre noir pendant des semaines, répondant aimablement aux gens qui vouaient les filles Brausch aux gémonies : « Oh, vous savez, je suis sûr que ce n'était pas volontaire ! Sous le coup de l'émotion, l'être humain se comporte parfois étrangement… » Il était passé pour un saint homme, alors que certains le harcelaient presque au village pour qu'il porte plainte.

Alix Brausch. Comme il avait aimé lui dévoiler les secrets de son identité ! Comme il avait joui de sa stupeur et de son anéantissement – oui, anéantissement était le mot juste ! Même si ce capitaine Cardouin était intervenu pour recadrer le propos et lui intimer l'ordre de ne plus tenir ce genre de discours en sa présence. En revanche, il n'avait pas aimé une certaine lueur dans son regard lorsqu'elle lui avait refusé le droit de parler d'Antoine. Il avait su. Il avait deviné. Sa bouche s'était desséchée. Il avait tâché de se donner une contenance, espérant cacher son effarement, mais certaines questions demeuraient toujours sans réponse : *comment* avait-elle compris pour Antoine ? Il avait tout vérifié, il était persuadé avoir tout récupéré. Il n'aurait tout de même pas été assez bête pour laisser au moulin un échantillon du placebo que leur père prenait depuis des mois ! Non, il secoua la tête, il n'avait pas pu commettre cette erreur. Mais alors, comment ? Il avait été furieux d'apprendre que Carole l'avait bel et bien espionné et qu'elle avait attendu son retour à la maison ce matin-là. Avait-elle entendu ce que Mélanie et lui s'étaient dit ? Carole était-elle rentrée chez eux ?

Peut-être que Mélanie n'avait pas tort, après tout. Elle ne parlait plus que de cela depuis des semaines. Elle voulait faire clôturer le fond du jardin. Les voisines avaient monté leur propre haie ? Qu'à cela ne tienne ! Puisqu'il n'était pas question pour lui de déménager, Mélanie s'était mis en tête de cercler leur propre terrain, au niveau des grands arbres du bout.

De toute façon, ils n'y allaient jamais, là-bas, prétextait-elle. Et puis on ne savait jamais, avec le chien. Il pouvait passer sans difficulté dans leur jardin, faute de clôture, et elle n'avait aucune envie de se retrouver un jour nez à nez avec le fauve des voisines. Encore moins Chloé, ajoutait-elle, qui avait une peur bleue des chiens.

Oui, c'était sûrement une bonne idée. Mais se couper du moulin après avoir espéré si fort qu'il vous appartienne ! Lui et sa propriétaire légitime.

« Qu'importe ! » se dit-il en haussant les épaules. Ce qui comptait, c'était de rester discret et sur ses gardes. Rien ne pressait. Il saurait prendre le temps qu'il fallait. Aucun mur ni aucune haie ne pourraient jamais l'empêcher d'atteindre Carole s'il en avait envie. Et un jour...

Un jour...

*
* *

Alix rentra épuisée des courses. Il lui avait fallu changer d'air, prendre la voiture, voir du monde. Elle avait profité de l'absence de Carole pour abandonner le moulin. Si elle avait été à la maison, sa petite sœur ne lui aurait jamais permis de partir seule faire le plein de provisions.

« Elle devient tellement protectrice ! » pensa affectueusement Alix en refermant le coffre. Carole aurait tout aussi bien pu se mettre à hurler de joie lorsqu'elle avait appris la nouvelle de la grossesse d'Alix ! Elle avait presque dansé du cabinet à la voiture, faisant de bizarres moulinets avec ses mains, les joues en feu, le pas sautillant. Alix n'avait pu s'empêcher d'éclater de rire.

Et pourtant...

Son cœur n'était pas à la fête et elle s'en voulait. Ce bébé... Elle ne savait qu'en penser. Le bébé de Sam.

Le premier moment de stupeur passé, elle avait fondu en larmes et le docteur n'avait su comment gérer la chose, se contentant de lui tapoter doucement l'épaule d'un air contrit. Elle avait ri quelques minutes plus tard des pitreries de sa petite sœur. Et aujourd'hui ?

Le bébé allait pousser et grandir en elle mais elle se sentait si malade ! Elle sirotait des tisanes de gingembre que Carole semblait toute prête à lui préparer à longueur de journée, lui certifiant qu'elle ressentirait vite une amélioration et verrait ses nausées matinales s'estomper. Alix avait supprimé vin et liqueurs et Carole avait même jeté devant elle son dernier paquet de cigarettes à la poubelle.

— Il est hors de question que tu inhales la moindre bouffée de cette saloperie. Je ne l'aurais jamais fait pour toi ou pour moi, mais maintenant c'est différent !

Carole avait raison. Un bébé changeait la vie. Mais Alix sentait confusément qu'elle ne se montrait pas à la hauteur de l'événement qu'elle était en train de vivre. Elle ne ressentait pas le bonheur et la félicité qu'elle supposait qu'une femme normale devait éprouver quand une telle chose lui arrivait. Le plus souvent, à son grand désarroi, elle n'éprouvait rien d'autre qu'une indifférence lasse. Il lui semblait être douée d'une faculté toute neuve, celle de pouvoir voir à travers les choses, les gens, voir *physiquement* à travers eux, pénétrer leur secret et expérimenter d'une manière très concrète leur vacuité, leur désespérance, l'inutilité tragique et dérisoire des objets, des êtres, de la vie.

Une fois à l'intérieur, elle enclencha la bouilloire et commença à déballer les courses sur la table du bar. Carole ne serait pas longue à revenir de la garderie du matin. Quant à elle, elle avait juste envie de retourner se coucher.

— Je ne suis plus bonne à grand-chose, pas vrai Sterling ?

La chienne semblait bien plus préoccupée par l'odeur alléchante des vivres déposés dans le frigo que par les états d'âme de sa maîtresse.

— Oui, je sais, je ne t'ai pas oubliée, je t'ai rapporté un gros nonos !

Il arriverait bien un moment où il lui faudrait réfléchir de manière concrète à son avenir, « à *notre* avenir », se corrigea-t-elle mentalement. Reprendre sa thèse ? Entamer une carrière d'universitaire, enseigner ce qui était devenu une véritable passion ?

Et l'enfant ? Dieu du ciel, qu'allait-elle faire de cet enfant ? Comment s'occupe-t-on d'un enfant lorsqu'on n'a pas de situation stable, aucun projet précis et qu'on tâtonne soi-même dans l'incertitude ?

Et l'idée lui revint alors, cette idée incongrue qui pourtant ne cessait de la titiller et dont elle n'arrivait plus jamais à se débarrasser.

— Je crois qu'il faudra finir par vendre le moulin, déclara-t-elle à Sterling qui, couchée à ses pieds, rongeait bruyamment son os en peau de buffle. De toute façon, je ne peux pas continuer à vivre ici…

« Non, je ne peux plus… J'ai horreur de ce village. Je ne supporte plus de savoir que je vis près de l'homme qui a assassiné le père de mon enfant. Et qui m'a volé le mien. Qui m'en a privée. Je ne supporte plus de le savoir là, à côté, invaincu, tranquille, à l'abri. Je veux qu'il paye, je veux qu'il paye ! » Et le souvenir précis de son cauchemar de la veille lui revint en mémoire : elle se tenait debout dans le demi-jour, face au pigeonnier. La silhouette familière gisait à ses pieds mais elle n'y prêtait aucune attention. La tête levée, elle contemplait les anfractuosités bizarres de la vieille tour. Quelqu'un avait parlé dans son rêve, mais peut-être était-ce elle-même. « Je veux qu'il meure ! »

Alix trempa son sachet dans l'eau chaude d'un air absent.

« Non, je ne veux pas qu'il meure. Ce serait trop facile. Je veux le *détruire.* »

Elle s'assit, abasourdie par la violence de sa propre pensée.

— Coucou ! fit Carole en rentrant telle une bourrasque dans la maison.

Alix en eut le souffle coupé.

— Nom de... !

Carole rit.

— Je savais que tu aurais un choc, mais quoi ?! J'avais besoin de changer. Tu n'aimes pas ?

Alix demeura éberluée.

— Tu as vraiment l'air d'une fée maintenant, fit-elle après avoir sifflé un long moment.

Carole sourit en passant une main rapide dans ses cheveux blonds coupés court.

— Je voulais quelque chose de plus moderne et de plus pratique aussi. La fille qui m'a coiffée m'a dit que je ressemblais à Jean Seberg comme ça...

— Tu es... ravissante !

Et c'était vrai. Même avec à peine un centimètre de cheveux sur la tête, Carole était superbe.

Toujours souriante, elle se regardait dans le miroir suspendu au-dessus de la patère de l'entrée. Le front haut et dégagé, son mince visage n'était plus encadré que par de gracieuses mèches ourlées sur les tempes qui couvraient à peine la courbure délicate et fine de ses oreilles. L'ovale parfait de son visage et son teint d'albâtre étaient mis en valeur d'une manière frappante.

« Et toujours cette espèce de lumière intérieure qui irradie ses traits, pensa Alix. C'est le portrait craché de maman. »

— Tu es sortie faire des courses ? demanda Carole en retombant brusquement dans la réalité.

— Oui, enfin, juste quelques babioles.

— Tu n'aurais pas dû, ajouta-t-elle en refixant légèrement une mèche sur le bord de son front. Tu ne dois pas te fatiguer.

— Je ne suis tout de même pas mourante, grimaça Alix. Quoique j'aie bien failli périr d'ennui, fit-elle en souriant. Figure-toi que je suis tombée sur Maïté au supermarché. C'est un vrai moulin à paroles celle-là ! Tu te rappelles d'elle ?

Carole écarquilla les yeux.

— Mais oui, bien sûr ! se tapa-t-elle sur le front. C'était elle, la femme que j'avais vue chez les Farge la dernière fois ! Je me disais bien que sa figure ne m'était pas inconnue ! Elle bosse pour eux, c'est ça ?

— Oui, c'est leur femme de ménage. Elle travaille chez des particuliers depuis cinq ans déjà et ça a l'air de plutôt bien marcher. Elle court d'un foyer à un autre. Elle était d'ailleurs en train de faire les courses pour une de ces familles.

— Quel âge peut-elle avoir maintenant ? réfléchit Carole en se servant une tasse de thé.

— La quarantaine, je crois. Mais qu'est-ce qu'elle peut parler ! Elle m'a tenu le crachoir pendant plus d'une demi-heure. Je ne savais plus comment m'en défaire !

— Ne te plains pas trop, d'habitude c'est le contraire qui se produit. Personne ne nous adresse plus la parole. On dirait qu'il existe une espèce de large consensus communal dans ce domaine…

— Elle ne semble pas en être avertie, en tout cas, soupira Alix.

— C'est ce qu'il y a de bien avec les gens qui parlent trop, sourit Carole. Ils sont bien trop occupés à raconter leur vie. Comment veux-tu qu'ils soient au courant de quoi que ce soit quand on peut tout juste en placer une ?

*

* *

Mélanie Farge se sentait exténuée et la perspective des grandes vacances n'allait en rien contribuer à son mieux-être. Lorsqu'elle pensait aux interminables mois de juillet et d'août qui l'attendaient, avec leur cortège de journées brûlantes et irrespirables troublées par les cris et les imprécations de Chloé, son courage déjà mince se réduisait encore telle une peau de chagrin.

Que sa fille fût en passe de devenir insupportable, cela ne faisait de doute pour personne. Cette année avait été la plus difficile que Mélanie ait eu à gérer de toute sa vie et elle devait bien reconnaître qu'elle se retrouvait de plus en plus désemparée face aux exigences de sa propre fille. Chloé était devenue cette enfant qui, le plus souvent, se montrait irascible envers sa mère et dont l'humeur autoritaire et colérique ne lui laissait plus de repos.

Et Mélanie se sentait tellement fatiguée… Tellement lasse… Elle aurait préféré passer les deux prochains mois à hiberner (en plein été, c'était plutôt original !) et n'avoir à se réveiller qu'à la rentrée de septembre, juste à temps pour pouvoir accompagner et déposer sa fille à l'école qui, Dieu merci, prendrait le relais pour toute une année.

Évidemment, elle se sentait coupable de reconnaître qu'elle cherchait, par tous les moyens, à fuir Chloé. Elle comprenait également, d'une manière confuse, qu'elle avait tort d'abuser des somnifères et des narcotiques qu'elle avalait mécaniquement. Elle se faisait parfois l'effet d'une automate qui n'attendait plus rien d'autre dans la vie que cet instant béni où elle montait se coucher dans sa chambre et où elle sombrait dans un bienheureux sommeil. Le sommeil était devenu son refuge, l'inconscience, son mode privilégié. Elle ne se débattait plus mais préférait laisser aux autres le soin de se colleter avec la vie. Pour ce qui la concernait, elle n'en avait plus l'envie ni la force.

David avait prévu qu'elle et Chloé retournent chez sa sœur passer quelques semaines de vacances loin de la maison, mais Chloé avait refusé tout net, prétextant qu'elle ne voulait plus y retourner sans son père et qu'elle s'y ennuyait trop de toute façon. Toutes ses petites copines restaient ici et Chloé préférait de loin passer ses journées chez Amélie, qui avait la chance incroyable, *elle*, d'avoir à sa disposition une immense piscine dans le jardin !

David avait ri à cette remarque, promettant à sa fille de réfléchir à la possibilité qu'ils aient, eux aussi, une piscine derrière la maison. Tout bien considéré, ils avaient amplement la place et la piscine pouvait être creusée dans le prolongement de la terrasse, ce qui ne présenterait que des avantages.

Et qui donnerait plus de valeur encore à la propriété, avait songé Mélanie, si elle réussissait à le convaincre de vendre pour partir s'installer ailleurs ! Elle n'avait d'ailleurs plus que cela en tête : partir, *partir*, quitter le village, quitter le voisinage exécré des filles Brausch qui avaient fait perdre la tête à son mari et qui leur avaient fait vivre à tous un enfer.

Mélanie se rendit brusquement compte qu'elle avait rêvassé tout le long et n'avait rien écouté de ce que lui racontait Maïté. Elle l'avait aidée à sortir les courses et à les ranger. Maïté n'avait cessé de parler depuis lors, sans que Mélanie y prête la moindre attention. Elle s'était plainte à David des sempiternels bavardages de l'aide-ménagère mais il fallait bien reconnaître que, nonobstant cela, Maïté abattait un travail colossal et que la maison n'avait jamais aussi bien tourné. Elle venait tous les jours à présent et s'occupait du ménage et du repassage aussi bien que des courses, et parfois même des repas. C'était elle qui amenait Chloé au centre aéré tous les après-midi ainsi qu'à ses leçons de danse. Le gala de fin d'année avait été repoussé à la mi-juillet et devait être donné à la salle des fêtes du village. Chloé en bondissait d'impatience, et pour cause : c'était elle qui interpréterait, entre autres, le rôle de la fée Dragée dans *Casse-Noisette*. Leur professeur avait sélectionné un florilège intéressant de petites musiques pour ballet et chaque enfant avait reçu son rôle et son costume. Celui de Chloé était vraiment très joli. Il lui tardait de participer à la représentation, qui serait suivie d'un énorme goûter donné dans les jardins de la municipalité.

— ... pensez donc, ça aurait très bien pu lui arriver à lui, vous comprenez !

Quelque chose troubla la douce quiétude qui s'était emparée de l'esprit de Mélanie, comme à chaque fois qu'elle se laissait bercer par la logorrhée inépuisable de Maïté. Cette fois-ci pourtant, quelque chose avait tinté bizarrement à ses oreilles, quelque chose que la solide grande femme à l'ossature noueuse venait de lui dire.

Quelque chose qui lui avait fait venir le frisson.

— De quoi ? fit-elle brièvement.

— Forcément, affirma à nouveau Maïté, je n'avais pas vu les choses sous cet angle jusqu'à dernièrement, en lisant le journal du village. Mais ils n'en savent pas plus sur ce qui s'est passé pour l'instant.

— Sur quoi exactement, Maïté ?

— Sur le meurtre, voyons ! Je vous parle de ça maintenant, mais je ne l'avais pas réalisé alors ! Quand je l'ai vu débouler comme un fou du sentier, vous savez, celui qui est impraticable et qui mène au pigeonnier et à la forêt, je me suis fait la réflexion qu'il avait dû voir un sanglier pour courir comme ça ! J'en ai même ri toute seule, et puis après je n'y ai plus pensé ! Mais je viens de me rendre compte que ce n'était que quelques jours avant le drame, peut-être deux, peut-être trois, je ne sais plus !

Maïté s'arrêta un instant tout en contemplant la bouteille de jus d'orange qu'elle tenait dans la main.

— Eh oui, c'est ce que je me dis maintenant. S'il y a vraiment un tueur fou dans les parages, ça aurait très bien pu arriver à votre mari ce jour-là ! C'était au même endroit, Dieu du ciel !

Mélanie sentit la respiration lui manquer. Tout son corps était devenu soudain poisseux de sueur.

— Mais de quoi parlez-vous donc, enfin ? Qu'est-ce que vous êtes en train de raconter ? Quand avez-vous vu mon mari ?

— Mais je viens de vous le dire ! Bon, je recommence, soupira-t-elle. Il y a plus d'un mois de cela, je revenais de chez les Duroyer, vous les connaissez ? Ils habitent vers la…

— Oui, je connais les Duroyer, ma fille est en classe avec l'une de leurs filles, coupa Mélanie.

— Eh bien, justement, je revenais de chez eux ce jour-là. Je fais du repassage pour eux, tous les jeudis matin, de 8 heures à 10 heures, et je vous prie de croire que je n'ai pas intérêt à chômer pendant ce laps de temps ! Impressionnant ce qu'ils peuvent utiliser comme linge dans cette maison ! Bref, en repartant de chez eux pour rejoindre la départementale, à la hauteur du pigeonnier, qui je vois descendre à toutes jambes des bois ? Notre gentil docteur et, comme je vous le disais, il avait vraiment l'air pressé de quitter les lieux ! J'arrivais derrière lui, je crois que c'est pour ça qu'il n'a rien vu de mes appels de phares. Je l'ai dépassé sans qu'il me remarque le moins du monde et je l'ai vu dans mon rétroviseur qui s'engouffrait dans son 4 x 4 et démarrait en trombe !

Mélanie commençait à sentir la tête lui tourner.

— Mais ce n'est qu'avant-hier que j'ai fait le lien ! s'exclama Maïté, en se tapant le front du plat de sa main. C'est le samedi de la *même* semaine que le gendarme s'est fait assassiner dans les bois, et au *même* endroit encore, selon le journal ! C'est dingue de penser qu'à deux jours près, votre mari aurait pu se retrouver nez à nez avec l'assassin, à la place de ce pauvre Samuel !

Cela ne prit qu'une fraction de seconde à Mélanie pour faire le calcul nécessaire et pour réaliser dans sa totalité le catastrophique de la situation.

— En effet, fit-elle, la bouche sèche. C'est… dingue, comme vous dites.

Elle se dirigea vers l'escalier et monta lourdement les marches. Dormir, dormir, s'enfoncer dans les ténèbres.

Mais avant… Elle avait quelque chose à faire. *Il* lui devait bien ça, maintenant qu'elle avait pris des risques et menti pour le couvrir. C'était à lui de régler la question.

Elle ferma la porte de la chambre à coucher et décrocha le téléphone mural. Elle n'eut pas longtemps à attendre avant qu'il ne lui réponde d'un « oui ? » sec et impatient. Il savait que c'était elle, le numéro avait dû s'afficher sur le cadran.

« Attends un peu, mon coco, tu n'es pas au bout de tes peines. »

— C'est moi, fit-elle perfidement.

— Je sais bien que c'est toi ! Qu'est-ce que tu veux ? Sois brève, j'ai la salle d'attente pleine à craquer !

— On t'a vu, David.

Silence de l'autre côté de la ligne. Elle reprit, plus hardie que jamais :

— Maïté t'a vu sortir du champ au pigeonnier ce jour-là, elle vient de me le dire. Ce jour-là, tu te souviens ? Le jour où Alix Brausch s'est fait agresser et que nous sommes censés avoir passé ensemble, rien que toi et moi. À ton avis, combien de temps faut-il à une pipelette comme Maïté pour avertir tout le village et pour que la police fasse le rapprochement ?

Elle n'entendit plus rien que le propre battement de son cœur affolé pendant quelques secondes.

Puis un déclic et le signal entêtant de la tonalité. Il avait raccroché.

Elle allait enfin pouvoir s'endormir.

XXXI

Extraits des notes de…

JE FONDS EN LARMES À NOUVEAU.

Mon père est dans ce trou par ta faute, David Farge. Il est impensable, quant à moi, de l'oublier, encore moins de pardonner.

Pardonner ? Un mot qui me donnerait envie de m'arracher les lèvres de mes ongles tranchants si je m'entendais le prononcer…

Papa ! Comme tu as dû souffrir ! Comme tu as dû te sentir trahi, cruellement trompé par un homme que tu croyais être ton ami !

Repose en paix, repose en paix…

Je ne peux te rendre la vie qu'il t'a prise. Je ne peux pas faire ça, papa, et j'en suis désolée, tellement désolée…

D'où viennent donc ces mots qui remontent à la surface aujourd'hui ? Des mots de la Bible, je crois. Dieu s'adressant à l'homme qui vient de commettre l'irréparable, le premier crime de l'histoire de l'humanité.

Écoute ! J'entends le sang de ton frère crier vers moi !

Et cet autre verset aussi : la vengeance est à moi, c'est moi qui paierai de retour. Apparemment, Dieu n'a aucunement l'intention de se charger de ton cas, papa.

Je tourne en rond comme un lion en cage à l'intérieur de ma tête. Je n'arrive pas à tordre les barreaux qui m'enferment et m'empêchent de respirer et de tenter d'être heureuse à nouveau ! La haine est en train de m'empoisonner les sangs comme une gangrène, une lente et nauséabonde pourriture qui me ronge l'organisme, l'esprit et l'âme.

Alors c'est à moi de m'en charger.

Il faut que je prenne garde. Les gens pourraient finir par se rendre compte que je commence à « sentir »...

Je connais le moyen de faire voler en éclats cette prison qui me rend folle. Il n'y en a qu'un seul. Je ne veux pas perdre la tête, il me faut garder toute ma lucidité.

Je ferme les yeux au bord de ta tombe.

Une promesse, une seule : je répondrai aux gémissements de ton sang. C'est moi qui paierai de retour.

Merci Dieu, mais je n'ai pas besoin de toi.

XXXII

MAÏTÉ REÇUT LE COUP DE TÉLÉPHONE en début d'après-midi. Elle avait travaillé la matinée chez les Farge, était passée en coup de vent chez elle, le temps d'avaler un morceau et de tchatter avec sa vieille copine, Michelle, pour repartir incontinent vers la ville où deux autres foyers attendaient ses bons et loyaux services.

Elle n'avait pas oublié d'emporter ses sacs de supermarché et de les fourrer dans le coffre de sa petite Corsa : quand elle travaillait en ville, Maïté n'omettait jamais de faire un tour dans son magasin de surgelés préféré.

Elle se sentait malgré tout soucieuse. Elle ne pouvait s'empêcher de repenser à la discussion en ligne qu'elle venait d'avoir avec son amie. Michelle n'avait pas eu l'air très en forme, mais Maïté pouvait comprendre ce genre de choses. Ce qui clochait, c'était tout simple : Michelle ne supportait plus sa solitude ! « Vivre enfermée à longueur de journée dans un minuscule deux-pièces, il y a des chances pour que ça finisse par vous rendre complètement dingue ! » pensa Maïté en actionnant son clignotant. Mais sans boulot ni famille, Michelle faisait partie de ces laissés pour compte de la société à qui le gouvernement versait une ridicule allocation, histoire de se donner bonne conscience, à défaut de leur proposer un vrai métier.

Maïté soupira. « Je ne peux pas dire que ce que je fais soit réellement passionnant au sens le plus strict du terme, mais au moins, ce job me permet de vivre décemment, de payer mes factures et de m'octroyer quelques petits plaisirs de temps en temps. » Elle repensa à la publicité alléchante qu'elle avait trouvée dans sa boîte aux lettres : une nouvelle recette « façon traiteur » à base de saumon frais et de coulis de tomates ! C'était cher mais ça devait être bon ! Elle s'imagina devant son poste de télévision ou devant l'écran de son ordinateur, à savourer tranquillement sa petite assiette fraîcheur, jetant parfois quelques coups d'œil pour admirer le coucher du soleil à travers la fenêtre de son salon.

La vie n'avait pas été tendre avec elle mais elle s'estimait relativement heureuse et fière de s'en être tirée malgré un si mauvais départ. Ses parents s'étaient toujours désintéressés de leur fille et elle n'avait pas trouvé mieux pour attirer leur attention que de tomber enceinte dès l'âge de seize ans. Sa mère en avait fait une maladie et son père ne lui avait plus jamais adressé la parole : pour le coup, elle avait eu tout faux ! L'ambiance familiale étant devenue proprement irrespirable, elle avait préféré se sauver et quitter la maison en suivant le premier venu. Il lui avait promis monts et merveilles, entre autres qu'il s'occuperait bien d'elle et de son petit, même s'il n'était pas le père.

« Faites confiance aux hommes ! » ricana-t-elle derrière son volant. Non seulement il l'avait larguée au bout de six mois de vie commune, mais en plus, de désespoir, elle en avait fait une fausse couche et perdu l'enfant qu'elle attendait. Les complications avaient bien failli lui être fatales à elle aussi ! Elle s'en était tirée de justesse mais c'était pour apprendre avec consternation qu'il n'y aurait plus jamais de vie possible dans son ventre…

Oui, la vie avait été garce avec elle, mais Maïté n'était pas femme à se laisser abattre. Elle avait toujours beaucoup travaillé, sans jamais se plaindre ni pleurnicher sur son sort. Elle avait fait sa vie, tirant le diable par la queue le plus souvent, mais ayant aujourd'hui assez d'argent de côté pour pouvoir envisager l'avenir avec optimisme. Alors oui ! Michelle lui faisait de la peine mais, en même temps, elle était tentée de la secouer de sa torpeur et de lui donner l'envie de se battre.

Tout en se garant sur une place destinée aux visiteurs de la résidence, elle se promit qu'elle irait la voir le mois prochain. Après tout, elle avait de l'argent et pouvait se permettre de prendre une petite semaine de congé, non ?! Elle monterait en voiture chez Michelle, et, comme la dernière fois, elles passeraient leur temps à papoter, à vadrouiller en ville et à manger des glaces jusqu'à s'en rendre malades ! Et elle parlerait à Michelle. Pourquoi ne viendrait-elle pas s'installer chez elle ? Rien ne la retenait là où elle vivait, alors qu'ici Maïté pourrait lui faire connaître du monde, la présenter et peut-être lui faire avoir du travail, qui sait ? Et puis vivre seule était tellement difficile !

Le cœur soudain gonflé d'espoir et d'allégresse, Maïté s'apprêtait à sortir de voiture quand son portable sonna. L'identité de l'appelant était masquée.

— Allô ?

— Maïté ? C'est le docteur Farge à l'appareil, j'espère que je ne vous dérange pas…

— Oh, docteur ! Non, non, pas du tout, j'étais sur le point de me rendre au travail !

— Ah, fit-il avec une note de déception au fond de la voix. Vous n'êtes pas chez vous ?

— Non, je suis en ville, je n'ai pas encore fini ma journée. Y aurait-il un problème ? demanda-t-elle en fronçant les sourcils.

Jamais le Dr Farge ne l'avait encore appelée sur le portable en dehors des heures où elle travaillait pour lui. La vieille angoisse d'avoir fait quelque chose de travers ou d'avoir oublié une tâche lui revint, comme à chaque fois qu'un de ses employeurs l'appelait sans raison apparente. Elle se mordit la lèvre supérieure en un tic nerveux.

— Non, aucun, Maïté, au contraire, je voulais vous féliciter, vous faites un travail remarquable. Mais j'aurais aimé pouvoir discuter avec vous… comment dire… de choses qui me préoccupent et dont je voudrais vous faire part.

— Quelque chose ne va pas ? Je peux peut-être vous aider…

— En fait, il s'agit de ma femme, déclara Farge d'une voix grave. Comme vous l'avez certainement remarqué, elle ne va pas très bien en ce moment et je risque de requérir davantage encore de votre temps.

— Oui, je me rends bien compte que Mélanie ne va pas bien et je pense réellement que…

— Écoutez, coupa Farge, vous serait-il possible de me recevoir chez vous ? Il me paraît assez compliqué de vous expliquer ce que j'attends de vous pour aider Mélanie devant elle, à la maison. Ce soir, ça vous irait ?

— Bien sûr ! Vous savez où j'habite ?

Elle laissa au docteur le temps nécessaire pour noter l'adresse.

— Je travaille chez les Bertrand jusqu'à 17 heures et je dois me rendre ensuite au quartier Saint-Exupéry où j'ai encore un petit couple âgé à m'occuper. Je pensais aller faire quelques courses ensuite…

— Prenez tout votre temps, Maïté, protesta Farge, ne dérogez pas à vos habitudes pour moi ! Donnez-moi une heure précise à laquelle vous pensez être rentrée et je viendrai vous retrouver.

— OK, alors disons 19 heures à la maison. Je pense avoir le temps de tout faire.

— Très bien, c'est noté. Évidemment, je préférerais que vous n'en parliez à personne, Maïté, je tiens à préserver ma femme des mauvaises langues du village. Je souhaite *vraiment* que notre entrevue reste strictement confidentielle. Je peux vous faire confiance, n'est-ce pas ?

— Bien sûr, bien sûr, bafouilla Maïté, que la mention des mauvaises langues avait fait rougir. Je ne dirai rien à personne, je vous le jure !

— Alors à ce soir, Maïté.

Et il raccrocha.

Elle ne put s'empêcher d'envoyer un court texto à Michelle pour lui annoncer qu'elle avait rendez-vous ce soir avec le docteur qui l'employait au village et qu'il aurait sûrement des heures de travail en plus à lui proposer.

« Si tu voulais seulement te donner la peine de te remuer un peu, Michelle, toi aussi tu pourrais avoir suffisamment à faire pour remplir tes journées ! »

Elle claqua la portière derrière elle et marcha d'un pas vif vers l'entrée de l'immeuble. Elle ne devait pas se mettre en retard. Ce soir, elle était bien décidée à se rendre disponible pour aider le Dr Farge, même si cela signifiait une surcharge de travail.

Après tout, on n'a rien sans rien.

*
* *

Elle n'en pouvait plus. Elle ne parvint réellement à se détendre que lorsqu'elle franchit les portes vitrées du magasin, poussant son minuscule chariot devant elle. Elle se sentait fourbue d'avoir passé plus d'une demi-heure pliée en deux à récurer les sols chez ses derniers clients. Enfin, elle allait pouvoir se détendre et penser un peu à elle.

Elle fit vite néanmoins, sachant qu'elle n'en avait pas vraiment fini avec cette journée. Elle avait pensé à son rendez-vous avec le Dr Farge tout l'après-midi, sans pouvoir chasser de son esprit une vague inquiétude qui ne l'avait plus lâchée. Une curieuse impression, vraiment. Comme si quelque chose n'était pas clair, quelque chose qu'avait dit le docteur au téléphone.

Elle haussa intérieurement les épaules tout en faisant tomber dans le fond de son caddie des steaks surgelés. Ça n'avait probablement aucune importance mais elle n'en restait pas moins chiffonnée et… oui, un peu inquiète, même.

« Ridicule », pensa-t-elle en secouant la tête. Elle était juste claquée, voilà tout.

Elle prit la queue à la caisse et put laisser vagabonder son esprit quelques minutes. Son dos la faisait souffrir et elle aurait besoin d'une bonne dose de crème pour les mains après la douche. Il n'y avait rien à faire, même si elle persistait à mettre des gants avant de toucher à ces produits nettoyants, ses mains en prenaient un sacré coup à chaque fois. Elle frotta les callosités de sa paume droite et l'appel de Farge lui revint encore une fois à l'esprit.

« Bon, il va me parler de Mélanie, et alors ? Si j'étais lui, je m'en serais préoccupé bien plus tôt, de la santé de ma femme ! » Il était clair pour tout le monde que Mélanie Farge se tapait une sacrée dépression nerveuse et qu'elle n'était plus bonne à grand-chose, à part prendre des bains à longueur de journée et s'enfermer dans sa chambre pour dormir. Pendant ce temps, Maïté, elle, se coltinait tout le boulot ! Mais quoi ? Elle était payée pour ça, et plutôt bien d'ailleurs… Ce n'était pas elle qui allait s'en plaindre, non !

Le docteur était à cran ! Voilà, c'était ça qui la tracassait depuis le début ! Certes, la vie avec une jeune femme toujours malade ne devait rien avoir de drôle… Mais Maïté aurait pu parier que ce n'était pas la raison de la rage du docteur.

Pendant une brève seconde, elle fut choquée d'avoir prononcé silencieusement ce mot, *rage*, le trouvant à première vue excessif. Mais à bien y réfléchir… Non, elle ne pensait pas s'être trompée, c'était bien cela qu'elle avait décelé dans la voix du docteur.

Une rage contenue. Ravalée.

Elle paya et s'engagea dans l'allée qui descendait en pente vers la porte du fond. Elle avait l'habitude de se garer dans le parking souterrain réservé uniquement à la clientèle du magasin. Trouver une place dans les parages, surtout à cette heure-ci du soir, était quasiment impossible.

Elle poussa la lourde porte à deux battants qui se referma lentement sur son passage. Dans l'espace froid et silencieux du parking faiblement éclairé, le déclic du verrou enclenché à nouveau résonna sourdement derrière elle. Elle descendit la rampe, plus raide cette fois, qui menait directement aux voitures.

Le grincement du chariot faisait un bruit lugubre que l'écho répercutait dans le vide.

Maïté se dirigea vers sa petite automobile à l'autre bout du parking. Elle s'était garée près d'un des énormes piliers qui soutenaient la structure. Elle commanda l'ouverture automatique des portes et ouvrit le coffre. Elle avait oublié de prendre ses sacs avec elle et elle devait à présent y ranger ses courses éparpillées dans le chariot. Cela ne lui prit que quelques secondes.

C'est alors qu'elle le sentit.

Un souffle d'air juste derrière elle. Elle n'était pas seule dans le parking.

Elle se retourna vivement et ses yeux s'agrandirent de surprise.

— Mais qu'est-ce que vous… ?

Il leva la main en un éclair et elle fut tout étonnée de sentir la lame en elle, qui s'enfonça et tourna entre ses côtes sans que cela ne lui fasse réellement mal. Ses yeux s'écarquillèrent davantage et elle porta instinctivement les mains à sa poitrine.

Il ressortit le couteau aussi promptement et elle crut qu'il allait la frapper encore une fois. Ses poumons se bloquèrent et elle ne put plus respirer. Elle souleva la tête pour chercher une gorgée d'air mais son corps s'affaissa sur lui-même. La douleur explosa dans son thorax mais elle ne quittait pas des yeux l'homme qui se tenait au-dessus d'elle et qui la regardait.

Qui la regardait mourir.

Elle voulut crier mais rien ne monta de sa gorge qu'un liquide chaud et visqueux qui lui brûla la poitrine. Elle ne vit plus rien. Elle n'entendit plus rien.

Elle sentit à peine la douce pression vers l'arrière et elle bascula complètement à la renverse. Sa dernière pensée claire et consciente fut qu'elle allait mourir là, enfermée dans son propre coffre, au milieu des courses qu'elle venait juste de déposer.

*

* *

Il roulait prudemment à bord de la Corsa. Ce n'était pas le moment de se faire arrêter pour excès de vitesse ! Il avait fait son repérage tôt dans l'après-midi et avait opté pour un lac situé à une quinzaine de kilomètres au sortir de la ville. Un point d'eau, plutôt. Un coin désert, difficile d'accès en voiture, encaissé dans une cuvette boisée de part et d'autre. Une vieille pancarte rouillée et tordue sur le côté signalait la profondeur de l'eau et y interdisait la baignade.

Tout ce qu'il lui fallait.

Il avait repris la route après une bonne heure posté près du lac pour voir s'il n'était pas fréquenté. Il n'y avait vu personne. Les berges étaient en friche, les abords rocailleux et les pistes piétonnes envahies par la chienlit et la broussaille. Tout cela sentait l'abandon et la négligence.

Il avait retrouvé son 4 x 4 caché en contrebas de la départementale. Le reste n'avait été qu'un jeu d'enfant. Il avait roulé vers le quartier Saint-Exupéry et avait repéré presque immédiatement la Corsa verte garée dans la rue principale. Il n'avait rien fait de plus que d'attendre.

Cette imbécile lui avait tout bonnement donné son emploi du temps et son itinéraire de l'après-midi ! Il n'aurait même pas à prendre le risque de la rejoindre chez elle comme il l'avait prévu au départ. C'était dangereux, il le savait, mais il n'avait pas vraiment le choix. Et comble de joie, elle avait pris la direction du parking souterrain à l'arrière du commerce dont elle lui avait parlé ! Si ce n'était pas de la chance, ça ! Elle avait apparemment décidé de lui simplifier la tâche.

Le parking n'était pas payant et ne disposait d'aucune caméra de surveillance. Il avait attendu quelques minutes à l'extérieur avant de s'engager dans la semi-obscurité du sous-sol, juste à temps pour voir sa femme de ménage disparaître à l'intérieur du magasin. Il avait repéré la disposition des voitures et avait garé la sienne le plus près possible de la sortie. Il lui faudrait agir vite.

Les meilleurs plans sont ceux qui s'improvisent dans l'urgence. Il était descendu de voiture, son arme dans la poche, et s'était faufilé derrière un des pylônes, près de la Corsa de Maïté. Il savait où frapper pour que le coup soit mortel et pour que le travail reste propre. Pas de sang, pas d'éclaboussures, à peine le temps de crier. Il avait reconnu en lui cet état d'alerte où la tension et la concentration sont à leur maximum, où l'adrénaline agit comme une déferlante et vous électrise le cerveau. Comme il aimait ça ! Ses yeux s'étaient plissés un peu plus et un rictus était apparu sur ses lèvres. Il avait enfilé ses gants.

Lorsqu'elle était ressortie, il n'avait plus eu qu'à attendre qu'elle s'approche lentement de la voiture. Elle était passée juste sous son nez et avait continué tout en actionnant l'ouverture à distance de la voiture. Il avait regardé encore une fois aux alentours, fixant anxieusement la porte à battants qui donnait accès au magasin.

Et il était sorti de sa cachette.

Elle n'avait pas eu l'air terrifiée de prime abord. Surprise, mais pas terrifiée. Il avait frappé très vite et très fort. Elle s'était écroulée mais il avait eu le temps de lire la stupeur et la souffrance sur son visage. Ainsi que la cruelle et désespérante certitude qu'elle allait mourir.

C'était un spectacle dont il ne se lassait pas. Il trouvait cela purement fascinant de pouvoir deviner à quel moment, à la seconde précise, sa victime comprenait *enfin* que c'en était fini pour elle et de la voir prendre conscience de l'impensable, de l'inimaginable : l'incongruité absolue de savoir vivre ses derniers instants, là, maintenant, tout de suite.

Et c'était la fin. Ce moment ne durait, hélas, qu'une fraction de seconde, c'était bien trop court mais il se considérait comme un privilégié de pouvoir le vivre aussi intensément. En tant que médecin, il avait été confronté au cours de sa carrière à des dizaines de personnes en phase terminale de graves maladies, cancers ou autres, et il avait eu tout le loisir de les observer vivre leurs derniers moments, entourés des leurs et de l'appareil médical qui s'efforçait au maximum de les soulager. Mais l'attitude et le regard de ces mourants n'avaient rien de comparable à ce qu'il pouvait voir chez ceux qui, dans un moment de pure terreur, perdaient la vie de *sa* main.

Il avait repoussé le corps de la femme en arrière et elle s'était avachie dans le coffre. Il lui avait soulevé les pieds et l'avait coincée comme il avait pu en lui repliant les jambes. Il l'avait contemplée une dernière fois avant de l'enfermer dans le noir pour toujours. Des yeux exorbités le fixaient. Un coulis de sang glissait des commissures de la bouche. Une dernière crispation de la main. Elle était morte. Il avait claqué le coffre en le refermant.

Une bonne chose de faite.

Il avait pris le volant et s'était glissé hors du parking, en y laissant sa propre voiture. Tout le temps que l'opération avait duré, personne n'était entré ni n'était ressorti du magasin.

À présent, il s'agissait de faire disparaître le tout dans l'eau. Sans voiture, pas de cadavre. Sans cadavre, pas de meurtre. Donc pas d'inquiétude. La vie continuait. Il finirait bien par alerter les gendarmes de la soudaine disparition de sa femme de ménage qui ne se présentait plus au travail et qui ne répondait pas plus au téléphone portable qu'à son domicile personnel. S'il ne le faisait pas, les autres employeurs de Maïté le feraient et cela aurait l'air suspect de sa part. Il ne voulait prendre aucun risque. Il se fixa deux semaines de répit avant d'alerter les autorités compétentes. Deux semaines, c'était raisonnable. Et il priait pour que cette vieille pie n'ait pas eu le temps de raconter à d'autres personnes ce qu'elle avait vu le jour où Alix Brausch s'était fait agresser. Il se rappelait encore avec effroi les paroles que l'officier Cardouin lui avait tenues le jour de cette fameuse confrontation : « Vous devez comprendre, mademoiselle, que le témoignage de votre sœur n'a aucune valeur, à moins qu'il ne soit corroboré par une tierce personne qui aurait aperçu l'un des deux époux seul. Or ce n'est pas le cas. Personne n'a vu M. ou Mme Farge seul ce matin-là… »

« Plus maintenant en tout cas, pensa-t-il. Une fois la voiture enfouie sous l'eau, j'attendrai la nuit tombée pour refaire le chemin en sens inverse, à pied cette fois-ci, en privilégiant les sentiers de traverse. » Il avait calculé qu'en marchant vite il en aurait pour deux bonnes heures avant de récupérer le 4 x 4. Et de rentrer chez lui.

Retrouver sa femme. Il avait confiance en elle, elle ne dirait rien. Elle était totalement sous sa coupe. Il se chargerait de tout. Il accéderait même à sa demande de clôturer leur propre portion de jardin. Tout rentrerait dans l'ordre. Il avait besoin que les choses se tassent d'elles-mêmes. Laisser le temps au temps, comme le disait la chanson. Sans oublier son objectif final, évidemment. Il n'avait pas encore dit son dernier mot.

C'était cela, son plan. Attendre, laisser venir les événements. Endormir la méfiance. Et puis bondir en surgissant d'un seul coup, quand plus personne ne s'y attendait.

Antoine. Puis Sam. Et maintenant Maïté. Ces trois-là s'étaient dressés sur son passage. Plus ou moins consciemment. Ils n'étaient plus de ce monde aujourd'hui.

Il restait Alix.

Il n'avait que trop cafouillé avec elle. Il y avait eu ce malheureux contretemps. Qu'à cela ne tienne ! Il saurait rattraper le coup. Ce dernier obstacle enfin éliminé, la voie serait libre. Il saurait bien reconquérir Carole et dissiper tous ses doutes. C'était parce qu'ils ne pouvaient plus se parler qu'elle s'était éloignée de lui. Il fallait qu'il puisse l'approcher à nouveau ! Mais c'était impossible tant que *l'autre* se tiendrait au milieu et prendrait toute la place. Il fallait qu'il réagisse avant qu'il ne soit trop tard.

Il en ferait donc, de la place !

Il se surprit à glousser tout haut. Cela sonna curieusement à ses oreilles. On aurait dit un rire de dément.

XXXIII

Extraits des notes de Carole

Je me souviens qu'il a plu comme à Gravelotte tout le mois de juin. Je n'ai quasiment rien pu faire dans le jardin, si ce n'est tondre la pelouse et arracher quelques mauvaises herbes par-ci par-là. Le potager faisait peine à voir.

Et puis juillet est arrivé. Le temps s'est radouci. Au fur et à mesure que l'été s'installait de pied ferme, les journées se sont faites plus chaudes, plus sèches au point d'en devenir brûlantes. C'étaient déjà les grandes vacances, beaucoup de familles quittaient le village pour des endroits bien plus touristiques ou exotiques. Sandrine et moi, nous nous sommes retrouvées au centre aéré à égayer les jours des quelques enfants qui n'ont pas eu la chance de pouvoir partir et qui se sont retrouvés coincés là avec nous, à attendre que leurs parents veuillent bien cesser un jour de travailler. Sandrine fourmillait d'idées pour animer les semaines en perspective et embellir le quotidien au centre. J'ai travaillé à plein temps tout l'été, pour un ridicule salaire, j'en avais conscience, mais je n'aurais laissé cette opportunité à personne d'autre. Mon affectation avait traîné en longueur mais une place m'avait finalement été proposée pour la rentrée de septembre, et, en attendant, j'avais besoin de ce travail. Mon unique regret était de devoir laisser Alix seule au moulin toute la journée. Il lui fallait du repos mais je ne voulais pas qu'elle profite de son temps libre pour se ronger les sangs et ressasser les récents événements jusqu'à s'en rendre malade.

Et moi, comment ai-je *réellement* vécu la chose ?

Alix n'est que ma demi-sœur. Elle est la fille d'un autre homme que papa. Un homme que, selon les lettres retrouvées par hasard près du pigeonnier, maman a aimé à la folie. Et quelle étrange coïncidence que de retrouver cette boîte dans ce lieu, précisément ! J'ai toujours su la prédilection de maman pour cet endroit en particulier du village, mais jamais je n'aurais pu imaginer qu'elle y avait enterré un inavouable secret… Et pourquoi l'avoir enterré ? Pourquoi ne pas avoir tout bonnement détruit ces vestiges d'un passé qui n'avait pas eu d'avenir ? Pourquoi les avoir mis justement là, à l'ombre de la haute tour ?

Les théories les plus folles s'échafaudaient d'elles-mêmes dans mon esprit. Existait-il un lien quelconque entre le pigeonnier et l'histoire d'amour de maman et de cet Alexandre Deschamps ? Était-ce le lieu où ils avaient l'habitude de se retrouver, à l'abri des regards indiscrets de sa famille à lui et de son entourage à elle ? Là où ils s'étaient aimés ? Où Alix avait été conçue ? Que dire alors de cette autre coïncidence, celle qui fait que ma sœur se soit, elle aussi, toujours sentie mystérieusement attirée par cet endroit ? C'était là qu'elle revenait systématiquement peindre, c'était le pigeonnier et ses pentes abruptes qui revenaient la hanter dans ses rêves. Et à l'entendre, c'était bien là également, au pied de la tour, que je gisais, morte, dans les bras de maman. Cet endroit avait-il une sorte de signification magique pour les femmes de notre famille ? Ma mère. Alix. Et moi, morte dans son cauchemar ?

Je me surprenais parfois à reconstituer le passé. J'ai évidemment lu les lettres d'amour de maman, peut-être aussi avidement qu'Alix l'a fait. J'ai usé mes yeux à regarder les photos, à les retourner, à tenter de percer leur secret. Cet homme était mort depuis des dizaines d'années. D'une malheureuse balle perdue au cours d'une matinée de chasse. Cet homme qui appelait ma mère *Adé*, alors qu'à la maison personne ne l'a jamais appelée autrement que Marie. Que savait-il d'autre sur elle, que nous ne savions pas, nous, sa propre famille ?

Et mon père dans tout cela ? Il a dû aimer ma mère comme un fou pour se conduire avec elle comme il l'a fait. La recueillir. La consoler. Faire comme si l'enfant qu'elle portait était le sien. Faire comme si cet homme n'avait jamais existé, comme si maman n'avait jamais été qu'à lui seul, comme si elle n'avait jamais porté un autre prénom que celui qu'il avait choisi de lui donner, *lui* ! Marie seule comptait à ses yeux. Avait-il seulement été payé en retour pour tout le mal qu'il s'était donné ? Il était clair dans ses lettres qu'elle n'avait jamais aimé qu'un seul homme, Alexandre Deschamps. Papa avait-il lu ces lettres ? Mon cœur saigne à l'idée qu'il ait pu les avoir entre les mains, ne serait-ce que par inadvertance…

Et pourquoi ne nous avoir rien dit, pendant toutes ces années ? Pourquoi ce silence, même une fois devenues adultes, maman disparue depuis longtemps ? Avaient-ils conclu un marché tous les deux, comme quoi moi et surtout Alix ne devions jamais savoir ? C'est fort probable. Et maman n'avait jamais dû envisager de mourir si brutalement, sans avoir pu voir grandir ses filles…

Et Alix aujourd'hui. Alix enceinte. Enceinte de Sam. « Un homme mort », m'avait-elle dit. Je ne pouvais m'empêcher de frissonner en repensant à ces mots. Sam était mort dans la forêt, à mi-chemin entre le moulin et le pigeonnier.

« Le pigeonnier, encore ! » C'était à vous rendre fou ! Je suspectais Alix de se livrer aux mêmes excès d'imagination que moi et de revenir sans cesse à cet étrange noyau dur autour duquel nos vies semblaient devoir graviter éternellement. J'avais parfois l'impression d'une étrange malédiction… Je savais bien qu'il y avait quelque chose de ridicule et d'un peu niais à penser une telle chose. Mais aujourd'hui que j'écris ces lignes devant l'écran de mon ordinateur, je me dis que mon intuition d'alors était la bonne.

Oui, il s'agissait bien là d'une malédiction. Et d'une de celles que l'on subit jusqu'au bout, devant laquelle on demeure totalement impuissant. Il nous aurait fallu quitter le moulin immédiatement pour briser net l'enchantement maléfique qui nous liait à ces lieux, ma sœur et moi.

C'est du reste ce que nous avons fini par faire. Mais trop tard. Beaucoup trop tard.

*

* *

— Tu as besoin d'aide pour les costumes ? ai-je proposé sans conviction à Sandrine. Dieu sait à quel point je peux être nulle en couture mais je pense quand même pouvoir reprendre ces boutons sans trop de dégâts…

— Ce serait chouette que tu t'en occupes, a-t-elle soupiré, en lançant un regard désolé sur l'amas de vêtements colorés et disparates étalés n'importe comment sur la table de travail. Je ne sais pas par où commencer ! Dire qu'on se donne tout ce mal alors qu'ils ne sont censés les porter qu'une seule fois ! Et je te fiche mon billet qu'on les récupérera tout tachés et à moitié déchirés à la fin de la journée…

Pour la petite fête de la mi-juillet, il avait été décidé d'organiser quelques animations durant lesquelles les enfants du centre apparaîtraient dans de courtes pièces. Ils avaient choisi, à l'unanimité, le thème des animaux des bois et des campagnes. Chacun d'entre eux, seul ou en groupe, avait dû opter pour un animal et inventer une petite saynète le mettant en scène. Sandrine et moi supervisions l'ensemble et faisions répéter les gosses qui s'en donnaient à cœur joie. Nous passions en boucle les airs du *Carnaval des animaux* qui devaient servir de base à leurs pantomimes bucoliques.

Sandrine avait demandé le concours de certaines mamans qui avaient été ravies d'acheter des costumes déjà tout faits ainsi que des masques. D'autres, plus douées ou ayant davantage de temps à leur disposition, s'étaient proposé d'acheter des mètres de tissus et de s'atteler à la confection des déguisements de leurs enfants et de ceux des autres. Tous les samedis matin, et de façon totalement bénévole, Sandrine accueillait les mères de famille au centre et elles travaillaient ensemble sur ce projet. Je n'avais pas osé proposer mon aide, craignant de devoir affronter certaines d'entre elles connues pour leurs commérages, me méfiant en particulier de celles qui me lançaient des œillades malveillantes ou, pire, qui faisaient mine de ne pas me voir, quand elles venaient récupérer leurs enfants au centre en fin de journée.

— Dis-moi, ça ne t'ennuie pas que je ne sois pas là les samedis matin pour t'aider un peu ? Tout gérer toute seule, comme ça ! Surtout que rien ne t'y oblige ! J'avoue que je t'admire.

— Ne t'inquiète pas pour moi, Carole, si je le fais, crois-moi, c'est parce que je m'y retrouve, m'a-t-elle souri. J'ai besoin de me changer les idées, je ne supporte pas de devoir rester chez moi. Bien trop de soucis et de choses à régler m'y attendent. Je ne respire que lorsque je passe le pas de ma porte !

Je l'ai observée avec attention. C'était une jolie brunette, aux cheveux longs et aux yeux pétillants, qui semblait tout droit sortie d'un livre pour enfants. D'une patience d'ange avec eux, ce qui ne l'empêchait toutefois pas de se mettre à crier de temps en temps. Toujours souriante et rieuse, elle paraissait évoluer dans un monde différent du nôtre. Je savais que son divorce la minait et que c'était dur pour elle et ses filles. Mais elle n'en faisait guère état, ne se plaignant jamais du sort que lui réservait la vie.

J'ai soupiré en frôlant les étoffes du revers de la main. Je ne savais pas comment aborder la question qui me taraudait depuis quelque temps.

— J'espère que tu n'entends pas trop d'énormités à notre propos, lors de ces petits comités entre femmes…

— Oh ! C'est ça qui t'inquiète ? a-t-elle fait en relevant les yeux de son ouvrage.

— C'est-à-dire, ai-je commencé, embarrassée, je ne voudrais pas que tu me juges mal ou que tu croies à des choses qui ne sont pas exactes, voire qui sont complètement déformées…

Elle a souri derechef.

— Cela fait belle lurette que je ne prête plus la moindre attention à ce que les gens peuvent raconter sur le dos des autres.

Elle a paru songeuse tout d'un coup.

— Je te dirais même que je m'en méfie carrément. J'y ai bien cru, moi, à ce qu'on me racontait sur Gilbert, mon futur ex-mari, et il me paraît évident aujourd'hui que je n'aurais jamais dû ! Il me plaisait, je lui plaisais aussi visiblement. Ma famille et mes amis ne tarissaient pas d'éloges sur son compte. J'avais beaucoup de chance, à les entendre ! Et regarde-moi aujourd'hui ! Je me retrouve seule avec mes deux gamines et je ne sais même pas si je vais pouvoir continuer à vivre dans ma maison ou si je ne vais pas devoir la vendre comme tout le reste pour pouvoir faire face. Aujourd'hui, c'est moi qui paye les pots cassés et je passe pour la méchante, en plus !

— Je comprends, ai-je fait avec une moue désapprobatrice.

— Je ne m'occupe pas de ces débinages, a-t-elle repris en piquant son aiguille dans un ourlet. Ce que je sais pour sûr, c'est que tu es volontaire et que tu t'impliques dans ce boulot, tout comme moi. Le reste, tes ennuis avec Farge, tout ça, ça ne me concerne pas.

Je l'ai regardée, stupéfaite.

— Alors tu sais de quoi il retourne, en fait ! Je vois qu'on ne t'a rien caché…

Sandrine a relevé la tête pour me fixer droit dans les yeux.

— Les gens de ce village sont les plus bavards et les plus médisants que je connaisse, a-t-elle répondu. Tout le monde a une opinion sur tout le monde ici et personne n'est à l'abri. J'ai appris, à mes dépens, que si tu ne veux pas d'histoires, tu la fermes et, surtout, tu vas faire tes courses ailleurs qu'à l'épicerie du coin. Ne raconte rien sur ton propre compte, tu ne sais jamais si la personne en face de toi ne s'en servira pas un jour ou l'autre contre toi.

— Mais je n'ai rien raconté, moi ! ai-je explosé.

— Je le sais bien parce que j'ai pu le vérifier par moi-même, a-t-elle fait en secouant la tête. Mais d'autres s'en sont chargés pour toi. On a bien raconté que c'était moi qui avais poussé Gilbert à quitter le domicile conjugal ! Le pauvre homme, voyez-vous cela ! a-t-elle ajouté avec un accent rageur que je ne lui avais jamais entendu.

— Du coup, ai-je fait en me laissant aller aux confidences, j'ai l'impression que tout le monde nous en veut et je ne sais vraiment pas quoi faire. Farge a littéralement…

— Farge est un homme dangereux, m'a-t-elle coupé abruptement.

Elle s'est alors interrompue pour poser les yeux sur moi. L'intensité et la profondeur de son regard m'ont frappée. J'ai frissonné malgré moi.

— Comment le sais-tu ?

Elle a hésité un court instant.

— Il a été notre médecin traitant, à ma famille et à moi, au tout début de son installation au village. Un jour, j'ai dû lui amener Morgane, mon aînée, de toute urgence. Elle souffrait terriblement des oreilles, alors qu'elle était déjà soignée pour une otite depuis plusieurs jours. Quelque chose n'était pas normal et j'ai eu très peur. De toute évidence, il y avait eu une erreur de diagnostic et Morgane devait passer des examens plus approfondis.

Plongée dans ses souvenirs, elle a fait la grimace.

— Bref, peu importe ! a-t-elle abrégé en secouant la main. Ce jour-là, nous avons eu… comment dire… une vive altercation, le docteur et moi. Le fait est que j'ai quitté le cabinet et que je n'y ai plus jamais remis les pieds. Depuis, je préfère me rendre en ville, même si c'est plus loin et moins pratique pour moi.

Je n'en revenais pas. Alors comme ça, Farge avait au moins un ennemi autre que nous dans le village !

— Mais que s'est-il passé au juste ?

— Je ne tiens pas à en parler, a-t-elle répondu fermement. Après tout, ce n'est qu'un jugement tout à fait personnel et je n'en ai jamais rien dit, ça n'en valait pas la peine. Par contre, ce que je peux t'affirmer, c'est que le Dr Farge n'est pas du genre à apprécier qu'on se mette en travers de son chemin.

Elle m'a fixée un moment.

— Et j'ai l'impression qu'il n'a pas digéré le fait que tu l'aies planté au cabinet, ni que vous vous soyez autorisé ta sœur et toi à lui barrer la vue de votre jardin, a-t-elle repris en souriant.

J'ai émis un sifflement moqueur.

— Ma foi, pour quelqu'un qui ne se mêle pas des affaires des autres, tu es sacrément bien renseignée !

— Il n'y a pas que les ragots du samedi matin, rassure-toi ! a-t-elle fait en éclatant de rire. Je l'ai vu plusieurs fois ici, à la garderie, quand il nous amène Chloé. J'ai bien vu son petit manège quand tu es dans les parages.

J'ai senti quelque chose se tordre en moi.

— Que veux-tu dire ?

Sa langue est venue humecter brièvement sa lèvre supérieure.

— Ce qui se dit par ici, mais je ne t'apprendrai rien, c'est que c'est *toi* qui aurais fait du charme au docteur et que tu aurais semé la zizanie dans son couple. Farge t'aurait gentiment fait comprendre qu'il n'y avait rien à espérer de sa part et tu serais partie en claquant la porte, lui laissant une belle pagaille dans ses dossiers !

— Nom d'un chien, mais c'est complètement faux !

— Je te crois.

Elle a froncé les sourcils.

— Farge n'aime pas qu'on lui résiste et encore moins qu'on le prenne en défaut. Je m'en étais déjà aperçu cette fameuse fois avec Morgane. Quand des bruits ont commencé à courir sur toi et lui, je me suis méfiée. Je te connaissais depuis bien plus longtemps que lui, du moins de réputation. Et puis, il y a eu cette histoire de pleurs lors de son discours devant le maire et la moitié du village. Je n'étais pas présente mais on me l'a rapporté en long, en large et en travers. Par contre, j'étais là à l'enterrement de Samuel Barbier et j'ai vu ce que ta sœur…

Elle s'est abstenue de poursuivre.

— Le plus grave, c'est que tout le monde a entendu ce qu'elle lui a dit. Je pense que vous ne vous êtes pas rendu compte à quel point les gens ont pu être choqués ! Accuser le docteur de meurtre ?! Waouh, ça, c'était fort de café !

J'étais abasourdie.

— Mais je ne suis pas dupe, Carole. Je ne sais rien de cette histoire sur le gendarme, sauf qu'apparemment, selon Mme Dumasse, il avait une liaison avec ta sœur.

J'ai lâché un juron.

— Tu vois, tu n'as pas besoin de venir avec nous le samedi matin, a-t-elle ri, je suis une vraie passoire !

Et, retrouvant soudain son sérieux et me regardant bien en face :

— Un conseil : méfie-toi de cet homme. Les gens parlent. Et, crois-moi, Farge sait s'y prendre. Beaucoup trop de choses tournent autour de vous depuis trop longtemps.

— Qu'est-ce que tu essaies de me dire ?

— Je ne sais pas, c'est une… une intuition, disons. À voir comment il te regarde et la façon dont il pince les lèvres quand il se trouve en ta présence, ma main à couper qu'il n'en a pas fini avec toi ! Je ne sais pas ce qu'il manigance, mais tiens-toi le plus loin possible de lui, cela vaudra mieux.

— Tu en as de bonnes, j'habite en face !

— Je sais. Alors peut-être est-il temps pour ta sœur et toi de vendre la maison et de chercher à vous installer ailleurs. Sincèrement, c'est ce que *moi* je ferais si je me trouvais à votre place.

Quelqu'un est entré à ce moment-là. On venait chercher Maxence. Sandrine s'est alors levée pour aller à la rencontre de la maman.

*
* *

En rentrant au moulin le soir même, j'ai trouvé Alix affalée sur le divan, une tasse fumante à la main, la mine visiblement défaite.

— Qu'est-ce qu'il t'arrive ? ai-je demandé, soudain alarmée.

— Oh, trois fois rien ! a-t-elle aboyé. Je viens d'avoir Cardouin au bout du fil. Ça fait plus d'un mois que Sam est mort et ils n'ont toujours rien ! Est-ce que tu peux imaginer une chose pareille, toi ?!

Elle s'est obligée à avaler une gorgée de son breuvage.

— Pas le moindre indice, a-t-elle repris, pas la moindre preuve, pas même une trace ADN, rien ! Que des suppositions, aucun fait tangible, je ne fais que te citer ses propres termes ! Un mois de cafouillage et de piétinement pour que dalle ! Crois-moi, ce n'est pas de sitôt que Farge sera inquiété pour le meurtre de Samuel ! Sans parler d'une inculpation !

Je n'ai rien répondu. La discussion téléphonique semblait avoir été houleuse et j'ai préféré ne pas en rajouter.

— Je suis désolée, Carole, ce n'est pas après toi que j'en ai, c'est juste que...

Elle paraissait maintenant au bord des larmes et avait l'air totalement exténuée.

— Ne t'inquiète pas, ai-je répondu en versant l'eau encore chaude qui restait dans la bouilloire dans mon mug préféré. Et au fait, comment sont tes nausées en ce moment ? Moins fortes ?

Elle a grimacé de dégoût.

— Pour ne rien te cacher, ça non plus ça ne s'améliore pas ! Tout me donne à penser que je m'arrêterai de vomir le jour de l'accouchement ! Peut-être même le jour d'après, qui sait ? Un petit bonus...

— Tu n'as pas passé le cap des trois mois, l'ai-je interrompue, c'est encore trop tôt pour le dire. Tu continues bien à prendre tes tisanes plusieurs fois par jour ?

— Oui, je suis allée en rechercher à la pharmacie avec le Nux vomica que m'avait prescrit le docteur. D'ailleurs, Arnaud a tout compris, ça je peux te l'assurer !

— Comment ça ? ai-je demandé en déglutissant avec difficulté. Tu ne lui as quand même pas dit que...

— Il n'y avait vraiment pas besoin ! a-t-elle fait. Il est préparateur en pharmacie, je te rappelle, et il est loin d'être idiot ! Je pense que d'ici ce soir la moitié du village sera mise au courant…

— Oh, mon Dieu, c'est une catastrophe ! ai-je murmuré, portant impulsivement une main à mes lèvres.

— Je sais bien que c'est une catastrophe ! a fait Alix en arc-boutant un sourcil, figure-toi que j'ai eu tout le loisir d'y réfléchir, je te remercie…

— Non, non, ai-je repris, ce n'est pas ce que je veux dire, je ne parle pas de ton état ! J'aurais juste préféré que… que… Enfin, ça aurait dû rester secret plus longtemps que ça, voilà tout !

— Tu aurais préféré que je démente ?

La sonnerie du téléphone nous a fait sursauter toutes les deux.

— Si c'est Cardouin ou un autre de ces incompétents, je suis couchée ! a bougonné Alix en se renfrognant davantage dans le coin du canapé.

— Il est à peine 19 heures, Alix, tu ne crois pas que tu exagères ?!

J'ai néanmoins décroché l'appareil.

— Allô ?

Silence.

— Allô ? ai-je répété, un ton au-dessus.

Quelque chose de confus à l'autre bout, comme un murmure, une respiration…

« Oh non ! Non, pas encore ! »

— Allô ! ai-je crié cette fois.

— Qui est-ce, Carole ? a fait Alix en se levant précipitamment du canapé, renversant la moitié de son thé par terre.

Je ne parvenais pas à articuler un seul mot. Cette voix… Cette voix !

— Donne-moi ce téléphone, Carole ! Tout de suite !

J'ai lentement abaissé l'écouteur de mon oreille, la main sur le récepteur.

— Non, non, ce n'est pas ça, Alix, ce n'est pas Farge…

— Alors qui est-ce, nom de Dieu ? Qui est-ce ?

— C'est que ça m'a surprise… Mais c'est bon, ne t'inquiète pas.

J'ai à nouveau saisi l'appareil.

— C'est pour moi, ai-je repris. C'est Erik.

XXXIV

ALIX N'EN REVENAIT TOUJOURS PAS.

Il était là, assis là devant elle, à siroter nerveusement son fond de whisky, sans jamais quitter des yeux Carole, qui s'activait déjà dans la cuisine en faisant plus de tintamarre que de coutume. Il avait téléphoné au moulin la veille au soir. Il était en ville, descendu dans l'un des hôtels en plein centre, face à la gare. Il avait appelé et voulait voir Carole. Il l'avait sifflée et elle avait accouru.

Du moins, c'était l'impression qu'Alix en gardait. Près d'une année entière ! Et pendant tout ce temps, rien, aucune nouvelle ! Elle s'était disputée avec sa petite sœur lorsqu'elle avait vu celle-ci quitter en trombe le moulin, partir le retrouver pour prendre un verre dans le hall de l'hôtel.

— Et alors ? avait-elle crié. Qu'est-ce que tu en as à faire de ses explications ? Elles viennent un peu tard, tu ne crois pas !

Carole n'avait rien répondu mais ses yeux avaient brillé d'un éclat plus vif le temps d'une seconde.

— Tu ne comprends pas, avait-elle répondu d'un ton calme. J'ai longtemps voulu savoir ce qui s'était réellement passé, là-bas. Aujourd'hui, il s'en va. Il part pour Rome, il a eu la chance incroyable d'obtenir le poste qu'il convoite depuis des années...

— Eh bien ! Tant mieux pour lui ! Qu'il y parte et surtout qu'il y reste, à Rome ! Mais je ne vois pas en quoi ça te concerne, *toi* ?!

— Mais ça ne *me* concerne pas, Alix, et là n'est pas la question ! Mais si je peux éclaircir la situation avant qu'il ne quitte le pays définitivement, je pense que j'aurai franchi un cap et, de toute façon, c'est important pour moi, avait-elle clos.

— Tu vas te couvrir de ridicule, ma pauvre !

— Peut-être. En attendant, je peux tout de même bien féliciter un vieil ami de sa récente promotion, avait-elle souri.

Carole avait lissé sa courte frange devant le miroir de l'entrée.

— Tout de même, ce poste, c'est une chance pour lui !

— Mais qu'il vienne te retrouver ici pour te le dire, ça n'en est pas une pour toi, Carole ! n'avait-elle pu s'empêcher de lui rétorquer. Il joue à quoi, au juste ? Il s'est fait larguer par l'autre et il vient vérifier que tu l'as bien sagement attendu pendant tout ce temps ?

— Non, siffla Carole, ça, c'est ce que *tu* as fait, *toi*, avec Samuel Barbier ! Tu l'as plaqué et, quand tu as eu besoin, tu l'as rappelé. Et tu étais bien contente de le reprendre, pas vrai ?

Alix avait blêmi sous le coup.

— Je ne sais pas encore ce qu'Erik a à me dire. Mais je ne suis pas de celles qui sont prêtes à avaler n'importe quel boniment.

Carole l'avait regardée sans ciller.

— Je n'ai pas besoin de toi pour savoir ce que j'ai à faire.

Et elle était partie.

Et ce soir, il dînait à la maison.

Alix caressa machinalement la tête de Sterling allongée sur le flanc à ses pieds.

— C'est bien la première fois qu'elle accueille aussi aimablement un étranger à la maison ! fit-elle en relevant les yeux vers l'homme.

— Content de faire partie des élus, répondit-il en souriant. Mais je ne me souvenais pas d'un chien, en réalité. Y a-t-il longtemps que vous l'avez avec vous ?

— Oh non, ça fait à peine deux mois. Elle était à d'autres propriétaires avant mais ils ont dû déménager et ils ne pouvaient pas la prendre avec eux. C'est une surprise que m'a faite Carole. Un jour, elle l'a ramenée, et voilà ! Carole agit bien souvent sur un coup de tête, ça peut poser problème parfois, ajouta-t-elle à dessein.

Elle fit mine de ne pas voir l'expression embarrassée sur le visage d'Erik ni le coup d'œil assassin que lui décocha sa sœur du fin fond de sa cuisine.

— C'est drôle à dire, mais j'ai pourtant l'impression qu'elle fait partie de la famille depuis des lustres, reprit-elle plus doucement.

— C'est une très gentille chienne, dit Carole en apportant les toasts au salon. Je savais qu'elle se plairait au moulin, et puis nous avions besoin de compagnie…

— Je comprends, fit Erik. Je suis terriblement désolé pour ce qui est arrivé à votre papa, Alix. Je n'ai jamais eu l'occasion de vous présenter mes condoléances. C'est un peu tardif mais sincère. J'avais beaucoup apprécié Antoine lors de mes vacances au moulin.

— Je vous remercie, répondit Alix. Il… il nous manque beaucoup.

Elle remarqua le coup d'œil d'Erik à sa sœur. Carole semblait plongée dans la contemplation de la chienne endormie sur le sol.

— Carole m'a un peu raconté la manière dont ça se passe pour vous deux au village, depuis. C'est à n'y rien comprendre.

Alix soupira.

« J'en étais sûre ! » Mais quoi ? Elle ne pouvait pas vraiment lui en vouloir. Carole et lui avaient passé la nuit entière à discuter. Elle n'était rentrée qu'au petit matin, les yeux rouges et gonflés. Lorsqu'elle lui avait posé des questions, Carole avait souri et lui avait dit qu'elle avait effectivement retrouvé un ami et qu'elle était pressée qu'ils fassent tous deux plus ample connaissance. « Un ami, rien d'autre ? » avait demandé Alix ingénument. « Un ami, rien d'autre. Mais peut-être le plus cher d'entre tous. »

— Oui, répondit enfin Alix, reprenant le cours de la conversation actuelle, il nous est arrivé beaucoup de malheurs depuis. Et je n'ai pas l'impression que tout cela finira un jour.

Erik se pencha brusquement en avant.

— Êtes-vous sûres d'être en parfaite sécurité dans cette maison ? Je veux dire, il est clair que la police n'a rien contre lui et qu'il restera en liberté à moins d'un miracle. Alix, il habite quasiment à votre porte !

— Nous n'avons pas besoin des flics ni de personne d'autre d'ailleurs. Nous pouvons nous défendre seules, rétorqua Carole.

— Sam n'a pourtant rien pu faire, pensa tout haut Alix. Je ne sais vraiment pas…

Elle avait murmuré le nom de Sam et le reste de sa phrase fut à peine audible.

Carole se resservit une pleine rasade de whisky et en proposa à Erik d'un bref signe de tête.

— Oui, je veux bien, merci, fit-il en prenant la bouteille. Vous devez faire quelque chose ! Ce type est carrément dangereux, il l'a largement prouvé !

— Ce qu'on peut faire, c'est attendre, reprit Carole. Attendre qu'il bouge. Et se tenir prêtes.

— Oui, mais la prochaine fois qu'il tentera de s'en prendre à l'une de vous deux, que… ?

— Il n'y aura pas de prochaine fois, fit Alix.

Deux paires d'yeux convergèrent simultanément vers elle.

— Il n'y en aura pas, reprit-elle. Je ne le permettrai pas.

*

* *

Ils dînèrent jusqu'à tard, profitant de la fraîcheur du soir sur la terrasse et du grelottement de l'eau sous les pales du moulin. Erik avait d'ailleurs posé beaucoup de questions sur le fonctionnement de la vieille roue et les filles lui avaient montré la machinerie, au sous-sol.

Carole apporta bientôt quelques digestifs, ainsi que la traditionnelle tisane au gingembre d'Alix, qui les avait regardés toute la soirée, avec envie, descendre sans sourciller une excellente bouteille de grand cru provenant de la cave personnelle de leur père. Son moral en avait pris un coup.

Apparemment, *pour ça aussi*, Erik avait été mis dans la confidence car il ne parut jamais s'étonner qu'elle ne bût pas une goutte d'alcool de tout le repas et eut la délicatesse de ne faire aucune question.

Alix avait eu tout le loisir de l'observer à la dérobée tandis que lui et sa petite sœur se rappelaient d'anciennes connaissances communes sans lui prêter plus d'attention.

Erik Dimke était allemand par son père et français par sa mère, mais semblait avoir rejeté en bloc tout gène provenant de ce côté-ci du Rhin. Charpenté comme un Viking, il était le parangon de l'homme teutonique dans toute sa splendeur. Âgé d'une quarantaine d'années, il frappait tout d'abord par son abondante chevelure entièrement blanche qui lui descendait aux épaules. Son visage taillé à la serpe et ses yeux d'un bleu perçant n'offraient que peu de douceur à qui le voyait pour la première fois mais il n'avait qu'à faire entendre sa voix et la modulation douce et profonde de celle-ci pour faire oublier comme par magie l'aspect étonnamment lourd et massif de sa personne. Sa voix était d'ailleurs ce qui avait charmé Carole la première fois qu'elle l'avait rencontré et Alix parvenait sans peine à comprendre pourquoi. Du reste, ce n'était pas un homme à côté duquel vous pouviez encore avoir peur de quoi que ce soit ! Alix pouvait très bien se l'imaginer déambulant entre les rangs d'une salle de classe, les cheveux balayant le haut de son col largement ouvert, expliquant de ses inflexions graves et caressantes Fichte ou Schopenhauer à de très jeunes filles soudain passionnées des théories philosophiques les plus absconses.

Mais en l'occurrence, ce n'était que pour sa petite sœur que ce grand diable d'homme n'avait d'yeux et Alix se demandait même jusqu'à quel point ils avaient pu tous deux « renouer » leur vieille amitié, la nuit dernière, à l'hôtel.

Le rire de Carole fusa dans la nuit et Alix frissonna presque malgré elle.

— Oh, mais tu as froid ! Nous devrions rentrer : de toute façon, on n'y voit presque plus rien et les moustiques sont en train de me dévorer toute crue, fit Carole en se levant.

Elle vacilla un moment et Erik, se levant à son tour, se pencha pour lui murmurer quelque chose à l'oreille. Carole s'esclaffa tout en empilant maladroitement les assiettes les unes sur les autres. Quand elle les emporta à l'intérieur, Erik était sur ses talons.

— Ces deux-là sont complètement soûls, ma pauvre Sterling ! expliqua Alix à la chienne qui ne la lâchait pas d'une semelle. Dieu sait comment tout cela finira !

Elle se leva à son tour, un peu engourdie, de sa chaise et ramassa les bouteilles vides pour aller les mettre dans la caisse destinée aux objets en verre. Elle contourna la maison silencieuse et remonta l'allée dans l'obscurité jusqu'au portail de l'entrée. Tout était calme et elle regardait le vent jouer entre les herbes folles qui avaient poussé le long des petits murets encadrant le portail. Celui-ci n'était pas fermé.

— Allez, Sterling, soupira-t-elle, corvée de poubelle pour ce soir, ma belle !

Elle casa comme elle put les bouteilles dans la caisse déjà bourrée et souleva celle-ci. Par arrêté municipal, les résidents de la route du Moulin devaient transporter eux-mêmes leurs détritus jusque sur le trottoir, au bout du chemin. Le camion des éboueurs ne venait jamais jusqu'au portail, le passage menant à leur maison – et à celle des voisins – étant bien trop étroit et complètement défoncé par endroits.

Alix remontait l'allée quand elle entendit Carole appeler la chienne dans le jardin.

— Elle est avec moi ! cria-t-elle, mais Sterling avait déjà bondi vers le moulin.

— Eh bien, tant pis ! J'irai donc seule ! murmura-t-elle.

Elle avait de toute façon besoin de se dégourdir un peu les jambes. Tout en cheminant, elle se dit que dès le lendemain elle repartirait, une toile sous le bras, pour une longue marche à travers les champs et qu'elle se poserait quelque part pour peindre un peu. Le besoin de peindre s'était fait plus pressant avec l'oisiveté quasi totale qu'elle connaissait depuis un peu plus d'un mois. Les jours se succédaient aux jours et il lui était difficile de mener jusqu'à son terme la plus petite tentative pour faire quelque chose, ranger la maison, commencer un livre, encore moins se remettre aux brouillons de sa thèse.

« Tout m'échappe, se dit-elle amèrement. Et même Carole... »

Elle déposa son fardeau et se redressa en se frottant le bas du dos. Oui, quelque chose en elle lui disait que Carole lui échapperait, d'une manière ou d'une autre. Ce qui était totalement naturel en soi, mais cette pensée lui rendait sa tristesse et sa mélancolie encore plus désespérante. À cet instant précis, debout sur un bout de trottoir, les mains dans les poches et le regard perdu dans la pénombre frémissante de la nuit, elle se sentit submergée par un sentiment de complète solitude. Submergée au point d'en avoir mal.

Ravalant ses larmes, elle fit volte-face et reprit le chemin de la maison. Il lui restait au moins ça, après tout. Sa maison. Le moulin, le domaine familial, le souvenir de son père.

Et il y avait ce petit être qui poussait lentement en elle et qu'elle ne tarderait pas à sentir bouger dans son ventre... Cet enfant, c'était l'avenir ! Le souvenir de Sam...

Quelque chose bougea près d'elle et elle fit un bond sur le côté.

— Bonsoir, Alix. Désolé, je ne voulais pas vous faire peur…

Il était là. Dressé dans l'obscurité.

Instinctivement, elle porta la main à son ventre.

— Ne vous approchez pas ou je hurle !

L'éclat dans les yeux de Farge ne lui échappa pas.

— Nous ne sommes pas seules. Il y a un homme chez nous, fit-elle précipitamment.

« Va-t'en ! Cours ! Mais attention, ne lui tourne pas le dos ! »

— Vraiment ? fit-il en souriant.

— Laissez-moi tranquille ou j'appelle la police ! Ne vous approchez pas de nous, Farge, ne vous approchez pas !

— Appelez la police si le cœur vous en dit, Alix, ils vous répondront que j'ai parfaitement le droit de venir fermer mon portail pour la nuit, fit-il avec une douceur inquiétante dans la voix.

« Calme-toi, rentre tout de suite ! »

Elle fit quelques pas encore sur le côté et voulut continuer son chemin malgré ses jambes chancelantes.

— Un homme chez vous, vous dites ? reprit-il. Et dire que vous paraissiez inconsolable à l'enterrement de ce pauvre Samuel…

Elle se figea. Ses tempes explosèrent sous l'afflux brusque du sang à sa tête et ses lèvres se mirent à trembler convulsivement.

— Vous… ! bredouilla-t-elle, suffoquant de rage, toute peur soudain envolée.

Elle fit un pas vers lui, pointant son doigt.

— Je n'ai pas peur de vous, David Farge, grimaça-t-elle, vous ne vous en tirerez pas comme ça, je vous préviens. Quelque chose va se passer, quelque chose est *en train* d'arriver...

— Ne vous mettez pas dans tous ces états, susurra-t-il, ce n'est pas bon pour le bébé...

Alix écarquilla les yeux d'effroi.

— Les nouvelles vont vite par ici, rit-il, et *celle-ci* est particulièrement digne d'intérêt, vous ne trouvez pas ?

Une terreur folle, délirante, s'était emparée de son esprit, la paralysant totalement. Sans parvenir à se ressaisir, Alix se mit à reculer, le regard figé sur l'homme qui venait de *les* menacer, elle et l'enfant qu'elle portait.

— Ce sont les premiers mois qui sont les plus délicats. Une fausse couche est si vite arrivée, soupira-t-il.

Incapable de répondre, Alix continuait de regarder l'homme qui, à présent, fermait son portail le plus tranquillement du monde.

— Ne vous enrhumez pas, surtout, conseilla-t-il, les soirées sont encore fraîches !

Il se retourna. Son regard changea brusquement et la douceur feinte du début disparut comme par magie.

— Embrassez Carole pour moi, fit-il d'une voix rauque. Dites-lui que je ne l'oublie pas.

Il remonta l'allée et disparut dans la maison.

Alix demeura sans bouger quelques minutes. Puis elle rebroussa chemin et, quand elle atteignit le portail, elle s'appuya d'une main sur le muret, s'effondra, les genoux à terre, et vomit dans les broussailles.

*

* *

— Bon, ça ne sert plus à rien, se dit-elle en raccrochant, il faut que j'aille me coucher. Je réessayerai demain.

XXXV

Extraits des notes de Carole

— Il t'a dit quoi ?

Alix a plissé les yeux devant sa toile, un pinceau entre les dents.

— Enlève-moi ce truc de ta bouche, je ne comprends rien à ce que tu racontes ! ai-je fait, excédée, en posant la théière sur un coin de table, dans l'atelier de ma sœur.

— Mais comme je te dis, Carole ! Il m'a dit que j'avais tout intérêt à faire attention à moi à cause du bébé et d'une possibilité de faire une fausse couche.

Elle s'est enfin décidée à se tourner vers moi.

— En clair, ça n'avait rien de paroles en l'air. Je me suis sentie menacée, tu comprends ?

Je suis restée sans voix, la regardant avec intensité.

« Et pendant ce temps-là, je batifolais avec Erik dans la cuisine… Il aurait pu arriver n'importe quoi à ma sœur, comme la dernière fois dans les bois, et je n'étais pas là. Je n'étais pas là ! »

— Je suis une moins-que-rien, ai-je murmuré malgré moi.

— Enfin, Carole, a-t-elle fait, stupéfaite, qu'est-ce qui te prend ? Tout cela n'a rien à voir avec toi !

Alix a eu un sourire amer.

— Ou plutôt si ! Mais c'est *moi* l'obstacle ! *Je* t'ai empêchée de lui vendre la bergerie, *je* t'ai séparée de lui alors que tu travaillais au cabinet et *j'*ai muré la bergerie tout en faisant planter cette haie entre nos deux maisons ! Je suis coupable de nombreux crimes, vois-tu… J'ai beaucoup péché…

— Arrête, ce n'est pas drôle !

Son ironie m'a glacé le sang.

— Jusqu'à quand devrai-je payer et, surtout, à quel prix mes fautes sont-elles estimées ? Ça, c'est tout ce qui me reste à découvrir…

— Arrête, je te dis !

Elle a soupiré tout en reprenant l'impression de ses minuscules touches sur la toile qui doucement prenaient forme.

Je me suis mordu les lèvres.

— Toujours cette maudite silhouette bleue ! ai-je sifflé entre mes dents. Il n'y a plus qu'elle dans tes œuvres récentes…

Alix est restée concentrée.

— Mais je ne peux pas faire comme si toute cette haine n'existait pas ! Elle est dans le monde, partout !

Elle s'est immobilisée un instant, comme envoûtée soudainement par un chant mystérieux qui n'était audible que par elle.

— La haine… a-t-elle repris plus doucement, en abaissant son pinceau. Je viens juste de faire le rapprochement.

— Quel rapprochement ?

— Eh bien, enlève le *n* de ce mot, et il se transforme en haie.

Elle m'a regardée.

— Curieux, non ?

— Tu deviens con ou quoi ?

— Pas du tout, a-t-elle fait en riant. Je deviens clairvoyante ! Mes yeux se dessillent, je vois les choses comme elles sont, peut-être pour la première fois de ma vie.

J'ai fait de mon mieux pour dissimuler l'impact que ses paroles avaient sur moi.

Ses yeux à elle aussi voyaient ! Elle était aux prises avec les mêmes démons que moi ! Se débattait-elle toujours ou avait-elle cédé à leur pouvoir ? Avait-elle été plus forte que moi ou avait-elle abandonné, elle aussi, la lutte ?

— Bon, assez de chamanisme pour ce matin, ai-je déclaré en essayant de contrôler le tremblement de ma voix. Je suis montée pour nous servir un petit remontant. Tiens, voilà ta tisane, ai-je fait en lui tendant sa tasse.

— Merci, j'ai besoin d'une pause.

Je l'ai observée à la dérobée, tout en me servant du thé dans ma propre tasse.

— Tu as bien dormi au moins ? ai-je demandé.

Elle a avalé une petite gorgée en aspirant bruyamment.

— Waouh, c'est brûlant ! Non, pas vraiment. Je me suis réveillée vers 5 heures et, comme je ne trouvais plus le sommeil, je me suis levée pour terminer la toile.

— Tu n'es pas descendue prendre ton petit déjeuner ?

J'étais partie vers 9 heures pour le centre aéré mais j'avais dû revenir une heure plus tard pour récupérer les déguisements que j'avais oubliés à la maison. Alix m'avait donné un coup de main pour les boutonnières et nous ne nous en étions pas si mal sorties que ça. Pensant que ma sœur n'était pas encore levée, j'avais appelé Sandrine pour lui demander si elle ne voyait pas d'inconvénient à ce que je reste à la maison le temps de m'assurer que tout allait bien pour Alix. Elle m'avait accordé la matinée.

— Non, j'étais accaparée par mon travail. C'est ça dont j'ai besoin. M'occuper l'esprit, ne plus penser...

— Je ne retournerai au centre qu'en début d'après-midi, ai-je fait. Tu veux qu'on sorte un peu toutes les deux ? Je t'emmène *Chez Valentino* pour déjeuner ?

Alix m'a souri. C'était un pauvre sourire, bien misérable.

— Comme *avant* ? a-t-elle murmuré faiblement.

— Comme avant, ai-je répondu.

— Et Erik ? a-t-elle demandé. Tu ne m'as pas raconté... Il est toujours à Pau ?

— Oui, il a décidé de rester quelques jours. Il viendra avec nous à la petite fête des enfants, dans trois jours. Après, il s'en ira pour Rome.

— Seul ?

La vague inquiétude que je pouvais lire dans ses yeux ne m'a pas échappé.

— Je ne veux pas me montrer indiscrète, s'est-elle reprise en manière d'excuse, mais je me pose beaucoup de questions et tu parles très peu de ce qui t'arrive en ce moment...

— On a vraiment besoin de ce petit repas en tête à tête alors !

Elle ne cessait pas de m'observer.

J'ai pris mon ton le plus sérieux :

— Alix, il est hors de question qu'Erik parte *autrement* que tout seul ! Si quelque chose doit se faire, ce sera pour plus tard. Je le sais et il le sait lui aussi. J'ai... des choses à régler ici d'abord.

— Je fais partie de ces choses ? a-t-elle souri. Je ne veux pas t'empêcher de faire ta vie.

— Ma vie est avec toi, Alix. Avec toi et le bébé. Si je décide de partir pour Rome, ce sera avec vous deux.

Elle m'a regardée, la bouche en O.

— Il n'y a rien ici qui te retienne. Qui *nous* retienne ! Si je pars, Alix, c'est une fois le moulin vendu. Et tu ne fais pas partie de l'offre de vente, ai-je ajouté en clignant de l'œil. Je veux voir mon neveu, ou ma nièce, grandir ! Je veux voir ma sœur sourire à nouveau à la vie ! S'il n'y a pas ça, alors il n'y a pas Rome.

Je n'avais pas vraiment prévu cela. Mais, curieusement, ce sont les larmes les plus heureuses que je n'ai jamais eu à sécher de toute ma vie sur le visage de ma sœur...

*
* *

Une fois Alix redéposée à la maison, je me suis dépêchée de retourner au centre. Sandrine et les enfants étaient en pleine répétition et quelques mamans s'étaient même déplacées pour l'occasion. J'ai eu la stupeur de constater que Mélanie Farge faisait partie du lot. Nos regards se sont croisés brièvement mais elle a détourné la tête, ce qui m'a évité d'avoir à le faire à sa place.

J'ai pris place à côté d'une Sandrine au bord de la crise de nerfs.

— Rien ne va plus depuis que les mamans sont là, a-t-elle fait tout bas. Les gosses ne pensent plus qu'à faire leurs intéressants et ils ne m'écoutent plus du tout !

Je me suis contentée de secouer énergiquement les mains devant moi pour lui signifier que je ne désirais pas être mêlée à ça. Je n'avais certes pas l'intention de me mettre à crier pour rétablir l'autorité perdue, devant la meute groupée et terrifiante des mères qui ne manqueraient pas d'en suffoquer d'indignation.

— La fée Dragée est particulièrement intenable !

Je n'ai pas répondu, préférant battre silencieusement en retraite derrière ma chaîne stéréo. Je jugeais plus prudent de m'éloigner du centre d'attention du groupe. Prendre une contenance affairée était, à mon sens, la plus intelligente des choses à faire et j'ai commencé à farfouiller dans les boîtes de CD et à tripoter les réglages du son avec des froncements de sourcils préoccupés.

La fée Dragée était le surnom que Sandrine et moi avions attribué par dérision à Chloé Farge. Cela faisait des semaines qu'elle nous serinait avec ses prestations lors du gala de danse classique organisé par son école. Nous avions tous très bien compris qu'elle avait interprété avec maestria le rôle de la jolie magicienne du conte d'Hoffmann, qui accueille Clara et le Prince près du fleuve d'Essence de rose et fait apparaître pour eux une table éblouissante. Nous riions souvent derrière son dos, nous moquant de la fatuité impensable de cette enfant qui se jugeait excessivement supérieure aux autres petits de son âge, qui pour la plupart restaient maladroits et avaient du mal à retenir les mouvements et les pas. Chloé avait d'ailleurs insisté pour interpréter la danse du cygne dans le spectacle que nous montions. Elle avait obtenu l'insigne privilège de pouvoir jouer seule son rôle sur scène, tous les autres ayant finalement décidé de danser par groupes de deux ou trois. Il y avait les poules et les coqs qui devaient ponctuer la musique de leurs cocoricos, les tortues qui se traînaient comiquement sur la scène, les kangourous qui avaient pour mission de bondir et de faire mine de se boxer entre eux, sans oublier les ânes aux oreilles pointues et les éléphants à la démarche lourde et aux trompes qui avaient toutes les peines du monde à rester en place ! En réalité, ce carnaval musical était très drôle. Le morceau de violoncelle final pour le cygne devait apporter une touche plus sérieuse et plus émouvante. Et force était de constater que Chloé, avec son tutu et ses chaussons blancs, faisait merveille.

La séance s'est déroulée non sans encombre mais j'ai pu admirer une fois de plus le sang-froid et la patience de Sandrine. Les mamans ont chaudement applaudi à la fin du spectacle et se sont toutes levées à la fois pour féliciter leurs rejetons et complimenter Sandrine sur l'originalité de son travail.

— Je n'aurais rien pu faire sans l'aide de Carole, a-t-elle fait en se retournant vers moi avec un grand sourire. N'oublions pas que l'idée de choisir du Saint-Saëns pour thème musical vient d'elle ! Je n'avais même pas idée de l'existence de ce musicien !

J'ai relevé les yeux en entendant mon nom, croisant le regard des femmes qui entouraient Sandrine : mon cœur s'est serré en en voyant certaines se détourner d'un air pincé, visiblement gênées de devoir m'inclure dans la réussite du programme auquel elles venaient d'assister. J'ai noté que Mélanie n'avait pas même tourné la tête de mon côté.

— Ce sont les enfants qu'il faut remercier, ai-je répondu, ils ont beaucoup travaillé pour arriver à ce résultat. Certains sont assurément plus doués que d'autres, ai-je ajouté, assourdie par les battements soudain décuplés de mon propre cœur, mais nous avons tenté de faire en sorte que cela ne puisse pas voler la vedette aux autres participants !

Il y a eu un court silence, brisé par le petit rire nerveux de Sandrine.

— C'est que nous avons été très impressionnées par le savoir-faire de votre fille, Mélanie, a-t-elle enchaîné, elle interprète le rôle du cygne avec tant de grâce !

Plusieurs têtes ont opiné de concert.

— Chloé suit des cours, a ajouté une maman, elle a forcément davantage l'habitude de danser devant un public.

— La grâce du cygne, ai-je fait comme à part moi. Tout cela en pure perte...

Je ne *pouvais* pas m'en empêcher... C'était comme se laisser aller à dévaler à toute vitesse une pente trop raide, sans avoir aucun effort à faire. Un sourire mauvais m'habitait l'âme, ma poitrine tressautait violemment, la rage semblait avoir pris entièrement possession de mon corps. *Je voulais faire mal*. Mériter la réputation que l'on m'avait collée sur le dos comme un vêtement poisseux, à défaut de ne pouvoir m'en défaire.

— Que voulez-vous dire ?

Il était trop tard. J'ai innocemment souri.

— Tout simplement que le cygne nous livre ses derniers instants. Vous ne le saviez pas ? ai-je ajouté en regardant Mélanie dont les yeux s'étaient agrandis. Chloé interprète en réalité ce qu'on appelle couramment le chant du cygne. À la fin du spectacle, le cygne meurt, c'est d'ailleurs le seul animal du carnaval qui connaisse un destin tragique.

J'ai fait mine un instant d'être perdue dans mes pensées.

— Crois-tu qu'il faille dire la vérité à Chloé ? ai-je repris en me tournant vers une Sandrine atterrée. Crois-tu qu'elle interpréterait son rôle avec plus de charme encore si elle savait qu'elle est en réalité en train de mourir ?

*

* *

Je devais retrouver Erik à son hôtel. On était convenus de prendre un verre ensemble avant de rejoindre le moulin pour qu'il passe la soirée avec nous. Je me suis rongé les sangs tout le long du trajet en repensant à mes paroles au centre aéré. En même temps, je ne pouvais m'empêcher de rire compulsivement en revoyant le visage défait de Mélanie Farge, ses yeux clairs de jolie poupée démesurément agrandis sous la surprise. J'avais osé lui adresser la parole ! Et devant tout le monde en plus !

Bon Dieu, comme j'avais joui de cet instant ! Comme je pouvais haïr cette femme stupide et son enfant ! Comme j'avais eu envie de leur faire payer !

David avait menacé ma sœur et son bébé à naître ? Il connaissait mes failles et s'attaquait à la prunelle de mes yeux ? Parfait. J'en prenais bonne note. « Prends garde, Farge, je connais moi aussi le défaut de ta cuirasse... »

J'ai frappé à la porte de la chambre d'Erik et suis entrée sans ménagement quand il m'a ouvert.

— Je te jure qu'il arrivera un malheur un de ces jours ! ai-je éclaté sans préambule.

Interloqué, Erik a refermé doucement la porte derrière moi.

— Je ressens... trop de haine... trop de colère ! Ce n'est pas bien, tout ça ! Je sens que ça ne va pas, que rien de bon ne pourra sortir de tout ça !

J'ai soupiré en m'asseyant sur le bord du lit.

— Je ne suis plus moi-même, Erik. Je ne me reconnais plus ! Et j'ai peur de la personne que je suis en train de devenir...

Il s'est assis derrière moi en entourant mes épaules de ses bras.

— Je connais une excellente thérapie contre le stress et la colère, a-t-il murmuré à mon oreille.

Je me suis tournée vers lui. Ses yeux souriaient et j'ai reconnu leur langage.

Quelque chose comme une digue a cédé en moi. Je me foutais de Farge et de sa famille, je me foutais des villageois et de leurs petits instincts médiocres. Je ne voulais plus penser à ma sœur, je ne voulais plus avoir mal sans cesse en me représentant ce que devait être sa vie, j'étais fatiguée de me torturer l'esprit en l'imaginant seule avec son chagrin. Il n'y avait plus qu'une seule chose qui comptait, je ne désirais plus qu'une seule chose, c'était que les baisers d'Erik dans mon cou ne s'arrêtent jamais, c'était que ses mains me fassent oublier ces longs mois sans lui, cet hiver de ma vie dans lequel je m'étais enfoncée jusqu'aux yeux et dont je ne parviendrais pas à sortir sans son secours.

Les larmes me sont montées aux yeux à mesure que quelque chose de plus tumultueux et de plus impatient envahissait mon corps.

— Aide-moi, ai-je murmuré dans un souffle.

Je dois reconnaître qu'il a mis à me sauver une ardeur d'enragé...

*

* *

— Je crois que ta sœur a raison, il faut qu'elle aille parler à ce Cardouin de ce qui s'est passé devant son portail l'autre soir, a conclu Erik en posant son verre de rosé sur la table.

J'ai fait une moue dubitative.

— Tu penses vraiment que ça servira à quelque chose ? ai-je ajouté, en regardant Alix qui avait rejeté la tête en arrière pour profiter de la légère brise qui nous enveloppait doucement de sa caresse nocturne.

Les journées étaient estivales, souvent moites, et il fallait rester à couvert, cloîtrés entre les murs épais du moulin. Mais les soirées nous réservaient encore un peu de fraîcheur, et nous en profitions tant que nous pouvions en nous attablant sur la terrasse, bercés par le tout proche murmure de l'eau.

— Je pense que non, a-t-elle enfin répondu, mais je vais quand même le faire. On ne sait jamais, peut-être iront-ils lui parler et lui demander de se tenir à distance.

— Une sorte de périmètre de sécurité ? ai-je repris ironiquement. Je te rappelle que nous sommes voisins.

J'ai haussé les épaules.

— Du coup, on le franchirait à chaque fois qu'on ouvrirait une fenêtre de chez nous ! Non, Cardouin ne peut rien faire pour nous. Plus personne ne le peut, ai-je fait plus bas.

Erik m'a foudroyée du regard.

Préférant ne rien ajouter, j'ai pris le parti de débarrasser le couvert en les laissant tous deux discuter des moyens légaux, en matière de protection, qu'ils pensaient pouvoir être applicables à la situation. Peut-être avaient-ils raison, après tout, et fallait-il continuer à se battre pour avoir le droit de rester là où nous avions choisi de vivre. Sans avoir peur.

Ayant mis le lave-vaisselle en route, j'ai commencé à fermer les volets du salon.

— Sterling, arrête de me casser les pieds ! Tu n'auras rien ce soir, tu manges beaucoup trop !

La chienne avait grossi à vue d'œil, ces derniers temps, et paraissait néanmoins toujours en quête de nourriture. Depuis la hausse des températures, elle évitait le plus souvent de mettre le nez dehors et préférait fainéanter toute la journée, étalée de tout son long sur les tommettes fraîches de la maison. Fini les longues marches à travers champs avec Alix ! Du coup, ce qu'Alix avait perdu en poids depuis le début de sa grossesse, Sterling semblait l'avoir engrangé en pur profit.

— Il faut pourtant qu'on te remette à l'exercice ! Tu as la peau du ventre qui pendouille…

J'ai rejoint les autres à l'extérieur.

J'ai d'abord été surprise du silence qui planait au-dessus de la table, alors que je les avais quittés quelques minutes plus tôt en pleine conversation. J'ai cru un instant qu'ils s'étaient peut-être querellés et j'ai fouillé leurs visages avec anxiété pour comprendre ce qui était en train de se passer.

Ils se dévisageaient, assis tranquillement l'un en face de l'autre.

— Qu'est-ce qu'il y a ? ai-je bégayé.

J'aurais tout aussi bien pu être restée dans la cuisine à arroser les plantes, personne n'a même levé le regard sur moi.

Ma sœur a été la première à briser le silence.

— Vous ne vous rendez pas compte de ce que vous me demandez, a-t-elle fait doucement, sans quitter Erik des yeux.

— Au contraire, a-t-il répondu en se penchant sur la table, je me rends parfaitement compte mais ce n'est pas par curiosité malsaine que je vous le demande. Je crois que vous en avez *besoin*, Alix.

Ma sœur le vrillait du regard.

— Quelqu'un peut-il m'expliquer… ?

— Vous devez le faire, pour ne plus avoir peur, a coupé Erik. Pour vous rendre compte. Pour ne plus fantasmer autour de ça.

Alix a penché la tête, imperceptiblement.

Imperceptiblement, un sourire s'est effilé sur le bord de ses lèvres.

J'étais sur le point de me mettre à brailler pour leur signifier à tous deux ma présence quand elle s'est tournée vers moi en disant :

— Je crois que ton ami a raison. Tu nous accompagnes ?

— Mais où, bon Dieu, de quoi parlez-vous ?

— Erik veut que je lui montre l'endroit où je me suis fait agresser. Là-bas, dans les bois, a-t-elle ajouté avec un léger mouvement d'épaule vers la masse sombre de la forêt qui semblait avoir été dessinée au fuseau contre le ciel plus clair de la nuit. Là où Samuel a été assassiné.

XXXVI

Le téléphone sonna très exactement à 9 heures pile du matin. Carole venait tout juste d'émerger de l'escalier, les cheveux encore humides au sortir de la douche.

— C'est pour toi, Lottie, lui dit Alix en lui tendant l'appareil, c'est la gendarmerie.

Carole sentit une pointe d'inquiétude percer sous la voix de sa sœur.

— Allô ?

— Carole, c'est Olivier. Je voulais vous prévenir, nous allons avoir besoin de votre déposition pour tenter d'y voir plus clair dans notre enquête sur la mort de Samuel Barbier. Vous serait-il possible de passer cet après-midi ?

— Bien sûr, répondit-elle, la poitrine soudain comprimée. Je serai seule ? ajouta-t-elle après une brève hésitation.

— Oh ! Oui, oui, ne vous inquiétez pas, ce n'est qu'une simple formalité. Nous devons enregistrer vos dires concernant l'affaire du moulin, en tant que témoin indirect des événements. Vous êtes la sœur d'Alix et vous pourriez nous parler de son agression et de ce qui s'est passé entre vous et Farge, tout cela sous un angle neuf. Je ne vous cache pas que nous sommes désespérément en recherche d'éléments nouveaux dans cette enquête !

— Je comprends... Quand voudriez-vous que je passe ? Je dois normalement rejoindre le centre aéré à 10 heures ce matin, mais je pense pouvoir me libérer pour l'après-midi. Il faut juste que je prévienne Sandrine.

— Passez en début d'après-midi. Plus tôt on commence, plus tôt vous serez libérée.

Carole resta songeuse pendant quelques minutes après avoir raccroché.

— Il fallait bien que tu y passes un jour, lui dit Alix. Je suis même surprise que tu n'aies pas été convoquée plus vite ! Tu te sens d'attaque ? demanda-t-elle plus doucement.

— Je pense que ça devrait aller.

— Qu'est-ce qui devrait aller ? s'écria joyeusement Erik en les rejoignant dans la cuisine.

Alix dut réprimer un sourire. La veille au soir, elles lui avaient toutes deux proposé de rester dormir au moulin. Erik avait couché dans la chambre du rez-de-chaussée, celle d'Antoine, et Carole avait même réussi à lui dénicher un vieux pyjama qui avait appartenu à leur père. Il n'en demeurait pas moins vrai qu'une heure après que tout le monde se fut mis au lit, Alix avait entendu grincer les marches de l'escalier et elle avait gloussé sous son drap en imaginant l'exaspération du marcheur nocturne au bruit que ses pas faisaient. Il n'aurait plus manqué que Sterling se mît à aboyer !

Et ce matin, le voilà qui sortait du couloir menant tout droit aux pièces qu'Antoine s'était réservées, comme s'il n'en avait pas bougé !

— Je dois aller voir les gendarmes pour répondre à quelques questions concernant l'affaire, répondit Carole, toujours plongée dans ses pensées.

Toute la bonne humeur d'Erik s'envola d'un seul coup.

— Il sera là ? fit-il brusquement.

— Non, il n'y aura que moi.

Elle leva le regard sur lui.

— Ne t'inquiète pas, je sais exactement quoi dire et quoi raconter. Peut-être que mon témoignage débloquera quelque chose, il faut toujours y croire, pas vrai ?

Alix opina du chef.

— Toujours partant pour les bois ? demanda-t-elle à Erik qui avalait une tasse de café.

— Toujours, fit-il.

— Je trouve que c'est une très mauvaise idée, fit Carole en fronçant les sourcils et en secouant sa petite tête blonde. Ça ne me dit pas grand-chose que tu retournes là-bas, Alix. Après tout, ce n'est pas rien, ce qui est arrivé !

— Oui, mais cette fois, je serai là, interrompit Erik en engouffrant une énorme tartine au miel. Alix ne s'y risque pas toute seule, si c'est ça qui te fait peur. Et franchement, cela m'étonnerait que Farge pointe à nouveau le bout de son nez dans les parages. Il a tout intérêt à ne jamais être aperçu en train de rôder par ici, si tu veux mon avis !

— Quand bien même, fit Carole, il ne faut pas tenter le diable, comme on dit.

— Le diable ouvre son cabinet à cette heure-ci, déclara Alix, il est occupé ailleurs !

Elle se leva.

— Et ça fait une éternité que je n'ai pas pris l'air ni marché dans la forêt. Je vous ferai voir le pigeonnier, ajouta-t-elle à l'adresse d'Erik, c'est bien la seule chose un peu digne d'intérêt qui existe dans le coin, avec l'église du village !

Erik l'imita, s'essuya les lèvres et se mit en quête de ses chaussures.

— Prenez le chien avec vous, fit Carole qui était restée attablée au bar, penchée sur sa tasse de café encore fumante. Sterling est en passe de devenir obèse, ça lui fera le plus grand bien d'aller trotter un peu avant qu'il ne fasse trop chaud !

« Et puis on ne sait jamais », pensa-t-elle.

Sterling n'aimait pas Farge. Il lui arrivait parfois de grogner sans raison apparente, dans le jardin, flairant suspicieusement un arbuste de la haie. L'échine courbée et le poil hérissé, elle restait immobile, sur le qui-vive, et les filles savaient alors qu'*il* était là, juste derrière, et elles retenaient leur souffle en même temps que Sterling allongeait la tête. L'instant d'après, c'était fini, et Sterling revenait joyeusement vers elles en remuant la queue.

Si Farge était dans les bois ce matin, Sterling le saurait. « Et moi aussi. »

Elle se leva d'un coup, ouvrit la porte à toute volée et cria aux deux silhouettes qui s'éloignaient déjà de l'attendre. Elle se saisit de ses chaussures de marche crottées et se dirigea vers le buffet.

Quand elle les eut rejoints, Sterling batifolait avec Erik et Alix souriait de les voir faire.

— Du coup, tu viens avec nous ? lui demanda-t-elle en soulevant un sourcil. Je croyais que tu étais contre…

— Je veux m'assurer que Sterling fasse suffisamment d'exercice, fit-elle ingénument, et que la future maman s'économise ! Je vous ai à l'œil, ajouta-t-elle en clignant le sien.

Alix se détourna en riant et enfonça ses mains dans ses poches.

« Très bien », pensa Carole. Elle tâta le léger renflement que lui faisait l'arme dans la poche intérieure de sa veste. « S'il se passe quoi que ce soit, cette fois-ci, je serai là. »

*

* *

Il frappa à sa porte à 8 heures tapantes, trop heureux de trouver une voisine en robe de chambre et fichu sur la tête en train de balayer le palier.

— Vous cherchez Mme Geoffrin ? lui demanda-t-elle, avec un brusque mouvement de tête en direction de la porte close en face.

— Oui, je suis le docteur Farge, répondit-il en prenant un air préoccupé. Maïté travaille pour moi et ça fait déjà quelque temps qu'elle ne se présente plus à mon domicile. Et comme elle ne répond pas non plus au téléphone, je m'inquiète un peu…

— Oh docteur, fit la vieille femme, l'expression soudain adoucie, on peut dire que vous tombez bien ! Figurez-vous qu'à nous non plus elle ne répond pas ! Et ça fait des jours que sa voiture n'est plus garée à sa place ordinaire !

— Vous voulez dire qu'elle n'est pas à la maison ? demanda-t-il, feignant l'étonnement.

— Comme je vous dis, docteur ! Sa boîte aux lettres est pleine à craquer de pubs et de prospectus et il y a belle lurette que je ne l'ai plus croisée dans l'escalier !

— Vous lui connaissez de la famille, chez qui elle aurait pu partir ?

— Nan ! Ça, pas de famille du côté de la Geoffrin ! Elle vit complètement seule et passe ses journées à travailler. C'est que c'est une femme courageuse, Maïté ! Mais là, je ne peux pas vous dire où elle est passée ! Le téléphone sonne à toute berzingue là-dedans, toute la journée et même la nuit parfois, mais personne ne décroche !

— Il faudrait quand même savoir ce qui se passe, répondit Farge, s'efforçant de paraître inquiet. Elle a peut-être eu un accident...

— Pour sûr, il y a bien quelque chose, ça oui ! C'est pas normal, tout ça ! Une fille si sérieuse ! Elle ne serait jamais partie sans prévenir ses employeurs, ça, vous pouvez me croire, docteur !

« Oh mais je te crois... »

— Écoutez, je dois me rendre à mon cabinet, mais si vous avez des nouvelles, surtout, prévenez-moi, fit-il en farfouillant dans sa poche et en lui tendant sa carte.

— Très bien, docteur, très bien, j'y manquerai pas !

Il la salua et descendit l'escalier.

— Pour sûr, oui, qu'il y a quelque chose ! entendit-il marmonner, alors que la vieille se remettait à frotter son balai contre le sol poussiéreux.

Il souriait en sortant de l'immeuble.

Peut-être devait-il aller faire un tour à la gendarmerie ce matin. D'autres avaient sans doute commencé à s'interroger sur l'absence inexpliquée de la femme de ménage.

Oui, il allait y passer. Il fallait bien donner un peu d'eau au moulin de ces pauvres gendarmes qui piétinaient depuis des semaines !

« De l'eau au moulin », ricana-t-il.

Plutôt appropriée comme expression !

*
* *

La promenade dans les bois lui parut misérable. Carole suivait à distance sa sœur et Erik qui marchaient devant elle à un rythme plus soutenu, comme pressés d'arriver à leur sordide destination. Car elle persistait à trouver tout cela sordide. Voir l'endroit où Sam était tombé sous les coups du docteur. Pour quoi faire ? se demanda-t-elle à nouveau. Et à nouveau, une vague de rage et de désespoir la submergea. « Il faudra bien un jour que quelqu'un paye, pourtant… »

Les jours s'allongeaient maintenant de tout leur long sur la plage du temps, ils se gorgeaient de soleil et de gaieté, la nature crevait de riches floraisons et, pourtant, ils gardaient leur petite musique triste et inquiète, comme une *Gnossienne* de Satie, aux oreilles de Carole. Bien sûr, Erik lui était revenu et, avec lui, le goût des jours heureux. Mais il ne faisait qu'effleurer sa surface, il ne pouvait plus l'atteindre, elle le regardait des profondeurs de ses sombres marées dans lesquelles elle semblait s'être noyée. Elle le trouvait beau, vu d'en bas. Beau et déterminé. Vivant.

« Je voudrais tant pouvoir récupérer ma vie… »

Elle frappa rageusement un caillou qui s'en alla rouler vers le fossé.

— C'est ici, entendit-elle Alix murmurer, d'une voix étranglée. C'est ici qu'ils l'ont retrouvé.

Il y avait encore un morceau de rubalise que les inspecteurs avaient négligé d'arracher et qui pendait, tout tordu, d'un des troncs d'arbres.

Carole braqua son regard sur sa sœur. Alix s'étreignait pour empêcher tout son corps de trembler. Erik inspectait les lieux, tentant de comprendre comment les choses avaient pu se passer, ici même, sur le sol qu'il était en train de fouler.

— Si les pierres pouvaient parler... fit-il enfin, et Carole se surprit à penser qu'elle aurait parié qu'il prononcerait exactement ces mots.

— Mais les arbres n'ont pas de bouche, ajouta Alix en relevant la tête.

Elle clignait des yeux sous la lumière tamisée du soleil, à moins que ce ne fussent ses propres larmes qu'elle tentait ainsi de ravaler.

Carole se souvint tout à coup d'un texte qu'elle avait appris par cœur enfant, et qu'elle avait dû réciter en classe. Des bribes de phrases lui revinrent à l'esprit.

De loin, ils semblent impénétrables. Dès que j'approche, leurs troncs se desserrent. Ils m'accueillent avec prudence.

— Il devait forcément y avoir une raison majeure pour qu'il se décide à venir seul ici, en pleine nuit, fit Erik.

Je peux me reposer, me rafraîchir, mais je devine qu'ils m'observent et se défient.

— Je le crois aussi, répondit Alix, mais nous ne le saurons probablement jamais.

Ils mettent longtemps à mourir, et ils gardent les morts debout jusqu'à la chute en poussière.

Alix parut s'immobiliser, n'osant plus avancer, comme si elle avait peur d'avoir à marcher sur le sol où Sam s'était couché.

Ils gesticulent de colère si le vent s'essouffle à les déraciner.

Carole secoua la tête. Elle savait qu'elle sautait des passages, ne se rappelant plus bien.

Je sens qu'ils doivent être ma vraie famille. J'oublierai vite l'autre. Ces arbres m'adopteront peu à peu, et pour le mériter j'apprends ce qu'il faut savoir.

C'était la voix de son père qu'elle entendait à présent. C'était lui qui lui avait fait apprendre ce morceau. De qui était-ce, d'ailleurs ?

Je sais déjà regarder les nuages qui passent.

— Comment vous sentez-vous, Alix ?

« Comment veux-tu qu'elle se sente ? » pensa Carole méchamment.

Je sais aussi rester en place.

— Tout va bien, répondit Alix. On n'a qu'à descendre par là, c'est plus direct pour atteindre le pigeonnier.

« Elle ne veut pas marcher dessus… »

Carole sentit son cœur se briser. Erik se tourna vers elle, lui sourit et glissa son bras sur ses épaules. Elle regretta de s'être emportée contre lui.

Elle l'aimait.

Où en était-elle ? Que lui disait son père maintenant ? Ah oui !

Et je sais presque me taire.

*

* *

Carole fut songeuse tout le long du trajet qui la ramenait au moulin. Elle était restée plus de deux heures à la gendarmerie et avait pu reprendre avec l'aide de Cardouin les différentes étapes qui avaient précédé les « événements du bois », selon les mots du capitaine. Il s'était montré très gentil et compréhensif et avait voulu en savoir plus sur les relations qu'elle avait pu entretenir avec Farge pendant la période où elle avait travaillé pour lui à son cabinet.

— Diriez-vous qu'un sentiment amoureux s'est peu à peu développé entre lui et vous ? avait-il demandé sans ambages.

Carole avait pris une profonde inspiration.

— Je ne dirais pas ça comme ça, je ne qualifierais pas ce qui s'est créé entre nous d'« amoureux » au sens propre du terme. Néanmoins, on peut tout à fait parler d'attirance réciproque et, avant que vous ne me posiez la question, non, je n'ai jamais eu de relations physiques avec Farge, pas même une fois.

— D'accord, répondit-il simplement.

— Je sais que beaucoup de choses ont été dites sur mon compte et sur ma prétendue inconduite avec un homme marié mais je vous jure que rien de tel n'est arrivé. C'était certes une période de ma vie où je me sentais particulièrement désemparée et fragile, très influençable même. Nous venions d'enterrer notre père, et il y avait cette histoire de coups de fil anonymes incessants, cette impression d'être suivies, épiées. Nous ne nous sentions pas en sécurité, comme si une menace rôdait tout autour de nous. Et c'est toujours le cas aujourd'hui.

— Je comprends, avait-il fait.

Et Carole avait alors parlé de la menace à peine voilée que Farge avait lancée à Alix alors qu'elle sortait la poubelle et qu'elle passait devant son portail, tard dans la soirée.

— Ce sont les paroles exactes du docteur, vous en êtes bien sûre ? avait-il demandé.

— Téléphonez-lui, elle ne fera que corroborer en vous donnant de plus amples détails.

Quelque chose avait semblé tracasser Cardouin.

— Croyez-vous que David Farge ait pu bel et bien agresser votre sœur et tuer quelques jours après Samuel Barbier ?

— Oui, avait-elle affirmé, en le regardant droit dans les yeux, j'en suis sûre.

Elle s'était mordu les lèvres.

« Ne parle pas de papa, ni de ce que tu as trouvé ce jour-là dans la pharmacie privée du docteur... »

Cardouin l'avait dévisagée un long moment.

— Connaissez-vous Maïté Geoffrin ? avait-il demandé à brûle-pourpoint.

Carole avait eu une expression de surprise.

— Maïté ? Oui, elle habite le village depuis presque aussi longtemps que notre famille !

— L'avez-vous vue récemment, au cours des derniers jours ?

— Non, pas ces temps derniers mais je ne sors que très peu et uniquement quand je me trouve dans la plus urgente des nécessités, quand je n'ai plus rien dans le frigo par exemple, ajouta-t-elle en souriant. Je n'ai pas envie de me retrouver nez à nez avec les gens d'ici, je ne connais que trop les racontars depuis la mort de Sam et... ce qu'a fait Alix, le jour de son enterrement.

Elle avait froncé les sourcils.

— La dernière fois que je l'ai aperçue, c'était chez les Farge d'ailleurs, à travers une des fenêtres de chez eux, en partant travailler. L'époque bénie où j'étais encore sa secrétaire...

— Mais cela remonte à des mois, n'est-ce pas ? avait-il insisté, ne prêtant pas attention à l'ironie de sa dernière phrase. Rien de plus récent ?

Elle avait secoué la tête.

« Vraiment adorable, avait pensé Cardouin. Pas étonnant que Farge ait eu le béguin pour elle. »

— Non, désolée, je n'avais de toute façon aucun contact avec Maïté, même avant tout ça. Oh, attendez ! reprit-elle, les yeux soudain brillants. Alix l'a croisée un matin, en faisant les courses il me semble. Elles ont même discuté toutes les deux, ce qui nous avait un peu étonnées.

— Quand ? avait coupé Cardouin en se penchant vivement sur le bureau. Quand était-ce précisément ?

— Je ne sais plus bien, avait-elle bafouillé, surprise de sa réaction et commençant à se poser des questions. Plus d'une semaine en tout cas. Appelez ma sœur, elle vous dira.

Cardouin avait noté quelque chose sur son carnet.

— Mais qu'est-ce que Maïté Geoffrin a à voir avec tout le reste ? avait fini par demander Carole.

Il avait relevé les yeux et l'avait fixée quelques secondes.

— Peut-être rien, peut-être tout.

Et maintenant qu'elle se dirigeait lentement vers le parking attenant au cimetière du village, Carole se demandait ce que Cardouin avait voulu dire par là.

Pourquoi avait-il fait mention de Maïté ? Et surtout, pourquoi lui avoir demandé si elle l'avait vue récemment ?

Elle frissonna malgré elle et claqua la porte arrière de la voiture après avoir pris le petit pot de fleurs violettes et jaunes qu'elle avait acheté pour la tombe de son père.

Quelque chose se passait…

Elle se dirigea vers le portillon menant aux allées du cimetière. Il faisait chaud et elle pensa que les fleurs souffriraient en plein soleil. La main sur le loquet, elle releva la tête et s'arrêta net.

Que faisait-elle ici ?

*
* *

Il n'était pas mécontent de sa journée. Surtout, il ressentait à nouveau cette excitation dont il avait perdu l'habitude, celle de tenir un plan qui, cette fois, ne laisserait rien au hasard. Il reprenait la main. Il ne se contenterait plus de répondre aux exigences et aux caprices du destin, ce ne serait plus à lui de composer avec ce que les autres choisissaient de décider, ce qu'ils faisaient d'ailleurs trop souvent au détriment de son propre intérêt.

Et quel était *son* intérêt ?

Éliminer Alix Brausch, il ne le savait que trop. Mais pour cela, il lui faudrait ruser, trop d'yeux restaient braqués sur sa personne. Et avoir signalé la disparition de Maïté, bien qu'il n'ait pas vraiment eu le choix s'il ne voulait pas paraître davantage suspect, ne l'aiderait certainement pas à se faire oublier de la police !

Mais il restait confiant. *Trop* confiant ? Peut-être…

Parfois, il avait peur de lui-même et de ses réactions. Il en avait toujours été ainsi, depuis tout petit déjà, lorsqu'il avait vraiment envie d'obtenir quelque chose.

Ou quelqu'un.

Sa mère l'appelait son « petit rouleau compresseur » ! Plus rien ne devait l'arrêter et il finissait toujours par avoir ce qu'il convoitait. Par n'importe quel moyen. Il ne s'était jamais embarrassé de détails superflus.

Mais là, il aurait peut-être dû ! Trop de *détails* étaient venus se greffer et se mettre entre lui et Carole.

Samuel d'abord, et puis Maïté. Des détails qui faisaient tache.

Il lui arrivait de s'apitoyer sur son sort, se plaignant d'avoir manqué de chance depuis le début.

Et Alix vivait toujours ! Pis, elle portait une vie en son sein ! *Bois, mange, arrondis-toi comme une futaille, emplis-toi comme une outre*... Il ne se rappelait plus très bien où il avait lu ces mots, une vague réminiscence de ses lectures d'adolescent. Mais la seule pensée d'Alix Brausch respirant et engrossant de l'autre côté de la clôture lui rappelait cette réplique et il sentait invariablement une bile amère de dégoût s'écouler dans tous les canaux de son corps, s'immiscer dans les moindres recoins de son être pour l'étouffer.

Il avait réfléchi qu'elle ne pouvait pas, qu'elle ne pouvait *plus* mourir de mort violente, comme il l'avait envisagé pourtant. Les choses se compliqueraient beaucoup trop pour lui.

Non, il faudrait autre chose pour elle. Quelque chose à la manière de son père.

Ils seraient tous deux apparentés dans la mort, alors que la vie les avait séparés et en avait fait des étrangers malgré eux ! Une sacrée revanche !

Oui, c'était cela. Une mort brutale certes, mais qui resterait incompréhensible. Qui devait le rester. Quelque chose d'indétectable à l'autopsie. Une foison d'explications possibles, des dommages insoupçonnés jusque-là mais réels, qui éclipseraient totalement la cause première.

L'origine du mal. Un élixir de son cru.

Il ne suffisait que d'une seule prise.

La mort n'était pas instantanée. Le mal s'insinuait progressivement, lentement, subtilement. Il se déployait, s'étirait langoureusement avant de s'abattre subitement sur la victime. Tout cela en quelques heures à peine.

Et, au beau milieu d'une consultation, lui était venue cette idée géniale !

Il avait compris *quand* et *comment* procéder ! Mais bien sûr, c'était ça l'idée ! *Elle y serait forcément !*

Non, il n'était pas mécontent du tout de sa journée et il avait toutes les raisons de se rassurer.

Après tout, quand son propre père avait succombé, les légistes n'avaient pas même esquissé un froncement de sourcils.

Et il en serait de même avec Alix Brausch.

XXXVII

Extraits des notes de...

NOUS NOUS SOMMES VUES et parlé au cimetière ce jour-là. J'ai été surprise de la trouver en cet endroit ; elle avait eu apparemment la même idée et le même désir que moi de rester un peu seule.

Ma sœur... Comment pourrais-je te dire, t'expliquer ce que je ressens ?! Comment pourrais-je briser ce cercle de solitude qui m'entoure et me laisse à part, en retrait, à l'écart ?

Je peux maintenant rester des heures sans bouger, recroquevillée sur mon lit, attendant que mes marées refluent doucement. Je fais attention à ne pas remuer d'un iota, je regarde une invisible peluche sur le coin du drap et je demeure parfaitement immobile, attentive à cette unique particule de poussière que je fixe obstinément, dans laquelle je voudrais m'abstraire.

Je vais mal, je le sais.

Seuls les morts parviennent à m'apaiser. Je leur parle et seulement alors je me sens un peu mieux.

Parfois, je les trouve plus vivants que moi.

J'ai bien failli te le dire cette fois-là, j'ai bien cru que j'allais fondre en larmes et tout te raconter de ce qui se tramait en moi. De ce mal qui me ronge.

Mais je ne l'ai pas fait. Peut-être aurais-tu pu me sauver de moi-même... Dommage, j'aurais peut-être dû essayer, au moins...

Entends-tu leurs voix comme moi je les entends ? Comprends-tu ce qu'ils me demandent ?

Leurs paroles sont terribles.

Et pourtant, ce sont elles qui me réconfortent et m'apportent le soulagement dont j'ai besoin. Je n'ai pas peur de ce qu'ils veulent que je fasse. Ce n'est pas ça.

J'ai peur de ne plus pouvoir, après, revenir vers toi...

XXXVIII

Extraits des notes d'Alix

JE ME SUIS TOUJOURS sentie liée aux bois du moulin comme s'ils n'étaient en réalité qu'une simple extension de moi-même, de ma famille, de ma vie. Quand, par la pensée, j'embrasse le moulin du regard, les arbres de la vallée se poussent gentiment pour pénétrer à l'intérieur de mon cercle intime. Certes, les choses avaient brutalement changé depuis le meurtre de Sam, mais Erik avait réussi à me convaincre d'y retourner, pour tenter de retrouver mes pas perdus le long des sentiers si chèrement aimés naguère. Retrouver ma propre trace, en quelque sorte.

Mes pieds avaient reconnu les anfractuosités du chemin, ses renfoncements, ses irrégularités sinueuses. Mes poumons s'étaient dilatés en redécouvrant la pureté de l'air de cet endroit, chargé de toutes les senteurs de la sève et de la menthe qu'on piétine sans la voir. Mes yeux avaient accepté de perdre encore une fois l'éclat de la lumière du jour en pénétrant dans cette immense cathédrale de bois et de feuillages. Ici, le soleil se filtrait soigneusement ; les prêtres silencieux officiaient au plus haut sommet et n'acceptaient de le laisser retomber que sous la forme de fines aiguilles d'or qui frappaient leur sol sacré de trouées fauves et ocre. Oui, j'avais bel et bien retrouvé mes bois et mon cœur avait bondi dans ma poitrine.

Mais les détours des allées m'avaient réservé une surprise de taille. Le fantôme du corps de mon aimé s'y promenait toujours, veillé par d'autres ombres plus séculaires que la sienne. Je lui avais parlé tout bas, terrorisée à l'idée de fouler l'empreinte que j'imaginais qu'il avait laissée à terre.

Curieusement, rien de l'horreur de ce qui avait été commis ici n'était demeuré. Le mal n'avait pas sa place parmi les arbres et, s'ils l'avaient accueilli en leur sein, c'était bien malgré eux. Un accident. Quelque chose qu'ils n'avaient pas prévu et dont ils n'avaient pas voulu. Peut-être même avaient-ils pris la peine de se baisser et d'effacer à coups de branches furieuses les traces du tueur quand celui-ci avait pris la fuite. Ils ne s'étaient plus préoccupés alors que d'élever un coin de chapelle, à l'endroit où Sam devait reposer maintenant à jamais. Sa dépouille avait été enlevée mais *lui* était resté. Je crois que j'aurais même pu l'entendre respirer à travers les feuilles si j'étais restée plus longtemps. Mais j'avais préféré le laisser en compagnie de ces austères communiants dont il avait rejoint le cloître. Et moi-même, je n'étais pas seule. Avant de continuer vers le pigeonnier, je lui avais pourtant promis de revenir, en solitaire cette fois.

La route avait serpenté et atteint le fond de la vallée. La tour ruineuse nous avait causé un choc, à Carole et à moi. On l'avait encerclée de bruyantes ferrailles, une barricade de métal et d'acier, un échafaudage gigantesque et picassien dans ce creux de verdure et de silence. Des hommes lui couraient dessus, en bas, en haut, tout autour, comme si le pigeonnier était en train de se faire dévorer vivant par une armée de fourmis rouges que l'orgie promise rendait frénétiques. Les ouvriers grimpaient aux échelles fixées solidement en terre et s'échelonnaient les uns au-dessus des autres pour taper, percer, poncer, s'acharnant sur les pauvres murs déjà chancelants.

— Ils ne vont en faire qu'une bouchée, avait murmuré Carole, faisant écho à ma propre vision du chantier en cours.

Nous avions contourné le trou tapageur pour reprendre la route qui encerclait la vallée. J'avais ressenti très vivement le besoin de marcher à vive allure et Erik m'avait escortée, parlant doucement à propos de tout et de rien jusqu'à ce que le moulin soit en vue. Ce n'était qu'une fois à la maison que je m'étais rendu compte à quel point Carole avait dû peiner à nous suivre.

Plus tard cet après-midi-là, Erik a dû retourner à Pau et Carole a pris la voiture pour se rendre à la gendarmerie. Je me suis donc retrouvée seule à la maison, hantée par les images des bois. Après avoir avalé une tasse de thé, j'ai pris le parti de me rendre au cimetière du village à pied. Les bois m'avaient comme ouvert l'appétit et je ne souhaitais plus qu'une seule chose : me retrouver dans cet autre lieu de silence et de paix.

Il faisait chaud et les nausées n'ont pas tardé à me reprendre. Je me suis assise sur le bord de la tombe de papa, moulue et tentant de réprimer un haut-le-cœur.

— Tu vas bien ? m'a-t-elle demandé en me faisant sursauter.

— Carole ? ai-je fait, interdite de rencontrer ici ma petite sœur, un pot de fleurs à la main. Mais tu n'es pas chez Cardouin ?

Elle m'a alors raconté son entretien, tout en nettoyant la pierre tombale grise à l'aide d'une toile humide. Cardouin n'avait rien de nouveau mais avait paru s'intéresser à Maïté Geoffrin, la femme de ménage des Farge.

— Pourquoi elle ?

— Je n'en sais fichtre rien, m'a-t-elle répondu.

Elle s'est relevée en soupirant.

— Voilà, ça fera l'affaire. Dis-moi, j'espère que cette promenade dans les bois ne t'a pas été trop pénible, je n'ai pas voulu m'énerver contre Erik d'avoir remis ça sur le tapis, mais je continue à croire que ce n'était pas une bonne idée.

J'ai souri.

— Non, ne t'inquiète pas… Je crois que ça m'a fait du bien, d'une certaine façon.

Elle m'a regardée un instant.

— Tu veux qu'on aille voir celle de Sam ? a-t-elle proposé, faisant un geste vers les tombes.

— Non, j'en viens.

C'était faux. Ou plutôt non. Mais pour moi, la sépulture de Sam, la *vraie*, se trouvait ailleurs, dans la forêt, derrière le moulin et son cours d'eau argenté.

Et c'est là que Carole a fini par me raccompagner.

*
* *

— Je le fais pour toi Carole, mais sache que je n'ai aucune envie de me retrouver avec tous ces gens…

— Je comprends, mais, tu sais, tu peux très bien rester à la maison, Erik va m'accompagner, je ne serai pas seule.

Au fond, je n'ai aucune envie de laisser ma sœur affronter cette journée sans mon aide, quelque mince et déficiente qu'elle soit.

— Non, je viens, nous ne serons pas trop de trois.

Carole et Sandrine se sont donné rendez-vous tôt dans la matinée pour pouvoir préparer avec les autres mamans la petite salle où doit se dérouler la fête des enfants du village. La représentation est prévue pour midi, juste avant l'apéritif et le gueuleton que les familles des participants ont prévus.

Quant à Erik, il ne reprend la route que le lendemain. Il tient à profiter de son dernier week-end aux côtés de Carole avec tout de même, je le sens bien, un douloureux pincement au cœur.

— Tout se passera bien, conclut Carole, tout affairée à se préparer pour partir.

Elle s'empare des clés posées négligemment sur un coin du bar, me colle un rapide baiser sur la joue et part en toute hâte, criant à Erik encore dans la salle de bains de se dépêcher s'il ne veut pas y aller à pied.

Il déboule dans la pièce à peine quelques secondes plus tard.

— Je repasse vous prendre avec la voiture de Carole vers 11 heures et demie ! me jette-t-il dans sa lancée avant de refermer la porte de la maison derrière lui.

Je soupire.

« Tout se passera bien. » Je l'espère réellement.

Je réfléchis : il ne doit pas y avoir plus d'une vingtaine de personnes de prévues à cette petite fête, juste les parents des enfants concernés et peut-être quelques invités qui s'attarderont probablement pour prendre un verre après la représentation. L'après-midi, le centre organise une petite boum « spéciale junior », comme Sandrine l'a intitulée, le tout dans une ambiance très bon enfant, la fin étant fixée aux alentours de 17 heures.

« Vraiment pas de quoi fouetter un chat. »

Je soupire derechef, me verse à nouveau une tasse de thé et veux monter me réfugier dans mon antre, mon atelier de travail, l'endroit au monde où je me sens le plus en sécurité depuis la mort de Sam. Je ressens de plus en plus le besoin de peindre.

— Allez viens, Sterling, j'ai besoin d'une nounou !

Machinalement, je jette un coup d'œil à la chienne restée derrière moi. Elle se tient assise, à l'entrée du couloir qui mène à la chambre de papa et à la salle de bains. Je souris car elle me fait penser à un sphinx, dans cette hiératique attitude de gardien du seuil qu'elle arbore. Elle fixe la petite porte du bout, celle menant au sous-sol, à la machinerie du moulin.

— Allez viens, monte à l'étage, dépêche-toi un peu !

Sterling tourne la tête vers moi mais reste parfaitement immobile. Puis ses oreilles pivotent et elle fixe à nouveau la porte du sous-sol.

Je descends tout doucement les quelques marches que je viens de grimper. D'un regard, je peux vérifier que la clé menant en bas n'a pas été tournée. Carole a dû descendre et oublier de verrouiller, une fois remontée.

Mon cœur se met à cogner sourdement.

Sterling ne bouge toujours pas mais ne me regarde plus.

De l'intérieur de la maison, il n'y a que par cette porte que l'on peut descendre au sous-sol. Mais à l'extérieur, la lourde porte en bois qui mène à la machinerie n'est jamais fermée.

Jamais.

Sterling se met à grogner doucement. Elle avance la tête, le museau en alerte, le poil de son échine soudain hérissé. Je m'approche d'elle et lui mets la main sur la gueule, comme pour la faire taire.

Je m'engage lentement dans le couloir. Sur le côté droit, la chambre de papa.

Erik, qui fait semblant d'y dormir tous les soirs, n'a pas pris la peine de la refermer. Je glisse un regard affolé à l'intérieur. Il a ouvert les volets mais les fenêtres sont bien closes.

« Dieu merci. »

Rien, pas âme qui vive, sur la terrasse.

Je détourne la tête et tends à nouveau mon attention vers la porte. « Il faut que je tourne cette clé. »

Je me rapproche encore. Sterling s'est tu derrière moi. « Encore un pas. »

Je tends le bras.

Mes doigts effleurent l'anneau de la clé et je bascule le plus silencieusement possible la tige dans la serrure. La porte branle imperceptiblement lorsque le panneton actionne la fermeture dans un infime claquement.

Je reste quelques secondes ainsi, la main tendue, immobile, les oreilles échauffées et assourdies par la rafale de coups que lance mon cœur.

Sterling a repris son grognement rauque derrière mon dos. Je me retourne, le souffle court.

« Ce n'est plus vers moi qu'elle regarde. »

Je la vois se cabrer brusquement et bondir en direction du salon en glapissant. Je hurle.

— Sterling !

Je cours à sa suite. À l'angle du couloir, je perds l'équilibre et tombe au sol en glissant sur mes genoux. Sterling s'est ruée contre la porte d'entrée en aboyant furieusement. Elle se jette sur elle, la griffant de ses pattes, enragée de ne pouvoir sortir.

La dernière chose dont je me souvienne, c'est d'avoir tenté de me relever et d'avoir heurté violemment quelque chose de la tête.

Je retombe lourdement sur le sol, inconsciente désormais des aboiements frénétiques de Sterling.

XXXIX

MÉLANIE SE PRÉPARAIT à affronter cette journée la mort dans l'âme. Si elle avait eu le choix, elle aurait préféré rester seule à la maison, trop heureuse de se débarrasser en même temps du père et de la fille.

Elle souffrait continuellement du dos depuis plus d'un mois maintenant et ne pouvait guère se mouvoir sans ressentir les plus vives douleurs qui semblaient l'irradier entièrement jusqu'à la nuque. David avait parlé d'algies lombaires primitives, dont l'intensité pouvait l'immobiliser parfois pendant des jours. Le moindre mouvement était alors atrocement pénible et elle devait garder le lit. Son mari ne lui avait prescrit que de l'aspirine, des cataplasmes qu'il lui appliquait lui-même et un repos absolu le temps que durerait la crise. Cela ne faisait que quelques jours qu'elle était à nouveau sur pied.

Et aujourd'hui, il lui fallait assister à cette représentation !

Elle soupira. Elle avait tellement de choses à l'esprit, tellement de pensées obsédantes... David couchait toujours dans la chambre d'ami au rez-de-chaussée ; il avait préféré la laisser dormir toute seule, ne voulant pas prendre le risque de la heurter pendant son sommeil, tout le temps que ses douleurs persisteraient.

Mais maintenant que celles-ci s'étaient adoucies, il n'avait pas encore réintégré sa place, son côté du lit, et Mélanie se demandait parfois si elle ne préférerait pas qu'il n'y revienne jamais…

Il avait fait d'elle sa complice, elle avait endossé sans broncher la responsabilité de ses actes à lui ! Elle s'était liée à son sort par ses mensonges et elle en était venue à le haïr pour ne pas lui avoir laissé le choix.

Et puis il y avait eu Maïté…

Oh, elle préférait ne pas penser à sa femme de ménage et à sa soudaine disparition ! D'autres mamans en avaient parlé, pendant la répétition du spectacle des enfants, et toutes s'étaient interrogées sur les raisons qui auraient poussé Maïté à ne plus se présenter chez elles. David était simplement revenu un soir et lui avait annoncé qu'il avait signalé sa disparition aux autorités compétentes. Cette nuit-là, elle avait dû doubler sa dose quotidienne de somnifères.

Elle aurait tant voulu partir, quitter cette région, s'en aller le plus loin possible et tout recommencer ! Quitte à le faire seule, oui ! Elle avait de l'argent, des biens à elle qui n'étaient pas passés dans la poche de son mari. Elle avait toujours refusé de vendre le domaine familial, prétextant que Chloé en serait un jour l'unique héritière. Quelle joie de pouvoir revoir la douce allée du parc menant à la propriété, les jardins fleuris et la fontaine centrale qui faisait la fierté de son père ! Oh oui, quel bonheur de pouvoir courir à nouveau, comme lorsqu'elle était petite, sur le parquet de la salle à manger, de se pelotonner au coin de l'immense cheminée et d'écouter le tic-tac de l'imposante comtoise du hall d'entrée ! Elle avait faim des odeurs de son enfance, elle fermait les yeux et revoyait les endroits tant aimés : la buanderie, dans laquelle

elle aimait jouer, enfant, et ses fenêtres perpétuellement embuées à cause de la chaleur ; l'austère petit salon, encombré par les bouquets fabuleux d'hortensias qu'y déposait sa mère ; sa chambre de petite fille, en face de la suite de ses parents, jamais trop éloignés d'elle... Si elle fermait les yeux plus fort encore, elle parvenait à entendre, comme gravées dans un coin de son cerveau, les notes enjouées du piano d'Hélène, quand sa mère s'y asseyait des après-midi entiers et répétait les œuvres des récitals qu'elle adorait jouer devant ses amis...

Oh, comme tout cela était bon ! pensait-elle alors. Et puis elle avait rencontré ce jeune médecin, impatient et dévoré d'ambition, ébloui par ce monde dans lequel elle évoluait, sans qu'elle-même perçoive clairement à quel point la vie l'avait privilégiée. À quel point Claude et Hélène l'adoraient, elle, leur unique enfant, et avaient tout fait pour que son existence soit la plus douce et la plus préservée possible.

« Papa, maman, comme vous me manquez ! »

— Tu as vu Chloé ? demanda David en passant la tête dans la salle de bains, interrompant brutalement ses réflexions.

— Elle n'est pas dans le jardin ? fit-elle, tâchant de finir de se maquiller au plus vite.

— Non, justement, elle n'y est plus, ça fait bien dix minutes que je la cherche partout. Il faut pourtant qu'elle commence à se préparer pour tout à l'heure !

Mélanie fixa une dernière couche de mascara sur ses cils.

— Elle a la mauvaise habitude de disparaître ces derniers temps et d'aller vadrouiller je ne sais où, ajouta David, visiblement agacé. Je lui ai pourtant déjà dit que je ne voulais pas qu'elle franchisse les limites du jardin !

— La dernière fois, c'est moi qui me suis mise à la chercher partout comme une folle, fit Mélanie, attentive au reflet de son mari dans la glace. Je suis descendue tout au bout du jardin et je l'ai aperçue dans un arbre, de l'autre côté du chemin, en train de se construire une cabane.

David éclata de rire.

— Une cabane, dis-tu ? Mais c'est qu'elle deviendrait un peu garçon manqué sur les bords !

— En ce qui me concerne, je n'ai pas ri et je l'ai même sévèrement disputée. Elle peut très bien se construire toutes les cabanes qu'elle veut ici, près de la maison. Je la soupçonne même de pousser plus loin ses investigations…

— Tu as raison, reprit David, le visage soudain plus grave. Je n'aimerais pas qu'elle se trouve nez à nez avec le chien des voisines.

— Si c'est ça qui t'inquiète, répondit Mélanie plus sèchement, ne t'en fais pas, elles gardent leur molosse enfermé à la maison quand elles ne sont pas là. C'est Chloé qui me l'a dit, ajouta-t-elle en guise de réponse au regard étonné que lui lança son mari.

— Quand bien même, il faudra que je songe à clôturer à mon tour, pour éviter ce genre d'escapade.

Une porte claqua au rez-de-chaussée qui les fit tous deux sursauter. David se précipita dans le couloir.

— Où étais-tu passée, toi ? l'entendit-elle crier du haut de l'escalier. Tu t'en vas comme ça, sans prévenir personne !?

Mélanie se lava les mains et n'entendit pas la réponse de sa fille. Elle s'observa dans la glace, satisfaite d'avoir pu cacher la pâleur maladive de sa peau sous une épaisse couche de fond de teint qui lui donnait bonne mine. Ses yeux brillaient sous le fard ambré de ses paupières et la courbe magnifique de ses cils.

— Une vraie chiffonnière, fit David, encore contrarié par la fugue de Chloé. Allez ouste, à la douche !

La petite fille entra comme une bombe dans la salle de bains de sa mère.

— Maman, maman, je peux prendre un bain chez toi ?

— Mon Dieu, cria Mélanie, la regardant pour la première fois, mais tu es en nage ! Où es-tu allée courir comme ça ?

Chloé, essoufflée et les cheveux trempés de sueur, s'assit par terre et commença à enlever ses chaussettes. Elle avait le regard fiévreux et un sourire malicieux s'éternisait sur son visage.

— Je t'écoute, Chloé, insista Mélanie, tout en actionnant les robinets de la baignoire. Qu'est-ce que tu es partie faire ?

— Rien, fit Chloé, dégageant une mèche de cheveux poisseux de son front. J'ai… visité des choses, ajouta-t-elle, plus excitée que jamais.

— Quelles choses ?

Chloé rit doucement.

— Tu sais quoi, maman ? Je deviens de plus en plus forte ! reprit-elle en guise de réponse.

Mélanie observa un moment sa fille qui ôtait à présent son short et le jetait sur le sol.

« Je n'en tirerai rien d'autre. »

Elle glissa une main dans le bain pour vérifier la température de l'eau et se mit à ramasser les affaires de Chloé qui jonchaient le carrelage. L'enfant vidait le bain moussant dans la baignoire. Son ventre replet s'arrondissait au-dessus de ses maigres jambes.

« De plus en plus forte… » Qu'avait-elle bien pu vouloir dire ?

*
* *

Quand Alix rouvrit les yeux, Sterling lui léchait la joue et tentait désespérément d'atteindre l'autre côté de son visage posé à même le sol. Elle mit quelques secondes à récupérer une claire vision des choses et à comprendre d'où venait la sensation d'engourdissement qu'elle subissait. Elle se redressa péniblement sur un coude en tâchant d'éloigner la chienne qui recommença à japper, mais de joie cette fois.

Alix se tâta prudemment le haut du crâne et sentit la douleur la transpercer. Elle avait une sacrée bosse ! Pas étonnant que le choc l'ait littéralement assommée.

Elle n'avait aucune idée du temps qu'elle était restée ainsi inconsciente, affalée face contre terre au beau milieu de la maison.

Et d'un seul coup, elle se rappela !

La serrure de la porte menant à la machinerie ! Il y avait eu quelqu'un, là, en bas, au sous-sol ! Sterling l'avait prévenue du danger ! N'eût été la chienne, Alix serait montée tranquillement jusque dans son atelier, laissant la maison ouverte à la moindre intrusion.

« Mais qui ? » Qui était passé par l'extérieur de manière à s'introduire au sous-sol et pouvoir ainsi remonter jusqu'à elle ?

Elle eut soudain très peur pour l'enfant.

— Mon Dieu, le bébé !

Elle s'assit en tailleur sur le sol et toucha précautionneusement son ventre, effrayée à l'idée que quelque chose ait pu se décrocher pendant sa chute.

Et ces mots lui revinrent à l'esprit.

Une fausse couche est si vite arrivée…

Lui ? Mais comment ? Devait-elle appeler sur-le-champ les services de police ?

Cardouin ?

« Oui, c'est cela », décida-t-elle en se relevant le plus lentement possible. Elle allait appeler Cardouin et lui raconter ce qui venait de se passer. Elle ne devait pas attendre, cette fois, il fallait agir immédiatement, il y aurait peut-être des empreintes à relever, des indices, elle ne savait pas…

Elle saisit le téléphone mais composa tout d'abord un autre numéro, celui de son gynécologue.

C'est à cet instant précis et peut-être pour la première fois qu'elle se rendit compte à quel point elle en serait malade si elle perdait *son* enfant !

*
* *

Une heure plus tard, Cardouin était assis dans la cuisine avec Alix et écoutait sa déposition en prenant de succinctes notes.

Il avait déclaré cette affaire prioritaire : tout rebondissement dans l'affaire du moulin serait suivi d'une manière exemplaire et avec les moyens adéquats. Une petite équipe avait été réunie en un temps record ainsi que le matériel nécessaire à un prélèvement d'empreintes : le laboratoire scientifique de la région était déjà sur le pied de guerre et se préparait à recevoir les échantillons dans la soirée, au plus tard le lendemain matin. Le tout était de jouer de vitesse.

Cardouin avait un meurtre de gendarme sur les bras et il devait gérer également la disparition, étrange entre toutes, de cette femme, Maïté Geoffrin, volatilisée depuis deux semaines sans laisser de traces. Il y avait un lien, évident, entre les deux cas : Farge lui-même avait donné l'alerte. Mais quoi d'autre ?

Cardouin s'arrachait littéralement les cheveux et investiguait maintenant plus avant dans la vie de Maïté, sans trop savoir ce qu'il cherchait. Ils avaient tenté de retrouver sa piste en remontant le plus loin possible dans son emploi du temps. Il connaissait aujourd'hui le jour et l'heure précis où elle avait été vue pour la dernière fois. Elle avait travaillé ici, au village, chez les Farge, puis s'était rendue chez les Bertrand, une famille habitant Pau, et encore après chez un petit couple âgé. Tous s'inquiétaient énormément pour leur employée, ne la voyant plus revenir et ne parvenant pas davantage à la joindre. Cardouin avait lancé un avis de recherche sur la voiture de Maïté mais personne ne l'avait encore signalée. Il avait recueilli plusieurs témoignages des personnes qui employaient régulièrement la villageoise disparue. Toutes paraissaient surprises et incrédules, ne pouvant croire à une fugue ni à un brusque coup de tête de la part de leur femme de ménage. Toutes les descriptions coïncidaient : Mme Geoffrin, pour ce que Cardouin en avait compris, n'était pas le genre de femme à disparaître dans la nature du jour au lendemain.

Alors quoi ?

Et maintenant, ça ! Alix Brausch était formelle, quelqu'un s'était introduit chez elle, du moins dans son sous-sol, et lui avait flanqué une peur bleue.

Deux agressions à quelques mois d'intervalle. Toujours sans témoins. Et toujours avec plus de peur que de mal au bout du compte.

Alix Brausch.

Alix Brausch, qui avait été vue en train de discuter avec Maïté Geoffrin au supermarché *le matin même* de sa disparition !

Cardouin jeta un coup d'œil sur le chien, assis aux pieds de sa maîtresse, attentif et prudent.

Le même chien qui avait amené Olivier jusqu'au cadavre de Sam.

Il y avait de quoi perdre l'esprit.

Tout cela avait *forcément* un lien, mais lequel ?

Jusqu'à présent, il avait toujours eu la sensation très forte que quelque chose tournait tout autour du moulin. C'était évident.

Aujourd'hui… aujourd'hui, il n'en était plus aussi sûr.

« Tout autour », songea Cardouin, tout en écoutant Alix, apparemment très secouée, lui raconter l'événement.

Fallait-il vraiment chercher à l'extérieur du moulin ? Alix Brausch était-elle ce qu'elle prétendait être, c'est-à-dire une victime, ou bien était-elle au contraire une merveilleuse affabulatrice doublée d'une excellente et dangereuse manipulatrice ?

Il repensa à la scène du cimetière, pendant l'enterrement de Barbier, et à la violence insoupçonnée dont avait fait preuve cette jolie jeune femme. À dire vrai, ce souvenir obsédait étrangement l'esprit de Cardouin ces derniers temps.

Il fallait qu'il tire toute cette histoire au clair ou quelque chose de *pire* encore pouvait arriver.

*
* *

Alix avait progressivement recouvré son calme. Les inspecteurs partis, Cardouin était resté avec elle jusqu'à ce qu'Erik reparaisse au moulin, sur les coups de midi.

Interloqué de trouver un inconnu assis dans le salon, Alix avait dû lui expliquer sommairement que quelqu'un avait visiblement voulu pénétrer dans la maison par le sous-sol et qu'elle avait appelé la police immédiatement. Elle s'était évertuée à calmer Erik, choqué d'apprendre ce qui venait de se produire.

Elle l'avait présenté à Cardouin comme étant le « fiancé » de Carole. Le capitaine avait haussé les sourcils et les deux hommes s'étaient jaugés brièvement du regard, au-dessus d'une poignée de main qu'Alix aurait jurée peu amène.

— Je n'ai pas l'impression que les filles soient à l'abri du danger en continuant de vivre ici, au moulin, s'adressa avec emportement Erik à Cardouin, et j'aimerais savoir ce que vous faites concrètement pour régler les choses.

Cardouin releva le menton.

— Je ne vous suis pas...

— Mais c'est pourtant simple, répondit Erik en écartant les mains. Qu'est-ce que vous attendez pour mettre ces deux jeunes femmes sous protection ? Qu'il y ait un meurtre de plus ? Une autre affaire du moulin ?

— Laissez-moi remettre les choses en place, monsieur... ?

— Dimke, lui rappela Alix, s'empressant de répondre à la place d'Erik en lui décochant un regard acerbe qui l'invitait à reprendre ses esprits.

— Monsieur Dimke. Bien. Dans cette affaire, nous n'avons que peu de faits tangibles, en dehors de l'assassinat d'un gendarme aimé de son groupe et respecté de ses supérieurs. Nous avons certes enregistré plusieurs plaintes des filles Brausch mais nous ne sommes pas en mesure d'établir solidement qu'il y ait un quelconque lien entre ce meurtre sordide et ce que vos amies pensent vivre…

— Pensent ? aboya Erik.

— Écoutez, reprit calmement Cardouin en s'adressant cette fois à Alix, je comprends que la situation soit intenable pour vous et votre sœur…

— Tout cela est insuffisant ! s'emporta Erik. Alix, fit-il en posant une main sur son épaule, il faut pouvoir vous protéger, *tu* dois demander une injonction d'éloignement.

Sous le coup de l'émotion, il était passé au tutoiement.

— Le problème, monsieur Dimke, reprit Cardouin en s'efforçant de garder son calme, c'est qu'il n'y a pas à proprement parler de délit pénal dans toute cette histoire.

— Et les plaintes ? réfléchit Erik. Et les procès-verbaux enregistrés à la gendarmerie ?

Cardouin regarda Alix et soupira. Il comprenait le désarroi de la jeune femme mais il ne pouvait s'empêcher de se poser des questions à son sujet.

— Pour que les plaintes prennent effet, finit-il par dire à la jeune femme qui gardait une main sur son ventre, il faudrait que vous consultiez un psychiatre.

Elle le regarda, éberluée.

— Je m'explique, poursuivit-il. Vous allez voir un spécialiste, vous lui dites que vous vous sentez harcelée. Que vous êtes au bout du rouleau, que vous souffrez d'insomnies à cause de vos angoisses, de votre peur de voir surgir la personne qui vous effraie. Donnez-lui tous les détails qu'il faut. Il est indispensable que vous arriviez à le convaincre qu'il s'agit ni plus ni moins d'une urgence médicale.

— Mais si rien ne prouve que cette personne à laquelle je pense est coupable ? demanda Alix anxieusement.

— Peu importe, continua Cardouin, rassemblez les différents comportements qui vous ont porté préjudice ces derniers temps. Suite à cela, déposez une plainte contre cette personne pour menaces de mort. Avec les différents PV déjà dressés par les gendarmes, le certificat médical du psy et l'assistance juridique d'un avocat, vous pourrez peut-être alors faire assigner l'individu.

— Avez-vous relevé des empreintes au sous-sol ? demanda Erik.

— Nous le pensons, fit Cardouin en regardant attentivement le géant blond en face de lui. D'après mes collègues, elles ne correspondraient pas à celles d'un adulte.

— Que voulez-vous dire ? fit Alix, de plus en plus déroutée.

— Qu'à première vue nous aurions affaire à un gamin qui se serait permis de visiter les lieux pour observer d'un peu plus près le fonctionnement complexe d'un système hydraulique.

Un profond silence accueillit ces paroles.

Cardouin scruta les visages en face de lui. Celui de Dimke reflétait la plus grande perplexité. Celui d'Alix…

Non, ce n'était pas de la surprise. Comme si elle *savait*… « Alix Brausch, qui êtes-vous ? »

— Vous ne me croyez pas, c'est bien cela ? demanda-t-elle au bout de quelques secondes qui parurent une éternité. En fait, depuis le début, vous n'y croyez pas, à la culpabilité de Farge… Vous pensez que c'est moi qui ai tout inventé…

La jeune femme s'affaissa sur le canapé et se mit à gémir, la tête entre ses mains.

— Le psychiatre, l'avocat, les plaintes, énuméra-t-elle, la voix brisée. Il n'y a rien que je puisse faire tant que je n'ai pas la moindre preuve de ce que j'avance. Et aujourd'hui que j'aurais pu…

Elle ne finit pas sa phrase. Elle murmura quelque chose.

Dimke ne parut pas l'entendre mais Cardouin avait l'ouïe fine.

— Je repasserai avec les différents résultats du labo, fit-il en se levant.

Il se dirigea vers la porte, Dimke sur ses talons.

— Combien de temps resterez-vous au moulin chez votre fiancée ? fit-il en se tournant vers lui pour lui serrer la main.

— Je repars demain, répondit Dimke, le regard absent et la mine contrariée.

— Occupez-vous d'elles, ajouta Cardouin. D'elles deux, je veux dire. Mais ne commettez pas d'imprudences. On a souvent tort de tirer des conclusions trop hâtives.

Remontant l'allée vers sa voiture de fonction, il prit le temps de considérer une nouvelle fois les alentours de la maison. La haie dense et abondante qui se dressait entre les deux pavillons ; le ruisseau qu'il entendait couler sur le flanc gauche du moulin ; la forêt en contrebas ; la terrasse à l'arrière du moulin et la volée de petites marches qui menait à la porte en bois donnant accès à la machinerie.

Il repensa aux mots qu'Alix avait prononcés juste avant qu'il ne parte. La vieille litanie reprit son cours dans sa tête.

Alix Brausch. Carole Brausch. David Farge. Mélanie Farge. Samuel Barbier.

Maïté Geoffrin.

Et maintenant Erik Dimke ?

Alix Brausch…

Il se retourna et contempla une dernière fois le moulin.

Une vision tenace le harcelait depuis qu'il l'avait quittée. Alix Brausch, ses grands yeux verts comme enfiévrés, une main crispée sur son ventre.

Et les mots qu'elle avait susurrés, apaisée soudain.

— *Une enfant…*

*
* *

Erik et Alix arrivèrent quelques minutes après le début de la représentation. Ils entendirent la musique en premier, puis les rires des spectateurs entassés pour l'occasion dans la petite salle plongée dans l'obscurité. On avait tiré les rideaux et allumé les projecteurs de la scène. Ils se faufilèrent à l'intérieur en courbant le dos et en se tenant par la main, pour venir s'asseoir dans le fond. Ni l'un ni l'autre n'avaient la moindre idée d'où pouvait se trouver Carole mais ils se dirent qu'elle devait être totalement accaparée à cette heure à gérer les entrées et sorties des artistes dans les coulisses.

— Les bonnes nouvelles, ce sera pour plus tard, murmura Alix à peine assise sur une petite chaise pliante très inconfortable, derrière une rangée de dos. Ne lui parlons pas tout de suite de ce qui vient de se passer, continua-t-elle en se tournant vers Erik.

— Il faut pourtant qu'elle soit mise au courant, et le plus tôt possible, lui répondit-il.

Il secoua la tête.

Alix regarda attentivement le profil dur du visage de l'homme qui se tenait à ses côtés. Dans la pénombre, néanmoins, ses traits perdaient de leur tranchant et ses cheveux tombant sur ses épaules leur conféraient même une certaine douceur.

— Ce que je veux dire, reprit-elle, c'est qu'il vaut mieux attendre de rentrer à la maison pour parler de tout ça. Je ne veux pas lui gâcher sa fête.

— Mais si ce n'est qu'un gosse qui a fait le coup, il n'y a plus rien d'inquiétant à toute cette histoire !

« Mon Dieu, comme j'aimerais être ailleurs, loin, loin... »

— Ce n'est pas si évident que ça, finit-elle par soupirer.

Des visages mécontents commençaient à se tourner vers eux et ils comprirent aux regards froncés qu'ils avaient tout intérêt à se taire et à ne plus perturber le spectacle.

Ils assistèrent, maussades et préoccupés, aux gesticulations plus ou moins réussies des enfants du village qui se produisirent les uns après les autres sous des tonnerres d'applaudissements, encouragés parfois par les exhortations bruyantes du public. Alix ne put s'empêcher de remarquer que les costumes étaient, au demeurant, charmants et la musique légère et divertissante. Malgré tout, elle restait inquiète et angoissée.

C'est alors que le refrain changea. Le rideau s'ouvrit sur une tout autre atmosphère. Les lumières se tamisèrent et un cygne entra sur scène.

Erik sentit sa voisine se raidir brusquement. Il tourna vers elle un regard interrogateur : elle s'était penchée en avant et semblait totalement absorbée par la féerie qui se jouait à quelques mètres de là. Le regard fixe et comme envoûté, ses mains s'étaient crispées sur ses genoux. Il la contempla ainsi un long moment.

Elle paraissait totalement inconsciente de son regard insistant. Le cou démesurément allongé, les yeux agrandis et la mine tendue, Alix lui donna la désagréable impression de s'être changée en statue de pierre. Ne comprenant pas ce qui lui arrivait, il lui toucha doucement l'épaule.

— Hé, ça va ? demanda-t-il avec un pauvre sourire.

Elle cligna plusieurs fois des yeux comme si elle sortait d'un mauvais rêve. Elle parvint tout juste à s'arracher au spectacle de la danse fragile et délicate de l'animal mortellement blessé pour se tourner vers lui.

— Oui, tout va bien, articula-t-elle péniblement.

Le cygne venait de se coucher avec grâce sur le devant de l'estrade, les bras repliés sous sa tête. Le violoncelle se tut quelques secondes plus tard. Et brusquement, toute la pièce s'embrasa. Les lumières revinrent, les spectateurs se levèrent et applaudirent à tout rompre. Erik se leva également, guettant des yeux la silhouette mince de Carole derrière le rideau.

Il se tourna derechef vers Alix qui était restée assise.

— Tu as vraiment l'air mal en point, fit-il en se penchant vers elle. Tu n'aurais peut-être pas dû venir, tu es encore sous le choc de ce qui vient de se passer. Viens, je te ramène à la maison…

— Non, non ! répondit-elle.

Elle s'ébroua et parcourut du regard les choses et les gens autour d'elle, reprenant progressivement contact avec la réalité.

— Il faut que je trouve Carole ! Tout de suite !

— Je pars à sa recherche, je ne la vois pas non plus…

Alix parvint à se lever.

Quelque chose avait germé, là, tout au fond d'elle-même, elle en avait eu la très vivante sensation. Mais elle était beaucoup trop terrifiée par ce qu'elle y avait vu pour accepter d'aller explorer plus avant ce dont il s'agissait. Des images vives, comme des éclairs de feu…

Des projections.

« Carole, viens vite, viens à mon secours… » On lui tapota l'épaule.

Elle se tourna vivement et se trouva nez à nez avec Pierre.

— Je ne pensais pas te trouver ici, lui dit-il sans préambule. Comment ça va chez les Brausch ?

— Très bien, merci, et chez toi ?

— Comme tu vois, fit-il en élargissant les bras. Je m'intéresse à ce qui se passe dans mon village et je ne suis jamais trop loin des stands de sangria.

Alix réalisa qu'il tenait justement un verre dans sa main droite. Les gens s'étaient précipités vers l'extérieur pour se désaltérer. Il régnait une chaleur étouffante dans la salle et on avait ouvert les portes pour créer des courants d'air.

— J'ai appris… pour toi, continua-t-il un ton plus bas. C'est… plutôt bien, non ?

— Dieu comme les nouvelles vont vite par ici ! dit-elle en passant une main lasse sur son front. Toujours prêts à vous réjouir du malheur des autres, à ce que je vois…

Elle le vit pâlir.

— Je ne comprends pas, fit-il, ce n'est pas un malheur ce qui t'arrive, bien au contraire…

— Aucune importance, coupa-t-elle. Tu as vu Carole ? fit-elle en tournant la tête de tous côtés pour apercevoir sa sœur.

— Non, répondit-il sourdement, mais j'ai vu l'homme qui te tenait par la main tout à l'heure, quand vous êtes passés devant nous…

Elle s'immobilisa.

Elle lui trouva un regard mauvais. Et c'était la première fois, venant de Pierre tout du moins. Le petit amoureux de Carole. Celui qui la prenait par la taille pour danser leurs rondes d'enfants dans la cour de récréation. Et qui l'embrassait sur la joue en riant aux éclats.

Elle eut soudain mal au cœur.

— Curieuse remarque, murmura-t-elle enfin. Pour ta gouverne, Erik est le petit ami de Carole, pas le mien. Il part pour l'étranger dans quelques jours et il est venu pour la voir et parler de leur avenir.

Pierre déglutit bruyamment.

— Mon fiancé à moi est enterré six pieds sous terre, mais tu le savais déjà, n'est-ce pas ?

Elle lui tourna le dos et sortit de la salle en tremblant de tous ses membres.

Le soleil tapait fort dehors. Les convives, pressés contre les tables nappées de blanc et encombrées de verres et de bouteilles de toutes les couleurs, s'interpellaient joyeusement et trinquaient à l'été et à la bonne humeur. Les enfants avaient gardé leurs costumes et certains continuaient de jouer leur rôle à la ville comme à la scène. Alix faillit se faire renverser par deux féroces éléphants qui se mirent à charger un pauvre coq innocent, égaré loin de sa basse-cour.

— Ah, tu es là ! fit Carole, de l'autre côté de la table.

Elle se trouvait en bonne compagnie, entourée de Sandrine, d'Erik et d'une très jeune femme qu'Alix ne connaissait pas. Elle se rapprocha du groupe, consciente soudain d'avoir très soif.

Carole avait les joues en feu et une légère écume perlait à la racine de ses cheveux très courts et très blonds à la lumière crue du soleil.

Elle était superbe. Alix se demanda un instant ce qui pouvait bien la faire sourire avec un tel bonheur évident dans les yeux, mais la réponse était là, sous son nez, incontestable pour tout le monde. Carole irradiait parce qu'elle était amoureuse. Amoureuse de l'homme qui, à cet instant, l'enlaçait étroitement et partageait un verre de sangria avec elle.

— C'est une belle réussite, tu ne trouves pas ?

— Tout à fait, et je voulais vous féliciter, Sandrine et toi, pour votre travail…

— Nous aussi, fit une voix derrière son dos avant qu'elle n'ait pu terminer sa phrase. Mélanie et moi sommes très fiers de ce que vous avez permis aux enfants d'accomplir, continua le docteur.

Le corps d'Alix eut un soubresaut. Farge se tenait là, rayonnant et serein, deux verres de jus d'orange à la main, flanqué de son épouse et du maire sortant qui s'inclina gentiment devant Sandrine.

— Mes hommages à l'artiste, déclama ce dernier pompeusement. Je compte sur vous deux pour le mois d'août ! Vous allez m'organiser la plus belle fête que le village ait vue jusqu'à ce jour, j'en suis persuadé !

On rit. D'autres se joignirent à lui pour congratuler chaleureusement les deux femmes et leur demander si elles avaient déjà des idées pour animer les jeux des enfants.

Farge s'était tourné vers Alix, en aparté.

— Malgré tout ce qui a pu se passer entre nous, dit-il à mi-voix, je tiens beaucoup à ce qu'aujourd'hui tout le monde puisse voir qu'il n'y a pas de rancune et que nous ne sommes plus en froid, ni vous ni moi, Alix.

Une vive crainte s'était emparée de la jeune femme qui avait reculé instinctivement.

Il lui tendit un verre.

— Je vous le demande comme une faveur : trinquons aux yeux de tous et n'en parlons plus.

Pétrifiée, Alix accepta machinalement le jus que Farge lui tendait.

— Qu'est-ce que c'est que cette comédie ? fit-elle, la chamade battant sous son tee-shirt soudain trempé.

Farge, couvrant sa voix, se retourna vers l'assistance et leva son verre :

— Santé ! clama-t-il, imité instantanément par tous les autres autour de la table.

Excentrée, Alix restait le regard braqué sur le dos du docteur, le cerveau en ébullition et la gorge sèche. Des picotements dans les yeux, il lui sembla soudain que l'air était devenu irrespirable. Elle recula d'un pas et se trouva happée par le regard plissé de Carole qui avait dû chercher son visage, les quelques secondes pendant lesquelles Farge lui avait parlé et l'avait alors cachée aux yeux de tous.

Carole s'était figée, un sourire avorté sur les lèvres.

Alix recula encore et fut heurtée de plein fouet par un groupe d'enfants qui se couraient après, en jouant à chat. Une vive douleur lui fouetta la hanche et, sous le choc, elle perdit l'équilibre et fut projetée sur le côté. Elle heurta une jeune femme qui s'était approchée du groupe et renversa sur elle le contenu de son verre.

— Nom de Dieu ! jeta-t-elle vivement, en tentant de se rattraper à la jolie rousse qui vacilla elle aussi sous son poids. Oh ! Je suis vraiment désolée !

Un mini-chaos s'instaura alors autour d'elles deux, chacun tâchant de réparer les dégâts du jus d'orange sur la robe vert pâle, tout en s'égosillant contre les garnements qui avaient pris la fuite, ricanant de leurs méfaits. Contre toute attente, la rouquine partit d'un grand éclat de rire en voyant l'énorme auréole qui s'étalait à présent sur sa manche et une partie de son décolleté.

— Ah bah ! Je ne cherchais qu'un prétexte pour pouvoir la fiche en l'air, ne vous inquiétez pas ! fit-elle gentiment à l'attention d'Alix qui continuait à frotter nerveusement de son sopalin un coin d'épaule humide. Laissez, ce n'est pas grave !

C'est alors qu'elle l'entendit, ce grand silence au milieu de l'effervescence, qu'elle *les* sentit, ce vide au milieu du plein, cette haine au milieu de la plus bête des gaietés. Elle releva la tête et l'aperçut.

Farge la regardait. C'était à son tour de se retrouver excentré, laissé en arrière par le mouvement qui s'était précipité en avant pour entourer les deux femmes, la heurtée et la gâchée.

Farge la regardait. À cet instant, elle sut que jamais personne ne l'avait ainsi regardée, ni sans doute ne la regarderait jamais plus.

Farge la regardait. Il sembla alors à Alix qu'ils avaient été tous deux saisis et projetés dans un ailleurs parallèle, comme si un invisible couloir sombre s'était creusé entre eux et les avait reliés, seuls sous un même tunnel étouffant, dans une même réalité inconnue de tous les autres.

Farge la regardait. Et les heureux autres qui ne se doutaient pas… Tous les autres, à l'abri, protégés de leur innocence.

— Voyons Farge, ne faites pas cette tête-là ! se retourna Pallegarde. Ce n'est pas sur votre polo Ralph Lauren que s'est renversé ce verre !

— Tu n'as rien, ça va ? demanda Sandrine à Alix. On dirait que tu viens de voir un fantôme, ma parole !

Le maire, fatigué de tout ce remue-ménage, parvint à entraîner Farge plus loin et les gens commencèrent à se disperser.

Alix parvint à se secouer.

— Non, tout va bien, je suis juste un peu sonnée.

— De toute façon, fit une voix blanche derrière son dos, il fait beaucoup trop chaud aujourd'hui. Je préfère rentrer, ajouta Carole.

Alix croisa brièvement le regard de sa sœur. Et soupira de soulagement.

Ainsi, elle n'avait pas été la seule à remarquer la réaction du docteur. Quelqu'un d'autre qu'elle-même avait vu.

Quelqu'un qui se demandait également ce qu'il pouvait bien y avoir eu dans ce verre pour mettre le docteur dans un tel état quand celui-ci s'était renversé.

Quand il avait compris qu'il ne serait jamais bu.

XL

Extraits des notes de…

*L*es choses étaient simples, *en somme. Très simples. Il fallait juste y penser et y accorder toute son attention. Je savais bien que je n'avais pas le droit à l'erreur. Plus maintenant. Je n'avais pas été capable de me protéger, de nous protéger. Je devais rattraper nos erreurs communes. Ma sœur et moi avions perdu beaucoup trop de temps à parer les coups, à nous défendre tant bien que mal. Il fallait arrêter de se défendre.*

Passer à l'attaque. Ouvrir la brèche. Crever l'abcès.

Dieu comme je languissais du jour où la purulence jaillirait de ma plaie ! Mais le terrible giclement n'épargnerait personne.

Quels étaient les vers de cet homme aux prises avec une tâche trop gigantesque pour lui ? Cette plainte déchirante mais vibrante du désir de prendre son destin à bras-le-corps ?

Secousse puissante… Alors je les prendrai. J'en sais le poids

Et je les porterai !

Moi aussi je connaissais le poids de ce qui me restait à faire. Je n'y étais pas obligée. Personne ne me le demandait. Aucun sacrifice n'était attendu de moi.

Il y avait bien de ces voix parfois, qui me parlaient tout bas à l'oreille et me murmuraient les choses du passé. Me retenant. Me rappelant qui j'étais.

Mais je n'étais plus la même, cette jeune femme que les voix racontaient. Elle était restée de l'autre côté de la rive de ma vie. Elle n'avait pas mis le pied sur le frêle esquif de ma haine et m'avait laissée embarquer, seule. Elle me regardait, sa main s'agrippant parfois au col de sa veste, tanguer sur mon lac d'argent, si lisse, si luisant sous la lune noire. Le vent faisait tournoyer ses jupes légères alors que, sur l'eau calme et sereine, je ne sentais aucune brise. Pas un souffle, le calme plat. Rien ne parvenait plus jusqu'à moi. Seul l'autre côté du rivage s'approchait, inexorablement.

Ce fantôme sur la berge avait plusieurs visages. Parfois, c'était moi enfant. Blanche et rieuse, trempant ses pieds dans l'eau insondable et les retirant bien vite en faisant la grimace. Le plus souvent, c'était moi adulte, mais alors une adulte comme les autres, pétrie de ses propres rêves brisés, une forme en creux, vrillée de ces innombrables trous noirs qu'ont creusés au fil du temps les espoirs déçus et les attentes vaines. Une adulte banale, ni meilleure ni pire que les autres, avec cette même éternelle fatigue qu'il y a à continuer.

Le plus intolérable, c'était quand la silhouette prenait l'apparence de ma sœur. Quand c'était d'elle que je m'éloignais. Dans ces moments-là, la vision se modifiait un peu, dans mon esprit malade et douloureux.

Ma sœur tendait le bras vers moi et ouvrait sa main. Mais il était bien tard pour pouvoir me rappeler.

J'étais déjà trop loin.

XLI

ELLE REGARDA LE CORPS de sa sœur sortir de l'eau, noué et tendu par l'effort. Alix se souleva et s'assit en soufflant à ses côtés, au bord de la piscine. Elle dégrafa son bonnet et secoua ses cheveux sous le soleil.

— Ça fait un bien fou, fit-elle en reprenant peu à peu sa respiration. Tu devrais essayer les longueurs sur le dos !

Carole fit la grimace.

— Je préfère barboter gentiment, je suis sûre au moins de ne pas me réveiller demain matin pleine de courbatures. Fais attention, tu vas être fourbue…

— Tu as entendu le docteur ? La natation, c'est excellent pour la femme enceinte, aucune contre-indication ! Et puis ça me détend, j'en ai bien besoin…

« Nous en avons toutes tellement besoin… »

Carole rejeta la tête en arrière et se laissa mordre par la brûlure exquise du soleil. Plusieurs semaines s'étaient écoulées depuis le jour où elle avait surpris l'expression de Farge alors que le verre d'Alix venait de se renverser et elle n'avait jamais douté depuis de ce que cela signifiait. Alix non plus d'ailleurs. Les choses allaient beaucoup trop loin et les démarches qu'elles avaient jusque-là entreprises pour se protéger n'avaient mené à rien.

Les empreintes s'étaient bel et bien avérées être celles d'un enfant : les parents Farge avaient été convoqués au poste avec Chloé pour une vérification, celle-ci étant la seule enfant vivant à proximité, et le labo avait tranché. C'était bien elle qui s'était retrouvée dans la cave des Brausch. Sommée de s'expliquer, l'enfant avait bredouillé une vague excuse au sujet d'un jouet volé par le chien des voisines qu'elle avait voulu bêtement récupérer. Découragée, Alix n'avait pas donné suite à sa plainte et Chloé s'en était tirée avec un bon coup de semonce et l'interdiction formelle de s'approcher à nouveau du moulin. « Une histoire de gosse, aucun rapport avec le reste », avait dit Cardouin. Il avait fait en sorte que les deux familles ne se retrouvent pas en présence, même si David Farge avait insisté pour que sa fille vienne s'excuser en personne auprès d'Alix, à qui elle avait fait si peur. Alix avait décliné. Mais, curieusement, l'impression désagréable que Cardouin ne la regardait plus de la même manière ne la quittait pas. Elle n'aurait pas été plus surprise de se savoir en tête de liste des suspects pour le meurtre de Sam…

Mais là aussi, l'enquête semblait au point mort. Rien n'évoluait, dans un sens comme dans un autre. Cependant, les choses semblaient prendre une tournure différente en rapport avec la disparition présumée de Maïté Geoffrin : quelque chose clochait, « là encore », avait avoué Olivier aux filles la veille même, après une courte visite à leur domicile. Il s'arrangeait toujours pour passer, le temps de quelques brèves minutes, avant ou après ses horaires de travail, et s'assurait que tout allait bien. Alix et Carole étaient convaincues qu'il le faisait de son propre chef et elles lui en étaient profondément reconnaissantes. Selon toute vraisemblance, la femme de ménage avait tout bonnement cessé de donner signe de vie depuis bientôt deux mois.

— Quand donc vient cette fille, au fait ? Tu sais, celle pour tes peintures ? demanda Carole, interrompant les réflexions que se faisait sa sœur.

— Cet après-midi, répondit Alix en se frottant le ventre. Elle doit juste jeter un coup d'œil, voilà tout, je ne me fais pas trop d'illusions…

— Quelle chance ce serait qu'elle ait un coup de cœur pour ton travail ! Tu imagines ? Elle pourrait t'organiser quelque chose comme un vernissage ou une expo, enfin ce genre-là, tu vois…

— Elle n'a vu que ce que j'ai pu lui envoyer par mail et les clichés n'étaient pas très bons… Enfin, Mathilde a insisté pour que je la rencontre, je ne vais quand même pas faire la difficile…

— Tu crois que tu pourrais en vendre ? En faire ton métier ?

— Holà ! siffla Alix. Nous n'en sommes pas là, c'est beaucoup plus compliqué que ça ! Le milieu est archisaturé, Lottie, il faudrait vraiment que j'aie du talent, fit-elle en clignant de l'œil et en souriant obliquement à sa sœur.

— Mais tu en as ! Par contre, je ne pourrai pas rester avec toi, je dois remplacer Sandrine jusqu'à 18 heures ce soir, l'après-midi risque d'être long…

— Ne t'en fais pas… Comment ça se passe avec ton cygne préféré ?

— Depuis l'histoire de la cave, répondit Carole, elle passe prudemment près de moi sans jamais m'adresser la parole. Ses regards par en dessous en disent long mais, quand elle en fait trop ou qu'elle passe son temps à se faire remarquer, c'est Sandrine qui la punit. Mais comme je déteste ses regards ! Cette gamine a le mal en elle…

— Tu as trouvé la bonne expression, acquiesça Alix en fermant les yeux. Méfie-toi d'elle quand même. Elle n'a pas eu peur de s'introduire chez nous. Tu vois, je reste convaincue que si, parfois, Sterling aboie sans raison, alors que le docteur est à son cabinet, c'est parce qu'elle doit sentir sa présence à elle. J'ai l'impression qu'elle rôde autour du moulin, malgré le fait que ça lui ait été interdit.

— Je l'ai vue au pied du pigeonnier il y a trois jours.

Alix fit un bond et se redressa complètement.

— Au pigeonnier, tu en es sûre ? Mais quand ?

— Un soir que je rentrais de mes courses en ville. J'étais en voiture. J'ai vu une petite silhouette courir autour du chantier et je me suis arrêtée. Je me suis approchée quand j'ai compris que c'était un gamin qui traînait par là. J'étais sur le point de me mettre à crier qu'il ne devait pas jouer ici, que ça pouvait être dangereux quand il s'est retourné. C'était elle. De dos, je l'avais prise pour un petit gars.

— Qu'est-ce que tu as fait ?

Carole s'assit en tailleur et ramena ses pieds l'un contre l'autre.

— On s'est regardées longtemps, comme ça, de loin.

Elle avait baissé la voix au point de murmurer.

— J'étais dans les herbes hautes. La journée déclinait. Et il y avait la fille de mon ennemi à quelques pas de moi. Seule.

Alix fut prise d'un étrange malaise. « Ne dis plus rien, je t'en prie… »

— Et puis brusquement, elle a ri et s'est retournée en courant vers la forêt...

— Tu ne l'as pas... ?

— Bien sûr que non, répondit Carole en éclatant de rire, ce petit démon court beaucoup trop vite pour moi ! Mais cela prouve une chose, c'est qu'elle passe par le petit pont pour venir dans les bois, et donc par le moulin. Fatalement.

— Et elle n'a pas peur des bois, après ce qui s'y est passé, ajouta Alix, alors que moi je n'ose plus m'y aventurer.

— Cette petite *sait* tout, j'en suis persuadée...

Alix regarda sa sœur, ébahie.

— Mais ce n'est pas possible, voyons, ce n'est qu'une enfant.

— Il y a fort à parier pour que Farge ait été ce *genre* d'enfant, petit, supposa Carole en regardant fixement un point à l'horizon. Libre à toi d'en tirer les conclusions qui t'arrangent le mieux, ajouta-t-elle énigmatiquement.

*

* *

— Je suis désolée de te demander cela, Xavier, mais j'ai désespérément besoin que tu m'aides, fit la voix au bout du fil, moitié pleurant, moitié suppliant.

— Écoute, je ne peux pas prendre le week-end comme cela, ma femme va gueuler si je la laisse avec les trois marmots toute seule !

— C'est trop grave ce qui arrive, continua-t-elle sans avoir pris la peine de l'écouter, il faut que j'en aie le cœur net et, Xavier, je n'ai pas de voiture ! Je ne peux compter que sur toi ! Je t'en prie !

Il étouffa un juron de frustration. Bien lui en avait pris de prendre de ses nouvelles ! Pour une fois qu'il l'appelait, voilà qu'elle lui prenait la tête avec une histoire abracadabrante d'amie disparue ! C'était bien sa veine ! Tout ce qu'il voulait, c'était lui demander un peu d'argent, et il n'avait même pas eu le temps d'y arriver qu'elle avait fondu sur lui tel un rapace en manque de proie !

Il grimaça de déplaisir.

— Voyons, tata, je ne peux pas...

— Xavier, c'est une question de vie ou de mort, je t'en supplie, je ferai tout ce que tu voudras si tu me rends ce service, je te le jure !

Michelle pleurait à chaudes larmes à présent.

Xavier était un roublard, aimant beaucoup trop le jeu et y perdant des sommes folles, mais l'accent de désarroi qu'il saisit dans la voix de la vieille femme complètement paniquée pinça l'unique corde sensible qui devait probablement lui être restée, et il en fut surpris lui-même.

— Bon, je vais m'arranger avec Coralie, maugréa-t-il, mais j'espère que tu es consciente des problèmes que cela va m'occasionner.

Il réfléchit vite. Un petit mot sur un post-it collé au frigo ferait l'affaire. Il aurait tout le temps de se justifier une fois rentré. Coralie avait compris son petit manège et il n'avait aucune envie de l'affronter pour lui parler de cet imprévu pour le week-end. À tous les coups, elle croirait qu'il partait pour une de ses virées entre potes, flamber l'argent qu'il n'avait pas dans le premier casino venu.

— Tu peux être chez moi à quelle heure ? s'enquit Michelle.

— Eh bien, laisse-moi le temps de régler ma...

— Je t'attends pour 19 heures vendredi soir, coupa-t-elle. Nous dormirons sur place en arrivant, je veux être sur le pied de guerre dès le lendemain !

— Tu as peut-être tort de t'inquiéter autant. On aura l'air fin samedi matin, si, en sonnant chez elle, c'est cette Maïté qui vient nous ouvrir la porte en personne !

— Que Dieu t'entende, Xavier, que Dieu t'entende…

*
* *

Benjamin savait très bien qu'il n'avait pas le droit d'y retourner.

Si sa mère débarquait avec la Volvo sans crier gare, comme l'autre jour, il prendrait cette fois une volée dont il risquait de se souvenir longtemps. Il caressa amèrement sa joue gauche, se souvenant de la gifle qu'elle lui avait décochée quand elle l'avait surpris en train de se baigner avec José et Marco. Les autres n'avaient pas moufté non plus, d'ailleurs, et ils avaient tous trois ramassé leurs frusques, n'en menant pas large devant sa mère qui ne s'était pas gênée pour les traiter de petits cons.

— Vous ne savez pas lire ! Baignade in-ter-dite ! Vous voulez qu'on nous ramène vos cadavres sur la berge, c'est ça que vous voulez !

Et elle avait ramené ses deux copains, l'un après l'autre, avant de rentrer à la maison.

« Agréable soirée », se souvint-il.

Une seule qui faisait ça, pister son gamin comme un renard, et c'était la sienne ! Toutes les autres mères n'en avaient rien à faire, ils pouvaient traîner tout l'été et avec qui ils voulaient !

« Pas maman, évidemment ! Pourtant… »

Bon sang, il était sûr d'avoir vu quelque chose, là-dedans, en dessous ! Même que ça avait brillé un peu sous les reflets du soleil quand il avait fait du sous l'eau. Si seulement il pouvait aller revérifier !

La curiosité le tenaillait et il trépignait sur place, à côté de son petit vélo, couché à terre dans la poussière.

Et puis il faisait tellement chaud ! Depuis quand on pouvait se noyer en nageant dans un lac ?! C'était vraiment n'importe quoi !

Le lac étincelait sous le soleil et Benjamin localisa à peu près l'emplacement de la chose brillante qu'il avait découverte.

C'était tentant.

Qu'est-ce que ça pouvait bien être ?

Benjamin avait l'imagination fertile et la nuit, quand il se prenait à réfléchir à la chose dans l'eau, il s'imaginait des histoires palpitantes de trésors cachés que lui seul aurait découverts. Mais les gifles de sa mère lui revenaient alors en mémoire.

Il jeta un coup d'œil derrière son épaule, écoutant de toutes ses forces au cas où une voiture approchait.

Rien.

Il ficha un coup de pied à un gros caillou qui finit sa course quelques mètres plus loin.

Pas de chance. Mieux valait laisser tomber.

Il avait bien pensé à planquer ses vêtements et son vélo dans le sous-bois, à nager tout d'une traite jusqu'à la rive opposée et, de là, mener ses investigations, à l'abri des regards indiscrets. Si une voiture se radinait, il aurait tout juste le temps nécessaire de regagner la berge pour se cacher.

Mais c'était sans compter l'efficacité redoutable de sa mère. Et mieux valait ne pas penser à ce qui l'attendait si elle comprenait qu'il était là mais qu'il s'était mis hors de sa portée. Il y aurait bien un moment où il devrait rentrer à la maison…

— Fait chier ! maugréa-t-il tout haut, en empoignant son vélo.

Il attendrait. Un jour ou l'autre, sa mère finirait par s'absenter de la maison, pour aller aux courses ou chez mamie, par exemple. Il reviendrait quand il serait sûr de ne pas être interrompu pendant ses recherches.

Il n'avait pas parlé aux deux autres de ce qu'il avait vu. C'était son mystère, à lui !

Il enfourcha son vélo et lança un dernier regard au lac. Oui, il serait patient. Il reviendrait plus tard.

*
* *

C'était à s'injecter soi-même une dose mortelle pour en finir une bonne fois pour toutes ! Comment le sort pouvait-il s'acharner ainsi contre un seul homme, contre lui, comment ?! Rien n'avait fonctionné, tout avait capoté lamentablement et *elle* était toujours en vie !

Farge s'efforça de respirer normalement et de ne rien montrer de son exaspération devant sa femme et sa fille, qui babillait comme à son habitude à l'arrière de la voiture. Chloé qui s'était mise dans de sales draps avec cette histoire de visite chez les Brausch ! Et Mélanie qui n'était pas fichue de garder un œil sur elle alors qu'on ne lui demandait rien d'autre ! Et de surcroît, il lui avait fallu accepter cette stupide invitation à cette soirée « barbecue », comme avait dit Pierre ! Comme s'il pouvait se permettre de gaspiller son temps à des niaiseries pareilles !

« Fait chier ! »

Un plan ! Il lui fallait un plan, et le plus vite possible ! Un sentiment d'urgence l'habitait tout entier et ne le lâchait plus, une vraie course contre la montre. Il devait bien exister un moyen, une façon simple de se débarrasser d'Alix Brausch ! Et ce Cardouin qui revenait sans cesse à la charge avec sa femme de ménage disparue !

Et il l'avait revue !

Non, il n'y avait rien à faire contre ça, cette femme était devenue son obsession ! Il avait dû se faire violence pour contrôler ses regards, pour ne pas la dévisager avidement. Sa simple présence le troublait violemment et son pouls s'était accéléré anormalement de la voir si belle dans la chaleur de l'été. Mais quoi ! Se comporter comme un chien et se précipiter sur elle rien que pour sentir l'odeur de ses cheveux ! Rien que pour *la* sentir !

Il s'humecta les lèvres et préféra ignorer la brusque tension au creux de son pantalon. Il se sentait humilié et rageur d'éprouver ce genre de choses, inconnues de lui jusque-là, pour une femme qui refusait obstinément de voir la réalité en face ! Quand admettrait-elle ses sentiments à son égard ? Quel orgueil ! Et pire ! Cet après-midi-là, elle avait même tenté de le rendre jaloux en se laissant étreindre par le fiancé de sa propre sœur !

Et cette imbécile d'Alix qui ne savait pas garder un verre à la main sans le renverser ! Il aurait giflé le gamin responsable du désastre s'il avait pu ! Un rouquin hideux qui avait joué le rôle du lion dans le spectacle des enfants. Il le connaissait car il avait été dans la même classe que Chloé cette année. Celui qui se grattait la tête sur la photo de groupe de leur section.

— Chloé, tu te rappelles le nom du garçon, celui qui a joué le lion pendant la représentation ? demanda-t-il.

Il la regarda faire la moue dans son rétroviseur.

— C'est Benjamin Duverrant, celui qui a les cheveux orange.

— On dit roux, Chloé, corrigea Mélanie en regardant distraitement par la fenêtre.

Chloé fit une grimace.

— Il est moche et tout le monde se moque de lui à l'école.

— Pourquoi ça ? fit David.

— C'est à cause de sa mère, pouffa Chloé, tout le monde dit qu'elle est folle parce qu'elle crie tout le temps. Et ils sont pauvres. Enzo qui y est allé m'a dit que c'était toujours sale dans leur maison !

Mélanie tourna brutalement la tête.

— J'espère que tu ne fais pas partie de ceux qui se moquent de lui ?

— Moi, non ! Il tape tous ceux qui le font de toute façon. Cette année, en classe, il était toujours puni ! Et en plus il redouble, alors…

David manœuvra de façon à glisser l'énorme 4 x 4 entre les deux autres voitures garées dans la cour des Collin.

— Belle propriété ! murmura David en coupant le contact.

— Il paraît que Christelle attend à nouveau un heureux événement, fit Mélanie en débouclant sa ceinture.

David lui lança un regard méprisant.

— Mon Dieu ! Mais qu'est-ce qu'elles ont toutes à se faire engrosser, c'est écœurant à la fin !

Il éclata soudain de rire en voyant Pierre venir vers eux pour les accueillir. Mélanie le regarda claquer la portière et s'avancer sourire aux lèvres jusqu'à son hôte.

Combien de temps encore pourrait-elle supporter ça ?

*
* *

Il longea doucement la bergerie et pénétra sous les peupliers en s'efforçant de recouvrer son calme. Il s'arrêta, hors d'haleine alors qu'il n'avait fait que quelques pas, et se mordit le poing pour s'empêcher de hurler.

« Sale pute ! Sale petite pute ! »

Et l'apprendre comme ça ! Aussi incidemment ! « Pas son fiancé, avait dit Pierre, celui de Carole ! »

Ce grand crétin blond ! Pierre avait parlé d'Italie, de romance romaine même, et Farge en avait eu un éblouissement.

Sale garce qui s'était moquée de lui !

Il avait envie de taper, de faire mal, de broyer des chairs. Il s'arrêta à quelques mètres du moulin.

« Fous-y le feu ! Va chercher ton bidon d'essence dans le coffre et fais cramer le tout ! »

Voir les flammes lécher les pierres ! La roue gémir et se tordre ! Entendre les hurlements de douleur de celles piégées à l'intérieur. Discerner les *siens*, les siens à elle ! Et rire, rire, en contemplant le spectacle !

Se sentir enfin ivre de puissance ! Avoir gagné ! Avoir le dessus, malgré tout, quitte à se faire arrêter après pareil exploit !

Oui, quitte à tout perdre, pourvu qu'il se perde avec elle !

XLII

Extraits des notes de Carole

JE SAVAIS BIEN en commençant ce journal que j'y arriverais tôt ou tard. C'était finalement le but de toute l'entreprise, non ?!
J'essaie d'être la plus calme et la plus objective possible par rapport aux événements de ce mois d'août. Il m'est difficile, encore aujourd'hui, non pas d'y repenser car je n'ai fait que cela depuis deux ans : certaines choses s'inscrivent en vous, dans votre chair et votre esprit de façon indélébile jusqu'à faire partie intégrante de vous-même.

Je *suis* ce mois d'août. Oui, aussi étrange que cela puisse paraître, je peux écrire une telle phrase sans tomber dans le ridicule ou l'excès. Non, ce n'est pas le souvenir qui me fait peur puisqu'il m'a hantée bien longtemps avant de m'habiter définitivement.

C'est plutôt la *remontée* vers le souvenir, comme un marcheur remonterait un cours d'eau pour en découvrir finalement la source, qui m'effraie. La douleur de repasser certains chemins, de buter à nouveau contre les grosses racines noueuses et entremêlées, de patauger dans la boue visqueuse et de retrouver précisément l'endroit où la terre vomit l'eau sortant de ses entrailles. Cette eau noire et bouillonnante. Celle de mes cauchemars. Celle qui a creusé son lit en nous et nous a séparées, Alix et moi.

Si aujourd'hui nous habitons à des milliers de kilomètres l'une de l'autre, c'est bien à cause de cette vague meurtrière qui nous a emportées.

C'est après ce mois d'août que la vue de ma sœur m'est devenue intolérable. Et c'est ce mois terrifiant qui m'a rendue hideuse à ses yeux. Nauséabonde. Nous nous sommes frappées mutuellement d'ostracisme. Aujourd'hui, il est trop tard.

J'aime ma sœur et son enfant plus que tout au monde mais jamais plus je ne pourrai les revoir. Ma sœur m'aime, elle a donné mon nom à son enfant, cet enfant de l'amour et de la mort. Elle m'aime donc, mais jamais elle ne concevra de me revoir un jour.

Je le sais, elle le sait.

Tant de souffrances étaient-elles indispensables ? La douleur monte en moi comme un long hurlement. Retrouver la source, c'est tout. Ne pas expliquer, ne rien justifier. Ne rien tenter.

Comment avons-nous pu ?

Elle prononce mon nom plusieurs fois par jour mais moi, jamais plus ma bouche ne s'est ouverte et ma langue n'est venue remonter contre mon palais, le caressant comme à rebrousse-poil, pour exhaler le sien comme un soupir.

Alix.

Je ne reverrai pas ma sœur. Non, je ne la reverrai plus. Jamais plus.

*

* *

— J'en ai assez de la piscine municipale, vas-y sans moi cette fois, tu veux ? ai-je fait en pressant un citron à coups de petits moulinets.

— Tu as tort, avec cette chaleur, c'est aussi bon pour toi que pour moi !

Je me suis retournée.

— Tu sais de quoi j'ai envie, par cette chaleur ? ai-je repris. De me jeter dans la rivière, *notre* rivière, comme quand nous étions gosses. Tu te rappelles ?

Un voile est tombé sur le regard de ma sœur.

— Oui, bien sûr que oui ! Comment peut-on oublier ces moments…

J'ai balancé ma carcasse de citron dans l'évier.

— Et si on faisait plus que de s'en souvenir ? Pourquoi ne pas les revivre, juste ?

Alix a réfléchi un moment.

— L'eau est glaciale, si je me souviens bien. Et puis, a-t-elle ajouté en effleurant son ventre, je ne sais pas si c'est bien prudent. Tu sais qu'*il* est en congé ce mois-ci. Le sentir là, tout proche, tous les jours, je t'avoue que cela me rend de plus en plus nerveuse.

Je l'ai regardée.

— Je t'ai entendue descendre la nuit dernière, a-t-elle continué plus bas, quand Sterling s'est mise à aboyer comme une folle dans la cuisine. Je ne l'avais même pas sentie quitter le pied de mon lit !

Elle a marqué une légère pause.

— Tu crois qu'il rôde toujours ?

— Peut-être, ai-je répondu. Au beau milieu de la nuit, ce ne peut être que lui !

J'ai regardé la chienne couchée aux pieds de ma sœur.

— Sterling est plus attachée à toi qu'à moi, c'est tout de même dingue ! Elle ne te lâche pas d'une semelle. C'est comme si…

Je n'ai pas osé terminer ma phrase.

« Comme si elle sentait que c'était toi, la personne à protéger ! »

— Je suis en danger, a fait Alix, je le sens, je le sais. Tu n'as pas besoin de me raconter d'histoires. Et aujourd'hui, je suis prête à partir, à quitter le moulin.

Elle m'a paru s'affaisser un peu plus sur elle-même.

— Ce n'est pas tant pour moi… J'ai peur pour mon enfant.

— Tu crois que je le laisserai faire ? Tu crois vraiment que je le laisserai encore une fois s'approcher de toi ?

— Tu es autant en danger que moi, Carole, ne te crois pas si forte, a-t-elle ajouté en relevant brusquement le menton.

— Farge ne m'effraie pas, ai-je fait en haussant les épaules. Cardouin le taraude de près, il doit se sentir traqué, il ne commettra plus d'imprudences !

— Et le verre ? a-t-elle questionné d'un ton sec.

J'ai pris une profonde inspiration.

« Le regard de Farge quand celui-ci s'est renversé ! »

— Il a tenté et il a échoué. Encore une fois.

— Je n'aurai pas toujours de la chance, Carole.

— Qu'est-ce que tu es en train de me dire, exactement ? Tu veux partir maintenant ? Dis-le-moi, je t'en prie, parce que si c'est le cas, demain matin à la première heure, je passe à l'agence et je mets la maison en vente !

— Non ! a-t-elle répondu vivement. Non, pas tout de suite. Pas avant…

Son regard s'est durci. Elle ne se tenait plus le ventre mais elle avait replié son bras droit contre sa poitrine.

— Pas avant quoi ? ai-je insisté.

— Pas avant qu'il n'ait payé !

Je n'ai pas été surprise par la violence de son regard. Il me semble avoir juste souri.

J'ai marché tranquillement vers elle pour lui tendre un des deux verres. Elle l'a saisi sans me lâcher des yeux un seul instant.

— Nous sommes d'accord, ai-je dit au bout d'un moment.

Et nous avons trinqué.

*

* *

— Que c'est compliqué, cette histoire ! Tu es sûre qu'il n'y avait rien de plus simple à organiser qu'une chasse au trésor ?

Sandrine a relevé vers moi son visage ruisselant de sueur.

— Tu es très rouge ! ai-je ajouté. Tu ne devrais pas laisser les gamins jouer dehors tout l'après-midi !

— Tant qu'ils restent à l'ombre, ça ne me dérange pas. Ça vaut mieux que de les enfermer ici, dans la salle ! Un vrai étouffoir, a-t-elle fait en s'épongeant le front.

Nous avions l'habitude de garder les fenêtres ouvertes, espérant créer un brassage d'air qui ne se faisait pas. Au contraire, rien ne nous protégeait du soleil ni de la chaleur qui entrait par flots et nous soufflait son haleine lourde et moite à la figure.

— Je n'en peux plus, ai-je marmonné faiblement. Tu veux que j'aille nous chercher du thé glacé ?

J'étais passée à l'épicerie le matin même, refaire le plein de jus pour notre petit frigo, dans le local du fond, qui turbinait à plein régime et que l'on entendait ronronner bruyamment à longueur de journée.

— Avec plaisir. J'irai appeler les gosses tout à l'heure, pour les faire boire à nouveau.

Le centre aéré vivait ses derniers instants, sa fermeture ayant été finalement prévue pour le 20 de ce mois. Sandrine avait prévu d'emmener sa petite famille en vacances – bien méritées – une semaine au bord de la mer, en camping, et de ne revenir que pour la fête et reprendre la garderie dès la rentrée. Elle n'avait donc plus que très peu de temps pour tout organiser avant la fête du village, qui devait avoir lieu comme chaque année les derniers jours d'août.

Quant à moi, je ne savais plus très bien ce que je devais faire du reste de ma vie. J'avais un poste pour la rentrée, ici, à Pau. Alix attendait son enfant pour le mois de février de l'année prochaine. Mais ni elle ni moi n'avions l'envie ni la force de rester dans notre moulin. Et Erik m'appelait tous les jours, pour me dire que son logement était idéalement situé et qu'il y avait assez de place pour nous accueillir toutes les deux, en attendant d'acheter ailleurs ! Mais je savais qu'Alix n'accepterait jamais un tel arrangement et je ne voulais pas partir avant de la savoir parfaitement en sécurité, loin du village et surtout loin de Farge.

Je savais qu'elle prospectait elle-même de son côté, *via* Internet. Par ailleurs, sans qu'elle ne m'en parle vraiment, je savais que ses œuvres avaient fait forte impression et que la personne qui lui avait été présentée n'attendait que son feu vert pour exposer ses tableaux. Apparemment, elle avait décidé de la prendre sous son aile, pariant sur le succès de ma sœur.

Mais Alix avait besoin de temps. Alix ruminait, ressassait, tournait en rond dans sa tête et ne se sentait vivante que lorsqu'elle tenait un pinceau à la main. Là, elle exprimait son désarroi et son impuissance face aux choses, ce qui ma foi était une manière comme une autre de les maîtriser un tant soit peu. Sa grossesse ne s'annonçait pas sous les meilleurs auspices et elle avait encore perdu du poids. Son gynécologue nous avait rassurées à ce propos, déclarant que, dans certains cas, cela pouvait se produire, le corps de la mère se prenant à lutter contre l'élément étranger envahisseur. Le corps de ma sœur était donc bien occupé à se débattre tant et plus contre son propre enfant, dont par ailleurs la croissance se poursuivait normalement.

— Qu'est-ce qui te déplaît tant dans cette chasse au trésor ? m'a demandé Sandrine, appliquée à découper selon les pointillés des échantillons colorés de cartes.

— Je ne sais pas trop, ai-je répondu mollement, peut-être l'idée de les voir s'éparpiller à travers champs ! Et si on en perdait un ?

— Comment ce serait possible ? Il y aura un périmètre à respecter, je ne les embarque pas non plus dans un safari ! Et puis n'oublie pas que chaque groupe d'enfants aura son adulte pour encadrer les recherches, avec toutefois interdiction de les aider !

— Tu as pensé à tout, ai-je soupiré, comme d'habitude !

Des cris nous sont alors parvenus de l'extérieur.

Je me suis levée précipitamment pour voir de quoi il retournait.

*

* *

Quand je suis rentrée au moulin ce soir-là, j'ai été surprise de ne pas y trouver Alix.

J'ai garé la voiture de papa le long de la bergerie et je revenais doucement sur mes pas pour fermer le portail quand je me suis arrêtée tout net : je venais de réaliser que sa voiture n'était pas là.

Mon cœur s'est mis à battre plus rapidement entre mes côtes et j'ai couru malgré moi jusqu'à la maison.

— Sterling !

J'ai entendu la chienne descendre pesamment les marches de l'escalier.

— Donc elle est partie sans prendre le clebs, ai-je maugréé entre mes dents.

J'enrageais parfois de son manque de prudence. Jetant un œil sur mon téléphone portable, je n'y ai constaté aucun message ni aucun appel en absence.

C'est là que j'ai vu le petit post-it jaune sur le frigo de la cuisine :

16 heures : suis partie nager, n'en pouvais plus ! À ce soir.

J'ai poussé un soupir de soulagement. Calculant brièvement, j'ai évalué qu'entre les encombrements pour quitter la ville et rentrer au village, après sa petite heure de natation, Alix ne serait pas de retour avant 19 heures.

— C'est quand même vrai qu'il fait chaud, ai-je fait en caressant distraitement les oreilles de Sterling.

« Et pourquoi pas ? »

Je suis ressortie de l'autre côté du moulin quelques minutes plus tard, en maillot de bain et lunettes noires, avec une serviette et un livre coincé sous le bras. Sterling gambadait joyeusement à mes côtés, paraissant partager mon excitation.

Quand nous étions enfants, Alix et moi nous baignions en aval du moulin, papa pouvant ainsi nous surveiller de la terrasse. J'ai descendu la pente douce qui menait à l'eau calme, beaucoup plus profonde à cet endroit. La rivière courait avec violence, mince et pressée, jusqu'à notre roue et se déversait en jets puissants de l'autre côté, où elle retombait alors et se propageait doucement, se faisant plus enveloppante, plus étendue, creusant plus profondément et finissant par se séparer en deux bras de taille égale, encerclant les champs. Elle ne se reformait que plus loin, à des kilomètres de là. Elle serpentait encore un peu par-delà l'horizon plat que j'avais maintenant sous les yeux, et recueillait sur son chemin presque toutes les eaux du département avant de rejoindre le gave.

J'ai donc étendu bien consciencieusement ma serviette sur le coin de pelouse le plus ensoleillé que j'ai pu trouver et ai trottiné joyeusement vers l'eau fraîche, qui sortait du tumulte des pales comme transformée, apaisée, soudain.

— Au premier jour, il y avait l'air, au deuxième jour, il y avait l'eau, au troisième jour, il y avait la terre… Au carrefour de ces éléments, il y eut le moulin, ai-je récité doucement à ma chienne qui me regardait tremper mes pieds et frissonner de plaisir.

J'ai ri en m'éclaboussant bruyamment le visage et la tête et me suis jetée tout entière dans l'eau.

L'eau de mon moulin, celle de mon enfance. *Mon eau.*

La terre de mon père, celle de mes premiers pas. *Ma terre.*

Je me suis alors sentie très forte, revigorée par l'eau glacée qui mordait mes chairs. J'ai tourbillonné dans l'eau, respirant par saccades rapides et illuminées l'air qui montait des bois. *Mon air.*

Comme je regrette, en cet instant, de ne pas avoir su que c'était alors mon dernier moment de bonheur, de vrai bonheur, le pur, l'ardent, celui qui remonte de l'enfance ! Comme je regrette de ne pas avoir compris qu'en réalité je prenais sans le savoir congé de mon moulin ! Mon moulin qui m'appelle parfois, les nuits où je ne trouve pas le sommeil, et dont il me semble entendre le long murmure de l'eau contre les pierres ! Ce murmure dont je me demandais, petite, s'il venait bien de l'eau, ou si ce n'était pas celui des pierres elles-mêmes qui me racontaient leurs histoires dans un langage liquide. Mon Dieu, oui ! Cette rivière, j'en goûtais les plaisirs pour la dernière fois et j'en serais privée pour le restant de mes jours !

XLIII

— TU CROIS VRAIMENT que j'ai le droit de me garer sur sa place ? demanda-t-il en se tournant vers sa tante.
Il constata avec effroi qu'elle était dans un état proche de la crise de panique.

— Voyons, fit-il doucement en tentant de la calmer un peu, tu vas bientôt en avoir le cœur net, alors décompresse…

Elle se mordit la lèvre inférieure.

— Sa voiture n'est pas là ! Oh mon Dieu, qu'est-ce que cela signifie… ?!

À peine coupa-t-il le contact qu'elle s'extirpa tant bien que mal de la voiture et se mit presque à courir vers le hall d'entrée de la résidence de Maïté.

Xavier en profita pour se masser légèrement le dos : conduire sur de longues distances ne lui réussissait pas vraiment. Il en souffrait des jours durant, après.

Il regarda Michelle farfouiller frénétiquement dans son sac à main, à la recherche du double des clés de son amie qu'elle avait pris avec elle, avant de partir. Elle avait vérifié la présence de ces maudites clés plus de dix fois, tout le long qu'avait duré le trajet !

Xavier courut vers elle et la rattrapa dans l'escalier.

— Il faut sonner avant, tu ne crois pas ?

Michelle se retourna vers lui.

— Xavier, cela fait des semaines que je sonne, comme qui dirait, chez elle presque cinq fois par jour ! Elle n'est pas chez elle, c'est évident maintenant ! Si quelque chose lui est arrivé, il faut que je le sache et que j'entre pour me rendre compte…

Ils faisaient à eux deux un boucan d'enfer dans la cage silencieuse. Elle continuait de gravir les marches à vive allure, ses talons plats claquant sourdement à chacun de ses pas, tout en apostrophant son neveu de manière véhémente.

— Tu ne veux pas me croire mais je te dis qu'il lui est arrivé quelque chose de grave, Xavier, de *très* grave…

Quand enfin elle s'arrêta sur le palier, elle était rouge et essoufflée, une main posée sur son cœur.

— Bon, c'est à moi de jouer maintenant, fit Xavier en passant devant elle, la laissant récupérer un peu de son souffle perdu.

« Ce n'est pas vraiment le moment que tu nous fasses une attaque au beau milieu de l'escalier, dans un patelin paumé comme celui-là ! »

Il s'approcha de la porte, vérifia le nom et appuya longuement sur la sonnette. Il se retourna, un sourire gêné sur les lèvres.

— C'est la minute de vérité. Elle s'est peut-être garée ailleurs, si ça se trouve !

Michelle lui décocha un tel regard qu'il préféra ne rien ajouter. Il se détourna et sonna à nouveau, plus longtemps encore que la première fois.

Il percevait bien la tension qui grimpait derrière son dos, il n'avait pas besoin de la regarder pour sentir que Michelle était sur le point d'exploser.

— Bon, assez ! fit-elle au bout de quelques secondes.

Elle le poussa sans ménagement et introduisit fébrilement la clé dans la serrure.

Il y eut un bref moment de cafouillage quand elle réalisa sans comprendre que la porte restait verrouillée et Xavier dut lui prendre le trousseau des mains pour ouvrir également le verrou du bas. Apparemment, cette Maïté était une femme prudente !

Ils entrèrent, Michelle avec impétuosité et assurance, Xavier avec quelques réticences. Il observa les lieux avec circonspection sans oublier de refermer la porte derrière eux : il n'avait pas la moindre envie de réveiller tout l'immeuble. C'était pourtant bien ce que sa tante se proposait de faire, scandant le nom de son amie à travers tout l'appartement !

— Ne hurle donc pas comme ça ! fit-il, exaspéré. Tu veux qu'on ait des ennuis ?

Michelle avait disparu dans la chambre de Maïté et il la vit ouvrant en grand tiroirs et portes de placard de façon compulsive.

— Tu vois ! Tu vois ! cria-t-elle. Toutes ses affaires sont là, tout est resté ! Tu crois qu'une femme qui aurait voulu se payer des vacances sans rien dire à personne serait partie sans emporter quelques vêtements avec elle ?! Tout est là, répéta-t-elle en faisant un grand geste du bras.

— Mais tu ne connais pas non plus toute sa garde-robe pour pouvoir assurer que rien ne manque ?

Elle ne répondit pas et se précipita dans la minuscule salle de bains, de l'autre côté du couloir.

— Regarde un peu par ici ! hurla-t-elle à nouveau.

La situation devenait franchement embarrassante et Xavier sentait un malaise indéfinissable grandir en lui.

— Toutes ses affaires de toilette sont là, assena-t-elle, l'œil flamboyant, toutes ! Même sa brosse à dents, dans le verre ! Son pyjama est resté posé sur le rebord de la baignoire, comme si, en partant le matin, elle n'avait pas eu le temps de le fourrer en boule sous son oreiller.

Sa voix se brisa et elle se tourna vers lui, les yeux embués de larmes.

— Tu me crois, maintenant, dis ! Tu me crois !

Et elle éclata en sanglots.

*

* *

La situation était critique. Xavier savait désormais que sa vieille tante avait mis le doigt sur quelque chose de pas clair et il était évident que cela allait occasionner des complications.

Michelle s'était effondrée sur le canapé et il était allé fureter dans la cuisine pour voir s'il n'y trouverait pas de quoi lui faire une petite infusion, histoire de l'apaiser. Quant à lui, il avait besoin d'un café noir pour se remettre les idées en place.

Il apporta l'infusion et le café sur un plateau qu'il avait découvert, posé contre le meuble du bas. Apparemment, Maïté était une femme d'ordre et il avait pu trouver chaque chose – tasse, sucre et petites cuillères – là où il s'était attendu à les trouver.

Michelle semblait avoir recouvré ses esprits. Elle serrait néanmoins convulsivement un petit mouchoir contre sa bouche, le regard tourné vers la fenêtre.

— Viens boire ta camomille, lui dit-il en posant le plateau sur la table du salon, poussant un peu l'ordinateur portable qui était resté branché. Viens, j'ai fait de la place, ajouta-t-il.

Il n'aimait pas la voir dans cet état. Il s'affala sur la chaise.

— Oui, je te crois maintenant, fit-il en sucrant généreusement son café. Tu as raison, quelque chose n'est pas normal.

Elle le regarda avec reconnaissance. Elle se leva et prit place à table, en face de lui.

— Je l'ai su dès le début, dit-elle d'une voix tremblante, dès le début ! Mais j'ai tant attendu et j'ai peur qu'il ne soit trop tard à présent.

De nouveau, les sanglots.

— Allons, bois ta camomille et laisse-moi réfléchir à ce que nous pourrions faire.

Il avala une gorgée brûlante de son café. Il en frissonna de plaisir.

— Bon, commença-t-il. Si j'essaie de récapituler les faits, d'après ce que tu m'as dit, la dernière fois que tu as eu un signe de vie, c'était par téléphone, c'est bien cela ?

— Oui, elle m'a envoyé un texto et puis après... plus rien !

— Bon, répéta-t-il. Et aujourd'hui, sa voiture n'est pas devant chez elle, nous nous en sommes aperçus en arrivant. Tu ne l'as pas repérée ailleurs sur le parking, par hasard ?

— Non, j'ai fait bien attention, qu'est-ce que tu crois ! C'est une Opel Corsa de couleur verte. Je connais même sa plaque d'immatriculation par cœur ! Je n'ai été qu'à moitié rassurée de ne pas l'avoir vue tout à l'heure, cela prouvait au moins qu'elle ne gisait pas morte quelque part entre ces quatre murs !

— Oui, mais le problème reste le même ! Sa voiture n'est pas là mais toutes ses affaires personnelles sont restées à demeure.

— Donc elle n'est pas partie ! Je veux dire, en voyage ou quelque chose de ce genre-là ! De toute façon, si tel avait été le cas, elle me l'aurait dit.

Xavier regarda attentivement sa tante. Sa décision était prise. Il était joueur, de toute façon, et trop curieux de nature pour laisser sa brave petite tata s'empêtrer toute seule dans ce genre d'histoire. Il en aurait le fin mot !

— Je vais te laisser passer quelques coups de téléphone, cela risque de te prendre une bonne partie de la matinée. Tu vas appeler d'ici et demander à parler à tous les hôpitaux du coin. S'ils sont incapables de t'affirmer qu'une certaine Maïté Geoffrin a été reçue d'urgence dans leurs services, alors tu appelleras les flics, en leur donnant le nom et le numéro de la plaque, OK ?

Elle poussa un soupir de soulagement.

— Et toi, que vas-tu faire ?

— Je vais aller rôder, par-ci par-là, fit-il en lui adressant un clin d'œil. Poser des questions aux voisins, repérer les lieux, ce genre de trucs. Je tiens à voir dans quoi je mets les pieds.

Il finit son café d'une traite et se leva.

— Je te laisse fouiller, si tu as besoin d'un annuaire. Tu connais les lieux, ça te sera plus facile. Sinon utilise ça, ajouta-t-il en désignant du menton le portable resté sur la table, je sais que tu t'y connais, et mieux que moi encore !

Elle le raccompagna à la porte.

Au moment où il s'apprêtait à redescendre, elle le retint soudain par la manche.

— Attends !

— Quoi ?

— Sois prudent, Xavier, ajouta-t-elle, ne prends pas de risques, je t'en prie !

— Que veux-tu dire ?

Elle avait l'air réellement effrayée. « Voilà autre chose, maintenant ! »

— Je veux dire… Imaginons que je ne trouve rien chez les hôpitaux, rien nulle part…

— Comment peux-tu le savoir, tu n'as pas essayé ?! On ne disparaît pas comme ça, enfin !

— Mais si…

Elle se tordait maladroitement les mains. Une idée faisait son chemin dans la petite tête de sa tante et, visiblement, elle n'était pas des plus à l'aise avec elle !

— Qu'est-ce que tu es en train de me dire ?

Elle se mordit la lèvre.

— Xavier, j'ai peur… Peur, tu comprends ! Je suis persuadée que je l'aurais su d'une manière ou d'une autre, si elle avait eu un accident. Tu ne crois pas que si elle avait été tuée, des gens auraient fini par trouver mon numéro et m'auraient appelée ? Et on ne serait pas entré aussi facilement dans son appartement ! Ou du moins, on n'y aurait pas trouvé toutes ses affaires encore intactes ! Ce que je veux dire, ajouta-t-elle, c'est que Maïté loue ici. Elle morte, le propriétaire se serait débarrassé de toutes ses affaires pour louer l'appartement à quelqu'un d'autre, non ?

— Donc, fit Xavier en articulant le plus lentement possible, tu ne crois pas non plus à la thèse de l'accident, c'est bien ça ?

Michelle secoua la tête résolument et, de nouveau, Xavier lut de la peur dans ses yeux.

— Xavier, tu vas me croire un peu paranoïaque ou je ne sais quoi, mais…

— Mais ? reprit-il, aiguisant son regard.

Elle prit son élan :

— Mais, et si on l'avait fait disparaître ?

*
* *

Il était déçu.

Il aurait aimé qu'elle soit présente ce matin-là, en déposant Chloé pour la journée au centre aéré. Il n'y avait que Sandrine et il avait toutes les peines du monde à jouer la comédie devant cette femme qui ne l'aimait pas. Il aurait dû pourtant pouvoir s'en faire une alliée mais elle restait réfractaire à toute avance de sa part. Il aurait beau déployer des trésors de prévenance et de gentillesse, cette femme était butée et resterait campée sur ses positions !

« Grand bien lui fasse ! Je n'ai pas besoin d'elle, de toute façon, pour atteindre Carole. » Il y avait d'autres moyens…

Il regarda pensivement sa fille s'éloigner en courant pour rejoindre les autres dans la cour. Il n'était que 9 heures du matin et, déjà, la journée promettait d'être irrespirable.

Il lui fallait un plan !

Mais quoi ? Il n'arrivait pas à s'enlever cette image de l'esprit, Carole dans les bras de cet homme ! Il devait arrêter d'y penser, ne plus les imaginer ensemble, tous les deux… Il fallait qu'il réagisse ! Qu'il venge l'affront ! Cette petite pétasse ne perdait rien pour attendre ! Cette haie minable qu'elles avaient dressée entre elles et lui ne parviendrait pas à les protéger. Et pourtant…

Oui, il se sentait déçu de ne pas la trouver là, il devait bien se l'avouer… Ses sentiments étaient contradictoires et il se passa nonchalamment la main dans les cheveux.

— Attends, reviens ici, espèce de monstre ! cria une voix de femme derrière son dos.

Il fut frôlé par une petite silhouette trapue qui s'enfuyait visiblement et n'avait aucunement l'intention de rebrousser chemin !

« Ce gamin ! » Des cheveux roux mal peignés et un visage de petite brute ! Le même qui avait renversé le verre d'Alix à cette damnée petite fête !

— Benjamin ! cria encore une fois la femme aux longs cheveux noirs qui, en conclut Farge, devait très certainement être sa mère. Mon Dieu, que ce gosse est insupportable ! Je n'en arrive pas à bout ! fit-elle en s'adressant à Sandrine.

Cette dernière fit une grimace.

— Votre fils est un hyperactif, madame Duverrant, il faudrait consulter et vous adresser à un spécialiste, conseilla-t-elle.

Farge en profita pour s'avancer vers elles en souriant d'une manière qu'il espérait décontractée.

— Vous avez déjà essayé l'homéopathie ? demanda-t-il à la brune excentrique sans accorder le moindre regard à Sandrine. Certains parents voient vraiment la différence, vous savez !

— Je ne crois pas à toutes ces histoires d'hyperactivité, répondit Mme Duverrant d'une voix sèche, ses yeux furieux suivant de loin son fils qui jouait maintenant au foot avec d'autres garçons.

Elle se retourna brusquement vers le docteur.

« Je comprends pourquoi les gamins de l'école la prennent pour une folle, pensa Farge en souriant intérieurement, elle a l'air d'une sorcière ! »

— Mon fils n'a pas besoin de médicaments mais d'une bonne correction de temps en temps, voilà tout !

Elle lissa sa jupe en plissant les lèvres.

— Il a besoin qu'on lui fixe des limites, qu'on le canalise !

— Et vous pensez réellement qu'une correction... commença craintivement Sandrine.

— Une gifle n'a jamais tué personne, coupa Duverrant, ça peut même vous sauver une vie !

Farge sourit et, d'un bref signe de tête, salua les deux femmes, préférant ne pas avoir à entendre les inepties qui s'apprêtaient à être déversées concernant l'éducation des enfants. Il se félicita de n'avoir jamais levé la main sur Chloé. Des méthodes de barbares.

— Vous vous rendez compte que je l'ai cherché partout la dernière fois ? Et vous savez où je l'ai retrouvé, lui et deux autres diables du même acabit ?

Farge n'entendit pas la réponse de Sandrine et commençait à s'éloigner pour aller embrasser sa fille une dernière fois.

— À se baigner à moitié nu dans ce lac alors que tout le monde sait que c'est interdit ! Partir si loin de la maison, vous vous rendez compte ! Et s'il lui arrivait quelque chose en chemin, sur son vélo !

Son dos s'était raidi. Une onde de panique l'avait glacé des pieds à la tête. Il se retourna.

— Où dites-vous que vous l'avez retrouvé ? demanda-t-il le plus incidemment possible. Je n'aimerais pas y chercher ma fille, surtout si l'endroit est dangereux !

— Oh, vous ne risquez rien, ce n'est pas tout près ! répliqua la mère. Ça doit bien lui prendre la matinée à vélo, pour y arriver, à ce petit morveux ! Le Ballangue, je crois...

Farge écarquilla les yeux.

Les deux femmes l'observèrent.

— Vous connaissez ? demanda Sandrine.

« Le Ballangue ! » hurlait maintenant une voix dans sa tête.

— Évidemment, je lui en ai mis une, continua Duverrant sans remarquer le trouble du docteur. Mais je suis sûre qu'il recommencera ! Je vous fiche mon billet qu'il y reviendra, dès que j'aurai le dos tourné !

Sandrine n'avait pas quitté Farge des yeux.

— Quelque chose ne va pas, docteur ?

« Mais pourquoi là ? À cet endroit-là précisément ?! »

Farge balbutia une vague excuse comme quoi il devait rejoindre sa femme et il s'éclipsa vers la voiture.

« Le Ballangue ! »

Il ouvrit la portière et mit le 4 x 4 en marche.

Le panneau *Baignade interdite* ! Un endroit qui lui avait semblé abandonné et à l'écart de tout !

« Le Ballangue ! »

Il parvint à rouler quelques mètres, trouva un sentier sur sa droite et s'y engouffra.

Benjamin Duverrant se baignant dans les eaux calmes du lac !

Il coupa le moteur.

Là où reposaient la voiture de Maïté et son cadavre ! Il se prit la tête entre les mains et se mit à gémir.

*

* *

Xavier avait passé la matinée à explorer les environs sans savoir, en réalité, ce qu'il était supposé chercher. Les traces d'une femme disparue depuis des semaines ?

Il s'était rendu compte des proportions du village et de ses abords. Il avait sillonné des routes de campagne, demander à certaines personnes si elles avaient repéré une Corsa verte abandonnée quelque part mais il n'avait obtenu pour toute réponse que des dénégations et des regards pleins de suspicion. « Pas commodes, les villageois par ici ! » avait-il pensé. La place principale du village était charmante avec son église, mais tout autour ce n'étaient que champs à perte de vue, fermes isolées, banlieues chics ou plus populaires comme les immeubles en bordure de la nationale où avait vécu Maïté.

Où *avait* vécu…

Voilà qu'il se mettait à parler d'elle au passé ! Il ne l'avait jamais vue de sa vie et, pourtant, il se retrouvait aujourd'hui plongé dans un endroit inconnu à rechercher une femme qui ne le lui était pas moins ! Sa tante lui avait montré une photographie d'elle et de Maïté lors de leurs dernières vacances ensemble, chez Michelle. Elles souriaient de toutes leurs dents à l'objectif que Maïté tenait à bout de main, tout en mangeant une glace.

Assis derrière son volant, il réfléchit. Devait-il lui en parler ?

Si, il le devait. Ce qu'il avait appris lui avait donné froid dans le dos. C'était sur la place justement, alors qu'il déambulait dans les ruelles face au marché du samedi matin. Il était en train de descendre l'artère principale, le nez en l'air pour regarder l'architecture des maisons qui la bordaient, quand il avait heurté la vieille femme. Il s'était répandu en excuses et l'avait aidée à ramasser les paquets qui lui avaient échappé sous le choc.

— Je ne suis qu'un maladroit, veuillez m'excuser !

— Vous cherchez quelque chose, vous !

Il avait été surpris par le regard incisif de la femme.

— Non… ou plutôt oui, mais j'essaie surtout de m'imprégner de l'atmosphère de ce village. Vous y vivez depuis longtemps ?

La femme avait levé les yeux au ciel.

— Depuis que je suis née ! Je suis aussi vieille que cette église qui semble vous avoir fasciné…

« Décidément, elle n'a pas les yeux dans sa poche, avait-il pensé. Je parie que toi, tu es la pipelette du village ! »

Il avait tenté et… elle avait mordu !

Elle avait parlé du village et des gens qui y habitaient sans s'arrêter. Il avait vainement tenté de glisser le nom de Maïté Geoffrin dans la discussion mais elle semblait toujours vouloir revenir à ce qu'elle appelait les « événements » qui avaient eu lieu ici, quelque temps auparavant.

— Mais à quels événements faites-vous allusion ? avait-il enfin pu demander, interrompant la faconde intarissable de son interlocutrice.

— Vous n'êtes donc pas au courant ? avait-elle alors repris plus bas, en penchant légèrement la tête de côté ?

— Non ! avait-il répondu, penchant malgré lui la tête par mimétisme.

— C'est qu'il y a eu un meurtre dans le village, il y a trois mois !

— Mon Dieu ! avait-il paniqué soudain. Une femme ?

— Non ! Pire que ça, avait-elle poursuivi. Un gendarme !

Elle avait observé sa réaction.

— Il se passe de drôles de choses par ici, ces derniers temps… Mais il faut que je vous laisse, mes courses ne vont pas se ranger toutes seules !

— Attendez, une dernière chose ! Sait-on qui a fait le coup ?

La femme avait paru s'être attendue à cette question.

— Non, l'assassin court toujours ! Mais c'est quelqu'un d'ici, ça, tout le monde le sait ! Se faire tuer comme ça, en pleine nuit ! Dans la forêt, derrière le moulin des Brausch ! D'ailleurs, certains disent qu'elles ne sont pas étrangères à ce qui est arrivé.

— Le moulin ? avait-il répété. Je n'en ai vu aucun dans le village. Et vous dites que c'est par là-bas que ça s'est passé ?

— Comme je vous dis ! Le moulin est à l'écart, un peu avant la sortie du village, c'est normal que vous l'ayez manqué. Bon, il faut vraiment que je vous laisse maintenant.

Elle s'était ravisée.

— Combien de temps resterez-vous dans le coin ?

— Oh, je pense repartir dès demain matin. J'accompagne ma tante chez une amie, Mme Geoffrin, vous connaissez peut-être ?

— La femme de ménage ? avait sursauté la femme. Bien sûr que oui, mais on dit qu'elle n'habite plus le village et qu'elle a disparu sans laisser d'adresse !

Donc d'autres personnes étaient au courant ! Xavier sentit battre son cœur un peu plus fort.

— C'est ce qui a inquiété ma tante, en effet ! Savez-vous si quelqu'un a alerté la police ?

— Oui, répondit lentement la vieille femme en remuant la tête, je sais que le Dr Farge l'a fait. D'autres peut-être aussi, mais je n'en sais rien.

— Il la connaissait ? Savez-vous où je pourrais le joindre ? J'ai vraiment besoin de parler à quelqu'un, je veux dire, vous me comprenez, en dehors de la police... Ma petite enquête n'a rien d'officiel, voyez-vous...

Elle avait souri.

— Son cabinet a fermé pour le mois mais je sais qu'il est resté au village, chez lui.

Elle lui avait indiqué l'adresse et Xavier avait pu la noter sur un bout de papier retrouvé dans une de ses poches.

— Merci beaucoup, avait-il fait, madame…

— Gribière, avait répondu fièrement la vieille femme. Pour le Dr Farge, dites-lui que vous venez de ma part, il n'y aura aucun problème.

En repensant à tout cela, Xavier se sentait l'esprit confus.

« Un meurtre ! » Et maintenant, cette Maïté qui avait vraisemblablement disparu !

Il sortit de la voiture et se dirigea vers la cage d'escalier. À présent, il était sûr que sa tante n'aurait rien trouvé concernant son amie.

Oui, se dit-il alors qu'il montait quatre à quatre les marches. Oui, peut-être qu'après tout il n'avait pas tort de parler d'elle au passé ! Avec un assassin en liberté dans le village, qui plus est !

Il fallait qu'il en parle à sa tante. Et qu'il aille parler à ce docteur. Avant d'aller voir la police.

*

* *

— Vous êtes de la famille de Mme Geoffrin ? demanda la femme d'un air méfiant. Le fait est que j'ai entendu du bruit, ce qui est plutôt inhabituel depuis quelque temps, et j'ai voulu m'assurer que tout allait bien…

— Non, non, répondit Michelle en ouvrant davantage la porte, je ne suis que son amie, j'arrive de ce matin. Mais entrez, entrez, je vous en prie…

Michelle précéda la voisine de palier dans l'entrée exiguë et la fit asseoir à la table du salon.

— Voyez, fit-elle d'une moue lasse en montrant le désordre qu'elle avait elle-même créé, j'ai passé ma matinée à appeler partout ! J'ai même pu retrouver un vieux carnet d'adresses de Maïté et j'ai téléphoné à presque tous les noms qu'il y avait dessus !

La voisine la dévisagea un instant.

— Et donc, articula-t-elle lentement, elle a bel et bien disparu.

Michelle retint un sanglot.

— A-t-on prévenu la police ? Quelqu'un d'entre vous l'a-t-il fait au moins ? demanda brusquement Michelle, consciente de n'avoir pu dissimuler sa rage et son ressentiment.

La femme baissa la tête d'un air gêné.

— Comprenez, dans la résidence, on n'aime pas se mêler des affaires des autres et Mme Geoffrin n'avait pas spécialement d'amis. Je ne lui connais pas de famille, même si elle restait plutôt discrète sur sa vie privée. Elle travaillait beaucoup, c'est tout ce que mon mari et moi savons…

— Je suis désolée, je ne voulais pas accuser qui que ce soit, répondit Michelle en se laissant tomber sur la chaise en face de la voisine, c'est juste que je trouve ça difficile à imaginer… Que personne n'ait pris le temps ni la peine d'alerter les autorités pour signaler qu'une femme ne donnait plus signe de vie ! J'ai trouvé plusieurs rappels de l'office des HLM dans sa boîte aux lettres et des courriers de sa banque. Ça veut dire ce que ça veut dire, non ! Et pourtant, personne…

— Mais quelqu'un de la police est venu ! s'exclama la femme. Mon mari m'a même dit un soir, en rentrant du bistrot, qu'on avait lancé un avis de recherche sur la Corsa de la Geoffrin. Les nouvelles de comptoir, soupira la femme, l'air soudain contrarié.

— Elle s'appelle Maïté ! ne put s'empêcher de répliquer Michelle. Si la police est au courant de quoi que ce soit, je pense que c'est à eux qu'il faut maintenant que je m'adresse.

Mais pourquoi avait-elle fait entrer cette mégère ? Elle ne semblait plus vouloir partir et Michelle avait encore tellement de choses à faire !

On sonna énergiquement à la porte.

— Ce doit être mon neveu, fit-elle en courant ouvrir la porte.

Xavier avait la tête des mauvais jours.

— Les choses ont avancé de ton côté ? demanda-t-il, devançant ses questions.

— Je n'ai rien appris du tout, à part que la police est déjà au courant et que certaines démarches ont été entreprises…

Xavier aperçut la femme assise à la table du salon. Michelle la lui présenta brièvement.

— Je me suis permis de sonner, expliqua la voisine de palier, je pensais que c'était peut-être Maïté qui était rentrée…

— Apparemment, fit Xavier en se tournant vers sa tante, tout le village est au courant de sa bizarre disparition. C'est un certain docteur qui aurait donné l'alerte…

— Il est venu ici, lui aussi ! s'exclama à nouveau la femme. Attendez, je vais vous chercher sa carte, ajouta-t-elle en se levant.

Ils se dirigèrent tous trois vers le palier. Laissant la porte de chez elle grande ouverte, la voisine disparut à l'intérieur quelques minutes, pendant lesquelles neveu et tante se dévisagèrent silencieusement.

— Je crois que tu avais raison, finit-il par dire à voix basse. Je pense qu'il lui est *vraiment* arrivé quelque chose…

— Regardez ! interrompit la voisine qui revenait. Je l'ai retrouvée ! Tenez, je vous la donne, peut-être qu'il faudrait que vous y fassiez un tour. La Geoffrin, je veux dire Maïté, travaillait pour le Dr Farge, et il avait l'air inquiet le jour où il est venu ici pour sonner chez elle…

— Merci beaucoup pour votre aide, dit Michelle en prenant la carte, nous devons vous laisser à présent.

Poussant son neveu devant elle, elle referma la porte derrière eux, laissant la voisine interdite sur le palier.

— Mais enfin, s'indigna Xavier, quelle mouche… ?

— J'en ai plus qu'assez ! Qu'elle aille au diable avec ses *la Geoffrin* ! Je n'en supporterai pas une minute de plus !

— Allons, calme-toi, voyons ! Elle ne cherchait qu'à nous aider !

Michelle scrutait la petite carte de visite qu'elle tenait dans les mains.

— Il faut aller voir ce docteur ! décréta-t-elle en relevant la tête.

Ses yeux étaient embués de larmes.

— Oui, c'est déjà prévu. Mais j'y vais seul ! Toi, tu restes ici et tu essaies de faire une liste de tous les lieux, de toutes les personnes que connaissait Maïté. Tu n'as qu'à fouiller l'appartement, peut-être trouveras-tu quelque chose d'intéressant !

Il se radoucit. Sa tante avait l'air totalement épuisée.

— Mais avant, reprit-il en lui posant la main sur le bras, je nous prépare un petit en-cas. Il doit bien y avoir des trucs pas périmés dans les placards !

Il alla dans la cuisine et fit un rapide inventaire. Pas grand-chose à se mettre sous la dent.

— Regarde dans le congélateur, suggéra sa tante derrière lui. Elle adorait les surgelés, elle ne mangeait que ça !

*
* *

Une heure et demie plus tard, Xavier se tenait dans les sous-bois qui bordaient le petit chemin menant au pont surplombant la rivière.

Impasse du Bois, avait-il lu sur la pancarte.

Le moulin était bien visible depuis le monticule juste en face de l'entrée et il observait les lieux avec intérêt. La maison voisine était dissimulée derrière les peupliers et Xavier se demanda s'il n'y avait pas une autre entrée de l'autre côté. Il remonta le sentier lentement, obliqua sur la droite et se retrouva à marcher sur la départementale, le long des arbres et du petit muret qui cachaient la maison du Dr Farge.

« Et s'il n'a rien de nouveau ni d'intéressant à me dire ? » se demanda derechef Xavier, en envoyant valdinguer un caillou du bout de son pied. Il avait du mal à se concentrer, la chaleur et la poussière semblaient sur le point d'asphyxier le monde entier.

« Si au moins j'avais la clim dans la voiture ! »

Il prit sur la droite et s'engagea sur une pente, la route du Moulin, qui courait vers l'avant de la maison. Il vérifia le nom sur la boîte aux lettres : ses calculs étaient bons, c'était bien l'entrée officielle de la propriété ultramoderne de la famille Farge.

« J'aurais dû faire médecine », soupira-t-il.

Il sonna à l'interphone muni d'une caméra.

Les volets roulants étaient presque entièrement baissés mais il pouvait deviner les larges fenêtres et les immenses baies vitrées dont disposait la maison. Le jardin semblait s'étendre à l'arrière et deux voitures, dont un 4 x 4, étaient garées l'une à côté de l'autre sur le côté droit.

Il devait donc y avoir du monde.

— Allô ? demanda une voix de femme.

— Bonjour, madame. Je m'appelle Xavier Duroch et j'aimerais parler au Dr Farge, s'il vous plaît.

— C'est à quel sujet ?

— Voilà... C'est un peu compliqué à expliquer par interphone... Je suis un ami de Maïté Geoffrin et on m'a dit que le Dr Farge a signalé il y a quelque temps sa disparition à la police. Je m'inquiète moi aussi pour elle et j'aurais aimé pouvoir en parler à quelqu'un...

Bon, c'était plutôt mal formulé mais il n'avait rien trouvé de mieux à dire face à l'œil obscur de la caméra. Néanmoins, un profond silence lui répondit, au point qu'il finit par se demander si la ligne n'avait pas été coupée.

— Allô ? Allô ?!

Un déclic se fit entendre et Xavier constata avec soulagement qu'on lui ouvrait le portail.

Il pénétra dans le jardin et gravit l'allée pavée qui menait à la double porte d'entrée.

Une femme, plutôt jolie, vint ouvrir. Lui offrant son plus beau sourire, Xavier se présenta à nouveau en lui tendant la main, s'excusant pour le dérangement occasionné.

— Je suis madame Farge, répondit-elle presque dans un murmure.

Sa main était molle et gelée dans celle de Xavier et il fronça les sourcils. Quelque chose n'allait pas chez cette femme.

D'une pâleur extrême, ce furent surtout ses yeux qui frappèrent Xavier, des yeux écarquillés, non, exorbités plutôt, et elle le regardait comme si, comme si…

— Mélanie ? Qui était-ce ? demanda une voix venue du tréfonds de la maison.

Elle le regardait toujours sans prendre la peine de répondre.

« Que se passe-t-il ici ? »

— Qui est-ce, Melly ?

Xavier commençait à trouver la situation très inconfortable, d'autant plus que la femme en face de lui ne faisait pas le moindre geste pour l'inviter à entrer. Ne sachant quelle contenance adopter, son malaise allait croissant. De surcroît, le soleil lui tapait droit sur la nuque et il avait l'impression de cuire.

On descendait les marches à présent et Xavier vit se découper, dans la pénombre bienheureuse de la maison, une silhouette masculine à la démarche vive et courroucée.

— Mélanie, bon sang, tu ne peux donc pas… !

— Oh ! Pardon, David, c'est un monsieur qui voudrait te parler de… de Maïté, parvint-elle à articuler en se tournant vers son mari.

La silhouette se figea.

— Je m'appelle Xavier Duroch, recommença Xavier, de plus en plus incommodé. En effet, je souhaiterais discuter avec vous de la disparition de Maïté… C'est votre ancienne femme de ménage, c'est bien ça ?

— Ancienne ?! Oh, mon Dieu, David, elle est morte !?

L'homme poussa sa femme de côté et ouvrit grand la porte.

— Qu'est-ce que tu racontes ? Entrez, monsieur, c'est intenable dehors et je ne voudrais pas faire entrer la chaleur dans la maison.

— Merci, fit Xavier en s'essuyant les pieds.

« Trop aimable », pensa-t-il.

Ses yeux mirent quelques instants à s'habituer à l'obscurité mais la fraîcheur des lieux le soulagea immédiatement. Il se frotta la nuque : elle était brûlante.

« J'en serai quitte pour un méchant coup de soleil ! »

— Asseyez-vous, je vous en prie, et dites-moi ce qu'il en est exactement.

Xavier fut stupéfait des dimensions de la maison. Tout était d'un seul tenant, sans aucune cloison, ce qui rendait la pièce principale gigantesque. Il prit place dans le profond canapé d'angle en cuir et put vérifier que ce qu'il avait vu tout à l'heure, derrière les peupliers, correspondait bien au jardin des Farge. Les volets n'étaient baissés que d'un tiers de ce côté-ci de la maison et il pouvait admirer une bonne partie du terrain, ainsi que l'énorme masure qu'il avait également remarquée, celle qui bordait l'extrémité gauche de la propriété.

— Vous avez une maison somptueuse, fit-il.

— Merci, répondit brièvement l'homme assis en face de lui, les coudes posés sur ses genoux. Que puis-je faire pour vous ? Je ne crois pas vous avoir déjà rencontré. Vous êtes de la police ?

Xavier s'éclaircit la gorge.

— Non, pas du tout, en réalité je suis un ami de Maïté et je suis arrivé tôt ce matin dans le village pour essayer de contacter toutes les personnes qui auraient des informations la concernant. J'ai appris incidemment que c'est vous qui aviez signalé sa disparition et je voulais en savoir plus... C'est votre femme de ménage, n'est-ce pas ? demanda-t-il à nouveau.

Le docteur parut soulagé et se cala sur le fauteuil.

— Oui, en effet. Elle n'est plus revenue travailler depuis... disons un mois, un mois et demi. Je connais bien Maïté et j'ai tout de suite trouvé bizarre qu'elle s'absente ainsi sans avoir prévenu, d'autant plus que je n'arrivais plus à la joindre, ni chez elle ni sur son téléphone portable.

« Exactement comme pour ma tante », pensa Xavier.

— Avez-vous une quelconque idée d'où elle aurait pu... ?

— Non, malheureusement, je ne sais rien, coupa Farge en secouant la tête. Mais j'ai déjà répondu à ce genre de questions en fait.

— Oui, j'imagine...

— Vous êtes un ami proche de Maïté, monsieur... ?

— Duroch. En réalité, non, c'est plutôt ma tante, c'est elle qui m'envoie.

— Votre tante ? fit Farge en soulevant un sourcil.

— Oui, c'est la meilleure amie de Maïté Geoffrin et c'est peut-être la dernière personne à lui avoir parlé de vive voix. Attendez...

Xavier fouilla dans sa poche à la recherche du carnet que Michelle lui avait confié.

— Voilà. D'après les notes de ma tante, elle lui aurait parlé pour la dernière fois le... 3 juillet, c'est bien cela. Depuis lors, continua-t-il en relevant les yeux vers le docteur, ma tante n'a cessé de l'appeler, de lui laisser des messages ou des mails, mais rien n'y a fait et elle m'a presque obligé à venir ici. Mais il n'y avait aucune trace d'elle dans l'appartement non plus…

— Comment ? Vous avez pu entrer ? demanda vivement le docteur.

— Ma tante possédait un double et c'est en faisant quelques recherches dans le voisinage que je me suis rendu compte qu'en réalité la police était déjà au courant de la disparition de Maïté et que sa voiture était recherchée.

Il remercia la jeune femme qui venait d'apporter des rafraîchissements sur un plateau qu'elle avait posé devant eux sur la table basse.

« Mon Dieu qu'elle est pâle ! »

— Je n'arrive d'ailleurs pas à comprendre que la police ne soit pas entrée chez elle plus tôt, continua-t-il distraitement, ne serait-ce que pour vérifier que son cadavre n'était pas en train de se décomposer à l'intérieur !

Mélanie se couvrit la bouche de sa main.

— Elle n'y était pas, n'est-ce pas ? demanda-t-elle vivement.

— Non, bien sûr que non ! répondit Farge, visiblement agacé. Sinon monsieur ne serait pas là !

« Pourquoi suis-je prêt à parier qu'il aimerait bien la voir s'en aller et qu'il ne tient pas à ce qu'elle soit présente et écoute notre conversation ? »

— En effet, nous n'avons rien trouvé mais ma tante est en ce moment même en train de fouiller dans ses effets personnels. Peut-être trouverons-nous une piste…

— Je vous le souhaite, fit Farge en se levant. À présent, si vous n'y voyez pas d'inconvénient, j'ai beaucoup de travail…

Xavier mit une fraction de seconde avant de comprendre qu'il se faisait congédier.

« Et mon orangeade alors ?! »

— Oui, bien sûr, fit-il en imitant son hôte, tout en lançant au verre qu'il n'avait pas touché un regard lourd. Je ferais mieux de rejoindre ma tante de toute façon.

Il salua la jeune femme restée debout près du fauteuil et prit la direction du vestibule.

— Maïté et ma tante se connaissent depuis des années et je sais qu'elles communiquaient beaucoup *via* Internet. Elles avaient l'habitude de se raconter leur vie dans les moindres détails et passaient beaucoup de temps au téléphone à se parler. Le choc est énorme pour ma tante et elle est persuadée que quelque chose de grave est arrivé à son amie.

— Des gens disparaissent tous les jours sans pour autant que cela soit grave, vous savez ! Coup de blues, envie de tout plaquer, de repartir de zéro, ailleurs, très loin ! Qui n'y a jamais songé ?

— C'est ce que je me suis dit. Au début, du moins. Ma tante, elle, est persuadée que sa meilleure amie a… comment dirais-je ?

Xavier avait atteint la porte. Il l'ouvrit et lança en se retournant :

— … fait une mauvaise rencontre !

Il sursauta. Le docteur se trouvait à quelques centimètres de lui, tout juste derrière son dos, et il le dominait d'une tête.

— Mon Dieu, mais vous êtes très grand !

Le regard de Farge s'anima et il réussit à sourire.

— Oh, pas tant que ça, je suis dans la moyenne ! Combien de temps comptez-vous rester ?

— Je ne sais pas encore... le temps de vérifier quelques trucs et de faire venir la police chez Maïté, je pense !

Le nez du docteur se pinça curieusement.

— Vous êtes déjà allé les voir ?

— Non, pas pour l'instant.

Son portable se mit à sonner dans la poche arrière de son jean.

— Excusez-moi un instant !

Xavier décrocha.

— Xavier ? C'est moi, c'est ta tante ! Tu es toujours chez le Dr Farge ?

— Oui, je suis toujours chez lui, pourquoi ?

Xavier leva les yeux vers le docteur. Celui-ci, sur le point de refermer la porte derrière lui, l'observait à présent avec curiosité.

Et avec inquiétude, aussi.

— C'est idiot, ça vient de me revenir qu'à l'instant ! C'était ça qui me turlupinait depuis tout à l'heure ! Je viens juste de vérifier sur mon portable, et oui ! C'était bien ça ! Farge ! Je savais bien que ce nom-là me disait quelque chose !

— C'est le nom du docteur, et puis après ?

— Mais non, tu n'y es pas du tout ! C'est le dernier texto que j'ai reçu de Maïté, j'aurais dû m'en souvenir plus tôt ! Je me ficherais des gifles, des fois...

— Où veux-tu en venir ? Quel dernier texto ?

Cette fois-ci, Farge sortit sur le palier et referma la porte derrière lui. Tout doucement.

— Dans son dernier texto, reprit Michelle plus calmement, Maïté me disait que Farge venait juste de l'appeler pour lui fixer rendez-vous le soir même ! J'ai son message sous les yeux, Xavier ! Il voulait l'entretenir à propos d'heures de ménage en plus ou je ne sais quoi !

— Et alors ?

— Tu ne comprends donc pas ? Le docteur l'appelle, lui donne rendez-vous chez elle, elle m'envoie un texto en suivant et puis… plus rien ! Tu entends ? Plus rien ! Ni le soir, ni le lendemain, ni plus jamais !

Xavier regarda le docteur.

— Donc, poursuivit sa tante, si tu as toujours le docteur en face de toi, demande-lui s'il a pu voir Maïté ce soir-là, si elle est rentrée à la maison après le travail ! Car, tu comprends, si elle n'a pas eu d'accident de voiture et qu'elle est revenue à la maison ce fameux soir, alors Farge est la dernière personne à l'avoir vue !

Le docteur ne quittait pas Xavier des yeux. Xavier replia très lentement son portable.

XLIV

Extraits des notes de…

J'Y ÉTAIS. Plus qu'un effort et j'y étais. Plus qu'un effort et je m'en sortais.

Les journées m'apparaissaient anormalement longues et mon cœur s'entêtait à vouloir leur imprimer son propre rythme sans succès. Elles ne semblaient jamais pressées de finir. Alors que moi…

L'inadéquation totale. J'étais en inadéquation totale avec le reste de l'univers. Je sursautais presque à chaque fois que je regardais distraitement par la fenêtre ou que je mettais le nez dehors : comment le monde pouvait être aussi beau ? La nature donnait ses dernières fêtes en un bouquet final ahurissant de senteurs et de lumières. Le bleu du ciel m'abîmait les yeux. Les grillons stridulaient de concert et je crevais de rage.

Je pouvais passer de longues heures calfeutrée à l'intérieur, assise en boule ou recroquevillée dans mon lit. Les yeux grands ouverts sur mon silence et sur ma nuit.

Juste ma sœur. Je devais faire semblant pour elle. Elle ne pouvait pas, elle ne devait pas savoir. Je ne voulais pas l'effrayer. Et pourtant… Combien de fois son regard posé sur moi me faisait sentir qu'elle comprenait ? Me faisait comprendre qu'elle sentait ? L'inévitable ne vaut pas la peine qu'on en parle.

L'inévitable, on ne lui demande rien d'autre que de se produire. Et j'attendais.

J'attendais...

Un jour ou l'autre, il viendrait. L'occasion se présenterait. Il faudrait savoir la reconnaître et la saisir.

Et la question qui me tourmentait le plus en cette fin d'été, c'était bien de savoir qui, de ma sœur ou de moi, la saisirait en premier.

XLV

— VOUS COMPRENEZ BIEN, monsieur Farge, que c'est un point que vous auriez dû nous faire connaître lors de votre toute première déclaration ? insista Cardouin.

— Mais je n'y ai pas prêté plus d'attention que cela ! s'exclama le docteur assis en face de lui. Lorsque je suis venu vous trouver, c'était pour vous signaler la disparition pure et simple de Maïté, pas pour vous rapporter qu'elle ne s'était pas présentée au rendez-vous que nous nous étions fixé !

— Le fait d'omettre un tel détail ne va pas vous servir, vous vous en rendez compte ?

Farge soupira.

— Le fait est qu'à partir d'aujourd'hui, reprit Cardouin, l'enquête concernant Maïté Geoffrin change du tout au tout. La procédure est en cours pour que nous puissions perquisitionner son domicile. Sa vie sera passée au peigne fin et tous les détails sur la dernière semaine où elle a été vue en vie s'ajouteront sur notre liste, celle qui semble faire de vous, David Farge, un témoin capital dans cette affaire.

— Mais c'est ma femme de ménage ! Enfin, dites-moi quel intérêt j'aurais à vous mentir sur sa disparition ?

— Évidemment, sembla ignorer le capitaine, rien ne laisse à penser qu'elle a été victime d'un homicide mais, de vous à moi, beaucoup trop de choses se sont passées dans ce village pour pouvoir écarter d'un simple haussement d'épaules cette éventualité.

Cardouin marqua une pause.

— Vous n'êtes pas sans savoir, je pense, que « sans corps, pas de crime, donc pas d'enquête » ? Ce qui arrange tout le monde, n'est-ce pas ?

Farge secoua la tête.

— Ma femme de ménage n'a pas été assassinée, capitaine, il n'y a aucune raison à cela ! Voyons, soyons sérieux, c'était une femme tout ce qu'il y a de plus banale, jamais elle ne se serait laissé entraîner dans une affaire louche !

Cardouin sourcilla.

— *Était*, monsieur Farge ?

Farge demeura coi une poignée de secondes.

— Je vous demande pardon ? siffla-t-il entre ses dents.

— Vous avez dit : « c'*était* une femme », monsieur…

— Pour l'amour du ciel, explosa Farge, qu'est-ce que vous êtes en train de faire, là ?! Vous jouez sur les mots à présent ? Vous allez vous servir de mes lapsus ou de soi-disant actes manqués pour m'attaquer ? Vous avez besoin de jouer au psychanalyste de bas étage pour mener votre enquête ?

Cardouin sourit. Farge était en passe de perdre ses moyens. « Très bon pour nous, ça ! »

— Si vous n'avez plus besoin de moi, conclut Farge en se levant précipitamment de sa chaise, je préfère rentrer retrouver ma famille. Pour le reste, capitaine Cardouin, j'aime autant vous prévenir tout de suite qu'il vous faudra désormais passer par mon avocat et que je n'accepterai plus de me rendre dans vos locaux ou de répondre à vos questions, même les plus anodines, sans sa présence à mes côtés. Je regrette d'en arriver là, j'étais prêt à collaborer avec vos services, comme je l'ai d'ailleurs toujours fait jusqu'alors. Mais maintenant…

Il tendit la main par-dessus le bureau.

« Allons, tu n'es pas aussi malin que tu le crois, va ! » pensa Cardouin. Il se leva à son tour et serra la main de Farge.

Le docteur sortit du bureau et chercha à demeurer impassible le long du trajet le ramenant à son 4 x 4. Une fois à l'intérieur, il prit une profonde inspiration et calcula très vite les probabilités qu'il y avait pour que les flics retrouvent le corps de Maïté dans le lac. Elles restaient faibles. Infimes. Mais pas nulles.

Il soupira et mit le contact.

Il avait besoin de réfléchir au plus vite à ce qu'il lui restait à faire. Il maudit encore une fois cet abruti qui était venu fourrer son nez dans cette histoire et qui était allé raconter à la police tout ce qu'il savait. Comment aurait-il pu l'en empêcher, du reste ? Sa vieille tante était chez Maïté et semblait désireuse d'en découdre avec le monde entier sous prétexte de retrouver la trace de son amie !

Il cracha par la fenêtre. « Réfléchis, réfléchis ! »

Ils ne savent pas encore où elle est et ne peuvent pas s'en douter ! Bien sûr, un jour, ils penseraient à draguer les cours d'eau mais il n'en manquait pas par ici, il avait donc une longueur d'avance sur eux. Et il ne leur permettrait pas de le rattraper, jamais de la vie !

Il revit le visage de l'enfant roux et ses longs bras ballant le long de son corps. Il frissonna de dégoût.

Il savait ce qu'il lui restait à faire.

*

* *

Carole s'était sentie heureuse dès le lever. Un poids semblait s'être décroché d'elle pendant la nuit et, pour la première fois depuis des mois, elle avait bien dormi.

Les choses lui apparaissaient sous un jour nouveau. Bientôt, elles seraient enfin débarrassées de toute cette histoire, elles vendraient le moulin et elles partiraient pour l'Italie rejoindre Erik qui les attendait. C'était décidé. Clair dans sa tête. Une nouvelle vie s'offrait à elles là-bas.

Alix et elle avaient longuement parlé de la fête villageoise qui était prévue cette année pour la fin de la semaine, vendredi, samedi et dimanche. Un long week-end ensoleillé, le dernier passé en compagnie de ces gens que toutes deux méprisaient âprement mais qu'elles n'auraient très bientôt plus à supporter. Carole était au courant de la mise en place des jeux et des installations pour petits et grands et elle avait secondé Sandrine de son mieux les dernières semaines.

Tout était en place.

Carole tentait d'apaiser les battements de son cœur et continuait à se comporter comme si de rien n'était. Elle avait pris la voiture de son père et conduit jusqu'en ville où elle avait décidé de passer la journée. Alix s'entêtait à vouloir peindre et, « ma foi, pensa Carole, elle n'a pas tort, même moi je peux me rendre compte du tournant qu'a pris son art ». C'était vraiment de mieux en mieux. « Pourvu que la chance soit au rendez-vous, le jour de l'expo ! » se dit-elle en soupirant. Oui, il y avait de quoi garder bon espoir quant à l'avenir ! Il ne tenait qu'à elle, Carole, de s'en assurer.

Et c'était bien ce qu'elle avait l'intention de faire.

En attendant, elle chassa d'un mouvement d'épaule le nuage sombre qui manquait de recouvrir son esprit à chaque fois qu'elle *y* réfléchissait un peu trop et elle prit la décision ferme de ne plus penser aux Farge ni au moulin. Dieu, comme elle avait aimé cet endroit pourtant ! Mais il n'était plus temps aujourd'hui et elle se sentait prête à aimer n'importe quel autre endroit du monde, pourvu que rien ne lui rappelle jamais ces terribles souvenirs.

Renversant la tête en arrière, elle descendit du trottoir et manqua se faire accrocher par une voiture qu'elle n'avait pas vue. Le coup de klaxon furibard du conducteur lui fit lever la main en guise d'excuse. L'ivresse de se retrouver en plein cœur d'une ville bruyante d'âmes et d'agitation lui faisait à chaque fois le même effet et elle avait la fâcheuse tendance à se laisser un peu trop distraire...

Comme elle était heureuse ! Comme son pied se faisait léger dans sa sandalette ! Il lui prenait même des envies de courir ou de sautiller comme une enfant ! Des odeurs alléchantes lui parvenaient des stands du marché, sur la place, et elle s'engouffra dans le dédale des étalages, les yeux enfiévrés. Elle s'acheta un petit pain aux olives qu'elle dévora tout en continuant ses déambulations.

Perdue dans la foule, anonyme et secrète, elle se régalait des étoffes de tissus jetés n'importe comment sur les étals, de la rougeur ferme des tomates et du velouté des pêches sucrées qui lui donnaient l'eau à la bouche, des formes bosselées et craquantes des pains de campagne qu'elle avait envie d'effleurer de la main pour en éprouver la consistance.

Elle fit plus d'emplettes que prévu. Elle acheta une brassée de tournesols qu'elle imagina du plus bel effet sur la table de la cuisine. Les fromages de la région lui tournèrent la tête. Le charcutier rit de la voir passer d'un pâté à un autre, le doigt tendu extatiquement pour désigner les mousses qu'elle laisserait fondre religieusement dans sa bouche. Elle connut l'envoûtement quasi mystique du chaud et visqueux moiré des huiles d'olives qu'une vendeuse faisait déguster sur un morceau de pain. Même le tressage serré des chapeaux de paille l'émouvait.

Faute de bras, elle dut se résoudre à acheter un sac à dos pour pouvoir y loger ces trésors. Ses talons résonnaient sur le bitume et elle avait dans la tête les résonances des timbales du *molto vivace* de la neuvième.

Était-ce Beethoven qui lui donnait envie de gambader ainsi ?

*

* *

Alix se releva en se tenant les reins à deux mains. La tombe d'Antoine n'offrait plus que des fleurs tombées en poussière et le lichen avait envahi la pierre tombale, s'insinuant tel un serpent à travers les fendillements de la roche.

« Comment es-tu, papa, là-dessous ? Je sais bien que ton corps n'est certainement plus intact mais que reste-t-il réellement de toi ? De ton visage ? De tes mains ? De tes épaules ? Que reste-t-il de ces chairs qui m'ont serrée dans leurs bras, de ces muscles qui m'ont portée, enfant, jusqu'à ton visage, des maxillaires qui m'ont souri... ? »

Elle écrasa rageusement ses larmes du bout de ses doigts noirs de terre. Et toujours, *toujours* la même envie de hurler... Toujours se dire que, oui, c'était bien trop facile... Mais qu'il y aurait un temps...

Elle fixa l'horizon accablé, ses yeux longeant l'unique route qui menait sur l'arrière de l'église.

Solitude et chaleur, pensa-t-elle. La silhouette trapue de l'église n'offrait aucune ombre l'après-midi. En revanche, l'agitation du petit village ne traversait pas jusque-là, la place principale se trouvant de l'autre côté, ceinturée par l'épaisseur de l'énorme bâtisse de pierre.

« Si Carole et moi partons, qui s'occupera de toi et de Sam ? »

Elle frotta son dos douloureux, fermant les yeux quelques instants. Puis elle se retourna et attrapa le ridicule arrosoir qui ne permettait de transporter que très peu d'eau à la fois, l'obligeant à des allers-retours incessants entre les tombes de son père ou de Sam et le petit robinet fiché à côté du portillon.

Elle descendait l'allée, l'arrosoir claquant contre ses jambes nues, quand surgit de sa mémoire une page de Hugo, la plus célèbre et la plus belle peut-être, que son père lui avait lue des dizaines de fois. Celle décrivant une autre petite fille, qui n'avait plus de maman non plus, partie chercher de l'eau seule dans l'obscurité épaisse de la forêt, agitant, tout comme elle aujourd'hui, tant bien que mal son seau pour lui tenir compagnie dans la nuit. L'horreur de la situation, l'épouvante de l'enfant, et ces mots, *ceux-là* surtout, que la voix de son père avait dû moduler avec plus d'émotion encore sans qu'elle ne s'en aperçût alors : *Car il est des choses qui font ouvrir les yeux aux mortes dans leur tombeau.*

« Maman… »

Alix secoua la tête, fit couler l'eau et s'aspergea le visage.

Reprendre contact avec la réalité… « Je n'y arrive pas, je n'y arrive plus… »

Elle but longuement, noyant ses sanglots, étouffant ses pleurs à grands jets, se frottant les yeux, la bouche, les bras, tout le corps si elle avait pu. Resta longtemps pliée en deux, grognant comme un animal, mêlant ses larmes à celles du robinet de fer auquel elle s'agrippait, mais qui lui ne souffrait pas alors qu'elle n'en finissait pas de gémir, n'en finissait pas de mourir…

Larmes de sel contre larmes blanches. Bruit de gorge qui étouffe contre tintement joyeux de l'éclat contre la pierre. Douleur sourde contre… contre rien. Seule. Avaler pour ne pas se noyer de mots. Effacer ces mots cruels qui serinent un peu plus la plaie.

Larmes de sang.

Et elle se mordit la main gauche. Releva la tête. C'est alors qu'elle le *vit*.

Inopinément.

Dans son 4 x 4, remontant lentement la route jusqu'au croisement de l'église débouchant sur la place. Sans doute lui aussi l'avait-il aperçue car le mastodonte avait ralenti le long du petit muret. Il arriva à un point où il s'arrêta presque en face d'elle, de l'autre côté du portillon.

Il pencha la tête et ils se regardèrent à travers la vitre. Le moteur ronflait et la climatisation devait être poussée au maximum à l'intérieur de l'habitacle. Curieusement, le cœur d'Alix ne s'emballa pas. Il pulsa au même rythme, charriant tranquillement haine et colère.

C'est alors qu'elle le *fit*.

Peut-être était-ce d'avoir trop pleuré quelques secondes seulement auparavant. Peut-être aussi le rapprochement aberrant que son esprit venait de faire entre l'arrivée de Jean Valjean en sauveur de la petite fille et son arrivée à lui, la trouvant au beau milieu de ces tombes qu'il avait creusées.

Elle lui *sourit.*

Cela ne dura pas plus de quelques secondes. Mais dura suffisamment pour que quelque chose changeât dans l'expression du visage du docteur. Et ce qu'elle y vit lui fit plisser les yeux.

Un couple bras dessus bras dessous tourna à l'angle de la rue, venant dans leur direction. Farge remit le contact, s'arrêta plus de temps qu'il n'aurait fallu au stop un peu plus haut, finit par actionner son clignotant, tourna à gauche et disparut.

Alix se tint longtemps debout face à la rue. Elle ne répondit pas au salut du couple qui passa devant elle. Elle plissait les yeux plus que jamais.

Car c'était bien cela qu'elle avait lu dans ceux de Farge, elle ne s'était pas trompée. Elle l'avait reconnue. La garce avait changé de camp.

La peur.

Elle avait lu la peur sur le visage de Farge.

*

* *

Cardouin raccrocha et resta pensif un long moment.

Oui, il avait bien fait. Du moins l'espérait-il ! Dans tous les cas, il prenait l'entière responsabilité de la filature qu'il venait de demander concernant David Farge. Rien d'officiel, non, il était encore trop tôt. Mais Cardouin avait des contacts, des amis prêts à lui rendre ce petit service au caractère confidentiel. Il voulait l'avoir à l'œil.

Quelque chose clochait chez ce type !

Un peu bizarre qu'il n'ait pas mentionné ce rendez-vous avec Geoffrin le soir même de sa disparition ! Se pourrait-il qu'il l'ait bel et bien rencontrée ? Un point de rendez-vous quelconque, quelque part dans un lieu isolé probablement ? Maïté aurait-elle été assez stupide pour tomber dans cette sorte de piège ? À en croire son amie, elle était loin d'être bête et gardait une retenue un rien méfiante envers le genre humain en général.

« Le faisait-elle chanter ? »

Cardouin aurait sous peu les diverses autorisations légales pour accéder à l'intimité de Maïté Geoffrin, son compte en banque, ses relevés, ses appels, son domicile. Si elle avait reçu de grosses sommes au cours de l'année de manière inexplicable, il le saurait très vite. Sinon…

Mais quoi ? Il fallait bien qu'il y ait quelque chose ! Elle était connue pour être une bavarde impénitente dans le village.

Avait-elle entendu une confidence ? Elle travaillait pour de nombreuses familles dans le village et ailleurs. Quelque chose qui se serait dit chez les Farge, par exemple ?

Avait-elle vu ou cru voir quelque chose dont elle aurait parlé incidemment mais qui aurait alerté une personne en particulier ? Quelque chose d'assez grave pour que cette personne veuille absolument la rencontrer, lui donne rendez-vous un soir après le travail et…

OK, ça se tenait.

Mais voir *quoi* ? Entendre *quoi* ?

Qu'avait su Maïté qui l'avait mise en danger de mort sans même qu'elle s'en soit aperçue ?

*

*   *

Benjamin gloussait nerveusement en remettant ses chaussures.

Demain, c'était le grand jour ! La fête du village ! On allait bien s'amuser ! « Et alors… paf ! »

Le grand jeu !

Ils verraient bien, tous ces adultes, s'il était aussi con qu'ils avaient tous l'air de le penser ! Bah non ! C'est *lui* qui l'avait découverte, et lui tout seul !

Il sortit de son sac plastique la serviette de douche qu'il avait emportée avec lui. Pas question qu'il apparaisse les cheveux trempés et ruisselant d'eau devant *elle*. Elle serait capable de le priver de fête…

La gueule des gens quand il le leur dirait, comme ça, mine de rien ! Il se repassait le film dans sa tête pour la énième fois.

— Bah moi, je sais où elle est passée la caisse de la femme de ménage que tout le monde cherche ! Même que j'ai essayé de l'ouvrir mais que j'ai pas pu…

Il le dirait devant sa maîtresse, comme ça elle pourrait toujours dire qu'il faisait encore son intéressant mais, quand ils iraient vérifier, alors ce serait une autre histoire…

Faudrait bien qu'elle s'excuse, cette…

Il releva vivement la tête, l'oreille soudain aux aguets. « Putain, c'est elle ! »

Aussi rapide que l'air, il attrapa sa bicyclette et courut courbé en deux vers les taillis les plus proches. Envoya valdinguer son vélo dans les fourrés et s'engouffra lui-même au milieu des buissons avant de le tirer à lui de toutes ses forces pour le planquer le mieux possible. Et attendit, le cœur battant.

Le moteur s'était tu, au loin. « Merde, merde ! »

Il écarta un branchage de devant ses yeux et scruta la berge fébrilement.

Non, non, il n'avait rien oublié. Personne ne pouvait savoir qu'il venait juste de se baigner dans le lac.

Pourtant... Son cœur battait la chamade et il faisait un effort pour ne pas respirer comme un bœuf. Toujours son nez bouché...

Il haletait.

Puis cessa net de respirer.

Quelqu'un venait. Ça s'approchait du bord.

« Pourvu que ce soit pas maman, elle a le pif, elle peut m'entendre respirer à un kilomètre, si c'est elle, je suis fout... »

Et il vit apparaître le Dr Farge. « Bah ça alors ! »

Farge regardait droit devant lui. Les mains dans les poches. Il avait l'air...

C'était quoi déjà ce mot qu'il avait appris cette année, il en avait super chié pour le retenir ? Il s'était toujours tapé zéro à ce mot dans ses contrôles de vocabulaire ! « La vache, c'est pas vrai, me rappelle de rien ! » Il revoyait la maîtresse lever les yeux au ciel en lui rendant sa copie...

« Fulminer !!! »

Oui, ça y était, c'était ça le mot ! Le docteur avait l'air de fulminer ! Pas si demeuré le Benjouille...

Le toubib n'avait vraiment pas l'air content. Soudain, il le vit se pencher vers le sol en sortant les mains de ses poches.

Instinctivement, Benjamin se pencha lui aussi pour voir ce qu'il regardait comme ça par terre et... fit craquer une branche.

Deux yeux bondirent dans sa direction presque instantanément.

Benjamin n'aurait pas dû avoir peur, mais là... Il couvrit sa bouche de sa main pour atténuer son souffle et se recroquevilla davantage.

Farge regardait de son côté. Ses yeux fouillaient les environs avec anxiété.

Benjamin le vit s'approcher tout doucement.

« Maman, viens s'il te plaît… »

Puis une voix tranchante, nette :

— Benjamin ?

Il écarquilla les yeux.

« Putain, comment il sait que… ? »

Farge regardait trop haut à présent, dans les fourrés derrière lui. Il n'était plus qu'à cinq mètres de lui et il s'approchait davantage…

— Benjamin, c'est toi ? Pourquoi tu te caches ? Je te cherche justement, j'ai à te parler.

L'enfant se terra plus que jamais, pressant sa mâchoire de sa main pour empêcher ses dents de claquer.

Pourvu que la roue arrière de son vélo soit bien planquée sous les branchages !

Pourvu qu'il n'ait pas laissé de traces !

« L'eau ! »

C'était l'eau, la mare d'eau que Farge avait regardée sur le sentier, là où il s'était séché ! Benjamin dégoulinait d'eau et le docteur avait repéré les traces sur la terre calcinée.

Un portable sonna, *son* portable, et le docteur jura furieusement.

— Allô ? aboya-t-il.

Il se détourna des taillis, soudain fébrile, le dos hargneux.

Benjamin s'efforçait le plus possible de rentrer en lui-même, de se faire pierre, roche, caillou.

« Les minéraux sont à classer dans la catégorie des éléments naturels qui ne sont pas vivants… »

Toujours la maîtresse…

« Pas vivants, pas vivants », se répétait-il désespérément, et il sentait monter en lui des sanglots violents qu'il avait peur de ne pas pouvoir retenir.

« Le caillou ne pleure pas, il ne pleure pas… »

Farge s'éloignait, le téléphone collé sur son oreille.

— Et tu ne peux pas t'en occuper toute seule, non ?

« La pierre n'a pas de larmes, la pierre n'a pas peur, elle ne sent rien… »

— Faudrait que j'engage une nounou maintenant, t'es débordée avec une seule enfant !

« Le rocher est toujours fort et n'appelle pas sa maman au secours… » Farge s'éloignait à grands pas maintenant. Il ne le voyait plus.

« Le caillou n'a pas mal au ventre et… » Il transpirait à grosses gouttes.

Mais ne bougeait toujours pas.

« Le caillou ne tombe pas dans des pièges… »

Un moteur vrombit au loin. Manœuvra un temps. Et s'éloigna.

Le petit caillou ne bougeait toujours pas.

Resta longtemps, longtemps sans faire le moindre bruit.

Et réalisa qu'il n'avait plus mal au ventre, qu'une pâte molle lui glissait le long des mollets et qu'il s'était drôlement mis à puer.

Et se demanda comment il expliquerait à sa mère qu'il s'était chié dessus.

XLVI

Extraits des notes d'Alix

— SAM…

Je murmure son prénom une dernière fois avant d'entrouvrir les yeux. Je passe une main sur mon front. Les rais de lumière filtrée par les volets engourdissent l'atmosphère de la chambre et je décide de rester un moment allongée dans la semi-pénombre, encore troublée par le rêve qui vient de me tirer du sommeil. Tout semblait si réel, pourtant ! J'ai tendu le bras vers son visage et presque touché du doigt l'arc de sa joue quand je me suis réveillée. J'ai cru pouvoir retenir son apparition entre mes paupières encore closes mais la magie n'a pas opéré. Je l'avais à nouveau perdu.

— Sam ! dis-je cette fois à voix haute, et les larmes glissent doucement sur le côté pour venir tomber dans un petit bruit ouaté sur l'oreiller.

Ma main cherche mon ventre sous le drap : l'enfant de Sam dort au creux de mon corps mais ne bouge toujours pas malgré mon empressement à le sentir vivant en moi. « Trop tôt », m'a-t-on répondu.

Je peux entendre Carole s'activer en bas, dans la cuisine, entrechoquant les bols qu'elle doit disposer pour le petit déjeuner. Une fois encore, je me sens nauséeuse et dois m'arracher aux draps pour me précipiter dans la salle de bains.

— Alix ! Debout ! me crie-t-elle. N'oublie pas qu'il faut qu'on y soit tôt, là-bas !

Je marmonne une vague réponse au-dessus de la cuvette des toilettes tout en me maudissant intérieurement d'avoir accepté de me joindre à elle pendant la fête que le village organise pour la fin de l'été.

« Il ne te fera rien, il ne tentera rien cette fois-ci. »

Ni larmes ni verre de l'amitié. Trouvera-t-il autre chose ?

« Je ne lui en donnerai pas l'occasion. Il n'en aura pas le temps. »

Je n'ai aucune envie de m'appesantir sur Farge plus que je ne l'ai déjà fait ces dernières semaines. Je sais ce qu'il me reste à faire, alors à quoi bon se torturer encore l'esprit avec ça ?

Je hausse les épaules et tire la chasse d'eau avant de passer à la douche. Le jet puissant sur les épaules produit l'effet escompté et je parviens à me libérer quelque peu des tensions accumulées.

Ces rêves, tous ces rêves… Heureusement qu'il y a la peinture ! Quoique à bien y réfléchir, mes toiles sont le prolongement direct des cauchemars qui peuplent à foison mon sommeil. Je rêve la nuit, je peins le jour ! L'inconscient se dit autrement mais continue de s'exprimer. Ainsi le jour n'avale jamais complètement la nuit…

Oui, je suis au bout de ma nuit, en plein dedans, j'y patauge, n'en sors pas.

Je tourne à fond le robinet, augmentant le débit, décidée à noyer mes idées noires coûte que coûte ou à me noyer moi-même si je n'y parviens pas.

C'est Carole qui me ramène à la réalité, en ouvrant la porte à toute volée.

— Bon sang, Alix, je n'ai pas encore pris ma douche, moi, il ne va me rester que de l'eau gelée !

Je grimace et sors à regret. Carole me tend la serviette.

— Essuie-toi vite et habille-toi, qu'on puisse aérer ici ! Tu as transformé le premier étage en hammam.

Pendant que je m'exécute mollement, elle ouvre la fenêtre de la salle d'eau et se dirige vers la chambre dont elle tire les persiennes, inondant d'un coup l'intérieur de lumière.

— *Quand le ciel bas et lourd pèse comme un couvercle sur l'esprit gémissant…*

Elle se retourne vivement.

— Qu'est-ce que tu dis ?

— Oh, rien, juste un vers de Baudelaire qui me revient… C'est de te voir tout ouvrir comme ça et débarrasser les pièces des miasmes et de l'obscurité… Je me disais que j'aimerais en faire autant dans ma tête, mais ce n'est pas aussi simple !

Elle m'observe un instant.

— C'est la magie du *Fiat Lux*, Alix. La lumière, il faut la faire entrer de force si tu ne veux pas te noyer toute seule dans tes drames intimes. Baudelaire, lui, c'est dans l'absinthe qu'il a préféré se perdre, mais c'était un poète, et un faible qui plus est. Tu n'es ni l'un ni l'autre.

Je soupire.

— De grâce, réserve tes merveilleuses explications de texte pour tes élèves, je ne suis pas d'humeur…

Elle penche légèrement la tête.

— Comme tu voudras, finit-elle par me répondre. Je pensais juste que c'était important.

Elle me tourne le dos et redescend.

*
* *

— Pff, quelle chaleur dans cette bagnole !

— Qu'est-ce que tu en dis alors ? fais-je à nouveau, d'un air buté. Je te rejoins à pied avec Sterling et on se retrouve au centre tout à l'heure, ça me dégourdira un peu les jambes !

Carole claque la portière et fait descendre la vitre pour me répondre :

— Si tu insistes ! Mais je n'aime pas te savoir seule sur les chemins, on ne sait jamais…

— Je viens avec la chienne, dis-je en secouant ostensiblement la laisse dont j'aurai besoin tout à l'heure quand les familles commenceront à affluer.

— OK, soupire-t-elle, à bout d'arguments. Prends ton portable et une bouteille d'eau. Si tu ne te sens pas bien ou si quoi que ce soit…

— Carole, c'est bon, je suis une grande fille !

— Là n'est pas la question, je… Oh, et puis zut ! Fais comme tu veux ! Mais ne passe pas par les bois, d'accord ?

Je prends un air navré et elle démarre en secouant la tête.

Mue par une pulsion soudaine, je m'approche alors de la voiture et touche son bras à travers la fenêtre restée ouverte.

— Dis, ça ne va pas fort, toi, non ?

Son visage se lève vers moi, brusquement contracté.

— Non, non, tout va bien, c'est juste que… je m'inquiète un peu pour le déroulement des jeux avec les enfants, voilà tout.

— Pourquoi ça ? Après tout, c'est juste une fête un peu ringarde dont tout le monde se fout complètement depuis des années mais lors de laquelle tout le monde tient néanmoins à être vu !

Elle réfléchit, le regard soudain anxieux et la bouche légèrement tordue.

— Disons que, cette année, j'y serai aussi mais je ne tiens pas plus que ça à y être vue, comme tu dis.

Elle agite nerveusement un bout de mèche sur son oreille.

— Je ferai de mon mieux pour rester invisible…

Je hausse les sourcils.

— Oui, fait-elle tout en embrayant bruyamment, je t'en fais la promesse.

Elle plante ses yeux transparents dans les miens.

— On ne m'y verra pas.

Et elle part, me laissant les bras ballants dans le jardin.

Je regarde la voiture cahoter doucement sur le chemin longeant les peupliers. Elle s'arrête au bout de l'allée, à hauteur du petit pont, et je vois le bras de ma sœur sortir et sa main virevolter joyeusement dans un dernier au revoir avant de tourner sur la droite et de disparaître derrière les arbres.

— Non, attends… !

Des larmes tremblent dangereusement au bord de mes yeux. Mes mains se crispent, s'agrippant l'une à l'autre. Je tends l'oreille de toutes mes forces, m'efforçant de suivre jusqu'au bout le ronron feutré du diesel de papa. Jusqu'à ce qu'il s'éteigne complètement.

Je frotte mes yeux d'un revers de main et appelle Sterling. Je vais fermer le portail que j'avais ouvert pour rien puisque Carole a préféré remonter l'allée des bois et faire le tour par-derrière. Le loquet rabattu, je me retourne un instant pour regarder la maison des voisins.

Tout est calme. La fenêtre de la chambre de Chloé est grande ouverte mais aucune rumeur ne me parvient de la maison. Je me détourne brusquement et siffle ma fidèle compagne. Sterling sur mes talons, je file moi aussi vers le pont. Mon désarroi d'un moment a laissé place à une calme détermination.

— Ne dis rien à Carole, OK ? dis-je malicieusement à la chienne qui, sentant l'heure de la promenade, se met à frétiller d'aise en haletant de plus belle.

Les bois sont nettement plus beaux à cette période-ci de l'année. Et je n'ai plus peur.

*
* *

J'arrive en nage sur la petite place aménagée pour l'occasion devant le centre aéré du village. Les buvettes sont déjà tendues de nappes en papier vert et recouvertes de bouteilles en tout genre que l'on sort au fur et à mesure du petit frigo, à l'intérieur du complexe. Je repère Carole parmi les volontaires enjoués : elle s'applique à noter le nom de chaque personne sur les verres en plastique de façon à ne pas se mélanger les pinceaux et à n'utiliser qu'un minimum de gobelets. Je note qu'on a installé une petite estrade dans le fond avec quelques chaises devant, et l'orchestre du village s'en donne à cœur joie parmi les rires des enfants. Beaucoup de monde est déjà là bien que l'ouverture officielle ne soit prévue que pour les coups de midi.

Je contourne les tables, tirant sur la laisse de Sterling, et viens me planter derrière Carole.

— Besoin d'un coup de main ?

Elle me sourit sans me regarder.

— Oui, il y a des quiches et des tonnes de pizzas à découper à l'intérieur. J'ai garé la voiture à l'ombre sous le gros platane. J'ai laissé le coffre ouvert pour le tour de guet, avec sa gamelle dedans.

— Ça marche. Je reviens.

Carole ayant l'habitude d'emmener partout Sterling en voiture avec elle, la chienne avait pris la manie incroyable de grimper dans le coffre à chaque arrêt et d'y attendre le retour de sa maîtresse, couchée de tout son long, sa bonne grosse tête attentive posée sur le rebord. C'est ce que nous appelions son tour de guet. Souvent embusquées derrière une vitrine, nous avions beaucoup ri au début, à l'épier ainsi sans qu'elle ne nous voie et à noter son comportement quand des étrangers s'approchaient ou tentaient même de la caresser. Elle faisait vite l'attraction du parking sans que pour autant les gens aient envie de devenir trop familiers : la belle avait ses têtes.

Là encore, une fois la voiture en vue, Sterling se met à tirer sur sa laisse, m'entraînant vers l'arrière, et se retrouve d'un bond à l'intérieur du coffre. Reniflant sa couverture, heureuse que sa place lui ait été préparée, elle fait deux tours sur elle-même et s'affale.

Un rire s'élève derrière moi et, me retournant, je tombe sur Cardouin.

— C'est dingue ! J'avais un collègue dans la Sarthe, son chien faisait exactement la même chose ! Il avait presque élu domicile dans le coffre et je crois bien me rappeler qu'il préférait même y passer ses nuits, plutôt que dans la niche qu'on lui avait montée dans le jardin !

Il s'approche, toujours souriant, et prend la tête de ma chienne à pleines mains.

— Oui ! Ça, c'est un bon chien ! fait-il en frottant son front contre celui de l'animal immobile. Un très bon chien !

J'en demeure coite.

— Vous devez avoir de sacrément bons fluides pour que Sterling se laisse faire ainsi ! D'habitude, elle ne laisse pas les inconnus l'approcher de si près.

— C'est que ce genre d'animal sent qui l'aime et qui ne l'aime pas. Si j'avais un jour un choix à faire pour un chien, c'est un labrador que je prendrais, sans aucune hésitation !

J'ai rarement vu le capitaine Cardouin aussi détendu. Il a presque l'air… oui, normal ! En dehors du protocole qui l'entoure d'ordinaire.

Tandis que je remplis la gamelle d'eau fraîche, je le sens se raidir imperceptiblement.

— Et votre grossesse, Alix ? Comment se passe-t-elle ?

Je hausse distraitement les épaules.

— Le bébé va bien, il grandit normalement, c'est le principal. Je suis toujours un peu malade, mais à part ça…

Le regard soudain lourd, il me fait face et pose une main sur mon épaule.

— Soyez courageuse, Alix ! Tenez bon ! Je sais que ça n'a pas toujours été facile, c'est le moins qu'on puisse dire, mais les choses… pourraient vous donner raison.

— De quoi parlez-vous ? fais-je vivement. C'est l'enquête, c'est ça ? Vous avez du nouveau ?

— Je ne peux rien vous dire pour le moment et je ne voudrais pour rien au monde vous donner de faux espoirs mais… Ne renoncez pas, voilà tout ! Je tenais à vous le dire.

Je le regarde attentivement, tâchant de pénétrer le secret de la broussaille de son regard.

— Je vais rester un peu par ici. S'il se passe quoi que ce soit de… d'inhabituel, surtout, venez me trouver.

Il semble hésiter à poursuivre.

— Et ne faites rien d'irréparable, Alix. Votre sœur non plus. Nous sommes là pour vous protéger.

Il tâte le flanc de Sterling, redescendue du coffre pour boire à sa gamelle.

— Et n'oublions pas cette demoiselle, également !

Il me lance un dernier regard.

— Eh bien, à plus tard alors !

Je le regarde s'éloigner, me mordillant nerveusement la lèvre. J'aurais dû me sentir réconfortée par ses paroles.

Mais au contraire, c'est une peur panique qui fouaille à présent tout mon être.

XLVII

Extraits des notes de Carole

Je me suis arrêtée un peu plus loin, pour pleurer tout mon soûl dans la voiture, avant d'arriver au centre. Dire au revoir à Alix sur le pas de la porte m'a brisé le cœur. J'ai eu l'impression qu'une page se tournait, que quelque chose de totalement neuf risquait de s'écrire pour nous deux et j'en ai été effrayée. Avec cette impression de pouvoir encore tout arrêter avant qu'il ne soit trop tard. J'aurais pu, par exemple, faire demi-tour, garer la voiture, prendre ma sœur par le bras et lui dire qu'à bien y réfléchir, non, nous n'irions pas à cette fête, qu'elle avait une heure pour préparer un sac et que nous partions en week-end sur les routes, loin d'ici, là, maintenant, tout de suite, se payer du bon temps sans plus penser à rien d'autre…

Je ne l'ai pas fait.

J'ai dû m'y prendre à plusieurs fois pour parvenir enfin à calmer mes sanglots nerveux : mon chagrin, tel un navire, continuait sur son erre et semblait se moquer de mes efforts pour l'amarrer quelque part, lui faire jeter l'ancre, l'oublier un peu dans une rade abandonnée où je ne serais jamais revenue le chercher.

Sandrine était déjà là. Je lui ai trouvé une mine superbe, le teint bronzé, et elle m'a confirmé que ces quelques jours de vacances leur avaient fait le plus grand bien, à elle et aux filles. Nous nous sommes mises au travail sans plus attendre, retrouvant avec un certain réconfort le plaisir de faire et d'organiser des choses ensemble, toutes les deux.

La journée s'annonçait très chaude et notre seule appréhension était de tomber à court d'eau et de boissons fraîches pour les enfants. Ce jour-là devait être plutôt calme, avec quelques animations pour les plus jeunes. Nous attendions les machinistes qui devaient installer dans l'après-midi les quelques manèges dans le champ d'en face, préparé à cet effet. Le coup d'envoi était normalement prévu pour le début de la soirée, en même temps que le bal. Le lendemain samedi devait avoir lieu la chasse au trésor imaginée par Sandrine que nous avions préparée minutieusement pendant l'été. Plusieurs groupes d'enfants assistés chacun d'un adulte devaient se mettre à la recherche du fameux trésor grâce à de multiples indices laissés au fur et à mesure du parcours imaginé pour eux. Cela devait les occuper pour l'après-midi. Enfin, le dernier jour était traditionnellement nommé « la guinguette du dimanche », particulièrement prisée par les plus anciens du village. Le feu d'artifice clôturait immanquablement la soirée et le week-end entier.

Jamais ma sœur et moi n'avions assisté auparavant à ces réjouissances populaires mais je savais que papa se plaisait à aller faire son tour, comme il disait, le dimanche après-midi, plus pour boire l'eau-de-vie du pays avec certaines de ses connaissances que pour la joie du bastringue !

— Besoin d'un coup de main ?

J'ai souri à Alix. Elle tombait plutôt bien ; avec l'affluence des villageois nous arrivaient en même temps les tartes et desserts en tout genre qu'il fallait entreposer au frais et préalablement découper. Je lui ai demandé de s'occuper de Sterling qu'elle avait tenu à amener avec elle pour sa promenade. Tout en m'activant, je lui ai lancé un coup d'œil à la dérobée avant qu'elle ne prenne le chemin de la voiture : elle avait un air plus calme et plus serein que tout à l'heure au moulin. Cela m'a un peu rassurée.

« Tu n'as plus à t'en faire. Je m'occupe de tout. »

J'ai péniblement avalé ma salive tout en la regardant s'éloigner.

*
* *

Mélanie a été la première Farge aperçue de la journée. Pâle et plus maigre que jamais, son visage exprimait néanmoins quelque chose de nouveau, une sorte de détermination que je ne lui connaissais pas, que je ne lui avais encore jamais vue. Évitant mon regard, elle s'est dirigée vers la buvette pour y prendre un verre, tout en restant tournée vers les personnes qui se trouvaient chaque minute plus nombreuses au centre de la place.

Elle semblait chercher quelqu'un du regard. À un moment, j'ai remarqué une vive crispation sur son visage et elle a détourné brusquement la tête. Cherchant à mon tour l'objet de son mécontentement, j'ai vu David serrer cordialement l'épaule d'un homme plus âgé dont je ne me rappelais plus le nom. Surprise, j'ai à nouveau regardé dans sa direction. Elle s'était déplacée et fixait au loin, à l'entrée du parking, une silhouette qui me tournait le dos. Une silhouette d'homme trapu qui me disait vaguement quelque chose. L'homme s'est un moment penché et j'ai tressailli en apercevant son interlocuteur. Alix regardait l'homme et semblait lui répondre. Ce n'est qu'une fois me faisant face et revenant doucement vers la place que j'ai pu le reconnaître.

« Mais que fait Cardouin dans les parages ? »

En civil qui plus est ? Et qu'avait-il à dire à Alix ?

Soudain furieuse, je me suis tournée à nouveau vers Mélanie. Pourquoi regardait-elle ainsi ma sœur ? Que nous voulaient encore les Farge, quel mauvais coup nous préparaient-ils cette fois ? Ma méfiance n'a été que de courte durée quand je l'ai vue suivre des yeux le capitaine, le fixant avec anxiété tandis qu'il déambulait lentement parmi les villageois. Ce n'était pas Alix qui l'intéressait. J'ai alors pris conscience qu'en réalité nous ne l'avions jamais intéressée. Pas elle. L'inquiétude qui se peignait pourtant sur son visage n'était pas feinte et je me suis demandé quels secrets elle recelait et de combien de mystères sa vie était tissée.

Je savais que c'était elle qui avait donné son alibi à David pour le jour où Alix avait été agressée dans les bois. Or ils ne pouvaient pas avoir passé la matinée ensemble. Je les avais moi-même vus revenir chez eux l'un après l'autre.

« L'un après l'autre », avais-je répété inlassablement aux différents inspecteurs qui m'avaient interrogée sur les faits de cette journée. Elle d'abord, lui ensuite. Elle avait donc menti pour couvrir son mari.

Avait-elle su pour papa ?

Mélanie avait donné l'alerte, c'était elle qui avait trouvé le corps d'Antoine affalé sur le seuil. Jusqu'à quel point savait-elle son mari impliqué dans la mort de papa et dans celle de Samuel ? Et maintenant leur femme de ménage quasiment attitrée qui disparaissait mystérieusement sans laisser de traces !

— Papa ! ai-je murmuré.

Mes poings se sont serrés. Si elle avait su pour papa comme elle avait su pour Alix, alors la douce Mélanie devait payer elle aussi !

— Que t'arrive-t-il, Carole ? Tu en fais une tête ? a demandé Sandrine.

M'ébrouant fébrilement, je lui ai souri.

— Oh, rien ! Je me disais juste que la marmaille était en vue et que c'était bientôt à nous de jouer…

— S'occuper des plus petits ne m'effraie pas plus que ça, a-t-elle répondu en s'épongeant le front. C'est demain qui m'inquiète : les grands voudront participer mais les petits les suivront et ça fera un sacré paquet de monde à surveiller et à ne pas lâcher des yeux une seule seconde. Je pense que je vais rameuter encore quelques mamans pour nous aider. Pas question qu'elles se prélassent pendant qu'on se coltine tout le boulot !

— N'y a-t-il pas déjà suffisamment de volontaires inscrites pour les groupes ? me suis-je inquiétée. Il ne faudrait pas voir plus d'adultes que d'enfants participer à la chasse au trésor !

— On ne sera jamais de trop, tu peux me croire, Carole !

*

* *

Il me regardait.

Je l'ai senti à la minute même où il est entré dans la pièce.

— Benjamin, ai-je soupiré pour la énième fois, si les marionnettes ne t'intéressent pas, tu peux très bien y aller, on ne te retient pas, tu sais !

J'essayais de tenir la petite troupe le plus au calme possible mais il y en avait toujours parmi les plus grands pour se moquer et gâcher le spectacle aux plus petits qui essayaient pourtant de rester plongés dans l'histoire.

Il était là, sur le côté, un peu en retrait, observant la scène. Nous nous étions réfugiés dans le complexe, fermant tous les rideaux pour plonger la salle dans un semblant d'obscurité pour le spectacle, mais la porte était restée ouverte. Il s'était adossé au mur, les bras croisés, mais n'avait pas une seule fois jeté les yeux vers la scène.

— Benjamin, bon sang ! ai-je grondé, à bout de nerfs. Tiens-toi tranquille une bonne fois pour toutes ou je te fous dehors !

Nous étions tous assis par terre en rang d'oignons et le sentir gesticuler contre moi commençait à me taper sur les nerfs.

Il a tourné la tête vers moi, les yeux écarquillés, la bouche tordue, et a lorgné une fois de plus derrière mon épaule.

— Qu'est-ce que tu as à gigoter comme ça ? ai-je fait plus doucement. De toute façon, tu es bien trop grand pour ça, ce n'est plus de ton âge !

Le petit garçon s'est gratté nerveusement la tête.

— J'veux rester là, m'dame.

J'ai soupiré derechef.

— Alors reste tranquille et cesse de bouger !

Curieusement, je l'ai senti soulagé. Il s'est rapproché de moi et a glissé discrètement sa main dans la mienne.

Je l'ai dévisagé, abasourdie.

« Benjamin Duverrant donnant la main à la surveillante ! » Quelque chose devait vraiment clocher chez ce garçon !

Et ces coups d'œil derrière moi, mais qu'est-ce qu'il pouvait bien… ?

Je me suis retournée très vite, surprenant le regard de Farge posé sur l'enfant.

C'est à ce moment précis seulement que j'ai compris ce qui se passait ! J'ai compris ce qui perturbait le garçon, ses œillades en coin, sa mine déconfite, ses trémoussements incessants.

David a sursauté en interceptant mon regard et m'a souri brièvement. Détournant la tête, j'ai alors eu la nette impression que la main de l'enfant s'agrippait plus fort à la mienne.

Ce n'était pas moi que Farge regardait…

De plus en plus décontenancée, j'ai perçu un mouvement en retrait sur mon côté droit. Une fois de plus, j'ai tourné franchement la tête pour m'apercevoir que Farge n'était plus là.

— Il est parti ? a fait une voix timide que j'ai eu du mal à reconnaître.

Je me suis penchée vers l'enfant.

— Oui, c'est bon, il est parti.

Il n'en continuait pas moins à fixer la porte béante par laquelle Farge venait de sortir.

— Que se passe-t-il, mon grand ? ai-je soufflé à son oreille.

Le garçon a secoué la tête d'un air buté.

— J'peux pas l'dire.

— Mais à moi, si, voyons ! Le docteur t'a fait mal pendant un vaccin ? l'ai-je taquiné en le poussant doucement du coude.

À nouveau, il a secoué la tête.

— Alors quoi ? Pourquoi tu le regardais comme ça tout à l'heure ?

L'enfant a lâché ma main. L'instant de grâce était terminé.

J'ai décidé de ne pas insister. Cela ne servirait à rien de le brusquer. Tâchant donc de me concentrer sur les petites marionnettes qui s'agitaient sur scène sous les rires des enfants, j'ai fait mine de ne plus m'intéresser à ses problèmes, lui glissant néanmoins de fréquents coups d'œil obliques.

Il semblait calme, assis en tailleur, ses mains croisées sur ses pieds.

— Je n'aime pas le docteur mais c'est pas à cause d'un vaccin.

Je me suis forcée à déglutir lentement, sans quitter des yeux une minuscule marionnette chat qui dansait au rythme des applaudissements des bambins.

— À cause de quoi alors ? ai-je demandé d'un air nonchalant.

Les applaudissements avaient cessé et nous suivions à présent les aventures d'un berger à la recherche de son agneau perdu dans la forêt.

— J'peux pas dire à cause de quoi c'est.

Au bout d'une éternité, il a ajouté :

— Mais c'est grave, ça j'peux l'dire !

— Alors si c'est grave, tu dois le dire à ton papa ou à ta maman, ai-je fait en m'efforçant de garder mon calme.

— Ah non ! Surtout pas ! Me ferais encore engueuler !

— Tu as fait une bêtise, c'est ça ? ai-je soupiré, rassurée. Et tu as peur parce que Farge le sait et qu'il va aller le dire ?

— Non, non ! C'est pas ça, a-t-il répondu en se tournant vers moi pour la première fois. Je sais un truc que personne sait encore dans le village. Un truc grave. Mais le pire, c'est que j'crois bien que le docteur le sait aussi mais je vois pas comment il pourrait savoir, sauf si…

Il s'est arrêté net, ouvrant de grands yeux.

— Oh !

— Qu'est-ce qu'il y a ?

L'enfant ne bougeait plus et j'ai eu l'impression un instant qu'il allait me tomber dans les bras, victime d'une attaque d'apoplexie.

— Benjamin, qu'est-ce qui se passe ?

Il ne m'écoutait plus, perdu dans ses pensées.

— Mais oui ! C'est pour ça qu'il sait ! a-t-il fini par murmurer, en se tapant sur le front. Parce que *c'est lui qui l'y a mis* !

— Benjamin, si tu veux que je t'aide, il faut m'expliquer de quoi tu…

Il ne m'a pas laissé le temps de finir ma phrase.

— Désolé, j'dois y aller !

Se levant d'un bond, il s'est mis à courir vers la porte sans que je puisse faire le moindre geste pour le retenir.

XLVIII

Extraits des notes de…

Cette nuit-là, je n'ai pas dormi.

La journée avait été éprouvante et nous étions rentrées exténuées, ma sœur et moi.

— Et ce n'est que le premier jour ! s'est-elle exclamée.

« Oui. Que le premier », ai-je pensé.

Cette fête semblait promise à un beau succès. Les choses s'étaient déroulées sans accrocs et nous étions parties peu après le début du bal. Les enfants s'étaient tous précipités sur les petites autos-tamponneuses et il avait dû y avoir un beau vacarme jusqu'à tard dans la nuit.

À 3 heures du matin, n'en pouvant plus de me tourner dans le lit sans trouver le sommeil, je me suis levée sans bruit pour descendre le plus doucement possible l'escalier.

J'ai caressé distraitement Sterling restée au rez-de-chaussée pour profiter de la fraîcheur du carrelage. Elle a levé sa grosse tête fripée par le sommeil, bâillant longuement tout en me suivant des yeux à travers la pièce. Je circulais, ombre parmi les ombres, effleurant l'étrange douceur des choses et des meubles dans l'obscurité qui en estompait les contours, en floutait les formes trop brutales.

Je me suis assise sur le canapé, me laissant aller au clapotis de la roue et à son tournoiement que je pouvais suivre à travers la baie vitrée. Sterling, après une intense réflexion, a pris le parti de venir me rejoindre. Elle a sauté sur le canapé et s'est affalée tout contre moi.

— Mon amour... ai-je murmuré, surprise de m'entendre parler ainsi à un chien.

Mais j'avais bien besoin d'une présence cette nuit. Cette nuit-là plus que toute autre.

J'ai massé la gentille tête et Sterling s'est mise à geindre de contentement.

— Peux-tu me sauver, ma belle ? ai-je demandé tout bas.

Non, bien sûr que non, elle ne le pouvait pas. Mais la sentir tout contre moi était d'un réel réconfort et j'étais presque heureuse.

Mon âme enfin silencieuse avait cessé de hurler. Et j'ai pensé : « Demain... »

Rien n'avait pu se faire aujourd'hui, mais demain... Je me sentais prête. Tout se passerait bien. Agir vite, saisir ma chance, dès qu'elle se présenterait. Savoir la reconnaître et, pour ça, rester aux aguets. Vigilante.

L'accident.

J'y avais beaucoup réfléchi. C'était la meilleure chose à faire. Pas d'enquête, pas de complications, aucun risque.

Et c'était presque drôle parce que c'était Farge lui-même qui m'avait soufflé la solution, sans le savoir. Papa était mort d'un accident. Tellement banal que personne ne s'en était soucié. Personne non plus n'avait posé de questions embarrassantes. La mort de papa était limpide, claire. Un vieux qui clamse du cœur, grand Dieu ! Pas de quoi fouetter un chat !

Ta mort à toi, Farge, ne sera pas tout à fait aussi paisible.

Sterling a bougé près de moi. Son souffle lent a caressé ma jambe.

Je vengerais les miens qui s'en étaient allés de sa main et je protégerais ceux qu'il n'avait pu me prendre.

Ma sœur. L'enfant.

Demain, David Farge serait un homme mort.

XLIX

FARGE RESTA LES YEUX rivés au plafond une bonne partie de la nuit.

Il fallait qu'il trouve une solution ! Il fallait qu'il se débarrasse de ce garçon aux cheveux sales une bonne fois pour toutes, avant qu'il ne recommence ses pérégrinations sur le bord du lac ! Avant qu'il ne tombe sur la voiture de Maïté !

Mais alors, la sempiternelle question sans réponse qui l'avait hanté toute la journée revint toquer à la porte de son esprit échauffé et las : l'avait-il *déjà* découverte, gisant au fond de l'eau ?

Il s'agita sur sa couche. Après tout, il ne savait pas comment c'était, là-dessous ! Et si, dans sa hâte, il avait mal refermé le coffre ce jour-là sur le parking ? Aurait-il pu se rouvrir lorsque la voiture avait touché le fond ? Et si le cadavre était sorti de sa cachette ? S'il remontait à la surface et se mettait à flotter tranquillement comme une branche de bois mort ?

Des images épouvantables dansaient devant ses yeux hallucinés. Non, il ne dormirait pas cette nuit-là ! Il avait bien envie de prendre un des somnifères de sa femme mais il savait qu'il devait réfléchir à la situation avant. Il ne pouvait plus se permettre la moindre erreur !

D'autant qu'il avait la désagréable sensation d'un étau se refermant doucement sur lui… La catastrophe pouvait surgir de n'importe où ! D'abord, ce Cardouin qu'il avait repéré à la fête. Que fabriquait-il ici, celui-là ? Il l'avait salué d'un bref hochement de tête mais n'avait pu s'enlever de l'esprit que le capitaine était là pour lui, qu'il le surveillait, l'avait à l'œil.

Et puis il y avait aussi, depuis quelque temps, ce sentiment très étrange, cette impression… Il ne se l'expliquait pas. Comme s'il était suivi ou épié. Plusieurs fois, ces derniers jours, il s'était retourné brusquement, sûr de repérer quelqu'un, une silhouette… Mais non, rien. Peut-être devenait-il paranoïaque, après tout !

L'enfant ! Tout le ramenait à l'enfant ! Il l'avait vu parler à Carole dans l'après-midi. Qu'est-ce que cela signifiait ? L'enfant avait semblé vouloir l'éviter et Farge avait compris une chose terrible : son instinct ne l'avait donc pas trompé ce jour-là.

Il avait bien senti une présence. Et les flaques de boue étaient beaucoup trop récentes. Quelqu'un venait juste de sortir de l'eau et n'avait eu que le temps de se cacher dans quelque buisson aux alentours. Et il l'avait appelé !

Quand plus tard il y avait resongé, il s'était traité de fou d'avoir hurlé ainsi. N'importe qui aurait pu l'entendre et se demander ce que le docteur faisait là, à brailler le nom d'un gosse du village ! Il avait douté, complètement affolé, flairant un danger mais ne le trouvant pas. Et Mélanie qui l'avait appelé en suivant, se plaignant à nouveau de la disparition de Chloé ! Il avait quitté les lieux à regret, se forçant à penser que son esprit déraillait, qu'il s'imaginait des choses, qu'il voyait à présent des gosses planqués derrière les arbres à attendre qu'il s'en aille !

Maintenant, il savait qu'il avait vu juste ! Sinon pourquoi avait-il lu de la peur dans le regard de l'enfant aujourd'hui, à la fête ?

Et Carole... Elle l'avait regardé après avoir parlé à l'enfant. Farge n'en pouvait plus de toutes ces questions.

Et soudain...

Mais oui, bien sûr ! Demain ! Chloé lui en avait pourtant assez rebattu les oreilles ! Une chasse au trésor, c'était l'idéal pour attirer un enfant un peu crétin sur une fausse piste, l'isoler du reste du groupe et le réduire au silence ! Il l'avait, sa trame ! Ne restait plus qu'à trouver les moyens d'agir sans oublier que l'enfant désormais se méfiait de lui. Il lui faudrait ruser.

Son sourire s'agrandit encore.

Oui, c'était une bonne idée, ça ! Encore mieux ! Piéger l'enfant en l'amenant à cet endroit *précis* ! Le tuer et le balancer à la flotte ! Facile, ultra-facile même ! Et pas si loin que ça, tout compte fait !

Et tellement génial !

N'était-ce pas la rivière qui courait en amont du moulin ? Le courant devenait dangereusement puissant à ce niveau-là...

Le corps serait immanquablement emporté.

Il eut un gloussement de joie en imaginant la tête des filles Brausch quand elles tomberaient sur un cadavre d'enfant, coincé entre les pales de leur cher moulin...

*

* *

Sandrine tentait de se raisonner.

« Allons, tout va bien se passer, qu'est-ce qui t'arrive à la fin ?! »

Elle cria à nouveau, tapa dans ses mains pour regrouper autour d'elles les gamins bruyants, tout excités après la lecture de leur premier indice.

— Le but du jeu est de s'asseoir tous ensemble en rond pour pouvoir réfléchir et trouver l'endroit où se trouve notre deuxième indice. Alors, qui a une idée ?

Des voix enjouées fusèrent toutes ensemble dans une cacophonie générale, surtout que les groupes d'à côté faisaient preuve du même entrain ! On était en passe de ne plus rien entendre du tout !

— Chut ! Baissez d'un ton si vous ne voulez pas que vos adversaires entendent vos propositions ! N'oubliez pas de tenir vos langues surtout !

— T'as qu'à nous le dire, Sandrine, où il faut chercher ! C'est toi qui as préparé le jeu, non ?

— Un peu de bonne volonté, Chloé ! Quel est l'intérêt si je vous aide ? C'est à vous de chercher et, même si c'est une fausse piste, je n'ai pas le droit de vous le dire.

Sandrine fronça les sourcils. Apparemment, la fée Dragée était pressée d'en finir et avait toutes les peines du monde à contenir son envie de s'éclipser du jeu !

— Alors, qui a une idée de ce que pourrait signifier « le point le plus haut du village » ?

Une forêt de doigts se leva en même temps.

— Le clocher de l'église ?

— La colline du Bourg ?

— Le pigeonnier ?

Sandrine sourit.

— Parfait ! Je vois que nous avons des idées, ça s'annonce bien. Gardons les trois propositions : on va procéder à un vote. Qui est pour qu'on se rende à l'église ?

« C'est bon, ça prend ! »

Elle jeta un œil aux groupes concurrents. Les mamans avaient bien un peu de mal à canaliser l'énergie débordante de tous ces gosses qui piaillaient de concert.

« Pourvu que personne ne se perde ! »

C'était tout ce qui lui importait, en réalité. Le village était encore sous le choc du meurtre du gendarme et de la disparition de cette femme qui travaillait chez des particuliers du coin. Ce n'était pas le moment d'en égarer un, avec un potentiel assassin qui se promenait dans les parages.

« Les enfants ne craignent rien », se dit-elle, tandis que son petit groupe prenait doucement le chemin de l'église.

Heureusement qu'elle avait prévu des adultes en plus ! Carole devait initialement l'accompagner mais elle l'avait prévenue qu'elle ne la rejoindrait que plus tard, n'en ayant pas terminé avec la mise en place des activités de la soirée. Pour les autres groupes également, on n'avait prévu pas moins de deux adultes à chaque fois pour superviser les déplacements.

Et pourtant, Sandrine n'était pas tranquille.

Encore une fois, elle compta ses petites têtes blondes : douze. Tout le monde suivait. Elle tenta de se distraire de son mauvais pressentiment et demanda aux enfants s'ils étaient d'accord pour se mettre à chanter des chansons tout en marchant.

— Et Chloé, si tu dois traîner des pieds comme ça, tu vas faire perdre du temps à tout le groupe ! Marche un peu plus vite, veux-tu ?

La fée Dragée lui lança un regard noir.

Sandrine soupira. Si en plus elle devait faire avec des mauvaises volontés… !

*
* *

Rémi Séléra avait toujours considéré son nom de famille comme un affront personnel. La première chose qu'il faisait lorsqu'il se présentait pour la première fois était de l'épeler en entier à son interlocuteur, moyen pour lui de lui signifier qu'il n'avait rien à voir avec cet adjectif qualificatif qui lui avait gâché la vie. Dans son service, c'était d'ailleurs le seul qui se faisait appeler Rémi, tout simplement, et ce malgré son âge, quand tous les autres s'apostrophaient à qui mieux mieux par leur patronyme sans le moindre complexe.

Rémi était connu pour être un excellent « filocheur », comme on appelait ceux qui prenaient en filature tout individu susceptible d'intéresser les services de police. Depuis plusieurs jours, il agissait directement sous les ordres du capitaine Cardouin et s'évertuait à ne pas se faire repérer de l'homme en question, un certain Dr Farge, suspecté dans une affaire de disparition et peut-être de meurtre.

Le caractère non officiel de sa mission n'était pas pour lui déplaire. Avaient commencé les longues heures de planque et le suivi systématique des moindres faits et gestes du docteur. Cela n'avait pas toujours été une mince affaire et, plus d'une fois, Rémi avait bien cru frôler la catastrophe. L'homme était méfiant. Extrêmement. Avec comme un sixième sens. Un flair de bête qui se sent traquée.

Il lui fallait jouer avec un adroit, un rusé : tant mieux, c'étaient ceux qu'il préférait. Mais attention ! L'homme pouvait être dangereux. Du moins, selon Cardouin. Il était peut-être l'auteur du meurtre de ce gendarme retrouvé la tête défoncée dans le bois d'à côté. Rémi n'avait pas connu ce Samuel Barbier mais peu lui importait. Si ce Farge avait fait le coup, alors en effet il ne reculait devant rien, pas même devant le meurtre d'un gradé !

— Je suis quasiment sûr qu'il va bouger, lui avait dit Cardouin, qu'il va tenter quelque chose. Vous êtes un vieux de la vieille, Rémi, faites du saute-dessus, prenez-le-moi en flag ! Le tout est de le serrer au bon moment ! Je veux un homme de terrain derrière ce fumier qui se croit plus malin que les autres.

Il lui avait été facile de se mêler aux villageois dès le premier jour des réjouissances, tout en gardant un œil sur son homme. L'allure un rien roublarde de Rémi était un de ses atouts majeurs. Il s'était inventé une identité et s'était prétendu originaire d'un village voisin dans lequel il ne se passait jamais rien, d'où sa présence ici !

Farge restait nerveux. À peine s'il prenait le temps de se poser, courant presque d'un groupe à un autre, riant avec ceux-ci, discutant âprement avec ceux-là, toujours sur la brèche, distribuant sourires et poignées de main, jouant l'indispensable, n'arrêtant jamais.

Et guettant. Guettant quoi ? Rémi ne le savait pas encore, mais il l'avait senti presque immédiatement. L'homme était à l'affût. Son regard s'envolait par-dessus les têtes, s'étirait dans les coins, se perdait dans la foule, cherchant sans en avoir l'air, rebondissant sur les choses et les gens sans les voir.

« Quel est ton problème, mon gars ? Qui cherches-tu comme ça ? »

Rémi n'avait pas su débrouiller les fils de cet écheveau compliqué de regards, il avait eu beau les défiler patiemment, ils ne l'avaient mené nulle part. Sauf…

Oui, à un moment, Rémi avait cru que peut-être…

Farge s'était placé à l'entrée du complexe. Rémi avait pu y jeter un coup d'œil en passant : un spectacle de marionnettes, rien de bien captivant. Il s'était dit que Farge, ayant lui-même une gamine, devait juste vérifier qu'elle était bien à l'intérieur avec tous les autres gosses de son âge. Mais Farge était resté dix bonnes minutes avant de ressortir, la mine plutôt contrariée d'ailleurs, et Rémi avait trouvé ça un peu trop long à son goût. Dix minutes à regarder des niaiseries ? Rémi avait haussé les épaules. Après tout, pourquoi pas ? Rien de mal à cela.

C'était après qu'il s'était passé quelque chose de très étrange. Farge s'était servi à boire, visiblement contrarié, et avait glissé deux mots à l'oreille de sa femme. Celle-ci s'était mordillé la lèvre supérieure mais n'avait pas bougé. Farge s'était alors retourné et son visage s'était crispé.

De haine.

Et cette fois-ci, Rémi avait pu remonter sans difficulté le long de cette ligne invisible avec laquelle le docteur semblait enfin avoir harponné son poisson.

Mais la surprise avait été de taille !

Un gosse chevelu à l'allure négligée s'était arrêté net à quelques pas seulement de Rémi. L'enfant, hésitant, avait tressailli en découvrant à son tour le docteur et ses yeux s'étaient agrandis d'effroi. Puis il s'était mis à courir vers le parking et avait disparu au regard du vieux flic.

Qui avait reporté derechef toute son attention sur le docteur. « Très intéressant… »

C'était donc ce gamin hispide qui intéressait tant le docteur !

Rémi n'avait cessé de ruminer cette information dont il n'avait su que faire d'ailleurs, tant elle lui paraissait étrangère à l'objet de l'enquête en cours ! Il l'avait communiquée à Cardouin le soir même, à l'heure de son rapport journalier qu'il ne devait rendre qu'au capitaine en personne. Ce dernier lui avait spécifié de se renseigner, toujours très discrètement, sur l'enfant en question et d'établir un lien, si ténu soit-il, entre lui et le Dr Farge.

— C'est peut-être rien, c'est peut-être tout, avait conclu Cardouin, selon sa bonne vieille formule.

Rémi Séléra s'en tenait donc à ce plan. On était samedi et une chasse au trésor devait avoir lieu, mêlant des groupes d'enfants à quelques adultes. Il put, sans fournir trop d'efforts, apprendre les nom et prénom du gamin, ainsi que le numéro du groupe dont il faisait partie.

Le numéro quatre.

Étonnamment, Farge semblait prendre lui aussi un vif intérêt au parcours des enfants. Encore mieux, Séléra eut la surprise de découvrir que c'était la femme du docteur elle-même qui avait été nommée responsable du groupe numéro quatre !

« Coïncidence ? »

Rémi avait pu se lier la veille avec un dénommé Lucas, militaire de carrière fraîchement débarqué dans le village. Sa femme, une certaine Julie, était l'attachée de Mme Farge pour la surveillance du groupe. Pendant la chasse, Lucas proposa au groupe d'hommes qui se trouvait là, et dont faisait partie Rémi, de partir en balade de leur côté.

À la surprise générale, David Farge refusa et dit qu'il préférait rentrer, sachant sa femme et sa fille dans la compétition, pour pouvoir profiter seul de la maison et y classer au calme quelques dossiers. Une fois le docteur parti, Rémi dut donc décliner à son tour l'invitation et rejoindre prudemment la buvette, avant de gagner à son tour son véhicule.

Les dossiers de Farge, il n'y croyait pas.

Il laissa filer ainsi quelques minutes, puis il se dirigea d'un pas nonchalant vers sa voiture. Le 4 x 4 de Farge n'était plus sur le parking. En revanche, un sympathique labrador était couché dans le coffre de la voiture garée juste à côté de la sienne et il ne résista pas à la tentation de lui caresser la tête au passage.

« Sacré molosse, tout de même ! » pensa-t-il.

Il mit huit minutes exactement pour regagner les bois, là où il avait pris l'habitude de cacher sa voiture quand il planquait devant chez les Farge. Cardouin avait demandé expressément à Rémi de s'assurer que tout se passait bien pour les habitantes du moulin, mais Séléra n'avait pas encore eu l'occasion de les apercevoir chez elles et Farge n'avait jamais présenté la moindre velléité de s'approcher un tant soit peu de la maison voisine !

Il rejoignit à pied et à couvert l'arrière du jardin du docteur. Il s'engagea à travers les peupliers et s'aplatit contre son arbre de guet, à bonne distance de la maison. Le 4 x 4 était là, dans l'allée. Farge était bien rentré chez lui. Tout semblait calme.

Et si c'était vrai, le coup des dossiers ?!

— Bordel ! Quelle galère ! jura-t-il.

Il s'épongea le front. Et puis il faisait tellement chaud ! Il se préparait déjà à faire le planton derrière son arbre quand, soudain, il vit coulisser silencieusement la baie vitrée du salon et Farge en sortir telle une ombre.

— Putain ! siffla-t-il en le voyant arriver droit sur lui, étrangement vêtu d'un pantalon de survêt noir et d'un tee-shirt kaki à manches longues.

Rémi se tassa un peu plus et s'apprêtait à sortir son arme de poing, mais Farge traça son chemin, sans même tourner la tête.

Rémi frémit.

Des gants ! Farge avait mis des gants !

Par cette chaleur ?! Et qu'est-ce que c'était que cet accoutrement, pourquoi avait-il pris la peine de rentrer chez lui pour se changer ?

Les nerfs soudain à vif et les sens en alerte, Rémi sut que Cardouin avait vu juste.

Farge tentait quelque chose.

Et ça se ferait là, dans quelques heures, peut-être moins, sous son nez à lui.

Mais alors, Séléra le mal nommé serait prêt à intervenir...

L

CHLOÉ FARGE en avait plus qu'assez !
Assez de marcher, assez de continuer à jouer à ce jeu débile de chasse au trésor, assez de Sandrine qui n'arrêtait pas de lui faire des reproches sur son manque d'initiative !

Assez, assez, assez !

Et puis il y avait cette jolie chose qu'elle avait dans la poche et qu'elle avait bien du mal à s'empêcher de tâter de la main !

Comme il lui tardait ! Oh oui ! Comme il lui tardait de pouvoir le contempler tout à son aise, de faire tournoyer le beau bracelet encore et encore dans sa petite main, de le faire danser dans la lumière, de le regarder jusqu'à s'en user les yeux, *là-bas*, à l'abri, dans sa cachette !

Là-bas !

Elle regarda de biais le reste du groupe. Sandrine avait toutes les peines du monde à faire régner l'ordre et la discipline ! Ils étaient en fin de parcours et, jusque-là, avaient réussi à trouver tous les indices du premier coup. Mais cette fois-ci, ils étaient bel et bien partis sur une fausse piste et Sandrine tentait patiemment de les faire réfléchir à nouveau sur les termes du message précédent. Le groupe numéro deux avait pris de l'avance par rapport au leur et, à tous les coups, ce seraient eux qui remporteraient le lot de récompense.

Mais Chloé, elle, avait déjà le sien !

Elle l'avait repéré la veille, au poignet d'Émilie. Un bracelet torsadé de plusieurs fils d'or et d'argent fixés par une fine attache en forme de boucle. La petite fille l'avait arboré fièrement toute la journée de la veille, l'exhibant aux yeux de tous ses petits camarades, en en faisant admirer l'entrelacement compliqué, sans se douter de l'envie féroce qu'elle venait d'allumer dans le cœur d'une de ses meilleures amies.

Les parents d'Émilie étaient riches, très riches, bien plus riches que ceux de Chloé. Elles étaient devenues les meilleures amies du monde sans que Chloé ne lui pardonne jamais la taille impressionnante de sa maison, la piscine dans le jardin, l'immense penderie dans l'immense chambre et jusqu'à l'élégance tapageuse de sa mère, quand la sienne à elle passait ses journées couchée au lit ou plongée dans un bain...

Autant d'accrocs invisibles à leur belle entente, autant de griffes acérées plantées dans l'âme jalouse et tourmentée de la petite fille du docteur.

Mais là, c'était trop ! Trop pour Chloé !

Ce bracelet, elle en avait eu immédiatement envie ! Émilie avait consenti à ce qu'elle le passe à son poignet quelques secondes et l'œil avide de Chloé s'était allumé. Il lui fallait ce bracelet, il le lui fallait !

Et puis ce n'était pas comme si c'était la première fois ! *Là-bas*, elle commençait à en avoir une sacrée collection, de ces objets qu'elle avait désirés, convoités, caressés du regard avant de ne pouvoir le faire concrètement, du bout de ses doigts ! Les choses disparaissaient autour d'elle, mystérieusement. D'abord, des enfants s'étaient plaints à la maîtresse. Puis c'étaient des parents d'élèves chez qui Chloé était venue passer un après-midi qui ne parvenaient plus à remettre la main sur des bijoux ou des objets de valeur qu'ils se rappelaient pourtant bien avoir vus sur leur table de chevet ou leur bureau de travail !

Comme elle aimait retrouver ses petits trésors à elle, tout là-haut ! Elle s'y précipitait dès qu'elle avait un moment et ne pouvait plus s'en déloger !

La maîtresse leur avait longuement parlé des particularités du pigeonnier de leur village, magnifique exemple de pigeonnier dit « sur arcades », de plus de douze mètres de haut. Chloé connaissait par cœur les différents éléments architecturaux et les aménagements intérieurs de *son* pigeonnier.

La maîtresse leur avait également expliqué l'histoire et la fonction d'un tel bâtiment dans un village comme le leur. Chloé avait appris qu'à l'époque on avait coutume d'appeler ça un colombier et que le nombre de boulins était bien souvent révélateur, soit des moyens financiers des propriétaires, soit de leurs possessions de terres céréalières.

Elle avait souri à cette idée. Aujourd'hui, un de ceux-ci détenait ses possessions à elle !

Les boulins en brique étaient inclus dans la maçonnerie même du mur et étaient suffisamment larges pour qu'un couple de pigeons puisse y nicher. Sans autre utilité aujourd'hui que d'accumuler saletés et débris de toutes sortes, Chloé avait pu facilement y fourrer ses petits chapardages. En effet, qu'aurait pensé sa mère si elle avait découvert, cachés dans la maison, des objets ne lui appartenant pas ?

Et puis emprunter l'échelle tournante à l'intérieur constituait en soi une véritable aventure !

Mais, depuis que les hommes du chantier s'étaient attaqués au nettoyage et à la restauration intérieure des niches, Chloé avait dû déménager son butin.

Pourtant, elle aurait pu retrouver *son* boulin presque les yeux fermés ! Elle comptait, sans s'y reprendre à deux fois, le nombre de rangées, de haut en bas, puis, à partir d'un point précis, la lucarne côté est, comptait à nouveau, mais horizontalement cette fois, pour retrouver la niche de toutes ses espérances !

Alors elle avait réfléchi. L'intérieur n'était plus utilisable pour le moment, OK ! Mais quelle aubaine, ces échafaudages ! Facile d'accès, il lui suffisait de faire glisser la rampe coulissante pour y grimper, quand les ouvriers ne la laissaient pas carrément en place, oubliant de remonter l'échelle !

Elle avait fait le tour de la bâtisse méticuleusement. Et elle avait fini par trouver !

C'était même mieux ! Un des trous d'envol, à l'extérieur, comportait une large brèche le long de sa paroi. Seule une main d'enfant pouvait se faufiler à l'intérieur de celle-ci ! Et elle y avait déposé, l'un après l'autre, le fruit de ses menus larcins.

Évidemment, il lui fallait monter sur la plus haute plate-forme de l'échafaudage fixe mais elle ne connaissait pas le vertige et s'était parfois surprise elle-même, se découvrant une certaine habileté et un sens de l'équilibre peu commun.

Elle en était là de ses réflexions quand, revenant brusquement à la réalité, elle identifia les lieux où elle se trouvait. Au cours de ses pérégrinations, le groupe avait atterri dans une petite clairière, près de la forêt que traversait la rivière. Comme ils s'étaient trompés, il leur fallait maintenant remonter vers la départementale, coupant à travers champs, pour rejoindre la route principale qui devait les conduire vers une autre possibilité de lieu où se cachait l'indice suivant.

Son cœur battit plus fort. Elle lorgna vers la forêt.

« Oui, c'était faisable. »

Elle connaissait cet endroit comme sa poche. Elle s'enfonçait sur quelques mètres à peine dans la forêt, obliquait vers la gauche, dévalait la pente et se retrouvait pile-poil au pied du pigeonnier. On était samedi après-midi, il n'y aurait donc personne pour y travailler. Et elle ne risquait pas non plus de croiser un autre groupe puisqu'ils s'étaient égarés par ici et n'avaient donc rien à y faire.

Elle réfléchit très vite. Il fallait qu'elle se laisse distancer. Personne ne ferait attention à elle. Sandrine était toute seule pour s'occuper de tous ces enfants à la fois ! Et ils commençaient à drôlement piaffer d'impatience, fourbus et déçus qu'ils étaient d'avoir fait tout ce chemin pour rien !

Elle traîna les pieds un peu plus, tout en faisant mine de regarder le paysage. Mais non ! Personne ne se tournait vers elle. Sandrine marchait en tête, suggérant aux petits de sortir leur bouteille d'eau minérale de leur sac à dos et de boire tout en marchant, « sinon, nous arriverons bons derniers, je me demande où est passée Carole, elle aurait dû nous rejoindre depuis longtemps, j'aimerais bien savoir ce qui la retient, quand même, elle m'avait promis… »

Sa voix se perdit au moment où elle pivota sur la droite et disparut derrière le champ de maïs. Chloé les regarda s'évanouir l'un après l'autre derrière l'horizon que dessinaient les hautes tiges serrées des céréales immobiles sous le soleil. Sans qu'une seule fois un des enfants ne fasse le geste de regarder derrière lui.

Elle attendit encore une minute.

Quand elle fut bien sûre que personne ne ferait demi-tour pour venir voir ce qu'elle fabriquait, elle s'élança d'un seul coup vers la forêt.

Vite, vite ! Elle ne serait vraiment à l'abri qu'au milieu des arbres, à couvert. Une sorte de griserie l'emporta tandis qu'elle courait de toutes ses forces.

Elle ne vit rien d'autre que les arbres qui lui tendaient les bras, qui l'invitaient à venir se réfugier sous leurs longues robes sombres.

Elle ne vit pas cette ombre plus légère qui s'était arrêtée pour la regarder revenir sur ses pas, qui s'était rabattue vivement derrière un tronc, avait semblé hésiter un moment et puis avait commencé à la suivre de loin…

*

* *

Mélanie raccrocha, perplexe.

Elle se tourna vers le petit groupe derrière elle.

— Benjamin, il paraît que ta mère te cherche. Elle t'attend au centre, il faudrait que tu puisses rentrer directement…

— Qu'est-ce qu'elle a ? demanda l'enfant, le cou tendu, interloqué.

— Je n'en sais fichtre rien, mais sauras-tu retrouver ton chemin ?

Non, décidément, Mélanie n'y comprenait rien du tout. David venait de l'appeler sur son portable, lui demandant où ils se trouvaient exactement, elle et les enfants, et ajoutant qu'il y avait un problème avec la mère de l'un d'eux et qu'il fallait que ce dernier abandonne la partie et revienne au centre de toute urgence.

Le petit garçon s'esclaffa devant sa mine pantoise, interprétant de travers son trouble.

— Mais oui, m'dame, vous rigolez ou quoi ?! Bien sûr que je sais repartir d'ici ! J'y suis né dans ce village, j'le connais par cœur !

— Un problème, Melly ? demanda Julie qui revenait d'avoir essuyé les larmes d'une petite fille qui s'était écorché les genoux en tombant.

— Non, non, fit Mélanie en secouant la tête, c'est Benjamin qui nous quitte parce que sa mère apparemment le cherche partout...

Julie lui lança un regard entendu et se tourna vers le garçon.

— Tu sais, même si tu ne finis pas avec nous, le principal c'est que tu aies participé ! Et si on gagne, tu gagnes avec nous !

Le gamin semblait s'en moquer complètement, murmura un vague « Bon bah, j'y vais alors » et leur tourna le dos.

Mélanie le regarda s'éloigner en fronçant les sourcils.

— Tu es sûr que tu ne veux pas que je t'accompagne ? lui cria-t-elle, soudain éperdument inquiète pour le petit garçon. Julie peut très bien s'occuper du groupe toute seule !

— Mais non ! C'est pas la peine ! J'y serai dans dix minutes ! fit-il en se retournant brièvement.

Elle l'entendit grommeler.

Une légère pression sur son bras lui fit tourner la tête.

— Tu sais, sa mère est complètement folle ! murmura Julie à son oreille. Évidemment, je n'ai rien voulu dire devant lui, mais ça ne m'étonne guère venant d'elle, il faut toujours qu'elle gâche la vie à l'un ou l'autre de ses enfants !

Mélanie n'était pas convaincue et regardait à présent la petite silhouette rétrécir dans le lointain.

— Mon Dieu, pourvu qu'il ne lui arrive rien ! ne put-elle s'empêcher de s'exclamer.

— Mais que veux-tu donc qu'il lui arrive à ce gosse ? À mon avis, il est tout juste bon pour se prendre une avoinée devant tout le monde au centre parce qu'elle aura oublié qu'il participait à la chasse au trésor !

Mais Mélanie en doutait.

Elle s'était bien gardée de révéler à Julie que l'appel venait en fait de David. David, censé être resté tout l'après-midi à la maison.

David, qui avait su – mais comment ? – que le petit Duverrant devait revenir au centre.

David, à la voix sourde et au rythme haché, tout à l'heure au téléphone. Son mari.

Un étranger qui lui faisait de plus en plus peur.

*
* *

La petite fille escalada vivement la dernière échelle pour arriver sur le palier qui l'intéressait. Là était son domaine, elle avait pu y arriver sans encombre et la main lui brûlait de compter à nouveau ses trésors accumulés dans le creux de la pierre et d'y ajouter sa dernière prise, la plus belle.

Le souffle court, elle fit le tour du bâtiment, retrouva l'endroit et ôta le tesson qu'elle avait prudemment posé de manière à masquer la brèche. On n'était jamais trop prudent.

Sortant enfin de sa poche le bracelet étincelant, elle s'assit pour pouvoir le contempler tout à son aise.

Une merveille ! Et cette idiote d'Émilie qui n'avait rien remarqué ! Elle ferait une tout autre tête tout à l'heure, au centre, quand elle s'apercevrait que son cadeau d'anniversaire s'était envolé de son poignet ! À moins qu'elle ne s'en soit déjà aperçue !

Un hurlement en contrebas la fit bondir sur place.

Qu'est-ce que c'était ?! Elle s'agrippa à la barrière et se pencha pour regarder. Ça venait des bois !

De là où elle se trouvait, elle ne voyait rien, il fallait qu'elle fasse le tour. Quelqu'un avait crié...

Et ce n'était pas pour de rire !

Le cœur cognant dans sa poitrine, elle se retourna, décidée à voir ce qu'il en était.

Elle eut un hoquet de terreur en l'apercevant.

La femme aussi semblait avoir été surprise par le cri et elle scrutait le lointain, la tête tournée vers les bois, une main pressée contre sa poitrine.

Avant de ramener son regard sur Chloé.

Les battements du cœur de l'enfant se firent plus sourds.

Que venait-*elle* faire sur cet échafaudage ? L'avait-elle suivie ? Une peur panique souffla sur son âme. Elle allait tout découvrir ! Les vols, la cachette, tout !

Elle le dirait à tout le monde ! Tout le monde saurait ce qu'elle avait fait et Émilie récupérerait son bracelet en la toisant comme si elle était un monstre.

Non, ce n'était pas possible ! Elle ne laisserait pas arriver une chose pareille !

Son poing serra plus fort le bracelet qu'elle tenait encore dans le creux de sa main.

La femme aussi tenait ses poings serrés, maintenant. Elle s'avança de quelques pas, ce qui fit reculer Chloé. Le visage mauvais, l'enfant lui lança :

— C'est à moi ! C'est pas vos affaires, allez-vous-en !

La femme hésita alors, la main sur la rambarde, dévisageant Chloé comme si elle la voyait pour la première fois.

Alors Chloé comprit !

La femme ne savait rien ! Elle n'avait pas compris ce qu'elle venait de lui dire !

Elle ignorait tout de ses secrets... « Mais alors... ? »

Elles se regardèrent un instant.

Alors, quelque chose de neuf, de totalement nouveau, éclata dans les yeux de la femme. Comme un feu. Une incandescence violente qui embrasa tout son visage.

Chloé perçut instinctivement le danger et se recula davantage.

La femme n'avançait plus. Seulement, ce n'était plus Chloé qu'elle voyait, ce n'était plus *l'enfant* qu'elle fixait aussi intensément. Un autre visage s'était superposé au sien.

Et la femme bondit comme un loup.

Chloé poussa un cri rauque, son pied glissa et sa main, cherchant désespérément à se raccrocher à la rambarde, ne trouva que le bras de la femme.

Une violente secousse la projeta en arrière.

— Maman ! fit-elle dans un souffle, et l'horrible sensation de chute courut le long de son échine.

Elle battit des mains devant elle, les yeux révulsés.

Et son corps bascula dans le vide, sans qu'elle n'émette le moindre son.

*

* *

— Mais qu'est-ce qu'elle veut encore ? grommela Benjamin. Elle pourrait pas juste m'oublier, des fois ?!

Il décida de couper par les bois pour remonter ensuite vers le champ du père Fourques. Dommage qu'il n'ait pas pris son vélo, il aurait été plus vite !

Dire que c'était lui qui avait trouvé presque tous les indices ! Il s'était pris au jeu, comprenant les allusions, déjouant les pièges et les interprétations trop faciles.

Il rageait intérieurement. « Toujours à me casser les pieds ! »

Et il était prêt à parier qu'il se ferait engueuler une fois arrivé au centre, comme si ce n'était pas suffisant de lui faire rater la fin du jeu.

Les bois lui apportèrent un peu de fraîcheur mais il commençait à se sentir nerveux. Que pouvait bien lui vouloir sa mère ? Il se revoyait pourtant très clairement lui dire qu'il participait à la chasse au trésor et elle en avait été ravie, d'ailleurs ! Comme s'il la libérait d'un grand poids ! Elle aurait ainsi tout le loisir de papoter avec les autres femmes du village tout en buvant de la limonade sans avoir à se soucier de lui !

Lui, il les détestait toutes, ces bonnes femmes ! Même Julie tout à l'heure ! Malgré ses airs d'enfant de chœur et ses paroles doucereuses, il avait bien remarqué ses mimiques quand Mélanie avait évoqué sa mère !

Benjamin ne comprenait pas comment sa mère faisait pour ne se rendre compte de rien ! Personne ne l'aimait au village, on se moquait d'elle, la traitant de folle derrière son dos ! Comme on traitait Carole de pute et sa sœur d'hystérique !

Sauf qu'elles, elles le savaient ! Elles n'étaient pas dupes !

Si seulement sa mère pouvait ouvrir les yeux ! Elle était encore plus ridicule quand elle prétendait copiner avec ses détractrices !

Il s'arrêta pour refaire son lacet.

Les bois ne chuchotaient plus, tout autour de lui.

Il relevait la tête, pour comprendre d'où venait ce silence, quand une main gantée s'aplatit brutalement sur sa bouche. Une épouvante glacée lui arracha un cri, étouffé par la main, et il se débattit de toutes ses forces, bras et jambes lancés en tous sens.

Il se sentit projeté en arrière, un bras énorme enserrait son cou, l'empêchant de respirer. Les bois se voilèrent devant ses yeux mais ses mains s'acharnaient toujours sur ce bras et sur cette main pour leur faire lâcher prise.

Et, aussi brutalement qu'elle l'avait happé, l'étreinte se relâcha d'un coup.

Benjamin retomba à quatre pattes par terre, aspirant l'air par saccades.

Quelqu'un cria derrière son dos mais ses oreilles bourdonnaient sourdement et il ne comprit pas.

Quand il put enfin redresser la tête, deux hommes se battaient devant lui, dans un corps à corps sauvage. Benjamin parvint difficilement à se remettre debout. Sa gorge lui faisait affreusement mal.

L'un des deux hommes portait une cagoule et Benjamin n'apercevait que par intermittence les éclairs de fureur que ses yeux lançaient, dans la lutte acharnée qu'il menait contre son adversaire. Ce dernier, le visage tordu par l'effort, lui était totalement inconnu.

La peur planta son aiguillon féroce dans le cœur de l'enfant qui, sortant brutalement de sa léthargie, détala aussi vite que lui permirent ses jambes chancelantes.

Regardant un instant par-dessus son épaule, il vit avec effroi qu'un des deux hommes venait d'envoyer l'autre au tapis et se tournait maintenant vers lui. Il fit un bond, cherchant à mettre le plus de distance possible entre lui et l'homme mais celui-ci se mit à courir et Benjamin sut à cet instant précis qu'il ne pourrait pas lui échapper.

Quand il sentit la main de l'autre l'agripper à l'épaule pour l'obliger à se retourner, alors Benjamin Duverrant poussa un long hurlement qui s'en alla déchirer le silence des bois, un rugissement de frayeur que l'écho répercuta longtemps parmi les arbres…

*

* *

— Enfin ! Mais où étais-tu donc passée ? s'exclama Sandrine en voyant Carole arriver sur le sentier.

— Figure-toi que j'ai dû rentrer au moulin ! Jessica et Flora se sont retrouvées à court d'assiettes en plastique et la réserve était vide. Je me suis souvenue qu'il m'en restait encore à la maison. J'ai fait l'aller-retour en bagnole le plus vite possible mais ça m'a fait perdre un temps fou.

Carole était rouge écrevisse et de la sueur perlait sur les arêtes fines de son nez.

— J'ai pu ramener Sterling, la pauvre avait l'air exténuée ! Et vous, alors, comment ça se passe ?

Sandrine grimaça.

— C'est un fiasco ! Nous sommes en pleine déroute et Brigitte vient de m'appeler : c'est son groupe qui est arrivé le premier !

Les épaules de Carole s'affaissèrent.

— Ne me dis pas que je vous ai rejoints ici à pied pour rien ! J'ai mis dix bonnes minutes à battre la campagne pour vous trouver !

— Cesse de te plaindre et pense un peu à ce qu'a été ma vie à moi cet après-midi ! Les gosses sont déçus, crevés et j'ai même dû m'interposer pour en empêcher deux de se battre à propos d'un rien !

Carole éclata de rire.

— Bon, en route mauvaise troupe ! fit-elle aux enfants qui se désaltéraient, assis dans la poussière, à même le sol. C'est bientôt fini, nous ne sommes plus très loin du centre maintenant !

Ils se levèrent en regimbant, se frottant le bas du dos et secouant leurs petites jambes qui avaient marché plusieurs heures durant.

Tandis qu'ils se remettaient doucement en marche, Sandrine observa le visage de son amie.

— Quelque chose te préoccupe ? lui demanda-t-elle.

Carole secoua la tête et ses courts cheveux s'agitèrent sur son front.

— Non, c'est rien, c'est juste que…

— Que quoi ?

Carole hésita encore un peu.

— Quand je suis revenue au centre, avant que je ne parte à votre rencontre, j'ai cherché Alix mais je ne l'ai trouvée nulle part. Je me demande où elle a bien pu disparaître comme ça !

— Tu l'as appelée sur son portable ?

— Mon téléphone était coupé jusqu'à tout à l'heure ! Et quand j'ai essayé de l'appeler, je me suis rendu compte qu'elle avait éteint le sien.

Elle ajouta :

— Tu comprends, dans son état et par cette chaleur, je ne voudrais pas qu'il lui arrive quelque chose.

— Peut-être est-elle rentrée au moulin, tout simplement ?

Carole réfléchit.

— Je l'aurais croisée sur la route, non ?

— Elle peut très bien avoir coupé...

Carole fronça les sourcils.

— OK, j'essaye le moulin.

Sandrine en profita pour lancer un dernier cri d'encouragement à la petite bande de traîne-savates qui peinait à suivre derrière elles.

— Ah ! Tu es là ! entendit-elle Carole s'exclamer. Tu m'as fait une de ces peurs, je t'ai cherchée partout !

Sandrine sourit et la laissa prendre les devants, attendant patiemment que le dernier enfant passe devant elle pour qu'elle puisse fermer la marche. S'ils pouvaient accélérer un peu le mouvement, tout le monde en avait sa claque de cette chasse au trésor merdique ! Et ce qu'il avait fait chaud ! Encore heureux qu'ils aient eu suffisamment à boire !

Machinalement, elle compta le nombre de petites têtes dodelinantes qui la précédaient, pensa s'être trompée, jura entre ses dents, recommença et... paniqua.

— Stop ! Stop ! Arrêtez-vous ! cria-t-elle. Carole ! Viens voir ! Vite !

Les enfants s'arrêtèrent comme un seul homme, regardant d'un œil morne leur accompagnatrice.

Carole raccrocha et vint à sa rencontre. Sandrine comptait et recomptait fébrilement les enfants.

— Qu'est-ce qui t'arrive ?

— Il m'en manque un ! Il me manque un gamin ! Ils ne sont plus que onze !

— Quoi ? fit Carole. Mais non, tu as dû mal compter, voyons ! Les enfants, aidez-nous à voir si quelqu'un nous manque, par hasard !

Les gamins s'entre-regardèrent brièvement. Non, tout le monde était là, ils ne voyaient pas.

Et soudain, Sandrine agrippa le bras de Carole, portant une main à sa bouche.

— Mon Dieu, Carole ! C'est elle ! C'est la fée Dragée ! C'est la petite Farge qu'on a perdue en cours de route !

LI

Extraits des notes de…

Les êtres humains ont toujours eu peur de l'irrémédiable. Toutes ces choses qui, une fois accomplies, une fois le cap passé, ne permettent plus aucun retour en arrière. Ou alors en rêve seulement. Peut-être n'est-ce que cela, d'ailleurs, le rêve : cette deuxième chance que la vie réelle nous refuse mais que la nuit nous offre en rattrapage.

L'irrémédiable. Commettre l'irrémédiable. Éviter l'irrémédiable. Ne rien tenter, ne rien faire d'irrémédiable. Autant d'expressions qui traduisent notre hantise à tous de nous retrouver un jour dans un au-dehors, un retrait des possibles, une sorte de voie unique hors frontière qui ferait de nous des étrangers au monde.

Moi, l'irrémédiable m'a sauvée. Ou du moins je l'ai longtemps cru. Aujourd'hui que j'écris ces lignes, je me prends à douter.

Je l'ai guettée toute la journée.

Je savais qu'il y aurait bien un moment. Il me suffisait d'attendre.

La chasse au trésor a été une aubaine. Les groupes se sont éparpillés pour essaimer à travers la campagne et il m'a été facile de suivre de loin le groupe d'enfants auquel elle appartenait.

Quand je l'ai vue se détourner et courir vers la forêt, seule, mon sang s'est mis à hurler dans mes veines.

Je l'ai suivie.

Ses pas m'ont amenée au pigeonnier, sans surprise. Elle avait l'air de chercher quelque chose et j'ai eu peur un instant qu'elle ait pu donner rendez-vous à d'autres enfants pour jouer, indépendamment de ce qu'on leur proposait à la fête.

Mais non. Je suis restée cachée le temps de la voir escalader sans efforts le mur de siège qui encerclait la pauvre tour qui avait abrité si longtemps les secrets de ma mère et qui abriterait pour toujours les miens.

J'ai jeté un dernier coup d'œil aux alentours, étonnamment lucide sur ce qui allait se jouer, dans quelques minutes à peine, à quelques pas de là. Consciente de toucher pour la dernière fois l'écorce rugueuse des arbres avec une main encore innocente, de contempler une dernière fois ces bois de mon enfance avec des yeux encore purs, ce ciel si bleu avec une âme encore blanche. J'ai pris une profonde respiration et me suis mise à courir, peu désireuse de voir réapparaître la petite fille au détour de son ascension.

J'ai grimpé le plus silencieusement possible, le souffle court, malmenée par les coups de boutoir de mon cœur qui me chavirait le corps. J'avais l'impression que mes membres n'étaient plus reliés les uns aux autres et que la coordination entre eux et mon esprit ne s'opérait plus correctement. Je devais faire un effort conscient pour lever chaque jambe d'une marche à l'autre, j'agrippais férocement ma main à la rambarde, ordonnant à mon bras de ne plus trembler, je serrais la mâchoire pour ne plus entendre mes dents claquer à l'intérieur de mon crâne.

L'univers avait cessé d'exister en tant que tel. Je ne me rappelle aucun son, aucun souffle de vent, aucun reflet : je marchais dans un univers muet, ouaté, gourd, uniquement troublé par le bruit infernal de ma respiration.

Arrivée au dernier palier, j'ai repris quelques instants mon souffle en tentant de rassembler mes esprits. Et si elle criait ? Et si quelqu'un arrivait ? Et si je devais tomber avec elle ?

Et mon père m'est apparu.

Là, devant moi. Accoudé à cet échafaudage, dans l'encoignure, regardant les bois, au loin. Les yeux tendus vers la maison, vers le moulin. Où il ne reviendrait plus jamais.

Comme c'était étrange de le voir aussi nettement… Mes sens me jouaient des tours, mon cœur s'emballait. J'ai porté les mains à mon visage, les passant plusieurs fois sur mes yeux. Quand j'ai regardé à nouveau, papa avait disparu. Je me suis avancée pour contourner l'arête aiguë de la tour.

Elle était là.

Un hurlement s'est alors fait entendre qui est venu taillader sauvagement l'univers brumeux dans lequel j'avais jusque-là évolué. J'ai sursauté violemment. Si mon cœur ne s'est pas arrêté de battre à cet instant précis, alors je gage de sa pérennité pour les années à venir. L'enfant aussi a tressailli et s'est rapprochée du bord pour observer la forêt d'où semblait avoir jailli ce cri terrifiant.

Je devais comprendre plus tard, en procédant à quelques recoupements, qui avait crié et, surtout, pourquoi. Mais je n'ai jamais parlé de ce cri à qui que ce soit.

Encore aujourd'hui, il hante mon sommeil, parfois même mes veilles. Il existe plusieurs variantes à mes cauchemars. Ce cri émane tantôt de la petite fille qui se dresse en face de moi, tantôt de mon propre gosier, tantôt de celui de ma mère. C'est cette dernière version qui me terrifie le plus. Mais évidemment, je ne suis pas censée avoir jamais entendu ce hurlement…

L'enfant m'a aperçue presque immédiatement. Je sais qu'elle m'a parlé, je la vois dans mon souvenir remuer ses lèvres et ses yeux se plissent sous l'effet de la colère. Je me rappelle avoir trouvé ça plutôt étrange.

La colère. L'enfant était en colère, mais pourquoi ?

L'enfant de la colère, c'était moi, pas elle. J'avais toutes les raisons de l'être, et plus encore. À ce moment précis, son visage m'a inspiré tant de haine que la pensée de sa mort s'est imposée à moi avec la force de l'évidence. C'était Farge que je détruisais à travers elle, c'était lui que je mettais à mort du haut de cette tour.

L'enfant n'était rien.

Aucune importance.

Sa mort, en revanche, terrassait à jamais un seul et même homme.

On m'a poussée à l'épaule et j'ai fondu sur l'enfant qui ne s'est même pas débattue. Son visage s'est décomposé sous l'effet de la peur et de la panique de se sentir tout à coup projetée dans les airs. Elle a battu l'air de ses bras et son corps a basculé dans le vide telle une plume.

La fée Dragée se devait de tirer sa révérence artistiquement et elle a pu esquisser un dernier entrechat dans la mort. Son corps est tombé au sol dans un bruit sourd.

La fée avait cessé d'exister.

L'enfant de la colère allait enfin pouvoir vivre.

Elle est restée une poignée de secondes accrochée à la rambarde, le corps projeté vers le bas. La silhouette par terre ne bougeait plus.

L'enfant de la colère s'est alors précipitée, se rappelant le cri, dans la forêt, se rappelant les groupes d'enfants, se rappelant son alibi et le lieu où elle devait se trouver. Elle n'avait plus une seconde à perdre. Le bruit était revenu, et avec lui la vie, l'été, le soleil. L'enfant de la colère s'est néanmoins arrêtée à l'encoignure pour murmurer un merci *à l'ombre de son père dont elle avait senti la main sur son épaule.*

L'enfant de la colère est descendue bien vite, manquant tomber mais se rattrapant, pour enfin atterrir sur le sol ferme. Elle s'est lancée à l'assaut de la colline, évitant le bois, courant vers la liberté, courant vers l'avenir.

Courant vers sa sœur. Exultant de joie.

LII

— Arrête ! Mais arrête donc de brailler comme ça, tu ne risques plus rien maintenant ! Séléra mit un genou à terre, totalement essoufflé par la lutte qu'il avait dû mener contre Farge, encore abasourdi de l'avoir vu se jeter sur l'enfant avec une telle violence.

Il jeta un œil au corps du docteur recroquevillé par terre, partagé entre l'envie d'y retourner pour s'assurer qu'il était bel et bien hors d'état de nuire et le désir de rassurer le petit garçon qui le regardait maintenant avec de grands yeux, le corps encore tout secoué de soubresauts.

— C'est bon, c'est fini, calme-toi ! ajouta-t-il en posant une main rassurante sur son épaule.

Séléra parvint à se relever et tâta son flanc gauche, rassuré d'y sentir contre lui le poids de son revolver.

— C'est à ce moment-là que le vieux flic sort son arme dans les films, pas vrai ? demanda-t-il à l'enfant, qui écarquilla un peu plus les yeux en le voyant dégainer son flingue.

— C'est un Manurhin ? fit l'enfant dans un souffle.

Séléra n'en revenait pas. Il siffla entre ses dents.

— Bah dis donc, t'as un temps de récupération ultrarapide pour un gosse ! Mais oui, pour répondre à ta question, c'est mon vieux Manurhin, un MR 73 pour être plus précis, le meilleur ami de l'homme. Du moins, le mien ! Allez, viens un peu par ici !

Ils se dirigèrent vers le corps toujours immobile de l'homme dont la cagoule, arrachée au cours du combat, ne recouvrait plus que partiellement le visage.

— Merde ! C'était lui, alors ! fit l'enfant en le reconnaissant.

— Comment ça ? demanda Séléra en décrochant son portable pour appeler des renforts. Tu n'as pas l'air plus étonné que ça que Farge veuille te faire la peau ?!

— Non, non, répondit l'enfant en secouant la tête, j'aurais dû m'en douter ! Il me cherchait déjà, là-bas, à l'étang, et si je ne m'étais pas planqué, j'aurais fini dans l'eau moi aussi !

Séléra tomba sur son service et expliqua brièvement la situation, demandant l'arrivée de voitures de police et d'une ambulance, on ne savait jamais…

— Comment ça, toi aussi ? demanda-t-il en raccrochant, dévisageant le garçon aux cheveux roux.

L'enfant releva son regard du corps par terre pour le fixer sur le visage encore rouge de l'homme qui venait de lui sauver la vie.

— Y a déjà quelqu'un dans l'eau et c'est pour ça que le docteur voulait pas que j'y aille !

Séléra commençait à flairer le coup du siècle ! Non seulement le docteur était fait car pris en flagrant délit de tentative de meurtre avec préméditation sur un gosse, mais, en plus, ce dernier savait quelque chose, quelque chose de plus énorme encore !

« Allez gamin ! Crache ce que tu sais ! »

Comme s'il avait lu dans ses pensées, Benjamin prit une profonde respiration et lui expliqua tout.

*
* *

— Ne t'en fais pas, Melly, fit Julie en la prenant par les épaules, on va bien finir par la retrouver !

Lorsque tous les enfants étaient revenus sur la place principale, force fut de constater que Chloé Farge n'était pas là. Elle n'avait donc pas devancé son groupe, comme l'avait souhaité Sandrine, mais avait dû filer en cours de route.

— Elle fugue trop souvent ces derniers temps, fit Mélanie, angoissée, certes par le fait de ne pas voir sa fille parmi les autres gamins, mais bien plus troublée encore par la vue d'Élisabeth Duverrant demandant à chaque enfant s'il n'avait pas vu par hasard Benjamin traîner dans le coin.

N'y tenant plus, elle se tourna vers elle.

— Excusez-moi, Élisabeth, mais Julie et moi avons renvoyé Benjamin ici, quand nous avons appris que vous le cherchiez.

— Comment ça, je le cherchais ? fit la maman, les sourcils froncés. J'étais là à discuter avec les autres, je ne vous ai jamais rien demandé !

Élisabeth Duverrant n'était pas connue pour sa délicatesse ni son sens de la diplomatie lorsqu'elle s'adressait à autrui, surtout si cet autrui en question s'ingéniait, comme trop souvent, à la faire passer pour une ahurie.

— Je sais encore ce que je fais ! Du reste, si Benjamin était revenu, comme vous dites, je l'aurais vu, étant donné que je n'ai pas bougé d'ici !

Le visage de Mélanie se transforma et la panique qu'y put lire Élisabeth lui donna mauvaise conscience.

— Excusez-moi, je ne voulais pas me montrer impolie. Ne vous inquiétez pas, ce propre à rien de Benjamin bat en ce moment la campagne que ça ne m'étonnerait pas ! Vous connaissez les enfants !

— *Non ! Non !* cria Mélanie, ce n'est pas ça ! Il faut le retrouver, et tout de suite ! *Tout de suite !*

— Enfin Melly, fit Julie éberluée par la réaction disproportionnée de son amie, que t'arrive-t-il ?

Elle vit Mélanie sortir en tremblant son portable de sa poche et sélectionner un appel préenregistré.

Les gens avaient cessé de parler en entendant crier l'épouse du docteur et s'étaient rapprochés imperceptiblement des trois femmes qui semblaient se disputer.

Mélanie éclata soudain en sanglots convulsifs.

— Il ne répond pas ! Il a coupé son portable ! Oh, mon Dieu ! Mon Dieu !

— Enfin, Mélanie, qu'est-ce qui se passe ? demanda Christian, un instituteur du primaire.

— C'est David ! David m'a demandé de renvoyer Benjamin au centre ! Ce n'est pas ma faute ! Ce n'est pas moi !

Elle semblait au bord de la crise de nerfs.

Ce fut d'abord comme une lointaine rumeur. Mélanie Farge l'entendit la première et se redressa d'un bond de la chaise où on l'avait fait asseoir. Puis la rumeur prit de l'ampleur et, au fur et à mesure qu'elle se rapprochait, les habitants du petit village se dévisagèrent les uns les autres, stupéfaits et incrédules, se demandant soudain quel coup du sort allait s'abattre à nouveau sur eux.

Et soudain, elles furent là. Les voitures du convoi passèrent en trombe juste devant l'attroupement, toutes sirènes hurlantes, les gyrophares balayant l'espace de leurs éclairs hachés, semant la panique parmi les villageois.

L'effervescence fut indescriptible.

— Mais où vont-ils donc comme ça ?

— Ils se dirigent vers la forêt !

— Il se passe quelque chose ! Il se passe quelque chose !

— Vous croyez que ça a un rapport avec la mort du gendarme ?

— Le même meurtrier qui fait encore des siennes ?

— Oh, mon Dieu ! Y a-t-il encore des enfants qui soient restés là-bas ?

Ce fut une envolée de moineaux.

Les mamans tirèrent leurs enfants par la main et les firent embarquer en vitesse dans les voitures, soudain pressées de quitter les lieux et d'aller s'enfermer chacune chez soi en y attendant les nouvelles.

Les gens criaient et cherchaient à rameuter les leurs, trop heureux d'avoir tout leur petit monde sous la main, ne cherchant pas à savoir qui aurait à compter un absent chez lui, honteusement soulagés qu'ils étaient de pouvoir dire que ce ne serait pas chez eux.

Les hommes, après avoir vérifié que femmes et enfants rentraient à la maison, montèrent en voiture à plusieurs pour suivre le convoi, histoire d'en avoir le cœur net et d'aider la police si quelque chose tournait mal.

Seul un petit groupe de femmes fit face. Sandrine, après s'être assurée qu'une famille gardait ses filles avec elle le temps des recherches, réussit à rattraper Mélanie et Élisabeth qui s'étaient élancées en courant à travers champs. Julie se proposa de les accompagner et Sandrine, ravagée par la culpabilité, chercha du regard d'autres volontaires parmi tous ceux qui se débandaient fiévreusement.

— Carole ! Viens avec moi, il faut qu'on aide à retrouver Chloé !

La jeune femme semblait pétrifiée. Elle et sa sœur se regardaient intensément.

— Bon Dieu, mais dépêche-toi !

Alix fut la première à réagir. Elle saisit sa sœur par la main et, rattrapant Sandrine et les autres femmes, elles se mirent à courir ensemble.

La terreur d'avoir compris dans le cœur de l'une. La terreur d'être prise dans le cœur de l'autre.

*

* *

Les flics débarquèrent en fanfare.

Farge ne s'était pas relevé mais Séléra pouvait l'entendre gémir indistinctement et il fut rassuré de voir accourir la cavalerie, Cardouin en tête.

Il lui expliqua tout de go ce qui venait de se passer et, surtout, ce que l'enfant lui avait révélé.

Des dispositions furent prises pour qu'une voiture aille vérifier sur-le-champ les allégations du petit garçon et Cardouin demanda en sus l'intervention de deux hommes-grenouilles.

— Maintenant, nous savons où était passée Maïté pendant tout ce temps-là ! fit-il en grimaçant.

— Oui, et vous avez eu du pif en me demandant de filer Farge, rétorqua Séléra. Il y a fort à parier que le gosse ne s'en serait pas sorti.

— Tu peux remercier Rémi, fit Cardouin en se penchant vers Benjamin qui, se sentant à présent totalement en sécurité, ne perdait pas une miette du spectacle. Tu te rends compte de ce qui se serait passé s'il n'avait pas été là ?!

— Oui, je sais, je l'ai échappé belle ! fit l'enfant, logeant sa petite main dans celle, énorme, du vieux flic.

Séléra fourragea, de son autre main, dans les cheveux du garçon, soudain ému de sentir ce petit être si fragile près de lui.

Farge était revenu à lui et présentait une belle blessure à la tête.

— Emmenez l'enfant avec vous, Rémi, fit Cardouin, je ne veux pas qu'il assiste à tout ça !

— Allez viens, je te ramène au centre, ta mère doit te chercher partout à cette heure !

— Sans compter la frousse qu'on a dû flanquer à tout ce beau monde, quand on est passés devant eux ! La fête est finie ! Et pour toi aussi, Farge ! ajouta Cardouin en se dirigeant vers le docteur qu'on avait enfin relevé.

Sans plus attendre, Séléra emmena l'enfant par la main et ils s'éloignèrent tous deux du bois.

*

* *

Mélanie fut la première à voir le petit corps affalé par terre au pied du pigeonnier. Une petite silhouette tordue, totalement immobile, en contrebas de là où elle-même se trouvait.

Elle émit un bref cri et se précipita, dévalant comme une folle la vallée, suivie par les femmes qui poussèrent des clameurs épouvantées en repérant à leur tour la forme bleue gisant sur le sol.

Alix eut un vertige en la reconnaissant.

— Oh, mon Dieu ! murmura-t-elle à bout de souffle. C'est elle ! C'est ce que je vois dans mes rêves ! C'est ce que je peins !

Carole ne s'était pas arrêtée et courait devant elle à la rencontre de la femme qui venait de s'agenouiller près du corps et le retournait.

Un long gémissement sortit alors de la gorge de Mélanie qui, croyant découvrir le corps d'un autre, tenait entre ses bras celui de son propre enfant. Aveuglée par la douleur, elle secouait la petite fille, l'implorant de se réveiller alors que celle-ci gardait les yeux ouverts.

Sandrine s'était réfugiée dans les bras de Carole, secouée de sanglots nerveux, étouffant ses propres hurlements au creux de son cou.

— Ma faute... c'est ma faute... !

Et ce fut au tour d'Élisabeth de se mettre à crier. Elle venait d'apercevoir son fils sortir de la lisière des bois, accompagné d'un homme de haute stature qui lui tenait la main.

— Benjamin ! hurla-t-elle, hors d'elle-même.

L'enfant lâcha la main de l'homme et se précipita vers sa mère.

— Maman !

Il bondit dans les bras de sa mère qui le serra contre elle, l'embrassant à l'étouffer, pleurant de soulagement et de joie de sentir son enfant vivant contre son sein.

L'homme les dépassa et courut jusqu'à la femme agenouillée qui geignait de manière syncopée, balançant d'avant en arrière son corps comme pour bercer une dernière fois celui de sa petite fille.

— Elle est morte, madame, il n'y a plus rien à faire, fit-il en se relevant, demandant une nouvelle fois à travers son portable l'envoi de secours.

Effaré qu'il était par cette tragédie.

Cette femme, qu'il reconnaissait comme étant celle de Farge, perdait le même jour son mari et sa petite fille.

— C'est un horrible accident, madame, votre fille a dû tomber de l'échafaudage.

Il regarda, ahuri, la scène devant lui.

Deux femmes s'étaient accroupies près de Mélanie, dont une qui se tordait douloureusement les doigts, et tentaient de la calmer mais celle-ci refusait de lâcher le corps de Chloé.

Deux autres femmes se tenaient en retrait. Une petite blonde avec les yeux les plus extraordinaires que Séléra ait jamais vus, et une autre gigantesque qui la serrait dans ses bras avec frénésie.

Il regarda à nouveau en l'air et jugea de la hauteur de la chute.

Et perçut ces mots répétés inlassablement à l'oreille de la petite blonde qui fixait, comme envoûtée, la femme et l'enfant de ses yeux translucides :

— *Tout va bien… Tout va bien…*

ÉPILOGUE

Carole ôta ses lunettes, le cœur en vrac. « C'est fini », se dit-elle.

Fini pour la deuxième fois.

« Mon Dieu, il y a plus de deux ans déjà... » Comme le temps avait passé vite !

Elle se leva pour aller ouvrir les fenêtres de son petit bureau, situé au rez-de-chaussée de l'élégante villa qu'ils avaient achetée, elle et son mari, dès son arrivée à Rome. Elle soupira d'aise en laissant le soleil pénétrer la pièce où elle était restée calfeutrée de si longues heures ces derniers temps, sans que rien ne puisse l'en faire sortir.

La tête lui tourna quelques secondes et elle s'assit sur le rebord de la marche, profitant de cette fin d'après-midi d'automne pour savourer la douceur de l'air et le sentiment d'accomplissement qu'elle éprouvait en cet instant. Sterling vint lui renifler les cheveux, qu'elle avait plus longs aujourd'hui, et Carole sourit en passant une main dans le pelage soyeux de sa chienne.

Son récit était terminé. Elle se sentait comme libérée, plus légère que quelques heures seulement auparavant quand elle était entrée dans cette même pièce, sa tasse de café encore fumante à la main. Elle se frotta les yeux et plongea la tête entre ses genoux.

Ces images ! Toutes ces images qui avaient resurgi de leurs cendres, tels des phénix lui brûlant les paupières !

Non, elle n'avait jamais pu oublier… Qu'avait-elle fait de tout ce temps ?

Si elle voulait répondre à cette question le plus honnêtement possible, elle était bien obligée de le reconnaître : pas grand-chose !

Deux mois après l'arrestation du docteur, sa sœur et elle avaient pu vendre le moulin à de riches Anglais retraités dont le rêve était de finir leurs jours dans la douce France. Elles s'étaient partagé la somme mais n'avaient pu continuer à vivre ensemble plus longtemps.

Tant d'amour et tant de haine à la fois…

Alix était de toute façon très attendue à Paris, où ses toiles connaissaient le plus vif succès depuis qu'elle avait accepté d'exposer ses œuvres les plus récentes. Curieusement, ce qu'elle avait peint avant la mort d'Antoine n'éveillait pas le moindre enthousiasme chez les acheteurs potentiels ! Ce qu'ils voulaient tous voir représenter sur ses toiles, c'étaient les formes bleues, étranges, presque arachnéennes, qu'elle s'acharnait à barbouiller sur chacune d'entre elles.

Ironie du sort. C'est ce qui fit sa notoriété.

Carole avait lu tous les journaux, découpé tous les articles d'art qui concernaient sa sœur et les avait réunis dans un dossier qu'elle compulsait à loisir les jours de vague à l'âme. Les jours où Alix lui manquait trop.

Alix qui était partie vivre avec sa fille de l'autre côté de l'océan, là où sa carrière naissante l'avait très vite appelée. Carole avait reçu le faire-part de naissance de la petite et une bonne dizaine de photos sur sa boîte mail. Des photos où Alix n'apparaissait nulle part. Seulement le nourrisson. Carole avait frémi en découvrant le prénom choisi pour le bébé.

Non, Alix non plus n'était pas débarrassée du passé !

Carole, elle, avait rejoint Erik en Italie, à Rome, où ils s'étaient mariés quelques mois plus tard. Carole raffolait de Rome et de sa villa cossue en plein centre-ville.

Le nouvel emploi d'Erik nécessitait qu'il participe à de nombreux congrès et colloques qui l'obligeaient à passer la moitié de l'année dans la capitale et l'autre à Sienne. Ils y avaient donc également acheté un luxueux appartement, à deux pas de la Piazza del Campo, cette fois-ci avec l'argent de la vente du moulin. Carole avait alors découvert une ville plus merveilleuse encore. Elle partait des journées entières, seule au volant de sa Brera, à la découverte de la campagne toscane. Le site l'enchantait. Elle repérait les petits restaurants au détour d'une vigne et y revenait le soir ou le week-end avec son mari, quand celui-ci parvenait à se libérer de ses obligations.

Et Erik était un tel amour… Oui, ces deux dernières années avaient passé à une vitesse folle ! Elle s'étira langoureusement et décida d'aller à pied à la rencontre de son mari. L'université n'était qu'à une demi-heure de marche et elle aimait parfois lui faire la surprise de venir le cueillir à sa sortie de cours.

Et ce soir, elle avait envie d'un verre ! Histoire de fêter ça !

Elle rentra, ferma la porte-fenêtre derrière elle, enregistra ses données sur son iMac et courut chercher son sac à main dans le vestibule. Elle dit au revoir à Sterling et sortit en claquant la porte.

La soirée s'annonçait délicieuse et Carole, sortant de la petite impasse calme où elle résidait, s'engouffra avec détermination dans le brouhaha infernal des rues adjacentes qui la mèneraient vers son homme.

Elle souriait tout en pensant à lui.

Oui, elle se sentait prête aujourd'hui. Elle le savait, elle le *sentait.* Cela faisait quelques mois qu'il lui parlait d'enfant mais elle s'était toujours refusée à cette idée. Elle ne s'imaginait pas mère. La mort de Chloé Farge l'avait à tout jamais marquée.

Et pourtant aujourd'hui… Quelque chose semblait avoir changé, imperceptiblement. À moins que ce ne soit dans l'air… Quelque chose dans l'air qui lui donnait envie de vivre, envie de courir se jeter dans les bras d'Erik, de le lui murmurer à l'oreille, et puis, oui, pourquoi pas, dès ce soir…

Elle n'entendit pas la voiture, ne fit pas attention aux cris derrière son dos. Elle ne comprit rien de ce qui lui arriva.

Son corps vola dans les airs au-dessus d'un épouvantable crissement de freins et des hurlements des piétons sur le trottoir.

Elle retomba sur le côté, sa tête heurtant l'asphalte dans un vacarme assourdissant qui fit éclater son oreille.

Une dernière image passa devant ses yeux : sa sœur et elle, enfants, jouant dans la rivière à s'asperger d'eau, riant aux éclats sous le soleil déclinant.

Et Carole Brausch-Dimke mourut.

*

* *

Alix avait quitté précipitamment La Jolla avec sa fille et Carl, les laissant interdits et malheureux à l'aéroport de San Diego, quand il lui avait fallu embarquer pour son vol American Airlines en direction de Paris.

Elle avait pleuré douze heures durant.

Elle aurait tant voulu faire taire la douleur atroce d'avoir perdu à tout jamais sa petite sœur, renversée par une voiture à l'autre bout du monde, si loin, si loin d'elle… Et de ne jamais l'avoir revue…

Une passagère assise juste à côté d'elle lui avait posé la main sur l'épaule et lui avait gentiment demandé si elle avait réellement aussi peur que cela en avion. Et Alix s'était souvenue.

Ce n'était pas elle, mais Carole qui avait peur en avion. Carole, Carole…

Carole qu'elle avait perdue et qu'elle allait enterrer là-bas, au village, au milieu des tombes de ses parents. Comme elle l'aurait souhaité.

Carole, qu'elle avait aimé retrouver, quelques heures par jour, le temps d'écrire ce qui fut la tragédie de leurs deux vies, sans se douter que celle de sa sœur serait aussi brutalement et injustement interrompue !

Carole, dont elle rêvait presque chaque nuit…

Elle passa la nuit dans un des hôtels de l'aéroport, ne devant prendre la correspondance pour la province que le lendemain matin. Carl l'appela toutes les trois heures, sans parvenir jamais à la consoler. Il n'y avait que lorsqu'il lui passait la petite qu'Alix semblait reprendre un peu de vie…

Alix arriva donc le lendemain en ville, blanche et les yeux caves, attendue à l'aéroport par Erik Dimke, qu'elle revoyait pour la première fois.

Elle le reconnut immédiatement et trouva la force de se jeter dans ses bras.

— *Oh, mon Dieu, Alix, qu'est-ce que je vais faire sans elle ?*

Empêtrée dans son propre chagrin, Alix mit quelques minutes à comprendre que le géant qui l'étouffait de ses bras pleurait à chaudes larmes dans ses cheveux et que c'était elle qui le soutenait de toute la force de son corps.

— Je sais, je sais, parvint-elle à murmurer, lui caressant les cheveux comme sa sœur avait dû le faire si souvent avant elle.

— J'ai... j'ai dû prendre le même avion qu'elle, tu sais... J'étais assis et elle était dans... Ils avaient mis son cercueil dans... dans la soute, Alix !

Alix ne répondit pas.

« Comment ont-ils osé ? Comment ont-ils pu te mettre dans un cercueil, Carole ? »

Elle se mordit la lèvre pour ne pas hurler et força l'homme effondré à se redresser un peu.

— Elle était... venue pour me chercher, ce jour-là ! Elle était sortie me rejoindre et...

Alix avait envie de se boucher les oreilles et de ne plus rein entendre.

— Je t'en prie, non ! Ne...

Erik se prit la tête entre les mains et Alix crut qu'il allait défaillir.

— Viens ! Viens t'asseoir un moment, nous avons un peu de temps devant nous.

L'homme se laissa faire mais ne l'écoutait pas.

— Je lui ai dit si souvent de faire plus attention ! Mais elle était bien trop étourdie et elle n'a rien vu... J'ai demandé aux gens qui se trouvaient là, je suis allé leur parler, à tous ! Ils m'ont raconté la même histoire. Carole n'a rien vu...

Alix recommença à pleurer, mais silencieusement cette fois, tandis que l'homme assis en face d'elle sanglotait comme un enfant, sous les regards éberlués des clients du bar attablés à côté d'eux.

— Je ne peux pas vivre sans elle, Alix.

— Je ne peux pas non plus, murmura-t-elle à son tour.

Le serveur, gêné, leur demanda s'ils désiraient prendre quelque chose et Alix commanda deux espressos d'une voix tremblante.

— Jamais je ne pourrai, gémit-il.

Alix se força à prendre une profonde respiration.

— Nous avons beaucoup de choses à régler en attendant, fit-elle, et j'ai besoin de toi pour savoir ce qu'a été la vie de ma sœur pendant ces années où... où nous nous sommes perdues de vue.

Elle tendit le bras et toucha la main d'Erik.

Il releva la tête et Alix sourit à l'enfant perdu qu'elle avait en face de lui.

— J'ai besoin de toi pour retrouver ma petite sœur. Je ne me pardonnerai jamais de ne pas avoir tenté au moins une fois de la revoir.

Erik sembla se rappeler quelque chose et il se mit à farfouiller dans ses poches.

— Les premières heures, j'étais comme fou ! Quand j'ai appris... J'ai... j'ai cherché partout dans la maison, pour savoir ce qu'elle avait fait, ce qu'elle avait regardé, ce qu'elle avait touché, les dernières heures de sa vie quand je n'étais pas là. J'ai... reniflé le chien pour savoir si elle avait posé sa main sur sa tête avant de partir dans la rue... J'ai... touché ses vêtements, ses chaussures, me demandant si elle avait hésité à les mettre plutôt que ceux qu'elle portait quand elle est... J'ai trouvé ça et je l'ai lu.

Il lui tendit une clé USB.

— C'est ce que ta sœur écrivait ces derniers temps. Votre histoire. Celle du moulin. Celle des Farge.

Alix le dévisagea en prenant la clé.

— Elle ne m'avait rien dit mais je me doutais bien qu'il s'agissait de cette histoire. Elle était hantée par… par tout ça ! Je l'ai lu et je l'ai copié sur le seul support que j'avais sous la main. Et puis je l'ai effacé de son iMac. Je ne veux pas prendre le risque que…

Il ne finit pas. Il n'en avait pas besoin.

Alix gardait la clé dans sa main sans réaliser encore.

— Je sais *tout*, Alix, fit Erik en avalant rapidement son café. *Et je m'en fous.* Ce gars n'a eu que ce qu'il méritait. Je ne savais pas pour Antoine, ni pour toi d'ailleurs. C'est en la lisant que j'ai su pour ta naissance, pour votre mère… Carole avait ses secrets mais elle a pris le temps de les déposer avant… avant de s'en aller. Au fait, qu'est-il devenu, ce salopard ?

— Il croupit en prison, articula Alix péniblement, contemplant toujours la clé du cœur de sa sœur au creux de sa main.

« Comment des secrets aussi lourds pouvaient-ils tenir dans une si petite chose ? »

— Et d'après ce que je sais, reprit-elle, il y est pour le restant de ses jours. Sa femme a balancé tout ce qu'elle savait sur lui, sur le faux alibi qu'elle lui avait fourni lorsqu'il s'en était pris à moi… Tout y est passé. Un vrai déballage.

Assommé par la nouvelle de la mort accidentelle de sa fille, Farge était devenu fou et avait avoué plus que ce que les policiers en attendaient. Convaincu des meurtres de Samuel Barbier et de Maïté Geoffrin, il leur avait également parlé d'autres meurtres plus anciens encore, dont celui de son propre père.

Il leur avait tout révélé en échange d'une seule chose.

Que les flics inculpent Alix Brausch pour le meurtre de sa fille Chloé.

Il n'en avait évidemment pas été question mais la ténacité et l'acharnement avec lesquels il continuait de l'incriminer en avait surpris plus d'un. Jusqu'à son procès, où il avait supplié le juge d'ouvrir une enquête sur la mort de sa petite fille !

Mais Chloé était morte de manière accidentelle. On avait découvert sa cleptomanie et l'habitude qu'elle avait prise de cacher le fruit de ses vols en haut du pigeonnier du village, d'où, un jour, elle avait glissé… De nombreux villageois avaient pu récupérer certaines de leurs affaires. Un bracelet fort coûteux avait été retrouvé dans la main même de la petite fille.

— Peu importe aujourd'hui, fit Erik.

— Tu… tu ne diras jamais rien ?

Il la regarda.

— Non. Jamais.

*
* *

— Au nom du Père, du Fils et du Saint-Esprit…

Les paroles s'envolèrent avec leur sens dans le ciel plombé au-dessus de leurs têtes. Et les quelques personnes venues au cimetière adresser un dernier adieu à la fille Brausch se pressèrent derrière Alix et Erik, pour pouvoir jeter chacun leur tour un peu de terre sur le cercueil qu'on venait de descendre.

Alix tenait une rose dans la main. Celle-ci tremblait quand elle la lança.

Erik l'imita et, bientôt, ce fut le tour des condoléances qu'il fallait accepter de la part de personnes que, pour la plupart, Alix revoyait avec déplaisir.

Celles de Pierre, qui semblait sincèrement peiné. Celles de sa femme, de deux ou trois vieux qui venaient plus en mémoire d'Antoine que pour sa fille.

« Mais qu'avez-vous fait pour mon père ? Et qu'avez-vous fait pour Carole et moi lorsque nous étions dans la tourmente ? Oui, qu'avez-vous fait pour aider les Brausch quand ils avaient le plus besoin de vous ? »

Sandrine vint se jeter à son cou. Elle pleurait amèrement son amie avec qui elle était restée plus ou moins en contact.

— Quand repars-tu ? lui demanda-t-elle.

— Dès ce soir, répondit Alix, je prends l'avion pour Paris en fin de journée.

— Tu pourrais rester quelques jours à la maison, tu sais…

— C'est très gentil de ta part mais je n'ai pas envie de m'éterniser ici. N'eût été la mort de ma sœur, je ne serais jamais revenue dans ce village…

Alix comprit trop tard la peine qu'elle venait de faire à Sandrine. Elle la rattrapa par le bras.

— Merci, Sandrine. Pardonne-moi…

Sandrine lui caressa la main et lui sourit.

— Tu n'as rien à te faire pardonner. Je te souhaite beaucoup de courage, Alix.

Alix la regarda s'éloigner et elle eut l'impression qu'on lui retournait une lame dans le cœur.

— Je dois te laisser, Alix, fit Erik en se tournant vers elle. Mes parents n'ont pas pu se déplacer à cause de leur santé déficiente mais ils t'embrassent et te présentent leurs plus sincères condoléances. Ils aimaient beaucoup Carole…

Sa voix se brisa.

— Mon taxi vient d'arriver. Mes parents souhaitent que je reste un temps chez eux avant de retourner en Italie. Ils m'ont pris un billet et je pars dans moins de trois heures.

— Ils ont raison, Erik, reste le plus longtemps auprès d'eux, fit Alix en le serrant une dernière fois dans ses bras.

« Tu as de la chance, toi, tu as encore les tiens... »

— Veux-tu que je te dépose quelque part ?

— Non, et de toute façon il faut que je ramène la voiture de location en ville. Et... je voudrais revoir une dernière fois...

— Je comprends, fit Erik simplement.

Ils se regardèrent.

Se dirent adieu silencieusement.

Dimke tourna une dernière fois les yeux vers la tombe qu'on rebouchait doucement. Ses yeux s'emplirent de larmes et sa bouche se mit à trembler. Alix *l'entendit* parler à sa sœur. Pourtant, il n'avait pas remué les lèvres.

Il se tourna à nouveau vers elle, lui sourit et s'enfuit.

*
* *

Elle erra longtemps parmi les tombes, seule à nouveau, retrouvant celle de Samuel, glissant une main émue contre la pierre froide et terne qu'elle avait si souvent caressée par le passé.

Sam...

Le rire de sa fille jaillit à ses oreilles et elle fut submergée par le chagrin en pensant qu'il ne saurait jamais à quel point elle pouvait lui ressembler, à quel point il lui manquait encore aujourd'hui. Elle avait refait sa vie, certes, mais une partie de son être gisait là, aux côtés des siens.

Samuel. Ses parents. Sa sœur, aujourd'hui.

Elle n'avait pas voulu conduire jusqu'au moulin directement, préférant laisser un sursis à son cœur, redoutant le moment où il lui faudrait le revoir.

Mais son cœur ne voulait rien entendre. Ses pieds voulaient fouler leur terre, la reconnaître. Ses narines voulaient la humer une dernière fois.

Alors elle consentit et reprit la route.

Elle se rappela que c'était celle qu'empruntait leur père quand ils rentraient de vacances et qu'ils jouaient tous ensemble à celui qui verrait la maison en premier à travers les arbres.

Son cœur battit plus fort à mesure qu'elle avançait le long de la départementale et arriva le moment où elle dut actionner son clignotant pour tourner.

Impasse du Bois.

La forêt de peupliers sur la gauche… Celle qui cachait la maison des Farge, qui n'était plus la leur depuis la mort de Mélanie par overdose. Alix se rappela l'article de presse que Carole lui avait mailé d'Italie, lui rapportant la mort de la femme du docteur. Trop de médicaments et la pauvre avait sombré dans un sommeil éternel. On l'avait retrouvée couchée dans son lit de jeune fille, chez elle, dans la propriété de ses parents, loin du village qu'elle avait fini par quitter, elle aussi. Carole n'avait rien ajouté au fichier joint. Pas un seul commentaire.

Alix posa ses deux mains à plat sur le volant, étirant ses doigts. Le petit pont…

Son cœur bondit dans sa poitrine.

Elle ralentit encore et retint son souffle. Sur sa gauche s'éclaircissait la forêt… Elle y était. Elle coupa le moteur et attendit quelques instants.

Elle regardait, droit devant elle. Elle se goinfrait du regard. Et en même temps ne pouvait empêcher ses larmes de couler.

« Je suis à la maison, Carole, je suis revenue ! »

Elle étouffait et ouvrit précipitamment la portière. L'air du dehors lui fit du bien et elle le laissa lui laver les poumons. Cet air… Ce ruissellement de l'air… Cet air se respirait et s'entendait en même temps !

L'eau crépitait joyeusement. Alix s'élança vers le petit pont et fut accueillie par le chant de la rivière qui la reconnut et lui souhaita la bienvenue.

Alix versa des larmes de reconnaissance.

Le goût du passé se colla à son palais et elle ferma les yeux.

Quand elle les rouvrit, le moulin était devant elle, trônant sur son petit promontoire.

Elle le regarda mieux. Les volets avaient été repeints en bleu. Une allée de roses grimpait à l'assaut du moulin et une magnifique véranda prolongeait la maison sur le devant. Un salon en rotin surchargé de plantes vertes occupait cette dernière. Alix aperçut un chevalet posé à l'extrémité droite de la véranda, vers le ruisseau, et elle comprit qu'un peintre habitait sa maison.

Elle n'en fut pas étonnée. Certains lieux provoquent la mélancolie. D'autres attisent la sensibilité, l'émoustillent si bien qu'ils vous obligent à créer, à donner le meilleur de vous-même. Le moulin et sa rivière en faisaient partie.

Ses yeux caressèrent les courbes de sa maison, tâtant la pierre, respirant le bois. Ses mains s'agrippèrent à la rambarde du pont et elles reconnurent le toucher aimé. Ses yeux se voilèrent de larmes et elle releva la tête dans l'espoir de voir un signe dans le ciel, un signe qui lui révélerait la présence de sa sœur, ici, à ses côtés...

Quand elle baissa les yeux à nouveau, elle la sentit. *Carole était là.*

Elle ferma les yeux très vite, terrifiée à l'idée de la perdre à nouveau. Mais non, elle était gentille, elle avait décidé de rester.

Elle rouvrit les yeux.

Carole marchait devant elle, remontant tranquillement jusqu'à la maison. Elle se retourna et Alix put voir le visage lumineux de celle qu'elle n'avait plus vue depuis plus de deux ans. Ses cheveux étaient plus blonds encore que dans ses souvenirs et elle se retourna pour la regarder. Elle lui sourit.

Alix éclata en sanglots, se couvrant la bouche et le nez de sa main.

Mais Carole avançait toujours et ne la regardait plus. Elle se dirigeait vers la maison, où l'attendaient deux autres personnes qui se retournèrent alors vers elle pour la prendre dans leurs bras.

Son père et sa mère souriaient et tous trois longèrent la rivière, bras dessus bras dessous, vers la roue qui tournoyait et dans laquelle ils semblèrent se désintégrer, jaillissant en mille gouttelettes éparpillées dans le vent.

Sauf sa sœur, restée en retrait encore un peu.

Sa sœur qui s'arrêta une dernière fois et se retourna pour la regarder.

— *Carole, reste avec moi, je t'en prie...*

Alix avait tendu la main au-dessus du pont.

Mais elle leur appartenait désormais. Elle leur avait toujours appartenu, Carole plus qu'Alix… C'était leur fille. Leur fille à tous les deux.

— *Reste*, supplia Alix.

Sa sœur lui souriait toujours. Comme elle aurait voulu pouvoir toucher son visage, effleurer son bras, sa main !

Mais elle se retourna elle aussi pour s'engouffrer dans la roue, qui dispersa pour toujours l'image de son corps.

Alix se courba en deux comme si elle venait de recevoir un coup de poing dans le ventre. Les sanglots qui la secouaient lui brûlaient la gorge, lui meurtrissaient les épaules. Elle s'effondra sur le pont et resta ainsi prostrée dans une souffrance indescriptible.

Elle revint à elle quand elle commença à avoir froid. Se relevant péniblement, elle essuya la morve qu'elle avait sur tout le visage et, tremblante, s'avança pour contourner le petit pont. Elle trébucha jusqu'à la rivière où elle plongea les mains avant de s'asperger abondamment la tête. Elle gelait sur place et l'eau n'allait rien arranger.

Elle regarda une dernière fois, espérant revoir les ombres du passé mais elle savait qu'elles ne reviendraient plus. Son poing se referma sur la clé à l'intérieur de sa poche. Le secret des sœurs Brausch. Quelque chose qui n'appartiendrait qu'à elles. Qu'à elle désormais. Carole avait laissé sa trace avant de partir. Elle-même avait écrit leur histoire. Elles avaient raconté la même chose… Tellement peu la séparait de sa sœur, si peu en définitive. Quelques heures volées où elles n'étaient *pas* restées ensemble ce jour-là. Quelques minutes pendant lesquelles une enfant s'était, elle, envolée…

Elle remonta lentement jusqu'à la voiture. Son portable sonnait à l'intérieur et elle se dépêcha pour pouvoir répondre.

C'était Carl.

— Mais où étais-tu, Alix ? Je me fais un sang d'encre depuis plus d'une heure ! Tu es à l'aéroport ?

Elle s'assit péniblement dans la voiture et claqua la portière, espérant se réchauffer un peu.

— Non, je suis encore au moulin. Je repars dans quelques minutes.

— OK. Tu vas bien ?

— Je crois, oui, à peu près…

— Comment s'est passé l'enterrement ?

— Normalement… Un enterrement normal… Je ne sais pas quoi te dire, Carl, je…

— Non, désolé, c'est moi, c'était une question idiote.

Alix se mordit la lèvre.

— Carl ? fit-elle.

— Oui ?

— Je t'aime.

— Moi aussi, ma chérie. Plus que tu ne peux t'imaginer. Et j'ai hâte que tu rentres à la maison.

La maison…

— Comment va le bout de chou ?

— Tu lui manques affreusement. Mais je ne peux pas te la passer, elle dort encore ! Tu veux que j'aille la réveiller ?

— Non, surtout pas… Laisse-la dormir !

Des larmes roulaient à nouveau sur les joues d'Alix, mais c'étaient des larmes de reconnaissance cette fois ! Reconnaissance pour la chance qu'elle avait d'avoir cette toute petite fille, là-bas, qui l'attendait, bien sagement endormie dans son lit de princesse, entourée de ses milliers de peluches. Et pour cet homme qui l'aimait, qui lui avait donné un foyer, qui avait accepté d'élever sa fille comme si c'était la sienne.

Sa petite Lottie.

— Je rentre à la maison, Carl. Dans quelques heures, je serai dans tes bras.

— Ils t'attendent avec impatience.

Quand elle raccrocha, Alix souriait. Elle se sentit brusquement le désir fou de revoir sa demeure à La Jolla, là, tout de suite, avec son atelier de peinture, ses canapés confortables où il faisait bon se lover pour y déguster un verre de vin blanc avec Carl. Elle voulait discuter avec Carl, embrasser Carl, rire avec lui. Rire.

Elle démarra et s'engagea dans l'allée pour faire demi-tour.

— Adieu, murmura-t-elle.

Elle attendit quelques secondes encore. Regardant une dernière fois le moulin. C'est ici qu'elle avait dit au revoir à sa sœur, ici et pas au cimetière, ce trou béant qui ne signifiait rien.

Elle partit. Accélérant sur les derniers mètres qui la séparaient de la départementale.

S'arrêta au bout, les yeux rivés au rétro.

« Papa, maman… »

« Lottie… »

Mais une autre Lottie l'attendait et celle-ci aussi avait besoin d'elle.

Elle actionna son clignotant et regarda une dernière fois dans le rétroviseur.

« Je vous aime tant… »

Mais elle ne pouvait plus rien faire pour eux.

Elle déboîta sur la gauche et s'engagea sur la départementale.

Elle ne se retourna pas.

Dans la même collection

Dans la même collection

www.deboree.com
livres@centrefrance.com

Imprimé en France par CPI
en avril 2022
N° d'impression : 2064948
Dépôt légal : juillet 2022
ISBN : 978-2-8129-2857-4
ISSN : 1627-6779